O OLHO DE GIBRALTAR

Sergio P. Rossoni

Copyright ©2023 Sergio P. Rossoni
Todos os direitos dessa edição reservados à AVEC Editora.

Nenhuma parte desta publicação poderá ser reproduzida, seja por meios mecânicos, eletrônicos ou em cópia reprográfica, sem a autorização prévia da editora.

Publisher: Artur Vecchi
Editor: Duda Falcão
Revisão: Gabriela Coiradas
Assistente editorial do autor: Heidi Strecker
Capa: Bruno Romão
Projeto Gráfico e diagramação: Bruno Romão

R 838

Rossoni, Sérgio P.
O olho de Gibraltar / Sérgio P. Rossoni. – Porto Alegre : Avec, 2023.

ISBN 978-85-5447-185-9

1. Ficção brasileira I. Título

CDD 869.93

Índice para catálogo sistemático:
1.Ficção : Literatura brasileira 869.93

AVEC Editora
Caixa Postal 6325
Cep 90035-970 – Porto Alegre - RS
contato@aveceditora.com.br
www.aveceditora.com.br
Twitter: @avec_editora

Para Milu

Capítulo 1
Deserto da Argélia, doze de março de 1914

A noite no deserto é um espetáculo reservado a poucos homens, entre eles os berberes, acostumados a seus gelos e seus sóis causticantes. Milhares de estrelas cintilam, contrapondo-se às imensas dunas, transformadas em sombras, que se perdem no horizonte.

Nada costumava interromper a paz do deserto, a não ser a rota do cargueiro aéreo prussiano Reichsadler, que transportava uma vez por mês em seus porões ouro, marfim, amendoim e milho, armazenados em enormes silos, trazidos de Tanganica, com destino a Hamburgo.

Desta vez, o Reichsadler vinha com doze homens, a uma altura de cruzeiro, numa velocidade de 80 nós. Congo e Darfur haviam ficado para trás, e finalmente o Reichsadler sobrevoava as dunas de Taghit, adentrando a região da Argélia. Com sorte, cruzariam o deserto sem serem apanhados por uma *ghibli*– como eram chamadas as tempestades de areia –, alcançando as disputadas águas do Mediterrâneo em menos de um dia, para finalmente chegar ao seu destino.

O cargueiro aéreo fora construído na metade do final do século XIX, como parte da grande armada aérea imperial, e chegou a transportar suprimentos, munição e medicamentos para as tropas do marechal von Moltke durante a guerra franco-prussiana. Com o início da corrida armamentista, uma nova classe de cargueiros aéreos movidos por motores de propulsão e turbinas de vapor de alta pressão assumiu o lugar dos antigos *P086*, tornando-os obsoletos. Em 1903, o Reichsadler foi integrado à frota aérea mercante pertencente ao comércio da Alemanha oriental e enviado à África, sob o comando do ex-capitão de fragata Jörg von Becker, passando a atuar junto às colônias do império e tornando-se parte do cenário do Magreb, transportando as riquezas extraídas das colônias e assegurando uma posição para Alemanha junto ao mercado exterior.

Uma superestrutura central erguia-se na parte superior do balão rígido e, atrás dela, duas imensas chaminés curvas cuspiam jatos de fumaça provenientes das caldeiras a vapor e motores de propulsão localizados na sala das máquinas no interior do balão. Cabos metálicos conectavam o mastro principal, localizado à frente da superestrutura, ao gurupés na proa e ao pavilhão na popa. Um segundo mastro, ainda mais à frente, sustentava a cabine de observação – a gávea –, onde um marujo solitário vasculhava o horizonte como se fosse o olho da nave. Lemes gigantescos lembravam o rabo de uma baleia e uma imponente hélice e turbinas surgiam abaixo dos lemes de profundidade.

Enxárcias e cabos despencavam pelas laterais do balão, passando sobre os bolsões de gás e conectando a sua grande estrutura à nau logo abaixo, cuja quilha remetia a uma antiga caravela, exceto pelos mastros mecânicos que se projetavam nas duas laterais, com velas que se abriam sugerindo asas. O convés da nau era longo e provido de algum armamento – dois canhões de grande calibre montados numa única coberta no castelo de proa, além de uma metralhadora Maxim em seu tombadilho.

No passadiço, o comandante dormitava em sua cadeira de vime embalado pelo ronco dos motores; o navegador conduzia o aeróstato assobiando uma velha cantiga da Bavária; um segundo imediato, debruçado sobre a mesa, fazia os cálculos de navegação; e um pacato oficial de comunicação operava o sistema de rádio e radar do dirigível. De repente, uma voz metálica no alto-falante arrancou o comandante da cadeira com um salto abrupto:

– Torre de observação para ponte de comando... repito... torre de observação para ponte...

No "topo da baleia", como os marujos referiam-se ao posto solitário de observação, a gávea, um marujo ofegante observava com a sua luneta o objeto que flutuava à frente do Reichsadler. Girou a alavanca na lateral do seu equipamento e alterou as lentes internas, passando de noturnas para espectrais até obter um foco perfeito do objeto. Um grande dirigível com as luzes de bordo completamente apagadas parecia à deriva, lembrado um tubarão adormecido em meio às águas escuras do grande mar.

– Ponte de comando na escuta... prossiga – respondeu o oficial de comunicação, observado de perto pelo comandante Jörg.

– Dirigível à frente, repito... dirigível à frente em posição doze horas norte, próximo às dunas em... – o marujo na gávea fez uma pausa para ler os cálculos no visor da luneta – zero... ponto, dois... cinco. Parece abandonado... sem qualquer sinal de vida à bordo. O brasão... na bandeira... ou no que sobrou dela... parece um daqueles desenhos usados pelas tribos do Magreb...

– Positivo, torre de observação... nosso radar acaba de captar o objeto. Estamos abrindo canal para contato... enviando sinal...

O comandante acenou para o operador, cofiando a longa barba, apreensivo enquanto aguardava, sem sucesso, uma resposta do misterioso objeto flutuante. Dirigiu-se à ponte e parou ao lado do navegador que conduzia o Reichsadler, espiando o horizonte na tentativa de visualizar melhor o ponto escuro acima das grandes dunas:

– Mantenha nosso curso e reduza a potência para 20 nós. Vamos informar a guarda argelina sobre a aeronave desconhecida e enviar nossa posição imediatamente.

O comandante Jörg apanhou o rádio comunicador e chamou o observador no topo da gávea:

– *Aussicht*... acha que pode ser um *Aghlabids*?

O comandante referia-se aos cobradores de taxas territoriais, guerreiros tribais que voavam em seus próprios dirigíveis – a maioria sucateados –, aguardando em pontos estratégicos a passagem de uma nau para em seguida abordá-la, cobrando assim uma pequena taxa para que pudessem transitar pelo seu território. Tal prática, apesar de irregular, era comum. As patrulhas responsáveis pela segurança das principais rotas do Magreb faziam vista grossa diante da situação. Nenhum governo queria arrumar confusão envolvendo os grandes chefes tribais, numa época em que focos de rebeliões anticolonialismo espalhavam-se pelo grande continente a uma velocidade assustadora.

– Acredito que se fossem *Aghlabids* já teriam enviado seus mensageiros, senhor. O dirigível à frente parece abandonado. Quem sabe não são as tais almas perdidas do deserto de que os tuaregues tanto falam?

O comandante fez uma careta torcendo os lábios e ignorando a piada.

– Devemos enviar uma escuna de rastreio, senhor? – perguntou o segundo imediato, deixando seus cálculos de lado.

– Ainda não – Jörg mordeu a parte interna da bochecha. – Envie novamente um sinal de alerta máximo para as tropas argelinas, estes malditos *spahis*... E continue tentando alguma comunicação com a nau abandonada. Até que saibamos com o que estamos lidando, nenhuma equipe de rastreio deixará o Reichsadler. Reduza nossa velocidade para 10 nós e mantenha o curso em 1.08.03 nordeste. Permaneça a uma distância segura até recebermos inform...

Uma explosão sacudiu a estrutura do Reichsadler, como se o céu do Magreb despencasse sobre a nau prussiana.

Estilhaços voaram em todas as direções enquanto jatos de vapor vindo de um dos dutos no teto do passadiço inundavam toda a cabine. O comandante Jörg foi lançado para trás com um solavanco, e um pedaço de metal retorcido rasgou a sua coxa direita, fazendo-o urrar desesperado. Ignorando a dor, cravou as unhas no assoalho e começou a arrastar-se em direção à ponte, esbarrando em algo... ou melhor, no corpo sem vida do seu navegador mergulhado numa poça de sangue. Jörg limpou os olhos lacrimosos e fitou-o aterrorizado – seu rosto havia sido transformado numa polpa vermelha irreconhecível, com ossos e músculos à mostra. O comandante sussurrou algo em sua língua natal e prosseguiu rastejando-se por entre os vapores acumulados no passadiço, tomando o timão com seus dedos grossos e fortes, assumindo o controle da nau avariada.

No corredor principal, marujos corriam desesperados de forma desordenada. Gritavam derrubando uns aos outros, sem saberem o que os havia atingido, quando uma fenda rompeu a parede e alastrou-se até o piso, lembrando uma imensa cicatriz, destruindo uma das escotilhas. Lascas de madeira e vidro voaram, acertando em cheio um pobre infeliz, que se contorceu em agonia tentando estancar as feridas espalhadas pelo corpo, morrendo pouco depois, engasgado com o próprio sangue. Chamas iluminaram o interior da nau, e num átimo de segundo, tudo ali foi tomado pelo caos.

A explosão havia danificado um bocado o sistema de radiotelecomunicações. Enviar um sinal pedindo ajuda estava fora de cogitação. Apenas o sistema interno de comunicação parecia responder aos comandos de Jörg, que batia freneticamente os dedos da mão direita nos diversos mostradores, relógios e ponteiros de navegação do painel a sua frente, como se pudesse assim ressuscitá-los, ao mesmo tempo em que gritava ordens para a sua tripulação aflita.

Labaredas imensas na popa do Reichsadler iluminaram a noite, emprestando-lhe tons coloridos de vermelho, laranja, amarelo e púrpura, descortinando o mar de areia infinito em torno da nau, e os pequenos objetos voadores vindo em sua direção. No topo da gávea, o pávido marujo reconheceu a ameaça, deixando de lado a sua luneta e gritando pelo comunicador:

– Comandante... biplanos a bombordo...

Os biplanos inimigos aproximavam-se apontando suas metralhadoras Maschinengewehr 08 para o Reichsadler.

Jörg girou o corpo na direção indicada. Pontos negros rasgavam os céus, contornando o imenso dirigível, como vespas em torno de um mamute.

– Protejam o convés. Atiradores em posição...

Riscos vermelhos iluminaram a noite do deserto. Os biplanos abriram fogo, acertando uma das turbinas, que se transformou numa bola incandescente. Jörg girou o timão 90 graus, tentando esquivar-se do ataque e ganhar tempo, enquanto os seus homens contra-atacavam com rifles e uma velha metralhadora Maxim.

Dois biplanos destacaram-se do grupo, sobrevoaram o dirigível e, numa manobra acrobática, mergulharam até o casco do Reichsadler. Com as metralhadoras em posição vertical, abriram fogo de baixo para cima, contra a enorme quilha, comprometendo toda a sua estrutura. Granadas romperam o seu flanco esquerdo, deixando à mostra seu esqueleto metálico e cuspindo um dos marujos para fora da nave, em direção às areias do deserto.

O comandante Jörg esbravejou quando as engrenagens do Reichsadler romperam-se. Seus comandos não eram mais reconhecidos por nenhum aparelho e seu sistema mecânico entrara em colapso total. Até mesmo o timão em suas mãos não passava de um objeto morto.

A nau prussiana navegava à própria sorte...

Quando o Reichsadler finalmente começou a perder altura, uma luz poderosa surgiu a sua frente, iluminando as imensas dunas ao seu redor e cegando Jörg.

O misterioso aeróstato – que até então testemunhara o sanguinário ataque mergulhado na escuridão e no silêncio – ganhou vida, desperto de um sono profundo, e começou a mover-se devagar. Uma fileira de canhões projetou-se das portinholas no costado.

O comandante Jörg finalmente compreendeu ... Uma armadilha. Não haveria uma abordagem. Aqueles não eram saqueadores comuns. Eram assassinos.

Um torpedo atingiu em cheio o nariz do imenso balão, propagando uma onda de fogo que derreteu sua estrutura rígida e alcançou os bolsões de gás. Uma nova explosão iluminou as areias do deserto, e tudo o que restou do Reichsadler e de sua tripulação foram destroços de metal retorcido e pedaços de corpos carbonizados.

Os nômades costumavam contar histórias sobre almas perdidas carregadas pelo vento, o *chergui*, condenadas a vagarem por toda a eternidade pelo grande Saara. Mas, naquela noite, o *chergui* trouxe muito mais do que almas errantes. Trouxe o sangue... que mais uma vez manchava as suas areias.

Capítulo 2

Base alemã em Dar es Salaam –
África Oriental Alemã, dezoito de abril de 1914

Klotz von Rosenstock cruzou o pátio central com passadas largas, indo para o prédio administrativo no interior da base alemã. Apanhou um lenço que carregava no bolso e limpou as gotas de suor em torno do pescoço. Tinha se esquecido do calor causticante que fazia naquela época do ano em Dar es Salaam, depois de ter passado os últimos meses em Berlim, mergulhado em tarefas junto à inteligência militar. Mas adaptar-se novamente às inúmeras intempéries africanas não seria um obstáculo para ele. Rosenstock estava de volta ao lugar em que há muito aprendera a viver... e a sobreviver. De agora em diante, nada mais o afastaria da grande África. Acompanharia de perto o progresso da operação... *Mein Gott*... a mais importante das missões... atendendo ao pedido do próprio Wilhelm II. Aquela que o redefiniria junto aos homens poderosos do grande império... a mão direita do *Kaiser*.

O general devolveu a saudação aos dois soldados que guardavam a entrada do lugar, adentrou o suntuoso saguão e galgou os degraus da escadaria central. Havia um corredor ligando as alas norte e sul do prédio, com janelas de vidro que davam vista para o pátio que acabara de cruzar. O oficial seguiu por ele em direção ao seu gabinete na ala norte, lançando um olhar de desprezo em direção ao refeitório dos oficiais do outro lado do pátio, excepcionalmente iluminado. Uma música alta misturada ao burburinho de vozes brotava do seu interior, e Rosenstock resmungou algo irritado. Um banquete enfadonho reunia os membros da delegação diplomática imperial que, sob o seu comando, partiriam pela manhã rumo a Tânger, onde eram aguardados pelo governador francês no Marrocos, Hubert Lyautey.

Com a destruição do P086 Reichsadler em pleno território sob a jurisdição das tropas francesas, o governador Lyautey, orientado pelo congresso em Paris e temeroso de que o assunto em questão pudesse desencadear um novo conflito envolvendo as duas nações, aceitara receber os representantes diplomáticos do *Kaiser* para discutir sobre os decretos apresentados pelo ministério da defesa alemã, assegurando a presença das tropas imperiais em zona militar *spahi* junto às principais rotas utilizadas pelas suas caravanas entre a Argélia e o Marrocos. A Casa do Comércio Europeu, pressionada por uma imprensa alemã raivosa, bradando aos quatro cantos do mundo sobre a ineficiência francesa em manter a segurança em uma região tão erma, declarara o seu apoio a Wilhelm II. Temiam que os crescentes ataques realizados ao longo de todo o Magreb levassem o seu sistema econômico a um colapso. Caberia a Lyautey usar da sua diplomacia para controlar o caso, auxiliado por ninguém menos que o próprio Rosenstock, cuja missão junto à delegação era evitar a abertura de velhas feridas entre os dois países, mantendo a sensatez... pelo menos até a conclusão da sua missão.

Rosenstock deixou a visão do reluzente prédio para trás sem demonstrar qualquer preocupação em relação aos seus convidados... aqueles burocratas... *Scheiße idioten*. Estava aliviado por deixá-los, ainda que temporariamente, convencido de que a sua falta não seria sentida. Afinal, o evento contava com a presença de Namira, a exuberante dançarina com quem mantinha uma certa amizade – fomentando rumores e mexericos – e que o acompanhava desde Berlim, aproveitando a sua companhia para visitar a África antes de dar início a mais uma de suas turnês. Uma figura cobiçada, amada e odiada. Namira Dhue Baysan. Alvo dos olhares mais sedentos... um verdadeiro trunfo... enquanto ele se dedicava a assuntos mais emergenciais e inesperados.

O grande general dos *Soldat des afrikanischen Regimentskorps* virou à direita no final do corredor, seguindo até a entrada da sua sala. Parou diante da porta de cedro cercada pelas bandeiras da Prússia e da Alemanha dispostas em pedestais de cobre. A placa dourada no centro da porta trazia o seu nome gravado em letras tombadas. Acendeu um cigarro, soltando a fumaça lentamente, e lançou um olhar desconfiado para trás. Queria ter a certeza de que não havia nenhum soldado ou oficial de plantão. Ninguém além dele... e do homem que o aguardava no interior do gabinete. Alguém que não deveria estar ali...

Ao entrar, Rosenstock manteve as luzes apagadas, deixando tudo ali sob o efeito do clarão da lua, que passava através da abertura da varanda. Fingiu ignorar o vulto que o observava acomodado em sua poltrona de leitura no canto esquerdo da sala, ao lado do gramofone que ficava sobre uma antiga cômoda próxima à estante de livros, caminhando silenciosamente feito uma sombra em direção à sua mesa de trabalho. Uma imagem de Wilhelm II pendurada na parede à sua direita parecia observá-lo com aquele olhar presunçoso, escondendo a própria insegurança por trás dos seus bigodes de pontas eriçadas. Rosenstock apoiou seu quepe de lã sobre a pilha de pastas e documentos espalhados sobre a mesa, começando a afrouxar os botões trespassados do seu uniforme, enxugando mais uma vez as gotas de suor próximo à nuca. Em seguida, abriu uma das gavetas, retirando o pequeno cantil prateado que mantinha escondido sob alguns memorandos e um velho coldre de couro onde guardava a sua Luger. Sentiu um grande alivio depois de dar um gole demorado, deixando a garrafa sobre a mesa. Uísque de verdade... não aquela porcaria de aguardente que os beduínos locais fabricam com mel, arroz e gengibre, e que cheira a estrume de camelo. Por fim, dirigiu seu olhar para o vulto, dizendo:

– Imagino que algo importante tenha acontecido para trazê-lo até aqui, Jafar. Sabe tão bem quanto eu que os homens do ministério jamais aprovariam esta nossa aliança.

O homem riu baixo, ignorando o tom irônico de Rosenstock. Levantou-se e seguiu devagar em sua direção, mergulhando o olhar no oficial. Um olhar um tanto desdenhoso, acompanhado de um sorriso que parecia congelado no seu rosto. Girou a mão no ar em meio à saudação:

– *As-Salamu-Alaikum*. Que Alá abençoe os guerreiros do deserto com fartura e glória. E não se preocupe, *Herr General*. Eu sou como uma daquelas almas carregadas pelo *chergui*. Apenas dois dos seus *korps* me viram chegar, e posso lhe garantir que ninguém me verá partir – disse num tom igualmente irônico.

– Assim eu espero... Jafar Adib – respondeu o oficial alemão, divertindo-se com a provocação.

Jafar Adib parecia um gigante, mesmo comparado a Rosenstock, com seus um metro e oitenta e dois de altura... Vestia uma túnica negra de algodão e seda que cobria todo o seu corpo, digna dos grandes xeiques do deserto africano. Seus cabelos longos e escuros pendiam do interior do turbante, o *tagelmust*, que trazia um rubi preso e centralizado na fronte, indicando tratar-se de alguém importante em sua tribo. Seus modos eram finos, e seus bigodes e cavanhaque pontudo adornavam um rosto belo e queimado de sol. Trazia presa à cintura uma bainha de bronze cravada de pedras, onde guardava uma espada marroquina feita de aço semelhante a uma *tulwar* indiana. Um punhal de dois gumes pendia da aba da sua bota de montaria, e braceletes, colares e brincos enfeitavam seu corpo, diferenciando-o dos outros berberes que Rosenstock havia conhecido ao longo do tempo.

O general dos *Regimentskorps* dirigiu-se para a varanda, seguido de perto pelo visitante, e fitou o horizonte com um olhar absorto. Um céu coruscante surgia além das muralhas que cercavam a base, onde se viam pequenos pontos vermelhos movendo-se com lentidão. Eram dirigíveis mercantes que seguiam através da antiga Rota do Sal rumo ao Sudão.

Klotz von Rosenstock retirou do bolso do jaleco a sua cigarreira de prata e ofereceu um cigarro a Jafar:

– Pegue, são alemães. Bem diferentes desta mistura de cravo, menta e tabaco que insistem em chamar de fumo.

O líder dos *Zahrat sawda'* apanhou o cigarro e colocou-o entre os lábios escuros, esperando que Rosenstock o acendesse com o sílex que lhe oferecia. O general então continuou:

– Fui informado pelos meus agentes de como as tropas argelinas estão às voltas com os ataques rebeldes junto à fronteira marroquina. É preciso ter cautela, Jafar... – disse exasperado. – Talvez seus *Zahrat sawda'* possam desaparecer por algum tempo. A destruição do Reichsadler causou uma grande comoção. Com os franceses empenhados em investigar o caso e apoiados de perto pelo departamento de investigação da Câmara do Comércio Europeu, um único deslize nosso e o *Kaiser* se tornará alvo do Conselho de Guerra.

– Duvido que encontrem o nosso rastro – disse Jafar impassível, notando o olhar desgostoso do general. – A cada dia, mais líderes tribais estão aderindo aos movimentos anticolonialismo espalhados por todo o Magreb, atraindo cada vez mais a atenção das grandes tropas estrangeiras. Para todos os efeitos... as grandes casas do deserto estão à frente dos muitos ataques organizados por nós na região do Tafilet, e enquanto as bandeiras tuaregues tremularem a favor desse sentimento nacionalista, meus *sawda'* poderão agir nas sombras ao lado dos seus *Korps*.

– Disfarçar os seus homens de *Ajjer* ou *Hoggar*, colocando-os na mira dos *spahis*, ao mesmo tempo em que sustenta a discórdia entre seus líderes saqueando suas próprias caravanas, me parece um jogo arriscado demais. Eficiente... porém arriscado...

– Controlar as grandes tribos garantirá que seus inimigos, *Herr General*, permaneçam cegos diante da verdade por detrás desta cortina de areia.

Rosenstock encarou o líder berbere perplexo. Um sorriso discreto cortou os seus lábios ao murmurar:

– Uma cobra no meio dos escorpiões... não é mesmo, Jafar?

O líder berbere ignorou o tom irônico do oficial, tomando o comentário como um elogio. Deu um bom trago, jogando em seguida o que ainda restava do cigarro no chão, esmagando-o com a sola da bota.

– Uma cobra cujo veneno irá se espalhar por todo o Marrocos, *Herr General*, impregnando todo o Magreb aos poucos.

Klotz von Rosenstock sorriu, concordando com um leve aceno de cabeça. Depois deu as costas ao homenzarrão e seguiu com os olhos a luz distante no horizonte:

– O tempo está correndo, Jafar, e com austríacos e sérvios ainda ressentidos, apontando seus rifles uns para os outros, logo mais o Marrocos não será senão um monte de areia. A guerra... a natureza humana, como diria von Treitschke... um fenômeno nobre e sublime... – Fez uma pausa antes de despertar do próprio devaneio de forma abrupta, voltando-se novamente para o visitante. – Mas fale, Adib, o que exatamente o fez vir até aqui colocando em risco o nosso... segredo? Dar es Salaam está infestada de burocratas... e explicar o envolvimento do *Kaiser* com um mercenário como você não seria...

– Meus homens farejaram um rato. Alguém infiltrado em meio aos meus carregadores.

Uma veia saltou na testa de Rosenstock num sinal de cólera. O homem encarou Jafar com olhos em brasa:

– *Mein Gott...* um espião...?

– Um rato medíocre. Dois dos meus *sawda'* estão em seu encalço...

– O que quer dizer com "estão em seu encalço"... deixou o homem fugir? – interrompeu Rosenstock, segurando a explosão de nervos. Forçando um sorriso irônico, o general ajeitou os cabelos ralos e amarelos com os dedos encardidos de nicotina, lançando-os para trás e enxugando as gotas de suor que começaram a brotar da testa proeminente.

– Sim, *Herr General*. Se quisermos descobrir quem está por trás disso, é preciso deixar que o rato aja livremente e nos leve até o seu *sayid*.

Rosenstock aproximou-se do homem, encarando-o de perto. Então disse com rispidez:

– Tudo o que não precisamos agora, Jafar Adib, é de um imprevisto desses... um intruso em nossa base... e bem às vésperas do meu encontro com os franceses. Maldição! – esbravejou o general, voltando-se para o cenário a sua frente, sem notar que os nós de seus dedos esbranquiçados apertavam com força o corrimão em torno da varanda. – Como foi isso..., *Scheiße* ? – perguntou o general, contendo sua ira.

Jafar narrou sua história. Um dos seus guardas havia flagrado o ladrão, um velho carregador que havia sido contratado em Trípoli, infiltrado num dos depósitos restritos em sua base em Malta. O rato estava roubando um dos frascos acondicionados em um dos muitos contêineres químicos recém--chegados de Berlim, junto com o resto da carga bélica tão esperada pelos engenheiros de Rosenstock. O ladrão não passava de um olheiro maltrapilho. Temendo espantar a sua presa, Jafar determinou que o vigiassem de forma discreta, deixando-o embarcar com todo o resto da sua tripulação de volta à Mauritânia e esperando o momento certo para agir. No entanto, o meliante despregou-se do grupo e desapareceu no deserto próximo à fronteira com o Marrocos. Dois dos seus melhores batedores *sawda'* partiram em seu encalço, determinados a trazer de volta não apenas o objeto roubado, mas, principalmente, a cabeça do verdadeiro espião.

– Gostaria de ter a sua confiança, Jafar... Se algo der errado... se a substância que transportamos cair em mãos erradas, será o fim de toda a operação.

– Assim que o nosso rato fizer o contato com o seu homem, meus *sawda'* entrarão em cena e recuperarão o seu precioso *Sangue do Diabo*.

Rosenstock encarou-o surpreso ao ouvir aquela expressão. O *Sangue do Diabo*. Havia se esquecido de como os homens de Adib chamavam a coisa, devido a um acidente envolvendo um dos seus homens e o líquido em questão. *Sangue do Diabo*... Bem mais apropriado do que *CH3P(0)F*.

– Espero que saiba o que está fazendo, Jafar... para o seu próprio bem. Detestaria ser obrigado a comunicar Berlim sobre isso, tomando medidas que comprometeriam nosso acordo. Recentemente, nosso serviço secreto interceptou mensagens vindas do *bureau* inglês. Nossos vizinhos parecem interessados em nossa movimentação em Malta. Por sorte, nossos agentes souberam agir de maneira... prudente – Rosenstock fitou Jafar com um olhar vago. – Talvez este seu rato... não seja uma coincidência. Descubra quem está por trás disso... e rápido.

– Meus homens trarão a cabeça deste espião antes mesmo que o senhor chegue à Tânger.

O general alemão desviou o seu olhar de Jafar. Não compartilhava da sua confiança e não fazia questão de esconder tal sentimento.

– E quanto à nova remessa da carga? – perguntou Rosenstock de forma autoritária, cruzando os braços para trás sem desviar o olhar do vazio.

Jafar pareceu aliviado com a mudança de assunto, respondendo calmamente enquanto ele mesmo vislumbrava a vista encantadora do lugar.

– Acaba de chegar conforme previsto, *Herr General*. Meus *sawda'* partirão esta noite para Timbuktu, e em seguida... para a base em Malta.

– Como sempre, um regimento o acompanhará na travessia da Líbia de volta à Mauritânia – disse Rosenstock, olhando-o de relance. – Nossas patrulhas também lhe darão apoio... mas lembre-se, Jafar, caso sejam interceptados por *spahis* argelinos... ou mesmo tropas italianas e inglesas, terão de se virar por conta própria. Nós, *Korps*, não existimos... A Alemanha não existe...

Jafar esboçou um sorriso desdenhoso, respondendo enquanto cofiava o longo cavanhaque:

– Meus *Zahrat sawda'* estão preparados, *Herr General*. Sabemos lidar com... imprevistos – disse o guerreiro de maneira arrogante.

– Espero que sim, nobre Jafar. Para o seu próprio bem, eu espero que sim – falou Rosenstock num tom ameaçador. – Agora, se não existir mais nenhum outro assunto em questão...?

– Não, *Herr General*...e sinto muito por interromper o seu banquete. – Jafar girou a mão no ar numa saudação e começou a retirar-se.

– Um momento, Jafar... espere... fale-me sobre o Majestät.

Jafar olhou o general sobre o ombro, notando um estranho brilho em seus olhos.

– Eu tenho acompanhado de perto a construção da máquina de guerra. O seu *dreadnought* é mesmo surpreendente. Nunca vi um sistema de artilharia como aquele...

Klotz von Rosenstock sorriu. E desta vez foi um sorriso sincero.

– Ótimo – disse o general, deixando a sacada e entrando no gabinete, mergulhando em sua penumbra. – Muito em breve, eu estarei lá... acompanhando de perto a sua evolução... e a sua conclusão. O fim da operação... e o início de um novo capítulo em nossas histórias. Logo, o Magreb se ajoelhará para você, Jafar Adib... enquanto o mundo curva-se diante do glorioso Majestät.

Jafar ainda permaneceu em silêncio por algum tempo e desapareceu como um fantasma.

Rosenstock acomodou-se na sua cadeira na mesa de trabalho, apoiando as mãos nas têmporas por um segundo, como se pudesse conter todo o peso que havia ali, em seu interior. Fechou os olhos entregando-se aos próprios desejos... às próprias frustrações. Depois, apanhou o cantil prateado e deu um gole demorado no uísque.

***

Nem bem o general Rosenstock havia deixado o banquete em homenagem à delegação diplomática imperial, muitos dos oficiais ali presentes já se alvoroçavam feito gatos no cio, excitados com a presença de Namira Dhue Baysan. A dançarina levou à boca a piteira de marfim com um gesto suave, o que deu início a uma verdadeira disputa entre os jovens oficiais que dispararam em sua direção, com seus isqueiros em riste, acotovelando-se e empurrando uns aos outros até formarem uma roda a sua volta.

Namira gargalhou alto, flertando com cada um dos jovens galanteadores até selecionar o grande vencedor – um cadete com não mais de vinte anos e cheio de sardas nas maças do rosto redondo. Soprou-lhe um beijo depois de dar um trago, arrancando urros da plateia e deixando-o ainda mais corado.

Contudo, nem todos estavam empolgados com a sua presença em Dar es Salaam, e Namira logo notou os olhares maldosos que dois oficiais parados junto ao bar lhe dirigiam. Em meio a cochichos e risinhos, na certa comentavam sobre a fotografia que um tabloide alemão havia publicado poucos dias antes. Ela e um Rosenstock bastante animado, durante a recepção oferecida pelo Barão von Zeppelin. *"Uma cortesã frequentando a casta imperial, e escolhendo desta vez von Rosenstock para ser o seu Puppe"*, "Um verdadeiro escândalo. Mas, afinal de contas, para que servem escândalos senão para alcançar mais facilmente certos objetivos?", pensou a cortesã, erguendo a taça na direção dos oficiais e sorrindo.

"A Opala do Deserto" – como a imprensa referia-se a Namira, a famosa dançarina tunisiana – era cobiçada tanto por homens quanto por mulheres, que se acotovelavam nas primeiras fileiras dos teatros para assisti-la de perto, excitados por seu corpo coberto apenas por véus esvoaçantes. Mas, naquela noite, pouco se via da sensualidade apresentada nos palcos. Namira Dhue Baysan lembrava uma dama francesa exibindo-se com charme e elegância dentro do *tailleur* com corte masculino. A saia justa acentuava seus encantos, e os cabelos longos e escuros presos num coque faziam-na parecer mais alta do que de fato era.

Pouco se sabia sobre o passado de Namira, apenas que descendia de uma linhagem nômade conhecida como *Djalebh Daermon* – comerciantes que viviam entre a Argélia e a Tunísia. Após a morte dos pais num trágico acidente, fora enviada para Paris para ser criada por um tio, que mantinha um modesto comércio de especiarias no *Les halles* de Paris. Muitas foram as voltas em sua vida, e muitos foram os segredos que ela enterrou nas profundezas da sua alma até ser descoberta por Monsieur Duvalier, dono de uma antiga companhia conhecida como *Les cygnes de Monsieur Duval*.

Encantado ao assisti-la durante uma das suas frequentes apresentações no *Cabaret de l'Enfer*, em Montmartre, Duval convidou-a para juntar-se a sua trupe, transformando-a em sua estrela mais cintilante.... até que a jovem finalmente seguiu seu caminho.

Namira Dhue Baysan saboreou o Louis Royer. Deu um novo trago no cigarro e passou a brincar com o broche preso à lapela – uma joia em formato de flor de lótus com uma magnífica opala incrustada em seu centro. Fingiu divertir-se com a piada que um dos seus admiradores acabara de contar e que arrancou risadas do grupo a seu redor. Com um olhar discreto, a dançarina percorreu todo o salão, impressionada com a reforma que haviam feito para a ocasião. O velho refeitório dos oficiais lembrava uma daquelas antigas cantinas da Boêmia, com todos aqueles oficiais e membros da delegação que se aglomeravam em torno da grande mesa retangular no centro do salão. O guisado de porco e legumes, a sobremesa de torta de maçã, acompanhada pelo autêntico Vandermit, cigarros e charutos fabricados no Malawi e café faziam parte do cardápio naquela noite. Havia um bar improvisado ao lado da entrada da cozinha, onde um sargento, amparado por um barman autômato, servia os convivas com destilados fabricados no Congo e aguardente prussiana, além, é claro, da autêntica cerveja alemã e vinho. Uma bandeira com o brasão de Armas da Alemanha – a águia de sable lampassada e armada de goles – permanecia presa na parede acima do bar, feito um estandarte, mal escondia as manchas de umidade que se alastravam pelas paredes acinzentadas, e um lustre que havia passado por uma limpeza rigorosa cintilava no centro do lugar, com suas bolas que imitavam cristal.

Namira suspirou, tentando conter a irritação, e amaldiçoou Klotz von Rosenstock por tê-la deixado ali para atender um chamado qualquer, depois de sussurrar em seus ouvidos um insinuante "nos veremos mais tarde". Uma voz conhecida, com sotaque carregado, tirou-a de seus pensamentos:

– Eu não teria a confiança do nosso general von Rosenstock, deixando-a à mercê destes abutres famigerados...

A dançarina tunisiana sorriu aliviada ao ver Bernhard Adler, o administrador colonial que acompanharia os membros do *Reichstag* a Tânger. Retribui o cumprimento do único homem no recinto que parecia não a olhar com olhos libidinosos. O homem gorducho e elegante aproximou-se com um largo sorriso, fazendo a roda de galanteadores dispersar.

– Vejo que se cansou dos seus amigos... – insinuou Namira, fitando de longe dois homens que conversavam animadamente próximo ao bar.

– Von Rademacher e Löhnoff? O secretário-chefe do chanceler imperial e o major estão empenhados demais em discutir sobre como assar salsichas para um verdadeiro chucrute. Assunto para o qual, confesso, não tenho a menor aptidão – riu Adler.

– E quanto a você, *Herr* Adler... devo considerá-lo mais um destes... abutres?

– Pelo contrário, *Fräulein*. Com a idade batendo à porta, nós, homens, deixamos de voar como aves de rapina e nos transformamos em passarinhos indefesos. Contudo, deixemos que nossos jovens abutres degustem um pouco da beleza da grande Opala... um colírio para os olhos feridos pelas areias desta terra.

Namira riu:

– Muitos por aqui discordam da sua opinião. Nem todos acreditam que um pouco de beleza possa acalmar os ânimos em meio a tal cenário. Principalmente quando temos bem diante de nós um barril de pólvora cujo estopim ainda permanece aceso.

Bernhard Adler sorriu sem graça, dando uma espiada ao seu redor, antes de prosseguir:

– *Fräulein*... esteja certa de que o nosso papel não é o de ressuscitar velhas discussões entre a Alemanha e o governo francês. Eu lhe garanto que as medidas enviadas ao governador Lyautey têm como propósito...

– Têm como propósito diminuir o gosto amargo que ainda permanece na garganta de muitos... – interrompeu Namira. – Sabemos como a questão envolvendo o Marrocos ainda representa uma grande humilhação... um espinho na garganta de Wilhelm e de seu exército... Assim como os Bálcãs para seu querido amigo, o imperador Franz Joseph .

Adler encarou-a com um sorriso torto:

– Talvez eu deva lembrá-la de como a balança usada no tratado de 1911 pendeu para um dos lados... e garanto-lhe que não foi para o nosso.

– Não sejamos hipócritas – respondeu Namira. – Toda aquela confusão rendeu ao *Kaiser* uma boa parcela de terra para as suas colônias. Além do mais, nós dois sabemos como, na verdade, a questão envolvendo o Marrocos não passou de um jogo... Wilhelm nunca esteve interessado na África, *Herr* Adler. Sentir-se ignorado foi e continua sendo o seu grande problema.

Um jovem garçom aproximou-se trazendo uma bandeja repleta de bebidas. Os dois ficaram aliviados e aceitaram uma nova rodada de Louis Royer. Adler fez um brinde antes de tomar Namira pelo braço e desfilar por entre os convidados.

– Palavras perigosas, *Fräulein*... – sussurrou o administrador enquanto acendia um charuto.

– *França*... é uma palavra perigosa? – Namira percebeu o olhar admirado do seu companheiro. – Para mim, Wilhelm está mesmo decidido a espetar de novo este leopardo com uma lança bastante curta.

– Está insinuando que o *Kaiser* deseja se aproveitar da destruição do Reichsadler para...?

– Reivindicar a sua soberania e buscar o seu lugar ao sol... Quem sabe?

Adler interrompeu a caminhada e encarou a jovem com uma expressão séria.

– Talvez você esteja passando muito tempo na companhia de homens como von Rosenstock, cuja crença é a de que a guerra é o único antídoto contra os males do mundo.

– Talvez... – Namira balançava a cabeça devagar. – Mas devo lembrá-lo de que tal crença parece ter o apoio de uma opinião pública bastante... ressentida. E ressentimento, *Herr* Adler, me parece ser a verdadeira lança prestes a desferir um golpe mortal.

Adler soltou uma risada, enquanto os dois retomavam a caminhada para fora do salão. Adler suspirou aliviado quando deixou o ambiente abafado para trás e sentiu o vento fresco tocar a sua pele. Esperou até que um grupo de jovens e animados tenentes que conversavam lá fora passassem por eles retornando para o salão, antes de dirigir-se a Namira, desta vez num tom mais formal:

– Pois eu prefiro crer na diplomacia de homens como o chanceler Bethmann, que lutam por manter os cães de guerra devidamente amordaçados, permitindo que este triste episódio, contrário ao que muitos esperam, nos traga à luz um novo entendimento com nossos vizinhos franceses. – O administrador falava como um professor diante de um aluno. – Reafirmar a segurança no Magreb, evitando que todos estes ataques nos conduzam a um verdadeiro colapso econômico, é o nosso objetivo. Objetivo que, acredito, será alcançado apenas com a diplomacia, e não com canhões.

Namira fez uma expressão de indiferença, achando toda aquela conversa monótona:

– Espero que esteja certo, *Herr* Adler. – Namira molhou a ponta do indicador em sua taça, levou -o à boca e soltou um gemido de prazer. – Se eu fosse o senhor, não me importaria tanto assim com as impressões de alguém como eu. Minha única preocupação neste momento é usufruir da carona de primeira classe até Tânger, onde espero aproveitar mais alguns dias livres antes de retomar a agenda como a Opala do Deserto. Deixo a política para políticos... enquanto eu cuido dos prazeres da alma.

– Admito que algumas das suas opiniões sejam deveras... pertinentes – disse Adler. – Contudo, não preciso lembrá-la de que nem todos aqui compartilhariam delas. Todo cuidado é pouco, *Fräulein*, se é que me entende. Palavras são como um florete, mortais. Duvido que até mesmo nosso bom homem, von Rosenstock, gostasse de saber sobre algumas das suas ideias.

Namira sacudiu a cabeça discordando de Bernhard, dizendo com um tom de malícia na voz:

– Não costumo esconder minhas ideias de ninguém, *Herr* Adler. Tão pouco de Rosenstock. O que, na verdade, torna nossa... amizade ainda mais interessante.

Bernhard Adler sorriu desconcertado, parecendo ansioso ao mudar de assunto:

– Tenho certeza de que a sua presença conosco ajudará a amolecer os corações de nossos anfitriões em Tânger, deixando-os menos intransigentes.

– Pois não foi esse o argumento que usei para convencer nosso general a trazer-me junto em sua missão, *Herr administrator*? Afinal, não é este o papel de alguém como eu... uma cortesã, como costumam dizer por aí... proporcionar aquilo que tanto desejam em troca de algo a mais? – Os dois riram de maneira animada, e Adler, interrompendo a caminhada e mergulhando em seus olhos penetrantes, respondeu-lhe comedido:

– A sedução sempre foi e sempre será a maior das armas. Mas cuidado, pois muitos concordam que é a flor mais bela quem carrega os espinhos mais afiados.

Namira encarou-o, desmanchando aos poucos o falso sorriso, aproximando-se o suficiente para sussurrar-lhe no ouvido:

– E eu devo lembrá-lo, *Herr* Adler, de que um espinho cravado na garganta de um leopardo é capaz de cegá-lo, não o deixando diferenciar entre inimigos... e aliados. E o Marrocos ainda é um espinho.

A leveza estampada na face do administrador deu lugar a uma expressão rígida, com uma interrogação em seus olhos.

Namira sorriu descontraída, quebrando um pouco o clima tenso no olhar de Adler, começando a dar sinais de cansaço e passando a reclamar dos seus pés doloridos, que imploravam por livrarem-se daqueles sapatos de salto.

A cerimônia chegara ao fim. Pelo menos para Namira, e Bernhard Adler não protestou, muito embora parecesse contrariado quando a jovem começou a despedir-se.

O administrador curvou-se fazendo numa reverência, tomando a sua mão e beijando-a de forma cortês.

– Uma noite e tanto, *meine Lieber*. – Sorriu Adler, despedindo-se da jovem, pego de surpresa quando a dançarina inclinou-se beijando seu rosto e roçando sua barba num gesto carinhoso, partindo em seguida acompanhada por um jovem soldado que a conduziria até os seus aposentos.

Namira já ia longe quando lançou um olhar em direção a Adler antes de desaparecer nas entranhas do complexo onde ficavam os aposentos para oficiais, acenando-lhe uma última vez enquanto pensava em suas palavras:

"É a flor mais bela quem carrega os espinhos mais afiados".

Um olhar gélido tomou conta do semblante de Namira Dhue Baysan, seguido por um sorriso discreto e enigmático.

"Estou certa disso", pensou.

***

Assim que entrou no aposento reservado aos visitantes ilustres, Namira atirou os sapatos para longe, largando o corpo na poltrona macia diante da lareira. Reconheceu ao longe o ruído monótono das empilhadeiras no hangar principal, entrando num estado de torpor. Com um gesto delicado, deslizou os dedos sobre a tatuagem que trazia na parte interna de seu pulso direito. O símbolo da sua linhagem. Lá fora, homens e máquinas davam os últimos ajustes na fragata Phanter II, com a qual o comandante dos *afrikanischen Regimentskorps* partiria na manhã seguinte. Namira lembrou-se dos olhos negros da mãe e de sua voz macia cantarolando uma velha cantiga das montanhas, enquanto acariciava seu braço, imitando as patas do escorpião do deserto.

Uma estranha sensação jogou-a de volta para Dar es Salaam. Alguém se aproximava às suas costas. Num salto, desembainhou um punhal de lâmina curva que trazia escondido, colocando-se em posição de defesa. Desvencilhou-se das garras do oponente com um giro rápido e parou a sua lâmina de dois gumes a poucos centímetros da sua jugular. O homem riu, surpreso com a sua destreza, e afastou a arma do pescoço com um movimento rápido, empurrando a jovem para trás. Com o peso do próprio corpo, imobilizou-a no chão, sentindo sua respiração descompassada.

– Maldito – gritou Namira, mordendo o ar, mas desejando ter arrancado a sua orelha.

O homem riu mais uma vez, tomando a arma de sua mão e jogando-a para longe. Tapou rapidamente sua boca com um beijo. Namira rendeu-se aos poucos, até finalmente corresponder ao beijo e entregar-se por completo a Klotz von Rosenstock. O general despiu-a de forma voraz, divertindo-se feito um caçador em meio a um safári. Namira puxou os cabelos de Klotz para trás, a fim de observar melhor em seu rosto a expressão de prazer, até o homem contorcer-se saciado, emitindo um gemido rouco.

Com olhos petrificados, o general fitou a dançarina como se fosse a sua última visão. Namira Dhue Baysan deixou os pensamentos vagarem para longe, buscando um lugar seguro bem longe de Rosenstock e do horror presente naquele olhar. Sentia medo, como há muito não sentia.

Capítulo 3

Tânger, Marrocos, vinte de abril de 1914

Benjamin Young saboreou o último pedaço do guisado que o velho estalajadeiro havia trazido. Uma refeição de verdade, como há muito não experimentava. Carne fresca, legumes e batata cozida temperada com ervas e pimenta-do-reino. Depois, despejou um pouco do café com gosto de gengibre numa xícara de porcelana. Acendeu um cigarro, deixando de lado os bolinhos de trigo e mel que acompanhavam a bebida. Muito diferente daquele *sebo de camelo* que estava acostumado a comer durante as travessias pelo deserto. Uma pasta temperada com ervas e servida com pão seco, que os tuaregues acreditavam conter tudo o que alguém precisa para sobreviver no grande Saara. *Sebo de camelo*... e uma boa dose de loucura. Isso sim, o principal ingrediente para sobreviver no deserto, como um rato num lugar infestado de serpentes. O verdadeiro *aljahim*. Sentia-se um nativo das areias. Treze anos. Meu Deus. Isso vai além das expectativas para quem vive no deserto.

Levou a mão à cicatriz embaixo da barba loura. Uma lembrança da batalha em Talmine, a última antes de deixar de vez a Força Expedicionária Britânica. Como teria sido a sua vida se tivesse continuado servindo à Coroa? Se tivesse continuado como o Olho de Gibraltar... um apelido que recebera dos colegas depois de desobedecer às ordens do seu superior, seguindo por conta própria o rastro de assassinos *mahjad* ao norte do Sudão. Salvou seu pelotão de uma emboscada fatal. Saudado como um verdadeiro herói. Um verdadeiro imbecil, isso sim, condecorado mais tarde com uma detenção de vinte e três dias por insubordinação e imprudência.

Depois de deixar as Forças Expedicionárias, Ben Young acabou aventurando-se pelas planícies de sal. Fez de tudo um pouco, de carregar dirigíveis mercantes a apresentar-se como lutador de rua em troca de algumas piastras. Já havia desbravado a imensidão africana quando finalmente montou o seu próprio negócio: a Gibraltar Guide & Commercial Routes. Um nome pomposo para um negócio medíocre, que mal dava para a sobrevivência. Ben Young liderava expedições de caravanas mercantes pelo deserto, conduzindo comerciantes de toda laia aos portos da costa marroquina e do norte da Argélia.

Um homem no fundo da cantina começou a dedilhar o *bouzouki*. Ben olhou os ponteiros do relógio. Nove e dez, horário das rezas e cânticos em Tânger. Ainda tinha uma boa caminhada até o El Khaleb – o velho hotel onde iria hospedar-se. Uma boa noite de sono numa cama de verdade é tudo o que um esqueleto empoeirado pode querer. Vasculhou o bolso da camisa e puxou duas notas de vinte libras. O dinheiro veio embolado com o recibo que havia emitido para Amon Mahmoud – o jovem mercador egípcio que havia trazido para Tânger, mas foi uma folha dobrada cheia de vincos que atraiu seu olhar: a carta de seu velho amigo Didieur Lacombe, capitão argelino do 4º Regimento de Cavalaria *Spahi*, com quem marcara de encontrar-se no dia seguinte. Os dois haviam se conhecido em Fachoda, durante os encontros entre as delegações inglesa e francesa. Porém, somente depois dos conflitos em Talmine, quando o Olho de Gibraltar impediu que um sabre empunhado por um rebelde separasse a cabeça do francês do resto do seu corpo, que a amizade floresceu. Não se viam desde que o francês havia sido nomeado como comandante em chefe da *gendarmerie*.

Vestiu o pesado casaco e apanhou o estojo de couro com o Winchester 44 – uma arma magnífica de repetição que ganhara de um velho magnata texano ao vencê-lo em uma partida de *Blackjack*. Por fim, apanhou a mochila de lona, pendurou-a no ombro direito e saiu com um aceno de cabeça ao estalajadeiro.

***

No alto da encosta, a rua com os coloridos casarões portugueses dava para uma escadaria. Abaixo, um imenso tapete cintilante desaparecia junto à linha do horizonte. Telhados, casebres e prédios de concreto fundiam-se, formando um único bloco irregular, interrompido pela Grande Mesquita. Ben sorveu o ar cálido da noite como se visse Tânger pela primeira vez. Uma exótica babel. *Souks*, igrejas, mercados clandestinos e casas de jogos escondidas em suas muitas ruelas espremidas, atraíam uma multidão fervilhante. Lordes e barões desfilavam em Fords T, lado a lado com espiões, criminosos, diplomatas e turistas deslumbrados.

Ben Young caminhou em direção às ruelas da Medina de Tânger, região próxima à zona franca da cidade. Um lugar ermo e sujo quando visto de perto. Uma das muitas cicatrizes que a cidade insistia em esconder, mas que lhe serviria como atalho até Moghogha, o bairro industrial onde ficava o hotel El Khaleb. Passou diante dos portões de entrada do depósito de máquinas abandonadas e seguiu em direção à passarela no final da avenida, onde um grupo de bêbados assistia à batalha travada entre os dois escorpiões no interior de um velho caixote de madeira. Chegando à Place de France deparou-se com dois policiais tentando afastar um grupo de moleques, pequenos ladrõezinhos, que rodeavam seus *meharis*. O policial mais robusto, do alto de seu camelo, apontou a metralhadora, divertindo-se ao ver as crianças desaparecerem feito ratos em busca de uma nova vítima para os seus pequenos roubos.

Ben desviou dos muitos mercadores de laranja, especiarias e couro, e cumprimentou os oficiais com uma antiga saudação da BFE, deixando-os para trás. Cruzou becos e antigos curtumes até chegar à Mahdia, uma ladeira estreita que fazia um "L" e de onde se podia enxergar ao longe o minarete que ficava próximo à antiga estação Tânger-Morora. A caminhada estava chegando ao fim, e uma boa noite de sono aguardava-o longe das ruas fedorentas. De repente, um grito. Um vulto cambaleando surgiu lá embaixo, na saída da Mahdia, e caiu em meio a uma pilha de caixotes.

– *Musaeada... musa...*

Ben aproximou-se ressabiado. O homem tinha um garbo parecido com aquele dos prósperos mercadores que costumavam circular junto às casas do Comércio Exterior. Vestia um terno caro de linho azul com colete e trazia um anel de ouro no mindinho da mão esquerda. Um risco vermelho descia pelo canto da boca até a altura do queixo, manchando a barba aparada. A cada gesto desesperado, mais sangue ensopava seu paletó. Ben afastou o tecido e examinou o corte, feito por uma lâmina. O sangue era negro. O fígado havia sido atingido. Young apanhou um lenço no bolso do casaco e pressionou a ferida.

– Calma... não se movimente. Vai ficar bem – mentiu. – Vou buscar ajuda e...

– Não há... tempo. O San... gue... do Di... Dia... bo... – O homem vasculhou o interior do seu terno e retirou um pequeno estojo de couro, que entregou a Ben, agarrando-o pela lapela do casaco e puxando-o para perto. – Coldwell... ma... jor... Coldwell... Ca... Cairo.... o Sangue... o Sangue... do... Diabo.

Silêncio.

– Ei... não faça isso! – gritou bem, encarando aqueles olhos opacos. – Droga – resmungou, voltando-se para o estojo em suas mãos. – Mas o que isso significa?

Ben ergueu o objeto, abriu-o e passou a examinar o frasco em seu interior. Um liquido incolor... e inodoro. – Com certeza não é uísque. – Guardou o frasco no bolso e encarou o cadáver, quando percebeu uma sombra acima da sua cabeça. Alguém o observava do topo de um beiral, empoleirado como um morcego. Um homem treinado para usar as sombras como aliadas saltou em sua direção feito um predador.

Ben desviou da adaga curva que passou rente a sua garganta. Colocou-se em posição de defesa e examinou o ser truculento que avançava em sua direção – o assassino do homem estirado ali. O berbere media quase dois metros de altura e trazia o rosto coberto por um *tagelmust* negro, diferente dos tradicionais azuis usados pelos tuaregues. Movia-se lentamente, segurando a adaga com intimidade.

Uma nova investida. Ben Young recuou com a destreza de um boxeador e conseguiu acertar o maxilar do brutamonte com um gancho de direita. O berbere recuou. Aproveitando a vantagem, Young avançou em sua direção, mas foi surpreendido pela agilidade felina do assassino – um golpe na costela. Sentiu o gosto de sangue enquanto o berbere estrangulava-o. Lutou para afastar a adaga da sua jugular e desferiu uma joelhada no estômago do sujeito, seguida por um soco em sua traqueia. O homem vacilou, sem ar. E tombou com o último soco, direto no centro do peito. Ben arrancou o punhal e jogou-o longe. Debruçou-se sobre o inimigo e começou a sufocá-lo. Com sorte, o colocaria para dormir em pouco tempo. O homenzarrão, porém, dotado de uma força descomunal, lançou-o feito um saco de batatas, fazendo-o rolar pelo chão. Ben tentou levantar-se. Por um momento, seus olhos ficaram turvos, mas logo percebeu que o assassino apontava o cano de uma arma para ele. Um tiro à queima roupa.

Ben Young apoiou a mão no abdômen em busca do ferimento. Não havia nada ali. Teria o homem errado o alvo? Impossível daquela distância. Fitou o berbere mais uma vez. O assassino mantinha-se estático, ainda empunhando a arma, desmoronando ao ser atingido no centro da testa.

Na saída do Mahdia, uma nova figura ainda mantinha a arma em riste. A fumaça e o cheiro de pólvora que vinha dali revelaram a Young o autor do disparo. Ben tentou enxergar o seu salvador em meio à penumbra. Um homem magro e alto aproximou-se, olhou rapidamente para o corpo estirado e voltou seu olhar curioso para Ben, mantendo-o sob a mira de sua pistola Savage 1907.

O ex-expedicionário ergueu as mãos num gesto de rendição.

– Calma aí, amigo... não sei o que tudo isso significa... mas acho que podemos conversar...

O homem fez um sinal para ele se calar. Que se aproximasse com cautela. O homem trazia marcas do tempo por trás do véu que cobria o seu rosto. O velho vestia uma túnica azul e empunhava uma pistola nas mãos calejadas. Ben observou a tatuagem em seu punho. Um escorpião com uma meia lua entre os seus ferrões. Conhecia aquele tipo de figura. Um *símbolo da vida*, representando certa etnia. Uma antiga tradição usada pelos povos da areia.

– Acalme-se, não sou um ladrão.... e nem um inimigo. Vi quando o homem lhe entregou alguma coisa. Uma coisa que não lhe pertence. Deixe-a aqui e siga o seu caminho.

Ben fitou o tuaregue:

– Esta falando do frasco...talvez a polícia queira saber...

– Já temos mortos demais para uma única noite. Rápido... o frasco que Misbah lhe entregou... – "Misbah", pensou Benjamin Young. – Cuidado – advertiu o tuaregue ao vê-lo manusear o objeto. – Ou todos nós nos veremos em breve no reino de Alá.

– O que é isso... uma espécie de nitroglicerina... o *Sangue do Diabo*... E quem era o sujeito atrás do seu amigo?

– Perguntas demais. Respostas perigosas. Se quer viver, siga o meu conselho, esqueça o que viu e deixe Tânger. – E botou Ben para dormir com uma coronhada. Em seguida, aproximou-se do cadáver:

– Adeus, Idris, meu amigo. Que Alá o receba em paz.

Desapareceu pelo Mahdia ao escutar o barulho de um *mehari* não muito distante.

***

Um berbere desceu sorrateiramente em direção ao beco e misturou-se a multidão de curiosos e repórteres que tentavam aproximar-se da cena do crime, escolhendo um bom ângulo de onde podia observar os policiais ao lado dos corpos. O farejador, como eram chamados os muitos espiões a serviço dos *sawda'*, aproveitou quando um dos guardas começou a discutir com um repórter exaltado para aproximar-se e examinar os corpos mais de perto. Começou a ajustar a lente da sua Ur-Leica de 35 milímetros até se dar conta de que um deles se mexia, tirando algumas fotografias do misterioso sujeito.

Os *Zahrat sawda'* enviados por Jafar Adib, cuja missão era recuperar a substância roubada, o *Sangue do Diabo,* haviam falhado graças ao... O berbere examinou as feições do homem que estava vivo, sussurrando para ele mesmo "maldito intruso". Guardou a máquina fotográfica no bolso do seu jaleco e embrenhou-se pelas ruas escuras de Tânger. "Maldito intruso".

Capítulo 4

Central da gendarmerie – Tânger,

– Vocês deviam ter me acordado. *Mon Dieu!* – gritou o comandante-chefe da *gendarmerie* e capitão das tropas *spahi* ao sargento que o seguia apressado pelos corredores da central de polícia em direção à carceragem.

– Desculpe, capitão Lacombe. Eu ia informá-lo pela manhã, quando...

– *Pas d' excuses* – explodiu Didieur Lacombe cofiando os bigodes pontudos, avançando feito um touro enfurecido. – Eu deveria ter sido informado ainda ontem... assim que o trouxeram para cá. O meu amigo! *Mon Dieu*, um verdadeiro herói de guerra largado em minha carceragem feito um criminoso. Por acaso faz ideia de quem ele é? O melhor batedor que os ingleses já tiveram. *Merde...* Ohhh... Benjamin.

O homem sentado no catre no interior da cela abriu um sorriso ao ver o policial histérico.

– Pelo visto, você continua o escandaloso de sempre!

– *Bon Dieu...* e você continua cheirando a estrume de camelo – respondeu Lacombe caindo na gargalhada. Abriu a cela e envolveu o amigo num abraço caloroso.

Didieur Lacombe era uma figura excêntrica. Havia ganhado alguns quilos desde o último encontro com o amigo, muito embora a túnica vermelha com divisas douradas ajudasse-o a esconder tal detalhe. Costeletas proeminentes e um cavanhaque aparado adornavam seu rosto fino. Vinha de uma família abastada de advogados e havia sido educado para levar adiante tal legado quando anunciou o seu interesse pela escola preparatória para oficiais. Era isso ou tornar-se um gigolô, já que Didieur nunca fizera questão de esconder seu apreço pela vida noturna dos cabarés e suas mulheres. A primeira opção fora mais bem aceita pela família, e assim, o jovem Didieur Lacombe começou a sua gloriosa carreira como oficial, construindo um histórico invejável, mas sem nunca deixar de lado certas tendências. Baionetas, cartas, mulheres e um bom Borgonha. Não existe nada mais que valha a pena defender com a própria vida.

– Benjamin... você está um trapo, *mon ami*. Peço-lhe desculpas, mas somente há pouco é que fui informado sobre a identidade do homem encontrado na cena do crime. *Soldat, qu'est-ce que vous décidez?*, gritei ao ouvir o seu nome. Deixei o gabinete do governador para trás e vim para cá imediatamente.

– Não era bem assim que eu havia planejado encontrá-lo, Didieur, mas enfim... é um prazer revê-lo.

– O prazer é todo meu, camelo rabugento. – Sorriu Lacombe, abraçando-o, feliz.

– Você se tornou um homem importante, Didieur. O homem de confiança do governador.

Lacombe cofiou os bigodes e estufou o peito quando respondeu com o sorriso congelado no rosto rosado de sol:

– Lyautey aprecia o conselho dos seus oficiais, o que o torna um homem de prestigio junto ao exército e aos membros do protetorado. Mas deixemos isso de lado, afinal, você já passou tempo demais neste buraco. Sargento... acompanhe-o à enfermaria e depois ao meu gabinete. Peça que enviem para lá os seus pertences junto com um bom café da manhã. Você deve estar faminto, meu velho. – Tomou o amigo pelo braço e arrastou-o para fora. – Agora você vai me contar o que estava fazendo naquele lugar.

***

– E isso é tudo o que eu me lembro, Didieur – resmungou Ben encerrando a sua narrativa sobre a noite anterior. Deu um gole no café servido pelo amigo e caminhou até a janela do escritório observando a movimentação no pátio central.

Lá fora, soldados faziam as inspeções matinais cuidando da cavalaria e dos *meharis* enquanto um pelotão hasteava as bandeiras do Marrocos, da *gendarmerie* e da França nos mastros localizados no centro do pátio. Um comboio formado por cinco carros blindados do deserto se preparava para partir em missão enquanto policiais desfilavam alinhados durante a troca da guarda.

– Um *Zahrat sawda'. C'est une merde* – disse Didieur, notando o espanto no olhar de Ben. – A flor negra tatuada em seu pescoço não nos deixa dúvidas quanto a isso. O homem com quem lutou é um assassino treinado e membro de um dos maiores grupos terroristas e mercadores de escravos de todo o Magreb. São liderados por Jafar Adib, um criminoso cuja fama estende-se do Egito ao Marrocos. Não há uma caravana sequer no norte da África que não tenha tido problemas com ele. – Encerrou dando um gole em seu café e acendendo um cigarro, oferecendo a Ben.

– Ouvi muitas histórias sobre eles...os *sawda'* – disse Ben. – Dizem que costumam deixar um rastro de sangue por onde passam... incluindo o das mulheres e crianças que cruzam o seu caminho. Costumam usar as cabeças de seus inimigos vendendo-as para os caçadores que vivem no sul do continente.

Didieur fez uma expressão de escárnio:

– Infelizmente, sabemos muito pouco sobre Jafar. Exceto que o maldito foi expurgado pela sua própria etnia, os *Chaamba*. Um fruto podre! – falou socando de leve o tampo da mesa. – Inimigo da França desde as guerras contra a Awlad Sidi Shaykh. Presente durante o massacre da segunda expedição organizada por Flatters, e responsável pela morte atroz de mais de vinte soldados franceses em In Salah. Sua crueldade foi tamanha que, mais uma vez, foi destituído do seu posto, juntando-se a mercenários e assassinos e criando o seu próprio exército... os *sawda'*.

Ben Young suspirou, impressionado.

– Uma ficha e tanto.

E observou Lacombe apanhar o relatório e levá-lo diante dos olhos:

– Quanto à vítima deste *sawda'*... trata-se de Idris Misbah. Cinquenta e poucos anos... hum... natural do Cairo. Um bem-sucedido fabricante de azeite, com ótimas relações com mercadores em Fez, Casablanca e Tânger.

– Pelo visto, essas relações não se restringem a simples mercadores...

– *Oui* – concordou Didieur. – Um mercador bem-relacionado, caçado por ninguém menos do que Jafar Adib... isso sem contar o outro homem, o tuaregue que salvou a sua vida e eliminou o nosso "malvado" *sawda'*. Homens cujo interesse é o mesmo, eu presumo. Mas diga-me, *mon ami*, o tal frasco que Misbah lhe entregou e que infelizmente foi roubado... seria algum tipo de droga ou...?

Ben acenou com a cabeça, deixando uma interrogação no ar. Didieur prosseguiu:

– O *Sangue do Diabo*, você disse. Sem dúvida um nome apropriado. Afinal, parece ter deixado um rastro de sangue em seu caminho. Uma misteriosa conexão entre homens prósperos, criminosos, tuaregues... *Mon cher Misbah* ... o que será que você escondia de tão valioso?

– Se existe alguém que pode responder isso é este tal de Coldwell.

– *Oui... oui...* sem sombra de dúvida, Benjamin. Major Coldwell... Meu sistema de inteligência já está trabalhando nisso. Quanto ao tuaregue que o salvou, faz alguma ideia de sua etnia? – Didieur acomodou-se na poltrona. Apanhou a xícara de café. Queimou os lábios. – *Merde!*

– Pela marca no braço, parece um daqueles símbolos da vida usados por algumas tribos do Norte. – Ben continuava andando de um lado para o outro. Existem milhares de guerreiros berberes que carregam símbolos de etnia no pulso, próximo à mão que empunha a lâmina. Uma antiga tradição que dura até hoje. É uma forma de expressar gratidão e amor pelo seu povo. Não é qualquer um que pode carregar essa marca.

– Quer dizer que nosso tuaregue é alguém importante...

– Se você quer dizer honrado, sim. Para os tuaregues, os bens materiais não importam tanto. Pessoas com honra carregam seus símbolos totêmicos em seus corpos, independentemente da sua casta social.

Didieur Lacombe bufou. Debruçou-se sobre a mesa e esmagou a guimba do cigarro no cinzeiro metálico:

– Mesmo carregando uma marca destas, seria como procurar uma agulha num palheiro. *C´est une merde*. Primeiro, a destruição do dirigível prussiano. Agora, este assassinato. Malditos *sawda'*. É como se o cheiro podre de Adib começasse a se espalhar por todo canto...

– Está querendo dizendo que os *sawad'* têm algo a ver com a destruição do Reichsadler?

– *Exactement!* Existem suspeitas de que Jafar Adib e seu bando estão envolvidos no triste atentado. Pobres marujos... A destruição do Reichsadler é bem capaz de trazer à tona nossas antigas diferenças.

– Uma nova crise?

– É só o que faltava. Wilhelm está acusando a França pela falta de segurança nas rotas sob nossa jurisdição. Uma delegação já está a caminho para discutir com o governador Lyautey medidas enviadas pelo seu ministério. Droga!

– *J'ai déjà vu ce film*!

– Mais uma vez, nós, franceses e alemães, nos sentamos em torno de uma mesma balança... novas imposições... novas rodadas de um jogo antigo. – Didieur fez uma pausa. – Uma excelente oportunidade para o *Kaiser* restaurar a opinião pública alemã. Principalmente depois de toda aquela confusão em Agadir.

Ben Young concordou, observando Didieur continuar a discursar diante de uma plateia invisível de senadores e políticos:

– Vivemos momentos confusos, *mon ami*. No Touat, nossos pelotões enfrentam o avanço de tropas rebeldes anticolonialistas. Berberes apoiados por contrabandistas e fornecedores de armas. O que nos leva de volta a Adib e seu bando. Enquanto isso, nos Bálcãs, *lês putains* de Serbes e Hongrois... De repente, o mundo está preste a se tornar *un véritable enfer*. – O capitão pigarreou. – Mas deixemos isso tudo de lado. Pelo menos, por ora.

Didieur retomou o velho bom humor e seu sorriso largo. Ben sentou-se diante dele.

– Amanhã à noite haverá uma recepção oferecida pelo governador Lyautey à delegação dos chucrutes – continuou Didieur. – Eu agradeceria se meu velho amigo me acompanhasse.

– Hum...

– Sem desculpas, *mon ami*. Conforme combinamos antes, precisamos colocar a conversa em dia. Aí estará liberado para partir.

– Liberado? – riu Ben.

– Meu caro Olho de Gibraltar, você foi vítima de um atentado e se envolveu em um assassinato. Como comandante da *gendarmerie*, o que espera que eu faça... que o deixe partir antes de solucionar toda esta bagunça?

Ben sacudiu a cabeça, achando graça da maneira como Didieur fitava-o com aquele ar superior e cômico ao mesmo tempo:

– Neste caso, velho beberrão, é melhor me jogar de volta na cela onde me apanhou. Não vai conseguir me segurar aqui por muito tempo. Enquanto isso, podemos pensar em encontrar algumas respostas.

Didieur caiu na gargalhada:

– *C'est bien dit.* O bom soldado está de volta. Pois saiba que, de agora em diante, você está sob a minha tutela. Não vou pensar duas vezes para atirá-lo numa destas celas e me divertir vendo você limpar bosta de camelo. Agora, vamos! Deve estar louco por um banho quente. Na verdade, eu também estou precisando. Eu já providenciei um lugar...

– Desculpe, Didieur, mas estou sendo aguardado no El Khaleb. Além disso, tenho assuntos para tratar com o jovem Amon Mahmoud, o mercador que eu trouxe até aqui. O garoto me deve uma boa quantia e pretendo resolver isso até o fim do dia. Não se ofenda, capitão. Sem querer desmerecer as suas instalações, prefiro dormir no hotel.

O francês bufou mais uma vez:

– *Merde.* Tem razão. Descanse hoje... e brindemos amanhã. Eu o levarei até a espelun... quer dizer, o Khaleb – desferiu sua estocada. – Tenho um encontro com o governador esta manhã, e um pequeno desvio não fará mal algum. A propósito... espero que venha com um bom terno. Se quiser, posso lhe indicar um lugar onde poderá alugar. – Deu um tapa de leve no ombro do amigo. Em seguida, tomou-o pelo braço e conduziu-o em direção ao pátio, onde um Peugeot Bébé aguardava-os. – O mundo mudou muito desde que nos conhecemos, meu velho amigo, e devo confessar que isso me assusta... *oui*... É bom estar do seu lado, Benjamin Young.

***

O El Khaleb imitava o famoso Castelo Real de Mogador. Na fachada, os dizeres apareciam escritos em letras garrafais azuis, desbotadas, acima da suntuosa porta de carvalho adornada por frisos dourados e pilares de cobre. Janelões de madeira davam para as sacadas, todas elas voltadas para a grande Mesquita, e muito embora seu aspecto atual anunciasse a sua decadência, o El Khaleb ainda oferecia uma das melhores salas de banho de toda a região. Com um movimento local intenso devido a sua aproximação com a velha estação ferroviária Tânger-Morora, de onde partiam trens para Fez e Casablanca, o velho hotel erguido em 1580 ficava no centro de um agitado quarteirão cercado por *souks* e cafés espremidos nas muitas vielas ao seu redor, onde os gritos dos mercadores disputavam com as campainhas das bicicletas e buzinas dos automóveis a atenção das centenas de pedestres que passavam por ali.

O veículo levando Ben e Didieur parou diante da porta principal. Do outro lado da rua, um homem elegante ocupava uma das poucas mesas do café Adiz, um minúsculo estabelecimento com poucas mesas e que não via água e sabão há algumas semanas. Um lugar escuro e abafado, localizado entre duas pequenas lojas de especiarias, bem diante do El Khaleb, perfeito para bêbados que costumavam reunir-se em seus porões para traficar haxixe. Atrás do balcão encardido, e apoiado na prateleira desprovida de garrafas, um jovem berbere apático servia os poucos clientes enquanto assistia à vida passar no mesmo ritmo do ventilador de teto, que emitia um ruído sofrido cada vez que insistia em girar suas pás enferrujadas.

O homem elegante pediu mais uma xícara de café enquanto observava o oficial francês e seu amigo parados do outro lado da rua. Retirou do bolso uma fotografia e comparou-a ao rosto do homem que acompanhava o oficial. É ele, sem dúvida. *Der Eindringling.* O intruso no Mahdia. *Mein Gott,* esses malditos *sawda'* não conseguem nem dar conta de um *idiot.* Verificou as horas no relógio e bufou. *Scheißhitze.* Estava farto do clima local, das pessoas ao seu redor e, principalmente, de ficar plantado ali cercado por mosquitos. Retirou do bolso um lenço branco e enxugou a testa molhada de suor. Os dois homens despediram-se. *Gott sei Dank.* O homem da fotografia entrou no Khaleb, assim que o Peugeot partiu com o oficial francês. O espião com cara de poucos amigos saiu apressado do café e entrou no Ford T estacionado no final da rua.

Capítulo 5

Baía do Corvo, próximo ao Golfo de Sidra –
Costa Norte da Líbia.

As palavras rudes do telegrama do general Rosenstock martelavam na mente de Jafar Adib, com críticas a seus homens após o fracasso durante a perseguição em Tânger. Palavras rudes, temperadas com pitadas de ironia.

"Caro Adib, em relação ao ocorrido, parece-me que nosso simples "rato", descrito assim em nosso encontro, foi capaz de enganar o grande leão. Tolo é aquele que subestima pequenos seres, pois estes são geralmente grandiosos em sua agilidade e determinação, enquanto leões e águias, seres imponentes, sempre acabam se tornando alvos fáceis".

O líder *sawda'* observou a paisagem a sua frente tremendo de ódio. A Baía do Corvo servia de base para os *sawda'*; suas ondas tocavam as paredes das encostas reverberando um som melancólico. Era um lugar insólito, cheio de histórias malditas de piratas berberes que, no início do século XV, escondiam-se das naus inglesas e espanholas que infestavam as águas do Mediterrâneo. Suas cavidades serviam de depósito, guardando todo tipo de mercadoria – armas, carregamentos de haxixe, ópio e até as escravizadas capturadas por contrabandistas, cujo destino não era outro senão os muitos mercados clandestinos de escravizados espalhados pela região do grande deserto.

Um *sawda'*, empunhando um pequeno chicote, gritava ordens para alguns escravizados que seguiam as empilhadeiras indo em direção ao submersível alemão que acabara de ancorar na Baía. Um UB-7 lançador de minas usado pelo sistema de inteligência imperial alemão, para transportar de Berlim até as mãos de Adib a carga secreta de Rosenstock.

Conectadas ao compartimento de carga da nau alemã, as empilhadeiras deram início ao trabalho de desembarque, transportando os imensos contêineres dos depósitos do UB-7 para o interior da caverna, embarcando-os em seguida no Jahannam, o dirigível *sawda'* que permanecia ancorado numa plataforma interna, conhecido também como o verdadeiro *shaytan* (demônio). Uma ameaça que singrava o céu noturno do Magreb em busca de sua presa.

Um oficial alemão parado na ponte do UB-7 fitou o líder *sawda'* com um olhar de desdém. Nem todos no *Reich* viam com bons olhos o envolvimento de alguém como Rosenstock com berberes daquela laia. Contudo, o general dos *afrikanischen Regimentskorps* fora brilhante em seu discurso para o conselho de guerra, que convenceu até mesmo o poderoso almirante von Tirpitz da importância dos *sawda'* para a sua operação:

– Ninguém melhor do que Adib para manipular e controlar os planos de ataque nas rotas comerciais. Precisamos de um escudo, e com a ajuda dos *sawda'*, os ataques anticolonialismo, somados aos conflitos tribais, servirão de distração, afastando a atenção dos nossos inimigos. Os *Zahrat sawda'* representam uma lâmina afiada nas mãos do *Reich*.

Jafar Adib seguiu em direção à nau alemã, seguido por dois dos seus guardas. Ao aproximar-se do UB-7, ignorou a saudação que o oficial parado na ponte do submersível dirigiu-lhe.

O líder *sawda'* parou diante de uma pilha de contêineres com peças aeronáuticas e navais, engrenagens, motores, partes de imensas caldeiras e material bélico. Parou diante de uma caixa e examinou, sem muito entusiasmo, o seu conteúdo: rifles Remington, bússolas e equipamentos diversos. Brinquedinhos que serviriam para garantir a fidelidade de alguns xeques e líderes rebeldes. Mas foram os recipientes no interior dos baús de vidro com a inscrição Majestät que chamaram sua atenção. A substância. Havia o suficiente dela para dar cabo de uma população inteira. O *Sangue do Diabo*. Uma importante engrenagem naquele jogo sagaz.

O início de tudo foi o extermínio de um pelotão de *spahis* na fronteira entre a Argélia e a Mauritânia. A culpa recaiu sobre os guerreiros *Hoggar*, o que despertou a ira dos chefes das tribos *Ajjers*, que passaram a exigir a cabeça do líder inimigo ao alto conselho saariano. O lance seguinte foi acusar os *Chaamba* pelos atentados nas principais rotas de sal entre o Egito e o Marrocos, colocando-os na mira das tropas francesas e inglesas. Por fim, houve a destruição do Reichsadler, permitindo que Rosenstock seguisse sem deixar rastros pelas entranhas do Magreb. A cada ação, Jafar aproximava-se mais de seu prometido sultanato.

Um berbere robusto segurando um chicote, capaz de botar um camelo para dormir com um único golpe, vinha na direção de Jafar:

— Senhor, eis seu prisioneiro.

O maltrapilho mal conseguia ficar de pé.

— Encontraram nosso rato. Este é o infeliz que roubou um dos frascos com o *Sangue do Diabo*. – Jafar Adib aproximou-se do velhote. — Nosso farejador o seguiu até as ruínas de Cherchell. Ele pretendia partir para o Cairo numa embarcação de pesca. Ele achou mesmo que poderia escapar com estas pernas mais finas que patas de cabra.

O líder *sawda'* agachou-se diante do homem indefeso. Como alguém assim pôde enganar um *sawda'*? Tocou o queixo do prisioneiro e ergueu seu rosto:

– Reconheço que você é um homem de coragem. Um verdadeiro filho das areias.

Lágrimas desceram pelo rosto do prisioneiro, perdendo-se entre os fios sujos da sua barba.

– Fadi... . Meu no... nome... é... Fadi.

Jafar sorriu sem alegria:

– Causou-nos um grande constrangimento, Fadi. Obrigou meus homens a rastreá-lo por toda Tânger. Sua coragem custou a vida de um dos meus melhores *sawda'*.

O prisioneiro, apavorado, desviou o olhar de Jafar:

– Senhor...

– Eu imagino que já saiba sobre a morte do seu amigo... Idris Misbah. Este era o nome... Misbah? O homem para quem você entregou o *Sangue do Diabo*?

O prisioneiro não pareceu surpreso ao ouvir a notícia:

– Mas, senhor...

– Sabemos que foi contratado por Idris Misbah. Um maldito espião. Para quem Misbah trabalhava, Fadi? Ingleses... franceses...? E quem é o homem que estava com ele? O homem para quem Misbah, por certo, entregou o frasco antes de morrer?

Ao ouvir a última parte do questionamento, Fadi finalmente esboçou uma reação de espanto.

Jafar sorriu, satisfeito. Retirou do bolso da túnica o retrato que o seu assassino em Tânger havia lhe enviado do tal sujeito no Mahdia. Em seguida, colocou-o diante dos olhos remelentos de Fadi:

– Quem é este homem?

Fadi abaixou os olhos, balbuciando palavras sem sentido. Não fazia a menor ideia de quem era o homem no retrato.

– Os homens de Rosenstock já estão no encalço deste sujeito. Muito em breve, identificaremos o contato de Misbah. Mas você pode facilitar as coisas, meu bom Fadi. Ajude-nos e ganhe a sua vida como recompensa.

Fadi encarou o seu algoz. Escancarou a boca desprovida de dentes num riso desleixado. Um riso cheio de medo, que logo se converteu numa gargalhada. Desafiadora, cruel, digna de alguém que já havia entregado a sua alma a Alá.

Jafar percebeu que não havia nada a fazer:

– Que Alá perdoe as minhas falhas, Fadi, e o receba no outro mundo, onde nos encontraremos um dia.

Dito isso, Adib deu a ordem silenciosa a um dos *sawda'*, que se aproximou e executou o prisioneiro com um tiro na nuca. Em seguida, retornou para o interior da caverna, dando uma última espiada no sujeito do retrato. Um rato escondido nas areias do deserto. Maldito intruso.

Da proa do Jahannam, Jafar Adib observou o horizonte. Uma tempestade aproximava-se.

Capítulo 6
Tânger

Ben Young olhou mais uma vez para o relógio. Encostou numa das pilastras na entrada do El Khaleb e acendeu outro cigarro, procurando distrair-se com o movimento nas ruas.

Naquela noite, o Olho de Gibraltar não lembrava em nada o homem que chegara ao hotel na manhã anterior, com um galo na nunca e as roupas empoeiradas. De *smoking*, com os cabelos cheios de pomada, podia até mesmo ser confundido com um aristocrata inglês, ou, quem sabe, com um daqueles atores de Hollywood que costumam passar as férias em lugares exóticos.

Finalmente o Peugeot estacionou diante do Khaleb, buzinando duas vezes. Lacombe acenou eufórico:

– Perdoe o atraso, *mon ami*. Contratempos. Mas nada sério, é claro. Vamos, entre logo. O governador jamais me perdoará se chegarmos em sua recepção depois dos chucrutes.

O motorista de Didieur, um autêntico *spahi* marroquino, cantarolava baixo enquanto dirigia o Peugeot, seguindo a toda pela *Route de l'Abattoir* em direção ao antigo *Boulevard Frente al Mar*, tomando um desvio junto à Rua Portugal e alcançando em tempo recorde a Avenida Espanha.

A costa marroquina era um espetáculo à parte, adornada pelas famosas palmeiras de Elche. Luxuosos iates disputavam a atenção com os muitos clubes noturnos, restaurantes e teatros glamorosos, como era o caso do Tívoli, com pessoas que se aglomeravam para assistirem a uma das suas famosas projeções de filmes mudos. Contudo, a maravilha maior ficava a cargo do Palácio Real, que cintilava no alto de uma encosta rochosa: o suntuoso Dar-el-Makhzen, como era conhecido o palácio do sultão em Tânger. Holofotes iluminavam seus muros azulejados e portões dourados, voltados para o estreito de Gibraltar.

Uma multidão de convidados ilustres, acompanhados por elegantes mulheres metidas em vestidos art déco de Poiret e ostentando joias chamativas, eram conduzidos por oficiais ao interior do Dar-el-Makhzen, onde acontecia a grande recepção oferecida à recém-chegada delegação alemã.

O Peugeot avançou pelo pátio central e estacionou junto a coleção de Rolls-Royces que pertenciam ao sultão Yusef ben Hassan.

Didieur Lacombe e Ben embrenharam-se apressados pelos corredores internos do Palácio. Quando finalmente se depararam com os primeiros convidados pelo caminho, o oficial francês ajeitou o colarinho do uniforme e bufou, substituindo a carranca por um sorriso exagerado.

Garçons circulavam em torno dos muitos jardins no interior do Dar-el--Makhzen, entre colunas romanas e magníficos murais de mosaico. Serviam os convidados com Moët & Chandon e Boërl & Kroll Brut, Château Haut--Brion e Château Cheval Blanc. Traziam ainda uma infinidade de canapés de salmão cobertos com *brie de Meaux*, tâmaras e mel, e uma iguaria típica alemã acrescentada ao cardápio em homenagem aos convidados ilustres: *Frikadelle*, bolinhos de carne regados com raiz forte e mostarda.

– Pelo jeito, o Governador não poupou esforços – sussurrou Young, impressionado quando um garçom passou carregando uma bandeja adornada de pedrarias com um autêntico *bourbon*.

– Pois eu lhe garanto que Lyautey não tem nada a ver com isso – respondeu Lacombe com indiferença. – Se dependesse de nós, os homens do *Kaiser* seriam recebidos com um pouco de araque e merda de bode. Mesmo ausente, nosso querido sultão fez questão de esticar a mão aos homens do *Kaiser*. *Merde*. Ahhhh... Lá está o governador.

Lacombe esticou o pescoço acima das muitas cabeças e acenou para o homem pomposo cercado por um séquito de bajuladores, parado diante da escadaria no centro do salão.

– *Mon Dieu*, Lacombe. Cheguei a pensar que eu seria obrigado a receber nossos visitantes sem a presença do *mon commandant en chef*. Hubert Lyautey sorriu e emborcou uma taça de Cheval Blanc.

– Perdoe o atraso, *monsieur le Gouverneur* – respondeu Didieur sem graça –. Pequenos imprevistos. Assuntos burocráticos que exigiram a minha presença. Permita-me apresentar-lhe, *monsieur*, Benjamin Young. Ex-oficial britânico e um dos maiores batedores das Forças Expedicionárias. Conhecido também como o Olho de Gibraltar. Alguém a quem devo a minha vida.

O governador ergueu as sobrancelhas e cumprimentou Young com um aperto forte de mão:

– *Ravi, monsieur* Young. Conheço-o de fama. Didieur não poupou esforços ao contar algumas das suas façanhas.

– Obrigado, senhor Governador, mas sabemos como *monsieur* Lacombe é inclinado a certos... exageros. Um exímio contador de histórias – respondeu Ben, notando os olhares ímpios dos bajuladores ao redor do líder francês.

Didieur fez um gesto constrangido com a mão, apanhou dois copos do melhor *bourbon* oferecido por um garçom e ofereceu ao amigo, fazendo um brinde rápido.

– Ben dirige uma enorme companhia, conduzindo mercadores pelas principais rotas do Magreb. Um trabalho complexo, mas repleto de compensações financeiras.

Young fuzilou o amigo com o olhar. Enorme companhia? Compensações financeiras? Só pode estar brincando.

– Sem dúvida alguma, um trabalho arriscado – interveio um dos aristocratas, um espanhol de voz aguda que mais lembrava uma ave emplumada. – E com o aumento dos ataques rebeldes tornando nossas rotas comerciais daqui até o Sudão um verdadeiro campo de guerra, é mesmo provável que pessoas como o seu amigo tenham um papel cada vez mais importante na segurança das nossas caravanas. *Una infelicidad.*

Lacombe, irritado, fitou o espanhol. Uma crítica à segurança francesa no Magreb bem diante de Lyautey? *Va au diable, fils de pute.* Estava pronto para cuspir fogo quando foi prudentemente interrompido pelo governador:

– A segurança no Magreb depende da união dos nossos propósitos e do fortalecimento de laços amistosos com os nossos vizinhos orientais. Homens como *monsieur* Young representam não somente um apoio à segurança comercial, mas também exercem um importante papel para o desenvolvimento de uma relação sólida com os povos do deserto.

Dito isso, o governador voltou-se para Ben:

– A propósito, *monsieur* Young, Didieur falou-me sobre um imprevisto durante sua chegada a Tânger.

– Um infeliz contratempo, senhor.

Lyautey cofiou os bigodes e acenou com a cabeça:

– *Oui*. Um triste evento que espero trazermos à luz muito em breve... num outro momento. Hoje, a noite é de diversão.

Hubert Lyautey acendeu um dos seus charutos e deu uma boa baforada antes de juntar-se novamente aos colegas aristocratas, metendo-se numa calorosa discussão sobre como as crises balcânicas haviam deixado um novo rastro de ressentimentos e perigosas lições.

Notícias recentes informavam sobre como a Sérvia ansiava por uma união com Montenegro, formando então uma nova liga balcânica. Por certo, suas feridas estavam longe de cicatrizar. Seus jornais ainda traziam notícias sobre organizações nacionalistas promovendo agitações entre os eslavos do Sul, que viviam na Áustria-Hungria. Ansiavam pela ressurreição do país, aspirando à liberdade que somente as suas baionetas poderiam assegurar. Assim, amparados pelos russos, tinham o seu alicerce em meio a um cenário bastante incerto. Assim como o governo austro-húngaro, que era apoiado por Wilhelm II.

– Um verdadeiro estopim! – comentou um dos aristocratas.

Cansado de toda aquela conversa, Didieur Lacombe discretamente puxou Ben para um canto e disse-lhe:

– Daqui a pouco, quando os chucrutes chegarem, eu duvido que possamos conversar à vontade. Mas... consegui algo sobre este tal... Coldwell.

Ben franziu a testa...

– *Oui*... – resmungou Lacombe. – Força Aérea Real Sul-Africana. Major Harold Coldwell. Quarenta e três anos. Comandante de uma frota de dirigíveis de guerra com base em Abu Hamed.

– Sudão! – suspirou Ben.

– Pelo jeito, o egípcio assassinado, Idris Misbah, mantinha contato com os nossos amigos britânicos. Parece que a crescente onda de ataques pelo Magreb não é a única coisa preocupando nossos aliados – ciciou Lacombe.

– A substância! – Ben pensou em voz alta.

– *Oui, mon ami* – sussurrou o francês. Um suposto agente à serviço da Coroa inglesa, assassinado por ninguém menos que um cão de caça *saw-*

da'... merde. Alguma coisa bem grande está acontecendo... e bem debaixo dos nossos pés... *oui.*

– O que está pensando, Didieur?

Lacombe percorreu o salão com o olhar, assegurando-se de que ninguém podia ouvi-los:

– Conflitos parecem eclodir por toda a parte, *mon ami*, e conspirações não podem faltar neste jogo orquestrado por assassinos. E a tal substância, *oui*... está me cheirando a isso... alianças... poder. Seja lá o que for, me parece uma moeda forte demais para um contrabandista e saqueador feito Jafar Adib.

Ben assentiu com a cabeça:

– E, na certa, Coldwell deve estar incumbido de descobrir quem é que está segurando a outra ponta da corda, junto com Adib.

– *Oui*... isso sem contar que...

Didieur foi subitamente interrompido por um oficial da guarda marroquina anunciando em alto e bom som a chegada da delegação diplomática alemã. Observou Hubert Lyautey seguir apressado ao encontro do líder da delegação, o famoso general Klotz von Rosenstock:

– O homem coleciona medalhas... von Rosenstock. Um verdadeiro herói, criador de engenhocas como aqueles... *Flede...*sei lá o quê.

– *Fledermaus* – disse Ben, rindo.

– *Oui.* Aquelas estranhas armaduras com um motor compacto usados pelos seus *Korps.*

Ben conhecia os *afrikanischen Regimentskorps* dos tempos em que servira como batedor. Uma força expedicionária treinada para suportar as intempéries do deserto. Não tinha a intenção de cruzá-los em seu caminho novamente.

– Possui um currículo e tanto... – continuou Lacombe, referindo-se ao oficial alemão. – Batalhas e mais batalhas. Zanzibar, Maji... Foi um dos responsáveis pela implementação do primeiro posto avançado no Kilimanjaro, sem contar o recente episódio em Agadir, quando permaneceu a bordo do Kolosse esperando pelo desfecho das negociações. Um verdadeiro abutre.

Ben não ficou surpreso. Conhecia a fama do general como um dos oficias mais respeitados no império alemão, depois do próprio von Tirpitz.

– Há pouco tempo, foi requisitado pelo Ministério da Guerra, atendendo ao pedido do *Kaiser*. Parece que os chucrutes, preocupados com a crise nos Bálcãs, montaram um comitê para avaliar as possíveis consequências de uma guerra na região. Depois, foi a vez do dirigível prussiano, destruído. E, mais uma vez, quem entra em cena? O cão de caça de Wilhelm II... Klotz von Rosenstock! – Lacombe pronunciou o nome pausadamente. Venenoso.

– Pelo jeito, seu serviço de inteligência tem trabalhado bastante.

– *Merde*... eu preciso saber com quem estou lidando – sussurrou Didieur, forçando um sorriso e seguindo para juntar-se a Lyautey.

Além de Rosenstock, a delegação diplomática alemã era composta por um corpo militar formado por um capitão da força aérea prussiana, dois tenentes e cinco secretários do *Reichstag*. Havia ainda um comitê civil, constituído pelo administrador colonial Bernhard Adler, o secretário-chefe do chanceler imperial alemão, Albert von Rademacher, e pelo major Emil von Löhnoff. Porém, em meio aos homens do *Kaiser*, havia mais alguém. Uma visita inesperada, motivo de grande furor. Uma mulher. Alguém capaz de mitigar a beleza das grandes duquesas da Bavária, ou mesmo das princesas do Oriente. A Opala do Deserto.

Aplaudida por uma plateia fervorosa, a dançarina tunisiana Namira Dhue Baysan adentrou os portões do Dar-el-Makhzen, distribuindo acenos e sorrisos. Com ela vinha seu amigo, o administrador Adler.

– *Mon Dieu* – suspirou Hubert Lyautey diante da ilustre aparição. O governador fez uma mesura a Namira e beijou a sua mão coberta por uma luva longa preta, seguido por Didieur Lacombe, que o imitou gaguejando algumas palavras. Em seguida, tomou-a pelo braço e conduziu os convidados pelo palácio, em direção ao salão imperial.

Ben Young, parado numa das entradas do salão, juntou-se aos demais convidados, aplaudindo sem muito entusiasmo, quando o grupo chegou. Fitou o altivo Rosenstock ao lado do governador, depois, a dançarina. Sorriu de leve quando, subitamente, seus olhares encontraram-se. Ou teria sido apenas uma impressão?

Ben esvaziou o copo e deu um último trago no cigarro, absorto.

Capítulo 7
Dar-el-Makhzen

Assim que a orquestra marroquina deu os primeiros acordes de uma melodia alegre, Namira Dhue Baysan arriscou uns poucos passos cheios de sensualidade. Uma plateia eufórica, liderada por Lyautey e pelo animado Bernhard Adler, começou a aplaudir com entusiasmo. Num canto, num dos jardins do palácio, Klotz von Rosenstock assiste à apresentação de soslaio, fingindo prestar atenção à conversa enfadonha de alguns luminares e aristocratas que o rodeavam.

Lacombe aproximou-se, com seu andar engraçado e seu nariz em pé. – *Idiot* – resmungou o general.

– *Herr General*, permita que eu lhe apresente um grande amigo e ex-oficial. O melhor batedor que as Forças Expedicionárias Britânicas já tiveram, Benjamin Young!

Klotz von Rosenstock fitou Ben com um olhar curioso. Mesmo enterrado em trajes elegantes, o amigo de Lacombe – assim como ele próprio – parecia não se encaixar naquele ambiente.

– Um oficial britânico...?

– Ex-sargento, General. Todo o resto não passa de exagero – sorriu Ben, tentando ser simpático. Os dedos magros e gélidos de Rosenstock fecharam-se com força em torno da sua mão. Lacombe prosseguiu com os elogios:

– Young foi um dos melhores oficiais da sua época. É um perito quando se trata do deserto. Possui faro de um elefante para seguir rastros que surpreende até mesmo os melhores guerreiros tuaregues.

Ben Young respirou fundo e aceitou a nova rodada de uísque que o garçom oferecia. Deixou que o amigo assumisse o tom da conversa, descrevendo-o como um herói, e percorreu o lugar com um olhar discreto em busca de Namira Dhue Baysan. E lá estava ela, com sua beleza exuberante, divertindo-se ao lado do governador, cercada por um grupo de admiradores. Namira levava a cigarrilha à boca num gesto sensual, sorrindo, tragando e soprando a fumaça como se distribuísse beijos. Sem querer, Young sorriu e percebeu que também estava sendo observado pela dançarina. Levou o copo de uísque à boca, sem graça, e cumprimentou-a a distância com um aceno de cabeça. Nesse momento, Lacombe, colérico, trouxe-o de volta à conversa entre os oficiais. Sentiu que as aventuras descritas pelo francês haviam terminado e um clima de estranheza começava a substituir a cordialidade entre os dois oficiais.

A destruição da nau prussiana mudou o tom da conversa. Segundo Rosenstock, todas as manchetes alemãs referiam-se ao clima tenso que se apoderara dos membros do *Reichstag* após o cruel acontecimento. Os crescentes ataques nas rotas comerciais no Magreb afetavam diretamente a economia do país e, somados aos movimentos anticolonialismo, empurravam suas colônias na África em direção a um verdadeiro precipício. A população germânica, ainda com um espinho na garganta chamado "Agadir" e apoiada pela imprensa e por ministros da guerra, clamava mais uma vez por medidas severas. Pressionavam o *Kaiser* num momento inquietante, pois além dos conflitos em terras africanas, as grandes potências assistiam atentas ao desenrolar das negociações nos Bálcãs, um verdadeiro barril de pólvora cujo pavio ainda não havia sido apagado.

Didieur Lacombe bufou, retrucou e argumentou. Cuspia fogo pelas ventas diante da fala de Rosenstock, que deixava clara a sua opinião nas entrelinhas do seu discurso. Como o clima entre os dois oficiais era cada vez mais tenso, Ben teve a impressão de que as negociações entre os dois países, França e Alemanha, terminariam antes mesmo de começarem.

De repente, a voz alegre de Namira Dhue Baysan atraiu a atenção do grupo. Aproximava-se deles seguida pelos ilustres Lyautey e pelo administrador Adler. Sua voz melodiosa baixou a temperatura da discussão:

– O que um ex-oficial inglês faz no meio do deserto, senhor...? – perguntou a dançarina, lançando um olhar indiscreto em direção a Young.

Ben teve um sobressalto. A jovem sorriu com a sua reação. Fitou de relance os dois oficiais, Lacombe e Rosenstock, perplexos, e fingiu ignorar seus olhares perturbados. Tornou a sorrir para Young, examinando-o com uma expressão curiosa.

– *Pardonne-moi* Eu... não me recordo de tê-los apresentado... – gaguejou Lacombe, sem jeito, referindo-se ao amigo ao seu lado.

– *Mon cher capitaine...* eu é que peço desculpas. Mesmo a distância, não pude deixar de ver quando o apresentou ao nosso bravo general. Um péssimo hábito este meu... – brincou Namira, balançando os ombros e lançando uma piscadela para o oficial francês.

– Vejo que continua praticando a leitura labial, *meine Liebe.* Um perigo para todos nós, diga-se de passagem – gracejou Rosenstock, disfarçando o mau humor.

— *Oui.... Une mauvaise habitude.*

— Um péssimo hábito, sem dúvida. – concordou Rosenstock, irônico.

— Porém eficiente, principalmente quando se é alvo de olhares diversos. Ficariam surpresos ao verem como, durante as minhas apresentações, muitos sussurros e gestos escapam da plateia, revelando os desejos mais... profundos – riu, ignorando a carranca do oficial alemão e arrancando gargalhadas dos demais.

Já recuperado do seu estado de cólera, Lacombe adiantou-se:

– Vejo que esconde inúmeros talentos, *ma chérie.*

– Ler lábios é apenas um deles, *mon capitain.* Mas é claro que não tenho a intenção de me tornar bisbilhoteira. Pelo menos, não com frequência – riu a jovem, levando a piteira à boca e dando um trago profundo no cigarro. Voltou-se mais uma vez em direção a Ben Young, que a fitava admirado. – Mas diga-me... por que um ex-oficial escolheria o deserto para viver?

– Confesso que ultimamente tenho me feito esta mesma pergunta – arriscou Young, sem graça.

Um sorriso leve cortou os lábios de Namira.

– Neste caso, espero que encontre sua resposta muito em breve. O tempo é para nós como o vento que carrega as areias do deserto...

– Um ditado *djalebh,* sábias palavras... – retrucou Ben.

– *Oui, monsieur* – respondeu Namira surpresa. – Palavras ditas pelo meu povo de origem, senhor...?

– *Merde...* – interveio Didieur com um sobressalto. – Perdoe os meus modos, *ma chérie.* Permita-me apresentar-lhe meu bravo amigo Benjamin Young.

Namira sorriu satisfeita, aproximando-se e estendendo a sua mão para Young, que a beijou sem desviar o olhar.

Foi neste instante que algo atraiu a atenção de Ben. Um objeto, uma joia que adornava o pescoço delgado de Namira saltou diante dos seus olhos. Um pingente com a figura gravada de um escorpião com a lua entre os seus ferrões. "Meu Deus... a figura... o mesmo símbolo da vida tatuado no punho do tuaregue que me salvou..."

– Senhor Young? – chamou Namira, notando a estranheza em seu olhar.

– Eu... eh... – começou Young, confuso.

Alerta, Didieur Lacombe adiantou-se. Soltou uma gargalhada alta demais, depois tomou Namira pelo braço, demonstrando empolgação.

– Perdoe meu amigo, *ma chérie*. Ele acaba de chegar de uma longa travessia pelo deserto e ainda deve estar sob sua forte influência. Na certa, está se questionando se a exuberante visão à sua frente não passa de uma miragem. – A piada surtiu o efeito desejado, causando uma explosão de gargalhadas e amenizando o clima inquietante que se instaurou entre Young e Namira. Lacombe continuou:

– Benjamin possui um próspero negócio conduzindo caravanas pelo Magreb e é considerado o melhor condutor e batedor de todo o deserto. O homem é respeitado até mesmo pelos rastreadores Danakil.

Namira sorriu e dirigiu-se a Ben:

– Um autêntico homem do deserto.

– Um camelo rabugento, como diz meu amigo aqui – respondeu Ben, recomposto com a ajuda do uísque. – Alguém cansado de arriscar a própria cabeça, ainda mais nos dias de hoje. Mas não posso reclamar, afinal, ainda estou com ela sobre o pescoço.

– Sem dúvida alguma, uma dádiva, senhor Young. Sobretudo quando se passa a maior parte do tempo cercado por berberes – disse Rosenstock sem esconder seu menosprezo.

Ben Young, indiferente à provocação, sorriu ao fitar o oficial. Imaginava seu punho achatando o nariz empinado de Rosenstock:

– Neste caso, *Herr General...* – começou a dizer Lacombe quando foi interrompido pelo som agudo de uma sineta. Um elegante *maître*, postado na entrada do suntuoso Salão Real, chamava os convivas.

– Ah, finalmente, o jantar! – anunciou Lyautey, retirando um lenço de seda branco do bolso e enxugando o suor da testa. Discreto, fitou Didieur com um ar de reprovação. *"Dieu merci"*, murmurou, tomando Namira pelo braço e conduzindo os convidados em direção ao Salão Real.

Lacombe deixou que o grupo se distanciasse um pouco, para dirigir-se a Young com um olhar inquietante:

– Muito bem, *mon ami*, o que foi aquilo?

Sem desviar os olhos de Namira, Ben respondeu com um falso sorriso:

– A dançarina... A figura gravada no pingente em seu pescoço... é idêntica à tatuagem do tuaregue que me salvou do *Zahrat sawda'*. Lembra-se do que eu lhe disse... o símbolo da vida? – indagou apreensivo.

– *Oui...* o berbere que lhe roubou a tal substância – sussurrou Lacombe.

– Namira e o tal tuaregue... os dois possuem o mesmo símbolo tribal. – Ben acompanhava o amigo sem diminuir o passo.

– Está dizendo que... – Didieur arregalou os olhos e cofiou os bigodes.

– Que a dançarina e o tuaregue misterioso pertencem à mesma tribo. Duas personalidades importantes em uma mesma casta, bem aqui, em Tânger. Coincidência demais para um deserto imenso como este, não acha? – sorriu, irônico.

Didieur apertou o braço do amigo e interrompeu a caminhada:

– Um momento, *mon ami*. Está insinuando que a dançarina...

Ben contraiu de leve os músculos do rosto, fitando Didieur pelo canto do olho:

– É o que eu pretendo descobrir, com a sua ajuda.

***

Após o jantar, o governador convidou seus ilustres comensais para que o acompanhassem em direção à biblioteca, anexa ao salão principal e onde poderiam embrenhar-se em assuntos diversos, regados a charuto e conhaque. Didieur Lacombe recusou o convite com elegância, oferecendo-se para acompanhar a exuberante Opala do Deserto durante a recepção, a fim de mostrar-lhe as belezas do Dar-el-Makhzen. Namira sorriu aliviada, despedindo-se dos demais e seguindo o francês.

A dançarina fingiu indiferença quando Lacombe explicou sobre o sumiço de Ben Young, que, durante o jantar, vira-se obrigado a compartilhar a companhia de visitantes menos ilustres, aos quais foram destinadas mesas mais afastadas no interior do salão.

– Na certa, já deve ter ido buscar um lugar menos movimentado. Ben prefere o convívio com camelos a manter conversações com homens elegantes – riu o francês, referindo-se ao jeito pouco sociável do amigo, enquanto seguiam em direção ao suntuoso jardim central.

Plantas ornamentais, vasos vindos de toda parte ocidental, estátuas de mosaico e bancos de pedra enfeitavam o jardim, que contava com uma praça no centro do pátio principal. Um lugar exuberante onde o sultão, quando presente em Tânger, costumava passar horas perdido em meio a reflexões, ou recebendo seus ministros. Uma multidão admirava a enorme fonte localizada em seu centro. Suas pedras azuis e cor de laranja cintilavam à luz das candeias em torno, enquanto um elefante de marfim cuspia jatos d'água pela tromba, formando uma cascata que desaguava junto aos peixes que nadavam em seu interior.

Capitão e dançarina conversavam vagueando pelas pequenas alamedas em torno do exuberante jardim, rindo alto, bebendo e fumando. Vez ou outra, viam-se obrigados a interromper o passeio para que a jovem pudesse cumprimentar os seus muitos admiradores. Namira retomava então a caminhada com Lacombe, arrancando-lhe gargalhadas ao fazer piadas cheias de ironia, ao estilo francês, sobre os pomposos aristocratas ingleses. O som da orquestra os atraiu. Um *ragtime*. Didieur foi incapaz de recusar o convite da jovem, que o arrastou para o meio dos casais embalados pela música. Recordava-se dos velhos e divertidos tempos de cabaré em Paris, distraída, quando uma voz interrompeu seus devaneios:

– Será que o capitão me daria a honra?

A voz pegou Namira de surpresa. Ben Young surgiu de repente, chamando a atenção de Lacombe.

– *Merde*... aí está você, meu amigo. Ainda há pouco, eu havia dito como você devia estar metido em algum lugar fugindo desta agitação toda, e agora me aparece bem no melhor momento da festa? – esbravejou o francês fingindo irritação, exibindo um sorriso exagerado para Namira. – Importa-se, *ma chérie?*

A dançarina encenou certa decepção ao acariciar gentilmente o rosto de Lacombe, encarando Ben com um ar gaiato:

– Tenho certeza de que podemos confiar em seu amigo, *mon capitain.*

– *Oui...*. E posso lhe garantir como Ben e eu compartilhamos da mesma opinião. Só mesmo a magnífica Opala do Deserto para tornar a visita de um... *Herr kommandant* algo agradável. – Gargalhou o oficial.

– Ora *mon capitaine...* não seja tão rude. Além disso, se eu fosse você, tomaria cuidado ao afirmar certas coisas. Afinal, Klotz possui olhos por todos os lados – gracejou Namira, inclinando-se na direção de Didieur, sussurrando. – Ficaria surpreso ao descobrir como ler lábios pode se tornar algo comum em certos meios.

Lacombe arregalou os olhos numa péssima interpretação bastante caricata, deixando eclodir uma nova explosão de risos espalhafatosos que, desta vez, atraíram alguns olhares.

Ben riu baixo e apagou a bagana do cigarro, espremendo-a com a sola do sapato. Observou Namira, curioso, e obteve de volta um olhar da jovem que evidenciava o seu recado.

– Parece conhecer bem o general, senhorita Baysan? – provocou Ben.

– Parece que sim, senhor Young – respondeu Namira num mesmo tom sarcástico. Uma covinha surgiu no canto esquerdo da sua boca ao sorrir de leve.

Um duelo de olhares teve início bem ali, amenizado pelo capitão francês e suas piadas, a maioria delas sem graça, o qual se aproveitou do momento quando a orquestra começou a tocar uma música lenta e melodiosa para adiantar-se, dizendo:

– Mas agora, eu gostaria de pedir-lhe desculpas, *ma chérie.*

"Finalmente chegamos ao ponto". Namira fitou Didieur fingindo surpresa. Notou a rusga em sua testa, tenso. O homem era um péssimo ator. Divertido, galanteador e, sem dúvida, alguém em quem sentia que podia confiar. Mas um péssimo ator.

– Aproveito a presença do meu amigo aqui para verificar como estão as coisas junto ao governador. Posso lhe garantir que ficará em boas mãos, e prometo não a deixar sob a sua custódia por muito tempo – riu o francês cutucando de leve o ombro de Young.

– E não era este o plano desde o início, *mon capitain*?

O comentário foi um tiro certo. Surpreso, o oficial encarou Ben. Depois, voltou-se para a jovem, sem graça. Suas bochechas assumiram um tom avermelhado enquanto gaguejava desculpas. Por fim, assumiu um tom mais formal e despediu-se com uma mesura, juntando os calcanhares das botas, e partiu a passos largos. Namira exibiu uma expressão agradável enquanto observava-o desaparecer. Ben tomou a dançarina em seus braços e deslizou pela pista acompanhando o ritmo lento da música.

– Lacombe é um bom homem – sussurrou a dançarina, soprando as palavras no ouvido de Young. Afastou seu rosto e encarou-o de maneira sedutora, sentindo o toque firme das suas mãos enquanto ele a conduzia durante a dança. – E quanto a você, senhor Young... é um bom homem, ou quem sabe... apenas um rato do deserto?

Ben Young riu:

– Um pouco dos dois, creio eu – respondeu, apertando os olhos.

– *Oui*... certamente que sim. – Namira moveu os lábios naquilo que pareceu ser um sorriso interessado. – E assim começamos mais um jogo. Nosso amigo Didieur executou sua missão com brilhantismo, ajeitando esta agradável emboscada.

– Fala disso com tanta certeza, madame Baysan? – questionou Young, franzindo a testa.

– *Oui*... falo aquilo que vejo, *monsieur* Young. E tudo o que vi aqui são dois péssimos atores. Você, e nosso querido Didieur. – Divertiu-se Namira fazendo um beicinho.

Ben puxou-a mais para perto. Seus olhos pareciam perfurar os dela.

– Neste caso, devo tomar isso como um elogio. Afinal, deixar-se cair numa emboscada, e de modo tão... fácil..., mostra que temos interesses em comum.

Namira fitou-o com uma expressão de surpresa, mordendo o lábio inferior.

– *Touché*! Um encontro..., *oui*. Bem mais interessante do que desperdiçar uma festa como esta discutindo sobre a crise colonial, não acha, *monsieur*

Young? Além disso, não é sempre que temos a oportunidade de conhecer um autêntico batedor...

– Ex-batedor... – refutou Ben.

– *Pardon*, um ex-batedor. Alguém no mínimo... excêntrico. – Sorriu a dançarina.

Young franziu os lábios, respondendo:

– Neste caso, devo alertá-la para que não se decepcione, afinal, eu não passo de um homem simples.

Namira balançou a cabeça feito um pêndulo, dizendo num tom debochado:

– A simplicidade não passa de um manto que, na maioria das vezes, encobre os piores segredos. E alguém capaz de deixar os confortos da colônia para trás, para viver do deserto em condições... difíceis, deve carregar em sua alma um punhado de segredos, *monsieur* Young – finalizou aproximando-se e sussurrando em seu ouvido, deixando com que a lateral dos seus rostos se tocasse.

Ben lançou um olhar de soslaio em direção à Opala do Deserto, cujos lábios carnudos formavam uma linha. Um sorriso tênue.

– Talvez. – Sorriu Young – Um homem cheio de segredos, ou alguém que não concorda com a visão dos nossos amigos europeus em relação ao Oriente – respondeu Ben segurando a jovem com firmeza enquanto dançavam.

Namira sorriu admirada.

– *Oui*... quem sabe. Um visionário.

– Ou um simples idiota – completou Young, arrancando uma gargalhada alta da jovem.

Quando a música terminou e a orquestra emendou num ritmo mais agitado, Ben e Namira trocaram a dança por uma caminhada numa das alamedas enfeitadas com lamparinas e vasos bizantinos. Young foi rápido ao acender o cigarro da jovem, preso na ponta da piteira. Depois, acendeu o seu, soprando a fumaça bem lentamente. Ambos careciam mesmo de um bom trago, e um bom gole, felizes quando o garçom aproximou-se atendendo ao seu sinal.

– É sempre um prazer conhecer pessoas tão interessantes quanto você, *monsieur* Young, e seu amigo Lacombe. Homens intrigantes... sem dúvida alguma. – Riu, dando um gole do seu Château Haut-Brion. – Mas diga-me, *monsieur*, vai contar-me um pouco dos seus segredos?

A Opala do Deserto notou quando um músculo na mandíbula de Ben contraiu-se, diminuindo o ritmo da caminhada.

– Estou mais disposto a obter respostas – respondeu Young, forçando um sorriso galanteador.

Namira soprou a fumaça do cigarro para longe, murmurando:

– Respostas... *Très bién*, *monsieur* Young. Quem sabe este não é o seu dia de sorte?

Ben parou diante da jovem. Namira encarou-o surpresa. Seu rosto, iluminado pela luz bruxuleante das lamparinas, pareceu a Young ainda mais misterioso. O gibraltarino soprou a fumaça do cigarro e aproximou-se, tocando de leve o pingente no pescoço da Opala do Deserto com o seu indicador.

– O símbolo da vida... – disse Young referindo-se à figura do escorpião.

Namira levou a mão ao colar num gesto incondicional, respondendo irrequieta:

– Não me surpreende que um homem do deserto conheça certas crenças, *monsieur* Young.

Ben sorriu diante do falso humor da jovem, prosseguindo depois de dar um gole do uísque.

– Há pouco tempo, o destino colocou no meu caminho um outro escorpião *djalebh*..., como você. Membros honoráveis e irmãos das areias. É assim que se diz? – perguntou, exagerando no sarcasmo.

A dançarina respondeu com um sorriso debochado, tragando e soprando a fumaça do cigarro para o lado. Perfurou Young com olhos que pareciam duas lâminas afiadas. O canto da sua boca estremeceu num pequeno espasmo, retomando a caminhada e obrigando o petulante inglês a acompanhá-la.

– Parece conhecer os costumes de um *Djalebh*. Mas ainda não fez a sua pergunta, *monsieur* Benjamin Young. – provocou a jovem.

Ben sorriu:

– Pois bem.... Há alguns dias, o destino me pregou uma das suas, colocando-me no caminho de um pobre infeliz. Um homem de meia-idade... egípcio... boa aparência... e um grande ferimento. Fugia de um maldito *sawda'*.

Namira franziu a testa, alvoroçada.

– Um assassino profissional, integrante de um grupo criminoso bastante conhecido pelas tribos do Magreb. Os *Zahrat sawda'* – explicou Young.

– *Oui...* já ouvi algo assim – comentou a dançarina, gesticulando a mão segurando a piteira.

– O *sawda'* parecia interessado em algo que o egípcio protegia com a própria vida – continuou Young. – Um frasco guardando um líquido misterioso. Antes de morrer, o pobre homem entregou-me, pedindo que o protegesse.

– *Mon Dieu...* – sussurrou Namira, dirigindo a Ben um olhar de assombro.

– Acontece que o *sawda'* não era o único interessado naquele objeto. Havia mais alguém – disse Young num tom de mistério. – Um tuaregue. Um berbere que surgiu do nada e parecia conhecer a vítima. Por sorte, salvou a minha vida eliminando o *sawda'*, mas tomou-me o frasco antes de me botar pra dormir – concluiu, desapontado.

Namira ergueu as sobrancelhas ao fitar Benjamin Young:

– *Monsieur* Young... felizmente nada de ruim lhe aconteceu, mas ainda não sei aonde deseja chegar...

– À pergunta... sim... estou quase lá – Riu Ben descontraído, dando um último trago e apagando a bagana do cigarro com o sapato. – Acontece que, mesmo em meio a toda aquela confusão, algo me chamou a atenção no misterioso berbere.

Namira interrompeu a caminhada. Levou a piteira à boca ao sentir o canto do lábio tremer de novo, examinando o acompanhante com desconfiança.

– Havia uma marca em seu braço. Uma tatuagem – explicou Young – uma figura que apenas membros importantes de uma tribo costumam carregar...

– Deixe-me adivinhar, *monsieur* Young... um escorpião *djalebh*.

Ben notou um certo nervosismo em sua fala cheia de sarcasmo. Mesmo assim, Namira resplandecia como a Opala do Deserto.

– Um símbolo igualzinho ao seu – disse Ben, apontando com os olhos o pingente no pescoço da jovem. – O que o torna um membro da sua casta natal, senhorita Baysan, certo?

Namira fez uma careta de surpresa, debochada:

– Uma história e tanto, digna de um bom romance com Dupin, *monsieur*

Young. Mas ainda não compreendo aonde quer chegar. Muitos homens de minha tribo carregam este símbolo.

– Tenho certeza disso – concordou Ben, tomando certo cuidado com as palavras. Tentava controlar a ironia. – Mas me intriga o fato de que, em tão pouco tempo e em ambas as situações... tanto no assassinato do tal egípcio quanto na presença da delegação alemã em Tânger, encontramos algo em comum. Escorpiões, madame Baysan. Escorpiões *djalebh*. E dois escorpiões em uma mesma cesta não me parece ser uma simples coincidência.

Dançarina e batedor trocaram um olhar silencioso. Namira deu um último gole em sua bebida e devolveu a taça a um garçom que passava por eles. Um sorriso nervoso surgiu aos poucos, forçado, enquanto insistia em tragar o que restara do cigarro na ponta da piteira.

– O que está querendo insinuar, *monsieur* Young? Que eu tenho algo a ver com este seu... tuaregue misterioso, ou quem sabe, com o motivo que trouxe a delegação do *Kaiser* ao Marrocos? Acha mesmo que eu controlo todos os escorpiões *djalebh*?

Ben mergulhou nos olhos negros da tunisiana e respondeu com uma expressão mais fechada:

– Acho que, no fundo, controla todos à sua volta, madame Baysan.

Namira riu alto. Sentiu o pequeno espasmo no canto do lábio. Maldição. Disfarçou deslizando a ponta da língua pelo canto da boca, enterrando bem fundo o medo que atravessara o seu rosto.

Ben Young tornou a sorrir, satisfeito. Pela primeira vez naquela noite, a verdadeira e bela tunisiana que se escondia por trás da Opala do Deserto dava as caras. Magnífica. Acendeu um novo cigarro e deu a cartada:

– A pergunta é simples. Quem era Idris Misbah, o homem assassinado que o seu irmão das areias parecia conhecer? E quem é você, Namira Dhue Baysan? Não me parece alguém que precise de von Rosenstock para conseguir aquilo que deseja.

Namira fitou o gibraltarino com um sorriso congelado, admirada com o jeito atrevido do ex-batedor.

– Parece convencido de que eu possa mesmo ajudá-lo, *monsieur* Young. Uma pena. Tem muito o que aprender sobre dançarinas e cortesãs.

Ben ergueu os ombros, indiferente. Seu sorriso não era mais do que uma linha dividindo os lábios. Com o cigarro preso no canto da boca, aproximou-se de Namira, tomou-a de leve pelo braço e disse com uma falsa expressão de decepção:

– Neste caso, quem sabe nossos amigos não achem esta minha história bastante interessante. Tenho a certeza de que muitos deles também não creem em coincidências. A começar pelo nosso querido capitão Lacombe... e, quem sabe, seu amigo von Rosenstock – apontou com o olhar para o Salão Real.

Namira permaneceu imóvel. Sua feição tornou-se rígida ao puxar o braço, libertando-se da mão firme de Young.

– Vá em frente – disse a jovem num tom desafiador e uma calma perturbadora.

Ben sorriu. Maldita jogadora.

– Que assim seja – sussurrou Benjamin Young, encarando-a de perto. Fazia um esforço enorme para controlar seu desejo de beijá-la bem ali. Tornou a segurar o seu braço, desta vez fazendo certa pressão, obrigando-a a acompanhá-lo. – Tenho certeza de que o governador Lyautey ficará surpreso com tudo isso...

– Espere. – Namira rosnou baixo, surpreendendo Young.

Ben parou, aliviado. O cigarro ainda pendia do canto da boca quando Namira aproximou-se e encarou-o com os músculos da face retesados. Estava visivelmente perturbada por reconhecer a derrota num jogo que estava acostumada a vencer.

– Não aqui... por favor – sussurrou a dançarina, num misto de súplica e ódio.

Com o olhar consternado e os ombros arqueados, Namira Dhue Baysan não lembrava em nada a ofegante Opala do Deserto de momentos atrás. Ben Young tocou-a, desta vez de forma carinhosa, soprando a fumaça do cigarro e, com ela, a máscara da ironia que já estava cansado de sustentar.

– Onde... e quando?

***

Klotz von Rosenstock ficou aliviado ao retornar ao Salão Real após a rodada de charuto e conhaque. Estava livre dos comentários ácidos do capitão Lacombe e da sua companhia, muito embora ainda fosse obrigado a aguentar a conversa enfadonha do governador Lyautey, que, cercado por aristocratas e algumas autoridades alemãs, descrevia sua preocupação com alguns povoados que viviam nas fronteiras com a Argélia, ameaçados pelos crescentes ataques aos caravaneiros que cruzavam seus territórios.

Discreto, o general desviou o seu olhar do grupo para a Opala do Deserto, que acabara de retornar ao recinto acompanhada pelo tal batedor. O ex-oficial Benjamin Young. Uma peça inesperada naquele maldito jogo. Rosenstock não pareceu surpreso quando o bufão Didieur Lacombe surgiu de algum lugar em meio à multidão, recebendo-os de modo afoito. Notou a estranheza na expressão de Namira quando o gibraltarino despediu-se de maneira cortês, escolhendo um canto menos movimentado para saborear a bebida servida por um garçom.

Rosenstock sorriu. Desta vez, um sorriso verdadeiro. Ardiloso. Vasculhou o salão com o olhar em busca de um homem elegante. Não um qualquer, mas o seu espião, membro do sistema de inteligência do império, encontrando-o junto a entrada do salão, fingindo enamorar-se de uma jovem qualquer.

Ao notar o chamado silencioso do seu superior, o espião alemão moveu a cabeça de maneira discreta, acenando para o general. Depois, voltou-se na direção de Benjamin Young parecendo familiarizado com o sujeito, depois de tê-lo observado no dia anterior. Deixou de lado a jovem que o acompanhava e tratou de desaparecer em meio aos convidados.

Klotz von Rosenstock acendeu um cigarro. Durante um bom tempo, permaneceu introspectivo, fingindo escutar o maldito Lyautey diante de uma plateia de imbecis. Observou Namira junto do bufão francês. Depois, Benjamin Young novamente. O Olho de Gibraltar. Havia algo naquele sujeito, sem dúvida. Talvez o gosto pela confusão. Um rato do deserto... e que não teme a ratoeira colocada bem na sua frente. Um sorriso admirado cortou seus lábios.

Uma pena estarmos em lados opostos.

Capítulo 8

El Khaleb, Tânger

O caminho de volta do Darl-el-Makhzen para o El Khaleb pareceu durar mais do que o habitual. Lacombe não parava de criticar Young, dizendo-lhe como achava loucura ir ao encontro de Namira Dhue Baysan sozinho.

– Uma espiã... uma agente do *Kaiser*... ou quem sabe até uma agente dupla. *Mon Dieu*. O fato é que madame Baysan parece ser mesmo muito mais do que a Opala do Deserto. E não é porque o seu aliado poupou a sua vida da outra vez que o fará novamente. Lembre-se, escorpiões possuem ferrões afiados...

Ben Young compreendia a aflição do amigo, mas sentia que, desta vez, a situação seria bem diferente. Tinha cartas na manga prontas para serem usadas. Young ostentava um sorriso cheio de convicção, enaltecendo a figura do amigo. Tinha a certeza de que, além das suas próprias precauções, o oficial arrumaria um modo de tornar-se uma destas cartas. E mais, Namira Dhue Baysan sabia disso, o que de certa forma a faria pensar duas vezes antes de revelar o seu jogo apontando os seus ferrões.

– Em seu lugar, eu não estaria tão confiante assim. Uma coisa é certa, *mon ami*, esta noite você se revelou um verdadeiro estorvo, independentemente de quem quer que seja madame Baysan, ou para quem esteja trabalhando. E estorvos... devem ser eliminados – encerrou Lacombe apreensivo.

Finalmente o Peugeot estacionou diante do El Khaleb.

Didieur despediu-se do amigo com um abraço caloroso e, com uma expressão tensa, partiu em meio a resmungos e protestos.

Ben permaneceu diante da entrada do Khaleb por mais algum tempo, vendo o Peugeot transformar-se num ponto vermelho. Terminou o cigarro e lançou a guimba em direção ao cinzeiro – uma caixa com areia junto à entrada do hotel. Afrouxou a gravata, limpou o suor do pescoço e caminhou em direção à recepção, observando de relance à sua direita o bar, fechado àquela hora da noite. À sua esquerda, o jovem recepcionista dormia atrás do balcão, segurando o queixo numa das mãos. A primeira opção, sem dúvida, seria o bar. Uma boa dose de *bourbon* o ajudaria a enfrentar a falta de sono. Aproximou-se do jovem recepcionista tomando cuidado para não o acordar, esticou o braço e apanhou a chave pendurada no gancho de número 206 no painel logo atrás do rapaz adormecido. Depois, seguiu até o bar e apanhou a garrafa de *bourbon* na prateleira de vidro junto das outras garrafas. Deixou sobre o balcão uma nota de 100 dirrãs e preferiu a escada em vez do elevador pantográfico. Pouco tempo depois, já estava debruçado diante da janela do seu quarto, observando as silhuetas das mesquitas ao longe. O copo cheio, o cigarro pendurado no canto da boca, a expressão de cansaço e um único pensamento: Namira Dhue Baysan.

Capítulo 9
A Casa de Vênus

Para Taytu, uma *askari* etíope trazida para Tânger durante as guerras lideradas por Menelique contra os italianos, escutar os mortos era algo comum. Seu nome não era a única coisa que havia deixado para trás. Depois de capturada por tropas inimigas e vendida a mercadores de almas como escravizada, a jovem etíope havia apagado a sua história, enterrando-a numa vala bem funda junto às mulheres de sua tribo. Mãe, avós e filhas. Todas mortas.

Durante a longa jornada pelo deserto, a etíope fora obrigada a servir muitos lordes da guerra e guerreiros boçais que cruzavam seu caminho e encontrou um bordel numa das periferias pútridas de Tânger – a sua sina. Mas, se por um lado o destino não lhe concedera a morte, por outro, havia lhe dado o direito da vingança, trazendo até ela os demônios eritreus, aqueles que a guiariam na sua própria cruzada. E Taytu gostava disso. Gostava de ouvir as vozes espectrais sussurrando em seus ouvidos e de sentir suas presenças.

O tempo transformou-a numa mulher magnífica. Homens poderosos, depois de saciarem-se nos seus braços, suplicavam para ouvir seus conselhos espirituais. Era um verdadeiro oráculo. E também esperta o bastante para tecer uma generosa rede de contatos, a fim de favorecer sua vendeta. Foi assim que, numa única noite de grande lua, ela enviou o sopro da morte. O vento frio tocou cada um dos homens que a haviam transformado numa escrava. Cada um deles. Homens que tinham experimentado sua carne à força. Os assassinos de sua mãe, avós e filhas. Naquela noite de grande lua, a *etíope* dançou ao som dos seus gritos e lamentos. Teve a sua vingança. Bebeu da dor e do sangue dos seus assassinos. Naquela noite, ela encontrou a liberdade.

Depois disso, Taytu assumiu o controle do negócio *A Casa de Vênus* – como era chamado o velho casarão em Tânger. Misteriosa, costumava perambular pelo salão de maneira discreta, distante, observando cada um dos clientes que ali chegavam em busca de diversão e perdiam-se entre cartas, beijos, pernas e bebidas. Esse hábito acabou rendendo-lhe o apelido de Madame Sombre. Uma mulher que escolhe os seus homens e as suas almas. Alguém que gosta de escutar os mortos.

Naquela época do ano, as madrugadas em Tânger costumavam ser frias. O *chergui*, o vento do deserto, parecia mais furioso do que o normal, obrigando Madame Sombre a proteger-se. Ela costumava cobrir os ombros com uma *pashmina* vermelha ao sair para a varanda do velho casarão. Um lugar perfeito para assistir ao manto da madrugada cobrindo as silhuetas das mesquitas distantes. Discreta, Taytu observou o último cliente da noite sair – um jovem dândi inglês, que se despediu de uma das suas meninas e seguiu cambaleante em direção ao automóvel estacionado do outro lado da rua, dentro do qual um motorista carrancudo aguardava-o, pronto para partir.

Por fim, o silêncio. Apenas o som do vento. Apenas as vozes dos espíritos. Madame Sombre sentou-se numa poltrona junto à mesa de mosaico, num dos cantos da varanda, e deixou-se envolver pela fragrância das rosas-do-deserto-de-verão plantadas em vasos mesopotâmicos junto à grade lateral. Ali permaneceu por algum tempo, mergulhada em profunda meditação. Depois, retirou de dentro da túnica uma pequena bolsa de veludo vermelho e colocou-o sobre a mesa, perto de três velas que derretiam num prato de cerâmica: uma preta, uma vermelha e uma branca. Devagar, começou a entoar uma canção melancólica. Os espíritos murmuravam em seus ouvidos. Retirou então pequenos ossos de coruja da bolsinha aveludada e chacoalhou-os no interior das mãos antes de jogá-los sobre a mesa. Com os olhos fechados, e ainda entoando a melodia triste, pareceu reagir a algo, como se alguém, de repente, tocasse os seus ombros. Examinou a ossada com os cantos dos olhos franzidos e a testa enrugada, interpretando cada uma das figuras que via ali.

"O escorpião". "O rato". "Seres que sobrevivem ao deserto". "Dois rastros na areia".

De repente, Sombre contorceu-se como se algo a ferisse. Pressionou os dedos finos contra os braços da poltrona num gesto de dor. Seu canto ganhou força, e as formas sobre a mesa assumiram maior clareza.

"Dois rastros... e um só caminho". "Uma águia observa a sua presa... pronta para cobrir as dunas mais altas do Magreb com sangue". "O sangue do diabo".

– Ahhhhhhh! – bramiu a etíope.

Madame Sombre contorceu-se ainda mais, depois tombou sobre a mesa, como se mãos invisíveis tivessem-na deixado livre.

Silêncio.

Um mergulho profundo pelos reinos sombrios da mente. Segundos. Minutos. Finalmente o despertar abrupto.

Aliviada, Sombre deixou o ar frio encher seus pulmões, e quando examinou os pequenos ossos, movendo-os devagar como se manuseasse as peças de um quebra-cabeças, já estava recuperada do seu transe.

A etíope interpretou os sinais com olhos marejados, depois se recostou na poltrona, exaurida. Ficou ali durante um bom tempo, meditativa, até apanhar o bilhete que guardava no bolso interno da túnica – uma mensagem que havia recebido há pouco –, lendo-o mais uma vez antes de estendê-lo em direção às velas e deixar que as chamas o consumissem de vez.

"Namira... O pequeno escorpião clama mais uma vez pela ajuda dos demônios eritreus. Sim... eu posso vê-la... bem como o rato ao seu lado... e também a águia. Um destino obscuro. Madame Sombre pode ajudar... sim, sim. Mas não intervir. Isso ainda está sendo decidido pelos demônios e por Alá. Toda a África, todas as vidas, todo o sangue."

Capítulo 10

Gabinete oficial de Hubert Lyautey em Tânger –
Residente Geral no Marrocos, vinte e três de abril de 1914

Didieur Lacombe caminhava de um lado para o outro enquanto o governador – tranquilo demais para o seu gosto – cuidava de afazeres burocráticos até a chegada dos membros da delegação alemã. O capitão verificou outra vez os ponteiros do relógio na parede e bufou. *Maldits salauds d'allemands!* Parou diante da janela e observou a movimentação lá embaixo na Praça do Comércio.

A multidão habitual aglomerava-se em frente à Central do Tesouro, na esquina da Cheikh al Harrak. Mas foram os pequenos engraxates amontoados junto à marquise do Café Hafid que atraíram a atenção do capitão francês. Alegres, esforçados, mas também larápios com dedinhos bastante ágeis, aproveitavam a distração dos clientes para obter alguns trocados a mais, apoderando-se de suas carteiras. *Petits voleurs!*

De repente, batidas na porta do gabinete trouxeram Didieur de volta à realidade. O oficial encarou o jovem plantado na entrada do escritório, que anunciou, em alto e bom som:

– *Excellence!* Os oficias da *délégation diplomatique* acabam de chegar.

– *Finalement*– suspirou Lacombe, soltando o ar dos pulmões.

– *Excellent!* – respondeu Lyautey, fazendo um sinal para que o subalterno conduzisse os convidados até o gabinete.

Lacombe apagou o cigarro, alisou a jaqueta do uniforme e, com um sorriso congelado, postou-se ao lado do seu superior, tentando disfarçar qualquer vestígio de irritação.

– *Bienvenue, Général* Rosenstock, *seigneurs* Adler, von Rademacher, Major von Löhnoff... – disse Hubert Lyautey, saudando os visitantes de forma simpática. Apontou para o oficial ao seu lado, que cofiava os bigodes pontudos. – Creio não haver necessidade de apresentá-los ao meu comandante Lacombe.

– *Nee!* – afirmou Rosenstock, estendendo a mão fria e magra para o capitão *spahi*. – É um prazer encontrá-lo mais uma vez, *Captain* Lacombe.

– *Le plaisir est pour moi, Général* – respondeu o oficial com cortesia, cumprimentando o resto da delegação.

O grupo foi conduzido pelo governador a uma saleta anexa, na qual um jovem marroquino aguardava-os, metido num elegante traje de garçom. Havia taças e jarros d'água sobre a suntuosa mesa de reuniões, e uma rodada de chá acompanhada de biscoitos de manteiga foi servida assim que se acomodaram.

Aos poucos, os risos e as amenidades foram substituídos por um tom formal. As preocupações do *Kaiser* em relação às tensões políticas na Sérvia e o forte temor de um suposto conflito vieram à tona. Tais temas serviam de preparação para todo o resto.

Von Rademacher comentou sobre o crescente movimento rebelde que se alastrava por todo o Magreb, afetando algumas das principais rotas comerciais. Mas foi o administrador Adler, apoiado por seus conterrâneos, e sob o olhar de aprovação de Rosenstock, quem inseriu o tema crítico: a destruição do dirigível prussiano:

– *Mein Gott* ! Foi um ato terrorista que, sem sombra de dúvida, teve por intenção espalhar estilhaços por todo lado, acertando em cheio a economia colonial. – O administrador fez um gesto circular com os braços, referindo-se às nações ali presentes.

– A destruição do Reichsadler não pode ser tratada como um evento isolado – adiantou-se o Major von Löhnoff, tomando a palavra. – Há pouco tempo, alguns dos nossos melhores cargueiros e comboios terrestres também tiveram suas mercadorias saqueadas por berberes. A segurança nas nossas principais rotas, partindo da África oriental até o estreito de Gibraltar, tem sido questionada por nossos ministros da guerra. Chegam até a considerá-las como zonas inoperantes.

Didieur voltou-se para Löhnoff, que ainda fitava Lyautey com certa empáfia:

– *Pardon, Herr Major*, mas o que *exactement* está querendo dizer?

Intimidado, Löhnoff lançou um olhar não tão discreto para Rosenstock, que assistia à discussão com os cotovelos apoiados sobre a mesa e os dedos trançados cobrindo parcialmente o rosto. Lacombe voltou-se para o general. Podia jurar que, naquele instante, por trás dos seus dedos cruzados, havia um meio sorriso.

– *S'il vous plaît, messieurs* ... – interveio Hubert Lyautey. – Meu governo reconhece a necessidade de medidas emergenciais com relação à segurança das principais rotas sob nossa concessão. Conforme informamos ao seu *Reichstag*, estamos trabalhando para que haja uma coalizão entre as potências em solo africano. Juntos, colocaremos um fim aos ataques no Magreb. Nossas caravanas comerciais não são as únicas a serem afetadas, *messieurs*. Todos os dias, meu *commandant en chef* recebe notícias sobre tribos inteiras de nômades vítimas de bandoleiros, contrabandistas e assassinos. Precisamos agir em conformidade para que eventos trágicos como este não se repitam...

– Para tanto, *Governor*, acreditamos que algumas das medidas tomadas em Fez possam ser reavaliadas... imediatamente – disse Klotz von Rosenstock num tom calmo, atraindo os olhares apreensivos.

Hubert Lyautey encarou o oficial e rebateu com rispidez:

– Não podemos aceitar que as medidas assinadas em Fez sofram qualquer alteração. Isso significaria reabrir uma ferida. Seria uma afronta ao Conselho Maior, cujas propostas, na época, foram aceitas e honradas por nossos dirigentes.

– *Incontestable!*– sibilou Didieur Lacombe, encarando Rosenstock com um ar desafiador.

O governador retirou um documento de uma pasta que estava diante dele.

– Recebemos a petição enviada pelo seu ministério. Compreendo a ansiedade de Wilhelm II. Contudo, isentá-los de pagar impostos territoriais... como uma espécie de... compensação pelos prejuízos que tiveram, pelo fato de o ataque ter ocorrido em terras sob nossa jurisdição... Não! É o mesmo que aceitar que nós, franceses, somos tão culpados quanto os *criminels* que destruíram o Reichsadler. *Inacceptable*.

– *Governor*...

– *Non, monsieur secrétaire* – disse Hubert Lyautey, surpreendendo von Rademacher. – Nossas mãos estendem-se ao *Kaiser*. *Oui*. Faremos o que for preciso para esclarecer o caso envolvendo o Reichsadler. Reforçaremos a segurança em nosso território para que todas as caravanas possam cruzar a região do Touat até o estreito de Gibraltar em paz. Mas não vou difamar a imagem das minhas tropas concordando que tal atentado foi fruto da ineficiência dos meus homens em manter o nosso território seguro. Jamais!

Klotz von Rosenstock não pareceu surpreso. Fitou o governador, sentado na outra extremidade da mesa, sem dizer uma só palavra. Afinal, ambos eram soldados. E como bons soldados, não esperavam que a reação de Hubert Lyautey fosse outra.

Bernhard Adler balançou a cabeça:

– *Governor*, compreendemos a sua posição, e posso lhe garantir que não é a intenção de Wilhelm acusá-los por tal infortúnio. Contudo...

Lacombe interveio, eriçado, tomando carona na irritação de Lyautey e apontando o polegar para Rosenstock, num gesto nada amistoso:

– *Pardon, Monsieur Adler*, mas como nosso *général* aqui se sentiria caso a França, mediante alguma intempérie, passasse a exigir do seu governo que, ao cruzar o território sob a proteção das suas tropas, nossos cargueiros e caravanas fossem escoltadas por *spahis* em vez dos seus *Regimentskorps*?

Adler gaguejou, trocando olhares com Rosenstock em busca de apoio.

– Nós aceitaríamos, caso fosse comprovada a nossa incapacidade em manter o controle das nossas terras, *Herr Captain* ... – respondeu Rosenstock com frieza.

Lacombe deu um salto abrupto e socou o tampo da mesa com força:

– Está insinuando que...?

Houve um início de polvorosa. Rosenstock chegou a sorrir maldosamente. O oficial alemão não moveu um dedo sequer, fitando o irritado Lacombe com estoicismo.

Von Rademacher interveio de forma enérgica:

– *Meine Herren*, não estamos aqui para dar início a uma nova crise. *Mein Gott!* Tenho certeza de que vamos encontrar uma saída diplomática para tudo isso.

Ao perceber o olhar de reprovação de Lyautey, Lacombe sentou-se. Esvaziou a taça com água à sua frente num só gole, buscando acalmar-se um pouco. Em seguida, retirou do bolso do jaleco um lenço de seda e limpou o suor na testa, envergonhado. Desculpou-se com o grupo, sem deixar de fuzilar Rosenstock com um olhar tempestuoso.

– Reconhecemos o apoio da França, *Governor, Herr Captain* – afirmou Adler, tentando disfarçar o tremor da mão segurando um charuto. – Podemos discutir a questão dos impostos, mas não abriremos mão de um acordo... uma concessão, por assim dizer. O senhor nos concederia uma autorização para que nossas tropas, sob o comando do general Rosenstock, possam adentrar o território sob o protetorado francês, agindo como uma força expedicionária que acompanharia nossas caravanas aéreas e terrestres, em conformidade com o alto comando *spahi*, é claro. Creio que isso resolveria tal questão... Sim?

Hubert Lyautey cofiou os bigodes, pensativo:

– Podemos discutir sobre isso. Quanto às concessões fiscais...

Felizmente, a diplomacia voltou a reinar e, passado o incômodo, o grupo mergulhou em discussões que se prolongariam pelas horas seguintes. Foram interrompidos apenas pela chegada de um dos secretários de Lyautey, o que atraiu a atenção de Lacombe.

O jovem cadete aguardou o olhar de aprovação do governador para entrar na sala e, dirigindo-se à Rosenstock, falou com discrição. Trazia um bilhete, o qual Rosenstock leu em silêncio ali mesmo, de forma apática.

– *Verzeihen Sie* – anunciou o oficial do *Kaiser*, já se levantando da sua cadeira –, mas preciso resolver um assunto corriqueiro. Peço que a nossa audiência não seja interrompida. Estarei de volta em poucos minutos.

Didieur Lacombe seguiu Rosenstock com um olhar discreto e avistou, no saguão diante do gabinete, um homem vestido com um terno de lã e chapéu Fedora que o aguardava ao lado de um dos seus soldados carrancudos.

O homem de terno e chapéu cumprimentou o oficial e disse algo, gesticulando sem parar com a mão que segurava o cigarro. Já Rosenstock, com os braços cruzados para trás, escutava-o, imóvel como uma rocha, limitando-se a acenar de quando em quando com a cabeça, num gesto afirmativo. O general pareceu comunicar-lhe algo, arrancando do homem um meio sorriso. Não se passou muito tempo até o sujeito ajeitar o Fedora na cabeça e despedir-se de maneira formal. Partiu então com passadas firmes em direção à elegante escadaria, que dava para o saguão de entrada do prédio.

Lacombe cofiou o cavanhaque pensativo, observando o homem distanciar-se. Tinha a impressão de já tê-lo visto em algum lugar... *Oui* ! Na noite anterior, durante a recepção no Dar-el-Makhzen. *Oh oui... J'en suis sur.* Um oficial à paisana? Alguém representando a inteligência alemã? Neste caso, Rosenstock havia desembarcado em Tânger trazendo muito mais em sua bagagem do que havia declarado. Agentes. Malditos espiões.

Lacombe acendeu um cigarro assim que Rosenstock retornou ao gabinete. Aproveitando o fervor da discussão, quando todos pareciam entretidos com o discurso de Lyautey, anunciou, em tom de piada, sua necessidade de urinar. Deixou o lugar apressado, olhando apreensivo para os lados, e embrenhou-se pela escada de serviço. Alcançou o saguão no térreo a tempo de ver o sujeito vestindo terno de lã e chapéu Fedora deixar o prédio e seguir para o leste, rumo a Tânger Morora.

— Algum problema, *mon Captain?* – perguntou surpreso o oficial da *gendarmerie* que o aguardava próximo à recepção ao ver seu superior cruzar o salão afoito.

— O homem de terno... – murmurou Lacombe, sem perder o homem de Rosenstock de vista.

— Deseja enviar alguém para interceptá-lo, senhor?

– *Non!* Deixe este maldito agente alemão comigo. Posso imaginar para onde está indo. *Sergent,* uma boa caçada me aguarda. Mantenha nossos homens de prontidão e aguardem o meu contato.

– *Oui, Captain!* – respondeu o oficial com uma continência.

– Espere alguns minutos e dirija-se ao gabinete oficial do governador, informando que fui obrigado a retornar para a sede da *gendarmerie.* Invente algo... ou diga apenas que tive uma pequena indigestão. O governador entenderá.

Dizendo isso, Lacombe saiu em disparada. Tinha um sorriso no rosto quando entrou no Peugeot, ordenando ao motorista para que partissem a toda.

– *Maudits salauds d'allemands!* Uma boa caçada. *Oui* ... Como nos velhos tempos, *mon ami* Ben. Como nos velhos tempos.

Capítulo 11
El Khaleb

O agente de Rosenstock entrou no café Adiz e dirigiu-se ao jovem berbere parado atrás do balcão. "O gibraltarino continuava no hotel." A informação batia com o relatório que recebera do seu espião – um jovem engraxate que trabalhava no El Khaleb e que passara a espreitar o intruso. Trocou meia dúzia de palavras com o espião e entregou a ele um punhado de moedas: "Pelos bons serviços ao vigiar a entrada do El Khaleb: *Hervorragend!*" Satisfeito, o agente esvaziou a xícara de café com um gole rápido e partiu em direção ao *souk* no final da rua. Mesclou-se à multidão que já se aglomerava em torno das muitas lojas e barracas de especiarias e tecidos. Escolheu um canto discreto de onde poderia acompanhar o movimento do hotel. Fingiu interesse num grupo de idosos ali perto que disputava uma partida de *Khamsa Hijra*. Acendeu um cigarro, ajeitou os óculos escuros e tocou de leve a Luger guardada no coldre dentro do paletó. Bufou. Tinha de esperar. Naquele momento, não havia muito a fazer.

***

Já passava das dez da manhã quando o gibraltarino deixou o hotel em direção à praça dos bondes. Agarrou o corrimão de um dos veículos que estava de partida e equilibrou-se no estribo, sem notar o homem de chapéu Fedora que vinha logo atrás.

O agente alemão abriu caminho entre os passageiros e sentou-se num dos bancos internos do veículo. Estudou o gibraltarino durante todo o percurso, convencido de que muito em breve concluiria a sua tarefa de acordo com as ordens de Rosenstock. Um trabalho rápido e limpo. Algumas respostas, se possível. Recuperar a mostra da substância. Depois, um tiro na nuca. Uma única bala. Um único instante.

O bonde elétrico seguiu pela avenida Avenida d´Espagne, ladeada por casarões salpicados de azulejos azuis e brancos, indo em direção à barulhenta Mesquita de Kasbah. O agente acompanhou imóvel os passos do gibraltarino ao descer do bonde e misturar-se à multidão na avenida movimentada. Em seguida, saltou e passou a segui-lo com olhos felinos por trás dos óculos escuros. Ao deparar-se com a placa *"Port"*, sua presa atravessou a rua de supetão.

– *Idiot!* – esbravejou o agente, tentando segui-lo e abrindo caminho a cotoveladas e empurrões. Por um átimo de segundo, o agente de Rosenstock desviou o olhar ao avistar no horizonte a baía de Gibraltar, os pequenos pontos escuros cruzando as suas águas e uma miríade de dirigíveis que partiam do Marrocos rumo à Europa. Uma visão magnífica até mesmo para alguém como ele, cuja frieza era sobejamente reconhecida. Minutos depois, chegou à Plaza de la Plata, cercada de pequenas lojas e restaurantes, além dos cameleiros argelinos que realizavam seus negócios.

O agente percorreu todo o ambiente com os olhos e abrigou-se num pequeno mercado de especiarias, escondendo-se atrás de caixotes de madeira empilhados junto à entrada do estabelecimento. Afrouxou a gravata e apanhou a Luger, ajustando o silenciador. Acompanhou o trajeto do seu alvo em direção a uma tabacaria e viu-o acomodar-se numa das mesas da calçada. Um senhor bastante idoso, que decerto era o dono do lugar, trouxe-lhe minutos depois uma bandeja com um bule prateado de café, um narguilé e alguns biscoitos de aveia.

O agente apoiou o cotovelo num dos caixotes e ergueu a Luger, mirando o peito do rapaz. Calculou que as pessoas no entorno custariam a notar o gibraltarino morto. Teria tempo suficiente para sair dali sem chamar a atenção. De repente, ouviu um *"click"* que parecia muito perto. Era o som de uma arma sendo engatilhada. Alguns segundos depois, sentiu o toque frio do cano em sua nuca.

– Largue a arma!

"Scheiße! Merda! O capitão francês... Mas como?" – surpreso, entregou a Luger ao oficial disfarçado, que usava uma túnica marroquina com capuz cobrindo o uniforme.

– Parece que desta vez o rato se saiu melhor do que o gato. Vamos.

Ande! – ordenou Didieur Lacombe, empurrando o agente de Rosenstock em direção a um velho depósito nos fundos do mercado.

– *Okay!* Muito bem! Fale-me sobre o nosso *adorable général* – ordenou o oficial num tom calmo, referindo-se a Rosenstock. – Tenho a impressão de que a sua visita a Tânger esconde outros propósitos além do caso envolvendo o dirigível prussiano. Algo a ver com um certo assassinato, quem sabe... ou, melhor dizendo, com um certo interesse seu numa estranha substância encontrada no local do crime?

– *Leck mich!* – esbravejou o agente alemão. Com um giro rápido, agarrou a mão de Lacombe que portava a arma e desferiu uma joelhada em seu estômago. Didieur Lacombe recuou sem ar, com a visão turva, buscando algum apoio, mas teve de desviar-se de um segundo ataque, em que o alemão foi para cima dele rasgando o ar com uma navalha que trazia escondida. Confuso, buscou seu revólver e avistou-o caído em meio a trapos e pedaços de madeira. Não conseguiria resgatá-lo, estava longe demais. Fitou o inimigo à sua frente, que empunhava a lâmina, sorridente. Seus braços e pernas abertas moviam-se de maneira lenta, feito um predador brincando com a sua presa.

Lacombe contraiu os lábios e ergueu a guarda feito um boxeador, aproveitando para recuperar o fôlego enquanto dançava ao redor do seu oponente, olho no olho. Depois, avançou num contra-ataque. Inclinou o corpo para a esquerda, fugindo da lâmina inimiga, e desferiu um gancho de direita, causando uma fratura no maxilar do sujeito, seguido por um direto de esquerda que o cegou temporariamente. Aproveitou para saltar na direção do seu revólver caído ao lado de uma poça d'água e disparar um tiro seco no exato momento em que o alemão voava em sua direção. Uma mancha de sangue brotou na altura da barriga do agente, que se contorceu todo e tombou. Estava morto.

Lacombe, ainda zonzo, arrastou o cadáver para um canto ainda mais reservado atrás dos caixotes e examinou os bolsos do seu paletó. Achou uma carteira e dentro dela um documento com uma foto do alemão cerca de uns dez anos mais jovem. *"Heinrich Weber. Serviço de Inteligência do Império Alemão"*. Não ficou surpreso. Guardou o documento no seu bolso como uma prova substancial e devolveu a carteira ao morto. Mais tarde, providenciaria que alguém viesse "limpar" o lugar.

O oficial guardou sua arma no coldre, ajeitou o disfarce e correu de volta para o mesmo lugar onde havia surpreendido o espião de Rosenstock. Sentiu um alívio desmedido ao ver do outro lado da praça seu amigo Ben Young a salvo, sentado na tabacaria. Atento, observou quando, enfim, um homem parou diante de Ben e trocou com ele algumas palavras. Parecia um distinto marroquino de meia idade e trajava vestes finas, porém tinha um olhar hesitante. Não demorou muito, o Olho de Gibraltar partiu seguindo o berbere. "Sem dúvida, um mensageiro. Alguém incumbido de levá-lo até a cortesã", sorriu Lacombe convencido.

Ben Young seguiu o guia berbere por caminhos estreitos em direção às docas. Passou pelo antigo centro de reposição para peças aéreas – transformado em um cemitério de carcaças daquilo que um dia tinha sido uma frota de dirigíveis cargueiros – e adentrou o depósito que havia ao lado. Era a antiga sede da *Clarke Shipping*.

Didieur Lacombe esperou a dupla desaparecer no interior do prédio e pôs-se a segui-los. Lá dentro, abrigou-se atrás de uma velha caldeira. Observou o berbere conduzir Ben em direção a uma plataforma no final do salão e descer com ele uma escada circular que dava para os antigos depósitos de carvão localizados no subsolo. Sussurrou algo para si mesmo, apanhou o revólver e avançou, cauteloso. Mas não o suficiente para perceber o vulto em movimento vindo em sua direção.

Um golpe seco atingiu Lacombe em cheio. Uma coronhada. Um gosto de sangue. Mãos firmes e sujas taparam sua boca e Didieur começou a sentir o corpo desfalecer. Por fim, a escuridão.

Capítulo 12

Depósitos Clarke Shipping – Tânger, vinte e três de abril de 1914

O berbere fez sinal para que Ben se apressasse. O dédalo de corredores estreitos exalava um ar pútrido, um cheiro de carvão ainda impregnado nas paredes do depósito abandonado. Os dois andavam rápido e suas pegadas afugentavam os habitantes do lugar. Ratos. Centenas deles, vivendo nas sombras e disputando as águas insalubres das poças no chão frio, a carne de alguma ave capturada, ou mesmo os restos de algum ser da própria espécie.

O misterioso guia respirou aliviado ao avistar uma escadaria metálica carcomida ao final de um dos corredores. Apressou os passos. Voltou-se então para Ben com um sorriso largo, murmurou algo em sua língua e apontou animado para a plataforma à frente.

Empilhadeiras jurássicas e artérias feitas de trilhos no solo lembravam um cemitério perdido no tempo. Avistava-se a entrada de um túnel escuro no centro da plataforma, que ligava o lugar ao pátio externo. No passado, servia como escoadouro para a frota de caminhões da Clarke Shipping, transportando toneladas de carvão com destino aos grandes cargueiros ancorados na Baía de Tânger, responsáveis por abastecer o velho continente europeu.

Os dois homens seguiram em direção à entrada do túnel, até que o berbere voltou-se para Ben e esticou o dedo indicador para dentro.

– Quer que eu vá na frente? – sussurrou Young ressabiado.

O guia sorriu respondeu que sim com um aceno de cabeça.

Benjamin Young tomou a dianteira e seguiu cauteloso, enquanto a vista tentava ajustar-se à escuridão do lugar. Alguns metros à frente, um vulto aguardava-o.

– Espero não o ter decepcionado, *monsieur* Young. O lugar não é dos mais bonitos, mas é seguro.

Ben esboçou um sorriso ao reconhecer a voz. O guia misterioso empunhava uma velha lamparina e lá estava ela, Namira Dhue Baysan, encarando

Ben com seu olhar sedutor, examinando-o com uma expressão curiosa e apontando o cano de um revólver em sua direção.

– Apenas por precaução – disse a jovem. – Ah, a propósito, este é Umar Yasin – completou, apontando os olhos para o berbere que o havia trazido até ali.

Ben voltou-se para o homem com um riso zombeteiro.

– Um guarda-costas, senhorita Baysan?

Namira sorriu de leve, deslizando o dedo pelo cano da arma.

– Alguém em quem eu posso confiar – respondeu a Opala do Deserto, encarando-o com o mesmo sorriso que mostrara na noite anterior no Dar--el-Makhzen. – E quanto ao você, *mon chéri* ... É alguém em quem eu posso depositar a minha confiança?

Ben fez um gesto com a cabeça:

– Com um cano apontado na minha direção, eu só posso dizer que sim. Pelo menos, é o que o seu irmão das areias aqui deve achar por ter poupado a minha vida na noite do assassinato de Idris Misbah.

Surpreso, Umar Yasin tocou o pulso coberto pela túnica.

– A tatuagem em seu braço... eu a notei durante a nossa caminhada. E a reconheci da noite em que me salvou no Mahdia.

Umar trocou um olhar rápido com Namira.

– Perspicaz o moço... – soprou Namira sorrindo de leve. – Esconder a identidade de Umar não faria a menor diferença. Tem razão, *monsieur* Young. Deve a vida a este homem. Um aliado... e um irmão das areias.

Namira tocou de leve o pingente que trazia no pescoço. O escorpião com a meia lua, idêntico ao símbolo gravado no punho de Umar Yasin. O símbolo da vida. O escorpião *djalebh*.

– Que Alá guie os seus passos, *sayid* – disse finalmente Umar Yasin.

Ben repetiu a sua saudação fazendo com um gesto de mão.

– Mas a quem eu devo agradecer, ao herói... ou ao ladrão? – sorriu ao referir-se à tal substância.

Umar aproximou-se contaminando os dois com sua gargalhada, o que diminuiu o clima tenso naquela escuridão.

– Aos dois, sem dúvida, *sayid*. Mas posso afirmar que eu nunca tirei nada que lhe pertencesse de fato. Sendo assim, peço apenas que me veja com olhos benevolentes. Como alguém que foi colocado no seu caminho pelas mãos de Alá. Há um propósito em todas as coisas, *sayid*.

– Sem dúvida, tuaregue Umar Yasin.

Ben começava a relaxar.

– Graças a Umar, a morte de Idris não foi em vão – adiantou-se Namira Dhue Baysan. – E é graças a homens como eles que milhares de almas poderão ser salvas. Incluindo a sua, *monsieur* Young.

Cauteloso, Ben avançou em sua direção sorrindo, mas sem desviar seus olhos da pistola de bolso na mão da jovem.

– Quem é você? – questionou Young. – Uma espiã a serviço dos ingleses, assim como o seu amigo assassinado? Um escorpião desfilando em meio às cobras do *Kaiser*?

A Opala do Deserto sorriu um sorriso sem alegria:

– Não gostaria de conhecer a verdadeira mulher por trás da cortesã, *monsieur* Young.

– Por que não tenta? – arriscou Young.

Namira riu baixinho, aproximando-se mais enquanto caminhava ao seu redor.

– Acha que é o único aqui que foi traído pela vida, *monsieur* Young? Enterrando-se no deserto buscando se esconder? Do quê?

Namira parou diante dele, tocando seu peito com o cano da pistola:

– Cicatrizes, *monsieur* Benjamin Young. Todos carregam alguma. A Opala do Deserto é a minha, da mesma forma como o Olho de Gibraltar me parece ser a sua. Todos temos segredos, e é bom que permaneçam onde estão.

Em seguida, a jovem mirou alguns caixotes de madeira em torno de um velho barril e retomou o ar sedutor:

– *Monsieur Young, venez avec moi?*

Ben sorriu, admirando a linda mulher caminhar com todo o charme do mundo até um daqueles bancos improvisados, e acompanhou-a sentando-se com graça, como se estivesse num elegante café de um *boulevard*. Umar Yasin encolheu-se e acocorou-se num canto, segurando a fraca lamparina.

Namira largou a pistola sobre o tampo do barril e apanhou um tão desejado cigarro. Em seguida, fez sinal para que Ben a acompanhasse, deixando que ele começasse seu interrogatório.

– O frasco que Idris Misbah me entregou antes de morrer... – começou Young, ansioso. – O que era o líquido em seu interior? E por que um maldito assassino *sawda'* estava tão interessado nele? E quem é Coldwell...?

A dançarina sorriu atônita diante da avalanche de perguntas.

– Calma, *monsieur* Young. Uma coisa de cada vez. Antes, é preciso alertá-lo de algo ainda mais importante. Sua vida, *monsieur*...

Ben inclinou-se na direção da jovem e fitou-a com os olhos espremidos. Observou seu rosto crispado de preocupação.

– Precisa deixar Tânger. Umar vai ajudá-lo... – ordenou Namira.

– Não me pareceu preocupada comigo ontem à noite, madame Baysan. Nem mesmo quando o seu amigo aqui me botou para dormir depois de roubar o frasco que Misbah me entregou – retrucou Ben com rispidez.

A dançarina encarou Ben com uma expressão de desalento:

– Idris não teve alternativa. Não podia deixar que Jafar Adib e seus homens recuperassem a amostra...

– Ei, ei! – interrompeu Ben, irritado. – Do início, por favor.

Namira soprou a fumaça do cigarro para o lado sem desviar os olhos dele.

– Tem razão, *monsieur*.

Benjamin Young ouviu atento a história de Namira Dhue Baysan. Sua trajetória até se tornar a inigualável e cobiçada Opala do Deserto, seu envolvimento com homens influentes, o modo como havia urdido uma importante rede de contatos que acabou atraindo a atenção de alguém especial.

Neste ponto da narrativa, Ben fitou-a surpreso. Havia em sua voz um tom de melancolia. Então houve alguém...

– E foi assim que conheci Ernest... – continuou Dhue Baysan, desviando o olhar como se quisesse escapar do próprio passado. – Ernest O'Brian... Quer dizer, um oficial inglês. Um amigo maravilhoso. Alguém capaz de enxergar muito além da grande Opala do Deserto – completou, com um sorriso triste. – Morto durante uma missão na Turquia.

Pela primeira vez, Ben pôde ver uma mulher por trás do rosto da dançarina.

– Eu sinto muito... – murmurou.

Namira sacudiu a cabeça, decepcionada:

– Eu também, *monsieur* Young. Ernest era um agente do *bureau*. Acredito que agora o senhor seja capaz de imaginar o resto da história.

– A Opala do Deserto... recrutada...

Namira ergueu as sobrancelhas e fingiu bater palmas, irônica.

– E quanto aos alemães? – questionou Ben, inclinando-se na direção da jovem, ansioso.

Namira deu um sorriso debochado:

– Ah, *les allemands!* Desde os conflitos em Agadir, e com Wilhelm determinado a expandir a sua frota de dirigíveis de guerra, nossos amigos britânicos mantêm suas lunetas apontadas para o *Kaiser*. Pura precaução, dizem eles... Acontece que, há pouco tempo, um acontecimento inesperado deu um novo rumo a toda esta história. Um dos nossos agentes interceptou uma mensagem codificada enviada por um espião alemão em Túnis, dirigida ao alto comando de inteligência imperial, confirmando a chegada de um carregamento vindo de Berlim para Malta e mencionando Jafar Adib.

Ben ergueu os ombros numa reação espontânea.

– Um criminoso... – continuou Namira com uma expressão de ojeriza. – Suspeito de incitar grupos rebeldes contra as frotas coloniais ao mesmo tempo em que mantém a rivalidade entre alguns chefes de etnias importantes do Magreb. Um oportunista, saqueador, um maldito escravagista. Jafar Adib representa a miséria do mundo.

– *Zahrat sawda'.* Tive alguns problemas com eles no passado – comentou o ex-batedor, preocupado.

– Então deve imaginar nossa surpresa ao ver o nome de Adib ser mencionado pela inteligência alemã. Idris Misbah era um mercador e membro da agência do comércio do Cairo. Uma peça fundamental para o *bureau*. Um grande amigo – suspirou Namira pesarosa. – Nós nos conhecemos durante uma das minhas apresentações em seu país e, desde então, vivemos boas aventuras juntos. Foi com a ajuda de Idris que Umar e eu conseguimos infiltrar alguém no bando de Jafar...

– O tal frasco... – adiantou-se Ben.

Namira concordou dando um sorriso maroto.

– *Oui, mon cher* Young. Descobrimos que Berlim está enviando para Jafar Adib algo além dos fuzis Remington que costuma contrabandear. Há tempos, o sistema de inteligência do *Kaiser* tem despachado para Malta contêineres com peças e maquinários usados na fabricação de dirigíveis de guerra... quem sabe um *dreadnought*. Mas há algo ainda mais intrigante – aproximou-se de Ben, encarando-o de perto com olhos sagazes. – Uma estranha substância química. Isso mesmo, *monsieur* Young. Parece que nossos amigos alemães estão às voltas com aquilo que chamam carinhosamente de Sangue do Diabo.

– O Sangue do Diabo! – exclamou Ben.

Nesse momento, um ruído estranho interrompeu a conversa. Ben conseguiu identificar na escuridão ratazanas que corriam alvoroçadas pelo túnel. Levantou-se e atirou uma pedra na direção dos roedores. Um guincho estridente fez-se ouvir, enquanto ouviam o barulho de patas afastando-se no terreno cheio de lixo.

Com a respiração ofegante, Young sentou-se e olhou para sua companheira, que tinha uma expressão assustada:

– Continue, por favor.

Namira retomou a narrativa com um tom de voz abatido:

– Fadi, nosso homem infiltrado junto aos *sawda'*, conseguiu roubar uma amostra desta substância, fazendo-a chegar a Idris, que, por sua vez, deveria levá-la ao nosso sistema de inteligência para análise. Infelizmente, não teve tanta sorte.

– E foi aí que eu entrei... – sussurrou Ben.

A jovem concordou, dirigindo-lhe um olhar benevolente.

– Quer dizer que Adib e seu bando...?

– *Oui*... – adiantou-se Namira. – Estão transportando o carregamento alemão para algum lugar no Marrocos, escoltados por ninguém menos do que soldados disfarçados. Soldados do *Kaiser*. *Afrikanischen Regimentskorps*! – exclamou, tocando o tampo da mesa improvisada com o indicador, como se quisesse mostrar a Young um ponto específico num mapa imaginário.

Ben reagiu com espanto. *Afrikanischen Regimentskorps?* Fitou Namira com um meio sorriso, sussurrando perplexo:

– Rosenstock!

A famosa dançarina acenou com a cabeça.

– Possui um bom informante, senhorita Baysan.

– Um bom informante que pagou por sua lealdade com a própria vida, assim como Idris. Pobre Fadi. – Ben percebeu a troca rápida de olhares entre Namira e Umar Yasin. – Preciso evitar que mais inocentes morram – continuou a jovem, enfática. – Aceite nossa ajuda e deixe Tânger o quanto antes, *monsieur* Young. Para a nossa surpresa, havia mais de um *sawda'* atrás de Idris na noite do seu assassinato. Ao ajudá-lo, você acabou sendo fotografado.

– Fotografado... Mas que diabos...? – questionou Ben espantado

Namira riu diante da sua reação:

– A esta altura, seu lindo rosto deve estar estampado diante de Jafar Adib. O serviço de inteligência de Rosenstock acredita que você é um dos nossos.

Ben riu alto, debochado:

– Um agente? Isso não faz o menor sentido. Eu...

– Faz todo o sentido do mundo. Um ex-batedor do exército britânico, conhecedor do Magreb... Um aventureiro no lugar certo, na hora certa. Uma simples coincidência? Tenho certeza disso. Mas será que Jafar Adib ou mesmo Rosenstock pensam como eu?

A pergunta apagou o riso do rosto de Ben. *"A maldita está certa"*, pensou. *"Mas que droga!"*

– O destino pregou-lhe uma grande peça, *mon ami. Kunt suqaan lilmawt.*

Ben encarou Namira com uma expressão confusa.

— Quer dizer que você foi marcado pela morte, *monsieur* Young – completou a Opala do Deserto.

Ben apagou a bagana do cigarro com o calcanhar e esmagou-a com força, depositando ali toda a sua raiva.

– Mas que droga! – exclamou, dessa vez em voz alta. – Rosenstock e guerrilheiros *sawda'*... Uma aliança inesperada capaz de colocar a cabeça do próprio *Kaiser* em risco. Caso as suspeitas se comprovem, então...

– Caso as suspeitas se comprovem, então eu terei muitas outras preocupações além de querer salvar a sua cabeça, *monsieur* Benjamin Young – completou Namira.

Houve um silêncio perturbador antes que o gibraltarino prosseguisse:

– Jafar Adib.... Ninguém melhor do que guerreiros do deserto para cruzarem o Magreb sem ser vistos. Até aí, tudo bem. Mas e quanto à delegação alemã?

Namira pareceu hesitante:

– Não acredito que a aliança entre Rosenstock e assassinos *sawda'* seja do conhecimento de todos no Império. Duvido que Adler, ou mesmo Rademacher, estejam a par disso.

– Faz sentido – pensou Ben, dirigindo-lhe um olhar intrigado. – Acha que a destruição do cargueiro prussiano pode ter algo a ver com tudo isso?

Namira lançou um olhar astuto a ele, acompanhado por um sorriso discreto:

– Estamos começando a nos entender, *monsieur*. E a resposta para as suas perguntas é sim. Rosenstock está à frente das negociações a pedido do próprio *Kaiser*, e tenho a impressão de que a destruição do Reichsadler não passa de um bom pretexto para justificar a entrada legal do general e dos seus *Regimentskorps* no Marrocos.

– Está sugerindo que a destruição do Reichsadler foi uma manobra do próprio *Kaiser*...? – questionou Young perplexo.

– Do *Kaiser*, de von Tirpitz, de von Rosenstock.... Quem se importa? – assentiu Namira com um gesto de cabeça. – Se as suspeitas do *bureau* se comprovarem e os *sawda'* estiverem por trás do atentado contra o Reichsadler, jogando a culpa em algum grupo extremista, então é possível que o *Kaiser* esteja sustentando todo esse engodo para que o general dê andamento a sua verdadeira missão.

Young prendeu o ar:

– A Alemanha pode estar construindo uma arma secreta?!

Namira Dhue Baysan simplesmente sorriu.

– Uma conspiração... – soprou Ben.

– Acho que está começando a entender, *monsieur* Benjamin Young – concordou Namira, fitando-o com um olhar profundo e um sorriso congelado no rosto. – Acreditamos que o *Kaiser* está escondendo um trunfo. Algo que poderá desequilibrar a corrida armamentista, favorecendo a sua frota de batalha. De acordo com alguns oficiais, está mais do que na hora de o império alemão tomar o seu lugar ao sol e, de preferência, à frente do resto do mundo.

– Está falando em guerra? – questionou Ben.

Novamente o silêncio serviu como resposta.

– Sérvios e austríacos continuam estranhando-se. Uma arma biológica até que cairia bem, caso nossos queridos amigos russos resolvam entrar nessa briga apoiando seus aliados. Se o *bureau* puder provar algo neste sentido, *monsieur*, eu poderia oferecer a cabeça de Rosenstock, ou até mesmo a de Wilhelm, numa bandeja dourada ao ministro do exército inglês e, consequentemente, ao Conselho de Guerra Europeu.

Ben reagiu com perplexidade. Um jogo ambicioso, sem dúvida, colocar o *Kaiser* perante os homens poderosos da guerra.

– E quanto à amostra da substância que o seu amigo havia me entregado? – questionou.

– Será levada para o *bureau*, conforme Idris havia planejado – afirmou Namira.

– Para Coldwell... certo? Major Coldwell...

– Exato, *monsieur* Young.

Ben apontou para Umar, questionando:

– E eu presumo que o seu irmão das areias aqui tenha algo a ver com isso, assumindo a missão de transportar o Sangue do Diabo até os seus aliados?

Namira ignorou a provocação e respondeu com outra pergunta irônica:

– Ninguém melhor do que um guerreiro do deserto para cruzar o Magreb sem ser visto, não concorda?

De repente, uma voz ecoou pela galeria, tomando Ben, Umar e Namira de surpresa:

– *Fils de pute...tu vas le regretter!*

– Didieur?! – disse Ben Young com um salto abrupto ao reconhecer a voz. – Mas que diabos.... O que está fazendo aqui?

Escoltado de perto por um berbere empunhando um rifle, Lacombe surgiu apressado vindo na direção do grupo. Resmungava e apalpava o galo em sua nuca. Ao aproximar-se, ignorou o amigo por um instante e dirigiu-se primeiro a Namira, fuzilando-a com um olhar sarcástico:

– Parece que madame Baysan tem olhos por toda a Tânger.

O berbere com o rifle murmurou algo para Umar Yasin, que tratou de explicar:

– Mustafá disse que o capturou na entrada do depósito.

– Sozinho? – questionou Namira, abaixando a sua arma.

– Parece que sim – concordou seu aliado.

– Engana-se! Havia mais alguém – esbravejou Lacombe, surpreendendo todos. – Havia um espião enviado pelo nosso bravo chucrute, von Rosenstock. Alguém determinado a dar-lhe um fim, meu bom e velho amigo – afirmou, dirigindo-se a Ben. – Mas, graças a Deus, cheguei a tempo – finalizou empertigado.

Namira segurou o riso diante do estupefato Lacombe, dirigindo-lhe um olhar amistoso:

– Muito bem, *mon cher capitaine*, eu imagino que queira juntar-se a nós. E já que estamos todos reunidos, eu também gostaria de apresentá-los a alguém muito especial. – Virou-se para trás e gritou com gentileza: – Sombre!

Atendendo ao chamado de Namira, para a surpresa de Ben e Didieur, a exuberante etíope dona da *A Casa de Vênus* emergiu das sombras e veio em direção ao grupo. Envolta numa elegante túnica rubra e azul, com colares de miçangas brancas que enfeitavam o seu pescoço longilíneo e olhos que encerravam as belezas e o mistério do grande Saara, a enigmática mulher parecia deixar um rastro de pura energia por onde passava. Algo que que fluía da sua aura e envolvia tudo ali numa estranha sensação de paz.

– Mais surpresas, madame Baysan? – sussurrou Ben dirigindo-se a Namira, mas sem desviar o olhar da etíope parada ao seu lado.

– Sendo um homem do deserto, *monsieur* Young, devia estar preparado para elas – respondeu a Opala do Deserto.

Madame Sombre encarou Ben Young com olhar soturno:

– Então é este o Olho de Gibraltar de que os demônios falaram. Sim... A morte corre em suas veias. Quando chegar o momento, meu pequeno rato do deserto, terá de escolher entre o rio de sangue que cobrirá a duna mais alta.... ou o escorpião. Sim, sim... A morte corre em suas veias.

Sombre ainda tentou sorrir para Young. Mas não era do seu feitio fazê-lo.

Capítulo 13
Depósitos Clarke Shipping

– Será que alguém poderia me explicar o que está acontecendo aqui? – bufou Didieur Lacombe, dirigindo um olhar confuso a Namira Dhue Baysan.

– Madame Sombre é uma velha amiga a quem devo muitos favores – começou Namira. Seu papel na luta contra os escravagistas no Quênia foi fundamental. Por diversas vezes, nós, os *Djalebh Daermon*, nos unimos a ela contra homens como Jafar Adib. Desde então, nossos destinos têm se cruzado com certa frequência. Seus olhos e ouvidos têm me guiado há muito, desde que eu fui recrutada...

– *Attendez un second* – cortou Lacombe. – Recrutada? Quer dizer que é mesmo uma espiã? Alguém pode me contar tudo desde o início, *s'il vous plaît?*

– *Capitain Lacombe* – respondeu Namira com tranquilidade. – É melhor se sentar e se acalmar um pouco. Tenho a certeza de que vai gostar do que eu tenho para lhe contar.

Namira divertia-se com o jeito de Lacombe. O oficial sentou-se num dos caixotes ao lado do amigo e escutou toda a história com uma expressão atônita.

Ao final, apenas murmurou:

– Eu sabia... *Maudits salauds d'allemands!*

***

– Como vê, *Capitain*, precisamos tirar *monsieur* Young de Tânger o quanto antes – concluiu Namira ao fim da sua narrativa. – Imagino que concorde em...

– A substância... – interrompeu, coçando o queixo, pensativo, ignorando a fala de Namira e questionando-a com um semblante rígido. – Você disse que Umar a levará até o *bureau?*

Namira assentiu.

– Sim. Umar é experiente...

– Experiente em cruzar o Magreb com uma turba de *sawda'* e outra de alemães seguindo o seu rastro? – zombou Ben, percebendo a troca de olhares entre a dançarina e seu aliado berbere. – Veja – prosseguiu, dirigindo-se a Umar –, tenho certeza de que é um grande guerreiro. O galo na minha cabeça confirma isso. Mas se estamos falando em atravessar o deserto usando rotas que nem mesmo os melhores batedores *Hoggar* são capazes de seguir... Então vai precisar de um batedor.

Umar Yasin, confuso, começou a gaguejar algo quando foi interrompido por Namira, cuja voz denunciava uma ansiedade mal reprimida:

– Não podemos permitir que se envolva numa operação...

– Seu homem será morto antes mesmo de cruzar a fronteira com a Argélia – vociferou Ben.

– Não! – esbravejou Dhue Baysan, esmurrando o tampo do barril que servia de mesa. – Eu garanto que...

A dançarina não chegou a terminar a frase, perdida, deixando transbordar no seu semblante um misto de raiva e medo.

Ben Young esperou um instante antes de dizer, desta vez num tom calmo:

– Não pode garantir nada além da sua própria sobrevivência, senhorita Baysan. Não faz ideia de como um *sawda'* age ao caçar um berbere no mar de areia. Deixe-me ajudá-la.

Namira Dhue Baysan sentiu-se acuada. Suplicou pela ajuda de Madame Sombre parada ao seu lado, mas teve como resposta apenas o olhar sereno da etíope seguido por um silêncio inquietante, que, por sorte, foi quebrado pelo muxoxo do capitão *spahi*:

– Se me permite dizer, *mon ami,* e detesto ter que admitir... Ben tem razão. E digo isso certo de que vou me atolar a seu lado nessa *merde* toda! – completou o oficial, estufando o peito e soltando uma gargalhada alta.

– Não sabe onde está se metendo, *monsieur* Young – murmurou a dançarina.

– Tenho certeza de que eu vou descobrir – replicou Young com segurança.

Namira encarou o gibraltarino com um sorriso no canto dos lábios. Acendeu um novo cigarro e deu um bom trago. Em seu semblante não havia mais qualquer vestígio de insegurança. Era novamente a Opala do Deserto. Empertigada, assumiu mais uma vez o controle da conversa:

– Levará com você Umar e Mustafá. Eles o ajudarão durante a travessia – decidiu. Ao terminar de dar a ordem, surpreendeu-se com a reação de Ben, que se dirigiu aos dois berberes balançando a cabeça num aceno afirmativo. – E até que possam deixar Tânger, precisamos encontrar um meio de mantê-lo vivo, *monsieur* Young. Há mais homens de Rosenstock espalhados por aí – completou, dirigindo-se a Lacombe.

– Eu posso cuidar disso – adiantou-se Madame Sombre, atraindo para si a atenção do grupo.

A seguir, a etíope examinou Ben com um olhar insólito:

– Então é aqui que as nossas linhas da vida se cruzam, pequeno rato das areias. Sim, sim! Um longo caminho o aguarda, Olho de Gibraltar. Um longo caminho.

Namira sorriu satisfeita para a etíope, segura ao ouvir suas palavras. Depois, prosseguiu sua explanação:

– Senhor Young, um agente do *bureau* o aguardará junto ao vilarejo de Ghat.

Ben deu de ombros. Conhecia bem o lugar localizado numa antiga rota para Trípoli. Um pequeno entreposto usado para descanso por comerciantes que se arriscavam pelas areias do Magreb. Namira continuou:

– Deverá entregar a substância a esse agente, cuja missão será a de transportá-la à base britânica de Abu Hamed, no Sudão, onde é esperado pelo major Coldwell. Certifique-se de que o nosso agente deixe Ghat em segurança. Feito isso, imagino que saberá como apagar o seu rastro e partir para um lugar seguro.

Ben respondeu com o seu melhor sorriso debochado.

– E quanto ao agente do *bureau*? – questionou Young.

–Reconhecerá quando ele se dirigir a você dizendo: *Enquanto não conhecer o inferno...* Sua resposta será...

– *O paraíso não será bom o suficiente!* Um velho provérbio berbere – completou Ben, ainda sustentando o mesmo sorriso.

– É claro – respondeu Namira surpresa, fingindo pouco caso.

Didieur alisou os bigodes, fitando o amigo com apreensão:

– Poderia enviar alguns *spahis* com você...

– Não, meu amigo – respondeu Ben com firmeza. – Isso poderia atrair ainda mais a atenção de Rosenstock.

– Lembre-se dos *Sanūsī Sufi* – resmungou Lacombe. Referia-se à tribo que resistia bravamente ao avanço das tropas italianas na Líbia. – Eles são capazes de rastrear o inimigo de longe. E neste caso, *mon ami,* qualquer um que não seja nativo é considerado inimigo. Mesmo sendo um dos melhores batedores que eu já vi, se os *Regimentskorps* de Rosenstock não puderem seguir o seu rastro, os *Sanūsī* o farão. Você agradecerá a presença de alguns bons *spahis* argelinos.

Ben gesticulou demonstrando impaciência:

– Nossa caravana deve ser discreta. Além do mais, tenho a certeza de que os dois aqui serão de grande valia – declarou Ben, dirigindo-se a Umar Yasin com um olhar encorajador. – *Sanūsī* não me preocupam. Rosenstock, sim. O general não nos dará trégua. É por isso que eu devo me tornar aquilo que os homens do *Kaiser* esperam que eu seja.

Lacombe franziu a testa, confuso:

– O que exatamente, *mon ami?*

– Um verdadeiro rato do deserto – afirmou Young, confiante demais para o gosto de Lacombe. – E ninguém melhor do que um rato do deserto para atrair o inimigo para a sua toca.

Um músculo na mandíbula do oficial francês contraiu-se. Ele pareceu resmungar algo, ainda pouco convencido.

Namira, que observava Ben com um sorriso frio no canto da boca, adiantou-se dizendo:

– Cuidado, senhor Young. Quando nos referimos a homens como Rosenstock e Jafar Adib, o excesso de confiança pode ser a nossa derrocada.

Ben virou-se para Namira, cujo olhar naquele instante associou aos ferrões de um escorpião. Mortal. Já se preparava para contradizê-la quando, subitamente, uma voz serena, porém aquém de emoções, o fez calar-se:

– O rato do deserto está certo! – afirmou Madame Sombre, olhando diretamente para o Olho de Gibraltar. – Ninguém foge da sua linha da vida. Ele deve seguir a dele.

Espantado, Young teve a impressão de que algo na exuberante etíope parecia expandir-se de dentro para fora, como se tudo ao seu redor fosse tocado por uma força sobrenatural que brotava da sua voz, do seu corpo e dos seus olhos profundos e negros.

Namira não havia percebido que sua respiração estava presa até soltar o ar dos pulmões de uma vez, parecendo despertar de um transe, com o espírito da guerreira africana soprando-lhe algo. Intuição. Sussurros. Medo.

– Que assim seja – concordou a dançarina e cortesã, voltando-se em seguida para Ben e encarando-o com uma estranha calma. – E que Alá guie os seus passos, rato do deserto. Quanto a nós, despistaremos os homens de Rosenstock até a partida de vocês. Umar enviará alguém para buscar os seus pertences no hotel. Enquanto isso, ficará em segurança aos cuidados de Sombre.

Ben concordou.

– Ok. Partiremos pela manhã – disse, voltando-se para Umar e Mustafá, que pareceram de acordo.

– Rosenstock deve permanecer em Tânger por mais alguns dias – prosseguiu a dançarina, dirigindo-se a Lacombe, que a escutava atento. Depois, voltando-se para Young, explicou: – Podemos ganhar algum tempo concedendo-lhe certa vantagem, *monsieur* Young.

A jovem colocou sobre o tampo do barril um pequeno invólucro de couro que guardava consigo:

– Aqui está o Sangue do Diabo!

Didieur e Ben tiveram a mesma reação. Surpresos, inclinaram-se na direção do objeto como se diante de uma relíquia. O Olho de Gibraltar abriu o invólucro e retirou do seu interior o pequeno tubo de vidro, trazendo-o à luz da lamparina que Umar carregava. Um líquido translúcido e viscoso movia-se dentro do vidro.

– *Maudit soit le feu de l'enfer!*– balbuciou Lacombe, olhando de perto o frasco na mão de Ben.

– Você acabou de colocar a corda no seu próprio pescoço, *monsieur* Benjamin Young.

Ben limitou-se a sorrir, sussurrando sem desviar os seus olhos do objeto em sua mão:

– Estou certo disso. Agora, imagino que estejam curiosos para saber como, e por onde, eu pretendo chegar em segurança até Ghat...

Capítulo 14

Porto aéreo de Tânger, vinte e quatro de abril de 1914 – 01h40 a.m.

A fragata aérea alemã Phanter II possuía um poderio de fogo muito superior ao das fragatas tradicionais. Suas baterias aéreas e antissubmarino eram as últimas inovações em matéria de batalhas aéreas e navais. Fachos de luz iluminavam a bandeira com o brasão da águia negra no topo do enorme balão acima da sua superestrutura. Escotilhas nas laterais do enorme casco projetavam as temíveis metralhadoras Maxim. A nau erguia-se imponente, destacada dos demais dirigíveis que flutuavam sobre a baía. Em seu interior, soldados *korps* vestiam armaduras negras com o brasão do *Kaiser* no centro do peito, capazes de intimidar até mesmo o mais bravo guerreiro *Tuareg* das terras ao leste do Magreb. Estavam armados até os dentes e vigiavam o castelo de proa e popa com rifles Mauser, pistolas Luger e punhais com lâminas de dois gumes.

Hans Karl, um dos operadores de telégrafo sem fio, conhecido pelo resto da tripulação da Phanter II como *mischling* — um soldado mestiço com sangue judeu —, aproximou-se do convés e espiou de soslaio os membros da tripulação reunidos na entrada do hangar, jogando conversa fora, bebendo e fumando durante uma partida de *Skat* — tradicional jogo de cartas alemão.

Discreto, Hans esmagou a bagana do cigarro com a sola do sapato e seguiu adiante para a cabine de controle, depois de passar por uma das sentinelas que vigiava o passadiço. O oficial de navegação no interior da cabine estava sentado diante do leme principal, com a cabeça abaixada. Era um homem alto e grande, e divertia-se ao examinar alguns cromos com figuras de mulheres nuas.

– *Verdammte Mücken!*— resmungou o oficial, ao sentir uma picada abaixo da orelha. Coçou o local com força, sem dar muita importância e sem perceber o minúsculo dardo lançado por Karl. Segundos depois, mergulhava num sono profundo.

O operador aproximou-se do painel e começou a examinar as anotações de bordo, coletando dados preciosos: coordenadas que mostravam como o general Rosenstock parecia não ter a intenção de retornar de imediato ao seu entreposto militar na África Oriental, como era de se esperar, mas, sim, que pretendia seguir viagem rumo a algum lugar desconhecido junto às cadeias do Atlas.

Sorrateiro, Hans deixou a cabine de controle e aventurou-se pelo passadiço rumo ao compartimento de carga. Passou pela sala de máquinas, onde oficiais gritavam ordens a um grupo de trabalhadores que corriam em disparada de um lado a outro, alimentando as máquinas da Phanter II, e seguiu em direção à popa.

Oculto atrás de enormes contêineres, o operador apanhou a câmera em seu bolso e registrou a carga transportada pela Phanter II — um verdadeiro arsenal bélico, com inúmeros veículos de transporte e tanques de areia usados pelos *afrikanischen Regimentskorps*, todos eles alinhados nas diversas baias. Em seguida, Karl avançou em direção ao Hangar II e fotografou algo ainda mais inusitado: um esquadrão de *Fledermaus*. Soldados metidos em armaduras com um motor compacto acoplado na parte de trás do traje. Seres mortais armados com lança-chamas e metralhadoras Maxim MG08. Seus capacetes fechados davam-lhes um horrendo aspecto insectoide.

Satisfeito, Carl retirou o filme da câmera e guardou-o junto com alguns documentos e anotações em um envelope em seu bolso. Em seguida, atravessou o passadiço e foi em direção à ponte de desembarque, deixando a Phanter II para trás.

— Ei, *mischling*, veio perder mais algumas moedas? — gritou um oficial gorducho, com a barba por fazer e dentes amarelados, ao ver Karl aproximar-se.

— *Skat* não é para mim. Além do mais, você já me tomou as últimas moedas ontem à noite — brincou o operador, tentando ser agradável, mas sem interromper a caminhada. — Vou guardar o pouco que me resta para um bom *drink* na cidade.

— *Drinks* e mulheres. Judeu, aproveite a noite como um verdadeiro alemão.

O grupo todo caiu na gargalhada, com Karl mostrando o dedo do meio ao oficial e seguindo seu caminho.

Hans Karl seguiu em direção à avenida central e embarcou em um táxi sem perceber um vulto que seguia o seu rastro.

***

Ao desembarcar em frente ao Hotel Imperial de Tânger, o operador Hans foi em direção a uma pequena praça que havia do outro lado da rua. Escondeu-se em meio às árvores e observou o hotel com uma expressão apreensiva. De súbito, um ruído atraiu sua atenção. Um cão idoso vasculhava algumas latas de lixo mais adiante. Carl suspirou aliviado. Examinou seu entorno convencido de que, exceto pelo cão, o lugar estava ermo como havia suposto.

Satisfeito, Hans Karl retirou do bolso uma pequena lanterna e começou a enviar sinais luminosos. A resposta não tardou a vir de forma idêntica, com os sinais vindo de uma das janelas localizadas no último andar do Imperial.

Alerta, Hans examinou mais uma vez o seu entorno antes de prosseguir, dirigindo-se à entrada de serviço do hotel, localizada em uma rua estreita ao lado do imponente prédio. Aguardou inquieto até que Namira Dhue Baysan surgiu, vestindo uma túnica longa e negra que cobria todo o seu corpo, deixando à mostra apenas seus olhos amendoados.

A Opala do Deserto sorriu por debaixo do turbante:

— Karl, meu bom amigo. Que Alá guie seus passos em segurança!

***

Escondido em meio às sombras de um antigo palacete próximo ao hotel Imperial, o agente alemão da SSA, Eberhard, emitiu um sorriso maligno ao observar o encontro entre Karl e seu contato. "A Opala do Deserto", pensou. "Uma cortesã e um alemão judeu". O agente apertou a mandíbula com força. "Seres rastejantes e sujos que, assim como os ratos que costumavam infestar os porões das grandes embarcações, precisam ser exterminados", concluiu.

Capítulo 15
Hotel Imperial de Tânger

Hans Karl esboçou um sorriso ao avistar Namira, puxando-a para longe do poste de rua que iluminava a entrada de serviço do hotel.

— Alegro-me em vê-la, Dhue Baysan — sussurrou, retirando do bolso um envelope com suas anotações, alguns documentos e o filme fotográfico contendo as imagens que havia capturado na Phanter II.

O agente infiltrado fez uma pausa e espiou em torno antes de prosseguir:

— Precisa fazer com que isto chegue ao *bureau* imediatamente.

— O que você conseguiu? — questionou Namira, fitando o colega com uma expressão tensa.

— Documentos e algumas mensagens codificadas... uma operação...

— Rosenstock! — exclamou Namira, abafando os sons de sua garganta com a mão diante da boca.

O agente concordou, balançando a cabeça.

— Arquivos da Marinha alemã, além disto aqui — respondeu Karl, apanhando o filme fotográfico do interior do envelope e mostrando-o à Namira, que o examinou de perto com uma expressão de surpresa.

— Consegui registrar algumas imagens da carga secreta a bordo da Phanter II — explicou Karl.

Namira franziu o cenho, curiosa:

— O Sangue do Diabo?

— O Sangue do Diabo é apenas uma parte. Soldados. Muitos deles. *Fledermaus* — respondeu Karl, com assombro.

Namira soltou o ar, atônita, pensando em voz alta:

— Um exército secreto em meio a uma missão diplomática? *Damn Rosenstock!* O que o velho general caquético está planejando?

Aflito, Hans adiantou-se, chamando a atenção da jovem:

— Envie isto ao *bureau*. Preciso retornar à Phanter o quanto antes.

— Deve desaparecer enquanto pode — interveio a Opala do Deserto, segurando o braço de Hans. — Não devemos arriscar tanto. O que aconteceu com Idris foi uma infelicidade. Deixe que eu o ajude a sair de Tânger...

— Impossível, Namira — interrompeu Hans Karl, bastante agitado. — Desaparecerei no momento certo. Por ora, devo seguir conforme o planejado. Nós nos veremos em breve.

— Que Alá nos guie em nossa jornada, meu bom amigo! — respondeu a dançarina, tentando sorrir ao despedir-se do espião infiltrado a bordo da Phanter II, vendo-o partir apressado, buscando as sombras como esconderijo.

Namira olhou mais uma vez para o envelope em suas mãos. Trazia informações que poderiam levar Rosenstock a responder perante o Conselho de Guerra Europeu. Em seguida, retornou para o hotel, cuidando para que nenhum funcionário de plantão a visse rondando por ali feito uma alma penada, e subiu as escadas de volta ao seu aposento.

Rosenstock era uma cascavel à espreita. Com o general no seu rastro, fazer com que as informações chegassem em segurança a Coldwell no *bureau* inglês não seria algo simples. Precisava de uma solução imediata e segura. Quem sabe Sombre... ou... — *Mon Dieu... Oui! Capitain Lacombe. Parfait.* Afinal de contas, não havia mais segredos entre eles... *Oui.*

Ao retornar ao seu aposento, Namira tratou de esconder o envelope num bolso falso no interior de seu *nécessaire*, guardando-o de volta na cômoda bombê francesa que havia no banheiro da alcova. Aguardou um instante até se recompor, borrifou o rosto com uma água termal e retornou ao cômodo principal, onde Rosenstock parecia mergulhado num sono profundo, certamente devido ao calmante que havia dissolvido em seu *bourbon* durante o jantar. Deu uma olhada nas horas. Os ponteiros do relógio marcavam com um ruído surdo a cadência do tempo precioso. A partir de agora, crucial. Deitou-se com cuidado ao lado do oficial, que fingia dormir.

"Verdammte Hure!", pensou Rosenstock ao fitar Namira com olhos semicerrados, segurando o impulso de agarrar seu pescoço e acabar com todo o teatro ali mesmo. Porém, manter o jogo por mais algum tempo pareceu-lhe bastante divertido. Tinha a certeza de que poderia arrancar da cortesã muito mais do que a jovem pretendia oferecer.

***

Hans Karl percebeu tarde demais que o vulto que o seguia deixara as sombras, surpreendendo-o com um sorriso gélido e uma Luger apontada em sua direção.

— Agente Eberhard...?

— Como vai, *mischling?* — soprou o agente alemão, sorrindo para Hans.

— Eu... ah... saí para beber um pouco e... — gaguejou o operador, olhando para o sujeito, depois para a arma em sua mão, fingindo não compreender a situação.

— Tenho a certeza que sim — respondeu o agente SSA, dando risinhos baixos enquanto armava o cão da arma e aproximava-se ainda mais. — Achou mesmo que podia se esconder, pobre Hans? Um alemão judeu que, mesmo após se separar da cadela inglesa com quem se casou, preferiu continuar vivendo entre aquela maldita raça impura. Uma vergonha para a academia de Geestemünde.

Hans abandonou o falso sorriso e assumiu uma expressão firme. Sentiu um espasmo facial quando Eberhard avançou em sua direção, fitando-o de perto com um sorriso que sentenciava a sua pena.

— Sabe... — prosseguiu o agente da SSA. — Existe uma história sobre um pequeno rato que acabou sendo adotado por uma família de guaxinins. Durante um bom tempo, o pobre roedor acreditou ser um deles, até que a natureza falou mais alto e os guaxinins se alimentaram da sua carne.

Hans fitava-o em silêncio. Seu rosto estava lívido.

— Achou mesmo que poderia ser um guaxinim, pequeno rato judeu traidor? — prosseguiu Eberhard.

Hans não teve tempo de reagir. Sentiu o golpe da bala perfurar o seu estômago no instante em que um Ford T aproximou-se, freando de forma abrupta e parando ao seu lado no meio-fio.

— Desapareça com o corpo — ordenou Eberhard, dirigindo-se ao brutamontes alemão que desceu do veículo. O sujeito ergueu o corpo sem vida de Hans Karl sem qualquer esforço e enfiou-o no porta-malas.

"Não era o único rato no meio das águias, seu maldito judeu. E nem será o último a morrer", pensou Eberhard, satisfeito, lançando um último olhar em direção ao Hotel Imperial, antes de entrar no veículo e retornar para a Phanter II.

***

Naquela manhã, o general do *Kaiser* tinha se levantado um pouco antes do seu horário costumeiro, às 5h30. Ao fazer a toalete, releu com calma a mensagem que acabara de receber do comandante da Phanter II. A informação de que um suposto espião havia se infiltrado a bordo da fragata não pareceu surpreendê-lo. De fato, apenas confirmava suas suspeitas. Sorriu um sorriso sem alegria, um tanto decepcionado. Não esperava ser obrigado a agir antes do que havia imaginado. Soltou o ar dos pulmões, guardou a mensagem e manuseou sua navalha com destreza, deslizando-a pelo rosto e pescoço enquanto fazia a barba. Minutos depois, impecável como sempre, cruzou o quarto e sentou-se na beira da cama, observando a jovem que, vencida pelo cansaço, dormia profundamente. Observou-a por algum tempo. Namira. Uma flor cheia de espinhos. Quis tocar o corpo da jovem, num misto de amor e ódio, mas se afastou, deixando que os longos cabelos negros da dançarina escorressem entre seus dedos. Lá fora, os primeiros raios de sol começavam a tocar as redomas e minaretes no horizonte. "Um novo dia", pensou Rosenstock, sentindo que o fim daquele delicioso jogo aproximava-se. Deixou o aposento, não sem antes dar uma última olhada na adorável e traiçoeira cortesã. Tornou a sorrir, triste.

***

Assim que despontou no salão do Hotel Imperial, Rosenstock avistou o elegante *maître* pronto para conduzi-lo a uma mesa reservada. O desjejum que o aguardava atendia a todas as suas exigências, com frutas secas, suco de tâmara, café, leite, *pretzel*, manteiga, geleias, ovos e linguiça defumada, além de um exemplar do *Deutsche Zeitung*. Um belo arranjo de lírios brancos refletia-se na prataria. Satisfeito com a recepção e o fato de o lugar ainda estar pouco movimentado àquela hora da manhã, o oficial degustou a sua refeição em paz, sentindo-se revitalizado, pronto para dar cabo de sua atarefada agenda que teria início logo mais, repleta de encontros diplomáticos na companhia de franceses estúpidos. Acendeu um charuto, aceitou uma xícara de café preto forte e folheou as notícias no jornal, até ser surpreendido por um mensageiro de seu comitê, que surgiu apressado em sua direção. O profissional de libré saudou-o com a típica formalidade prussiana.

— À vontade, soldado! — resmungou Rosenstock.

– *Sir*, ainda não foi possível fazer contato com o agente — informou o oficial, com uma expressão firme.

"Onde diabos se meteu Heinrich?", pensou o general, referindo-se ao agente que havia incumbido no dia anterior de eliminar o suposto contato de Namira, o tal Benjamin Young. Rosenstock permaneceu algum tempo em silêncio entre um trago e um gole. Então ordenou, com um tom de voz aquém de qualquer emoção:

— Jafar Adib deverá cuidar deste... imprevisto.

O mensageiro cumprimentou o superior e bateu em retirada. Rosenstock observou-o afastar-se e deu um novo gole na bebida. Fechou os olhos. Deixou o gosto amargo e forte do líquido percorrer sua garganta. Pensou em Namira Dhue Baysan mais uma vez. Talvez tivesse mesmo chegado o momento de podar os espinhos de tão bela flor. Uma pena.

Capítulo 16
Cordilheira do Atlas

O sol começava a desaparecer atrás dos cumes rochosos da Cordilheira do Atlas – uma extensa cadeia de montanhas que se estendia do Marrocos à Tunísia, com pontos que ultrapassam a marca dos três mil metros. Jahannam aproximava-se, contornando as encostas do *Al-Atlas Saghir*. A aeronave pousou no imenso hangar localizado no interior do *kasbah* de Jafar Adib, uma fortaleza que despontava do alto de uma encosta íngreme bem diante do imponente vulcão *Jbel Sirwa*.

Ao desembarcar, o líder *sawda'* seguiu direto para a base operacional alemã. Um dos chefes da base militar, um tal de Helmut, deu-lhe as boas vindas e conduziu-o por um extenso túnel, onde contêineres eram tragados por empilhadeiras para dentro da câmara no interior da montanha.

Soldados alemães vestindo trajes brancos de *nylon* reforçado conduziam os silos químicos com a substância *CH3P (0)F*. O perigoso Sangue do Diabo era levado para o laboratório de base. Ao deparar-se com o imenso estaleiro no seio da montanha, Jafar Adib demonstrou alguma reação. A um gesto do oficial alemão, que sorria orgulhoso, Jafar interrompeu a caminhada e descortinou algo que o deixou atônito: lá estava o colossal dirigível de combate em sua fase final de construção. Nunca havia visto algo como aquilo. O Majestät.

O impressionante *dreadnought* possuía noventa e cinco metros de comprimento por dezenove de largura, chegando a pesar cinco mil toneladas. Seu poderio bélico era formado por quatro canhões de retrocarga de nove polegadas, localizados em duas torres diagonais, uma a boreste e outra a bombordo; cinco canhões de cinco polegadas no convés superior; onze metralhadoras de vinte e cinco milímetros e cinco de onze milímetros; e cinco compartimentos para bombas e casamatas a bombordo e estibordo, com metralhadoras MG08 de 7,92 mm. Abaixo do convés localizavam-se as oficinas, a cozinha, o posto dos tripulantes, além dos alojamentos dos oficiais do lado da popa. Descendo mais um nível, ficava a sala de máquinas, bem como os depósitos de munição e o compartimento de bombas. Máquinas de propulsão funcionavam em compartimentos separados, e além das máquinas a vapor de êmbolo, o Majestät possuía um moderno sistema de motor a diesel. Dois sistemas de hélice com eixos móveis poderiam manter a nau suspensa no ar, ou em movimento, enquanto uma frota de Fokker E. *III* poderia decolar do convés de voo localizado acima do convés de tombadilho, na popa. Quarenta e sete eixos verticais – vinte de cada lado, e sete, mais altos, ao meio – erguiam-se acima do convés de voo, movendo-se de forma independente, promovendo maior equilíbrio contra a resistência horizontal.

Um imenso balão oblongo ajudava a sustentar a estrutura do *dreadnought*. Em seu interior havia compartimentos com gás hélio, além das plataformas e tubos de comunicação conectados à casa das máquinas. Uma gigantesca hélice propulsora permanecia na parte traseira sobre um eixo horizontal, pronta para impulsionar a nau com toda a sua fúria. Por último, e acima do imenso balão em forma de charuto, estava o mastro, preparado para ostentar a gloriosa bandeira com a águia negra, o brasão de armas do Império Alemão.

Jafar aproximou-se devagar, examinando o verdadeiro enxame de operários que percorriam as plataformas metálicas ao redor da gigantesca estrutura. Sentiu um calafrio na espinha ao ver mais de perto o monstro aéreo, colossal, imaginando como muito em breve o Sangue do Diabo alimentaria as suas artérias, fazendo-o emergir do inferno, rumo às grandes dunas. E depois, rumo ao Velho Mundo, levando com ele o horror.

Súbito, um suboficial alemão aproximou-se:

– *Herr* Adib, o general von Rosenstock pediu para ser avisado assim que o senhor retornasse à base. Ele aguarda o seu contato. Devo acompanhá-lo à sala de comunicações.

Jafar encarou o suboficial com certo desencanto, ao mesmo tempo em que seu semblante de surpresa diante do Majestät era substituído por uma expressão fechada. Deixou o engenheiro que o acompanhava para trás e seguiu em direção à sala de comunicações, onde um grupo de oficiais operava os complexos equipamentos de transmissão e recepção de voz, detecção, localização, de combate eletrônico e de navegação, além do sistema de última geração de radiocomunicação utilizado pelos *afrikanischen Regimentskorps*.

– *Adib na escuta!* – anunciou o líder berbere, aproximando-se do microfone do rádio central.

– Saudações, Jafar Adib – ressoou a voz de Rosenstock distorcida do outro lado da linha.

– Que Alá guie nossos passos em direção ao paraíso, general – saudou o berbere.

– Imagino que tenha ficado surpreso com o andamento da operação. Trata-se de uma verdadeira obra de arte, não?

Pelo tom de voz, Adib pôde visualizar o meio sorriso estampado no rosto fino do líder dos Korps ao referir-se ao assustador *dreadnought*.

– *Yd alshaytan* – proferiu Jafar.

– Tem razão, Jafar. A mão do demônio. A mesma mão que abrirá para nós as portas do tão desejado paraíso – zombou Rosenstock. A voz do general perdia-se em meio aos ruídos e interferências e emergia após o operador fazer alguns ajustes na frequência do rádio. – Fico feliz que tenha retornado em segurança. Quanto à carga?

– Entregue conforme havíamos planejado – comentou Jafar.

– Excelente! Pretendo acompanhar pessoalmente os acertos finais para a partida do Majestät assim que meus assuntos em Tânger terminarem. Contudo... há uma questão pendente. – O general fez uma pausa antes de prosseguir, sádico. – O homem do retrato que lhe foi enviado. O tal... para quem o egípcio morto entregou a amostra que conseguiu roubar depois de enganar seus *sawda'*... Sei que é uma situação inesperada, mas tenho a certeza de que, desta vez, você conseguirá resolvê-la de maneira mais eficiente.

Jafar apertou o pedestal do microfone até os nós dos dedos ficarem esbranquiçados.

Rosenstock sorriu em silêncio, do outro lado da linha, e continuou:

– Descobrimos algumas coisas interessantes sobre ele. Trata-se de um ex-batedor das Forças Expedicionárias Britânicas. Benjamin Young, também conhecido como... como é mesmo? Ah, sim. Olho de Gibraltar.

Adib reagiu surpreso:

– Já ouvi falar sobre ele. Alguém que, no passado, teria rastreado um punhado de Madjah...

– O homem esteve em campanhas no Touat, Fachoda, Talmine... Imagino que tenha se cansado da vida na caserna, preferindo tornar-se um espião. Um rato astuto, diga-se de passagem. Um dos meus agentes incumbidos de segui-lo e eliminá-lo acabou desaparecendo sem deixar pistas do seu paradeiro. Assim como o próprio Benjamin Young, que minha intuição me diz que continua vivo. O homem possui boas conexões – resmungou o general para si mesmo –, mas felizmente tenho em minhas mãos alguém que poderá nos contar um pouco mais sobre ele.

Jafar Adib franziu o cenho, atento às palavras do general.

– A senhorita Dhue Baysan poderá, muito em breve, nos dar a sua contribuição. Revelará o destino do seu inesperado aliado, bem como a amostra que nos foi roubada. Imagino que isso facilitará o seu trabalho. É bem possível que a esta altura nosso pequeno rato das areias *já tenha deixado Tânger. Quero que vasculhe cada canto do deserto em busca do seu paradeiro.*

– Meus homens o encontrarão, *Herr General.*

Rosenstock riu baixo, desdenhoso:

– Não, Jafar. Você o encontrará. Estamos falando de alguém tão acostumado a este maldito deserto quanto você e os seus malditos *sawda'*. Desta vez, eu quero o meu melhor cão de caça – rosnou. – Se este Benjamin Young conseguir entregar a amostra da substância para nossos inimigos antes que possamos dar início à operação...

– Eu o encontrarei, Rosenstock! – proferiu Jafar Adib, raivoso.

Silêncio. O ruído de estática soou de maneira contínua, até que a voz rouca do general surgiu do outro lado da linha:

– Tenho a certeza de que sim, Jafar! Para o seu próprio bem.

Um ruído seco anunciou o fim da transmissão.

Jafar Adib deixou a sala de comunicações e retornou ao seu *kasbah* seguido de perto por dois dos seus guerreiros, que o seguiam a passos largos. Atravessou o pátio central onde o Jahannam permanecia ancorado, ignorando a saudação do grupo de oficiais alemães que transitavam em direção à base escavada na montanha, e desapareceu no interior do seu castelo de pedra.

No salão central, um berbere alto com o rosto coberto por tatuagens aguardava-o com uma expressão fria e olhos que lembravam os de uma cobra diante da sua presa.

– Que Alá guie os seus passos, *sayid* – disse o guerreiro, fazendo uma mesura

Jafar tocou seu ombro com afeto, devolvendo a saudação, e seguiu em direção à enorme janela de vidro que havia no salão. Por algum tempo, permaneceu ali parado, de braços cruzados, pensativo, observando lá fora os enormes picos do Atlas que, feito dedos imensos, pareciam aventurar-se em direção ao paraíso.

– Mohammed, meu bom guerreiro – sussurrou Jafar, atraindo o olhar do homem tatuado. – Temos uma caçada pela frente. Precisamos encontrar o mensageiro do egípcio morto. Alguém conhecido pelo nome de Olho de Gibraltar. Um batedor, rato do deserto. O homem enviado pelo general perdeu o seu rastro... – Um meio sorriso despontou no rosto do líder *sawda'*. – Não me admira... Acione nossos melhores rastreadores em Tânger. Espalhem-se pelas trilhas do Magreb. Em algum momento, o rato deverá deixar a sua toca, e quando o fizer, estarei lá para recebê-lo.

O guerreiro tatuado saudou seu líder antes de sair do salão, deixando para trás um Jafar mergulhado em pensamentos, cujo olhar perdia-se além das grandes cordilheiras.

– A sorte é como um escorpião do deserto. Nunca encontra uma mesma vítima para os seus ferrões. Nós nos veremos em breve, Olho de Gibraltar.

Capítulo 17
A Casa de Vênus

Sentado na varanda da residência que se tornara seu esconderijo desde o encontro com Namira Dhue Baysan, Ben Young respirou o ar frio da noite enquanto observava, absorto em pensamentos, as silhuetas dos minaretes que pareciam riscar o céu. Uma figura que se aproximou chamou sua atenção. Era Madame Sombre, a misteriosa etíope que, naquela noite, pareceu-lhe ainda mais atraente. Vestia uma túnica negra que contrastava com os vários colares de miçangas turquesa, vermelhas, azuis e laranja, que caíam do pescoço até os seios pontudos. Seu cheiro era adocicado e sua boca carnuda contorceu-se de maneira atraente:

– Pensando na vida? – perguntou a *etíope*, sentando-se a seu lado e começando a jogar pequeninos ossos de coruja sobre a mesa. Young observou-os de relance. Os malditos ossinhos de coruja, que pareciam revelar à Sombre muito mais do que ele próprio revelara durante sua estadia n'*A Casa de Vênus*. Quem sabe? Pura magia.

– Parece cansado, Olho de Gibraltar – observou Sombre, notando o seu olhar. Acendeu um cigarro enquanto o servia com um pouco mais de um vinho cor de rubi. – Desde que veio para cá, seu coração não se aquietou um só instante. Sempre fitando o deserto. Talvez eu deva pedir para que uma das minhas meninas cuide um pouco de você. Ou quem sabe eu mesma deva fazê-lo.

Os lábios de Sombre curvaram-se num sorriso, fitando Ben de soslaio enquanto recombinava os pequenos ossinhos sobre a mesa.

– Vejo receio em seus olhos. Tem medo do que os demônios podem me revelar? – provocou a *etíope*.

– Não. Mas prefiro que se metam com as suas próprias vidas. – Young deu um risinho silencioso, voltando-se na direção dos distantes minaretes.

– Talvez tenha razão. Sim... sim... – resmungou Sombre. – Mas talvez devesse parar de temê-los. Afinal, não foi por obra deles que isso veio até você. Mas é com a ajuda deles que conseguirá se livrar disso... O Sangue do Diabo... – pronunciou a etíope, apontando com o dedo indicador o bolso do jaleco de Ben, onde ele colocara a substância que Namira havia lhe entregado.

Surpreso, Young retirou o pequeno invólucro do bolso e trouxe à luz o frasco translúcido. Observou mais uma vez o estranho líquido incolor em seu interior. Por um instante, toda a história contada por Namira veio à tona. Os supostos ataques *sawda'* incriminando algumas tribos do Magreb e lançando os chefes dos grandes tambores de guerra uns contra os outros; Rosenstock e a destruição da nau prussiana; a suposta construção de uma possível máquina de batalha; e por fim, a substância diante dos seus olhos.

– Neste caso...– resmungou o ex-batedor –, espero que os seus demônios me guiem em segurança até Ghat. Do contrário, que voltem para o inferno – concluiu com um sorriso de desprezo, guardando o objeto tão cobiçado.

– Conhece as trilhas de areia tão bem quanto os próprios tamacheques, Olho de Gibraltar. Mas, na hora certa, você precisará da ajuda deles... dos demônios, para que possa decidir com sabedoria entre o escorpião... ou a águia.

Ben levou um cigarro à boca, fitando a mulher pelo canto dos olhos:

– Mais uma profecia?

– Não. Apenas um palpite. – Sombre sorriu ao notar o desconforto no olhar de Ben, que mexia nos pequenos ossos sobre a mesa. – Acredita no oculto, senhor Young?

– Acho que já vi muita coisa estranha ao cruzar o deserto – respondeu Ben, num tom firme.

Madame Sombre tornou a apanhar os ossos de coruja, sacudindo-os no interior da palma da mão e lançando-os mais uma vez sobre a mesa de mosaico. Fitou-os com atenção. A boca contorceu-se de maneira sensual:

– Sim... sim. Seria melhor parar de fingir que não crê, Olho de Gibraltar, já que o oculto está a seu favor.

Ben sorriu, fingindo indiferença. Sentia-se indefeso diante dos olhos penetrantes da *etíope*. Encarou Madame Sombre que, inclinando-se em sua direção, sussurrou:

– A sombra, a luz e o corpo. Sim, sim. Sua sombra está alvoroçada, impedindo que a luz mostre o caminho. *Yäsäzagn huneta wede Zaratan ərasaččewən yäšämmigogowatallə.*

— O que quer dizer? Algo na língua dos demônios? – riu Young, tentando esconder o nervosismo.

— Um dialeto usado na *Etiópia*. O caminho que o levará até *Zaratan*. Aquele que não pode ser destruído com a lança.

Com as sobrancelhas cerradas sobre os olhos, Ben observou Sombre, mergulhada numa espécie de transe. A adivinha movia os pequenos ossos com dedos finos e ágeis. Sentiu um frio na espinha quando percebeu as feições da mulher alterarem-se de modo repentino. Sua boca escancarada passou a emitir sons estranhos e exibir um sorriso largo e assustador.

– O inferno recairá sobre o Magreb. Sim, sim... Transformando as grandes dunas e as suas cálidas planícies num imenso mar de sangue. E no centro dele... o Olho de Gibraltar. Dois caminhos... duas trilhas. No momento certo, precisará escolher, guerreiro. Enfrentar *Zaratan*, a besta alada, tendo os demônios como aliados, ou proteger o escorpião e impedir que ele encontre o seu próprio caminho. Um deles o levará à sua liberdade, cobrando por ela um preço bastante alto. Já o outro caminho... o levará à paz tão cobiçada pelo guerreiro... porém, com as mãos encharcadas de sangue. E quando o grande mar de areia tornar-se o verdadeiro inferno, os tambores de guerra do Magreb mais uma vez conclamarão pela glória de Alá... pela *jihad*... diante do grande inferno que já está aqui... escrito no destino de cada um de nós. Qual dos caminhos o levará ao seu verdadeiro destino? Sim... sim... Qual deles? Uma grande tempestade aproxima-se, Benjamin Young – disse a feiticeira misteriosa, soletrando o nome de Ben.

Ben engoliu em seco. Sentiu o medo atravessar o seu corpo. Ficou surpreso quando viu o rosto de Sombre com uma expressão serena. A mulher de súbito tinha despertado do transe, exausta.

– Espero não o ter assustado – sorriu. A exuberante e sensual Sombre parecia ter retornado de algum lugar longínquo e misterioso.

Ben olhou para ela, confuso:

– E isso faz alguma diferença?

A *etíope* tocou de leve a sua mão:

– Meu querido nômade, terá de percorrer um bom caminho até que encontre o que procura. Sim... sim, um bom caminho.

– Um caminho longo me parece algo promissor. Diferente dos seus ossinhos, cuja mensagem não me pareceu muito animadora – resmungou Ben, contraindo os músculos do rosto num sorriso debochado.

– Os demônios estão ao seu lado – declarou Sombre, ignorando a piada. – Não é a sombra em sua jornada que me preocupa. Afinal, sombras nos mantêm invisíveis aos olhos do inimigo. Preocupo-me com o fato de que o medo poderá afastá-lo do seu caminho. Mas não se aflija, Olho de Gibraltar. Você não acredita em nada disso, ou pelo menos finge não acreditar.

Ben recuou num sobressalto:

– Espere... o que disse? – Ben aproximou-se, encarando-a com uma expressão animada. – Sobre as sombras?

– Sim, sim... são elas quem nos mantêm...

– Invisíveis aos olhos do inimigo. – Madame Sombre mirou Ben com olhos de ébano. – Preciso enviar duas mensagens antes de partir – continuou Young, empolgado. – Uma endereçada a um cliente que sem dúvida me ajudará a sair de Tânger sem deixar rastro. A outra... Bem, a outra é para um velho conhecido... Moussa ag Amastan, o *amenokal* dos *Hoggar*. O homem à frente da confederação Kel Ahaggar.

Sombre balançou a cabeça num gesto afirmativo:

– Escreva as suas mensagens. Posso enviá-las antes do nascer do sol.

Ben sorriu. Tinha a certeza de que a misteriosa *etíope* possuía seus meios para fazê-lo.

– Mais uma coisa... – prosseguiu Young, levando a mão ao queixo, receoso.

O Olho de Gibraltar foi pego de surpreso quando Sombre pendeu em sua direção e interrompeu-o:

– Sei o que vai me pedir, meu rapaz, e a resposta é sim! É assim que o rato do deserto finalmente cruzará a minha linha da vida. – Ben gaguejou, confuso, depois sorriu, admirado. – Demônios, Benjamin Young. Eles enxergam através de você.

113

Ben mergulhou nos olhos de ébano da *etíope* e, ao retornar, um traço de preocupação surgiu em seu rosto.

– Não. Espere... Esqueça... Não quero que você...

– Não é você quem decide – adiantou-se a mulher. – Há muito que o nosso caminho foi traçado junto às trilhas do deserto. Alá e os demônios já haviam decidido antes mesmo da sua chegada a Tânger. *It´a fenita.* Vejo em seus olhos que parece crer nele. O que foi? Cansou de fingir, Benjamin Young? – riu. – Bom... muito bom. Desta forma, fica mais fácil compreender que há muito o escorpião *djalebh* aguarda para cruzar a sua linha da vida. Sim, sim. Todos nós estamos unidos. Namira, Rosenstock, seu amigo francês... Todos, sem exceção. Somos todos peças neste grande tabuleiro. O círculo dos acontecimentos. O primeiro círculo. O círculo da vida... e da morte.

Ben suspirou. As palavras de Sombre ecoavam em sua mente. Levou a taça à boca. Precisava de um gole. Não sabia ao certo o que estava acontecendo ali, mas de alguma forma tudo parecia fazer sentido. As palavras da *etíope*, seus demônios, seus olhos. Precisava de um gole.

– Agora, Benjamin Young, imagino que queira me contar o que exatamente está planejando. Umar e Mustafá o encontrarão daqui a poucas horas, mas ainda temos algum tempo.

Ben coçou a cabeça. Estava exausto, confuso.

– Bom... Eu...

– Não aqui – disse a *etíope*, levantando-se e puxando-o pela mão em sua direção. – Na minha cama... onde eu poderei cuidar de você antes que as planícies do Magreb tornem-se abrasadoras e a morte surja como uma tempestade de areia diante dos nossos olhos. Sim... sim. Ela virá de qualquer jeito. Mas você já sabia disso desde o instante em que espreitou pela primeira vez o escorpião *djalebh*... Namira.

Ben não chegou a responder.

Quando seus *lábios tocaram-se*, teve a estranha sensação de estar mergulhando num vazio. Era como se não houvesse nada mais além dos seus corpos, do suor, dos toques e sussurros. Apenas eles e a escuridão.

Sim, sim.

Capítulo 18

Tânger, vinte e cinco de abril, 1914

Zanet al Abur era um homem alto e robusto. Trazia no rosto olheiras salientes, um nariz pontudo como o bico de um falcão e uma longa barba grisalha aparada. Comerciante abastado e dono de um respeitado escritório de exportação na região portuária, costuma transportar trigo, azeite de oliva, tomate e batatas do Marrocos para a Tunísia, e de lá para Istambul, onde mantinha também um pequeno estabelecimento comercial nos arredores do Topkapi Sarayi, o principal palácio do Sultão. Cliente antigo da Gibraltar Guide & Commercial Routes, tinha um forte apreço por Benjamin Young. O gibraltarino garantia-lhe a segurança das caravanas durante a travessia pelo Magreb rumo ao Dardanelos. Por algumas vezes, Young o havia livrado de ladrões – não apenas os saqueadores do deserto, mas também as milícias locais –, que cobravam uma boa quantia para que suas caravanas prosseguissem em paz pelas principais rotas tuaregue. "Um bom negociador", dizia Zanet ao se referir a Ben.

Ao abrir o bilhete que Young enviara, Zanet al Abur não ficou surpreso. O fato de se encontrarem em meio *às* andanças pelo deserto era algo comum. "Como bom administrador do seu próprio negócio, era o papel de Young saber por onde andavam seus velhos clientes", pensava al Abur. Há tempos que, devido à gota, o homem abdicara das viagens aventurosas e fincara suas raízes em Tânger, dedicando-se ao trabalho burocrático dentro do escritório. Não era a mesma coisa, mas era o que a vida reservara. Tampouco havia ficado surpreso pelo fato de Young pedir-lhe ajuda – uma carona em uma das suas caravanas aéreas para fora da cidade. Não seria a primeira vez, nem a última. Porém, o fato de Young pedir-lhe total discrição, isto, sim, causou surpresa.

Tratou de arrumar um lugar seguro para Ben e os dois marroquinos que o acompanhavam num cargueiro aéreo que partiria naquela manhã. "Prometo contar-lhe tudo num outro momento", finalizava a carta de Ben, numa promessa de que muito em breve seus caminhos se cruzariam mais uma vez.

A resposta de Zanet veio na mesma noite em que Ben lhe escrevera, trazida pelo pombo-correio de Madame Sombre. E antes que o sol ressurgisse, tornando a paisagem do deserto abrasadora, Benjamin Young, acompanhado por Umar e Mustafá, partiu d'*A casa de Vênus*, seguindo por vias pouco conhecidas até os grandes hangares aéreos, onde já eram aguardados por um dos capitães de frota de Zanet, que os ajudou a misturarem-se à tripulação que embarcava no Expresso Comercial al Abur. Algumas horas depois, cruzavam o grande Erg Ocidental, deixando para trás a inquietante Tânger em direção a Béchar, a maior cidade do oeste do Saara.

***

O pequeno vilarejo comercial na província de Béchar resume-se a alguns poucos *kasbah* que servem como pousadas para viajantes, além de uma pequena taverna e um pequeno *souk* que funciona em torno de um *poço d'água, onde mercadores costumam negociar seus produtos livres dos altos tributos cobrados pelos tuaregues. Era um lugar que Ben parecia conhecer bem, perfeito para começarem a grande travessia sem chamar atenção em demasia.*

– Camelos! – exclamou Young a Umar e ao seu companheiro Mustafá, depois de negociar por quase um quarto de hora com um grupo de viajantes que haviam montado seu acampamento na entrada do vilarejo. – Cuidem deles enquanto eu providencio mais alguns suprimentos. Partiremos em poucas horas com a caravana de cameleiros.

– Pelo jeito, conseguimos um bom trabalho como limpadores de merda de camelo – riu Umar admirado, alisando a pele do seu animal e puxando-o em direção ao bebedouro com água que havia no canteiro ao lado da taverna.

– Um bom disfarce – concordou Ben com um riso silencioso.

– Boa compra, *sayid* Young – comentou Mustafá, examinando as montarias de perto, começando a carregá-las com os cantis de couro e sacolas de suprimentos.

– O melhor que eu pude conseguir. Vão nos levar em segurança até Béni Abbés.

– Ao oásis? – Umar lançou um olhar de reprovação a Mustafá.

– *Sayid* Young é um homem do deserto. Seguiremos a sua trilha – disse o berbere mais velho, com a marca do escorpião, encarando Mustafá com uma expressão firme.

Ben adiantou-se:

– Seis dias de cavalgada, aproximadamente. Nada fácil, diga-se de passagem, mas...

Mustafá ignorou o olhar firme de Umar e aproximou-se de Ben, fitando-o com um sorriso contrariado:

– Poderíamos reduzir o tempo até Ghat indo em direção às planícies de Tademaït...

– Tem razão, Mustafá – respondeu Ben, firme, encarando o berbere mais de perto. – Mas devemos evitar as grandes rotas comerciais se quisermos manter a cabeça sobre o pescoço. De acordo com Namira Dhue Baysan, as dunas devem estar infestadas de assassinos e *afrikanischen Regimentskorps* disfarçados de berberes. Homens que buscarão o nosso rastro assim que Rosenstock der o alarme depois de descobrir sobre o seu agente morto e o meu sumiço repentino.

– *Sayid* Young tem razão – interveio Umar, falando baixo e segurando com força o braço do companheiro, resmungando um pedido de desculpas.

– Agora, deem água aos *meharis* e juntem-se aos nossos amigos cameleiros, enquanto eu providencio mais algumas coisas antes de partirmos. Seu líder, Samir Abuqh, nos aguarda – apontou Ben, indicando o acampamento para os companheiros.

– Sim, *sayid* – concordou Umar, acenando para que Mustafá o seguisse.

Ben despediu-se com um aceno discreto, observando-os enquanto a dupla de berberes levava as montarias. As palavras de Didieur voltaram a martelar na sua cabeça. "Escorpiões possuem ferrões afiados. Não é porque o aliado de Namira Dhue Baysan poupou a sua vida da outra vez que o fará novamente". Sorriu. Um sorriso agradável de incerteza.

***

Após se servirem de uma refeição leve *à* base de leite de bode e ovos cozidos, assim que o sol ficou alto o bastante para projetar uma sombra na bússola solar, Ben, Umar e Mustafá partiram do vilarejo com a caravana de cameleiros. Seguiram por uma estrada arenosa tão lisa quanto o asfalto, rumo às grandes planícies de sal localizadas ao sul do grande deserto.

À *medida que* avançavam, mais e mais o lugar assumia uma paisagem diferente, lunar, com crateras de areia e extensas planícies brancas que se perdiam de vista, o que obrigava os viajantes a protegerem-se dos pesados grãos de areia carregados pelo vento.

Com uma temperatura subindo a cada cem metros percorridos, a sensação era a de estarem cruzando uma verdadeira fornalha, que muito em breve alcançaria a marca dos cinquenta graus antes que pudessem alcançar o próximo ponto de abastecimento em Talimuth ao cair da tarde, quando então as temperaturas começariam a despencar, envolvendo os viajantes num frio pungente.

Talimuth resumia-se a um único poço. Um buraco no solo cercado de pedras onde a pequena caravana montou acampamento depois da jornada exaustiva. Ben, Umar e Mustafá revezaram-se junto aos homens de Samir Abuqh, erguendo as tendas, cuidando das mercadorias e dos animais e, principalmente, na vigília noturna. Naquela noite, Alá os havia abençoado com um frio ameno e uma enorme Lua, que iluminou as elevações distantes enquanto o grupo, reunido em torno de uma grande fogueira, comia, bebia e se divertia com as muitas histórias do deserto contadas de forma animada por um dos homens de Abuqh. Sentados próximo de um outeiro, Ben e Samir entretinham-se discutindo sobre a política do homem do ocidente e seus malditos canhões que, numa ânsia frenética, pareciam cada vez mais empenhados em ocidentalizar e recriar um mundo de acordo com os seus próprios valores. Não notaram o olhar discreto de Umar vigiando Ben, atento ao que dizia mesmo de longe, questionando-se sobre quem de fato era aquele homem que havia cruzado o caminho de Idris Misbah? Um homem que parecia enxergar o Magreb e o seu povo pelos olhos de um autêntico tuaregue. Teria de agir rápido caso Namira tivesse se enganado a seu respeito. Mas, por ora, confiaria nos seus instintos. Gostava do sujeito.

***

O sol ainda não havia transformado a paisagem do deserto num mar abrasador quando Ben, Umar e Mustafá levantaram acampamento e partiram, depois de despedirem-se de Samir e seus homens. Seguiram pela estrada de cascalho cruzando a grande planície de sal – um lugar ermo onde se podia ver um objeto pequeno na areia a mais de dez quilômetros de distância.

Durante três dias seguidos, o grupo cavalgou pela árida planície em direção ao Grande Erg Oriental, fazendo pequenos intervalos de duas horas a cada quatro de marcha, revezando-se nos cuidados com as provisões e montarias. Aproveitaram as noites claras para cruzar grande parte das planícies livres do sol que calcinava o rosto durante o dia. Cavalgar à noite em uma planície requeria uma grande resistência física, além de muito conhecimento sobre navegação. Não foram poucos os guias de caravana que, ao tentar fazê-lo, acabaram por adormecer sobre as montarias, perdendo suas referências e descobrindo tarde demais que tinham viajado durante horas em direção oposta ao planejado, em meio a uma paisagem que, principalmente na escuridão fria do deserto, transforma-se num único borrão, hipnótica. Além disso, era preciso alguma sorte. Mas se havia algo que Ben Young havia aprendido ao longo dos anos vivendo no Magreb era que a sorte era como o *chergui*, o vento do deserto, que acolhia os muitos viajantes durante as suas travessias apenas para deixá-los desamparados em meio ao grande mar de areia. E pelo jeito era isso o que os aguardava quando alcançaram o poço de Ka's al Fadi, o último da região antes de mergulharem ainda mais nas entranhas áridas do mar de areia. Pouca sorte, muito embora o lugar fosse cercado por escarpas que serviriam de abrigo contra as fortes rajadas de vento anunciando a tempestade que se aproximava. Ali, camelos e homens aglomeraram-se protegidos no interior de uma mesma tenda, enquanto a verdadeira tormenta caía sobre as suas cabeças por quase toda a noite, com rajadas de ventos de mais de quarenta quilômetros por hora, e que lembravam chicotes açoitando as lonas do abrigo.

O dia seguinte não foi diferente dos anteriores, exceto pela brisa da manhã, menos abafada, resultado da tormenta da noite anterior.

– Um pedido de desculpas de Alá – riu Umar ao aproximar-se de Ben, referindo-se ao vento ameno.

– Depois de quase nos mandar para o inferno durante a noite, era o mínimo que poderia fazer – resmungou Young, arrancando uma gargalhada do berbere enquanto terminava de enrolar o rifle de cano longo num pedaço de pele, prevendo que, muito em breve, seu metal estaria fervendo.

– Não está nos planos de Alá nos matar. Do contrário, já estaríamos enterrados nas areias. Ou no Mahdia, onde nos vimos pela primeira vez. Ele tem planos para nós, Olho de Gibraltar – completou Umar, apontando o indicador para o céu. – E nos mandar para o inferno não é um deles.

– Nem para o inferno, nem para o paraíso, meu bom Umar. Se Alá me deixar onde estou, e em paz, eu agradeço. Isso é tudo o que eu preciso para chegar em Ghat – debochou, mostrando o rifle.

Umar Yasin gargalhou:

– Teme a morte, batedor?

Ben reagiu com um sorriso leve, pensativo:

– Temo mais a vida. Uma amante perigosa, diga-se de passagem, mas que eu não pretendo largar tão cedo. E se Alá ou os demônios que Sombre mencionou não concordarem, então que vão todos para o quinto dos infernos.

O berbere explodiu em novas gargalhadas, retornando para a sua posição ao lado de Mustafá. Ben seguia à frente, guiando-os em direção à linha do horizonte, que já tremulava numa miragem calcinante.

Uma pequena e tímida vegetação que brotava entre os cascalhos atraiu o olhar de Young. Horas tinham passado desde que haviam começado a cavalgada no início da manhã, cruzando a extensa planície em linha reta. Um gigantesco campo plano, sem fim, e com um ar quente que brotava do solo capaz de fritar um ovo. Ben baixou o camelo, desceu da montaria e aproximou-se dos pequenos caules no solo que lutavam pela vida contra aquele inferno causticante.

– Há veios d'*água no subsolo*.

"Os oásis de Béni Abbès", pensou.

Montou seu camelo e fez sinal para que Umar e Mustafá o seguissem por mais algumas léguas. Levantaram acampamento no início de uma noite que prometia ser bem diferente da anterior.

– Chegaremos em Béni Abbès pela manhã – anunciou Ben, acomodando-se ao lado de Umar. Mustafá preparava a refeição levando ao fogo pequenos potes com carne e leite de bode.

Umar sorriu satisfeito:

– *Sayid* Young estava certo. Cruzar a grande planície de sal nos manteve longe de saqueadores e espiões.

Mustafá olhou de soslaio e fez um aceno de cabeça.

– As planícies foram só o começo. Desafiar o deserto é sempre uma tarefa árdua – comentou Ben, aceitando o pedaço do cordeiro oferecido por Mustafá.

– Uma dádiva para poucos, *sayid*. Os *Djalebh* possuem um ditado que diz que o deserto escolhe o homem que poderá seguir por entre as suas dunas. Não o contrário. Não somos nós que o escolhemos, *sayid* Young – sorriu Umar.

– Uma pena o deserto não fazer distinção entre homens como Jafar Adib e os verdadeiros tuaregues – zombou Ben, acendendo um cigarro depois de comer.

Umar ignorou o comentário com uma risada alegre:

– Engana-se, *sayid* Young. Assim como o grande mar de areia decide quem passará por ele, decide também quem ficará soterrado em suas entranhas. O Magreb tem o seu preço em almas.

O vento baixo fazia com que as areias emitissem um som fantasmagórico que combinava perfeitamente com toda aquela conversa do berbere.

Ben deu um sorriso acompanhado por um "uhum" e propôs:

– Agora procurem descansar. Partiremos antes do sol nascer. Em Béni Abbès, acharei um meio de nos associarmos a alguma caravana para seguir em paralelo às rotas que cortam a região do Touat, em direção às cadeias de montanhas Hoggar. Se tudo der certo, chegaremos na região de In Salah em vinte dias.

– As rotas comerciais até In Salah são controladas por patrulhas *Ajjers* – afirmou preocupado Mustafá, trocando um olhar rápido com Umar. – Se suspeitarem que estamos indo para as grandes cadeias, poderão nos confundir com os guerreiros *Hoggar*.

– E sabemos como, neste momento, os *Kel Ajjer* e os *Kel Tamacheque* estão envolvidos numa efervescente discussão em relação aos ataques contra suas caravanas. Os tambores de guerra estão começando a soar – completou Umar, com uma expressão embotada.

– Sei disso, Umar – tranquilizou Ben. O jogo orquestrado por Jafar Adib e seus homens... Contudo, deixaremos as rotas comerciais bem antes de chegarmos em território *Ajjer*. Conheço bem os estreitos de Kalimarath que cortam as encostas ao sul de In Salah. Esse local era usado antigamente por mercadores de escravos que queriam escapar dos *spahis* argelinos. Seguiremos pelos estreitos em direção ao mar de fogo.

– Isso é loucura – irrompeu Mustafá, surpreendendo ambos. – O mar de fogo é o lugar da morte... Nenhum tuaregue se atreveria...

– Por isso mesmo, Mustafá – interrompeu Ben. – Duvido que os homens de Rosenstock, ou mesmo estes malditos *sawda'*, consigam nos rastrear no grande mar...

– *Hadha junun!*

– Mustafá! – esbravejou Umar, chamando a atenção do seu ajudante.

– Mustafá tem razão – disse Ben, tentando amenizar o clima tenso. – Mas se quisermos vencer este jogo, é preciso apostar alto. Do contrário, seremos presas fáceis antes mesmo de cruzarmos o Touat. Seguiremos pelo mar de fogo. Cortaremos caminho atravessando as grandes dunas rumo ao território comandado pelo *amenokal* Moussa ag Amastan, o chefe *Hoggar*.

– Acredito que *sayid* Young deva conhecer bem o deserto – resmungou Mustafá, irônico, atraindo novamente o olhar severo de Umar.

– Não é obrigado a continuar, Mustafá! – comunicou Umar. – Mas se o fizer, então seguiremos o que *sayid* Young está dizendo. Se desistir, encontraremos um meio de enviá-lo de volta assim que chegarmos a Béni Abbès.

Ben permaneceu em silêncio. Mustafá, irritado, levantou-se e foi para junto dos animais cuidar de seus afazeres feito um garoto emburrado.

– Mustafá é uma boa alma, *sayid*. Impetuoso, arrogante... uma fruta que ainda carece de amadurecer – sorriu Umar, sem graça.

– Imagino que sim.

– Não nos causará problemas, posso lhe garantir. Quanto ao mar de fogo, *sayid*...

– Ou é isso ou *Korps*...

– O que sabe sobre eles... esses *Korps*? –perguntou Umar, com um olhar perdido, flertando com o fogo que os aquecia.

– O suficiente para evitar cruzar com eles. Soldados acostumados ao deserto... e o melhor... influenciados pelo seu líder, Rosenstock. Um homem perverso que não descansará enquanto não botar as suas mãos na amostra que estamos levando.

– Um homem perverso... – murmurou Umar.

– Assim como Jafar Adib. Caçadores que se alimentam da dor das suas presas.

– *Sayid* fala coisas que eu não compreendo. Idris dizia palavras assim... Ben sorriu, jogando a bagana do cigarro na fogueira. Parecia exausto.

– Procure descansar, meu bom Umar. E cuide dele... – apontou o olhar para Mustafá, que terminava de limpar as patas dos camelos, removendo cascalhos e areia dos seus pelos com um escovão. – É um bom homem. Espero que Alá saiba disso e nos deixe cruzar o seu deserto. Agora trate de dormir um pouco – disse Ben, seguindo para a sua tenda.

Umar despediu-se de Ben com um aceno de cabeça. Continuou ali por mais algum tempo, pensativo, vislumbrando as chamas na fogueira. O deserto escolhe aquele que poderá cruzar as suas dunas, e também aquele que ficará sob as suas areias. Qual deles é você, *sayid*?

Capítulo 19

Tânger – Hotel Imperial, vinte e nove de abril de 1914

– *Putain de mal de tête!*– resmungou Didieur Lacombe acerca da maldita dor de cabeça, cruzando apressado o suntuoso saguão do Hotel Imperial. De lá, seguiu direto para o jardim central, onde ficava o *Tuaregue* – um dos mais glamourosos restaurantes de toda a Tânger. Contornou as alamedas internas, driblou alguns garçons e, ao ver o governador Lyautey acompanhado pelo administrador Bernhard Adler e pelo secretário do chanceler imperial, von Rademacher, adiantou-se para cumprimentá-los. O evento encerrava a visita diplomática alemã. Lacombe escondeu sua inquietação com um sorriso largo e juntou-se a eles. Maldito embuste. Depois de quase três semanas, o fim das reuniões entre seus governos não resultaria em mais do que um adendo no Tratado Comercial do Magreb. Um maldito embuste que, se Namira Dhue Baysan estivesse mesmo dizendo a verdade (e Lacombe ainda não tinha a certeza sobre isso), servia para acobertar a verdadeira intenção do *Kaiser* orquestrada pelo seu cão de caça, Klotz von Rosenstock. "*En parlant du diable...*" pensou o oficial.

O general Rosenstock aproximou-se dos oficiais demonstrando satisfação e saudou Lacombe com um aceno sutil de cabeça. Anunciou, quase sorrindo, que a apresentação estava prestes a começar, pedindo que o seguissem até os lugares que lhes haviam sido reservados. O elegante salão estava decorado com tapeçarias turcas, mesas de cedro esculpido, lamparinas árabes de luzes âmbar e janelas envidraçadas que davam para um exótico jardim de palmeiras. Naquela noite, o restaurante havia se transformado em palco para o grande espetáculo oferecido a Lyautey pelo próprio líder dos *afrikanischen Regimentskorps*, em sua última noite em Tânger. Esperavam ninguém menos do que a Opala do Deserto.

Lacombe nem bem havia se acomodado quando o trio de músicos começou a tocar, envolvendo o ambiente num clima exótico ao som das tablas acompanhadas pelos acordes profundos de um *bouzouki*. O oficial francês olhou de soslaio para Rosenstock, que parecia entretido com as palavras que Rademacher cochichava em seu ouvido, em meio a risinhos imbecis. "*Maudits salauds d'allemands!*"– martelava de si para si.

De repente, as lamparinas árabes foram apagadas e todo o lugar mergulhou na penumbra. Primeiro ouviram-se aplausos tímidos, que depois se transformaram num ruído frenético, até rebentarem numa espécie de êxtase. Lacombe sentiu as batidas graves das tablas vibrarem em seu corpo quando um vulto surgiu finalmente no centro do salão. Movia-se numa coreografia lenta, orientalista e graciosa, até se fixar em uma pose escultural, para então recomeçar seus movimentos de serpente. Era ela, a Opala do Deserto.

Com um véu branco ajustado ao corpo, a exótica jovem carregava em sua dança o oriente e seus mistérios. Cada gesto seu personificava a sedução e a paixão e envolvia a plateia embevecida, inebriada por seus incensos e perfumes. A famosa Opala movia-se com graça, com ritmo, fitando o vazio com olhos flamejantes que davam ao seu rosto uma expressão particular, enquanto fazia o amor florescer através dos seus movimentos. O *melaya*, o véu branco, a mantinha imaculada, envolvia-a como a uma virgem. Completavam seu traje ornamentos luxuosos sobre os seios e um cinto cravejado de opalas. Nada além disso, e nada vulgar.

Ao som estridente das tablas, a mulher finalmente deixou o véu cair, iniciado uma dança mais agressiva. A exuberante Opala do Deserto travou então no corpo uma espécie de batalha entre o desejo e a castidade. Soltou enfim os ornamentos num ato de glória. Um símbolo da vitória do desejo e do amor, restando então apenas a Opala em toda a sua nudez, que sucumbiu no centro do palco tragado pela escuridão.

A plateia ovacionou. Mas quando as lamparinas do salão foram acesas, a estrela maior, a Opala do Deserto, já havia desaparecido feito uma miragem.

***

– Um espetáculo digno dos grandes sultões – sorriu Didieur Lacombe ao aproximar-se de Namira Dhue Baysan, que retornou ao salão do elegante tuaregue após o espetáculo, sendo recebida por uma plateia ainda perplexa.

– *Monsieur Capitaine!*– cumprimentou Namira, estendendo a mão e abrindo um largo sorriso.

– Imagino que se recorde do *Kapitän* Lacombe, *Mein Liebling* – adiantou-se Rosenstock, ao lado da tunisiana feito um cão de guarda.

Lacombe riu, debochado, ignorando o tom desdenhoso do general.

– *Oui* – respondeu Namira com discrição. A magnífica recepção oferecida pelo gentil Hubert! – Namira fingiu surpresa ao rever o oficial. – *Quelle nuit magnifique!* É um prazer tornar a vê-lo, *Capitaine*. Não é sempre que tenho em minha plateia figuras tão ilustres como *monsieur* e nosso querido *Gouverneur*.

Hubert Lyautey, acompanhado pelo ilustre Adler e pelo secretário do chanceler, Rademacher, pareceu corar quando a linda tunisiana piscou para ele, fitando-o com um ar maroto.

– Esta noite somos todos homens de sorte! – sorriu o governador, levantando sua taça em direção a Namira. – Sinto não poder dizer o mesmo sobre o sultão, minha cara. Uma pena Yusef ben Hassan não poder estar presente. Parece que desta vez a sorte não lhe sorriu. Mas quem sabe da próxima?

– Prova de que a sorte ignora por completo títulos e medalhas. Para ela, não passamos de homens comuns – gargalhou Bernhard Adler, soltando uma baforada do charuto.

– *Mon cher* Bernhard tem razão – disse Namira, zombeteira, saboreando um pouco da *Bollinger Special Cuvée*. – Homens e mulheres comuns, prisioneiros das nossas próprias verdades... tão absolutas, tão cansativas... – Namira divertiu-se ao notar o olhar irritado de Rosenstock. – Mas, infelizmente, nesta noite tão especial, o sultão não foi o único homem "comum" ignorado pela sorte. Vejo que está sozinho, *Capitaine* Lacombe? – perguntou, desviando o olhar para Didieur Lacombe.

Empertigado, irônico, o oficial francês fugiu do olhar negro do general respondendo com naturalidade:

– Deve estar se referindo ao meu velho amigo Benjamin Young?! *Oui...* Suas visitas são sempre assim... rápidas demais. Seus negócios nunca param. Partiu há poucos dias para Gibraltar, acompanhando um dos seus clientes, mas prometeu-me uma visita mais longa dentro de um ou dois meses. –

Didieur desviou o olhar para os homens ao seu redor, depois fitou Namira, encarando-a com uma expressão divertida. – Da última vez que Ben disse algo parecido, demoramos quase três anos para nos reencontrarmos – riu alto, emitindo um som estridente. Tentou controlar-se. "Sem exageros, Didieur. O chucrute está de olho". – Sabe como é... A vida no deserto conduzindo mercadores é algo imprevisível. Isso sem contar o tempo, que avança sem piedade, nos jogando de um lado para o outro. Num momento estamos no Marrocos e, num piscar de olhos, em Tanganica – finalizou, abanando a cabeça num gesto de incredulidade.

– Sujeito de sorte *monsieur* Young – comentou Hubert Lyautey cofiando seus bigodes. – Pelo menos no deserto deve encontrar a liberdade de que nós não podemos usufruir graças às nossas medalhas e títulos, não é mesmo? – Sua fala arrancou uma gargalhada alta do administrador Adler. Rosenstock, como sempre, apenas fingia divertir-se.

– *Sicherlich!* – resmungou o general, tomando Namira pelo braço e, aliviado, sinalizando para que os acompanhassem às mesas onde eram aguardados por um séquito de garçons, prontos para servir o jantar.

***

Magret de pato com laranjas, purê enriquecido com *tomme de Laguiole*, cogumelos e crepes constituíam a requintada refeição servida aos poderosos homens do governo. Após o jantar, depois de falarem uma última vez sobre as concessões e os supostos acordos firmados entre as duas delegações, Rosenstock teceu um breve discurso de agradecimento dirigido a Hubert Lyautey e sua comitiva, reafirmando o desejo de que, com o trágico atentado contra o Reichsadler, pudessem finalmente deixar de lado os velhos ressentimentos do passado, dando início a uma nova relação entre França e Alemanha.

Rosenstock finalizou seu breve discurso com um brinde. Engoliu a bebida como se engolisse as próprias palavras, que o queimavam por dentro feito uma úlcera. Mentiras e mais mentiras.

Lyautey agradeceu, Adler aplaudiu e Lacombe esconjurou baixinho: "Aliança uma ova!"

Bernhard Adler, um pouco ébrio, tomou o governador pelo braço e começou a agradecer sem parar pela sua gentileza ao arrumar para ele e para Rademacher uma "carona" a bordo da nau Charlemagne, que partiria de Tânger direto para Paris. De lá, a dupla seguiria para Berlim a bordo do Expresso Paris-Berlim, retornando à capital do império cerca de doze dias antes do previsto. Já Rosenstock, juntamente com o restante da delegação, seguiria a bordo da Phanter II, que retornaria a Dar es Salaam depois de um encontro com Said Halim Pasha em Constantinopla.

Lacombe ficou surpreso ao ouvir sobre o estadista otomano. Aproveitou o momento em que Adler era o centro das atenções para aproximar-se de Namira:

– Said Halim?

A jovem notou o olhar perspicaz de Rosenstock em sua direção. Disfarçou com um sorriso gentil e tomou o francês pelo braço, arrastando-o para a pista de dança no centro do salão, onde casais de meia idade dançavam ao som de um jazz melancólico.

– Há rumores de que o *Kaiser* Wilhelm designou um colega de Rosenstock, o coronel Liman von Sanders, para chefiar uma missão militar em Constantinopla – sussurrou Namira, conduzindo Lacombe pela pista.

Didieur ergueu as sobrancelhas e Namira continuou:

– O *bureau* suspeita de que os quarenta oficiais da missão de Sanders estejam trabalhando em segredo, induzindo os otomanos a formarem uma possível aliança.

– Trabalhando em segredo... Quer dizer, suborno! *Damn Allemands!* – esbravejou Lacombe.

A dançarina concordou com um leve aceno de cabeça.

– Desde que os dois encouraçados, Reshadieh e o Sultan Osman, construídos em estaleiros ingleses sob encomenda do sultão, acabaram sendo incorporados pela Royal Navy, as relações entre ingleses e otomanos ficaram estremecidas. Wilhelm II não perdeu tempo em tentar trazer os turcos para perto, prometendo-lhes uma série de compensações. Após a destruição da nau prussiana, o contato entre seus governos pareceu estreitar-se. Suspeitamos de que, neste exato momento, uma aliança está sendo formatada em segredo. Uma aliança que serviria de alicerce para a concretização dos planos erigidos por von Rosenstock.

Lacombe soltou o ar retido nos pulmões:

– O conflito nos Bálcãs... A suposta construção de uma belonave, a tal substância e agora isto... alianças secretas. Parece mesmo que os malditos estão se preparando para nos empurrar de um precipício.

Ciente de que eram observados, Namira tornou a disfarçar, rindo alto como se Lacombe lhe tivesse dito uma piada.

– Devo seguir com a delegação alemã. Vou me apresentar ao sultão e aos seus ministros depois de tentar encontrar novas pistas sobre os planos de Rosenstock e do *Kaiser*. De lá, retomo meus compromissos. O *bureau* não acha seguro eu permanecer por mais tempo tão próxima a Rosenstock.

– Espero que seus "compromissos" tenham a ver com o meu amigo que, a esta hora, deve estar em algum lugar deste maldito deserto com a sua substância – resmungou Lacombe num um tom acusatório.

Namira sorriu diante da provocação do oficial, soprando em seu ouvido enquanto deslizavam ao ritmo da música:

– *Oui, mon Capitaine*. Se tudo correr bem, devo me juntar aos agentes do *bureau* tão logo a substância chegue às mãos do major Coldwell. A vida do seu amigo é minha prioridade.

– Fico feliz em saber, *ma chérie* – respondeu Lacombe, irônico.

– Espero reavê-lo em breve, *mon Capitaine*. Agora é melhor que retornemos. Rosenstock e seus cães de guarda não tiram os olhos de nós. Não... não olhe. Continue fingindo se divertir. Pronto... aí está... no seu bolso.

Surpreso, Lacombe tocou discretamente o bolso do seu jaleco e notou o envelope que a dançarina havia sorrateiramente guardado em seu interior.

– O quê...?

– Psiu... – sussurrou Namira, fazendo um biquinho com os lábios carnudos. – Vai descobrir em breve, *mon Capitaine*. A vida do seu amigo Benjamin Young e a de todos nós depende das informações que estão aí. Decodifique-as e entregue a Lyautey. Peça-lhe para que as envie ao *bureau* o quanto antes. São provas de que, exceto pela presença de Adler, e talvez do secretário Rademacher, esta delegação está bem longe de ser diplomática.

Oui... Agora sorria, estamos sendo observados.

Dito isso, Namira Dhue Baysan riu alto. Depois, com delicadeza, aceitou mais uma taça de *Bollinger Special Cuvée* quando um garçom aproximou-se e retornou para junto dos demais oficiais.

Algumas horas e o encontro derradeiro chegaria ao fim.

Namira despediu-se com alegria do governador Hubert Lyautey e de Didieur Lacombe e deixou o recinto ao lado de Rosenstock, de volta ao seu hotel. As palavras de Lacombe sobre Benjamin Young ainda borbulhavam em sua mente quando se acomodou ao lado de Rosenstock no banco de passageiros do Rolls-Royce oficial: "Espero que seus 'compromissos' tenham a ver com o meu amigo que, a esta hora, deve estar em algum lugar deste maldito deserto com a sua substância."

Ao tomarem a avenida principal, no trajeto de volta ao Hotel Imperial, a dançarina pôde observar ao longe a silhueta da grande mesquita. Tânger e suas surpresas. Sua visita ao Marrocos chegara ao fim. Por um instante, sentiu um gosto amargo na boca. O gosto da tristeza enquanto observava a cidade e suas luzes. Pela primeira vez, questionou-se se tornaria a vê-la.

Capítulo 20
Central da Gendarmerie – Tânger

Os oficiais na central ficaram surpresos ao verem, àquela hora da noite, seu comandante em chefe, Didieur Lacombe, entrar esbaforido e cruzar o *hall*, dirigindo-se apressadamente para a sala de comunicações, onde já era aguardado pelo engenheiro-chefe da sessão.

– À vontade, Sargento – respondeu ao oficial que lhe prestava continência. – Rápido... aqui estão os documentos e um filme para ser revelado imediatamente – informou Lacombe, entregando ao oficial o envelope que Namira havia lhe confiado. Seguiu-o até o centro da sala onde ficavam as máquinas produtoras de códigos combinatórios equipadas com rotores criptográficos que permaneciam acopladas ao sistema inteligente de comunicação do exército francês.

Múltiplos cabos conectores partiam do enorme console central da máquina cifrante. Lembravam finos tentáculos que conectavam a máquina aos sistemas de telecomunicação sem fio, mantendo toda a central ligada aos modernos sistemas de contraespionagem localizados nos diversos entrepostos franceses espalhados pelo Magreb.

O engenheiro entregou o filme fotográfico a um perito e começou a trabalhar junto às mensagens e documentos criptografados.

– Quanto tempo, sargento? – questionou Lacombe, inquieto, acendendo um cigarro.

– Duas ou três horas...

– Excelente. Sei que conseguirá em uma hora e meia, meu bom homem – sorriu para o comandante em chefe, irônico. – Assim que tiver alguma novidade, peça que me avisem. Estarei no meu gabinete.

***

As batidas secas na porta do gabinete de Didieur Lacombe fizeram-no despertar com um sobressalto. Do lado de fora do escritório, um jovem cadete aguardava-o em posição de sentido, apreensivo. O jovem nem bem abrira a boca quando Lacombe passou por ele feito um relâmpago, resmungou algo e seguiu em direção à sala de comunicações. Entrou afoito no recinto iluminado pelas luzes dos painéis e máquinas e deparou-se com o engenheiro-chefe, cuja expressão era um misto de espanto e satisfação.

– *Mon Commandant*... conseguimos. As mensagens foram decodificadas. Fotografias e alguns relatórios... eu... senhor... é melhor dar uma olhada nisso.

Lacombe aproximou-se e observou, com a testa enrugada, a imagem que havia sido registrada pelo agente da dançarina.

– *Mon Dieu*... Mas é a *Phanter II*... e isto... isto são... soldados prontos para uma guerra?

– *Fledermaus*, senhor – confirmou o engenheiro, apontando o dedo para a imagem ampliada dos guerreiros *Korps* metidos em suas armaduras assustadoras. – Um grande contingente deles. E tem mais, *Commandant*... – anunciou o oficial, cuidadoso, manuseando os documentos que haviam sido decodificados.

Lacombe nem notou que havia deixado de respirar quando observou mais de perto todos aqueles cálculos, anotações e desenhos técnicos em torno de uma figura central. Uma belonave? Seus olhos estreitaram-se ainda mais ao ver a inscrição no cabeçalho:

"Kaiserliche Marine – Geheime Dateien – Majestät"

– *Arquivos Secretos da Marinha Imperial Alemã* – traduziu o engenheiro.

– Quer dizer que o serviço de inteligência britânico pode estar certo... O *Foreign Office* vai gostar de ver isso – matutou Lacombe, coçando o queixo. – Maldito Rosenstock, transportando tropas, construindo uma belonave... E bem debaixo dos nossos bigodes! – "O que você pretende, seu chucrute de uma figa?", pensou.

O oficial fez sinal para que o seu operador e engenheiro prosseguisse. Percorreu o documento com um olhar sombrio e parou diante de uma anotação: *Luftschiffbau-Zeppelin Gmbh*. Reconheceu o nome de uma das maiores empresas responsáveis pela construção de dirigíveis. Intrigado, examinou as figuras seguintes. Formas geométricas. Algumas delas eram utilizadas pelo sistema de engenharia aeronáutica para designarem plataformas de decolagem semelhantes às utilizadas em porta-aviões. Abaixo, um esboço do que lhe pareceu ser o convés de um navio de guerra. Um temível *dreadnought* com um complexo sistema de baterias antiaéreas. "Que diabos é isso tudo? Um porta-aviões, um *dreadnought*? Dirigíveis de batalha patrocinados pelas empresas *Zeppelin*? Uma armada de guerra capaz de surpreender o poderio naval britânico? E qual dessas coisas é a sua preciosa Majestät, seu maldito alemãozinho?", pensou Lacombe. Em seguida, o engenheiro mostrou mais uma mensagem decodificada pela máquina cifrante.

"Mão Negra. Schultz. Herman.
Visita D.F.F confirmada. Câncer/Primeiro decanato. O.V.E.J.A.R.A.S.
CH3P (0) F. 2º pelotão afrikanischen Regimentskorps. Malta – Golfo de Sidra – transporte classe 5"

– OVEJARAS. Mas que diabo...? – esbravejou o comandante em chefe tamborilando os dedos sobre a mesa. – Malta... *Oui*, conforme Madame Baysan havia comentado. Quanto a este... *Schultz... Herman Schultz...*, quero que o nosso serviço secreto o investigue, assim como essa tal Mão Negra. E se possível, descubram o que, ou quem, é D.F.F. – disse irritado para um segundo oficial que os assistia. Em seguida, encarou o engenheiro-chefe:

– Entende algo sobre zodíaco, sargento?

– Infelizmente não, senhor.

Lacombe não pareceu desapontado.

– *Ce n'est pas grave.* Imagino que alguém possa me ajudar. Quanto a isto aqui... – disse, apontando o indicador. – CH3... Certamente estão se referindo à misteriosa substância. Classe cinco é a classificação dada a cargueiros comerciais. Os malditos, com a ajuda de Jafar Adib e seu bando, estão usando naus aéreas civis para transportar o veneno e as peças da armada secreta imperial, de Malta para o litoral da Líbia, misturando-se com as demais caravanas aéreas e despistando as frotas de inspeção militar. *Damnés!* O que mais, sargento?

Uma nova mensagem surgiu diante de seus olhos. Lacombe sorriu. Um sorriso leve, irônico. Havia encontrado algo capaz de incriminar von Rosenstock. Pelo menos era o que gostava de pensar.

"Reichsadler – PRU34TZ-5
28 00 N, 3 00 E
30º 0' 42" N 7º 37' 0
Klotz von Rosenstock

– *Malédiction!* Parece que nosso von Rosenstock estava bastante interessado no itinerário da nau prussiana destruída. Verifique estas coordenadas, sargento.

– Confirmado, senhor. O primeiro grupo refere-se a um ponto específico no deserto da Argélia.

Lacombe esmurrou a mesa, eufórico.

– *Je le savais!*

– Quanto ao segundo – continuou o oficial –, aponta para a cadeia do Atlas.

– Atlas? – Didieur Lacombe olhou confuso para a mensagem. Tinha os olhos vidrados. – Atlas... mas quem diabos constrói um porta-aviões numa cordilheira? Codifique estas informações e envie-as ao *Bureau* de Inteligência Britânico. Prepare também um dossiê com estes arquivos. Devo apresentá-los ao governador pela manhã.

O oficial engenheiro respondeu com uma continência e, sem perder tempo, começou a tarefa. Lacombe voltou ao seu gabinete. Estava exausto. Andava com passos lentos, macambúzio. Acendeu um cigarro e serviu-se com uma boa dose de conhaque. Quando olhou pela janela, notou um filete de luz no horizonte. O amanhecer em Tânger era um espetáculo inesquecível. Diferente do deserto, quando o sol, em pouco tempo, transforma-se num bólido de fogo anunciando mais um dia causticante e trazendo com ele ainda mais surpresas. Didieur acomodou-se na poltrona. "von Rosenstock, seu maldito, parece que estamos diante de um jogo bastante interessante. Basta saber quem é que está blefando. *Oui*, alguém sempre blefa". Tomou mais um gole de conhaque. Fechou os olhos. Quando tornou a abri-los, o sol já havia despontado, ainda tímido. Não demoraria para que as areias do Magreb sentissem a sua força. Uma tempestade aproximava-se. "Que Alá nos abençoe".

Capítulo 21
Porto aéreo de Tânger

O governador Hubert Lyautey parecia bem disposto após as festividades na noite anterior, ao contrário de seu comandante em chefe, Didieur Lacombe, cujas olheiras denunciavam a noite em claro. Um sorriso leve cortou os lábios do governador ao despedir-se dos membros da delegação alemã. Um riso simpático, decorrente do alívio em se ver livre do general von Rosenstock. Diferente do que sentia por Adler, cuja espontaneidade, alegria e sensatez o haviam conquistado durante aqueles dias difíceis. Cogitou mesmo torná-lo seu interlocutor, capaz de lapidar com sucesso as palavras rudes de Rosenstock e evitar que marcas do passado viessem à tona. Adler. Um homem simpático. Ao contrário do carrancudo Rademacher, que, após se despedir com certa pompa dos oficiais do *Kaiser* e da bela Namira Dhue Baysan, dirigiu-se aos franceses com frieza antes de seguir para o Charlemagne, prestes a partir para Paris.

– Perdoe os modos do meu amigo, Lyautey – sorriu Adler, sem graça, apertando a mão do governador e puxando-o para perto. – Prometo fazer o possível para que nada disso se transforme em um novo impasse, muito embora algo me diga que o resultado deste encontro já era esperado.

Uma ruga surgiu no meio da testa do governador.

– O que quer dizer, *monsieur*?

Adler fez uma expressão estranha, irrequieto. Olhou de soslaio na direção de Rosenstock, parado mais à frente junto de Namira e de alguns dos seus oficiais. Voltou-se para o governador, disfarçando com um sorriso largo ao notar o olhar dissimulado do general:

– Desde que aceitei esta missão, por vezes eu me sinto como alguém que, sem querer, acaba encarando o Sol a olho nu. Sabe como é, não? Uma cegueira temporária que impede de ver para além do acontecimento envolvendo o Reichsadler...

Hubert Lyautey fitou-o intrigado.

– Sentiremos a sua falta a bordo da Phanter, *Herr* Adler – interrompeu Rosenstock, aproximando-se dos dois feito uma cascavel.

– Sem dúvida alguma, von Rosenstock. Mas graças ao nosso bom *Gouverneur*, eu poderei descansar em meu travesseiro antes mesmo do que havia imaginado. Uma glória, sem dúvida. Imagino que amanhã, ao anoitecer, chegarei em nossa Berlim aguardado pelo imperador.

– Uma glória, sem dúvida – reagiu Rosenstock.

– Mas deixemos de lado as despedidas – prosseguiu o administrador alemão. – Não quero aguentar o mau humor de von Rademacher, caso o Charlemagne tenha de adiar a sua partida por minha causa. – E dirigindo-se a Namira, abraçou-a de maneira paternal – *Fräulein*... Lembre-se de que às vezes é a flor mais bela quem carrega o espinho mais afiado – soprou em seu ouvido.

– Faça uma boa viagem, Bernhard – respondeu a jovem, forçando um sorriso melancólico, sem a luz caracteristica que havia em seu olhar.

Bernhard Adler despediu-se do restante dos oficiais e tratou de alcançar a tempo a nau francesa, que decolou minutos depois, deixando Tânger para trás, em direção ao estreito de Gibraltar.

– Espero reencontrá-lo em breve, von Rosenstock. – Hubert Lyautey sorriu, esforçando-se para ser simpático ao estender a mão ao oficial.

– Será uma honra, *Governeur*.

– Em breve, enviarei o relatório sobre nosso encontro diplomático ao conselho presidencial de Poincaré – prosseguiu Lyautey. – Tenho a certeza de que as questões levantadas pelo *Kaiser* serão avaliadas...

– Exigências – corrigiu Rosenstock em tom de desafio.

Lyautey sorriu, surpreso. Cruzou os braços para trás e cerrou o punho.

– Como queira, *Général*. Nosso ilustre embaixador, Jules Cambon, entrará em contato com o *Reichstag* em resposta às... q-u-e-s-t-õ-e-s – soletrou – levantadas pelo governo do *Kaiser*.

Didieur sorriu de leve ao notar a expressão de irritação de Rosenstock.

– Tenho a certeza de que sim, *Gouverneur*. Uma aliança em relação ao Magreb poderia pôr fim *às ações de rebeldes anticolonialistas, que*, sem dúvida, reagirão muito em breve dependendo da solução para tais... questões.

"Uma ova", pensou o governador.

Desde que o *Kaiser* havia reunido seu conselho de guerra em seu palácio de Postdam, durante as tensões nos Balcãs, conforme agentes haviam informado ao sistema de inteligência francês, era sabido que a Alemanha tinha o conhecimento de que, caso houvesse uma guerra no continente, a Inglaterra interviria, evitando que a França fosse destruída pela Alemanha. Para o *Kaiser*, tornara-se evidente que, mais cedo ou mais tarde, teria de enfrentar Inglaterra e França juntas. Aliadas. Esse era o calcanhar de Aquiles do *Kaiser*. Também precisava de aliados. O Império Otomano surgia como um alicerce para algo que parecia a cada dia mais inevitável. O futuro encontro de Rosenstock com Said Halim Pasha era a prova disso. Era sabido que o *Kaiser* havia dado ordens para aumentar a despesa com seu exército e marinha. A ideia de uma guerra eclodindo num futuro próximo era fato. Desde as questões no Marrocos, Wilhelm sentia a pressão pública clamando por uma resposta à altura.

Para o governador francês, a fala de Rosenstock ao mencionar uma possível aliança soou anedótica, bem como as reuniões que haviam tido. As palavras do administrador Bernhard Adler vieram novamente à tona: "Algo me diz que o resultado deste encontro já era esperado". Uma manobra, sem dúvida. A nau prussiana destruída não passa de uma pequena peça em meio a um mar de mistério.

– Espero que façam uma boa viagem, General, Major Löhnoff – disse Lyautey, sem fazer muita questão de ser simpático, despedindo-se dos oficiais com uma mesura e muita ironia. Desviou seu olhar para Namira, tomou-lhe a mão com um beijo e recuperou seu sorriso: – Madame Baysan, sua presença em Tânger foi uma feliz manobra do destino. Sempre haverá luz em meio ao caos.

Namira riu de modo diferente. Um riso sem alegria.

– *Oui...* Contudo, a escuridão nos amedronta até que os nossos olhos acostumem-se a enxergar através dela, *mon ami* Lyautey – disse em voz baixa. – Desse ponto em diante, torna-se nossa aliada. Um velho ditado *djalebh*.

Lyautey sorriu.

– Que Alá guie os nossos passos, *monsieur* Lyautey, *mon Capitaine* Lacombe – disse, trocando um olhar rápido com Didieur, que se aproximou despedindo-se da jovem com um beijo no rosto.

– Madame! Espero que faça uma boa viagem e que a Opala do Deserto brilhe cada vez mais. Conhecê-la de perto, além de fazer parte da sua plateia, foi uma verdadeira honra. Um momento glorioso que levarei comigo para o túmulo – riu, finalmente arrancando um sorriso verdadeiro da jovem. – Suas palavras ecoarão por todo o deserto, assim como o seu brilho, tenho a certeza disso, e que o sol, bem como a escuridão, sejam sempre seus aliados – finalizou, dando uma piscadela.

Namira retribuiu com um beijo no rosto do exagerado oficial. Didieur havia dado o seu recado.

– Sentirei falta de sua veia poética, *mon ami*. Que Alá guie seus passos e que possamos nos reencontrar um dia.

– Nós nos reencontraremos – respondeu o capitão e comandante em chefe da *Gendarmerie*.

– Agora, se me permitem, nós os acompanharemos até a Phanter II – interveio Lyautey, estendendo o braço à jovem e conduzindo os oficiais do *Kaiser* em direção à fragata aérea alemã.

A fragata imperial logo alçou voo. A bandeira com o brasão imperial tremulava no mastro mais alto acima da sua superestrutura, e a tripulação corria pelo convés dando os últimos ajustes enquanto a nau ganhava altura.

O encontro diplomático chegara ao fim.

– *Gouverneur*, preciso lhe falar imediatamente – sussurrou Lacombe, parado sobre a plataforma, observando enquanto o imenso dirigível de guerra transformava-se num ponto longínquo em meio ao céu azul do Marrocos.

– *Oui...* – respondeu o superior, soltando o ar dos pulmões. – Acho que eu posso imaginar do que se trata.

***

Namira Dhue Baysan aproximou-se da janela ovalada da cabine e observou Tânger ao longe. A bela cidade desaparecia aos poucos. Cansada, deixou seus pertences de lado e aninhou-se na cama estreita em posição fetal. Havia se recolhido depois de alegar forte enxaqueca. Se antes viajar na companhia do general já era algo que mexia com seus nervos, saber agora que transportavam em segredo um verdadeiro arsenal de guerra causava-lhe ainda mais ânsia. Sentia medo. Medo por estar acuada, por não saber ao certo o que Rosenstock pretendia após a partida do Marrocos, e, principalmente, medo por Benjamin Young e sua louca travessia pelo deserto levando com ele o Sangue do Diabo. Porém, havia algo de reconfortante em meio ao turbilhão de pensamentos. Lacombe. Felizmente, as informações que havia conseguido obter sobre os planos do general estavam em boas mãos.

As batidas na porta da cabine trouxeram-na de volta à realidade.

Namira tocou sua pistola de bolso que havia escondido sob o travesseiro por pura precaução. Ouviu os passos firmes circulando pelo corredor da nau e aproximando-se da porta. Ouviu uma voz conhecida:

– Namira?

"Rosenstock!" – bufou a cortesã, escondendo a arma num dos bolsos da sua túnica.

– *Oui, mon général... Entre...*– respondeu abrindo a porta e encarando o oficial com uma expressão de quem realmente estava com uma baita enxaqueca.

Rosenstock fitou-a com uma falsa expressão de preocupação:

– Tome, um remédio eficiente para enxaqueca. Algumas horas de sono e tenho certeza de que voltará a ser a exuberante Namira Dhue Baysan – disse o oficial, deixando um pequeno envelope ao lado da moringa com água sobre a minúscula escrivaninha ao lado da cama.

– Tem razão, Klotz – respondeu Namira. – Dias intensos. Mas tenho certeza de que estarei nova em folha muito antes de avistarmos o Chifre Dourado – sorriu, tentando parecer natural.

Rosenstock consentiu.

– Tenho certeza que sim. Porém, devo informá-la sobre algumas mudanças. – A jovem notou a alteração no tom de voz do general. Sarcasmo. Acendeu um cigarro e fitou-o de modo *blasé*. – Von Sanders poderá tratar dos assuntos do *Kaiser* em Constantinopla sem a minha presença. Tenho outros planos para nós.

– *Oui?*– A dançarina soprou a fumaça para o lado, fugindo do seu olhar.

– Um novo destino nos aguarda. Mas tenho certeza de que nada disso é surpresa, certo, *Fraülein*?– Namira encarou-o. Um sopro frio subiu pela sua espinha. – A propósito, imagino que esteja se perguntando quando foi a última vez que encontrou seu amigo espião... Hans Carl?

Namira Dhue Baysan esforçou-se para esconder a surpresa.

– Eu não sei do que está falando... Eu...

– Uma cortesã a serviço dos ingleses? – Rosenstock caminhou em sua direção com uma expressão fria e um olhar carregado de ódio. – Achou que poderia nos enganar por quanto tempo mais? Por que acha que a deixei nos acompanhar até aqui, vadia?

Namira desferiu um tapa no rosto do oficial, que a pegou pelos braços com força.

– Cortesã. Trazer você comigo me ajudou a fazer com que seus aliados saíssem das suas tocas. Ratos. Em breve, estarão todos mortos. Ou acredita que seus outros agentes não terão o mesmo destino de Hans Carl e Idris Misbah, seu amante egípcio?

– *Misérable*...

Namira cuspiu no rosto do oficial, que sorriu de modo sádico e tomou-a à força, beijando-a.

– Você não é a única a ter olhos e ouvidos espalhados por este maldito lugar – ameaçou o oficial, rasgando sua túnica, tomando seus seios e pressionando-a ainda mais contra a parede.

Namira Dhue Baysan sentiu o hálito amargo de Rosenstock em seu rosto. Tentou escapar das mãos firmes do oficial enquanto buscava a arma no bolso da túnica. Cravou seus dentes nos seus lábios finos do agressor, sentindo na garganta o gosto de sangue. Ouviu um urro de dor e conseguiu empurrar o general e desferir uma joelhada em seu membro ereto. Rosenstock recuou e Namira conseguiu apanhar a sua arma. Sabia que não sairia dali com vida. "Tampouco Rosenstock" – decidiu. Apontou o cano na direção do oficial, mas antes que pudésse puxar o gatilho, sentiu um golpe na lateral do seu rosto, deixando-a atordoada.

Com um salto, Klotz von Rosenstok arrancou a arma da cortesã e lançou-a para longe.

Quando Namira, caída no chão, encarou-o, havia um fio de sangue escorrendo do canto da sua boca carnuda.

Rosenstock sorriu. Desta vez, um sorriso verdadeiro, venenoso.

– A brincadeira acabou, Namira Dhue Baysan. Com sorte, terá o destino reservado a cortesãs e espiões como você.

Ouviu-se um burburinho no corredor do lado de fora e logo soldados armados com Lugers invadiram a cabine.

– Qual é o propósito da grande Opala do Deserto, se é que possui algum? – Rosenstock limpou o sangue dos seus lábios, agachou diante da jovem e segurou-a pelo queixo, encarando-a com olhos profundos e sombrios. – Olhando daqui, vejo apenas uma meretriz, cuja arma é a sedução. Estou certo? Uma meretriz... nada mais. Alguém que lança seus peões para a morte em troca de... poder. É isso? Gosta de dominar... assim como eu. Mas devia aprender com seus ratos. Pelo menos, eles morrem acreditando em uma causa mais nobre, e não apenas pelo ego que inflama pessoas como você.

– Não faz ideia de quem eu sou. Também estou disposta a morrer por algo digno, von Rosenstock. Ver a sua carcaça pendurada numa lança tamacheque.

O oficial riu baixo. Levantou-se e caminhou até a porta, fitando a prisioneira sobre o ombro:

– Tenho certeza de que sim, *Fraülein*. Guardas, mantenham-na na cabine. Jafar apreciará este pequeno... presente. Mas se ouvirem algo suspeito, têm a minha autorização para estourarem seus miolos. Quanto a você, Namira Dhue Baysan... aceite o comprimido. Tenho a impressão de que irá precisar.

Namira limpou o sangue no canto da boca com um lenço umedecido. Sentou-se diante da escrivaninha, acendeu outro cigarro e fechou os olhos. Para sua surpresa, não se sentia mais acuada. Não sentia mais medo. Estava pronta para encarar o seu destino, seja ele qual fosse.

Capítulo 22
Gabinete oficial do Governador

Com o semblante fechado e a testa franzida, Hubert Lyautey debruçou-se sobre a pilha de papéis e imagens espalhadas pela mesa, observando cada peça como se estivesse diante de um intrincado quebra-cabeças. Era o relatório feito por Didieur Lacombe a partir das informações que havia recebido de Namira Dhue Baysan.

– *Mon Dieu*, suas informações poderiam servir de provas para dar início a um inquérito... – exclamou Lyautey, exaltado – para pedir a abertura de uma investigação contra Klotz von Rosenstock junto ao Tribunal Penal Internacional e ao Conselho de Guerra Europeu.

– Poderiam servir...? Desculpe, *Gouverneur* – reagiu Lacombe, irritado com o comentário. – Os arquivos e as plantas da marinha imperial alemã sobre uma provável belonave vêm ao encontro das suspeitas levantadas pelos ingleses. Veja só, *Gouverneur*... O transporte secreto de peças e armamento bélico... O envio da tal substância química para algum lugar do Magreb, com a ajuda de homens de Jafar Adib... São provas mais do que suficientes de que o *Kaiser* está empenhado em construir sua grande obra-prima...

– Didieur...

– Um maldito *dreadnought* ou algo parecido, capaz de fazer a esquadra inglesa tremer.

– Didieur, não sabemos se...

– Não sabemos, senhor? E que tal isto? – apontou para um documento específico no canto esquerdo da mesa. – *Zeppelin!* Uma das maiores construtoras de dirigíveis, fornecedora das naus de combate da esquadra aérea alemã.

Hubert Lyautey examinou o documento com uma expressão sombria.

– Isso sem falar no pelotão de soldados transportados em segredo a bordo da Phanter, e na tal substância – continuou Didieur – responsável pela morte do tal egípcio, e que, neste momento, está nas mãos de Ben Young, perdido em algum canto deste maldito deserto... *Mon dieu!*

Lyautey bufou:

– E quanto ao Reichsadler?

Com um movimento brusco, Lacombe respondeu, eufórico:

– As coordenadas nestes documentos provam a teoria de madame Bay-san e seus amigos ingleses. Rosenstock tinha conhecimento da posição exata da nau prussiana no instante em que foi destruída.

Lyautey cofiou os bigodes e seus lábios começaram a tremelicar:

– Uma acusação e tanto...

– Os alemães podem mesmo ter usado os *sawda'* para destruírem a nau – explicou Didieur. – De acordo com a dançarina, isso justificaria as exigências apresentadas pelos homens do *Kaiser* durante nosso encontro com os chucrutes. Um meio para Rosenstock poder cruzar nossas rotas comerciais com seus *afrikanischen Regimentskorps* sem serem importunados. E senhor... devemos admitir que tais suspeitas fazem todo o sentido.

Lyautey sacudiu a cabeça, pensativo, e encarou Lacombe. Mostrava os olhos afundados e as bolsas na pálpebra inferior denunciavam seu cansaço.

– Alguma ideia sobre isto? *Mão Negra... Ovejaras...* o que significam?

– Descobrimos que a Mão Negra é uma organização sérvia – informou Lacombe.

– Terroristas?

– Não temos certeza, *Governeur*. De qualquer modo, parece que Rosenstock possui tentáculos espalhados por todos os cantos.

Lyautey afundou em sua poltrona, com um suspiro inaudível, e encarou o jovem:

– O que quer dizer, Didieur?

– O nome na mensagem... Herman Schultz... Trata-se de um coronel do sistema de contraespionagem alemã.

— Alemães e grupos sérvios...? – resmungou Lyautey, com uma voz cavernosa. — Se Rosenstock pode se unir a rebeldes como os *sawda'* de Jafar Adib, também pode buscar apoio junto ao Outpost Society.

— Justo eles?

— Exato. O mais temível grupo secreto responsável pelo contrabando de armas da costa do Mar Negro a Anatólia, e através do Dardanelos para

Smyrna – completou Lyautey. – *Oh, non! Une putain d'abeille!* – O governador ergueu-se da poltrona, agitando os braços para todos os lados para tentar espantar o inseto.

Didieur Lacombe tirou seu lenço do uniforme e atirou-o com toda a força, espantando o inseto.

– *C'est fini, mon Governeur.* – Respirou fundo e retomou o fio da conversa: – Conforme as informações passadas por nossa querida espiã, o coronel von Sanders está se aproximando dos turcos – prosseguiu Didieur. – Há rumores de que Said Halim e Enver, o Ministro da Guerra, concluíram uma aliança secreta com os alemães, o que poderia justificar a presença de Sanders em Constantinopla, colocando-o numa posição estratégica, com grande influência junto ao exército Otomano. Um peão sob as ordens do nosso bom Rosenstock.

Lyautey franziu as sobrancelhas:

– *Oui, oui!* Continue, meu jovem.

– Enquanto a imprensa alemã alimenta ressentimentos em relação ao Marrocos, na imprensa russa muito se fala sobre a missão histórica do país nos Balcãs e no direito sobre os estreitos. – Didieur dirigiu ao governador um olhar perspicaz. – E com os turcos apoiados pela Alemanha e Áustria-Hungria, uma investida contra os russos arrastará o mundo para uma guerra.

– *Oui, Capitaine* – bufou Lyautey. – E numa guerra onde os turcos ficassem de fora...

– Se vitoriosa, a Alemanha e sua aliada poderiam dividir o Império Otomano – completou Lacombe com um sorriso maroto.

Os dois oficiais trocaram olhares perplexos.

– Sem dúvida, um bom argumento para convencer o sultão a formar uma aliança – rosnou Hubert Lyautey, enquanto observava com os olhos espremidos os desenhos da possível belonave sobre a sua mesa.

Didieur Lacombe começou a perambular de um lado para o outro:

– Feito isso, senhor, o palco estará pronto para o grande espetáculo. E quando isso acontecer, é certo que o nosso general Rosenstock estará à frente da sua arma secreta, pronto para despejar seu veneno contra nós. É preciso agir...

– Um momento, *Capitaine*. – Lyautey conteve o exasperado oficial. – É preciso cautela para que nada disso se volte contra nós. Ao envolvermos o Conselho de Guerra Europeu e a Agência Internacional de Investigação, não poderemos retroceder. Nossas ligações comerciais junto ao governo alemão serão rompidas. O *Kaiser* pode muito bem nos colocar em uma posição bastante delicada, caso não consigamos comprovar uma destas acusações...

– Podemos colocar uma corda no pescoço do *maudit* Rosenstock... – insistiu Didieur, ruborizando.

– Estamos falando do *Kaiser*, Didieur, e não apenas de Rosenstock – esbravejou o governador. – Nada do que temos em mãos é irrelevante, eu sei. Contudo, não podemos sair por aí disparando para todos os lados. Se quisermos abater a fera, é preciso darmos um tiro certeiro.

Lacombe resmungou algo, depois soprou o ar dos pulmões com força, procurando conter-se. Sabia que no fundo Lyautey tinha razão. Ainda assim, ao fitar o superior, não fez questão de esconder a frustração.

– As vidas de Ben e de Namira dependem deste tiro, senhor.

Hubert Lyautey encarou-o, pesaroso:

– Mais um motivo para não errarmos o nosso alvo. Entre em contato com o *bureau* inglês. Daqui em diante, terão o apoio do nosso sistema de inteligência. É preciso decifrar o significado destas anotações... *Ovejaras... Visita DFF... primeiro decanato...* e toda esta *merde*, Didieur.

Lacombe disfarçou o sorriso diante da reação de Lyautey, respondendo empolgado:

– Meus homens já estão trabalhando nisso, senhor. Nossos postos de inteligência na Tunísia já foram avisados sobre a partida da Phanter II. Tentarão rastreá-la em tempo real. – Lacombe observou um olhar de aprovação no rosto do governador. – Além disso, estamos fazendo um estudo preciso sobre as cadeias do Atlas, conforme as coordenadas nestas mensagens. Se existir uma agulha sequer fora de lugar em meio àquelas montanhas, nossos rastreadores descobrirão.

O governador franziu a testa e fitou seu oficial com uma interrogação no olhar. Começou a questionar quando Lacombe, com um sobressalto exagerado, interrompeu-o, inclinando-se em sua direção e afirmando convicto:

– As cordilheiras servem de janela tanto para a costa oeste quanto para o Mediterrâneo. Um imenso corredor protegido por um escudo natural. Bastante propício para alguém que deseja cruzar o Marrocos sem atrair a atenção do protetorado e das tropas *Makzhen*, não acha?

– E perigoso também – argumentou Lyautey, pensativo.

– Não quando se tem aliados como os *Zahrat sawda'*, guerreiros experientes acostumados a lidar com intempéries diversas – contra-argumentou Lacombe.

Lyautey bufou, irritado. Inclinou-se para uma mesinha que estava a seu lado direito e encheu um copo com água.

Lacombe prosseguiu:

– De acordo com os ingleses, a mercadoria de Rosenstock é trazida de Berlim a Malta, passa pela região erma do Golfo de Sidra e, muito provavelmente, cruza o deserto em cargueiros convencionais classe 5. Assim que Ben Young entrar em contato, eu e meus homens embarcaremos...

O governador fez uma pausa e tomou a água com pequenos goles:

– Calma, Didieur. Precisamos obter o apoio do Conselho de Guerra Europeu, ou nossas ações serão julgadas como uma declaração de guerra da França contra a Alemanha. Poincaré jamais permitiria uma manobra destas. Isso seria o mesmo que encostar uma lâmina no pescoço de Wilhelm antes mesmo que...

– Com todo o respeito, *Governeur* – irrompeu Lacombe –, não deveríamos nos preocupar se vamos ou não botar uma lâmina no pescoço do querido *Kaiser*, mas, sim, com a lâmina que ele e seu general já colocaram nas nossas gargantas.

Houve um breve silêncio. Hubert movia a cabeça, confuso, observando todas aquelas informações que Namira Dhue Baysan havia passado para Lacombe.

– Lamento dizer, Didieur, mas, se eu fosse você, eu não ficaria tão confiante em relação ao seu amigo. Da mesma forma como o tal colaborador copta foi assassinado, é provável que monsieur Young seja descoberto pelos agentes de Rosenstock muito antes de alcançar *Ghat*.

– Confio em Ben, governador. O homem conhece o maldito deserto melhor do que muitos tuaregues – afirmou o capitão, sorrindo, querendo demonstrar confiança.

– Espero que esteja certo – suspirou Lyautey, visivelmente abalado. – No final... a guerra.

Lacombe encarou seu superior. O gabinete foi tomado por um silêncio perturbador. Lyautey levantou-se e caminhou de um lado a outro, pensativo. Depois, virou-se para Didieur:

– Desde que Wilhelm aprovou o pedido de von Tirpitz para a construção de mais três encouraçados por ano, é sabido que um manto negro está sendo tecido por mãos que aspiram ao conflito. Sabemos que o *Kaiser* presidiu um conselho de guerra com seus paladinos, dando ordem para aumentar as despesas com seu exército e marinha. A marinha alemã está cedendo recursos para seu exército imperial. Sinais... como nos informou Cambon – disse pesaroso ao referir-se ao embaixador francês em Berlim. – O *Kaiser* chegou à convicção de que, mais dia menos dia, a guerra contra a França é inevitável. Malditos... Tudo isso – apontou com os olhos as informações diante dele – comprova que este manto está mais próximo do que esperávamos.

Lacombe acendeu um cigarro e deu um trago, antes de murmurar para si mesmo:

– No fim, senhor, somos todos culpados.

Lyautey sorriu. Retirou de dentro da gaveta em sua mesa um pequeno cantil prateado, dois copos largos, e encheu-os com uma boa dose de *bourbon*. Ergueu seu copo e fez um brinde carregado de tristeza e decepção.

– Convoque uma reunião com o Conselho...

– Não há tempo para reuniões, senhor – arriscou Didieur, atraindo o olhar do líder. – Assim que rastrearem a Phanter II, devemos enviar uma de nossas fragatas com rastreadores *tirailleurs* a bordo. Namira Dhue Baysan não teria repassado estas informações, pedindo-me para encaminhá-las ao *bureau*, se algo não tivesse acontecido. Tenho a impressão de que a jovem não chegará viva ao seu destino. Precisamos fazer algo, e rápido.

Lyautey pareceu pouco confiante em relação à Opala do Deserto.

Lacombe prosseguiu:

– Podemos deter Rosenstock. Com isso, ganhamos algum tempo até que meu amigo Young complete a sua missão, entregando ao oficial Coldwell a prova de que os alemães estão fabricando uma arma mortal. Meus *spahi* estão de prontidão. É preciso interceptar os *sawda'* com o carregamento vindo de Berlim. É apenas uma questão de tempo para...

– Não, Didieur – explodiu Lyautey. – É apenas uma questão de sorte. Pura sorte. Eu ficaria surpreso se monsieur Young e madame Baysan, cercados por *Korps* de Rosenstock e alvos dos seus assassinos e agentes, estiverem vivos até amanhã. Não podemos colocar o destino da França e seus aliados nas mãos da sorte. Precisamos agir com parcimônia, apresentando estes relatórios para obtermos o apoio do Ministério da Guerra. Do contrário...

– Do contrário, caso a sorte não nos favoreça, estaremos acabados com ou sem o apoio do Ministério e do Conselho – respondeu um enérgico Lacombe. Tentou acalmar-se antes de prosseguir. – Uma missão extraoficial, senhor. É tudo o que peço. Meus homens estão de prontidão. Ben entrará em contato e trará o apoio do *bureau* inglês. Podemos surpreender Rosenstock...

Hubert Lyautey recostou em sua cadeira, silencioso. Estava extremamente cansado. Deu um gole no uísque, depois encarou Didieur com seus olhos inchados:

– Pode custar a sua carreira... E a minha.

Lacombe permaneceu em silêncio. Nem notou quando os nós da sua mão segurando o copo com uísque ficaram esbranquiçados.

– Confia tanto assim que seu amigo terá êxito junto aos ingleses? – perguntou Lyautey num tom de voz ameno.

– Não – respondeu Didieur, surpreendendo seu chefe. – Mas, no momento, eu não vejo outra alternativa a não ser acreditar nisso. De qualquer forma, parece que estamos diante de um grande precipício. A questão é se vamos ou não agir a tempo de evitarmos a nossa queda.

Lyautey sorriu, irônico:

– Também fui um soldado, Lacombe. Tem a minha permissão para entrar em ação desde que obedeça às minhas ordens até conseguirmos o apoio legal para agir em conformidade com o Ministério e o Conselho de Guerra.

Didieur abriu um sorriso:

– E se não conseguirmos a tempo este apoio, senhor?

– Não cairemos neste precipício, certo, Didieur?

Didieur Lacombe fitou seu superior, satisfeito:

– Não, *Governeur*. De jeito nenhum.

Capítulo 23

Paris – Hangar Aéreo, primeiro de maio de 1914

O agente da embaixada alemã seguiu em direção à plataforma onde a Charlemagne acabara de aterrar.

Aguardou o início do desembarque sentado à mesa de um quiosque. Pediu um café e um *croissant* a uma jovem e atraente francesa que atendia os clientes. Alguns minutos depois, conseguiu identificar em meio aos passageiros que desembarcavam duas figuras ilustres que vinham acompanhadas pelo comandante do dirigível: Bernhard Adler e o secretário von Rademacher, membros da delegação diplomática imperial e recém-chegados do Marrocos. O agente ajeitou o chapéu de feltro na cabeça e jogou sobre a mesa algumas moedas. Seguiu ao encontro dos ilustres viajantes e esperou enquanto a dupla despedia-se do oficial francês. Finalmente, identificou-se como o sujeito que, a pedido do próprio general Rosenstock, havia sido incumbido pelo secretário oficial da embaixada de recebê-los e conduzi-los ao Expresso Paris-Berlim, de volta à Alemanha.

Bernhard Adler cumprimentou o jovem agente com simpatia e, com Rademacher ao seu lado, seguiu-o em direção ao Citroën Type estacionado mais adiante, para onde um jovem carregador já havia conduzido as suas bagagens, lutando para ajeitá-las no apertado porta-malas do veículo.

– Os senhores são aguardados na estação por um oficial do serviço de inteligência que irá acompanhá-los até Berlim – explicou o agente, assim que partiram em direção a Gare de l'Est.

Bernhard Adler não pareceu surpreso:

– Parece que o nosso general pensa em tudo, não é mesmo, Rademacher? Uma escolta a pedido de Rosenstock – retrucou, fitando os carros que se moviam com rapidez pela Grand Boulevard. – Algo sem sentido, como todo o resto... – pensou em voz alta, atraindo a atenção do emburrado secretário.

– O que quer dizer, Bernhard? – questionou Rademacher, num tom de censura.

Adler sorriu de leve. As palavras que havia dito a Namira Dhue Baysan durante a confraternização em Dar es Salaam às vésperas de partirem rumo ao Marrocos não saíam da sua cabeça: *Está insinuando que o Kaiser deseja se aproveitar da destruição do Reichsadler para reivindicar a sua soberania e buscar o seu lugar ao sol? Talvez você esteja passando muito tempo na companhia de homens como von Rosenstock, cuja crença é a de que a guerra é o único antídoto contra os males do mundo.*

– Tenho a impressão de que estamos em meio a um jogo de cartas marcadas – soprou o administrador com um olhar vazio.

Rademacher balançou a cabeça, irritado. Apanhou um charuto e deu um bom trago antes de pronunciar-se num tom firme:

– Podemos retornar a Berlim em segurança, Bernhard. Contudo, devo alertá-lo de que nem von Tirpitz, nem Rosenstock, permitirão que o império seja vítima de articulações como no passado. O Marrocos foi um preço alto demais a pagar. A África é um preço alto demais. Se acha que...

– O que quer dizer? – questionou Adler, surpreso.

Rademacher sustentou o olhar sombrio de Adler, escolhendo as palavras antes de continuar, num tom de ameaça:

– Eu recomendo que, ao invés de tentar decifrar as cartas dos seus aliados, preste atenção no movimento feito pelos seus oponentes. Do contrário...

– Do contrário eu me tornarei um obstáculo, é isso? – Bernhard Adler esbravejou baixo, abatido. – Um obstáculo aos membros do conselho ministerial do *Kaiser*? É sobre isso que estamos discutindo, Rademacher? Marionetes... manipuladas por von Rosenstock e pelos membros do alto conselho? Neste caso, podemos supor que a destruição do Reichsadler...

Rademacher ergueu o tom de voz:

– A destruição do Reichsadler foi sem dúvida uma tragédia. Contudo, tragédias não passam de coringas. Se souber usá-los, o levarão à vitória. Voltemos em segurança e cumpramos o nosso papel. Nada mais. Nada além.

Bernhard Adler encarou o colega com um tremor nos olhos. Sentiu um calor vindo do estômago, ao mesmo tempo em que a cor abandonava a sua pele. Queria dizer algo, rebater, questionar e até mesmo esganá-lo. Mas tudo o que conseguiu emitir foi um sussurro irônico:

– Tem razão, Rademacher. Cumpramos o nosso papel.

Um grande silêncio tomou conta do interior do veículo, só cortado pelo barulho desagradável dos *klaks* dos carros que trafegavam pelo imponente *boulevard*.

Adler havia encontrado as respostas para as questões que o intrigavam, e Rademacher sabia disso.

O secretário-chefe do chanceler imperial desviou o olhar e cutucou de leve o ombro do agente sentado à sua frente. Havia pesar em sua voz quando sussurrou:

– Uma pena que tenha que ser deste jeito, Bernhard.

Súbito, o agente alemão virou-se para o administrador e apontou uma Luger para ele. O disparo foi seco, abafado pelo silenciador.

Capítulo 24
Província de Béchar; Oásis de Béni Abbès

Localizada no oeste da Argélia, na margem esquerda do *wadi*, o Oásis Branco, ou a Pérola do *Saoura*, como também era chamada a comunidade de Béni Abbès, havia sido construído em uma colina rochosa próxima às cordilheiras de Ougarta. Casebres com paredes de calcário espalhavam-se sobre a colina, voltados para o palmeiral que ficava à margem do *wadi,* onde a maioria dos viajantes montava suas tendas e aproveitava para abastecer suas caravanas, além de comercializar seus produtos com o povo da região.

Ben, Umar e Mustafá chegaram ao vilarejo pouco antes do meio-dia. Misturaram-se aos muitos viajantes e aproveitaram para recompor-se da longa jornada.

A refeição na pequena hospedaria, à base de leite, cuscuz, arroz, carne de bode e chá de hortelã, serviu para alegrar os ânimos até mesmo de Mustafá, que comia e bebia de forma voraz enquanto conversava animado com um velho sacerdote e alguns viajantes que dividiam a mesa com o grupo.

Após o almoço, Ben Young aproveitou para cuidar das provisões, enquanto Umar e Mustafá dedicavam-se às suas preces diárias. Caminhou pelo vilarejo, comprou fumo, contratou os serviços de um jovem aldeão para dar de beber e comer às montarias e aproveitou para trocar com os mercadores locais um pouco do uísque inglês por tâmaras-do-norte e algumas laranjas. Por fim, seguiu por uma trilha de cascalho e, aliviado, mergulhou os pés nas águas frescas do *wadi,* onde passou o resto do dia, sozinho, refazendo seus cálculos e analisando as rotas que havia desenhado na velha caderneta.

O alvorecer na manhã seguinte foi marcado pelas rezas que, entoadas pelos moradores da região, ecoavam nas cordilheiras próximas. Ben e a dupla de berberes deixou Abbas logo cedo, rumo à pequena vila de El Beïda, localizada ao leste no *Oued Saoura.* Após viajarem durante três dias, cavalgando por terrenos irregulares sob um céu de bronze, alcançaram seu destino.

De El Beïda, tomaram um atalho atravessando uma garganta estreita que cortava as grandes escarpas. Era uma trilha pouco convencional que Ben conhecia dos tempos de batedor. Um lugar ermo e perigoso, mas que ajudaria a reduzir a jornada até Kerzaz em um ou dois dias.

A travessia do Erg Central, com suas dunas imensas que se intercalavam com longas planícies cortadas por *wadis*, não foi diferente de todo o resto da jornada. Suas noites frias enregelavam os ossos, contrapondo-se aos dias abrasadores que queimavam a pele, mesmo protegida pelo *tagelmust*. Nove dias após deixarem Béni Abbès, Ben e seus companheiros chegaram ao distrito de Kerzaz.

O gibraltarino desceu da montaria e caminhou até a beira da encosta arenosa. Observou admirado as imensas dunas à sua frente, com mais de quarenta metros de altura, que serviam de proteção natural ao vilarejo lá embaixo. Um amontoado de casinhas de estuque em torno de um minarete que, solitário, parecia querer tocar o sol incandescente sob o céu de um azul profundo.

Por um segundo, Ben esqueceu-se dos motivos que o levaram até ali. Sentiu na pele o toque do vento, seu zumbido, o *chergui*, que movia as areias e dava vida ao imenso e ameaçador deserto. Fechou os olhos e entregou-se à visão de Namira Dhue Baysan que se formou em sua mente. Podia ouvi-la dizer: "Enterrando-se no deserto para esconder-se do que, Benjamin Young?". Maldita cortesã! O Olho de Gibraltar... uma couraça buscando abrigo por entre os colossos de areia.

Ao abrir os olhos, Ben sentiu sua alma alimentar-se com a visão imponente das dunas. Precisava daquilo, do deserto. Uma proteção contra os seus medos, sem dúvida. A questão era saber... até quando?

O gibraltarino começou a descer a encosta seguido por Umar e Mustafá, cuidando para que nenhum animal se ferisse durante a travessia pelo terreno traiçoeiro. Uma pata quebrada seria o fim dos seus planos de chegar em Ghat antes que os espiões de Rosenstock interceptassem-no. Aliviado ao alcançar a extensa planície no sopé da encosta, retomou o ritmo da cavalgada, seguido pelos acompanhantes, e aventurou-se por uma estrada de cascalho que contornava o monte arenoso rumo ao distrito.

Kerzaz era uma aldeia bastante movimentada, com ruas estreitas repletas de mercadores puxando carroças abarrotadas de frutas e especiarias, pastores que conduziam seus rebanhos de cabras, mulheres e crianças que circulavam pelas ruas de terra em meio aos seus afazeres domésticos, ou em direção ao *souk* que havia em torno da mesquita, onde comerciantes argelinos acostumados a percorrer toda a província comercializam produtos como batata, trigo e vinho, que diziam ser melhor que os fabricados na França. Palmeiras podiam ser vistas sobre as dunas mais próximas ao vilarejo, quebrando um pouco a sensação de aridez, ainda que o calor ali lembrasse a boca de uma cratera vulcânica, com as dunas em torno formando uma barreira natural contra o vento. Uma verdadeira panela de pressão.

Dois jovens pastores caminhavam pela via central seguidos por um cão empoeirado, cujas costelas salientes podiam ser contadas a olho nu. Ben desceu da sua montaria e atraiu a atenção do animal com um pedaço de carne seca e um bom gole de água do seu cantil, afagando seus pelos lentamente. Adorava os cães e os gatos que cruzavam o seu caminho ao visitar os muitos vilarejos espalhados pelo deserto. Companhias valiosas, como costumava dizer. Na maioria das vezes, melhor do que os homens.

O animal o fez lembrar de seu velho Ranger, um cão que conhecera no início da sua carreira como guia de caravanas, ao cruzar um entreposto próximo à fronteira da Argélia com a Mauritânia. Um cachorro sarnento que, na verdade, adotara-o, passando a segui-lo pelo deserto até conquistar, aos poucos, um lugar como farejador na Gibraltar Guide & Commercial Routes. Além de Didieur, por quem tinha uma grande estima, sem dúvida Ranger fora o seu melhor amigo durante anos, cruzando o Magreb ao seu lado uma centena de vezes e conquistando a simpatia dos seus clientes, que se divertiam ao vê-lo brincar perseguindo os camelos e mordiscando de leve as suas patas. Ben sorriu, triste ao pensar no amigo peludo. Ainda guardava na memória seus suspiros últimos, depois de ser pego por uma cobra das areias. Maldito cão farejador de uma figa... Por que não percebeu a cobra? *"O deserto nos dá, e nos tira"*, dissera-lhe um beduíno que, na ocasião, ajudara-o a dar ao pobre Ranger um funeral digno. Tinha razão. O grande deserto não passava de uma sepultura incomensurável. Um lugar para onde as almas perdidas dos seus muitos amigos, guerreiros, beduínos, soldados, homens que haviam cruzado o seu caminho ao longo do tempo, deviam seguir. Um lugar odiado, mas também acolhedor, que o mantinha próximo de cada um deles... Do cão, dos guerreiros... e de seu pai. Todos traídos pelo grande mar de areia. Todos acolhidos pelo grande Magreb. A casa de muitos demônios. A casa de muitas almas, incluindo a sua própria.

Young soltou o ar dos pulmões num suspiro ruidoso ao voltar dos seus devaneios. Deu um pouco mais de água ao animal, tratou de enterrar as memórias e dirigiu-se à dupla falando em árabe, pedindo informações sobre onde poderiam passar a noite. Imediatamente, os receptivos pastores começaram a falar ao mesmo tempo feito matracas, apontando para um lugar específico depois de um outeiro. Ficaram ainda mais eufóricos quando o gibraltarino despediu-se entregando-lhes algumas moedas em agradecimento, junto com o resto da carne seca para o cão, montando no camelo e seguindo na direção indicada acompanhado pelos dois berberes que o seguiam de perto.

O sítio do velho Abdel, indicado pelos pastores, era afastado do centro. Seu dono, cercado por um exército de filhos que o ajudavam a cuidar das cabras, não pareceu surpreso ao ver Young e a dupla de berberes aproximar-se. Estava acostumado a receber os muitos viajantes que passavam pelo distrito, ajudando-os com as montarias e fornecendo-lhes água.

Visivelmente feliz depois de vencer Ben nas duras negociações, Abdel tratou de guardar os dinares argelinos que o gibraltarino havia lhe entregado em sua bolsa presa em torno da avantajada cintura, e acompanhou-os até o seu *Jannah*, ou paraíso, como se referia, irônico, ao barracão feito de estuque com telhas de casca de palmeira sobre ripas largas de madeira, próximo ao poço da propriedade.

Ao entrarem no lugar, Mustafá fez uma careta. Tudo ali fedia a estrume de cabra, e pelo jeito, além de dividirem o espaço com seus camelos, ainda teriam a companhia de três ou quatro cabras e de dois cachorros tão velhos quanto o seu dono. Ben divertiu-se ao notar a expressão de escárnio do jovem berbere.

Depois de descarregarem as provisões, aliviando o peso do lombo dos camelos, Ben seguiu até o poço, onde finalmente limpou a poeira da garganta, do rosto e dos cabelos, molhando-os com a água fria que brotava da terra com a benção de Alá, e abasteceu seus bolsões de couro para o resto da jornada. Sentou-se junto a um outeiro, esticou as pernas e apreciou o lugar, vencido pelo cansaço.

No interior do galpão, Mustafá e Umar cuidavam das montarias, besuntando suas patas com sebo de carneiro, usado para hidratar e proteger seus dedos em forma de casco, e tirando o excesso de areia que formava nós em sua pelagem grossa. Ao terminar a tarefa, Mustafá, aparentando certo ânimo, foi até Ben e ofereceu-se para ir ao pequeno *souk*. Precisavam repor alguns suprimentos como fumo, bolachas de aveia, manteiga de cabra, arroz e algum tempero antes de prosseguirem a jornada. Somado a isso, o desejo do berbere de esticar as canelas e visitar a pequena, porém simpática, mesquita era explícito no seu olhar. Ben concordou, contrariando Umar, que pareceu relutante. Deixar Mustafá perambular por ali sozinho não parecia uma boa ideia para o líder *Djalebh*. Preferia que o auxiliar ficasse por perto. Temia que, ao ser abordado por algum comerciante, Mustafá pudesse dar com a língua nos dentes, comprometendo de alguma maneira a missão.

– Há de tomar cuidado, pois o deserto é cheio de cobras e escorpiões – retrucou Umar, esticando o indicador e arregalando seus olhos de um castanho-escuro.

– Deixe que vá – sorriu Young, apontando para eles dois. – Algumas horas livres longe destes dois camelos teimosos lhe fará bem.

Umar fez uma careta, resmungando enquanto apanhava algo em meio aos seus pertences. Em seguida, ainda falando sozinho, sentou-se na soleira do barracão ao lado de um dos cães e acendeu o seu cachimbo de água.

***

Mustafá percorreu as ruas empoeiradas do distrito, perdendo-se entre as muitas carroças abarrotadas de frutas, peles e grãos, estacionadas na praça central. Do outro lado da rua, uma cacofonia de vozes chamou a sua atenção. Beduínos assistiam empolgados à luta entre dois escorpiões, enquanto apostavam alguns dinares. Mustafá juntou-se a eles e divertiu-se por um tempo, se é que aquilo poderia ser chamado de diversão, e aguardou, indiferente, o fim do embate cruel para prosseguir com suas obrigações. Seguiu apressado, desviando das muitas galinhas soltas pelo caminho, e entrou em um velho armazém onde um grupo de cameleiros negociavam suas peles. Entregou a lista de suprimentos para o velhote atrás do balcão e aguardou na companhia de uma garrafa de áraque enquanto o homem sumia em seu depósito no interior da casa. Sentiu o gosto doce de anis na garganta. Doce, porém infernal, capaz de assar as entranhas de alguém pouco acostumado à sua força. Não era o seu caso. O dono do armazém não tardou a voltar com os pedidos. Mustafá tratou de ajeitar a mercadoria dentro de uma sacola de pano, entregou ao velho alguns dinares e partiu apressado em direção à mesquita.

Ao passar pelo arco interno, que lembrava uma ferradura de ponta-cabeça, apoiada por pilares sobre as colunas de sustentação, Mustafá seguiu até a sala de reza onde ficava o *mihrab*, um nicho em forma de abside, que apontava para a direção de Meca. Em seu interior, o movimento dividia-se entre muçulmanos imersos em orações diárias e aqueles que vinham até ali para discutir sobre os ensinamentos do Islão, o que tornava a mesquita um lugar não apenas para a reza, mas também para a troca de conhecimento entre os fiéis. Mustafá desviou do segundo grupo e caminhou em direção a um dos cantos da sala, ajoelhando-se sobre um tapete ao lado de um homem de meia-idade que usava um tapa-olho cobrindo a vista direita. O sujeito vestia uma túnica leve, usada pelos beduínos para as longas travessias pelo deserto. Mustafá avaliou que o caolho estaria perdido em pensamentos, quase adormecido, até ouvi-lo sussurrar, sem desviar seu único olho do *mihrab*:

– O caminho do profeta permanece livre para aquele que cumpre o seu destino.

– E para aqueles que seguem o caminho sagrado – respondeu Mustafá, curvando-se em direção a Meca e fingindo orar.

O caolho deu um meio sorriso, malicioso.

– Espero que Alá continue iluminando o seu caminho... Mustafá, filho de Abdul.

Tenho seguido o seu rastro de perto. É digno dos mais valentes *mahdaj* – comentou o caolho, tentando ser simpático. – Fale-me sobre o *ajnabi*, o homem branco... o tal guia?

Mustafá arriscou uma espiadela rápida na direção do caolho, examinando a sua feição enrijecida.

– O estrangeiro cruza o deserto por trilhas conhecidas apenas por batedores tuaregues. Talvez o alemão tenha razão em preocupar-se – respondeu.

O homem pareceu pensativo. Astuto, percorreu o salão com seu único olho, certificando-se de que não eram observados, antes de prosseguir:

– Pode ser feito?

Mustafá sentiu o bafo do antigo assassino, que em tempos remotos havia servido aos *Madhaj*, e fitou-o de relance:

– Sim, *sayid* – soprou irritado, ao notar a dúvida na fala do sujeito.

Houve uma pausa. Os cânticos entoaram pela sala. Finalmente, o caolho a serviço de Jafar Adib curvou-se numa oração fingida, deixando entre ele e Mustafá um pequeno frasco:

– Toma... Beladona – disse.

Mustafá apanhou o frasco e examinou-o rapidamente, antes de ocultá-lo num bolso interno de sua túnica. Conhecia o poder da planta, capaz de levar um homem ao delírio profundo. Naquela quantidade, seu extrato despacharia Umar Yasin e o gibraltarino para o reino de Alá em minutos.

O caolho continuou:

– Alguns *sawda'* irão interceptá-lo assim que nos enviar o sinal. Jafar Adib está diretamente envolvido nessa missão. Ele conta com você, Mustafá, e eu também. Estarei em seu encalço, caso algo dê errado...

Mustafá rangeu os dentes:

– Não vai acontecer. Assim que deixarmos Kerzaz, seguindo para Ghat, enviarei Umar e o gibraltarino para o inferno e seguirei com a amostra.

O caolho sorriu ao perceber algo em sua voz, fitando-o com uma ruga na testa:

– Parece demonstrar algum afeto por este... Umar. Acha que...?

– Já lhe disse que estou pronto. Umar é passado. Os *sawda'* são o meu futuro – reagiu Mustafá, pouco convencido.

Os dois berberes encararam-se mais profundamente.

– É claro que está pronto, Mustafá – sorriu o caolho. – Adib acredita nisso. E o alemão... o tal Ros....tochi...

– Rosenstock.

– Rosenstock também – repetiu o caolho, sem desmanchar o sorriso debochado. – Use a planta, apanhe o Sangue do Diabo e tudo vai acabar bem.

– Sabe quem é ele... o gibraltarino? – provocou Mustafá, fitando o caolho de soslaio. – No passado, era conhecido como Olho de Gibraltar. Dizem que o homem foi capaz de rastrear um grupo de *Mahdaj,* como aquele de que você fez parte no passado.

O caolho deu um sorriso maldoso. Inclinou o corpo na direção de Mustafá, fitando-o ainda mais de perto, e soprou em seu ouvido:

– *Barak allah fik!*

Mustafá reagiu com indiferença quando o antigo assassino *Mahdaj* deu uma palmadinha em seu ombro e partiu. Observou-o desaparecer em silêncio.

O jovem berbere ficou ali por mais algum tempo, remoendo toda a conversa que havia acabado de ter com o espião de um olho só. E quanto mais remoía, mais sentia a raiva revirar o seu estômago. A forma como o enviado de Jafar Adib deixara evidente a desconfiança em relação ao seu desempenho deixara-o furioso. Mas sabia que não era apenas isso. O caolho tinha razão em relação a Umar. Umar Yasin era alguém que sempre estivera a seu lado, ajudando-o desde os tempos em que não passava de um reles ladrãozinho miserável. O *Djalebh* tirara-o das ruas, das drogas, da marginalidade, e arrumara para ele um emprego mediano, porém seguro, num dos muitos curtumes de Tânger. Com o tempo, havia-o transformado num bom informante. Droga! Matar Umar é como matar... É um preço bastante alto. Mustafá pressionou as pálpebras com força. Queria mergulhar na escuridão. Precisava concentrar-se na sua tarefa. A sua vida dependia disso. Impedir Ben Young de chegar a Ghat, resgatar a amostra e, finalmente, ser consagrado pelo próprio líder Jafar, tornando-se um de seus guerreiros, um verdadeiro *sawda'.* E se Umar Yasin era o preço a pagar para a sua conquista, que Alá abençoasse a alma do *Djalebh* quando chegasse o momento de ele entrar no seu paraíso. Pagaria o preço. Tinha de fazê-lo.

De repente, os cânticos ganharam proporção maior no interior da sala de reza. Um novo grupo de berberes chegou ao local, juntando-se aos demais presentes para as orações do fim do dia. A multidão atraiu a atenção de Mustafá, trazendo-o de volta das suas divagações. O berbere levantou-se abruptamente, ajeitou a túnica, tomando cuidado com o frasco de beladona em seu bolso, e partiu a toda. Precisava apressar-se, do contrário teria de enfrentar o interrogatório de Umar quando chegasse de volta ao sítio onde estavam acampados.

***

– Conversei ainda há pouco com um cameleiro. O homem disse algo sobre um grupo de mercadores acampados mais adiante que partirão pela manhã para In Salah – comentou Mustafá, tentando puxar conversa, enquanto ajudava Ben a guardar as provisões que havia trazido do vilarejo. – Talvez possamos acompanhá-los, *sayid*.

– Seguiremos em direção a In Salah, mas sozinhos. É certo que os estreitos de K'allebh mais ao norte serviriam para que continuássemos a nossa travessia pelo deserto sem atrairmos a atenção de espiões e saqueadores. Mas, desta vez, eu tenho um outro plano... – Ben sorriu resoluto, prendendo as sacas e os recipientes com munição, aveia, grãos e medicamentos com um cordame cheio de pequenas presilhas de metal.

Umar atraiu a atenção de Young. O berbere, sentado sobre um velho barril, mexia nos cachos da barba grisalha, tenso, disfarçando sua apreensão com um sorriso leve:

– Eu não entendo, *sayid*... Esta não era a ideia, cruzar o deserto feito um fantasma?

Ben encarou o amigo com um ar de mistério, sem concordar nem discordar. Aproveitou para esticar o corpo. Precisava de uma pausa. Exausto, limpou o suor da testa com a manga da camisa e agarrou o cantil que Umar jogou em sua direção, esvaziando-o com um único gole. Aliviado, acocorou-se no chão e, com a ajuda de um graveto, começou a fazer rabiscos no solo:

– Aproximem-se... Vejam... Para nós, K'allebh seria a escolha óbvia, sem dúvida. Aqui está In Salah, e estes são os estreitos ao norte. Uma rota pouco utilizada pelos tuaregues, com uma geografia informe, mas capaz de reduzir em um ou dois dias a nossa jornada rumo a Salah, abrindo uma boa vantagem até Ghat. Perfeito, certo?

Num gesto impensado, Mustafá mexeu no pingente em seu pescoço, nervoso, disfarçando os dedos trêmulos.

Ben prosseguiu:

– Até agora, tudo o que fizemos foi fugir das vistas dos homens de Rosenstock e dos *sawda'* de Adib. Mas o maldito conhece o deserto tão bem quanto os batedores tamacheques, e sabe que, para capturar um rato do deserto, é preciso fazê-lo acreditar que está no controle e esperar que o rato continue avançando por caminhos desconhecidos, porém invulneráveis, até alcançar o seu objetivo sem notar a armadilha bem na sua frente. É assim que as cobras caçam suas presas.

Umar bufou:

– Um momento, *sayid*... Está insinuando que Jafar Adib...?

– Jafar Adib e Rosenstock são duas cobras do deserto, e eu não tenho dúvida de que, desde o meu desaparecimento, seus homens estão vasculhando cada canto do Magreb em busca do meu rastro. De acordo com as informações de Namira, eles acham que eu sou um maldito espião a serviço do *bureau* inglês e, de certa maneira, estão certos – riu Ben. – Não vão desistir até botarem as mãos na amostra que Namira e Misbah conseguiram roubar: o Sangue do Diabo. Ambos são soldados... como eu fui um dia. Ambos sabem que um rato não deixa pegadas na areia. Para Rosenstock, ou mesmo Jafar Adib, cruzar a região de In Salah e avançar pelo território *Hoggar* até as bases inglesas é a nossa melhor opção. No lugar deles, eu pensaria o mesmo. Sendo assim, para onde eu deveria enviar meus homens, ordenando-lhes que permanecessem de tocaia, certos de que em algum momento o maldito rato sairia da sua toca?

Umar balançou a cabeça, convencido.

– Os estreitos de K'allebh – soprou o *Djalebh*.

Ben fitou-o com um meio sorriso:

– Um lugar perfeito para armar uma ratoeira. O último ponto antes de

In Salah, a porta para a região *Hoggar*, de onde poderíamos buscar apoio junto aos líderes tribais e seguirmos em segurança até Ghat – concluiu Young com um brilho nos olhos.

Umar levou à boca um pequeno caule de ciclâmen e começou a mordiscá-lo de leve, titubeando:

– E quanto a... Namira... Acha que...

– Acho que você pode responder a esta pergunta, Umar – respondeu Young. – Afinal, parece conhecê-la muito melhor do que eu.

Umar sorriu, tentando se convencer de que o ex-batedor estava mesmo certo. Namira já havia escapado de outras tantas situações, e não era agora que falharia.

– Tem razão – disse o *Djalebh* sentado de cócoras diante de Ben. – Quer dizer, eu espero... não... eu tenho a certeza de que Namira traçou os seus próprios planos. E assim que deixar Rosenstock, seguirá para o *bureau* – concluiu, sem muita convicção, como notou Young.

Ben quebrou o graveto e lançou os pedaços para longe, deixando com que os dois cachorros magros que dormiam ali perto se divertissem um pouco correndo atrás deles. Aproveitou para esticar as pernas e caminhou até as baias onde ficavam os camelos, apanhando um pequeno cantil metálico em meio as suas coisas e dando um bom gole na bebida em seu interior, uísque. Sentiu um grande alívio ao limpar a poeira da garganta. Em seguida, jogou a garrafa para Umar, que não recusou um bom gole antes de passá-la para Mustafá, que o encarava com uma expressão de pedinte. Prosseguiu:

– Daqui para a frente, além dos *sawda'* e de possíveis espiões, precisamos tomar cuidado com os *korps*. Os homens de Rosenstock conhecem cada canto do deserto, camuflam-se feito cobras. Resumindo, até aqui foi brincadeira de criança...

Mustafá fugiu do olhar de Ben, como se o gibraltarino pudesse ver através dos seus pensamentos. Um traidor...

– *Sayid*, o que pretende fazer? – perguntou o berbere, escondendo as mãos trêmulas nas mangas da túnica.

Ben encarou-o com uma expressão tranquila:

– Contrariando as expectativas dos nossos inimigos, seguiremos em direção às escarpas ao Sul – afirmou. – Contornaremos a garganta de In Salah e avançaremos direto para as Areias de Fogo.

Umar engasgou-se, cuspindo jatos de uísque, e precisou de alguns minutos para recompor-se. Mustafa sentiu o corpo enrijecer-se, incrédulo, parecia um fantasma. A cor do seu rosto havia desaparecido.

– Só pode estar brincando, *sayid*... Se acha que os estreitos podem ser uma armadilha, as Areias de Fogo...? – soprou o berbere mais novo, tenso, buscando em Umar um apoio.

Ben riu diante da reação dos dois, reagindo com firmeza:

– Eu sei... Um dos piores lugares em todo o Saara. O verdadeiro inferno na Terra. É por isso que pode funcionar. Duvido que Jafar Adib tenha imaginado algo assim.

– Não so... sobreviveremos... – sussurrou Umar com dificuldade.

– E nem os malditos *sawda'* – respondeu Young, fitando o amigo com um sorriso convencido.

Mustafá levantou-se e começou a caminhar de um lado para o outro, imaginando que o seu prazo estava se esgotando. Se não eliminasse o gibraltarino o mais breve possível, certamente este o levaria para a morte certa. E ainda havia Umar. Droga!

– Poderíamos tentar despistá-los a bordo de algum dirigível nas cercanias de Salah? – questionou Umar, perturbado.

Ben voltou-se para o *Djalebh*, tomou de volta seu cantil e molhou a garganta mais uma vez:

– Na certa, os espiões do *Kaiser* estão atentos a cada comboio clandestino que cruza o Magreb em direção ao Sudão. Desta vez, evitaremos a armadilha de Rosenstock e seus aliados *sawda'*, seguindo por uma rota conhecida apenas pelos guerreiros *Hoggar*... e por alguns poucos guias, como eu – concluiu o gibraltarino, tentando não parecer convencido demais.

Mustafá chutou para longe um pedaço de madeira no chão, fitando Ben com um olhar desafiador:

– Mesmo o mais bravo tuaregue não costuma desafiar as Areias de Fogo, Olho de Gibraltar.

Umar voltou-se para o berbere com a intenção de repreendê-lo, mas Ben interveio:

– Tem razão, Mustafá. Mas até o mais bravo dos tuaregues sabe que, uma vez no deserto, os caminhos mais tortuosos podem se tornar o seu grande trunfo.

Mustafá desviou o olhar.

– Faremos como diz o Olho de Gibraltar – ordenou Umar, fitando o berbere mais jovem, que respondeu com um gesto de cabeça e saiu do galpão para respirar um pouco do ar da noite.

– Deixe-o – ordenou Ben, impedindo que Umar o repreendesse.

Do lado de fora, Mustafá fitou a silhueta das grandes dunas em torno do vilarejo. As Areias de Fogo. Não... nunca. Nem o gibraltarino, nem Umar chegarão tão longe... Tirou do bolso o frasco com beladona e observou-o por algum tempo:

– Amanhã à noite, dormirão no inferno.

***

Ben, Umar e Mustafá deixaram Kerzaz pouco antes do amanhecer, cavalgando para o sul.

No topo de uma encosta, escondido por entre as rochas, o agente de Jafar Adib, o caolho, observava o gibraltarino e seus companheiros através de uma luneta. A mensagem que havia recebido de Mustafá na noite anterior borbulhava em sua cabeça. As Areias de Fogo. Maldito seja! O tal Olho de Gibraltar só pode estar louco. Isso exigiria medidas mais ríspidas. Precisava segui-los mais de perto e garantir que Mustafá cumprisse a sua tarefa o mais rápido possível. Ou isso, ou ele próprio teria de fazê-lo, incluindo o jovem berbere em sua lista de mortos.

O homem de um olho só esperou o trio desaparecer na linha do horizonte e deixou o esconderijo em segurança, desceu apressado pela encosta e correu até sua montaria, que o aguardava junto a um outeiro. Ao aproximar-se, retirou do interior de uma sacola presa à sela do seu camelo uma pequena gaiola onde guardava um pombo-correio. Eufórico, o caolho apanhou a mensagem destinada ao senhor dos *sawda'* e depositou-a no pequeno tubo metálico preso à pata da ave.

– *Taer ila al-sayyid Jafar!*– deu o comando. Sentiu um leve solavanco quando o pombo alçou voo e desapareceu por trás das imensas dunas de Kerzaz. Em seguida, o caolho montou em seu camelo e partiu por uma estrada de cascalhos, atiçando a montaria com a ajuda de um chicote. Contornou a cidade e embrenhou-se pelo deserto, cuja umidade já era bastante baixa antes mesmo de o sol impor-se de maneira impiedosa, sempre guiado pelos rastros deixados por Mustafá. Sorriu satisfeito, ajeitando seu rifle nas costas e o punhal de lâmina curva em sua cintura. Os *Madhaj* pagarão um bom preço pela cabeça do Olho de Gibraltar.

Capítulo 25

Estação Ferroviária de Argel, onze de maio de 1914

O relógio antigo da estação de Argel marcava 23h40. O Expresso Transaariano, parado na plataforma, emanava uma densa nuvem de vapor. Um pequeno grupo agitado aguardava o sinal para embarcar. Eram muçulmanos de diferentes etnias, homens e mulheres ansiosos para cruzar o grande deserto em 3.757 quilômetros sobre os trilhos. O Expresso passaria pela Tunísia e iria até Cartum, no Sudão. Alguns arriscariam a sorte nas lavouras, enquanto outros tentariam achar trabalho como estivadores no porto aéreo sudanês. Lá, depósitos abarrotados de grãos, peles e especiarias seriam embarcados para abastecer as colônias locais, bem como os navios que partiam através das águas tranquilas do canal de Suez rumo ao Mediterrâneo. O Expresso continuaria até Mombasa, quando a ferrovia tornava-se concessão inglesa, encerrando a sua jornada no lago Vitória, na Tanzânia.

Ao ouvirem o apito agudo ecoar pela estação, os dois tripulantes do expresso despediram-se apressados do intendente e cruzaram a plataforma em direção ao vagão principal. Uma fila de embarque gigantesca havia se formado. Os dois homens uniformizados começaram a perfurar maquinalmente os *tickets* que os passageiros entregavam ao subir a bordo, sem dar atenção a um berbere alto e forte que surgiu em meio às densas nuvens de fumaça e estancou diante do último carro do Expresso, parecendo aguardar alguém.

O gigante estava metido em uma rica túnica branca, apertada na cintura por uma faixa rubra, onde mantinha presa uma linda adaga curva. Usava um turbante negro sobre seus longos cabelos. Acenou amistosamente para os dois oficiais, ambos entretidos com os preparativos finais para a partida, e aproveitou para vasculhar com o olhar cada canto da estação, como se pudesse enxergar através da escuridão. Confiante, voltou-se para um veículo estacionado a poucos metros da estação, um Mitchell Model 5-6 conversível, e acenou três vezes. Uma figura sinuosa saltou do interior do carro e caminhou em sua direção. Era uma mulher exuberante, envolta em uma túnica negra com um capuz cobrindo o rosto. O gigante otomano fez uma leve reverência quando Madame Sombre aproximou-se.

– Meu bravo Osman, enquanto eu estiver fora, será meus olhos e ouvidos em Tânger.

– Eu deveria acompanhá-la, Taytu...

– Isto chamaria a atenção dos homens alemães. – Sombre parecia apreensiva, olhando em direção aos homens do Expresso que terminavam a inspeção junto à grande locomotiva. – Há espiões por toda parte. O Magreb corre perigo. Nós corremos perigo, meu doce guerreiro. – O imenso otomano fitou Sombre com seus olhos tensos, amarelados, vívidos. – Cuide da nossa *Casa de Vênus*. Sim, sim... é importante que ninguém perceba minha ausência. Para todos os efeitos, nos próximos dias estarei enclausurada em meus aposentos como costumo fazer durante os rituais de purificação espiritual. Quanto ao envelope que eu lhe dei... – Seu tom de voz voltou a ser firme. – Deve entregá-lo ao oficial francês, o capitão Lacombe. A mais ninguém.

O otomano fez sinal afirmativo com a cabeça, inconformado com a ideia de deixá-la partir sozinha.

– Entrarei em contato em breve, meu bom amigo. – A *etíope* tocou com o indicador a testa do seu servo e administrador. – Nossas linhas da vida ainda vão se cruzar, Osman.

O gigante sorriu, buscando crer nas palavras de Sombre, a mulher que o havia libertado um dia após ter sido capturado e trazido para a Argélia por mercadores de escravos.

– Que Alá abençoe as suas palavras, e que os demônios do deserto a protejam, *sayidati* – sussurrou o otomano num tom pesaroso.

Madame Sombre esboçou um sorriso, subiu os degraus do último vagão e dirigiu-se a sua cabine, depois de entregar ao oficial que a aguardava o *ticket* de embarque. O Expresso Transaariano começou a mover-se, ganhando cada vez mais ritmo e velocidade. Suas rodas rangeram fortes sobre os trilhos. Por fim, a fumaça da chaminé deixou um rastro tênue no céu, assim que o veículo desapareceu em meio à escuridão do deserto.

Capítulo 26
Cordilheira do Atlas

Jafar Adib aproximou-se da muralha que protegia seu *kasbah* e observou lá fora as enormes colunas rochosas erguendo-se de forma imponente em torno do *Jbel Sirwa*. Guerreiros *sawda'* espalhavam-se pelas encostas, montando guarda próximos às reentrâncias da montanha, que lhes serviam de abrigo natural. Eram verdadeiros franco-atiradores, armados com suas Karabiner 98K, espingardas de precisão com um alcance de mil metros com mira ocular. Um presente do *Kaiser* para seu pelotão de dementes. Vez ou outra, soldados *afrikanischen Regimentskorps*, metidos em trajes voadores, levantavam voo a partir do hangar onde permanecia ancorado o Jahannam, para patrulharem todo o perímetro. Um *Fledermaus* da patrulha de Rosenstock despontou mais acima de uma das encostas, fazendo uma curva acentuada e vindo a toda na direção de Jafar. Daquela distância, o soldado lembrava um demônio alado saído do próprio inferno. Jafar Adib seguiu-o com um olhar admirado, observando o guerreiro voador sobrevoar a muralha, reduzir a velocidade e fazer um pouso perfeito, vertical, diante do hangar. Notou quando o soldado voador dirigiu-se eufórico até o seu superior, informando-o de algo. E antes mesmo que pudesse retomar suas elucubrações, um estafeta surgiu no topo da muralha, vindo em sua direção, trazendo a notícia de que, finalmente, a Phanter II acabara de cruzar o espaço aéreo *sawda'*, aproximando-se a uma velocidade de cinquenta e três nós. Dentro dela, o grande general Rosenstock.

Não demorou muito e logo um ponto negro surgiu no céu acima da cordilheira, assumindo aos poucos a forma da imponente fragata alemã, que vinha rodeada por um grupo de *Fledermaus*. Daquela distância lembravam mosquitos da costa africana voando em torno de um grande rinoceronte. A nau trazendo o general Rosenstock e seu séquito cruzou a imensa cratera do *Jbel*, fazendo uma curva suave a bombordo, e reduziu a velocidade para dez nós, começando a perder altitude ao alinhar-se com o *kasbah* na grande encosta rochosa.

Jafar Adib assistiu do alto da muralha à manobra de ancoragem da grande Phanter II, que avançou de maneira precisa até a abertura oblonga que havia na montanha, alguns metros abaixo da fortificação *sawda*, e desapareceu em seu interior. Adib respirou fundo, sentindo uma leve queimação no estômago. Era hora de reencontrar o general e encarar aqueles olhos frios e pequenos com um toque a mais de perversão. Taciturno, o líder berbere desceu os degraus da escadaria da muralha e cruzou o pátio central, acompanhado por dois enormes guerreiros armados com *takobas*, em direção ao hangar subterrâneo, a base secreta do *Reich*.

No interior da vasta caverna, oficiais alemães corriam de um lado para o outro, gritando ordens para os seus subalternos. Estavam ansiosos com a chegada do líder da operação, o diligente Rosenstock, cuja presença elevava o nível de estresse em relação à meta que havia sido estipulada para a finalização da arma secreta alemã.

Auxiliado por uma equipe em terra, o processo de ancoragem da fragata imperial ocorreu sem qualquer imprevisto, dando sequência ao procedimento de desembarque. Os *Fledermaus* e os *Regimentskorps* foram os primeiros a deixar a fragata imperial, ladeados por duas enormes empilhadeiras carregadas de suprimentos e metralhadoras Maxim, cujo destino não era outro senão o portentoso *Majestät*, a arma de destruição do *Reich* ancorada no estaleiro central em seu processo final de construção. Em seguida, desembarcaram os membros da tripulação da Phanter II e os oficiais da delegação diplomática do *Kaiser*, que se juntaram à tropa imperial enfileirada diante da nau, aguardando a chegada do seu superior, Rosenstock. Por fim, o grande general desceu a rampa com passadas firmes, seguido de perto por um séquito de consultores e guardas.

Um estrondo ecoou pela caverna quando os *Fledermaus* juntaram seus calcanhares com força numa saudação ao grande líder: "*Über Kommandant*" – gritaram em uníssono. Von Rosenstock estendeu o braço e fitou seu pelotão com uma expressão de orgulho, seguindo em direção ao grupo de engenheiros prussianos que o aguardava com empolgação.

Jafar Adib assistiu ao espetáculo com certa ojeriza. Sentia um gosto azedo na garganta. Descruzou os braços, bufou e começou a caminhar em direção aos oficiais, quando teve a atenção atraída para uma exuberante mulher que despontou no alto do tombadilho da fragata. A moça desceu a plataforma de desembarque escoltada por dois jovens soldados devidamente armados com Lugers P08. Adib interrompeu a caminhada e assistiu, entretido, à linda jovem deixar a Phanter II com um caminhar lento e gracioso. Ainda que seu semblante revelasse as marcas dos maus-tratos que sofrera durante os interrogatórios a que fora submetida desde que havia sido oficialmente declarada uma espiã a serviço dos britânicos, resplandecia em seu rosto uma altivez digna das mais belas princesas do Oriente. Então esta é Namira Dhue Baysan! A Opala do Deserto.

– *As-Sallamu-Alaikum* – cumprimentou Jafar Adib quando Rosenstock, seguido pela prisioneira, veio em sua direção. Seus olhos negros passaram do general à linda tunisiana, e sua boca crestada esboçou um meio sorriso involuntário ao vê-la de perto. – *Allahu Akbar!*

Namira ignorou o olhar de Jafar com um breve gesto de repúdio, arrancando do *sawda'* um risinho malicioso.

– É um prazer reencontrá-lo, Jafar. Muita coisa aconteceu desde o nosso último encontro em Dar es Salaam – cumprimentou Rosenstock, com os músculos da face enrijecidos.

– A vida está sempre em movimento, general. Como as areias do deserto – respondeu o *sawda'*, unindo as mãos em frente ao peito e fazendo um grande esforço para desviar o olhar da jovem.

– Sei que estamos atrasados – prosseguiu Rosenstock, impaciente –, mas achei prudente alterarmos a nossa rota e aguardarmos alguns dias escondidos em nossa base de operações em Malta, dificultando a vida dos franceses ao tentar rastrear a Phanter. Incompetentes! Enfim, dias exaustivos, Adib, isso sem contar todas aquelas reuniões com Hubert Lyautey... *Idiot*. Um verdadeiro teatro de horrores. Espanhóis, franceses... que se danem todos e levem junto este maldito país. Confesso que meu humor carece de boas notícias, *Mein tapferer Krieger*.

Jafar olhou de relance para o general.

– Se está se referindo ao aliado do egípcio que eliminamos... o batedor... Trago boas notícias.

Rosenstock interrompeu a caminhada, surpreso.

– O homem conhecido como Olho de Gibraltar e mais dois ajudantes partiram de Kerzaz seguindo por uma trilha ao sul dos grandes estreitos. De acordo com um dos meus rastreadores, eles pretendem contornar a garganta de In Salah e seguir por uma via usada apenas por guerreiros *Hoggar*. O homem parece mesmo conhecer o deserto, *Herr General* – completou Jafar, zombeteiro.

– Mais um bom motivo para não o subestimar como fez com o espião egípcio Idris Misbah.

A resposta do general teve efeito imediato no líder *sawda'*, que franziu o cenho, fingindo ignorar a provocação. Retomaram a caminhada lentamente. Namira Dhue Baysan, que seguia de perto o general, estava atenta às palavras do berbere:

– O gibraltarino pretende cruzar as *Areias de Fogo*.

As feições enrijecidas de Rosenstock deram lugar ao espanto. Depois, transformaram-se num meio sorriso admirado. O comandante murmurou, mais para si mesmo:

– Impressionante... Nem mesmo eu teria imaginado algo assim... O maldito não apenas sabe que está sendo caçado, como também está nos lançando um desafio. – *Fräulein*, parece que desta vez você soube escolher melhor em quem depositar a sua fé, minha querida – disse Rosenstock, fitando Namira. – Ora, ora... Um rato do deserto... um rato valioso. – Seu olhar então passou de Namira para Jafar Adib. – Num lugar como as *Areias de Fogo*, todos, incluindo nosso ex-batedor, estarão em desvantagem. Não ima...

– O homem não chegará tão longe – interrompeu Jafar, confiante. – Muito antes do que imagina, os esqueletos do batedor e de seus ajudantes estarão cobertos pelas areias do deserto. Quanto à substância roubada, eu a trarei de volta.

Rosenstock parou diante do líder *sawda'*:

– Neste caso, imagino que você esteja indo se juntar aos seus assassinos, conforme havíamos conversado, para cuidar do assunto. Não é isso? O meu melhor cão de caça.

Jafar Adib sentiu um fogo corroer o estômago quando Rosenstock deu um tapinha amigável em seu ombro e prosseguiu em direção ao hangar principal.

– Nenhum rato do deserto, ou mesmo *Korps*, é páreo para um *sawda'*. Prometo-lhe trazer a cabeça do gibraltarino, general – retrucou o líder berbere num tom desafiador.

Rosenstock ergueu as sobrancelhas, sarcástico:

– Aprecio como sempre acabamos concordando um com o outro, Jafar.

Havia dias em que Jafar sentia algo estranho. Aturar a empáfia de Rosenstock parecia-lhe um preço alto demais para obter seu tão sonhado sultanato. Aquele dia era um deles, pois o líder berbere era obrigado a recordar os motivos que o levaram a firmar tal aliança. Grupos rebeldes anticolonialismo floresciam com força por toda a África. Tribos diversas, grandes reis, facções políticas, todos eles se movimentavam feito um rio incandescente no interior de um vulcão prestes a cuspir toda a sua fúria. Porém, os reis tamacheques aceitariam um contrabandista e escravocrata como Adib, líder de uma das piores facções criminosas, como sultão e aliado? Nunca. Decerto teriam que provar o gosto amargo da lâmina da sua *takoba* para que isso ocorresse da forma como ansiava. Seriam dobrados pelo sangue, não por outro meio. Da mesma maneira como faziam os franceses, ingleses, italianos e alemães. Todos eles, incluindo Jafar Adib. Escravocratas sanguinários miseráveis. Mas foi o poderio alemão que o atraíra. Com ele, as chances de derrubar os seus de uma só vez era factível. Este era o preço. Sim. E o *dreadnought,* com seu rio venenoso prestes a cuspi-lo na face dos seus inimigos, lembrava-o disso toda vez que botava seus olhos em sua estrutura ameaçadora. Sem dúvida havia feito a escolha certa. Nada resistiria a tal ameaça, a tal horror. Pensar assim acalmava a mente agitada de Jafar.

– *Herr Kommandant!* – um jovem oficial aproximou-se, saudando o general. – O pelotão *Fledermaus* foi transferido da Phanter II para o Majestät, conforme as suas ordens. O capitão Richthofen o aguarda para a inspeção da esquadra aérea.

O nome "Richthofen" despertou a atenção de Namira, pois lhe pareceu familiar. Um oficial de alto escalão... uma esquadra aérea? Mas que diabos estava acontecendo?

Rosenstock parecia satisfeito ao dirigir-se ao jovem oficial parado feito uma estátua:

– Excelente. Quanto ao capitão, peça-lhe para que me encontre no hangar principal.

– Sim, *Herr General* – respondeu o soldado, batendo em retirada.

O grupo seguiu em direção à imensa câmara adjacente, mas antes que pudessem adentrar no recinto, Rosenstock deu um giro e surpreendeu Namira, tomando-a com força pelo braço, com uma expressão doentia:

– O momento tão esperado, minha doce cortesã. A verdade por trás das suas suspeitas... e traições. Está prestes a ver o sonho realizado... a grande obra que representará a vitória do *Reich* sobre o resto do mundo.

Assustada e arrastada pelo oficial para o interior da câmara, Namira Dhue Baysan cruzou o grande arco de pedra e entrou no hangar, onde avistou uma movimentação caótica. Soldados, carregadores, oficiais e máquinas pululavam e moviam-se de um lado a outro, o que lembrava um gigantesco formigueiro. Porém, foi a imensa estrutura à sua frente que atraiu sua atenção.

Namira Dhue Baysan não percebeu que quase havia parado de respirar enquanto olhava aterrorizada para a imensa máquina de guerra. Era um misto de um temível *dreadnought* e de um porta-aviões maciço, carregando uma verdadeira esquadra formada por Fokker, Aviatik B. II, e Zeppelin-Staaken, poderosos bombardeiros biplanos. Todas as aeronaves estavam perfiladas na extensa pista de decolagem, como insetos no dorso de um ser jurássico. Um dirigível de batalha jamais visto, cujos canhões projetavam-se através da sua estrutura feito espinhos mortais de algum predador. Um monstro. Uma máquina de destruição.

– Eis o Majestät – sentenciou Rosenstock orgulhoso, admirando a sua obra máxima.

Capítulo 27

Kasbah sawda' – Cordilheira do Atlas

Namira Dhue Baysan não conseguia tirar os olhos do imenso dirigível de batalha. A bandeira do Império tremulava no mastro acima da sua superestrutura. Finalmente o Majestät estava prestes a deixar seu isolamento, despertando de um sono profundo para alçar voo. A representação da mais pura insanidade tecnológica. A pá de terra que enterraria de vez a esperança de uma suposta paz. O fim de uma época. A paz armada muito em breve deixaria de existir e a imensa nau de guerra se tornaria o símbolo da ganância e do ego humano.

– Em breve, o Majestät fará seu voo inaugural. Surpreenderá a esquadra britânica no Mediterrâneo, seguindo então para o Dardanelos – explicou Rosenstock, apertando ainda mais seus dedos finos em torno do braço de Namira, enquanto observava extasiado a sua grande criação.

– Quando o Foreign Office souber disso, suas cabeças serão levadas à corte no Conselho de Guerra Europeu! – explodiu a dançarina.

O general do *Kaiser* deu um riso debochado.

– O Foreign Office...? Ora, *Fräulein*, quando o Majestät alçar voo, tanto os seus colegas britânicos como o Conselho de Guerra Europeu estarão com os dias contados.

Namira olhou firme para Rosenstock, perfurando os olhos perversos do general com toda sua raiva:

– Um ataque surpresa à Marinha britânica... Este é o plano? E depois disso... acredita que conseguirão alcançar os estreitos sem antes sofrerem uma retaliação por parte da frota aliada?

Rosenstock desviou os olhos na cortesã, desdenhoso:

– Não me tome por idiota, cara *Fräulein*. Antes mesmo que um dos nossos canhões afunde um cruzador inglês, a maldita Entente será surpreendida por um grande acontecimento, ao mesmo tempo que os seus principais territórios sofrerão a ira de Deus... ou melhor... do diabo. – O general tornou a rir.

Uma ruga funda surgiu na testa de Namira. De repente, a Opala do Deserto sentiu um frio abrupto tomar conta do seu corpo:

– O que quer dizer...?

Os lábios finos de Rosenstock abriram-se em um sorriso sádico, tremendo de excitação com a vulnerabilidade de Namira. Maldita espiã, frágil e mortal. Odiava ter de acabar com ela, mas odiava ainda mais o fato de desejá-la.

– Uma operação planejada e sincronizada, *Fräulein*. Enquanto, a bordo do Majestät, sobrevoamos as cadeias do Atlas em direção ao Mediterrâneo, alguns dos nossos melhores pilotos liderados por von Richthofen, líder da *jagdgeschwader* 1, nossa unidade de caça, levarão um pequeno recado aos nossos inimigos. Uma mensagem do inferno. Pequenas ogivas carregadas de morte – explicou Rosenstock, apontando para os triplanos estacionados sobre a extensa pista de decolagem no portentoso dirigível de guerra.

Namira encarou-o com os olhos arregalados, petrificada.

– O Sangue do Diabo – continuou o general com um sorriso sádico. – Como deve supor, uma arma letal que se espalhará feito a praga de Deus ao libertar seu povo do temível faraó. Muitos ingleses e franceses jamais despertarão do seu sono fatídico.

Num gesto desesperado, Namira desvencilhou-se das mãos do general e avançou em sua direção, desferindo um tapa que deixou marcas fundas de unhas em seu rosto. Jafar Adib interpôs-se entre os dois e agarrou-a pelo braço, admirado com a sua coragem, afastando-a de Rosenstock. Namira debateu-se feito um animal raivoso tentando livrar-se das garras do *sawda'*:

– Monstros... Todos vocês! – urrou a jovem.

Rosenstock sentiu uma pontada de prazer ao vê-la daquele jeito, furiosa. Apanhou um lenço e enxugou o rastro de sangue em seu rosto, depois fez sinal para que Jafar soltasse-a e prosseguiu com o seu discurso:

– Quando a nuvem da morte abater-se sobre nossos inimigos, o Majestät surpreenderá a frota inglesa próxima a Gibraltar. Antes mesmo de soar o primeiro alarme, os malditos sentirão o gosto do nosso veneno, somado ao fogo dos canhões de longo alcance. E com a ajuda dos nossos aliados otomanos fechando os estreitos, o restante da frota será impedido de recuar e escapar dos bombardeiros. Decerto será uma bela manhã... e antes mesmo que o mundo mergulhe de vez num rio de sangue, ingleses e franceses serão cartas fora do baralho.

Namira sacudiu os ombros com força, vociferando:

– Um ataque surpresa. Uma declaração de guerra aos aliados.

Rosenstock sorriu, dirigindo-se à jovem com desdém enquanto percorria seu *dreadnought* com um olhar admirado:

– Errada mais uma vez, *Fräulein*. Quando isso acontecer, a guerra já estará declarada.

Namira franziu o cenho, confusa:

– O que quer dizer? – questionou, encarando o rosto frio e sem cor de Rosenstock.

– Saberá no seu devido tempo... – respondeu o general, fitando-a de relance.

O rosto de Namira Dhue Baysan contraiu-se num esgar de desprezo:

– Sei que no fundo Bernhard Adler suspeita do verdadeiro papel desta falsa delegação diplomática. A destruição do Reichsadler... e agora meu desaparecimento. Tenho certeza de que...

– A destruição da nau prussiana foi um mal necessário – esbravejou Rosenstock, num tom amargo. O general voltou-se para Namira com uma expressão sombria. – Às vezes é preciso que sacrifiquemos algo para que possamos obter algum sucesso. Quanto ao administrador, eu duvido que se torne um obstáculo.

Namira enfrentou Rosenstock com um olhar firme, atônita ao notar a morte estampada em seu rosto.

– Seu maldito...

O general sorriu, impaciente, e acenou para o oficial que os acompanhava:

– Leve a prisioneira para o Majestät. Espero que aproveite a estadia a bordo daquele que entrará para a História como a nau mais poderosa de todo o império alemão e do mundo. *Fräulein*, muito em breve poderá assistir ao grandioso espetáculo.

– Doente... Perverso... – Namira rangia os dentes enquanto era arrastada pelo soldado em direção ao *dreadnought*.

***

Satisfeito, Klotz von Rosenstock deu prosseguimento à vistoria, percorrendo e avaliando todo o hangar, seguido de perto pelo aliado berbere. Subitamente, foi surpreendido por um dos membros da sua equipe científica:

– *Herr General...*

O general dos *Korps* voltou-se para o homem vindo em sua direção. Era um sujeito de meia-idade, cujos olhos pequenos por trás dos óculos com lentes garrafais denunciavam a sua fadiga. Parecia lutar contra a pilha de papéis enquanto corria, eufórico, tentando organizá-los sobre uma prancheta de madeira.

– Alegro-me que tenha chegado, *Herr* Rosenstock – afirmou o engenheiro químico, ofegante.

– *Herr* Adolph! – cumprimentou Rosenstock, com um aceno de cabeça.

– A fase de testes com o composto CH3P(0)F foi finalizada – prosseguiu o cientista, eufórico. – Tenho o prazer de anunciar que a substância alcançou um alto percentual de sucesso, correspondendo a todas as nossas expectativas.

– *Perfekt!*– respondeu o general, fingindo interesse quando o sujeito passou a lhe mostrar toda aquela papelada sobre a pequena prancheta, cheia de gráficos e anotações. – Fez um trabalho excepcional, Adolph. Tenho certeza de que o *Kaiser* saberá como recompensá-lo.

Com um sorriso sem graça, o sujeito meteu as mãos nos bolsos do seu jaleco branco meio encardido, fitou com uma expressão séria seu superior, e depois Adib, que estava atrás do general:

– Sinto-me honrado com suas palavras, *Herr General*. Estamos aguardando a última remessa de insumos vinda de Berlim, e muito em breve poderemos finalizar todo o processo de produção, dando início ao carregamento dos bombardeiros.

O líder dos *afrikanischen Regimentskorps* voltou-se de forma abrupta para Jafar. Sulcos tornaram-se visíveis em sua face endurecida.

– Última remessa?

Jafar fitou-o sem dar muita importância à sua expressão de preocupação.

Cofiou os bigodes e respondeu:

– Parece que Berlim teve um pequeno contratempo na liberação da última remessa do Sangue do Diabo. De acordo com alguns dos seus oficiais, trata-se de simples burocracia. Mas tenho homens de prontidão aptos a transportá-la assim que o submersível chegar. Em pouco tempo...

– Não temos tempo, Jafar. Principalmente agora... com este... – o general buscava as palavras – imprevisto! – rugiu Rosenstock, cerrando os punhos e fuzilando o líder berbere com o olhar. Voltou-se para o engenheiro: – *Herr* Adolph, dê andamento aos procedimentos finais e certifique-se de que todos os tanques sejam carregados.

– Mas... se... senhor – gaguejou o engenheiro –, sem o resto da substância, não poderemos produzir o bastante para que todos os mísseis e bombardeiros sejam abastecidos com o gás...

Rosenstock gesticulou com uma das mãos, impaciente:

– Eu mesmo entrarei em contato com a agência em Berlim, garantindo que a remessa seja liberada. Nosso cronograma acaba de sofrer alterações. O Majestät precisa estar pronto antes do prazo final. Tenho certeza de que certos imprevistos não serão um problema para você e sua equipe, *Herr* Adolph.

Quando o químico-chefe encarou Rosenstock, a leveza em seu rosto havia dado lugar a uma expressão de temor.

– Claro... que não, *Herr General.*

– *Exzellent!* – comentou o oficial do *Kaiser*, despedindo-se com um aceno e partindo direto para onde estava ancorado seu portentoso dirigível.

– Mais problemas...? – resmungou o irônico general, sentido as passadas de Jafar atrás dele. – Desta vez o problema aconteceu do seu lado, berbere. Um simples atraso... – o líder dos *Korps* parou, olhando nos olhos de Jafar:

– Um simples atraso, quando temos um espião em algum lugar deste maldito deserto levando para os seus aliados uma amostra do nosso segredo, pode botar tudo a perder. E pelo que sei, isso foi um erro do seu lado, Jafar. Se os ingleses colocarem as mãos na substância, terão provas suficientes para nos acusar de uma conspiração mundial. Uma coisa levará a outra, o Reichsadler, o Majestät, Sarajevo... Em pouco tempo, toda a esquadra aérea e a marinha britânica baterão bem aqui, na sua porta. Sendo assim, eu sugiro que parta. Tem uma boa caçada pela frente, Jafar Adib. Como vocês, berberes, costumam dizer, *"as areias do deserto nunca permanecem num mesmo lugar"*. Não me faça arrepender-me de ter insistido nesta aliança com os magníficos *sawda'*.

Num gesto involuntário, os dedos de Jafar fecharam-se em torno do cabo da sua *takoba*.

– Não acontecerá, general Rosenstock – resmungou Jafar, cerrando os dentes. – Em pouco tempo, eu o presentearei com a cabeça do homem que chamam de Olho de Gibraltar.

Rosenstock afastou-se, examinando o aliado com um sorriso provocativo:

– Jamais se esqueça pelo que estamos lutando, berbere.

Um único golpe e Jafar teria feito a cabeça de Rosenstock rolar em direção ao seu *dreadnought*. Um dia... Maldito alemão.

– Sou um ladrão, *Herr General*, assim como você e os seus oficiais metidos em seus uniformes caros. Mas, acima de tudo, sou um guerreiro do Magreb. Jamais me esqueci dos motivos que me fizeram desembainhar a minha espada, tampouco do rosto de cada uma das vítimas que sucumbiram diante desta lâmina. Espero que você e os seus homens tenham essa mesma clareza quando dispararem o primeiro tiro de canhão.

O general alemão encarou-o admirado.

– Muito bom, berbere. Muito bom...

O barulho de passos aproximando-se serviu para quebrar o clima tenso entre os dois. Um oficial cumprimentou o general com uma saudação e encarou Jafar com uma frieza ainda maior do que Rosenstock. Era um sujeito de um metro e oitenta de altura, ariano, com o maxilar quadrado, vestindo a jaqueta de couro dos pilotos de caça e usando uma echarpe branca em torno do pescoço, o que lhe emprestava certa elegância.

Os lábios de Rosenstock comprimiram-se um contra o outro, e o general disse satisfeito:

– Jafar Adib, este é um dos pilotos da *jagdgeschwader*. Ele o acompanhará em sua caçada. Isso ajudará a evitar mais erros, auxiliando-o a rastrear o nosso rato do deserto. – Fez uma pausa ao dirigir-se ao piloto ao seu lado com uma expressão de orgulho.

Berbere e aviador encararam-se por alguns segundos. Depois, o líder *sawda'* voltou--se para Rosenstock, murmurando antes de partir:

– Desde que não fique no meu caminho, general.

Rosenstock sorriu, observando o *sawda'* afastar--se em direção ao seu *kasbah*. O sorriso em seu rosto deu lugar à rigidez, e o comandante roçou o queixo com uma das mãos, pensativo. Uma troca de olhares com o aviador foi o suficiente para que o piloto retornasse para junto da frota onde estava estacionado seu Fokker.

Klotz von Rosenstock permaneceu por mais algum tempo naquele mesmo lugar, diante do imenso Majestät, imerso em um turbilhão de pensamentos.

Capítulo 28

Saara, Planície Central, treze de maio de 1914

O *chergui*, o terrível vento do deserto, soprou forte e espalhou o cheiro da terra revirada por toda a planície. Seu zumbido lembrava uma velha e melancólica melodia entoada pelos antigos reis tamacheque. Benjamin Young ajeitou o *tagelmust*, protegendo o rosto dos minúsculos grãos de areia que o atingiam feito dardos, e aproximou o binóculo do rosto. Uma mancha ocre movia-se na linha do horizonte a quilômetros de distância. Young fez um sinal para os companheiros que vinham atrás dele. Umar e Mustafá coxeavam, tentando puxar seus camelos pelas rédeas depois de uma longa e penosa travessia sob um sol causticante. Ben fez sinal para que desmontassem e riu alto quando Umar entoou uma prece, aliviado.

– Vejam, uma tempestade de areia vem em nossa direção! – advertiu, apontando para a mancha distante. – Por sorte ainda está longe. Vai se dissipar em poucas horas.

– O que pretende, *sayid*? – questionou Umar, oferecendo a Ben um pouco de água do seu cantil, depois de limpar a poeira da garganta.

–Vamos acampar por aqui e aguardar até que a tormenta perca a força. Retomaremos a travessia um pouco antes do nascer do sol, assim que vocês dois ressuscitarem – brincou o Olho de Gibraltar. Mustafá não conseguiu nem responder ao gracejo, sentado de cócoras e gemendo de dor ao arrancar as botas dos pés inchados e cheios de bolhas.

– *Rahimah Allah!*– resmungou o berbere.

Ben apanhou uma pequena lata de dentro de um dos bolsões presos na lateral do seu camelo e entregou-a ao jovem.

– Tome, Mustafá. Aliviará seu sofrimento. Um pouco de unguento na sola dos pés evitará que as feridas infeccionem. Umar vai ajudá-lo com algumas bandagens. Em poucos dias, poderá caminhar sem sentir tanta dor. Até lá, eu o aconselho a seguir montado todo o tempo. Ah.... aproveite e passe um pouco nos lábios. Assim, também evitará que fiquem em carne viva.

Mustafá agradeceu e mergulhou freneticamente os dedos na gosma escura, espalhando-a com cuidado nas feridas dos pés. Seus gemidos de dor logo foram substituídos por uma expressão de alívio.

– Eu nunca disse que seria uma travessia fácil – debochou Umar, ao aproximar-se com algumas bandagens para auxiliar nos curativos.

Após montarem as tendas e alimentarem os camelos com um pouco de grama seca e plantas espinhosas, os dois companheiros pegaram no sono, exaustos. Ben partiu numa caminhada solitária, pensativo. Admirou a imensidão ao seu redor. Nenhum arbusto. Nenhum outeiro. A miragem causada pelo calor atrapalhava a visão. Uma verdadeira obra de arte, quem sabe criada por Alá, ou pelo próprio demônio? Young apanhou sua bússola e examinou a agulha voltada para o Norte. Percorreu o grande deserto com os olhos cansados, refazendo na cabeça o percurso até as Areias de Fogo, um lugar onde as temperaturas ultrapassavam a marca dos cinquenta graus. A casa de *shaytan*. O termômetro acoplado à bússola marcava trinta e oito graus. Finalmente o sol começava a dar uma trégua. Muito em breve, poderiam guiar-se pelas estrelas, quando o calor desse lugar a um frio enregelado.

– Quem disse que seria fácil? – murmurou entre dentes.

A imagem de Namira Dhue Baysan surgiu diante dele, logo substituída pela figura de um escorpião que se arrastava em sua direção com o ferrão pronto para desferir um golpe mortal. Um sinal dos demônios do deserto? Mas um sinal de quê?

***

Na manhã seguinte, depois de Umar assumir o papel de muezim ao chamar Mustafá e Ben para as orações matinais, o grupo ergueu acampamento e seguiu pela planície central, cujos resquícios da tempestade da noite anterior ainda eram visíveis na forma de pequenos redemoinhos de areia, que se dissipavam aos poucos.

Após três dias de árdua travessia, chegaram a Metarfa, um vilarejo simples onde havia um antigo poço de abastecimento usado por beduínos e tuaregues.

– Não sei se gosto da maneira como estes beduínos olham para nós – resmungou Umar, referindo-se ao grupo de caravaneiros que haviam acampado a poucos metros do poço d'água.

Ben reagiu com um sorriso descontraído:

– Talvez estejam pensando o mesmo da gente, afinal de contas, esta região é bastante frequentada por saqueadores disfarçados de comerciantes.

– E como saberemos se esses aí não são um bando de ladrões? – resmungou Umar, e apontou com os olhos para alguém que parecia ser o líder do grupo, um beduíno alto e magro de uns sessenta e poucos anos. O sujeito vestia uma elegante túnica azul e um *tagelmust* branco que cobria seus cabelos grisalhos. Podia-se ver que trazia uma adaga oriental presa na cintura – uma peça de rara beleza, com cabo de madeira em um estojo cravado de pedrarias.

O homem curvou-se, sem desviar seus olhos negros e profundos, e respondeu com um aceno de mão.

– Se até o final do dia as nossas cabeças ainda estiverem sobre o pescoço, significa que são comerciantes... – comentou Ben, sem conter a gargalhada ao ver a cara de desapontamento do amigo, que desmontou do camelo, apanhou alguns bolsões de couro e dirigiu-se ao poço d'água escavado no centro do vilarejo, cercado por uma estrutura simples de tijolos, onde um grupo de crianças brincava com um balde enferrujado preso por um cordame.

– Bufão... – resmungou Umar para o ex-batedor, que já ia longe, divertindo-se às suas custas. – E você, está rindo de quê? – voltou-se para Mustafá. – Vá ajudar o Olho de Gibraltar com os cantis. Eu cuido dos camelos.

Dizendo isso, o carrancudo Umar contornou o que um dia poderia ter sido uma espécie de praça central e conduziu os camelos em direção a uma elevação mais à frente. Aliviou o peso das montarias e começou a montar as tendas. Espiou de longe Young encher as bolsas e cantis, entregar algumas moedas às crianças e seguir até o líder dos beduínos acampados ali perto. Ressabiado, assistiu ao gibraltarino aproximar-se da caravana nômade e estender a mão direita, levando-a ao coração. Era uma saudação típica. Em seguida, viu Young oferecer ao sujeito um punhado de carne desidratada e receber em troca um pequeno pote com trigo. Risadas. Tudo estava indo bem. Para a sua surpresa, o ritual entre os caravaneiros do Magreb acabou resultando numa longa e animada conversa entre os dois.

Mustafá aproximou-se sorrateiro do amigo inquieto:

– Melhor cuidar do pescoço, Umar. Tirando as crianças e as mulheres da caravana, alguns velhotes me pareceram ameaçadores.

– Ora, seu filho de um...

Mustafá esquivou-se do tapa. Afastou-se com uma risada alta e achou melhor tratar dos seus afazeres e deixar Umar Yasin com o seu mau humor.

Naquela noite, e para o alívio de Umar, Ben e seus amigos foram convidados por Musbhalin Ahmed, o líder da caravana, para se juntarem ao seu grupo e degustarem um delicioso jantar. Um farto assado servido com vinho branco da Argélia, iguarias, frutas secas, além de um magnífico e saboroso fumo aromático de laranja servido em cachimbos de água. Um verdadeiro banquete digno dos grandes sultões do deserto, que serviu para desmanchar de vez a carranca de Umar Yasin, que a substituiu por um largo sorriso. No fim da noite, Yasin e Ahmed lembravam velhos amigos. Nenhuma cabeça se desprenderia do pescoço.

***

A poucos metros dali, o caolho moveu-se acima de um outeiro, deixando um rastro na areia. Seu olho saudável fixou-se no grupo acampado junto ao velho poço d'água de Metarfa. Ajustou a luneta e focou em uma figura específica: o ex-soldado da Força Expedicionária sentado ao lado de um beduíno – o Olho de Gibraltar. Durante algum tempo, o agente de Jafar Adib permaneceu no mais absoluto silêncio. De repente, seus sentidos puseram-no em estado de alerta. Uma cobra da areia surgiu do nada e avançou com suas presas à mostra, mas antes mesmo que o réptil pudesse agir, a lâmina manuseada com destreza pelo espião *sawda'* decapitou-a num átimo de segundo. Um rastro vermelho espalhou-se na areia, enquanto o corpo sem vida ainda se contorcia, em movimentos espasmódicos. O caolho deixou a presa de lado e tornou a focar na imagem do ex-batedor, o intruso do Mahdia. Satisfeito, embrenhou-se na escuridão, desaparecendo por completo.

***

O sol não havia nascido quando Ben Young começou os preparativos para a partida de Metarfa. Depois de colocar algumas folhas de menta sobre a nuca e despejar quase um cantil inteiro sobre elas, a dor de cabeça havia diminuído. Era uma receita *Hoggar* que havia aprendido há muito, e que na maioria das vezes salvara--o de ressacas como a da noite anterior. Logo Mustafá e Umar juntaram-se a ele, ambos com uma expressão parecida, carrancuda, dirigindo-se ao velho poço e repetindo a receita. Saltaram de maneira engraçada quando a água fria esparramou-se em seus pescoços.

Após o desjejum, um forte café marroquino com borras no fundo da caneca, servido com pão de forno e pasta de tâmara, o grupo estava pronto para partir. Despediram-se do anfitrião Musbhalin Ahmed e tomaram a rota para Tamentit em direção aos oásis de Adrar.

Com o Olho de Gibraltar sempre à frente do grupo, avançaram pelas encostas de sal, contornaram um *wadi* cortando a imensa planície e seguiram por um atalho em direção à depressão de Quatar. Quanto mais avançavam, mais Umar Yasin preocupava-se com o jovem Mustafá. Seu comportamento havia mudado desde a partida de Metarfa. Ele cavalgava sempre calado, macambúzio e, por vezes, segurava as rédeas um tanto tenso demais. Quem sabe estava assim devido à longa e exaustiva travessia? – Imaginou Umar. Depois de alertado por Umar, o Olho de Gibraltar tratou de diminuir a pressão sobre o berbere, reduzindo um pouco o ritmo da jornada.

No dia seguinte, foram abordados por uma patrulha *Chaamba*. Era formada por guerreiros que haviam sido parte das tropas de camelos comandadas pelo famoso capitão Laperrine no final do século XIX e início do XX, durante os conflitos do Touat. Haviam cruzado com alguns deles há muito. Por um instante, o pensamento de Ben vagou para longe, para perto de Shari, uma exuberante guerreira *Chaamba* que o salvara durante uma missão, quando ele ainda era um batedor das Forças Expedicionárias. Era alguém importante, que ansiava rever algum dia. Tinha sido uma promessa. Fez sinal para que Umar e Mustafá permanecessem na retaguarda e galopou até a tropa com seu rifle erguido acima da cabeça, num típico sinal de paz.

Natural da região, os Chaamba eram criadores cameleiros que se deslocavam por terrenos rochosos e arenosos pelo Touat, cobrando pedágio dos muitos caravaneiros que porventura resolvessem cruzar seu território. Ao perceber a aproximação de Young, imediatamente o grupo de guerreiros armados com rifles Remington, adagas curvas e *takobas* rodeou-o. Começaram a fazer perguntas, todos ao mesmo tempo.

Umar e Mustafá assistiram apreensivos às negociações. Observaram Young apanhar alguns utensílios guardados junto ao seu camelo e entregá-los ao chefe do grupo. Ficaram aliviados quando o líder *Chaamba* sorriu satisfeito depois de examinar a bússola sobressalente que Ben lhe havia oferecido, juntamente com uma pequena bolsa cheia de moedas. Quando o gibraltarino retornou para junto dos parceiros, com um meio sorriso no rosto, orientou-os para que prosseguissem com calma.

Assim, cruzaram a região em paz, abandonando a patrulha berbere, que ainda os acompanhou de longe durante algum tempo antes de desaparecerem por detrás das encostas ao leste. Em certo momento da travessia, um punhado de roedores, que pareciam um tipo de castor, cruzou o caminho da pequena caravana, o que despertou um riso de espanto em Umar.

Naquela noite, os três companheiros se alimentariam com a carne dos *mzabi* que, preparada com algumas especiarias, transformava-se numa rica iguaria.

Após servi-los, Mustafá apanhou seu prato e foi sentar-se junto à fogueira, chegando mesmo a ignorar as piadas sem graça que Umar costumava contar, buscando distrair o grupo enquanto se refaziam da longa travessia.

– O garoto continua estranho, *sayid* – comentou Umar, sentado ao lado de Young. – Desde Metarfa, Mustafá parece querer nos evitar. Não vejo mais os seus olhos quando nos falamos. Está sempre fugindo do meu olhar. Talvez devêssemos deixá-lo em Adrar, *sayid*. De lá, poderá retornar para Tânger em alguma caravana... Não acho que o jovem está preparado para se aventurar pelas Areias de Fogo...

Ben apanhou um naco de carne, saboreou a refeição com gosto e observou de longe o jovem berbere, que, após o jantar, permaneceu isolado, sorumbático, enquanto fumava seu cachimbo de água.

– O que acha? Cansaço? Medo? – questionou o Olho de Gibraltar, fitando Umar de soslaio.

– Quem pode saber, *sayid*? Ele me parece tenso demais. Meus olhos estão atentos e o meu coração, apreensivo. Espero que seja apenas o medo.

– O que quer dizer? – Ben voltou-se para o amigo, mas não obteve resposta.

A noite transcorreu tranquila, com as dunas imensas sob um céu salpicado de estrelas. Umar demorou a pregar os olhos, remoendo seus pensamentos.

Partiram pela manhã, e antes que o sol pairasse no meio do céu e as temperaturas ultrapassassem os cinquenta e cinco graus, Ben Young e seus amigos berberes já haviam galgado as encostas e contornado as colinas do *chergui*. Depois de mais algumas horas, cruzaram um estreito desfiladeiro, cercado por dunas com mais de sessenta metros de altura, e alcançaram os oásis de Adrar.

Capítulo 29
Adrar, vinte de maio de 1914

Cameleiros, nômades, viajantes desgarrados e todo tipo de aventureiro que se arriscava a cruzar o grande Magreb acabavam encontrando-se no caminho para o grande oásis de Adrar. Um lugar onde as enormes palmeiras, o verde em profusão e a água abundante contrastavam com o cenário árido do deserto.

Diferente dos vilarejos por onde Ben, Umar e Mustafá haviam passado, a região era um importante posto de abastecimento. Seu *souk* era conhecido por reunir os melhores produtores de leite de camelo e pele do norte da África, e negócios lucrativos eram realizados com tanta frequência que tornavam o lugar uma espécie de Meca para todo bom e velho comerciante.

Em Adrar, junto aos poços naturais, encontravam-se também boas acomodações para os viajantes. Cabanas de descanso com água e alimentação para as montarias eram alugadas por um preço módico. Havia também um hotel, um tanto simples, porém disputado pelos mercadores mais abastados, onde era servido um excelente cuscuz marroquino, vinho e fumo com aromas diversos. Além disso, em um pequeno salão localizado aos fundos do estabelecimento, havia mulheres vestidas com exuberância e jogos para entreter alguns viajantes mais exigentes.

Após abastecer os camelos com água e repor alguns mantimentos, Ben escolheu uma encosta que havia a oeste para montarem acampamento. Um lugar ermo, distante do burburinho do vilarejo, onde poderiam passar algumas horas antes de partirem ao amanhecer, evitando chamar a atenção.

Mustafá examinou o lugar de maneira discreta enquanto ajudava Umar a montar as tendas. *"Uma boa escolha"*, pensou o berbere, concordando pela primeira vez com o gibraltarino. Afinal, já havia adiado em demasia a sua verdadeira missão e, com a maioria dos viajantes entretidos no vilarejo, poderia agir com calma. Um pouco do extrato de beladona no chá que tencionava servir mais tarde a Ben e a Umar, e o martírio terminaria. Logo se tornaria um verdadeiro *sawda'*.

O jovem berbere olhou de soslaio para Umar, que cantarolava descontraído enquanto fazia um pequeno monte com as bagagens no interior de uma das tendas. – Maldito Umar! – resmungou Mustafá. – Tornar-se um *sawda'* também implicava matar o homem que parecia adorar repreendê-lo, feito um pai preocupado com o seu filho. – Maldito Umar Yasin! – Para um assassino, sentir algo era uma grande ameaça. A maior delas. Uma lâmina que logo deixaria uma marca perpétua em sua alma. Mas logo se tornaria um verdadeiro *sawda'*, e um *sawda'* não sentia nada. Queria crer nisso. Era capaz. Estava pronto. – Maldito Umar Yasin! – O caolho *Madhaj* estava certo.

***

Após uma refeição leve, e depois de escutar algumas das histórias de Umar contadas em torno da fogueira, Young bocejou exausto, jogou uma manta de pele sobre os ombros, levantou-se meio desajeitado e, após se despedir dos amigos com um meio sorriso, foi para a sua tenda. Recomendou-lhes que não demorassem muito a dormir, afinal, precisariam de um bom descanso se quisessem desafiar o deserto antes mesmo do amanhecer.

Mustafá apanhou seu cachimbo de água e aninhou-se junto ao fogo, atraído pelas labaredas que subiam e pelo estalar dos gravetos que explodiam na fogueira. Espiou Umar com discrição, sorrateiro. O velho berbere segurava um pequeno livreto com capa de couro envelhecida, recitando baixinho as orações ao profeta Maomé. O momento era propício. O jovem berbere já havia adiado demais a sua tarefa. Precisava agir logo. Do contrário, corria o risco de o gibraltarino arrastá-lo deserto adentro, levando o Sangue do Diabo até Ghat, onde eram aguardados pelo tal agente do *bureau*. O maldito é astuto feito um escorpião e conhece o deserto tão bem quanto os guerreiros tamacheques.

Ardiloso, Mustafá tornou a espiar Umar Yasin, aguardando até que o velho berbere estivesse bastante ensonado para prosseguir com o seu plano. Deixou o cachimbo de lado e seguiu até a despensa que havia improvisado ali perto, onde ficavam alguns utensílios sobre uma prateleira feita com uma ripa de madeira em cima de alguns pedregulhos. Apanhou a chaleira velha que havia junto às canecas de alumínio e encheu-a com água do seu próprio cantil. Perto, havia uma pequena lata com dizeres em inglês, onde guardava algumas folhas para chá. Mustafá apanhou um bocado delas, amassou-as com as mãos até formar um bolo e enfiou-as dentro de duas das canecas. Hortelã e menta. Uma bebida indicada para uma boa digestão, exceto pelo ingrediente extra, o extrato de beladona que a tornaria mortal. O gosto da menta disfarçaria o veneno, e antes mesmo que Ben e Umar terminassem o chá, estariam mortos. Apanhou o frasco em seu bolso, retirou com cuidado a pequena rolha e aproximou-o do nariz, sentindo sua fragrância exuberante e, ao mesmo tempo, fatal.

– O que está fazendo?

A voz rouca de Umar surpreendeu Mustafá no instante em que o jovem preparava-se para derramar algumas gotas no interior de uma das canecas. O velho berbere havia despertado e fitava-o com um olhar expressivo, trocando o semblante ensonado por veios que se formavam na testa franzida.

Mustafá colocou o pequeno frasco sobre a prateleira ao lado da lata de chá, tentando disfarçar sua apreensão.

– Umar... que susto me deu! Estou preparando um pouco de chá. Hortelã e menta... para ajudar durante a noite – respondeu com a expressão fechada.

– E quanto a este vidrinho que está tentando esconder, Mustafá? Seria um ingrediente extra? – sorriu Umar, sarcástico.

Mustafá sorriu apreensivo, escondendo o tremor das mãos.

– Isto... Ah, sim. Um pouco de extrato de alcachofra... Para a digestão – mentiu, passando a mão pelo abdômen como se estivesse sentindo algum desconforto.

Umar sorriu fingindo acreditar. Encarou Mustafá com uma expressão séria:

– Vai me contar o que está acontecendo, ou preciso acordar *sayid* Young para, juntos, termos uma boa conversa?

O jovem berbere fugiu do olhar de Umar:

– Não sei sobre o que está falando, Umar. Eu...

– Não me tome por um velho tolo, Mustafá – sua voz tornou-se firme. – Seu comportamento... Desde que partimos de Metarfa, eu o tenho observado. Vejo o medo nos seus olhos, meu jovem amigo.

Mustafá riu, tenso:

– Ora, Umar, não seja...

– O que... um velho idiota? É isso o que está pensando?

Mustafá segurou a mão trêmula, sentindo o músculo da face repuxar. De súbito, seus olhos esbugalharam-se quando viu uma sombra, um predador, aproximando-se por trás do berbere:

– Mas o que você está...?

Confuso, Umar começou a voltar-se para trás quando sentiu o cano da pistola tocar a sua espinha. Era tarde demais.

O espião de Jafar Adib, o homem com um olho só, colou uma adaga no pescoço de Umar e pressionou a Luger em suas costas.

– Shhhhh – soprou o caolho. – Não seria bom acordar o seu amigo... o batedor. Ainda não. – Em seguida, lançou um olhar pernicioso em direção a Mustafá. – Achei mesmo que precisaria de uma ajudinha para fazer o que deve ser feito, meu jovem aspirante a *sawda'*.

Umar sentiu a lâmina pressionar a garganta quando tentou enxergar o rosto do seu algoz.

– O que está dizendo... Mustafá, um *sawda'*? – Seus olhos pareceram implorar por algo quando encarou o jovem berbere a sua frente, assustado demais para esboçar qualquer reação.

– É surpreendente como, às vezes, não conseguimos ver um escorpião bem na nossa frente – riu debochado o caolho, pressionando o cano da Luger nas costas de Umar. – Vamos acabar logo com isso, berbere. Mustafá... acho que o nosso amigo aqui está com sede.

Umar acompanhou as mãos trêmulas de Mustafá despejarem algumas gotas de beladona em uma das canecas com água.

– Vamos, beba! Ou prefere a lâmina? – soprou o caolho, pressionando ainda mais a adaga na garganta de Umar, fazendo um corte superficial.

De repente, e para a surpresa de Umar, Mustafá arremessou a caneca na direção do caolho e avançou em sua direção feito um tigre. Não, não se tornaria um *sawda'*. Não seria um assassino.

– Deixe-o, seu maldito...

Umar caiu no chão arenoso quando o *Madhaj* empurrou-o com força, desviando do objeto que passou rente a ele. E antes que pudesse esboçar qualquer reação, sentiu as mãos firmes do sujeito levantarem-no pela gola da túnica, com o cano da Luger agora em sua têmpora.

– Mustafá... Não! – Umar Yasin rangeu os dentes ao ver o jovem berbere caído mais adiante, respirando com dificuldade. A lâmina curva do caolho estava cravada em seu peito. Tentou ir até ele, mas foi impedido pelo assassino.

– Nunca acreditei que o idiota conseguiria. Jafar Adib não ficará surpreso... – riu baixo o caolho, provocando sua vítima.

– Maldita seja a sua alma – rugiu Umar, cujas lágrimas escorreram pelo rosto ao assistir aos últimos suspiros do jovem amigo.

– O gibraltarino, vamos! Chame-o! – ordenou o *Madhaj* a serviço de Rosenstock.

– Não é preciso, já estou aqui!

A voz pegou os dois berberes de surpresa.

No topo de uma elevação, Ben Young apontava seu Winchester para o assassino.

– Acha mesmo que sairá daqui com vida, *Madhaj*? – tornou a dizer Ben, sentindo o dedo coçar o gatilho da arma, e mantendo o caolho sob a sua mira. – Posso sentir o cheiro de um assassino como você. Há dias vem nos seguindo, não é mesmo? Vai fazer o quê? Matar a nós dois com um único tiro?

– A substância... – respondeu o caolho, intimidado. – O Sangue do Diabo em troca do seu amigo aqui...

Ben sorriu confiante. O medo era explícito na voz do *Madhaj*.

– Mate-o, *sayid* – gritou Umar. – Acabe com este maldito infiel.

Uma gota de suor correu pela têmpora do caolho:

– Eu só quero o Sangue do Diabo. Só isso. Deixo-o viver se me entregar...

Ben mirou no homem com o canto dos olhos franzido, levantou o cão da arma e começou a pressionar o gatilho do rifle com calma.

– Umar... – disse Young. – Não respire.

A última visão do *Madhaj* foi o sorriso estampado no rosto do Olho de Gibraltar. Depois disso, o vazio. Sua cabeça foi arremessada para trás quando o tiro certeiro atingiu o seu único olho saudável, fazendo-o tombar ao lado do pobre Mustafá.

Umar correu até Mustafá e arrancou-lhe a lâmina do peito. Em silêncio, do alto da encosta, Ben viu-O acalentar o jovem berbere uma última vez.

***

Naquela manhã, Umar, com a ajuda de Ben, enterrou o corpo de Mustafá no alto de uma encosta de onde se podia avistar as dunas distantes.

– Mustafá teria gostado da vista – comentou Umar, ao deixar sobre a tumba de areia o manto do jovem berbere. – Assim é o deserto. Feito de lágrimas e areia. Um lugar de paz e um lugar de guerra.

– Por que se esconde aqui, em meio às areias, *sayid* Young?

A pergunta de Umar pegou Ben de surpresa. Young fez silêncio, fitando o horizonte, antes de dizer em voz baixa:

– Talvez Namira esteja certa, Umar, e eu esteja procurando a mim mesmo... Ou, quem sabe, buscando aqueles que foram arrancados de nós. O deserto é uma grande tumba, Umar, e uma parte minha está enterrada bem aqui.

Umar sorriu de leve.

– O jovem Mustafá não foi o primeiro, e nem será o último – prosseguiu Ben, com um olhar distante. – Homens fortes nunca recusam o chamado da guerra, não é mesmo?

O velho berbere encarou-o com uma interrogação no olhar.

– Mesmo que, para isso, tenham que abandonar aqueles que mais precisam deles – sorriu Young, um sorriso sem alegria.

– É isso o que tanto o atormenta, *sayid*?

– Às vezes eu me pergunto em qual destas encostas de areia meu pai foi enterrado. – Ben fez uma pausa, varrendo com o olhar a imensidão ao seu redor. – Sabe, Umar, desde que ele partiu em uma missão aérea durante as guerras Anglo-Zulu, nem eu, nem meu avô, nunca tivemos qualquer notícia dele, a não ser uma carta do alto comando informando que o seu esquadrão havia sido abatido por guerrilheiros simpatizantes de Cetshwayo kaMpande, quando cruzavam o deserto rumo ao Transvaal.

– É por isso que se alistou?

Ben deu um meio sorriso:

– Quem sabe eu não esteja procurando a tal encosta, não é mesmo?

– Não vai trazer o seu pai de volta, e nem aqueles que já partiram, meu amigo. – Umar tocou de leve o ombro de Ben.

– Não, mas pelo menos eu poderia reencontrar uma parte minha. Mas deixemos de lado essa conversa, Umar – disse Ben, mudando de assunto, fitando o cadáver do assassino a serviço de Rosenstock, examinando-o com mais atenção. – Estamos sendo caçados.

– *Sawda'*...? – questionou Umar, apreensivo.

– Rosenstock não poupará recursos para nos interceptar. Espiões... *sawda'*, e até mesmo seus *Korps*. Mas já sabíamos disso quando aceitamos a missão, não é mesmo? – respondeu Young com um sorriso irônico.

– O que pretende fazer, *sayid?*

– Vamos manter o nosso plano – respondeu o Olho de Gibraltar com firmeza. – Tomaremos o estreito de La Makan, uma antiga rota usada por escravagistas, e seguiremos para a cratera da Lua, nas Areias de Fogo. Temos algumas horas de vantagem antes que mais destes assassinos cruzem o nosso caminho.

Umar queria ter a convicção de Young, mas titubeava ao questioná-lo:

– *Sayid*, as Areias de Fogo... Eu... tenho receio. Se conseguirem nos alcançar durante a travessia...

Ben cutucou de leve o ombro do amigo, sorrindo:

– Então rezaremos para que Alá cuspa o fogo do céu em suas cabeças.

– Ora, Young... Isto não é uma piada – esbravejou Umar.

– Tem razão. Termine suas preces e se despeça de Mustafá. Que Alá guie a sua alma em sua nova jornada. Quanto a nós, partiremos – respondeu Ben Young, descendo a encosta e seguindo até as montarias, que estavam prontas para partir. – E... Umar! – gritou contra o vento, atraindo a atenção do berbere. – Confie em mim.

Capítulo 30

Desfiladeiro de La Makan

Após cruzarem o pequeno distrito de Fenoughil, Ben e Umar aventuraram-se pelas largas encostas de B'ir, em direção à grande planície de Tamentit. Mais apreensivo do que o normal, Young tomou a dianteira ao seguirem por uma trilha deveras estreita, arenosa e cercada por imensos desfiladeiros, caminhando sem tirar os olhos do penhasco enquanto puxava os camelos pelas rédeas. Na retaguarda, Umar olhava para os próprios pés com os olhos que saltavam para fora das órbitas, esquecendo-se até mesmo de respirar ao descer a encosta com os dedos firmes em torno do rabo do seu camelo. Durante horas, a dupla contornou os resvaladouros num silêncio sepulcral. Quando avistaram lá embaixo as amplas estradas de areia de Tamentit, soltaram ao mesmo tempo duas gargalhadas, e retomaram o ritmo da jornada.

A Lua já era visível no céu do deserto quando chegaram em um velho *kasbah* localizado em um vilarejo desolado, próximo às dunas de Aoulef. Um lugar que já havia servido de abrigo a Young por inúmeras vezes durante suas travessias pela região à frente da Gibraltar Guide & Commercial. Umar ficou surpreso quando o gibraltarino contou-lhe como todo o lugar havia sido devastado por uma tormenta de areia no final do século XIX, sendo habitado desde então apenas por alguns poucos itinerantes, meia dúzia de ratos e muitos escorpiões.

Ao entrar na antiga cabana de barro, Ben foi tomado pela nostalgia. Nada havia mudado desde a última vez que estivera ali, cinco ou seis anos antes, quando havia se refugiado de uma forte tempestade de areia ao conduzir para o Cairo alguns caravaneiros liderados por um rico comerciante argelino chamado Khair al Din. Tinha sido uma viagem inesquecível, principalmente pela presença da exuberante filha de Khair – Aisha –, que acabou encontrando em Ben um refúgio para os seus lamentos. Lamentos que logo se transformaram em encontros discretos regados a beijos fervorosos e promessas que ambos sabiam que não cumpririam. Um amor do deserto que se dissiparia em breve, como as areias em constante movimento. Mas acabaram sendo descobertos por um dos carregadores da comitiva, que não pensou duas vezes em ir ter com Khair. Com a confusão armada, o Olho de Gibraltar acabou livrando-se do destino de tornar-se um eunuco ao propor um novo acordo que acabou satisfazendo o ego ferido de Khair: a Gibraltar Guide & Commercial cumpriria o seu trabalho, porém, sem receber uma moeda sequer pelo restante da viagem. Além disso, Khair ainda exigiu que Ben lhe doasse cinco dos seus melhores camelos. Um acordo que, na ocasião, pareceu a Ben bastante justo. Quanto à linda Aisha, soubera algum tempo depois que a jovem acabou casando-se com um rico mercador copta, para a alegria de Khair al Din. A linda Aisha. Uma doce lembrança do deserto – riu Young consigo mesmo.

Depois de trazer os camelos para dentro, Ben Young sentou-se sobre uma mureta e acendeu um cigarro. Arrancou as botas e começou a massagear seus pés doloridos. Ficou assim por um bom tempo, em silêncio, cansado demais para dizer qualquer coisa. Já Umar, ao entrar na cabana, fez uma careta e cobriu o nariz com o turbante, percorrendo o lugar com os olhos e uma expressão de ojeriza. Tudo ali cheirava à merda de cabra. Maldição! Algumas folhas de menta queimadas em uma fogueira deveriam ajudar a diminuir o cheiro. Imediatamente, o berbere começou a revirar o seu bolsão e apanhou um pequeno saco de juta, levando-o até as narinas e sorrindo aliviado. Em seguida, ignorando a risada debochada de Young que o observava curioso, deixou o casebre, para voltar minutos depois com um punhado de gravetos e acender uma fogueira bem no centro do salão.

– Algum problema com o cheiro de merda, Umar? – sorriu Ben, irônico.

Umar esfregava as mãos, amassando as folhas de menta e lançando-as ao fogo:

– Ah, *sayid*, nada contra. Mas se não pudermos usar de alguns artifícios, a vida fica difícil demais.

Os dois gargalharam.

Naquela noite, fizeram uma boa refeição à base de tâmaras e pão. Após o jantar, Ben Young e Umar, animados em torno da fogueira, fumaram e beberam o resto do vinho, enquanto Ben contava-lhe um pouco das lembranças que o lugar trazia a ele. Como de costume, partiram antes do alvorecer, quando as areias ainda não haviam se tornado escaldantes.

Ao cruzarem a região de Akabli, foram apanhados de surpresa por uma forte tormenta de areia, cujos ventos, de mais de sessenta quilômetros por hora, arrastavam as grandes dunas de forma assustadora. Ben e Umar lutaram contra um deserto que insistia por envolvê-los em suas garras de areia e pedregulhos. Uma fúria que se dissiparia em poucos minutos, causando danos severos à pequena caravana ao arrastar com ela o camelo que havia sido de Mustafá, tragado por um dos muitos poços de areia movediça que costumam formar-se durante estes temporais.

Depois de contabilizarem os prejuízos e renunciarem a alguns bolsões d'água, cujo líquido precioso havia se transformado em pura lama, o Olho de Gibraltar guiou o amigo através de uma extensa trilha de cascalhos. Contornaram um *wadi* e cruzaram os pântanos de sal conhecidos como *sabkha*, chegando junto ao poço semelhante ao conhecido Azougui na Mauritânia, contornado por um círculo de pedras no meio de centenas de quilômetros de areia com duas latas de óleo sobre canos de ferro, uma polia e dois baldes. Com o suprimento de água abastecido, cavalgaram por horas a fio pelo imenso mar de areia em uma trilha que se alternava entre cascalhos, argila xistosa e areia.

Ben ajeitou seu *shemag* na cabeça. Seu cérebro estava cozinhando. Já haviam percorrido oitenta quilômetros, deixando para trás um deserto hostil. As temperaturas ultrapassavam a marca dos cinquenta e cinco graus, e o ar, de tão abrasador, obrigava-os a respirarem pela boca, evitando a perda natural de água.

Ao anoitecer, aproximaram-se de uma pequena aldeia com dez cabanas, onde conseguiram um pouco mais de água e massa para a refeição, e prosseguiram em meio à escuridão do Magreb. Umar dormia na sela, enquanto Ben, com o corpo dolorido, seguia a pé puxando seu camelo pelas rédeas, até que resolveu parar para um merecido sono.

Na manhã seguinte, ao transporem enormes penhascos que brotavam do deserto, depararam-se com uma nova patrulha de berberes. Deixaram com eles uma boa quantia de moedas e algumas tâmaras frescas em troca de poderem cruzar seu território em segurança. Uma prática bastante comum em um deserto controlado por tribos diversas.

Passaram por tamarindos e meteram-se em um novo oceano de areia até que, ao meio-dia, alcançaram um aglomerado de outeiros que chamou a atenção de Young.

– Um momento – disse Ben, acenando para Umar. Desmontou de seu camelo e seguiu a pé até os outeiros.

Umar assistiu curioso a Young agachar-se e começar a vasculhar o chão arenoso, como se buscasse algo específico em meio aos cascalhos.

– Camelos – comentou Umar ao aproximar-se, reconhecendo as pegadas na areia.

Ben concordou com um aceno de cabeça, sem desviar os olhos das pegadas. Começou a andar de cócoras em torno das marcas, passando os dedos pelos sulcos no chão e levando-os às narinas, farejando algo. Repetiu o gesto um punhado de vezes, sentindo o odor impregnado nos cascalhos, até que se levantou satisfeito.

– *Ajjer, sayid*? – arriscou Umar, referindo-se à etnia bastante presente na região.

Ben sacudiu a cabeça em sinal negativo:

– É o que querem que pensemos. As pegadas... Olhe! – apontou para a marca no solo. – Três camelos cavalgando lado a lado. Patrulhas *Ajjer* cavalgam em fileiras de pares. O cheiro é característico das montarias usadas pelos *Ajjer*, que costumam carregar uma essência de açafrão para evitar a sarna nos camelos. Sente o cheiro?

– Sinto o cheiro de estrume, isso sim – debochou Umar.

Ben riu, divertido:

– Sem dúvida que há restos dele misturados nestes cascalhos. Acamparam bem aqui na noite passada. Mas, se prestar atenção, sentirá também o aroma do açafrão.

Umar encarou Ben com uma expressão confusa.

– Mas, se não são *Ajjer*...?

– Namira está certa, Umar. O dedo de Rosenstock está por trás disso. Esta formação é típica do esquadrão de camelos dos *afrikanischen Regiment-*

skorps. Soldados alemães fazendo-se passar por patrulhas *Ajjer*. Na certa, mataram alguns bons guerreiros antes de roubar suas montarias – disse pesaroso. – Vamos! Temos algumas sentinelas a nossa espera.

– Eu não entendo... – começou a balbuciar Umar, fitando Ben com a testa enrugada.

– Se quisessem nos matar... já teriam tentado. *Korps* são estratégicos. Não costumam disparar sem antes terem a certeza de que o seu alvo está vulnerável. Costumam atrair seus inimigos até o ponto certo... quando, enfim, podem dar o tiro certeiro.

Umar continuou encarando Ben com uma interrogação no olhar.

– Eu imagino que queiram nos empurrar em direção às planícies mais ao sul, onde ficaríamos expostos, nos tornando uma presa fácil. Parece que nem Rosenstock, nem os seus aliados *sawda'*, aprovam a minha ideia em relação às *Areias de Fogo*. Mais um motivo para arrastá-los para lá – comentou consigo mesmo.

Umar fez uma expressão confusa:

– O que quer dizer, *sayid*?

– Vai saber no momento certo, Umar – respondeu o ex-batedor num tom de mistério, retornando em direção aos camelos. – Temos um trabalhinho pela frente, e eu não quero fazer com que os nossos amigos *Korps* esperem muito.

Sem perder tempo, a dupla seguiu por uma bacia de difícil acesso devido a sua constituição irregular, cruzando dunas e escarpas até, finalmente, após um dia de travessia, avistarem a formação rochosa em meio à planície arenosa. Um lugar que mais lembrava uma paisagem de outro planeta. O desfiladeiro de La Makan.

Capítulo 31

Garganta do diabo – Dois de junho de 1914

Esculpido há muitos anos por um rio que banhava a região e alimentava um antigo e extinto oásis, o desfiladeiro de La Makan também é conhecido como "a garganta do diabo". Um lugar cercado por escarpas e encostas abrigando um caminho cheio de reentrâncias naturais, com pequenas cavernas usadas por viajantes. Um lugar que antigamente fora utilizado por escravagistas que tentavam escapar das patrulhas *spahi* argelinas. Diz uma lenda berbere que o lugar é habitado por almas que permanecem perdidas entre o mundo dos homens e o caminho para o paraíso. Um elo entre o céu e o inferno, uma vez que o desfiladeiro é a porta de entrada para uma das regiões mais inóspitas de todo o Saara, as Areias de Fogo.

Escondido atrás de uma encosta, Ben Young vasculhou toda a trilha de pouco mais de um quilômetro e repleta de rochas protuberantes que formavam obstáculos ao longo de todo o desfiladeiro. Ajeitou as lentes do binóculo e focou nas duas figuras que montavam guarda na entrada da via estreita do La Makan.

– Eis os nossos *Korps* – sussurrou Ben.

Os soldados alemães estavam disfarçados de guerreiros tribais, vestindo túnicas sobre seus uniformes e panos enrolados na cabeça que deixavam à mostra somente seus olhos. Permaneciam sentados na entrada do desfiladeiro conversando entre si, sem deixar de lado seus rifles de longo alcance e uma metralhadora que um deles levava presa no ombro. Estavam tão alertas quanto um soldado no interior de uma trincheira.

Ben tornou a erguer os binóculos e estudou o enorme paredão rochoso à direita da entrada do desfiladeiro, de onde se podia ter uma visão privilegiada dos dois *Korps* que montavam guarda lá embaixo. Sem dúvida, o melhor lugar para um franco atirador posicionar-se. E lá estava ele. Ben sorriu quando o sol refletiu no metal da arma do soldado escondido em meio aos rochedos, ofuscando a sua visão. O terceiro *Korps*. Um pouco mais distante do que Young havia suposto, mas perto o suficiente para estourar os miolos de um camundongo, mesmo daquela altura.

– Umar... – disse Ben sem tirar os olhos do atirador. – Precisamos agir juntos. Contornando a entrada do desfiladeiro a oeste, existe uma trilha rochosa que era usada pelo quarto regimento de camelos do Sudão para emboscar traficantes de escravizados. Ela me levará até o topo daquela encosta bem ali – mostrou para o amigo –, onde se esconde o nosso terceiro *Korps*. Assim que eu o tirar de cena, enviarei um sinal para que você avance em direção à dupla que vigia a entrada do desfiladeiro. Na certa, os soldados de Rosenstock ficarão surpresos ao verem apenas um berbere aproximando-se. Faça-os acreditar que você não passa de um dos muitos nômades que vagueiam pelo deserto. Um mercador... Enfim. Puxe conversa e procure ganhar algum tempo, mas fique pronto para agir. Não vou conseguir dar cabo dos dois. Terá que agir.

– Isso não vai ser problema – disse Umar, mostrando a pistola presa na cinta.

Ben sorriu para o amigo:

– Pelo que eu me lembro da noite no Mahdia, tenho a certeza de que não será mesmo – riu Young, tentando descontrair Umar, bastante tenso.

– Como pretende abater o atirador do alto sem atrair a atenção dos outros? – questionou Umar, observando, com as sobrancelhas juntas, a alta encosta.

– Em silêncio – respondeu Ben com convicção, mostrando a faca que carregava em sua cintura.

Umar encarou-o com uma expressão tensa:

– *Sayid*... Eu sinto dizer, mas...

– Espere o meu sinal – interrompeu Ben, examinando o horizonte à frente com os olhos estreitos, incomodado com o fortíssimo brilho do deserto. – Se algo der errado, siga para o sul em direção às rotas comerciais junto às cadeias Hoggar. Uma vez nas estradas de areia fina, poderá juntar-se a alguma caravana e seguir até um povoado qualquer, de onde poderá avisar Lacombe.

Umar reagiu com indignação. Apontou o indicador para Ben, dizendo:

– Nem pense em me abandonar aqui, Olho de Gibraltar, ou eu serei obrigado a caçar a sua alma no inferno. A substância...

– Está em segurança – sorriu Ben, notando o olhar surpreso do amigo. – Confie em mim. De um jeito ou de outro, ela chegará ao seu destino.

Intrigado, Umar aproximou-se e fitou o amigo de perto, que enrolava o pano em torno da cabeça deixando apenas os olhos de fora:

– O que você está escondendo, Benjamin Young?

Se Umar pudesse enxergar através do *shemag* usado por Ben, teria visto seu riso maroto ao despedir-se com um aceno e desaparecer em meio aos rochedos.

– Que Alá guie seus passos, rato do deserto.

O velho berbere apanhou a sua pistola e verificou a munição em seu tambor. Notou como a sua mão parecia trêmula. Estava ficando velho demais para aquilo tudo. Maldição! Em seguida, beijou o cano da arma, como sempre costumava fazer antes usá-la, e guardou-a de volta no coldre preso em sua cintura. Esgueirou-se feito um lagarto entre as rochas e arrumou um local seguro na encosta arenosa, de onde podia espiar os soldados alemães. Tudo o que tinha de fazer era aguardar o sinal de Young.

***

O ex-batedor da Força Expedicionária Britânica embrenhou-se entre arbustos espinhosos e arrastou-se em direção às encostas de areia a oeste do desfiladeiro. Mesmo com os braços protegidos pelas mangas do uniforme e pela túnica berbere, pôde sentir um ou outro espinho roçar a sua pele, obrigando-o a parar de vez em quando para desvencilhar-se com cuidado e evitar algum ferimento mais grave. Ao escutar as vozes dos alemães parados na entrada do desfiladeiro, esgueirou-se até o topo da encosta e arriscou uma espiadela. Os dois *Korps* pareciam entretidos em meio a uma discussão qualquer. Falavam alto e gesticulavam com as mãos. Young sorriu satisfeito e prosseguiu em um silêncio absoluto por mais uns trezentos metros até as elevações de areia fina, deixando para trás o terreno espinhoso.

Ágil como um felino, o Olho de Gibraltar correu e saltou pelas encostas e rochedos, indo em direção ao *wadi* Rham, uma nascente conhecida pelos soldados sudaneses e escondida em meio aos rochedos do La Makan. O último oásis para aqueles que pretendem aventurar-se pelas Areias de Fogo. Young aproveitou para molhar os lábios ressacados e mergulhou no interior de uma grande fenda que havia ali perto, desaparecendo no subsolo. Passou a percorrer parte do caminho por estreitos túneis até desembocar na antiga trilha que havia mencionado a Umar, utilizada pelo quarto regimento de camelos do Sudão durante o combate contra escravagistas e piratas. Não encontrou dificuldade em chegar no sopé do imenso paredão rochoso, entalando os dedos, as mãos, os pés e punhos nas fendas e protuberâncias da imensa escarpa e subindo até uma chaminé. Ao entrar em seu interior, começou a pressionar as duas paredes simultaneamente em direções opostas, galgando terreno até o topo da encosta.

Do topo da encosta, a paisagem era magnífica. De um lado, as imensas dunas conhecidas como Areias de Fogo erguiam-se feito um tapete dourado, contrapondo-se ao céu de um azul intenso. Do outro, as escarpas onde Umar permanecia escondido próximo à entrada para o La Makan, com seus dois vigias a postos e para onde o franco atirador *Korps*, escondido atrás de um rochedo, apontava o seu rifle.

Mais uma vez Young rastejou feito um réptil e escondeu-se atrás de uns arbustos, de onde podia enxergar com mais precisão o inimigo escondido poucos metros à frente.

Com os cotovelos apoiados sobre um rochedo e fumando um cigarro descontraído, o franco atirador alemão observava através da mira telescópica do seu rifle. Aguardava as suas presas que, de acordo com as informações enviadas pelo sistema de inteligência de Rosenstock, deveriam despontar no horizonte a qualquer instante. Ao seu lado, havia um rádio comunicador por onde podia ouvir as vozes irritantes dos seus companheiros lá embaixo conversando entre si. Cansado e com uma expressão enfadonha, o *Korps* deu um último trago antes de esmagar a bagana com a sola da bota, apanhou um lenço e enxugou o suor que escorria de sua testa em direção aos olhos. Em seguida, começou a cantarolar algo em sua língua natal. Na certa, já havia perdido a noção do tempo enquanto permanecia em vigília cravado em meio àqueles rochedos, solitário e fritando sob um sol de cinquenta e seis graus. Ben conhecia a sensação. E mesmo para homens como ele, treinados para suportar tal desafio, o deserto sempre vencia, podendo levar até mesmo o mais bravo dos guerreiros à loucura.

Com a lâmina da faca presa entre os dentes, Young esgueirou-se por entre os arbustos e aproximou-se ainda mais do seu oponente, observando-o feito um predador, silencioso. De repente, algo inesperado atraiu o seu olhar. Um escorpião negro de tamanho considerável surgiu de trás de uma rocha e parou a poucos centímetros do seu rosto. Tinha o ferrão em riste. Young congelou. Seus sentidos entraram em alerta, os batimentos de seu coração aceleraram. Não notou que havia deixado de respirar quando encarou o aracnídeo. Sua ferroada, embora dolorosa, não apresenta perigo de morte. Ben relaxou os músculos e deixou que o animal galgasse os seus dedos com suas patas artrópodes, parando vez ou outra e desaparecendo por entre os arbustos mais à frente.

Aliviado, Young tornou a fixar os seus olhos no franco atirador vestindo roupas berberes sobre o uniforme de elite dos *afrikanischen Regimentskorps*. O homem mantinha-se imóvel, apoiado em um rochedo e empunhando o seu rifle, pronto para entrar em ação. De repente, soltou um palavrão – *Scheiße!* –, deixou a arma de lado e começou a urinar sobre uma moita que havia ao lado, emitindo sons de alívio. Ben Young sorriu de leve. Um momento perfeito para entrar em ação. Rápido feito um gato do deserto, o ex-batedor saltou sobre a sua vítima, acertando seu rim com o joelho e pressionando seu corpanzil contra o rochedo à frente. Desnorteado e sem ar, o Korps tentou reagir quando Young, com uma das mãos, tapou a sua boca, impedindo-o de gritar em alerta, e com a outra, deslizou sua lâmina pela garganta do sujeito num gesto rápido, mantendo seu corpo imobilizado até o soldado calar-se por definitivo, tombando morto, sufocado pelo próprio sangue.

Ben Young não sentia prazer naquilo. Nas mortes. Mas esta era a lei da guerra. A lei imposta pelos homens. Uma guerra que aprendera a odiar e que, de um jeito ou de outro, por mais que tentasse escapar, acabava arrastando-o de volta para o mesmo inferno. Olhou para o sujeito caído. Maldito

Korps. E malditos legionários franceses, espanhóis e britânicos com suas promessas mentirosas. Naquele instante, Young teve a sensação de ouvir algo ecoando nas profundezas da sua mente. Um lamento. Quem sabe o espírito do deserto estivesse lhe dizendo algo. Quem sabe um convite para que partisse de vez, libertando-o da busca pela sua alma. Libertando-o enfim da sua guerra.

O gibraltarino limpou o suor da testa e arrastou o corpo do atirador alemão para junto de uns arbustos, aproveitando o resto da água que havia em seu cantil para matar a sua sede. Em seguida, assumiu a posição como franco atirador, passando a observar os soldados lá embaixo através da mira telescópica do rifle alemão, certificando-se de que a dupla permanecia em vigília na entrada para o estreito. Satisfeito, apanhou o seu comunicador e enviou um sinal para Umar. Em pouco tempo, um ponto negro, que logo assumiu a forma de um cavaleiro montado em seu camelo e puxando outro pelas rédeas, surgiu no horizonte, contornando as escarpas em direção aos soldados de Rosenstock. Umar. Ben sorriu, tenso. Notou quando os dois *Korps* entraram em estado de alerta ao verem o cavaleiro aproximar-se.

Umar sorriu e gesticulou as mãos, em uma saudação típica, e obedeceu a um dos *Korps*, que se adiantou fazendo sinal para que apeasse. Simpático, o berbere apanhou alguns pequenos sacos que trazia à mão e ofereceu ao soldado disfarçado algumas tâmaras frescas, trocando com ele palavras em árabe, tentando convencê-lo de que não passava de um mero mercador marroquino a caminho de In Salah. Parado na entrada do grande desfiladeiro e empunhando a metralhadora, o segundo sentinela observava a cena ressabiado, pronto para agir.

No alto da encosta, o Olho de Gibraltar assistia apreensivo enquanto o amigo era interrogado, certo de que o berbere não conseguiria enganar por muito mais tempo soldados tão sagazes como os *Korps*, capazes de distinguir a tensão na face dos seus inimigos. Young ajustou a mira do rifle e focou no soldado mais distante, parado na entrada do desfiladeiro empunhando a metralhadora. Era o alvo. Ben Young começou a pressionar o gatilho do rifle quando, de repente, uma voz ecoou através do rádio comunicador do franco atirador que havia eliminado.

– *Jagdgeschwader cinco para líder afrikanischen Regimentskorps, câmbio. Confirme pegadas na areia... Cadeias ao sul... Repetindo.* – Um ruído gutural de estática seguiu. – *Águia aproximando-se em dois, ponto um...*

– Droga! – Ben rangeu os dentes. *Jagdgeschwader?*

Young vasculhou o entorno com a mira telescópica em busca de algo específico. Sentiu o sangue gelar nas veias quando avistou um ponto no céu seguido por uma nuvem que se erguia na linha do horizonte. Um triplano do esquadrão de caças do *Kaiser*.

– *Jagdgeschwader cinco para líder Korps, responda, câmbio* – tornou a repetir a voz pelo rádio

Maldito alemão!

Com os rádios comunicadores das três sentinelas *Korps* em sintonia, não demoraria para que os soldados lá embaixo estranhassem o silêncio do franco atirador morto. Young precisava agir rápido. Examinou através da mira e deparou-se desta vez com o homem da metralhadora um tanto agitado, atraindo a atenção do seu companheiro enquanto apontava para a encosta onde ele estava escondido.

Droga!

– Umar, prepare-se para correr em direção ao desfiladeiro. Temos um maldito triplano em nosso encalço – sussurrou Young. Ajustou a mira e puxou o gatilho da arma.

Um zumbido seco cortou o silêncio. O corpo do soldado alemão com a metralhadora foi arremessado para trás e uma mancha de sangue logo se alastrou pelo manto que cobria o seu rosto. E antes mesmo que o último dos três *Korps* pudesse esboçar qualquer reação, um tiro certeiro atingiu-o no centro da testa, desta vez vindo da pistola na mão de Umar Yasin.

– Rápido, Umar, para o desfiladeiro. Temos companhia – gritou Ben pelo comunicador.

Ao ouvir o chamado do amigo, Umar montou em seu camelo e disparou para o centro de La Makan, puxando as rédeas da montaria de Young.

Depois de retirar a mira telescópica, que lhe seria útil, e despedaçar o rifle alemão contra os rochedos, Ben Young tratou de correr em direção à trilha secreta que o levara até o alto da encosta. Começou a esgueirar-se em direção à chaminé quando foi surpreendido pelo ronco alto e pelas rajadas de metralhadora LMG 8/15 do triplano alemão bastante próximo. Young usou alguns rochedos para proteger-se da salva de tiros, aproveitando para espiar seu inimigo com a mira telescópica, acompanhando de perto a sua manobra aérea.

O caça triplano alemão passou rente às escarpas rochosas e ganhou altura, fez uma curva acentuada de noventa graus a bombordo e mergulhou em direção ao desfiladeiro, cuspindo uma nova rajada de fogo.

Young encolheu-se atrás de um grande rochedo e protegeu-se tanto das balas que deixavam um rastro no chão como também da chuva de cascalhos e pedregulhos erguidos durante o ataque. Sua única chance era alcançar o interior do desfiladeiro, quando as altas escarpas, com suas trilhas estreitas, serviriam como um escudo contra o maldito caçador aéreo.

Mais uma vez, o caça ganhou altura e começou a repetir a manobra aérea, preparando-se para uma nova investida. No horizonte, a nuvem de areia ganhou grande dimensão, revelando formas distintas de cavaleiros que, montados em camelos, aproximavam-se do La Makan acompanhados por dois carros blindados com metralhadora usados pelos *Korps*. Mas havia algo ainda mais preocupante. Ben apanhou a mira e rangeu os dentes ao identificar a sombra que despontou por trás das encostas. Um grande dirigível negro. Um cargueiro pirata. Os *Zahrat sawda'*.

– Jafar Adib, como eu havia imaginado. Rosenstock deve estar bastante desesperado para enviar o seu cão sarnento – resmungou Young entre dentes.

Young tornou a encolher-se atrás dos rochedos quando o caça fez uma nova investida. Pareceu-lhe óbvio que a sua intenção não era a de eliminá-lo, mas, sim, a de mantê-lo acuado, ganhando tempo até a chegada dos seus aliados. Do contrário, o hábil piloto alemão já o teria dividido ao meio com o seu poder de fogo. Evitar que o rato do deserto alcançasse as Areias de Fogo, onde dificilmente os carros blindados alemães e seus camelos conseguiriam deslocar-se com rapidez em um terreno formado por dunas imensas de areia fina – era essa a intenção do líder *sawda'*. Por isso queriam atraí-los para o sul, colocando-os de frente com as tropas de Adib e longe do verdadeiro inferno a que estava prestes a arrastá-los. Young não havia contado com o maldito triplano, um farejador aéreo. Do contrário, teria ganho alguma vantagem sobre seus perseguidores. Porém, saber improvisar é um requisito básico para todo aquele que se aventura a viver no deserto e do deserto. E Benjamin Young era um perito nesta arte. Tudo corria conforme os seus planos.

Ben esperou até que o caça tornasse a ganhar altura fazendo uma curva acentuada a estibordo e preparando-se para um novo ataque, para saltar feito um felino e mergulhar em direção à chaminé. Com os braços e pernas roçando nas paredes de pedra, o ex-batedor rolou feito um bólido em direção ao sopé da grande escarpa, abrigando-se em uma das fendas subterrâneas e seguindo pela antiga trilha usada pelo esquadrão de camelos do Sudão. Sorriu aliviado quando se deparou com Umar Yasin, que o aguardava com uma expressão de medo junto ao *wadi* Rhan.

– Graças a Alá você está bem, meu bom amigo – disse Umar, juntando as mãos em prece, aliviado ao ver o ex-batedor.

Ben saltou em direção a Umar e tocou seus ombros com as mãos num gesto amistoso.

– Fico feliz em vê-lo também, berbere, mas não devemos perder tempo, temos uma ave de rapina em nosso rastro, além de Jafar Adib e seu exército de *sawda'* a pouco mais de uma hora daqui – completou, apontando o indicador para o céu. – Rápido! Estaremos protegidos pelas altas encostas do desfiladeiro até alcançarmos as grandes dunas ao anoitecer. Cruzaremos a região de Tit e iremos direto para a grande cratera da Lua em Tahifet...

– *Sayid*... – interrompeu Umar, aflito. – Viajar à noite nesta região é suicídio. Não devemos desafiar os deuses do deserto. Os ventos...

– Os ventos fortes impedirão que o nosso amigo alemão, bem como o dirigível que o acompanha, prossigam em sua caçada. Assim, ganharemos um bom tempo – explicou Young, limpando as ranhuras no rosto e nas mãos com um lenço umedecido com água limpa. – Além do mais, eu tenho a certeza de que os deuses e os demônios do Saara estão do nosso lado – finalizou, lançando um sorriso cheio de ironia em direção ao amigo, e montando em seu camelo, pronto para partir.

– Eu espero que sim, *sayid* – resmungou Umar, atraído então pelo ronco do motor do avião de caça alemão que se aproximou do desfiladeiro na tentativa de encontrar o seu rato do deserto em meio às imensas escarpas. Felizmente, sem sucesso.

Umar sorriu aliviado ao notar o ronco da nave cada vez longe:

– Está indo embora... – sussurrou, com o rosto ainda enrugado pela tensão.

– Já fez o seu trabalho – disse Ben, confiante. – Identificou o nosso rastro. Não conseguiu nos manter aqui até a chegada de Adib, mas enfim... Sabem para onde estamos indo.

– Mais um bom motivo para evitarmos a grande cratera de areia. Se chegarmos lá com vida, não seremos capazes de nos esconder de Jafar Adib...

Quando Ben Young encarou o berbere, havia algo a mais em sua expressão que Umar não pôde identificar.

– Este é o plano, meu amigo.

Umar fitou-o com as sobrancelhas juntas:

– O que quer dizer, Olho de Gibraltar?

Ben Young franziu o cenho, e desta vez Umar reconheceu em seus olhos alguém acostumado a lançar seus dados jogando com a vida como adversária. Um calafrio percorreu a espinha do berbere quando Young disse:

– Está chegando o momento de pararmos de nos esconder, Umar Yasin.

Umar fitou-o, perplexo:

– Podemos alcançar Ghat, onde somos aguardados pelo nosso agente margeando as colinas de sal... – argumentou, implorando.

Ben aproximou-se, reconhecendo o medo em sua voz, e abriu um largo sorriso, confiante demais:

– Umar, eu não tenho a menor intenção de ir para Ghat.

A afirmação caiu sobre Umar feito uma bomba.

– Como assim? Não é esta a missão? – gaguejou o berbere sem conseguir formar as palavras. Benjamin Young limitou-se a sorrir, atiçando o seu camelo com um graveto e saindo em disparada por uma trilha que cortava o desfiladeiro.

Capítulo 32

Quartel-general Britânico de Abu Hamed –
Sudão, dois de junho de 1914

O major da Força aérea Real Sul-Africana Harold Coldwell era um homem alto, elegante, com costeletas compridas, cabelos negros penteados para trás e um nariz alongado e fino, que lhe dava um ar gracioso e aristocrático. Aos quarenta anos de idade, era dono de uma vasta coleção de medalhas e condecorações obtidas ao longo da sua carreira em solo africano, líder não somente da frota de dirigíveis de batalha, como também do sistema de inteligência de contraespionagem do *bureau* inglês. Suas vestes eram impecáveis. Vestia calças de dril cáqui com vinco e camisa do mesmo tom, com um distintivo da asa dos pilotos fixado acima do seu bolso esquerdo, botas de cano médio por dentro da calça e uma jaqueta de couro com uma tira de tecido na dragona, indicando o seu posto.

Para alguém da sua patente e da sua importância, seu escritório era bastante simples. Uma mesa de trabalho ocupava o centro da sala, rodeada por três cadeiras com assentos de madeira pouco confortáveis. Uma infinidade de documentos permanecia esparramada sobre a mesa e sobre duas das cadeiras. Além disso, havia ainda um cinzeiro abarrotado de bitucas, um rádio comunicador e um porta-retratos com uma fotografia de uma linda mulher ao lado de um jovem sardento de aproximadamente dez anos, cuja expressão no olhar era idêntica a sua. Próximo ao assento do oficial, ficava um cabideiro onde o major costumava deixar seu quepe com viseira, com o distintivo da SAAF (South African Air Force), um sobretudo para as noites gélidas do deserto e o coldre de couro, onde guardava o seu Webley & Scott Mark III, calibre .455. Um enorme mapa do Norte da África permanecia exposto em uma das paredes, repleto de alfinetes de cabeça vermelha que indicavam alguns centros de operação, rotas comerciais mais significativas e muitas ações militares espalhadas por todo o Magreb. Na parede oposta ao mapa, uma imagem amarelada com moldura sóbria mostrava o rei George V, que parecia encarar Coldwell com o seu olhar ausente de expressão. Ao lado da imagem, havia um velho arquivo. Uma janela bastante ampla iluminava a sala, com vista para o pátio central da base. Através das vidraças um tanto embaçadas, era possível avistar os dirigíveis da esquadra real ancorados nos hangares, ao lado dos caças biplanos armados com metralhadoras Vickers, metralhadoras Lewis na asa superior e duas bombas Cooper sob cada uma das asas inferiores.

O relógio da parede marcava 8h10. Coldwell olhou irritado para a pilha de despachos sobre a mesa e bufou. Uma montanha de papéis ainda aguardava sua assinatura, todos com um carimbo vermelho indicando urgência. Largou o corpo delgado desajeitadamente na cadeira, acendeu um cigarro e irritou-se ainda mais ao lembrar que ainda faltavam algumas horas para que aquele dia quente e abafado chegasse ao fim, quando poderia saborear um bife suculento acompanhado de uma boa dose de uísque servido na cantina dos oficiais.

Uma batida seca na porta do escritório cortou seus devaneios. Na certa seriam mais problemas... Droga!

– À vontade, soldado – ordenou Coldwell, dirigindo-se ao guarda em posição de sentido parado na entrada da sala.

– Desculpe incomodá-lo, Major, mas acabou de chegar na base uma pessoa que diz estar sendo aguardada pelo senhor. Em regime de urgência.

Coldwell ergueu seus olhos cansados e fitou o soldado com uma interrogação no olhar.

– Isso me parece coisa do departamento administrativo. Estão sempre cobrando estes malditos relatórios... Imbecis... Sargento, seja lá quem for que o tenente Holden tenha enviado desta vez, diga-lhe que estarei com estes malditos documentos prontos pela manhã. Não antes do meio-dia.

– Senhor... – Coldwell encarou o jovem soldado, notando a estranheza em sua voz. – Não creio que esta pessoa tenha qualquer ligação com o departamento administrativo.

O major inclinou um pouco a cabeça, numa expressão de curiosidade.

– Trata-se de uma mulher, senhor – prosseguiu o soldado. – Disse que o senhor compreenderia ao ler este bilhete. – O jovem oficial adiantou-se e entregou ao superior um pedaço de papel dobrado em duas partes. Num dos lados, podia-se ler *"Idris Misbah".*

Coldwell levantou-se da cadeira de forma abrupta, fazendo-a deslizar ruidosamente para trás. Fitou o soldado, depois o nome no bilhete e disse, esbaforido:

– Rápido, sargento... Traga esta pessoa. Assuntos do *bureau*. Ligue para o almirante Carlton e diga-lhe que a águia retornou ao ninho.

– Sim, senhor – respondeu o jovem sargento, batendo continência antes de retirar-se apressado.

Coldwell apanhou o telefone e falou rapidamente com o chefe de segurança do *bureau*, ordenando-lhe que fosse à sua sala. De repente, sentiu um baque como se uma bomba tivesse caído bem no centro da base. Demoraria um bocado até que aquele dia, quente e longo, chegasse ao fim.

Ao ouvir passos aproximando-se, Coldwell esmagou o cigarro no cinzeiro e adiantou-se:

– Namira, eu...

Fez uma pausa, surpreso. A mulher diante dele não era Namira Dhue Baysan, como havia suposto, mas, sim, uma outra mulher dona de uma beleza incomparável. Uma *etíope*.

A elegante senhora trajava vestes dignas de uma verdadeira rainha. Deslocou-se majestosamente em direção ao major:

– Que Alá guie os seus passos, assim como os demônios do deserto me guiaram em segredo e segurança até aqui.

Coldwell encarou a mulher, confuso:

– Perdão, mas...

– Madame Sombre é o meu nome. Amiga da jovem Opala e de Misbah, enviada a você em nome daqueles que se sacrificaram para que eu lhe trouxesse isto.

A exuberante *etíope* retirou do interior da túnica um pequeno invólucro e entregou-lhe o precioso objeto que havia guardado em seu interior. Os olhos de Harold Coldwell cintilaram.

– O Sangue do Diabo. O veneno alemão, caro major – sussurrou Madame Sombre, estudando a expressão no rosto do oficial.

Por um segundo, Coldwell sentiu a cabeça girar. Uma queda abrupta de pressão obrigou-o a buscar, de forma discreta, apoio em sua mesa. Tomou o frasco nas mãos e observou o líquido movimentar-se em seu interior. Ficou em silêncio por alguns segundos e conseguiu balbuciar, assombrado:

– Meu Deus... Nossos agentes estavam certos. Muitos morreram por isso...

– Sim... Sim... E muitos outros ainda morrerão – interveio Sombre, dirigindo-lhe um sorriso misterioso.

Coldwell voltou-se para a exuberante africana e perdeu-se em seu olhar:

– Eu não sei como... E Namira? Por Deus, onde está Namira?

Sombre aproximou-se e tocou o rosto do oficial com a mão direita, envolvendo-o em uma sensação de paz que havia muito não sentia. A respiração de Coldwell parecia voltar ao seu ritmo habitual. Depois, a mulher tornou a sorrir, com leveza, soprando em seu ouvido:

– Deixe-me contar uma breve história sobre o escorpião... e o rato do deserto, alguém conhecido como Olho de Gibraltar.

Capítulo 33

Magreb – Areias de Fogo

Jafar Adib adentrou a ponte de comando, parou diante da enorme escotilha na cabine do Jahannam, que permanecia ancorado sobre uma encosta rochosa, e observou a silhueta das imensas dunas sendo engolidas pelo manto escuro da noite. Uma vasta cordilheira de areia que desafiava o mais bravo dos nômades do Magreb.

Com escarpas íngremes formadas por uma areia que, de tão fina, acabava muitas vezes por engolir aqueles que costumavam desafiá-las, o lugar conhecido pelos povos do deserto como *Areias de Fogo* era considerado pelos nômades uma verdadeira obra dos demônios africanos, uma armadilha. Seu ar abrasador era capaz de fritar os miolos de um homem e lançá-lo em alucinações muitas vezes irreversíveis, e contrapunha-se às noites enregeladas. Uma região amaldiçoada, para onde o gibraltarino havia conseguido escapar após o ataque no La Makan, desafiando Jafar a persegui-lo.

O líder *sawda'* cruzou os braços atrás das costas e observou a paisagem inóspita com uma expressão de êxtase no olhar. Observou uma massa de areia erguer-se na linha do horizonte, anunciando uma forte tormenta. Cruzar a noite tempestuosa a bordo de um dirigível como o Jahannam era impossível. E o maldito intruso do Mahdia havia contado com isso. Com o clima a seu favor. Jafar deu um leve sorriso. Um adversário e tanto. O homem conhecido como Olho de Gibraltar escolheu bem a sua rota de fuga, o seu campo de batalha. O lugar que muito em breve se transformará no seu próprio túmulo.

De súbito, um burburinho fora da nave trouxe-o de volta dos seus devaneios. Alguns dos seus melhores batedores, montados em camelos e acompanhados por um tanque de areia que transportava *Korps* usando túnicas berberes sobre os uniformes, preparavam-se para partir. Seguiriam o rastro do rato que, àquela altura, já devia ter ganho um bom terreno. O Olho de Gibraltar. Sim, uma presa admirável que aguçava ainda mais o instinto de caçador do príncipe dos *sawda'*.

Ouviu alguém se aproximar.

– Os batedores estão prontos para partirem, *sayid*– anunciou o guerreiro *sawda'* armado com uma *zarzuela*, uma lança usada pelos guerreiros tribais do deserto. Atrás dele, o piloto alemão parecia escoltá-lo.

Adib fitou os vultos pelo reflexo da janela, fingindo ignorar o aviador:

– Tem o meu consentimento. Pela manhã, nós voaremos em direção às dunas a nordeste. Nossos batedores se posicionarão junto às escarpas mais ao sudeste, fechando o flanco esquerdo. Envie uma mensagem para os nossos homens em Trípoli pedindo que enviem uma patrulha alemã em direção à fronteira com a Líbia – Adib fez uma pausa dramática. – Nosso rato do deserto estará encurralado entre as dunas e o fogo dos *Zahrat sawda'*. Tenho certeza de que, assim, não terá como nos enganar... – encarou o aviador alemão, que o fitava com os músculos da face enrijecidos.

– Sim, *sayid* – respondeu seu guerreiro *sawda',* obedecendo às ordens e retirando-se.

– Espere um minuto, *Herr...*

O chamado de Adib surpreendeu o piloto de caça, que se voltou encarando o *sawda'* com uma expressão desdenhosa.

– Imagino que, neste momento, meus homens estejam abastecendo o seu caça, e não há nada que possamos fazer até que o sol ilumine as primeiras dunas. Gostaria que aceitasse as minhas desculpas e se juntasse a mim durante o jantar. Afinal, ambos somos guerreiros. Neste momento, não há bandeira que impeça dois guerreiros de compartilharem um pouco de paz. Além disso, eu gostaria de saber mais sobre estes... aviões bombardeiros do *Kaiser*. Se vamos caçar juntos, *muharib* , é melhor que o façamos como verdadeiros aliados.

Capítulo 34
Estrada para Tit – Areias de Fogo

Ben Young ajeitou o manto de pele de carneiro sobre os ombros e aproximou-se de Umar. O velho assistente tentava puxar os camelos pelas rédeas, mas os animais tinham dificuldade de avançar pelo terreno irregular e arenoso. Lutavam contra o vento, que insistia em formar uma barreira natural, dificultando o avanço da pequena caravana. De vez em quando, Young fazia uma pausa para verificar se a corda em torno da sua cintura ainda o mantinha conectado a Umar, e reforçava os nós com presilhas metálicas. Não se perdoaria se perdesse o berbere para a fúria do deserto, que insistia em lançar ondas imensas de areia e cascalho em suas direções.

Tinham avançado mais de trinta quilômetros pelo deserto, percorrendo caminhos sinuosos que contornavam as escarpas em direção ao coração do inferno e galgando dunas com mais de cem metros de altura. Muitas horas haviam se passado desde que Young e Umar haviam deixado o desfiladeiro de La Makan e adentrado a região quando a tormenta começou a perder força. Puderam então fazer uma pausa e montaram acampamento ao lado de uma colina.

Depois de alimentarem-se com um pouco de carne salgada, Young escalou até o topo da elevação, apanhou seu binóculo, aproximou-o do rosto e observou o cenário ao redor. Sem dúvida era um lugar que fazia seu coração palpitar, cheio de depressões com vales e crateras que mediam mais de dois quilômetros, cercadas por dunas colossais.

Não demorou muito e Umar juntou-se a ele. Ficaram ambos em silêncio, extasiados, apreciando o imenso mar de areia, perplexos diante da sua beleza e fúria.

– Olhe... – murmurou Ben Young, apontando em direção ao horizonte, onde uma silhueta em forma de charuto flutuava acima da planície. – Um dirigível. É Jafar Adib – revelou, adotando um tom animado. – Ele está em nosso encalço, e com ele, o nosso amigo aviador. – Passou o binóculo ao amigo indicando o triplano alemão aterrissado ao lado do Jahannam. Próximo ao avião, pequenas luzes moviam-se, lembrando vaga-lumes.

– Parecem agitados por lá... – comentou o berbere, irônico.

Ben Young retirou de um dos bolsos da calça a mira telescópica que havia roubado do fuzil alemão e observou a manobra.

– Batedores... – sussurrou Young. – *Sawda'* e *korps*. As luzes em movimento pertencem a veículos motorizados... Blindados do exército.

Umar franziu o cenho:

– Isso quer dizer quê...?

– Quer dizer que os cães de caça de Rosenstock e de Jafar Adib estão desembarcando e vindo em nosso encalço. Quanto ao líder *sawda'*, será obrigado a esperar até que a tempestade de areia resolva dar uma trégua, permitindo que suas naves sobrevoem a região em segurança. Mas fique tranquilo... Temos uma boa vantagem.

– Tranquilidade é uma sensação que eu deixei de sentir desde o instante em que conheci você, *sayid* – murmurou o berbere consigo mesmo.

Com a mira telescópica apontada para as tropas inimigas, Ben observou uma massa de areia formando uma miríade de redemoinhos, que logo se dissipavam para tornar a surgir mais adiante, castigando seus inimigos com uma chuva de pedras e cascalhos que, muitas vezes, transformavam-se em resíduos mortais.

– Alá está do nosso lado – murmurou Young, satisfeito. Em seguida, guardou a mira telescópica, fez sinal para que Umar o acompanhasse e começou a descer a colina. – Se tiverem sorte e nenhuma lagarta de um dos veículos blindados estourar devido aos cascalhos, algo bastante comum, eu calculo que os batedores enviados por Adib chegarão aqui em uma ou duas horas. Até lá, estaremos próximos de *bahr alkharab*, onde poderemos nos esconder em uma das muitas grutas e fendas naturais de suas encostas.

Umar enrugou a testa:

– Dizem que aquele lugar é um verdadeiro cemitério, *sayid*.

– Tem razão. Um lugar onde geralmente os homens que costumam desafiar as *Areias de Fogo* enterram seus companheiros que sucumbem à travessia. – Ben riu ao notar a expressão de repulsa do amigo. – Mas é também um lugar seguro onde podemos descansar protegidos das aves de rapina que nos espreitarão lá do alto – finalizou Young, apontando o indicador para o céu, onde máquinas voadoras zumbiam em seus encalços.

– Como quiser, *sayid* – consentiu Umar. – Devo apagar os nossos rastros e...

– Não! Deixe tudo como está – ordenou Young, pegando Umar de surpresa. O berbere fitou o gibraltarino com um olhar sinuoso:

– *Sayid*, eu não entendo... – balbuciou.

– Não há tempo para explicações, Umar. – Ben deu de ombros, preparando as montarias para partirem.

Confuso, o berbere aproximou-se do gibraltarino e segurou-o com força pelo braço:

– Que Alá me perdoe, mas eu preciso saber o que está acontecendo aqui. Não sei o que está planejando, *sayid*, mas desde que chegamos às grandes dunas, eu tenho notado como você deixou de se preocupar em apagar as nossas pegadas das trilhas de cascalhos. Em La Makan, disse que não era a sua intenção seguirmos para Ghat, conforme prometemos a Namira... Agora isto... – explodiu Umar, pela primeira vez desde que haviam deixado Adrar após a morte de Mustafá. – Até um velho estúpido como eu sabe que nem mesmo uma maldita tormenta como esta é capaz de cobrir por completo os nossos rastros. *Os sawda' não vão demorar para chegar até nós. Por Alá, o que está acontecendo?*

Ben encarou-o em silêncio. Deixou que se acalmasse antes de dizer qualquer coisa. Umar largou o seu braço e afastou--se, sentindo-se envergonhado.

– Umar, em nenhum momento eu falei que não cumpriríamos o compromisso firmado com Namira. Peço apenas que confie...

– Confiar...? – soluçou o berbere. –Arrastando-me para as *Areias de Fogo*? Mustafá estava certo...

Ben aproximou-se e tocou o ombro do amigo num gesto acolhedor, enxergando a dor nos seus olhos:

– Sei o que você está sentindo. Mas Mustafá fez a sua escolha, e a morte foi o preço que precisou pagar por ela. Você não poderia tê-lo salvado do destino que ele mesmo escolheu.

As lágrimas escorreram pela lateral do rosto de Umar, expurgando toda a raiva e culpa que sentia pela morte de jovem berbere.

– Eu não deveria tê-lo questionado... – soluçou Umar, limpando as lágrimas com a manga da túnica e recompondo-se.

Ben sentiu profunda compaixão ao reconhecer em suas feições as marcas do sofrimento deixadas pela vida. Um homem experiente e sábio que, sem dúvida, já havia perdido muito ao longo dos anos. Podia ver isso nos seus olhos, no seu sorriso triste. Podia ver isso na sua coragem.

– Peço que me perdoe, Umar. Estamos próximos de concluir nossa jornada, mas é preciso que mantenha o controle. O deserto prega peças, nos desafia e leva-nos ao extremo. Não se deixe sucumbir, por favor. Não agora.

Umar encarou Ben e sorriu, aliviado.

– Tem razão, *sayid*. Eu não poderia estar mais bem acompanhado. Que Alá perdoe os meus modos.

Ben segurou-o pelas mãos:

– Não, meu bom Umar Yasin. Sou eu quem não poderia estar em melhor companhia. Você salvou a minha vida no Mahdia, e eu pretendo retribuir o favor. Mas se tudo der errado, ficarei orgulhoso em seguir para o reino de Alá ao seu lado. Porém, se tudo sair como eu planejei, em pouco tempo vou lhe pagar uma cerveja acompanhada do maior bife de carneiro que você já viu nesta sua vida miserável.

Os dois gargalharam. Depois, terminaram de arrumar seus pertences e levantaram acampamento, embrenhando-se entre as dunas. Logo estariam no coração do grande deserto africano.

Percorreram mais de vinte quilômetros, cruzaram os pântanos de areia e, antes que o céu assumisse o tom alaranjado anunciando o alvorecer, Ben e Umar chegaram nas grutas de *bahr alkharab*.

***

Bahr alkharab era um conjunto de encostas próximas às grandes dunas de areia conhecido por suas fendas naturais, onde muitos viajantes buscavam proteção contra o calor infernal que assolava a região. Contudo, algumas destas cavernas haviam sido escavadas pelas mãos dos homens. Mais precisamente, pelos antigos *Tebas*, uma tribo muçulmana que havia habitado o lugar no final do século XVI e criado ali uma espécie de vilarejo, conectando muitas das suas cavernas através de túneis escavados e que se expandiam pelo interior das encostas íngremes de forma tentacular.

Com o tempo, e após o desaparecimento dos *Tebas*, as grutas de *bahr alkharab* acabaram ganhando a estranha fama de ser o lugar para onde os homens iam para morrer. Uma alusão ao fato de que muitos que por ali haviam passado, não resistindo à longa travessia, haviam sido sepultados pelos seus em buracos verticais escavados no chão arenoso e cobertos por uma pilha de pedregulhos. Tumbas improvisadas, todas elas voltadas para Meca. Assim, alguns tuaregues costumavam dizer que o lugar era sombrio. Um reduto de almas que permanecem presas entre o reino de Alá e o reino de fogo dos demônios do deserto.

Para a surpresa de Umar Yasin, o clima no interior da fenda para onde Young o havia conduzido era de fato incomum. Suas paredes rochosas haviam conservado as baixas temperaturas das noites do deserto e ofereciam a proteção de que tanto necessitavam contra o clima causticante do lado de fora, que já se aproximava dos cinquenta e dois graus. Porém, o ar em seu interior era pútrido. Além dos cadáveres sepultados, restos de animais e aves podiam ser vistos espalhados pelos cantos, deixados ali por raposas do deserto que também costumavam abrigar-se no interior das cavernas.

Tomando emprestada a lamparina de Umar, Ben Young apanhou as rédeas dos camelos e puxou-as com cautela através de uma passagem escavada na rocha, adentrando ainda mais o interior da escarpa. Umar seguia-o de perto, resmungando e rezando pelas almas perdidas naquele lugar. Sentia a pele arrepiar-se e os pelos da barba tornarem-se hirsutos. O ex-batedor, entretanto, deixou-se guiar pela brisa que percorria o interior da galeria e tomou o caminho da esquerda ao deparar-se com uma bifurcação, seguindo por um aclive por mais cem metros. Um jato de luz que se projetava entre as fendas rochosas atingiu seus olhos. Ben sorriu e mostrou o ponto luminoso a Umar. Seguiram juntos então o longo percurso até desembocarem numa ampla câmara de pedra. Uma espécie de nave coberta por uma laje imensa, com uma fissura avantajada por onde vento e luz projetavam-se para o interior, varrendo o odor característico das grutas e substituindo-o por uma aragem leve.

– Finalmente, estamos de volta à terra dos homens vivos – comentou Umar aliviado, seguindo Young até a enorme fissura, de onde se podia avistar do alto todo o lado ocidental das imensas dunas de areia que ardiam sob o sol escaldante.

– Ficaremos acampados aqui até o entardecer, quando retomaremos nossa jornada – disse Ben, abanando a mão para espantar alguns mosquitos que zuniam em seu ouvido. – Daqui de cima poderemos ver quando os *Korps* e *sawda'* surgirem vindo em nosso encalço, cruzando as encostas arenosas e fechando os flancos. Vamos nos revezar vigiando o lugar. Mas, por ora, vamos comer alguma coisa, ou logo nos juntaremos aos infelizes enterrados nestes buracos – finalizou, impaciente.

Umar deu um largo sorriso. Sentia-se animado como não se sentia desde a morte de Mustafá. Tocou de leve o ombro de Young, ainda envergonhado após a discussão da noite anterior. Ben devolveu o sorriso e acenou com a cabeça em resposta ao diálogo silencioso. Não havia nada a ser dito. Apenas o gesto. Umar juntou as mãos numa prece em agradecimento. Mais um dia no deserto e continuavam vivos, abençoados por Alá e guiados pelo estranho e solitário homem em quem aprendera a confiar.

– Eu e você, *sadiqaa* – sussurrou Umar para o amigo do coração, mostrando a tatuagem em seu punho. O escorpião com a meia lua entre os ferrões. O símbolo da vida idêntico ao de Namira. A indicação de que, daquele instante em diante, Ben Young era para ele muito mais do que um simples amigo e guia do deserto. Era um irmão. Dito isto, o berbere sorriu e seguiu até onde estavam as montarias, começando a preparar uma refeição mais do que merecida.

Ben observou o amigo em silêncio e sussurrou para si mesmo, emocionado:

– Eu e você, *sadiqaa.*

Procurando racionar os alimentos, fizeram uma refeição leve constituída por arroz, tâmaras, carne salgada e um pouco de leite de camelo. Durante o desjejum, ambos permaneceram em silêncio, cansados demais para discutirem sobre qualquer assunto. Seus corpos doíam, suas mentes vagueavam, seus pés careciam de cuidados, com bolhas pululantes que necessitavam de curativos, e seus olhos, ressecados, ansiavam pela penumbra que a caverna era capaz de proporcionar.

Após o desjejum, Ben tornou a subir até a fissura da caverna e assumiu o primeiro turno da vigília. Aproximou seu binóculo do rosto e varreu todo o horizonte. Acendeu um cigarro, espantou os malditos mosquitos que o atormentavam e observou as dunas colossais à frente. Deixou que Umar Yasin dormisse pelo resto da manhã.

***

Ratatatá! Tatatatá! Umar Yasin despertou de forma abrupta com o barulho ensurdecedor das rajadas de bala que vinham do lado de fora da câmara onde estavam. Confuso, percorreu a caverna com os olhos esbugalhados, imaginando que tinham sido descobertos pelos assassinos de Jafar Adib. Os camelos assustados saltaram até eles, tropeçando nas próprias pernas. Umar tirou a pistola do coldre que havia em sua bagagem, colocando-se em posição de defesa e pronto para morrer lutando.

– Calma, meu amigo, está tudo bem.

A voz de Ben Young fez o berbere virar-se de supetão. Aturdido, porém aliviado, viu o amigo a salvo, parado diante da grande fenda e varrendo o horizonte com o binóculo grudado no rosto. Umar galgou terreno sobre a pilha de rochedos e correu em sua direção. Quando se aproximou do gibraltarino, a pigmentação do seu rosto havia desaparecido por completo, fazendo-o parecer mais um dos muitos cadáveres que haviam sido enterrados nas entranhas daquele lugar.

– Por Alá, mas o que está acontecendo? – vociferou o berbere.

Ben Young não pareceu escutá-lo; mantinha-se concentrado enquanto acompanhava a manobra do lado de fora.

– *Sayid...?* – tornou a chamou Umar, tocando o braço de Young com sua mão trêmula.

Neste instante, o ruído seco do motor do triplano alemão ganhou intensidade, soando ao berbere como uma sinfonia macabra, crescente, ensurdecedora. A aeronave aproximou-se ainda mais e sobrevoou as encostas de *bahr alkharab*, cuspindo fogo com a sua metralhadora LMG 8/15. Umar encolheu o corpo, como se pudesse ser atingido.

– Calma, Umar – sussurrou Ben, estendendo a mão em sua direção e alisando suas costas. – Nosso amigo lá fora está apenas fazendo o seu trabalho. Ainda que tenha seguido o nosso rastro até aqui, na verdade, ele não faz ideia em qual destes buracos estamos metidos. Do contrário, já teria concentrado o seu poder de fogo em nossa direção. Pretendem mexer com os nossos nervos. Mais uma das estratégias usadas no *front* – a guerra psicológica.

Young passou o binóculo para Umar e apontou para o triplano, que espalhava novas rajadas pelas encostas mais distantes, fazendo uma curva acentuada sobre as gigantescas dunas e preparando-se para repetir a manobra mais uma vez.

– Eu não entendo, *sayid*... – balbuciou o berbere.

– Nosso caçador aéreo está tentando expulsar um rato da sua toca – explicou Ben com um sorriso irônico, tranquilo demais para o gosto de Umar. – Isso aqui é um verdadeiro queijo suíço. – Umar franziu a testa, fitando o gibraltarino com uma expressão confusa. – Deixe para lá – sorriu Young, deixando a abertura de lado e descendo para o interior do local.

Sentado no chão fresco da câmara, o gibraltarino então serviu-se com um pouco mais do café que Umar havia preparado há algumas horas.

– Precisamos partir, *sayid*... – advertiu o berbere ofegante, ainda mais confuso ao perceber a intenção contrária do amigo, que retirou suas botas e recostou-se sobre a manta de pele estendida no chão, esticando os braços, cansado.

– Ainda temos algum tempo. O exército de Adib e os *Korps* devem estar acampados a algumas milhas daqui. Na certa, estão fazendo o mesmo que nós, protegendo-se do calor. Nem mesmo um veículo do deserto se atreveria a enfrentar as dunas de areia com uma temperatura acima dos sessenta graus. Não durariam duas horas percorrendo as areias até que tivessem seus cérebros torrados. Nosso piloto lá fora não passa de uma ave de rapina, assim como o próprio Jafar em seu dirigível, sobrevoando *bahr alkharab* para garantir que seus batedores não percam o nosso rastro quando levantarem acampamento ao anoitecer. Mas até lá, nós estaremos longe. Você assume a vigília, Umar. Partiremos daqui a duas horas...

– *Sayid...* – interrompeu o berbere, atônito. – Daqui a duas horas o sol ainda vai brilhar. E o avião lá fora?

Ben cobriu os olhos com um lenço, preparando-se para um descanso merecido:

– Continuará em nosso rastro, sem dúvida. Mas não nos encontrará até que alcancemos a parte oriental das *Areias de Fogo*.

Umar fez uma careta:

– E como pretende fazer isso com um triplano e um dirigível sobre nossas cabeças?

Ben descobriu os olhos, sorriu e apontou para a mesma abertura por onde haviam chegado na câmara.

– Por dentro, meu velho e bom Umar Yasin. Tocas de ratos sempre conduzem para vários lugares. E esta não é diferente – respondeu, confiante.

Umar olhou para o túnel por onde haviam chegado até a câmara, escuro, abafado e fedorento, e soltou um resmungo qualquer. Embrenhar-se em suas entranhas não era algo que havia imaginado. Intrigado, deixou Ben dormir e assumiu seu posto junto à enorme fenda com vista para o deserto. Assistiu apreensivo ao triplano voar sobre as dunas e encostas distribuindo rajadas ao léu, fazendo manobras dignas de um ás. Encolheu-se quando uma destas rajadas pareceu passar bem próximo de onde estavam, e sentiu-se deveras aliviado quando o aviador, convencido de que o rato não sairia da sua toca, ganhou altura e desapareceu por sobre as altas montanhas de areia. O maldito deixara-os em paz.

Duas horas depois, Ben Young e Umar levantaram acampamento e embrenharam-se pelos caminhos estreitos no interior das encostas de *bahr alkharab*. Desviaram das tumbas escavadas no solo e seguiram por encruzilhadas com as quais o gibraltarino parecia ter certa familiaridade. Young seguia à frente, puxando os camelos e iluminando o caminho com a lamparina e, vez ou outra, examinava a agulha da sua bússola.

Após uma hora de caminhada pelas entranhas da montanha, puderam avistar raios de luz que passavam entre as frestas à frente e incidiam sobre uma galeria ampla, cuja abertura dava para o lado oeste da montanha. Ben respirou aliviado ao sentir novamente o frescor do vento tocar a sua pele, divertindo-se diante da euforia de Umar.

Sem perder tempo, os aventureiros deixaram *bahr alkharab* descendo por uma encosta bastante íngreme, tomando os devidos cuidados para que nenhum dos seus camelos se ferisse durante o trajeto. Ao alcançarem o deserto, seguiram a toda por uma estrada de cascalho por cerca de dez quilômetros rumo a oeste, aproveitando a temperatura mais amena para ganharem terreno. Ben Young não pareceu preocupado em apagar seus rastros, o que ainda representava um mistério para Umar. Quando o sol se pôs, deixaram para trás a estrada onde poderiam ser seguidos por um blindado, aventurando-se mais uma vez pelos caminhos tortuosos em meio a verdadeiras muralhas de areia. Não demorou muito e logo haviam desaparecido em meio *à* escuridão da noite. Mais uma vez, estavam no inferno.

Capítulo 35

Planícies de Tamanrasset – Areias de Fogo

Após cavalgarem entre as imensas dunas durante toda a noite, Ben Young e Umar Yasin fizeram uma merecida pausa. Ergueram a tenda junto à encosta íngreme, protegendo-se do sol devastador que já começava a despontar no horizonte.

O clima ameno da noite anterior ajudara-os a avançar em direção ao Tahifet. Porém, também havia permitido que seus perseguidores *sawda'* e *afrikanischen Regimentskorps* diminuíssem a distância que os separava, cruzando as areias com suas montarias mais descansadas e seus carros blindados que, livres de intempéries, podiam atingir uma velocidade de até setenta quilômetros por hora, galgando terrenos irregulares em meio ao deserto.

Depois de acomodarem-se com seus pertences, Benjamin Young deixou-se largar no interior da tenda, exaurido. Retirou de um dos bolsos da camisa um lenço branco, umedeceu-o com um pouco de água fresca do seu cantil e pressionou-o contra a nuca, na tentativa de amenizar a pressão que sentia na cabeça. Em seguida, acendeu um cigarro com o isqueiro Ronson e lentamente exalou a fumaça por entre os dentes, pensativo.

– Daqui para a frente, manteremos um ciclo de quatro horas de marcha, com um intervalo de apenas duas horas para descanso. Sei que estou exigindo demais, querido Umar, mas eu não duvidaria nada se Jafar Adib e o nosso aviador alemão tivessem aproveitado a ausência das ventanias na noite passada para cruzarem as encostas voando em nossa direção.

Umar Yasin franziu a testa, fitando Young sobre o ombro, enquanto terminava de preparar um chá com uma mistura de ervas. Depois de servi-lo com uma xícara, acocorou-se mais adiante e observou em silêncio o gibraltarino sorver a bebida, batendo o cigarro sobre uma pedra mesmo sem haver cinza.

Young emitiu um ruído de satisfação ao sentir o líquido escorrer pela garganta, limpando o gosto de areia. Em seguida, encarou Umar com um sorriso pouco convincente:

– Sei o que está pensando... – arriscou, soprando a fumaça do cigarro.

Umar devolveu o sorriso igualmente vazio. Começou a retirar o lenço que cobria sua cabeça e coçou os cabelos com seus dedos grossos, espanando a poeira que havia se acumulado entre os cachos. Ansiava por um bom banho. Ansiava pelo fim de toda aquela jornada.

– Está dizendo que cavalgaremos durante o dia... – concluiu o berbere, em tom de pergunta, ressabiado.

Ben concordou com o amigo, deixando escapar um som característico, que costumava emitir quando não queria conversar. Apanhou um bocado de areia do chão e observou os grãos finos escorrerem entre seus dedos, como se estivessem escoando em uma ampulheta, anunciando o fim. Soprou a fumaça do cigarro preso no canto da boca e respondeu:

– Se o tempo não nos ajudar e tivermos uma noite como a de ontem, sem tempestades, muito em breve os blindados de areia alemão estarão aqui cuspindo fogo contra os nossos traseiros. Creio que temos pouco mais de duas ou três horas de vantagem. Com sorte, cavalgando durante o dia, conseguiremos preservar esta distância. Não podemos esmorecer, meu bom Umar, principalmente quando a nossa travessia está chegando ao fim. – Umar Yasin devolveu a Ben um olhar surpreso. – Mais duas ou três luas e chegaremos ao nosso destino – anunciou Young, esmagando a bagana do cigarro contra um rochedo, forçando um sorriso pouco convincente.

O berbere esvaziou sua caneca de chá. Limpou os bigodes com a manga da sua túnica e, para a surpresa de Young, retirou do interior de uma das suas sacolas uma pequena garrafa de *arak*. Precisava de algo mais forte do que chá. Encheu as duas canecas, dizendo:

– Que seja feita a vontade de Alá, *sayid*. Eu confio nele... E em você. Se temos de enfrentar o inferno, então é melhor que nos acostumemos de uma vez com os seus demônios.

Dito isso, deu um bom gole, fazendo um ruído como se tivesse acabado de engolir fogo em brasa. Repetiu o gesto, seguido por Young, e escancarou a boca numa gargalhada descompassada.

***

Duas horas depois, Young e Umar retomaram a marcha. Vestiam túnicas longas e claras sobre as roupas e cobriam o rosto com lenços, protegendo-se do calor que queimava a pele.

A manhã nem bem havia chegado ao fim e a temperatura no termômetro de Young marcava cinquenta e sete graus. O sol parecia cozinhar a cada respiração, e a claridade, de tão intensa, não permitia aos viajantes distinguirem bem os aclives, transformando tudo ali em uma paisagem brutal e opressora.

Chegaram a Tamanrasset, uma região cercada por estruturas rochosas que pareciam emergir da terra formando montanhas íngremes. Exaustos, montaram novo acampamento.

Ben assumiu a vigília, posicionando-se no topo de uma encosta, apoiado numa rocha plana que parecia dividida em duas partes, e varreu o entorno com o binóculo, enquanto Umar dedicava-se a cuidar dos camelos, escovando os pelos enroscados e cheios de areia.

Apreensivo, Young avistou alguns pontos escuros que se moviam na linha trêmula do horizonte. Bufou ao reconhecer seus perseguidores. Não tardariam a chegar em Tamanrasset. Com movimentos precisos, ajustou o foco do binóculo e examinou a movimentação mais de perto. Uma nuvem densa de poeira erguia-se por trás dos comboios blindados que vinham à frente do grupo dos cameleiros de Jafar. Ben seguiu-os por algum tempo. Depois, com olhos que ardiam devido à claridade, varreu o céu em busca do triplano alemão, ou mesmo do dirigível *sawda'*. Não pareceu surpreso ao constatar a ausência das duas máquinas voadoras. *"Na certa, as malditas aves de rapina tentarão nos surpreender com um ataque vindo pelos flancos. Faz sentido"*, imaginou Young. *"Com os seus batedores vindo pela retaguarda, uma manobra destas serviria para nos manter presos em uma arapuca. Uma velha tática de guerrilha do deserto. Vão esperar até que os seus homens estejam perto o bastante para voarem em nossa direção feito falcões. Falcões caçando um rato. O maldito até que é esperto..."*

Apreensivo, Young desceu a encosta de volta ao acampamento. Ter a sua posição exata revelada aos homens do general alemão não o agradava muito. *"Ainda não"*, repetia para si mesmo. Pelo menos até que estivessem na grande cratera da lua, como era conhecido o coração ardente das Areias de Fogo. Tinham que partir imediatamente.

Ao ouvir o disparo, Umar correu em direção à encosta e respirou aliviado ao avistar Young correndo em disparada em sua direção.

– Batedores! – gritou Ben, aproximando-se esbaforido. – Precisamos partir antes que Jafar e seu amiguinho alemão nos encontrem. – Tomou fôlego e apontou para as dunas logo atrás do lugar onde estavam. – De qualquer forma, temos companhia vindo pela retaguarda. Precisamos aliviar o peso das montarias. Do contrário, nossos camelos não conseguirão lutar por muito mais tempo contra os blindados de areia.

Mais que depressa Umar obedeceu às orientações de Young. Juntou uns parcos suprimentos e dividiu nos cantis o pouco de água que ainda armazenavam. O suficiente para dois ou três dias, no máximo.

"É bom que sayid Young tenha um bom plano" – pensou o berbere. *"Do contrário, muito em breve faremos companhia para Mustafá"*.

***

A dupla cavalgou em direção à planície central, seguindo uma trilha menos íngreme, porém cercada por dunas que mediam cerca de duzentos metros de altura. Com os camelos exaustos, os viajantes continuaram a jornada sem diminuir o ritmo da cavalgada.

Alá pareceu abençoá-los, enviando-lhes uma verdadeira tromba d'água que, além de diminuir as altíssimas temperaturas, serviu para encher seus cantis. Em contrapartida, o aguaceiro transformou as areias em barro, dificultando a marcha e obrigando-os a evitarem os muitos poços de areia movediça que se formaram pelo caminho.

Quando as chuvas cessaram e a noite chegou, uma nova tormenta atingiu-os em cheio. Desta vez, uma tempestade de areia que os obrigou a apearem dos camelos e passarem a puxá-los pelas rédeas, com os olhos vendados, para proteger os animais dos cascalhos que voavam em sua direção. Durante horas, lutaram contra os ventos, até que, no meio da madrugada, o deserto deu uma trégua. Exaustos, montaram acampamento, cuidaram das feridas na pele causadas pelo sol e pelos grãos de areia, e dormiram não mais do que uma hora.

Não havia sinais dos homens de Jafar quando Ben vasculhou com o binóculo o deserto, agora mergulhado em uma escuridão tenebrosa. Porém, sabia que eles estavam cada vez mais próximos, como cobras à espreita das presas.

O dia seguinte foi quase todo chuvoso, lamacento e com as temperaturas despencando rápido. O gibraltarino optou por uma estrada mais curta, escalando a crista de uma grande duna e alcançando o topo de um platô imenso, de onde puderam avistar todo o deserto. Seguiram por horas a fio quando foram obrigados a escavarem trincheiras, com a ajuda de uma pá, tentando proteger-se de uma nova tormenta de areia que os atingiu em cheio, varrendo tudo a sua volta e seguindo em direção ao oeste. Pouco depois, perderam-se mais uma vez entre as brumas da noite congelante do deserto. Young ora tentava animar o amigo berbere, ora varria as areias a sua volta com o binóculo à procura de um sinal. Um prenúncio indicando o iminente encontro com os seus perseguidores.

***

Um estrondo de morteiros ecoou pelo deserto pouco antes do nascer do sol. Montado em seu camelo, Ben observou pontos escuros que se moviam a oeste e que eram acompanhados por nuvens de areia que se erguiam logo atrás.

Mais explosões confundiram-se com trovões.

Umar aproximou-se, apreensivo, mas preferiu não interromper a concentração do amigo, que acompanhava com redobrada atenção as manobras inimigas a alguns quilômetros de distância.

– Estão lançando morteiros na direção das cadeias íngremes... Bem ali, no grande Erg de fogo – explicou Young, apontando a planície mais a noroeste. – Imagino que logo mais lançarão bombas mais a sudoeste... Assim vão fechando a nossa retaguarda. Uma tática também usada pelas tribos *tamacheque*.

Umar fez uma careta, tentando controlar sua montaria, deveras assustada com os estrondos.

– Além de cercar as suas presas, os bombardeios também causam um efeito psicológico – acrescentou Ben, notando a expressão confusa de Umar, cujas rugas espalhavam-se por toda a sua face bronzeada. – Querem nos mostrar o quão próximos estão. O medo como arma... – resmungou, enquanto guardava o binóculo. Apanhou o cantil e salpicou os lábios queimados pelo sol com um pouco de água fresca.

– No que depender de mim, *sayid*, posso afirmar que estão tendo algum sucesso – riu Umar, disfarçando o nervosismo e arrancando um riso baixo de Young. – O que espera fazer, *sayid*?

Ben respondeu sem desviar o olhar dos pontos distantes que se movimentavam deslizando pelas encostas:

– Vamos deixar que se aproximem um pouco mais, Umar. Até que o nosso amigo voador, seguido por Jafar Adib, surja sobre as dunas fechando os flancos e vindo em nosso encalço.

Umar estreitou os olhos, tentando distinguir as manchas em movimento no horizonte.

– Parece confiante, *sayid*. Por acaso, alguma vez errou nas suas previsões?

Surpreendido pela pergunta de Umar, Ben encarou o amigo por um instante. Em seguida, respondeu com seu típico sorriso, confiante e altivo. Incitou seu camelo e saiu em disparada pelo deserto.

***

Os estrondos das explosões pareciam cada vez mais próximos. Young e Umar cruzavam o estreito arenoso de Tanezrouft em direção a um antigo *wadi* que desaguava mais ao norte. As imensas dunas ao redor deles pareciam impregnadas de uma energia sobrenatural, com fileiras de cristas de ondas intermináveis, cada uma adquirindo um tom de cor particular à medida que a distância aumentava. O ronco dos motores dos carros blindados tornava-se cada vez mais nítido, obrigando Young e Umar a avançarem sem descanso por mais alguns quilômetros. Por fim, o véu da noite despencou sobre o deserto, trazendo com ele chuvas torrenciais, o que permitiu um breve alívio aos viajantes.

Assim que a tormenta cessou, e antes mesmo que a madrugada chegasse ao fim, o Olho de Gibraltar e Umar partiram, cruzando uma extensa planície que, iluminada pelos raios lunares, parecia um enorme tapete prateado em direção a uma gigantesca escarpa. Escalaram aquilo que Umar descreveu como uma muralha santa, capaz de impedir que os demônios adentrassem o paraíso perdido de Alá. Ao chegarem no alto da encosta, para a surpresa do berbere, Benjamin Young parou. Em sua expressão, por debaixo do pano que cobria o seu rosto, havia um sorriso que era um misto de emoções: ódio, alívio e exaustão.

O Olho de Gibraltar apeou do camelo e observou extasiado a paisagem diante dos seus olhos. Uma gigantesca bola alaranjada começava a surgir como se saída do interior das dunas de areia no horizonte, lançando seus raios sobre a imensa cratera abaixo deles, cercada por altas escarpas que lembravam uma paisagem de algum outro planeta.

Umar Yasin aproximou-se do amigo. Coçou os olhos como se quisesse ter a certeza de que não estavam diante de uma miragem ou algo parecido. Em toda a sua vida, nunca havia visto algo assim. Jamais havia se embrenhado naquela região, e nunca havia suposto ser tão belo o coração do inferno de areia, onipotente, transformando o ser humano em um grão do seu suntuoso mar.

De repente, um estrondo ainda mais forte paralisou os dois homens. Gritos de guerra ensurdecedores ecoaram entre as dunas, misturados ao ronco dos motores. Ben nem precisou do binóculo para distinguir uma horda de guerreiros montados em camelos que cruzavam as areias empunhando rifles, *takobas* e lanças. Ao lado deles, dois veículos blindados com metralhadoras faziam uma espécie de escolta, avançando pelas depressões e aclives do terreno. No entanto, foram as silhuetas no céu voando acima das encostas laterais que chamaram a atenção de Young. Quase acima deles, o dirigível *sawda'* rondava, seguido de perto pelo triplano de caça alemão.

Umar puxou Young pela manga da túnica, atemorizado:

– *Sayid*... eu... os *sawda'*... O Sangue do Diabo não pode cair nas mãos de Jafar... Não pode...

Ben pareceu ignorar as aflições do amigo. Seus olhos mantinham-se fixos no imenso cargueiro aéreo que se aproximava com rapidez. Porém, daquela vez havia algo de diferente neles – notou Umar. Era como se uma força mística emanada das areias do Magreb envolvesse o famoso batedor, transformando o seu olhar em algo assustador. Algo que Yasin somente havia visto nas faces rudes dos filhos do deserto que anseiam pela guerra, pelo sangue.

Benjamin Young adiantou-se. Seus lábios comprimiram-se num leve sorriso quando sussurrou em tom desafiador:

– Nossa escapada termina bem aqui, na cratera da lua. É o Sangue do Diabo que deseja, Jafar Adib? Então venha buscá-lo. Bem-vindo a minha ratoeira.

Capítulo 36

Cratera da Lua – Areias de Fogo, quatorze de junho de 1914

A Cratera da Lua, como era chamada pelos tuaregues, era um lugar ermo localizado na região de Tamanrasset que lembrava uma imensa bocarra de algum vulcão extinto há muito e encravado ali, no coração do deserto. Cercada por altas escarpas e dunas de areia que se projetavam em seu entorno feito ondas de um oceano raivoso, a cratera possuía cerca de três quilômetros de diâmetro, separando o leste do oeste com muitas rochas que, espalhadas pelo caminho, tornavam a travessia através dela lenta e exaustiva, além de oferecer pouca ou nenhuma rota de fuga em caso de emboscadas por parte dos muitos saqueadores que viviam feito abutres no deserto. Outro fator que tornava o lugar pouco convidativo eram as altas temperaturas que revolviam o ar em seu interior, que costumavam chegar à marca dos sessenta graus Celsius, lembrando uma imensa panela de pressão.

O nome Cratera da Lua fazia jus ao lugar, lembrando os contornos do satélite natural quando vistos através de um telescópio ou algo parecido. Mas era de "caldeirão do diabo" que a maior parte dos nômades chamava-a. Um nome que, para Umar Yasin, pareceu mais propício depois de enfrentar suas intempéries seguindo Young encosta abaixo e avançando pelas trilhas irregulares em seu interior. Alcançaram um ponto específico seguro, junto a umas formações rochosas a oeste.

Ben Young ajudou Umar a esconder seus camelos atrás de um monte rochoso e, em seguida, empunhando o rifle, posicionou-se atrás de um outeiro que lhe serviu de barricada à espera do inimigo, cujos urros enfurecidos já podiam ser ouvidos com nitidez.

Umar Yasin botou na boca um punhado de folhas de menta e gengibre e começou a mascar, tentando acalmar-se. Juntou-se a Ben, segurou sua arma com força nas mãos trêmulas e sussurrou uma oração. Seus olhos passaram da colina, por onde os inimigos surgiriam em pouquíssimo tempo, para Young, cujos olhos miravam o topo da encosta, pronto para disparar no primeiro alvo que surgisse bem ali. Observou o amigo. O Olho de Gibraltar. Era alguém que parecia ter decidido como viver e, pelo jeito, como morrer. Alguém que havia feito uma promessa para Namira Dhue Baysan e que, pelo visto, não intencionava cumpri-la. – E o maldito gibraltarino nem ao menos me consultou para saber se eu estava pronto para a minha última jornada. – Sorriu, irônico. – Que Alá o amaldiçoe. Bah! Besteira. Afinal, um homem do deserto está sempre pronto. Que Alá o abençoe – corrigiu-se.

Ben voltou-se para Umar como se pudesse ler seus pensamentos. Numa comunicação silenciosa, sorriram um para o outro, sentindo-se gratos. Naquele segundo, uma estranha sensação de paz envolveu a ambos, e Umar Yasin questionou-se se não seria aquela a mesma sensação que os sacerdotes dizem tomar conta do espírito de alguém que se aproxima do seu fim.

– Faremos Jafar engolir o Sangue do Diabo, *sayid* – soprou o berbere, notando como suas mãos começavam a parar de tremer.

De repente, uma voz apanhou-os de surpresa:

– Está atrasado, Olho de Gibraltar. Há duas luas que eu mantenho meus homens neste maldito lugar a sua espera. Mas, pelo que vejo, Alá o abençoou, o que não quer dizer que continuará fazendo.

Um homem observava Ben e Umar do alto de uma encosta e nesse momento soltou uma sonora gargalhada. Com cerca de vinte e poucos anos, possuía uma barba aparada, com bigodes pontudos abaixo do nariz adunco e um olhar penetrante. Vestia uma túnica azul e branca digna dos grandes chefes *tamacheque*, adornada com fios de ouro que formavam figuras junto aos punhos. Trazia preso no cinturão um coldre de couro onde guardava uma Mauser C96 e uma belíssima adaga com lâmina curva em um estojo de prata, com um rubi encravado no centro. Presa do outro lado da cintura, carregava sua ameaçadora *takoba*, a espada berbere. Cachos negros caíam até os ombros, projetando-se para fora do turbante branco que cobria sua cabeça, contrastando com a sua pele escura e bela. Seus olhos pareciam cintilar feito os de um lobo quando fitou a encosta ocidental, onde muito em breve o próprio Jafar Adib surgiria com toda a sua fúria.

Umar deu um salto abrupto e apontou a arma para o tuaregue sobre a encosta. Young foi mais ágil, adiantou-se e impediu-o de disparar a arma. Dirigiu-se ao sujeito com um sorriso aliviado:

– Que a paz esteja sobre vós, Faruq ab Aynaym, líder dos guerreiros do deserto e filho de Malik ab Aynaym – disse Young, fazendo a saudação típica dos homens do deserto.

O berbere saltou da encosta e aproximou-se dos dois, respondendo à saudação de Young com um gesto semelhante:

– Esteja a paz de Alá sobre você e seu amigo, guerreiro. Moussa ag Amastan, líder *Hoggar*, o saúda, e meu pai, o *sharife* Malik, lhe envia lembranças.

Umar encarou o sujeito, confuso. Depois, voltou a encarar Young. Assim como a maioria dos berberes do norte da África, conhecia o nome de Moussa ag Amastan. O maior salvo-conduto que um nômade poderia ter ao cruzar aquela região. Ninguém mais do que o grande chefe da etnia *Hoggar* e um dos líderes do conselho dos tambores de guerra *tamacheque*. Começou a dizer algo quando foi interrompido por Ben, que se dirigiu ao guerreiro *Hoggar*, examinando-o de cima a baixo. Parecia surpreso:

– Pelo jeito, Alá foi bom com você, Faruk. Acho que da última vez que nos vimos, você ainda era um jovem remelento que vivia escondido sob as barbas do seu pai, o grande *sharife*.

Faruk ab Aynyam deu outra gargalhada. Tomou Young pelos braços com força e disse:

– As areias do tempo correram pelo deserto desde a sua última visita, Olho de Gibraltar. Veja... se quiser, eu posso derrubá-lo sem fazer grande esforço.

Ben gargalhou e abraçou o jovem guerreiro:

– Não é preciso, meu amigo. Vejo que se tornou um grande líder, assim como os seus antepassados. Que Alá o abençoe mil vezes. Quanto ao nosso atraso, fomos apanhados por alguns contratempos, mas graças a Alá conseguimos chegar até aqui conforme a mensagem que enviei ao seu pai. A propósito, este é Umar Yasin, um escorpião *djalebh*...

Umar interrompeu-o:

– Mensagem, *sayid*? Mas o que está acontecendo? – explodiu o berbere, num ataque de cólera que ignorava o olhar surpreso do guerreiro *Hoggar*.

Ben, sem graça, encarou Umar:

– Perdoe-me, Umar. Esta é uma longa história que eu prometo contar assim que terminarmos o nosso trabalho. Por ora, saiba apenas que os demônios do deserto parecem estar mesmo do nosso lado – afirmou, tentando contornar a situação.

Umar balançou a cabeça aturdido. Lançou longe uma cusparada de folhas de menta e gengibre.

Faruk voltou-se para Umar Yasin e cumprimentou-o com uma saudação, depois tornou a encarar Young com o cenho franzido e um olhar aguçado:

– Meus homens aguardam o seu sinal, Olho de Gibraltar. – A afirmação pareceu trazer Ben Young de volta à realidade caótica em que estavam metidos até o pescoço.

Umar adiantou-se, surpreso:

– Homens? Onde? Que Alá o abençoe, mas eu não vejo...

Young ignorou o amigo berbere e dirigiu-se a Faruk com firmeza:

– Ótimo. Mantenha-os em posição e aguardem o meu sinal. E por favor, proteja o meu amigo aqui – pediu, acenando com a cabeça em direção a Umar.

– Como assim me proteger? – rugiu o berbere, furioso.

Ben apontou o seu rifle para a encosta na parte oeste da cratera. Começava a ficar irritado com tantas perguntas feitas pelo amigo:

– Não temos tempo para explicações, Umar. Fique ao lado de Faruk e prepare-se para lutar.

Benjamin Young não precisou dizer mais nada. Seu olhar tenso convenceu Umar, que se aproximou dele sustentando o olhar e soprou em seu ouvido:

– Eu confio em você, *sayid*. Mas exijo saber que diabos está acontecendo aqui.

Ben suspirou. Um sorriso pesaroso surgiu em seu rosto ao encarar de perto o companheiro. Compreendia a reação do homem e sabia que, dependendo dos acontecimentos, Umar poderia morrer antes mesmo que ele pudesse lhe contar sobre o plano que havia engendrado antes da sua partida de Tânger. Um plano audacioso que mantivera em segredo, buscando garantir o sucesso da sua missão. Sentia-se culpado por ter conduzido o berbere até ali às cegas. Por outro lado, ao acompanhá-lo, Umar sabia que toda aquela aventura poderia significar uma viagem sem volta, concordando em seguir as ordens do ex-batedor conforme haviam combinado. Assim era a guerra. Assim era a vida no deserto.

– Eu prometo contar tudo a você assim que chutarmos os traseiros destes malditos *sawda'* e *Korps* – sussurrou Young, tocando de leve o ombro do amigo, num gesto gentil. – Fique junto de Faruk e aguarde até que os blindados e o corpo de camelos comecem a descer a encosta. Ao ouvir meu sinal, lute como nunca lutou antes, meu bom escorpião *djalebh*. – Desta vez, Young sorriu de verdade, um sorriso melancólico. Um misto de agradecimento e orgulho.

Umar cerrou os olhos cercados por pequenas rugas:

– E que sinal será este, *sayid*?

– Ouça... – Ben fez um sinal, olhando a paisagem em direção à grande encosta à frente, de onde vinha o ronco seco dos motores de alguma máquina que se aproximava. – O triplano... – Young empunhou o rifle com as duas mãos e encaixou seu dedo indicador no gatilho. – O triplano alemão será o meu sinal – afirmou, subindo sobre alguns rochedos e mirando o horizonte. Permanecia exposto como se isso não tivesse mais importância alguma.

– Mas que diabos está fazendo, *sayid*? – protestou o berbere, quando foi surpreendido por Faruk ab Aynaym, que o puxou pela manga da túnica, arrastando-o em direção a uns rochedos a alguns metros, sobre uma escarpa mais atrás.

– Umar! – chamou Young, lançando um último olhar em direção aos amigos. No seu rosto, havia aquele maldito sorriso confiante demais. – Um dia entraremos juntos no reino de Alá. Mas não será hoje.

Umar Yasin fitou Ben com seriedade. Depois sorriu, e acompanhado pelo guerreiro *Hoggar*, que agora empunhava em cada uma das mãos a Mauser e a *takoba*, gritou o brado de guerra dos povos *tamacheque*, sentindo-se tomado por uma força sobrenatural.

***

O ruído do triplano rompeu o silêncio do deserto e ecoou por toda a Cratera da Lua.

Ben Young sentiu um frio na espinha quando a aeronave emergiu entre as dunas, voando em sua direção feito um falcão feroz, pronto para cravar suas garras no rato do deserto. O Olho de Gibraltar soltava o ar pelas narinas e fixou sua mira no alvo que ainda era um ponto distante, porém veloz.

Logo, um verdadeiro pelotão formado por *sawda'* montados em camelos e empunhando lanças e armas de fogo surgiu sobre a encosta oeste. Formaram um cordão fenomenal, seguidos de perto pelos veículos blindados usados pelos *afrikanischen Regimentskorps*. Mesmo a distância, Young pôde ouvir os silvos e brados de guerra dos guerreiros de Jafar Adib. Homens alucinados, movidos pelo simples desejo de matar.

Uma gota de suor escorreu pela têmpora de Ben, cujos olhos mantinham-se fixos no caça alemão que voava em linha reta, cada vez mais próximo. De repente, seus olhos foram atraídos em direção ao cargueiro aéreo que despontou no horizonte, pairando acima da horda de guerreiros. Era Jafar Adib que vinha ao seu encontro em busca do Sangue do Diabo que lhe fora roubado, e da sua alma. A alma do intruso do Mahdia.

Ben Young encaixou a coronha do rifle no ombro e roçou o gatilho da arma com o indicador, fixando seu olhar no piloto do triplano alemão pronto para fazer sua metralhadora LMG 8/15 cuspir fogo em sua direção.

– Ainda não! – sussurrou para si mesmo enquanto o Jahannam deslizava pelo céu atrás do caça em direção ao centro da cratera, seguido então por uma horda de berberes furiosos que gritavam e atiçavam seus camelos ao descerem a encosta de areia.

Com os carros blindados liderando o ataque por terra, assim que alcançou a planície, o batalhão de lanceiros *sawda'* fechou a retaguarda, formando um bloco maciço de guerreiros que pareciam ter saído do próprio inferno, enquanto dois grupos de cavaleiros avançavam pelos flancos em direção a Young.

– Um pouco mais perto – murmurou Ben.

– Mas o que ele está fazendo? – urrou Umar, escondido ao lado de Faruk. O berbere assistia atônito à cena em que Ben permanecia exposto ao inimigo, prestes a ser retalhado pelo caça triplano que, em meio a manobras sutis, aproximava-se a uma velocidade alucinante. – Este é o seu maldito plano... se matar? – gritou, transtornado. Tentou correr na direção de Ben, mas foi contido pelo guerreiro *Hoggar*.

Sobre o rochedo, Ben prendeu a respiração, sem desviar o olhar do avião que vinha em sua direção, seguido pelo assustador dirigível *sawda'*.

Seiscentos metros. O ronco do motor do triplano, somado aos gritos ensurdecedores dos *sawda'* galopando em direção ao Olho de Gibraltar, ecoou pela cratera formando um único som, o que lembrava o ruído tenebroso de uma tempestade.

Quinhentos metros. O triplano abriu fogo. As rajadas da LMG 8/15 formaram caminhos no solo arenoso da cratera em direção ao seu alvo, inerte sobre o rochedo e empunhando seu rifle feito um rato corajoso prestes a enfrentar um leão.

No caça alemão, o piloto membro *jagdgeschawder* 1 sorriu incrédulo.

Trezentos metros. Young pressionou o gatilho, ignorando as rajadas do fogo inimigo que abriram um rastro na areia em sua direção. Pôde ver a silhueta do piloto no interior do *cockpit* com a sua echarpe branca balançando ao vento. Um exímio guerreiro, sem dúvida. Um exímio predador pronto para dilacerá-lo ao meio com suas rajadas infernais.

Duzentos e cinquenta metros e a sombra do triplano esgueirou-se na direção de Young, que sorriu satisfeito. Finalmente puxou o gatilho.

– Morra, seu maldito! – murmurou Ben com os maxilares fechados.

Um único disparo.

O piloto alemão sentiu um tranco. Sua cabeça inclinou-se para trás e sua visão ficou turva. Seus movimentos não passavam de um espasmo, silenciando quando o seu cérebro deixou de trabalhar. Um fio de sangue brotou do centro da sua testa e tudo se apagou.

Umar Yasin assistiu perplexo ao triplano fazer uma curva desgovernado e passar sobre Young, atingindo em cheio o paredão rochoso que havia na face norte da cratera e transformando-se numa grande bola de fogo e aço retorcido.

Ben tornou a disparar, desta vez para o alto.

– O sinal! – gritou Faruk, subindo sobre o rochedo e brandindo sua espada berbere. – Tuaregues... Agora!

***

Quando Jafar Adib debruçou-se diante da janela da cabine do Jahannam, não acreditou na cena que viu. Seus olhos inflamados de ódio assistiram ao avião de caça alemão ser consumido pelo fogo, elevando a onda de calor por uns quinze metros, enquanto o maldito rato do deserto corria em direção a uma senda, buscando abrigo contra as rajadas das metralhadoras dos blindados *Regimentskorps*.

Jafar desembainhou sua espada num gesto impensado:

– Eu quero a sua cabeça! – berrou, colérico, quando, de repente, o solo no interior da cabine de comando pareceu desaparecer sob seus pés e o seu corpo foi arremessado em direção ao painel de controle.

O som da explosão que atingira o Jahannam, somado ao ranger das vigas metálicas que formavam o seu esqueleto, ecoou pelos corredores da nau. O líder dos *Zahrat sawda'* agarrou-se a uma coluna metálica e tentou levantar-se, atônito, enquanto seus homens corriam desesperados de um lado a outro no interior da cabine de controle.

– O que está acon...?

Adib não chegou a terminar a frase quando uma nova explosão sacudiu o dirigível, atingindo-o desta vez em seu flanco esquerdo.

– *Sayid*, inimigos a bombordo – gritou o comandante do Jahannam desesperado, lutando para manter o leme sob controle e apontando em direção à cadeia formada por dunas gigantescas em torno da grande Cratera da Lua.

Jafar Adib debruçou-se sobre a imensa escotilha frontal do dirigível e observou com uma expressão pétrea a enorme belonave de batalha que surgira de trás de uma duna, vindo em sua direção a uma velocidade média de 20 nós.

O temível dirigível *tamacheque* avançou sobre as encostas rochosas, atraindo a atenção dos guerreiros *sawda'* no interior da grande cratera. Possuía quatro turbinas a vapor, vinte e sete caldeiras, doze canhões de 150 mm, seis em cada flanco, um canhão de 280 mm na popa e quatro tubos de torpedo de 500 mm. Um balão imenso com as cores tuaregues, azul e branco, sustentava seu convés alongado, com a sua superestrutura que emergia acima do seu corpo rígido, onde a bandeira *Hoggar* tremulava em seu mastro mais alto.

– *Sayid*, estamos perdendo o controle. Precisamos pousar ou...

Jafar não esperou o seu comandante terminar a frase. Desembainhou seu sabre de lâmina curva e correu para a plataforma de desembarque, onde era aguardado por mais alguns dos seus temíveis guerreiros.

De repente, um novo solavanco. Desta vez, o inferno alado *sawda'* fora atingido em seu flanco direito.

– Mas que diabos...? – rosnou o príncipe dos mercenários, confuso.

Uma nova explosão ecoou no interior do dirigível, estremecendo toda a sua estrutura.

Nos corredores da nau, as luzes internas foram substituídas pelas luzes de emergência, vermelhas, com o alarme troante anunciando o verdadeiro caos. Membros da tripulação corriam de um lado a outro. Lutavam para conter as chamas que haviam atingido a ala das máquinas, após uma das caldeiras ter sido destruída pela ação de um torpedo inimigo. Se alcançassem os balões carregados de gás, localizados num compartimento acima, em poucos segundos tudo ali seria transformado numa imensa bola flamejante nos céus.

Na cabine de controle, o comandante gritava ordens para os tripulantes através do comunicador no painel de controle, ao mesmo tempo que manuseava o leme da nau com grande destreza, conseguindo fazer uma manobra evasiva. Conseguiu mover o Jahannam para fora da linha de fogo e pousou próximo às escarpas localizadas junto à entrada da cratera.

Jafar Adib foi o primeiro a desembarcar, seguido de perto por um grupo de guerreiros que logo se juntou ao seu pelotão de cameleiros e aos blindados alemães, que agora respondiam ao fogo inimigo vindo do céu.

Rajadas de balas passaram rente ao líder *sawda'*, obrigando-o a proteger-se atrás de um veículo motorizado *Korps*. Transtornado, o comandante cuspia ordens aos seus mercenários para que formassem uma barricada e disparassem contra o poderio *Hoggar*, a imensa belonave, cuja sombra já havia tomado parte da imensa cratera, anunciando o verdadeiro apocalipse. Mas foi somente quando os olhos semicerrados e cheios de poeira de Jafar conseguiram visualizar com mais nitidez o cenário adiante que o verdadeiro caos formou-se em sua mente perversa, trazendo à sua face enrijecida um sorriso tenso.

Por um instante, o tempo pareceu congelar para Jafar Adib. Ao longo dos anos, muitas foram as guerras vencidas, os saques e as emboscadas que havia liderado com sucesso e que tinham espalhado a sua fama por todo o Magreb – os temíveis *Zahrat sawda'*. Nunca deixou de crer na sua glória, no seu poder. Não concebia a derrota, divertindo-se com a dor do seu adversário. Adorava a guerra pela guerra. A destruição pelo poder. Adorava surpreender seu inimigo e ver em seu rosto o pavor, com a lâmina afiada consumindo sua carne. Assim era Jafar Adib, líder dos *Zahrat sawda'*. O homem que havia nascido para sentar-se no trono dos grandes sultões do Magreb. O homem que adorava emboscar suas vítimas e que sorria embalado por própria ambição. Ambição que o havia cegado.

Jafar Adib rangeu os dentes. Não conseguia acreditar no que via.

Um cordão humano, constituído por guerreiros *Hoggar* armados até os dentes e montados em camelos, surgiu sobre as encostas de areia ao leste, esperando para marchar em direção aos *sawda'*. Do lado oposto, a oeste, um segundo exército surgiu fechando a retaguarda e mantendo as tropas de Adib completamente cercadas.

– Isto é impossível... – sussurrou o líder *Zahrat*, perplexo, segurando o cabo da espada com tanta força que os nós dos seus dedos ficaram brancos.

De repente, uma segunda belonave de guerra, tão poderosa quanto o cruzador *Hoggar*, surgiu de trás das altas escarpas, fechando o seu flanco direito e atraindo a atenção dos guerreiros junto ao Jahannam.

– Ajjer... – soprou o líder *sawda'*, mais para si mesmo, perplexo, reconhecendo a bandeira que tremulava no alto do mastro do cruzador aéreo.

Ajjer e *Hoggar*. As duas grandes etnias que o próprio Jafar Adib havia manipulado com seus ataques conspiratórios, lançando-os uns contra os outros. As duas grandes casas do Magreb que, para a sua surpresa, despontavam no céu como aliadas de guerra.

– Não pode ser... O maldito rato... – pensou, fitando o inimigo e sorrindo, perturbado. Compreendia enfim a grande ironia que o destino lhe havia pregado. – O maldito rato do deserto nunca esteve fugindo. Ao contrário, estava nos atraindo para este maldito lugar... as Areias de Fogo. Uma armadilha.

Jafar Adib sentiu um gosto amargo descer pela garganta. O gosto da derrota. Durante algum tempo, permaneceu em silêncio e, sem qualquer reação, apenas observava seus cameleiros recuarem, fugindo dos disparos que vinham dos dirigíveis inimigos. Seus olhos voltaram-se para o Jahannam, sua nau de guerra que jazia bem ali, junto às escarpas, silenciosa, impotente feito um animal ferido e acuado. Foi esta a sensação que Jafar Adib experimentou pela primeira vez desde que assumira a liderança junto aos *Zahrat sawda'*. Impotência. Depois pensou em como Rosenstock, o general, ficaria surpreso com tudo aquilo e de como tal derrota inflamaria ainda mais o seu ego diante dos aliados que, no fundo, acreditava não passarem de um bando de berberes a serviço do Império Alemão. Berberes que haviam sido enganados por um maldito ex-batedor. O intruso do Mahdia.

O ruído das metralhadoras *Korps* disparando contra os dirigíveis de guerra *Hoggar* e *Ajjer* trouxe Jafar de volta dos seus devaneios. Foi então atraído para uma figura que, para a sua surpresa, surgiu sobre um rochedo empunhando seu rifle num gesto desafiador. Jafar sorriu admirado quando ambos encararam-se, anunciando o confronto iminente. O Olho de Gibraltar. Com um brado de guerra, o líder *sawda'* montou em seu camelo e saiu em disparada em direção ao rato do deserto. O homem que acabara de derrotar os *sawda'*. No mesmo instante, um estrondo ribombou em torno da Cratera da Lua e centenas de guerreiros *Hoggar* e *Ajjer*, incitando os tambores de guerra *tamacheque*, avançaram em direção aos inimigos.

***

Sob a liderança de Faruk ab Aynyam, as tropas *Hoggar* foram divididas em dois pelotões. O primeiro grupo, formado por artilheiros armados com rifles ingleses e bananas de dinamite, seguiu em direção aos soldados alemães que manuseavam as metralhadoras dos veículos motorizados, atacando-os pelo flanco esquerdo, com o apoio aéreo do imenso dirigível de guerra, que lançava seus morteiros, desestabilizando os soldados de Rosenstock.

Já o segundo pelotão de lanceiros *Hoggar*, montados em robustos cavalos árabes e velozes camelos, foi incumbido de interceptar as tropas de Jafar Adib localizadas no centro da planície, dando início a um combate corpo a corpo. Obrigavam os *sawda'* a recuarem assustados para tentar escapar do fogo cerrado, dos golpes de *takoba* e das longas e mortais lanças de ferro empunhadas pelos guerreiros de Faruk, que as utilizavam para transpassar seus inimigos à medida que a cavalaria *Hoggar* ia abrindo caminho, deixando um rastro de sangue por onde passava.

Berberes não costumavam fazer prisioneiros, e após o combate os guerreiros dispersavam, levando com eles o resultado da pilhagem pós-combate, retornando para as suas terras para dedicarem-se ao seu plantio, ou para cuidarem da criação de animais. Desta forma, cabia ao seu líder mantê-los unidos, servindo como exemplo e ganhando o respeito dos grandes chefes dos clãs. E Faruk ab Aynyam possuía tanto o carisma quanto o respeito por parte dos seus homens, que o viam não apenas como o herdeiro da casa Aynaym, filho do grande *Sharife* Malik ab Aynyam, que havia comandado suas tropas durante os conflitos no Touat, mas como um guerreiro devotado, cuja lâmina ardia em brasa incitando o pavor em seus inimigos.

Do lado oposto da cratera, o grande Sharife Abdul al Alivy, líder poderoso dos *Ajjer* e membro do conselho dos grandes chefes *tamacheque*, brandia a espada montado em seu camelo. Galopava à toda à frente dos seus mais de duzentos berberes, descendo a encosta oeste e fechando a retaguarda inimiga ao atacar os blindados *Korps* que, pouco a pouco, acabaram sucumbindo também aos morteiros lançados pelos dois cruzadores aéreos. Assim como os *Hoggar*, os *Ajjer* não pareciam dispostos a fazer prisioneiros quando invadiram o Jahannam, levando a cabo o restante da sua tripulação.

Abdul al Alivy, bem como Moussa ag Amastan, havia recebido uma carta de Young, pouco antes de sua partida de Tânger, onde o ex-batedor descrevia os acontecimentos que envolviam a morte de Idris Misbah, o Sangue do Diabo e as suspeitas por parte de agentes ingleses e de Namira Dhue Baysan, de que era Jafar Adib que comandava seus *sawda'*, disfarçados de patrulheiros *Ajjer*. Era ele quem estava por trás dos recentes ataques às caravanas *Hoggar*, com o único propósito de incitar o conflito entre as duas etnias. Uma jogada para atrair a atenção dos franceses e ingleses no norte da África, deixando assim os alemães livres para trabalhar em segredo no desenvolvimento de uma arma bélica em algum lugar do Marrocos francês. Com isso, os dois líderes aceitaram a trégua proposta pelo gibraltarino, apostando no sucesso do seu plano – conduzir o inimigo até a Cratera da Lua, quando desmascarariam Jafar Adib, dando cabo de vez do seu grupo de assassinos e terroristas, restaurando a harmonia, a ordem e a segurança entre as duas etnias e suas rotas comerciais.

Ao cruzarem-se no campo de batalha, Abdul al Alivy e Faruk ab Aynaym cumprimentaram-se com uma saudação honrosa, erguendo seus abres e selando o acordo que haviam feito. Juntos, deram voz ao mais poderoso exército berbere desde as guerras do Touat.

Sangue, fogo e areia inundaram a imensa cratera quando os tambores de guerra *tamacheque* repercutiram mais uma vez nas imensas dunas do Magreb.

***

Umar Yasin, tomado pela loucura da batalha, corria ao lado de alguns guerreiros *Hoggar*, descarregando seu revólver e desferindo golpes de adaga contra os *sawda'*. Dedicou suas vitórias sobre o inimigo a Mustafá, dizendo para si mesmo que assim seu amigo ficaria livre da maldição de Jafar Adib, podendo se juntar ao grande profeta no paraíso.

Ofegante, Umar percorreu grande parte da planície à procura do gibraltarino. Desviou de estocadas, explosões e lanças, e saltou com destreza sobre a pilha de corpos esparramados pelo caminho, quando sentiu um solavanco sacudir o seu corpo, seguido de uma dor lancinante. Ao perder o equilíbrio e tombar no chão pastoso, deixou a sua arma escapulir dos dedos e escorregar para longe. Havia sido atingido no ombro esquerdo por um projétil. Tinha sido um tiro de raspão, mas que no futuro renderia uma boa cicatriz. " Isso se existir algum futuro depois desta maldita jornada", pensou.

Atordoado e rangendo os dentes de pavor e dor, Umar pressionou a ferida com uma das mãos e tentou estancar o sangue, quando viu o maldito *sawda'* que o havia atingido vir correndo em sua direção. Aturdido, espichou-se em direção à pistola caída no chão. Seus dedos chegaram a roçar o cabo da arma quando, num gesto desesperador, resolveu arremessar a sua adaga, tentando surpreender o inimigo. Sem sucesso, assistiu ao *sawda'* desviar da sua lâmina e, já bastante próximo, apontar um rifle para a sua cabeça, sorrindo de modo perverso. Era o fim.

Umar fechou os olhos e esperou o sinal. O sinal da morte. Mas ao invés de um disparo seco, tudo o que ouviu foi um som de carne sendo dilacerada pelo aço, acompanhado por um urro pavoroso. Ao abrir os olhos lacrimosos, não conteve um sorriso de felicidade ao ver Faruk ab Aynyam parado diante dele. O líder *Hoggar* havia decapitado o maldito *sawda'* com um único golpe de espada. Umar tentou dizer algo, mas o barulho atroador da batalha e a dor lancinante não permitiam. Soltou um urro de dor quando o líder *Hoggar* puxou-o com força para a sela de seu camelo e levou-o em segurança até uma pequena colina, deixando-o aos cuidados de um grupo de artilheiros e retornando para o campo de batalha.

Após se recompor, e depois de improvisar um curativo para a ferida em seu ombro, Umar conseguiu varrer o campo de guerra em busca do amigo, usando um telescópio emprestado de um artilheiro. Demorou algum tempo, mas por fim avistou o gibraltarino lá embaixo em meio ao caos, porém vivo. Não conteve um grito de alívio, com o suor frio escorrendo pelo seu corpo.

Em pé sobre um rochedo localizado bem no centro da imensa cratera, com o cabelo embolado de sangue, Ben Young gritava ordens a um grupo de guerreiros *Hoggar*. Seu rifle não cessava de cuspir fogo contra os inimigos *sawda'*, derrubando muitos deles das suas montarias. Cameleiros *Ajjer* também haviam se juntado a ele. Formavam um cordão e investiam contra um dos veículos blindados alemães que, parado junto às escarpas num dos flancos da cratera, lançava granadas contra os dirigíveis berbere.

De repente, um zumbido seco atraiu a atenção de Umar. Um obus cruzou o céu e explodiu próximo da colina onde o berbere estava, obrigando-o a encolher-se feito um caramujo para proteger-se da chuva de cascalho que voou em sua direção.

Ao recompor-se, Umar Yasin tentou ajudar o guerreiro *Hoggar* caído ao seu lado, mas desistiu ao ver que o pobre berbere havia sido atingido em cheio no pescoço por um estilhaço. Pesaroso, soprou algumas palavras religiosas e cerrou os olhos petrificados do defunto. Em seguida, correu desviando das balas que assobiavam em seus ouvidos e cruzou as trincheiras com artilheiros *Hoggar* que disparavam incessantemente contra os inimigos aglomerados no sopé da encosta. Quando uma nuvem de fumaça ergueu-se, aproveitou o momento e, feito um gato assustado, correu na direção de uma reentrância que havia do outro lado da encosta, protegendo-se atrás de uns rochedos. Apanhou o telescópio, que agora tinha uma rachadura no centro da lente, e, aflito, começou a procurar pelo amigo gibraltarino em meio ao combate.

Os sons das explosões provenientes das granadas, dos gritos e das espadas criavam uma cacofonia estonteante, que chegava a provocar náuseas. O cheiro da morte estava em toda parte. Um morteiro lançado por um dos dirigíveis de guerra fez com que pedaços do que havia sido um guerreiro *sawda'* espalharam-se pela areia próxima ao Jahannam. Um cavaleiro *Ajjer* foi cortado ao meio ao ser atingido por uma saraivada de balas da metralhadora de um dos *Korps* num dos carros blindados. Um *sawda'* cambaleava em estado de choque à procura do seu braço decepado por uma espada inimiga, enquanto um grupo de cavaleiros *Hoggar* provocava uma algazarra infernal ao empunhar suas lanças enfeitadas com as cabeças dos inimigos nas pontas.

Umar sentiu um nó no estômago. Ao longo da vida, já havia dançado com a morte um punhado de vezes. Mas aquilo era diferente. Nunca havia presenciado algo tão grotesco. Era como se todo o deserto a sua volta tivesse se transformado no verdadeiro báratro, inundado pelo cheiro de pólvora e sangue que se espalhava rápido.

Quando finalmente tornou a avistar Young, Umar Yasin soltou o ar dos pulmões num suspiro fundo, longamente represado.

– Aí está você... Que Alá o abençoe! – disse para si mesmo.

Apoiando o peso do corpo numa das pernas e com a coronha do rifle encaixada no ombro, Ben estava concentrado, imóvel, à espreita do inimigo. Lembrava um daqueles caçadores prestes a abater uma presa.

Umar chegou a cogitar se o amigo não estaria com aquele maldito sorriso altivo nos lábios, divertindo-se com a ideia. Mas ao mover seu telescópio para onde Ben apontava seu rifle, foi tomado por uma onda de pânico que fez o seu coração disparar ainda mais. Tentou gritar, mas as palavras não saíram. Focou no alvo móvel de Young – Jafar Adib. O príncipe *sawda'* brandia sua espada e abria caminho entre o seu exército galopando em direção a Young.

Berberes não faziam prisioneiros, era uma lei. Jafar Adib estava pronto para lutar até o fim. Assim como Young.

Umar largou o telescópio no chão e, impulsionado pelo desespero, apanhou um rifle que havia junto ao corpo ensanguentado de um guerreiro que tivera seu crânio perfurado por um projétil, e correu saltando de maneira desengonçada sobre as trincheiras que abrigavam alguns atiradores *Hoggar*. As imagens de Mustafá e Ben assombraram seus pensamentos. Já havia perdido um deles. Não perderia o outro.

Ignorando os protestos dos atiradores entrincheirados no cume da escarpa, Umar rolou pela encosta desviando das saraivadas de balas que assoviavam perto do seu ouvido. Foi tomado pela adrenalina, pelo desespero e pelo ódio, e pela primeira vez na vida pôde sentir o gosto libertador da guerra envolvendo o seu espírito. Libertador, sem dúvida, pois não sentia mais o medo e nem a vontade de rezar para Alá pedindo pelas muitas almas perdidas durante a sangrenta batalha. Estava farto. Queria mesmo enviar mais um bocado delas para o inferno. E envolto pela sombra da guerra, capaz de mitigar a própria fé, a pureza e toda a beleza presente na vida, Umar Yasin perdeu-se mais uma vez em meio ao caos. Lançou-se com fúria sobre o inimigo. O cheiro da pólvora tocava as suas narinas e o gosto de sangue descia pela sua garganta. Foi tomado pela loucura, gargalhando ao descarregar a sua arma contra um *sawda'*. Para o inferno com todos eles. Tinha visto a guerra de perto. Podia sentir o seu efeito nocivo percorrendo as suas veias, impregnando seu espírito.

Umar Yasin avançou feito um tigre. A ferida em seu ombro estava anestesiada pela adrenalina, pelo horror. Desviou das balas, das lanças que voavam em sua direção, e cortou mais algumas gargantas enquanto avançava em direção ao local onde Young estava. E assim, pouco a pouco, foi transformando-se em um guerreiro feroz, alguém que parecia não se importar com mais nada.

***

Ben Young começou a pressionar o gatilho do rifle, movendo o percussor da arma bem devagar. Com os olhos fixos em Jafar Adib, agora bastante perto, lançou o peso do corpo para trás e soltou o ar, estabelecendo uma cadência. Era como se a arma passasse a ser uma extensão de seu próprio corpo. Estava preparado. Um único disparo poderia pôr um fim à batalha, levando a cabo a vida do príncipe *sawda'*. *"Apenas um disparo"*, pensou Young, concentrado. No entanto, quando Jafar Adib entrou na sua linha de fogo, Young foi tomado por um pensamento, um *insight* abrupto que o fez baixar a arma e desistir de efetuar o disparo. O gibraltarino ficou surpreso consigo mesmo. Cercado pela fumaça e pelo cheiro mefítico de pólvora azeda, Ben permaneceu parado sobre o rochedo, enquanto assistia apreensivo à chegada do inimigo, que abria caminho entre a turba de berberes com os olhos injetados de sangue que revelavam o que apenas a crueldade da guerra era capaz de mostrar.

Jafar Adib não temia a morte. Diferente de Klotz von Rosenstock e dos oficiais alemães com quem se aliara. *"Mais do que sentir-se pronto para encarar a morte de perto, o fato é que o príncipe sawda' já a havia aceitado"*, pensou Young, compreendendo o seu gesto, o seu desafio final.

Jafar fora derrotado no instante em que seus homens desembarcaram na imensa Cratera da Lua nas Areias de Fogo. Fora traído por sua própria arrogância. Com a aproximação do fim, seu espírito parecia ansiar por algo que havia deixado para trás ao longo da sua vida miserável – sua alma. E Benjamin Young representava o caminho para isso. O caminho para sua redenção.

Ben Young prendeu o ar e ergueu o rifle pelo cano. Aguardou até que o líder *sawda'* estivesse perto o bastante, inclinou o corpo para o lado, fugindo de sua estocada, e desferiu uma coronhada que acertou Jafar no maxilar e o fez voar longe.

Jafar Adib rolou pela areia úmida com um urro de dor. Aturdido, cuspiu uma bola de sangue. Ergueu-se afoito, procurando sua espada. Ao avistá-la, deu um salto felino e puxou-a pelo cabo de marfim, cortando o ar com a lâmina de dois gumes e colocando-se em posição de defesa.

Ben Young, armado apenas com uma faca de caça, observou Jafar. Havia deixado seu rifle sobre o rochedo próximo, determinado a enfrentar o *sawda'* numa luta limpa entre dois homens forjados nas areias do imenso Saara.

Jafar limpou o sangue dos lábios e sorriu com sarcasmo enquanto caminhava em direção a Ben, flertando com o inimigo:

– Enfim o rato do deserto a quem chamam de Olho de Gibraltar – sussurrou, com sua voz tenebrosa. Apontou a espada para o gibraltarino enquanto examinava-o de cima a baixo. – Sem dúvida alguma, alguém interessante... *Sayid* – concluiu, num tom de deboche.

Sem desviar os olhos do berbere, e para a surpresa de Jafar, Ben Young apanhou um invólucro que mantinha guardado num dos bolsos da camisa. Retirou de seu interior um pequeno frasco translúcido e mostrou-o ao *sawda'*, dizendo num mesmo tom provocador:

– É isto o que deseja, Jafar Adib? Este é o preço pela sua alma, servir alguém feito Rosenstock? Espero que tenha valido a pena, nobre príncipe do deserto. Tome... Ele é todo seu. A sua sentença de morte.

Jafar foi tomado de surpresa quando Ben lançou o frasco em sua direção. Com um salto abrupto, o líder *sawda'* esticou uma das mãos e apanhou o frasco no ar, observando o líquido incolor agitar-se dentro dele. Tinha uma expressão ao mesmo tempo de medo e de satisfação.

Young riu alto, fazendo troça do inimigo:

– Fique tranquilo, Jafar Adib. Ao contrário do que imagina, isto não lhe fará mal algum. Se quiser, pode até saciar sua sede com ela antes de sentir o gosto da minha lâmina – provocou Young, brincando com a sua faca e encarando Adib com escárnio.

Jafar lançou um olhar confuso para Young. Removeu o lacre do frasco e aproximou-o das narinas. Em seguida, derrubou uma gota em seu dedo anular e levou-o aos lábios, ciente de que tal quantidade do Sangue do Diabo não poderia matá-lo.

O Sangue do Diabo, o composto químico fabricado pelos alemães, possuía um gosto semelhante ao da água do mar, bem diferente daquele que havia dentro do frasco transportado pelo intruso do Mahdia.

Jafar cuspiu o líquido na areia tomado pela cólera:

– Água? Todo este tempo e você carregava... – O líder berbere não chegou a completar a frase.

Ben moveu-se devagar sem tirar os olhos de Jafar, observando-o jogar o frasco na areia e esmagá-lo com uma pisada firme. Ergueu a faca e manteve-se em posição de defesa quando o *sawda'* ergueu sua espada:

– Onde está o verdadeiro Sangue do Diabo?

Ben sorriu diante do olhar decepcionado de Jafar Adib. Agora, sim, sua derrota fora completa.

– Nas mãos dos ingleses, conforme Rosenstock temia. Você e seu amiguinho alemão falharam, Jafar Adib – provocou uma vez mais Ben Young, firmando os pés na areia e inclinando o corpo para a frente, apontando a sua faca para o oponente.

Com passos lentos, Jafar circundou o inimigo e observou-o admirado:

– Planejou isso desde o início, rato das areias. Arrastou-nos até este inferno... – fez uma pausa, percorrendo o cenário à volta com os olhos. – Então é isso... uma grande armadilha.

Ben respondeu com um sorriso irritante.

Jafar parecia cansado demais para qualquer coisa e apenas suspirou. Depois de uma pequena pausa que não durou mais que alguns segundos, continuou:

– Eu o saúdo, *sayid*. Saiba que, no fim, será uma honra juntar-me ao grande profeta acompanhado por alguém como você. Quem sabe em outra vida possamos carregar o mesmo símbolo.

– Quem sabe, Jafar Adib?

Jafar sorriu de volta, deixando o sorriso desaparecer naturalmente. De repente, sem nenhum aviso, o líder berbere, tomado por uma fúria insana, saltou em direção a Young, emitindo um brado saturnino, grave, sobrenatural, um chamado para a guerra.

Ben deu um giro de 360° e desviou da lâmina de Jafar, agarrando a manga da sua túnica e puxando-o com força em sua direção. Pressionou então a faca em direção ao abdome do berbere, mas foi surpreendido com uma cabeçada desferida por Adib que abriu um corte no seu supercílio, obrigando-o a recuar. Cheio de dor, Young limpou o sangue que escorria em direção ao seu olho esquerdo bem a tempo de desviar da *takoba* inimiga, que tornou a zunir, desta vez passando rente ao seu ouvido. Em seguida, valendo-se de seu treinamento como pugilista, desferiu um gancho de direita, acertando em cheio o maxilar do berbere.

Aturdido, Jafar Adib cambaleou para trás, buscando apoio em sua espada. Cuspiu longe um jato de sangue e tornou a investir contra o gibraltarino, girando a espada no ar num gesto assustador.

Ben sentiu a força do berbere quando este se lançou em sua direção e pressionou-o contra um rochedo pontiagudo. Young rangeu os dentes ao sentir a rocha afundando em suas costas. Mesmo em desvantagem, conseguiu segurar a mão de Jafar, impedindo-o de desferir um golpe com a sua lâmina. Com a outra mão, pressionou a sua faca em direção a sua barriga, mas Jafar foi hábil e forte o bastante para impedi-lo da mesma maneira.

Os dois combatentes permaneceram frente a frente por algum tempo, imobilizados, arrastando seus pés na areia como se estivessem em um cabo de guerra mortal. Ora um deles empurrava o adversário, ora era pressionado por ele, até que, numa tentativa bem-sucedida de desequilibrar o oponente, Ben afrouxou a pressão e puxou o inimigo em sua direção, desferindo uma joelhada em sua virilha.

Jafar urrou de dor e tombou no chão umedecido de sangue.

Ben recuou e aproveitou para tomar fôlego. Girou a faca na mão com destreza e assumiu uma nova posição de defesa, deixando que o berbere se recuperasse do golpe antes de retomar aquilo que, para ele, deveria ser uma luta limpa.

Ofegante, Jafar levantou-se, empunhou sua espada com a mão direita, sempre mantendo a lâmina acima da cabeça, e circundou o inimigo, sem desviar o olhar dos olhos do gibraltarino.

Ben esticou uma das pernas para trás, depositou todo o peso do seu corpo nela e aparou o golpe de Adib, cruzando os antebraços acima da cabeça, impedindo que o berbere descesse a espada em sua direção. Em seguida, com um gancho de direita, acertou suas costelas, quase arrancando o ar dos seus pulmões. Foi ainda além. Aproveitou a vantagem e partiu para cima do oponente, acertando-lhe um *jab*, depois um direto, fazendo todo o rosto do berbere contorcer-se como se fosse uma massa gelatinosa. Por último, riscou o ar com sua faca e deixou uma marca na lateral do rosto de Jafar Adib. Uma lembrança, caso o *sawda'* saísse vitorioso dali.

Jafar Adib cambaleou feito um animal acuado, observando Young com uma expressão raivosa. Limpou o sangue do rosto e, com um grito atemorizante, saltou em direção ao adversário, desferindo golpes no ar com a *takoba*. Faíscas surgiram do encontro das suas lâminas. Jafar inclinou o corpo para o lado e desviou de uma estocada desferida por Young. Aproveitou o momento em que o gibraltarino baixou a guarda e desferiu um soco com o cabo da *takoba*, acertando o seu estômago. Com um chute na lateral do joelho do inimigo, derrubou o rato do deserto e riscou o ar com a espada, fazendo um "x" e deixando um risco vermelho no braço de Ben.

O líder *sawda'* gargalhou de forma doentia quando Young tombou diante dele, desta vez, desarmado. Ergueu a espada acima da sua cabeça com as duas mãos e começou a movê-la em direção ao gibraltarino, quando foi mais uma vez surpreendido. Ben agarrou-o pela cintura e, com um salto brusco, rolou o corpo pelo chão de pedregulhos, segurando firme os braços em torno de Jafar, que se debateu feito um leão feroz.

Jafar Adib pressionou Ben, ajoelhando-se sobre o seu corpo e fechando seus dedos em torno do seu pescoço, começando a estrangulá-lo enquanto o fitava com um sorriso de psicopata.

Young rosnou desesperado, colérico. Cravou as unhas no rosto enlameado de Adib e pressionou a sua cabeça para trás, enquanto segurava a sua mão que empunhava a espada. Tentou um novo rodopio, mas o berbere era pesado demais, o que se contrapunha a sua aparência magra. Tudo o que conseguiu foi piorar ainda mais a sua situação. Adib continuou por cima e pressionava ainda mais um dos joelhos contra o seu abdome, mantendo Young preso entre as suas pernas.

O berbere lançou todo o seu peso sobre a sua espada, fazendo a ponta da lâmina resvalar no ombro do maldito intruso do Mahdia. Young deixou escapar um grito de dor, encarando Adib com uma expressão colérica.

Totalmente sem ar e já entrando em desespero, Young desferiu uma joelhada forte e acertou o berbere nos rins. Com o golpe, Jafar inclinou-se ainda mais em sua direção. Estava perto o bastante para que Ben atingisse-o no nariz com uma forte cabeçada. O Olho de Gibraltar ouviu seus ossos estilhaçarem-se e um jato vermelho inundar seus bigodes e barba. Jafar inclinou-se para trás com um grito de dor. Ben puxou-o de volta pela lapela da sua túnica e acertou-lhe um direto na lateral do rosto, enquanto desferia novos golpes com o joelho, massacrando ainda mais os seus rins. Jafar, cujo maxilar já havia sido atingido no início do combate pela coronha do rifle de Young, não conteve a dor lancinante e tombou para o lado, aliviando a pressão em torno da garganta de Young.

Ben respirou fundo. Ágil, com um rodopio das pernas, envolveu o berbere de forma tentacular, arrastando-o para o lado e livrando-se do seu peso. A situação agora se invertera. Ben ajoelhou-se e imobilizou o líder *sawda'* entre as suas pernas. Desferiu uma sequência de socos e só parou de lutar quando o rosto do inimigo transformou-se numa mistura de lama e sangue.

Young então se levantou. Estava exausto, seu corpo todo latejava. Olhou com atenção para o berbere, quase um moribundo. Jafar Adib estava acabado.

Ao sentir uma dor lancinante no joelho, Ben buscou apoio numa encosta rochosa. Observou admirado a belíssima e mortal arma que havia tirado das mãos de Adib, cujo cabo era todo trabalhado em marfim e ostentava uma lâmina de dois gumes. Lançou-a longe. Em seguida, apanhou a sua faca no chão e guardou-a no estojo de couro preso ao seu cinto. Sentiu uma pontada ao respirar fundo. Talvez uma ou duas costelas estivessem quebradas, mas não seria nada sério demais. Lentamente, percorreu o cenário em volta com os olhos. Ainda podia escutar alguns gritos por toda a imensa cratera, porém as explosões haviam cessado. Sua vista estava turva, mas reconheceu alguns guerreiros *Hoggar* e *Ajjer* montados em camelos, que pareciam conduzir alguns poucos prisioneiros. Nuvens negras de fumaça emergiam da terra saindo de diferentes pontos, como se tudo ali fosse de fato um vulcão que acabara de entrar em erupção. Ben limpou os olhos e observou no céu os dois dirigíveis de guerra tamacheque. Teve a impressão de ouvir mais gritos, mas, desta vez, gritos de festejo, com tuaregues empunhando seus rifles e disparando para o alto comemorando a vitória. Os *sawda'* haviam sido derrotados. A batalha das Areias de Fogo terminara.

– De que serve a honra se estivermos mortos, não é mesmo, Olho de Gibraltar?

A voz pegou Young de surpresa. Sem que o gibraltarino se desse conta, Jafar Adib havia se levantado e empunhava uma Luger apontada em sua direção.

Ben encarou-o. Seu rosto estava diferente, deformado, sujo e ensanguentado. Sua aparência era assustadora, carregada pelas marcas da guerra.

– Por um momento, achei que havia alcançado a sua redenção, Jafar Adib – comentou Ben. – Mas a honra não me parece algo presente em uma alma distorcida. Uma pena. É um bom guerreiro. Poderia ser diferente...

Jafar esforçou-se para sorrir. Sua expressão de dor era visível.

– Diferente...? Se está se referindo às minhas escolhas, então me diga, existe diferença entre vocês e homens como o general alemão?

Ben foi tomado por um sentimento de pena ao encarar a figura desafortunada de Adib.

– Talvez você esteja certo, Jafar Adib. Talvez não exista nenhuma diferença entre nós e o seu colega alemão. Parasitas, diferente do povo do deserto – disse, apontando o indicador para o alto em direção ao enorme dirigível berbere que flutuava no céu. – E você... poderia ser um deles. Mas preferiu ser um de nós.

O sorriso no rosto de Jafar foi desaparecendo para dar lugar a uma expressão angustiada. O berbere puxou o cão da Luger para trás. Sua mão parecia trêmula quando esticou o braço apontando para Young:

– Escolhas erradas, Olho de Gibraltar. Mas quem não as faz, não é mesmo? Nós nos veremos em outra vida, *sayid*.

De repente, antes mesmo que Jafar disparasse contra Ben, seu corpo moveu-se para a frente com um solavanco. Havia sido atingido por um projétil que perfurou seu pulmão. Jafar Adib caiu de joelhos, cuspindo sangue, surpreso. A Luger ainda estava em sua mão quando olhou pela última vez em direção ao rival, o Olho de Gibraltar.

Ben olhou para o homem parado atrás de Jafar, segurando um revólver.

– Agora me deve dois favores, *sayid*. – Era Umar Yasin, que fitava o amigo com os olhos lacrimejantes, tomado por uma emoção abrupta.

Ben acolheu Umar em seus braços, tentando amenizar os efeitos que a guerra havia lhe causado, buscando descontraí-lo ao dizer com aquele maldito sorriso confiante demais:

– Acho que vou pagar minha dívida levando você em uma excursão emocionante pelo deserto com tudo pago pela Gibraltar Guide & Commercial Routes.

Os dois gargalharam.

***

Ben Young examinou pesaroso o cenário ao redor. Os imensos paredões rochosos circundavam de maneira imponente a grande Cratera da Lua, cuja planície havia sido transformada num cenário apocalíptico, com pilhas de corpos e destroços amontoados junto às encostas e rodas de berberes alvoroçados dividindo a pilhagem e comemorando a vitória sobre os *sawda'*.

O gibraltarino perambulou pela planície por algum tempo e seguiu até onde estava Umar. O berbere, um tanto eufórico, narrava as suas aventuras e desventuras pelo deserto para um pequeno grupo de patrulheiros *Ajjer* que, sentados ao seu redor, escutavam atentos enquanto compartilhavam entre si um pedaço de carne seca, pão e um jarro de vinho. Ao vê-lo, Umar fez sinal para que o amigo se aproximasse, apontando animado em sua direção e dizendo aos ouvintes em sua língua natal "o Olho de Gibraltar".

Ben deu um sorriso de cansaço e sentou-se sobre um pequeno rochedo. Aceitou de bom grado quando um dos berberes aproximou-se estendendo o jarro de vinho e deixou a bebida escorrer pela garganta, limpando o gosto de sangue em sua boca. Seus músculos enrijecidos ainda viviam os efeitos do estresse da jornada. Aproveitou para esticar as pernas e soprou a fumaça do cigarro de forma lenta, rindo alto quando Umar, agora tomado por um ataque histérico, interrompeu sua narrativa e passou a repreender um jovem enfermeiro que insistia em limpar seus ferimentos com um unguento cujo cheiro lembrava o da merda dos camelos.

Faruq Ab Aynaym, líder dos *Hoggar*, seguido de perto pelo grande *Sharife* Abdul al Alivy, líder dos *Ajjer*, aproximou-se do grupo. Vinham acompanhados por um sujeito magro, metido em uma túnica simples e um turbante verde-claro que contrastava com a sua pele escura. Lembrava mais um mercador egípcio do que um oficial, notou Young, tentando ser discreto ao examiná-lo.

– Olho de Gibraltar, este é Sekani, o homem que o aguardava em Ghat conforme você havia escrito em sua mensagem.

Ben encarou o sujeito, surpreso. Levantou e estendeu-lhe a mão.

Sekani, o agente à serviço do *Bureau* Britânico para quem Young deveria ter entregado a substância, juntou suas mãos em posição de reza e abriu um sorriso largo, revelando dentes avantajados e brancos.

– Enquanto não conhecer o inferno... – brincou o berbere, dirigindo-se a Ben e tentando parecer descontraído diante de um cenário que era um verdadeiro inferno.

– O paraíso não será bom o suficiente – completou Young, repetindo as palavras que Namira o havia instruído a dizer assim que o encontrasse. – Um pouco tarde para isso, não acha, Sekani? – sorriu, buscando ser simpático com o sujeito, examinando-o mais de perto.

Umar juntou-se aos demais e fitou Sekani com o olhar desconfiado de sempre, notando como o homem brincava com o manto da túnica, querendo esconder as mãos ainda trêmulas.

– Oficial das forças expedicionárias egípcias...? – Young arriscou um palpite, reconhecendo em sua postura um toque um tanto militarizado. "Não parecia ser apenas um espião como o fora Idris Misbah", pensou Ben.

Sekani sorriu para Young, confirmando:

– Cabo, *sayid*, especializado em comunicações e a serviço do *bureau*, contrariando nossos vizinhos otomanos – disse, orgulhoso.

Benjamin Young riu com o comentário que se referia aos otomanos.

– Temos motivos para suspeitarmos da aproximação entre alemães e turcos – continuou o oficial egípcio. – É possível que, muito em breve, seu governo seja obrigado a assumir um papel mais decisivo em relação ao meu país.

Ben sorriu de leve, percebendo a crítica no tom de voz do oficial.

– Sem dúvida, Sekani. Desde que isso favoreça a Coroa... – comentou o gibraltarino, sarcástico. – É uma pena o Magreb e seu povo serem vistos por olhos incapazes de enxergar além das suas falsas verdades. Mas deixemos isso de lado... – concluiu, surpreendendo o oficial berbere. – Enquanto discutimos sobre esta maldita política, Rosenstock está espalhando os seus tentáculos pelo deserto – finalizou com um sorriso sem alegria, coçando o queixo com a barba por fazer suja de lama e sangue. Retirou o maço do seu bolso e ofereceu um cigarro ao jovem oficial:

– Tome, vai ajudá-lo a relaxar um pouco. Não parece familiarizado com a guerra em campo – disse Ben Young, percebendo a expressão de repulsa do jovem oficial egípcio ao fitar de soslaio os dois guerreiros *Hoggar* que terminavam de empilhar alguns corpos *sawda'* junto a uma encosta próxima, preparando-os para serem incinerados.

Sekani apanhou o cigarro com a mão ainda trêmula e espichou o rosto em direção a Ben, que estendeu o isqueiro com a chama viva em sua direção.

– Que Alá o abençoe, *sayid* – agradeceu o oficial. Depois de dar um bom trago, juntou as sobrancelhas ao encarar novamente Young. – Confesso que ainda estou surpreso com as mudanças de plano... a substância... minhas ordens...

Ben dirigiu um olhar rápido em direção ao líder *Hoggar*:

– Pedi que os meus amigos aqui tirassem você de Ghat em segurança, atendendo ao pedido de Namira. – Sekani espremeu os lábios ao ouvir o nome da Opala do Deserto, notou Ben, prosseguindo. – Achei prudente alterar um pouco os planos iniciais. Do contrário, com tantos espiões espalhados pelo Norte do continente buscando o nosso rastro, imagino que, a esta altura, eu e você estaríamos a sete palmos cobertos pelas areias do deserto.

– Alterar um pouco nossos planos...?

Young notou o olhar irônico de Umar em sua direção. Ignorou seu comentário jocoso e voltou-se para Sekani com uma expressão apreensiva:

– E quanto à substância?

A pergunta não pareceu surpreender o oficial egípcio, que finalmente deixou os ombros caírem, respondendo com um ar de satisfação:

– Nas mãos certas, *sayid*.

Ben soltou o ar dos pulmões, aliviado.

– Major Coldwell!? – disse, em tom de pergunta.

Sekani balançou a cabeça afirmativamente e começou a dizer algo quando foi interrompido de maneira abrupta pelo líder *Ajjer*, que, impaciente, gesticulou a mão fazendo um sinal para que um dos seus soldados se aproximassem, trazendo um cachimbo d'*água e um jarro de vinho, e ordenando que todos se sentassem ao seu redor:*

– Chega de tanta conversa. Estou farto do gosto de areia e pólvora em minha garganta. Que Alá nos abençoe e nos dê a paz, mas prefiro ouvir toda a história enquanto saciamos a sede e descansamos os nossos traseiros doloridos, não concorda, Olho de Gibraltar?

***

– Sombre!

Umar deu um salto ao ouvir toda a narrativa de Young, impressionado como o gibraltarino havia planejado, desde o início da jornada pelo deserto, atrair a atenção dos espiões a serviço do general alemão, conduzindo-os para uma armadilha, a Cratera da Lua, enquanto a exuberante *etíope* cruzava o deserto transportando a verdadeira substância em segurança.

– Nossos rastros... – resmungou Umar, começando a compreender. – Por isso não pareceu tão preocupado em apagá-los, queria mesmo que nos seguissem até aqui.

Ben pareceu desconcertado ao tocar de leve o ombro do amigo boquiaberto:

– Eu sinto por não ter contado a verdade, Umar. Por vezes, pensei em dividir com você o meu plano, sobretudo depois da morte de Mustafá. Mas...

– Não sinta, *sayid*. Agiu certo, e Mustafá é a prova disso – disse o berbere com a voz entristecida, surpreendendo Young. – E se algo acontecesse e eu fosse capturado, decerto acabaria batendo com a língua nos dentes. Não tolero ser torturado. Agiu bem, Olho de Gibraltar – finalizou Umar, fitando o amigo com um sorriso triste.

Ben não sabia muito o que dizer. Podia enxergar a dor estampada no rosto ressentido do amigo ao referir-se a Mustafá. Queria poder ajudá-lo, mas sabia que nenhuma palavra seria capaz de amenizar sua dor, a não ser o próprio tempo, que sopraria as areias do deserto ao longo da sua jornada e teceria um manto capaz de tampar as suas feridas.

– Às vezes, meu bom Umar, a melhor maneira de proteger aquele a quem queremos bem é mantê-lo na ignorância – sorriu Ben, sem jeito.

Umar fitou-o de perto com um pálido sorriso e os olhos estreitos e lacrimosos cercados por rugas.

– Também tenho em você um verdadeiro irmão das areias, um escorpião *djalebh*, Benjamin Young.

Umar Yasin segurou firme o pulso do gibraltarino, puxando-o para perto e mergulhando em seus olhos de maneira profunda, num gesto significativo e ritualístico.

– Irmãos das areias – sussurrou de volta Ben, disfarçando a emoção e voltando-se de maneira abrupta para Sekani. – E quanto a Namira? – questionou, notando a reação do jovem oficial ao ouvir o nome da exuberante tunisiana. Sentiu um frio na espinha.

A expressão no rosto do egípcio valia mais do que mil palavras.

Ben engoliu em seco. O gosto amargo do medo desceu pela garganta quando Sekani balançou a cabeça de um lado para o outro:

– Desde a sua partida do Marrocos a bordo da Phanter II, perdemos o contato com madame Dhue Baysan. A fragata aérea alemã não apenas deixou a sua rota original, como também desapareceu bem debaixo dos radares franceses...

Ben socou o chão de areia numa reação espontânea de raiva. Um suor frio brotou em sua testa. Didieur! Precisava entrar em contato com seu amigo Didieur imediatamente. Decerto o capitão poderia lhe dizer algo a mais sobre o paradeiro da Phanter II e sobre Namira.

Umar aproximou-se e tocou o seu ombro de leve ao perceber, pela primeira vez, o medo estampado em seu rosto:

– Namira está viva, *sayid*, eu posso sentir – sussurrou, parecendo pouco convincente.

Com o semblante enrijecido, Ben voltou-se para o oficial egípcio, ouvindo-o atentamente:

– Nossos agentes estão fazendo de tudo para tentar rastreá-la – informou Sekani, tentando ocultar certo desânimo.

263

Ben desviou o olhar, dizendo para si mesmo:

– Sabemos o que significa um espião deixar de fazer contato... Rosenstock, seu desgraçado! – rangeu os dentes, e os nós dos dedos esbranquiçados deixaram marcas na areia.

Umar voltou-se para Sekani, parecendo implorar por uma esperança que não veio.

Young adiantou-se, dizendo:

– Na melhor das hipóteses, os alemães a mantém como refém, tentando descobrir o nosso paradeiro – proferiu o Olho de Gibraltar em voz baixa e por entre os dentes. – Mas podemos rastreá-los. – Trocou um olhar sóbrio com Umar, depois com Sekani. Levantou-se agitado e começou a perambular de um lado para o outro, pensativo. – De acordo com Namira, os alemães estão usando uma rota entre Malta e o Marrocos para transportarem em segredo o que vocês acreditam ser peças usadas na fabricação de um possível dirigível de guerra...

Sekani concordou com a cabeça:

– Namira Dhue Baysan obteve uma série de informações que confirmam as nossas suspeitas sobre a operação secreta alemã. Informações que foram repassadas ao capitão Lacombe pouco antes da sua partida a bordo da Phanter II – completou o jovem oficial.

Ben enrugou o cenho, pensando em voz alta:

– Entregues a Didieur? Talvez Namira suspeitasse que o seu disfarce havia sido comprometido.

Sekani concordou, prosseguindo:

– De acordo com as informações decodificadas e enviadas ao nosso *bureau* pelo sistema de inteligência francesa, os homens do *Kaiser* estão usando cargueiros convencionais classe 5 para transportar a remessa secreta vinda de Berlim para Malta, passando pela região do Golfo de Sidra e cruzando o deserto em direção a um ponto... ainda desconhecido – fez uma pausa, parecendo frustrado. Prosseguiu em seguida num tom menos pesaroso. – Nossos agentes estão em alerta. Sabemos que ainda existem novas remessas em andamento. Coordenadas encontradas no documento que nos foi enviado pelo capitão Lacombe apontam para a cordilheira do Atlas, no Marrocos.

Este pode ser o destino não apenas das remessas vindas de Berlim, mas também da fragata alemã desaparecida.

Ben estava surpreso. Sentiu uma pontada de esperança, buscando afastar a ideia de que Rosenstock, àquela altura, já pudesse ter selado o destino de Namira.

– Uma base secreta no Atlas... Faz todo o sentido – disse, com uma ruga no meio da testa, levando a mão ao ombro ao sentir uma pontada bem no local onde Jafar o havia ferido com a lâmina. – De qualquer modo, é reconfortante saber que Didieur está mergulhado nesta merda toda até o pescoço. É preciso entrar em contato com ele. O homem já deve estar desesperado, imaginando que, a esta altura, nós não passamos de um monte de comida para os abutres – finalizou, sorrindo para Umar.

– Podemos usar o sistema de comunicação a bordo do meu dirigível – adiantou-se Faruk dos *Hoggar*.

– Excelente! – reagiu Ben, alvoroçado. – Mas antes precisamos descobrir quando e onde o dirigível dos alemães pretende cruzar o Magreb mais uma vez. Não podemos correr o risco de colocá-los em estado de alerta. Se as coordenadas obtidas por Namira estiverem mesmo certas, então as montanhas do Atlas devem estar infestadas de *Fledermaus*. Mas se interceptarmos uma das suas aeronaves... – roçou os dedos na barba rala e suja sobre o queixo, concluindo com aquele maldito sorriso confiante demais – teremos o nosso próprio cavalo de Troia.

Os berberes ao seu redor trocaram olhares confusos, agitados.

– Cavalo de Troia? – balbuciou Umar, sem saber aonde o gibraltarino queria chegar.

Ben apontou para o dirigível *sawda'* ancorado próximo à extremidade oposta na cratera, que lembrava uma baleia à deriva cercada por berberes *Ajjer* e *Hoggar*.

– O dirigível de Jafar Adib pode voar? – perguntou, dirigindo-se aos líderes berberes.

Sharife Abdul esticou o pescoço em direção à nau capturada e respondeu com um sorriso cheio de orgulho:

– Meus homens estão trabalhando nisso. Eu pretendia levá-lo comigo...

Sabe como é... Um pequeno suvenir de batalha – explicou o líder *Ajjer*, desviando o olhar sem graça de Faruk, dos *Hoggar*, que se voltou para o berbere, fuzilando-o com os olhos negros pronto para começar uma nova guerra:

– Achei que havia dito ainda há pouco que dividiríamos o butim... – rosnou Faruk.

Ben tratou de se colocar entre os dois, no intuito de evitar uma nova desavença entre as grandes casas tamacheque. Ergueu as mãos, num gesto apaziguador:

– E assim será, nobre Faruk, *Sharife* Abdul. Abordaremos o cargueiro alemão usando o dirigível *sawda'*. Vamos nos fazer passar pelos homens de Jafar. Feito isso, e com as duas grandes naus *Ajjer* e *Hoggar* fechando os flancos, eles não terão por onde escapar. Uma vez a bordo, informaremos Didieur e seguiremos suas coordenadas rumo ao Atlas.

Umar não manifestou tanta confiança. Lançou para Young um olhar cheio de interrogações:

– Muito bom, *sayid*, mas como pretende descobrir quando o cargueiro alemão cruzará as dunas em direção ao Marrocos?

Antes que Ben pudesse responder ao amigo, Faruk ab Aynyam adiantou-se com o peito estufado e respondeu à questão colocada por Umar Yasin, sem desviar o olhar provocativo do líder *Ajjer*, numa situação um tanto quanto cômica:

– Quanto a isso, eu posso dar um jeito. Por sorte, eu não deixei que meus homens eliminassem todos os *sawda'*. E, modéstia à parte, nós, *Hoggar*, somos peritos em fazer um berbere inimigo desembuchar – disse, com um riso irônico dirigido ao líder *Ajjer*.

Ao contrário do que se esperava, Abdul al Alivy gargalhou. Aproximou-se de Faruk e deu um tapa amistoso em suas costas, passando-lhe seu cachimbo d'água.

– Eu brindo a você, Faruk dos *Hoggar*, e que Alá nunca deixe de mostrar-lhe o caminho da sabedoria.

Ben sorriu aliviado ao ver como os dois líderes tornaram a deixar de lado suas diferenças, e retomou o assunto com um ar destemido:

– Quanto a você, meu jovem cabo – olhou para Sekani –, avise o seu

Major Coldwell e informe-o sobre a nossa posição. Temos duas das maiores etnias berberes nos apoiando e representando os tambores de guerra tamacheque, além do exército francês, posicionado no Norte da Argélia. Peça-lhe para que nos encontre no Grande Erg Oriental.

Sekani balançou a cabeça, concordando. Ben prosseguiu:

– A verdadeira batalha está prestes a começar, meus amigos. Eu trarei Namira Dhue Baysan de volta, custe o que custar.

Benjamin Young encarou Umar, desta vez, com uma promessa no olhar.

Capítulo 37
Cordilheira do Atlas – Base secreta alemã

Namira Dhue Baysan esbravejou quando o soldado alemão, um homem com mais de dois metros de altura e queixo proeminente e quadrado, ergueu-a da cadeira, deixando as marcas dos dedos em seu braço, e arrastou-a para fora da cabine onde ela era mantida prisioneira, conduzindo-a de forma brutal pelos corredores do Majestät em direção à ponte de comando localizada no andar inferior.

Cambaleante, a Opala do Deserto observou perplexa o cenário a sua volta.

No andar dos oficiais, luminárias em estilo *Art Nouveau* nas paredes laterais davam ao lugar uma atmosfera de aconchego, que fazia lembrar os ambientes de um suntuoso navio de cruzeiro, não as instalações austeras de um dirigível de guerra. Placas douradas com os respectivos nomes dos oficiais enfeitavam as portas das cabines. Ao passar diante da cabine com uma placa que trazia a inscrição "General Rosenstock", Namira resmungou algo em sua língua natal, um xingamento, o que atraiu um olhar crítico do soldado a seu lado, que a cutucou com força, apontando o caminho a seguir, que fazia uma curva para a direita.

Ao dobrar o corredor, Namira deu de cara com um exuberante elevador do século XIX, utilizado somente pelos oficiais de alta patente. Em seu interior, um jovem ascensorista permanecia sentado num banco de metal, entregue aos seus pensamentos. Ao reconhecê-la, o jovem operador levantou-se e aproximou-se da grade como se quisesse dizer algo, balbuciando frases que não se formaram, enquanto a seguia com o olhar adolescente, observando a mulher que, mesmo machucada e um pouco diferente das fotografias que costumavam enfeitar os cartazes anunciando a Opala do Deserto, ainda era, sem dúvida, a mulher mais linda que já havia visto em toda a sua vida.

Namira chegou a sorrir de leve para o jovem ascensorista, mas foi empurrada mais uma vez pelo seu "guarda-costas", deixando o elevador para trás e indo em direção à escadaria em caracol de aço polido que havia na outra extremidade do passadiço.

Seguida de perto pelo brutamontes, desceu os degraus aos trancos e barrancos e desembocou em um novo complexo cujas galerias, estreitas e frias, eram características dos U-boot e belonaves aéreas de combate.

Um emaranhado de cabos elétricos percorria o teto dos corredores, a maioria deles iluminados por luzes extremamente claras, além das tradicionais luzes vermelhas acionadas pelo alarme central. Uma infinidade de soldados e tripulantes corria de um lado para o outro. Gritavam ordens, carregavam suprimentos, assumiam seus postos entrando e saindo das muitas salas espalhadas por todo o complexo e subiam e desciam pelas escadas que conectavam os diversos andares do dirigível, dos estaleiros junto às plataformas de desembarque, onde ficavam os tanques e carros blindados usados no deserto, aos hangares superiores junto à pista de decolagem bem acima do convés de tombadilho, com seus temíveis triplanos e sua superestrutura.

Ao cruzar um passadiço, passando acima de um amplo hangar, Namira Dhue Baysan não conteve a surpresa ao ver um imenso batalhão formado por soldados metidos em estranhas armaduras, os temíveis *Fledermaus*, os mesmos que havia visto anteriormente escondidos nos porões da Phanter II. Agora, porém, o número de soldados era ainda maior, todos eles enfileirados em uma ordem unida perfeita e vistoriados por um oficial superior.

– Que Alá conduza a sua alma para inferno, Rosenstock. Você e as suas malditas criações... – sussurrou Namira, observando os soldados lá embaixo e seguindo apressada através do elevado feito de aço.

A ponte do Majestät era ampla, ovalada, com um painel dianteiro e as laterais contendo equipamento de controle e monitoração: cartas de voo, bússolas, rádios, radares, instrumentos de medição de distância, de velocidade, instrumentos para ampliação de poder de visão, todos eles manuseados por um grupo de sete ou oito marujos que obedeciam às ordens de seu capitão, um oficial tão alto e esguio quanto Klotz von Rosenstock, porém, mais velho e com uma barba branca bem aparada e o uniforme impecável da força aérea prussiana. Estava parado diante do timão com os braços cruzados às costas enquanto o timoneiro terminava de fazer uma inspeção final.

Toda a ponte era contornada por uma imensa escotilha, de onde Namira podia assistir ao movimento lá fora em torno do dirigível de guerra. Uma verdadeira cacofonia de vozes com engenheiros e trabalhadores que davam seus retoques finais antes da máquina voadora do *Reich* lançar-se em seu voo inaugural.

De onde estava, a Opala do Deserto *pôde ver quando os tanques e carros blindados adaptados para o deserto foram conduzidos para o interior do Majestät. Porém, foram os enormes silos de combustível levados pelas empilhadeiras que chamaram sua atenção. Diesel! Óleo diesel! Além das máquinas a vapor, o Majestät também era alimentado por motores potentes movidos a diesel. Excelente, Klotz. Um tiro direto no seu coração. Namira sorriu e tocou o pingente preso em torno do pescoço – o escorpião com a lua entre as suas presas. Excelente!*

Um novo burburinho chamou a atenção da prisioneira quando o oficial da SSA, que acabara de interrogá-la, adentrou a ponte de comando e fitou-a com uma expressão de ódio e medo ao mesmo tempo. Namira sorriu com ironia para o oficial, fazendo um biquinho com os lábios e lançando um beijo provocador em sua direção. O oficial, que ainda segurava um lenço branco cobrindo as marcas de unhas na sua face direita, rosnou palavras inaudíveis e afastou-se como se fugisse de uma fera incontrolável.

– Deveria ter arrancado o seu olho de vez, seu maldito... – rosnou Namira, com um sorriso debochado, quando foi atraída pela voz risonha e carregada de ironia vinda da entrada da ponte:

– Por certo que, mesmo quando tudo isso acabar, Eberhard terá bons motivos para se lembrar da exuberante Namira Dhue Baysan. Uma pena não termos tanto tempo para continuarmos com a nossa brincadeira.

Namira voltou-se na direção de Klotz Rosenstock.

– Monstro! Monstros, todos vocês... – sibilou.

Rosenstock lançou um olhar ao redor, dizendo orgulhoso:

– Uma verdadeira obra de arte da qual o mundo se lembrará com glória. Diferente da grande Opala do Deserto, que muito em breve não passará de uma... prazerosa recordação.

O general alemão aproximou-se, fingindo preocupação ao ver as marcas do interrogatório estampadas no rosto de Namira. Com a ponta dos dedos, tocou o seu queixo, examinando-a mais de perto, e riu com deboche quando a mulher recuou com uma expressão de nojo. Rosenstock tornou a avançar, mantendo-a presa entre ele e o soldado brutamontes parado logo atrás dela. Segurou seu rosto com brutalidade e pressionou seus lábios contra os dela até conseguir enfiar a língua em sua boca. Em seu hálito, o gosto de Landhaus Weizenkorn, um destilado que lembrava *vodka*, misturado ao odor do último cigarro. Sentiu o lábio inferior arder quando Namira cravou seus dentes nele, cuspindo e atingindo o seu rosto em cheio.

Rosenstock afastou-se e encarou a mulher com uma expressão de prazer. Namira estava em suas mãos. Gostava da sensação. Possuí-la de todas as formas. Percorreu as curvas voluptuosas do seu corpo com os olhos cheios de desejo, depois limpou o sangue coagulado em seu lábio inferior com um lenço branco que guardava num dos bolsos do uniforme. Ia começar a dizer algo quando o oficial encarregado do sistema de comunicação do Majestät adentrou a ponte e dirigiu-se a ele:

– *Herr General*, acabamos de receber notícias sobre a operação no deserto.

Namira notou a estranheza no olhar de Rosenstock. O general encarou o soldado com uma expressão fria e os músculos da face enrijecidos.

O oficial prosseguiu:

– Nosso sistema de comunicação perdeu o contato com o Jahannam. De acordo com as últimas coordenadas, eles haviam acabado de transpor La Makan, uma região com bastante instabilidade meteorológica e capaz de causar avarias em seus sistemas... – explicou, relutante.

– Conheço o estreito... – rosnou Rosenstock, deixando as palavras escaparem por entre os dentes, fugindo do olhar atento de Namira. Não queria que a maldita espiã notasse a sua surpresa. – E quanto a Jafar Adib? – perguntou, firme.

– Nosso sistema de comunicação continua tentando entrar em contato com o líder *sawda'*, *Herr General*. Porém, até agora...

Namira adiantou-se com um sorriso provocador e interrompeu o sujeito, dirigindo-se a Rosenstock:

– Parece que seus homens não são tão bons assim para caçarem um pequeno rato do deserto, *Herr General*. Talvez monsieur Young seja mais esperto do que havíamos imaginado, não é mesmo, Klotz?

Por um segundo, o bravo general do *Kaiser* chegou a perder o controle e avançou na direção da prisioneira. Queria esbofeteá-la ali mesmo, mas felizmente conseguiu conter a sua fúria tomando o rosto da prisioneira em sua mão e fitando-a bem de perto com olhos que mais pareciam duas lanças.

– Parece que até agora você não demonstrou muita disposição em cooperar conosco – resmungou Rosenstock, lançando um olhar sutil para o agente da SSA junto à enorme escotilha frontal, tornando a encarar a jovem com uma expressão zombeteira. – Por isso pedi que a trouxessem até aqui na esperança de... convencê-la, por assim dizer.

Namira sorriu diante da ameaça. Conhecia o joguinho psicológico que Rosenstock fazia para tentar intimidar seus oponentes. Mas não sentiu medo. Apenas satisfação diante do oficial, notando como o homem tentava esconder a sua própria insegurança.

– Está com medo, não é, Klotz? – soprou a dançarina, sorrindo de prazer. – Medo de ter sido enganado por uma simples cortesã e um ex-batedor... Pobre Rosenstock! No fim, nunca compreendeu o deserto, não é mesmo?

O general conteve a raiva diante do olhar desafiador da jovem. Aproximou-se ainda mais e alisou de leve a face dolorida de Namira com as costas da sua mão, num gesto falso de carinho.

– O medo é um grande aliado, *Fräulein* Namira. Graças a ele, nos tornamos vigilantes feito um animal acuado ou um predador, dispostos a lutar pela vida até a sua última gota de sangue. Assim somos letais.

Namira riu com ironia:

– É assim que se sente, não é? Com medo.

– É assim que eu me sinto... Como um predador que não poupará uma gota sequer do sangue do seu oponente – respondeu o oficial dos *afrikanischen Regimentskorps*, enrijecendo os músculos da face e batendo de leve com a mão em seu rosto.

Namira mergulhou em seus olhos. Adorou quando percebeu como o grande general, no fundo, não parecia tão confiante assim. Com o indicador, cutucou Rosenstock no peito, num gesto desafiador:

– Neste caso, é melhor correr, pois o nosso rato do deserto parece ter tanto medo quanto você, doce general. Tão letal quanto você e seus *Korps*... Maldito Rosenstock – concluiu, soletrando o seu nome de maneira pausada.

Rosenstock suspirou e fitou-a com desdém. Cruzou os braços nas costas e começou a andar em círculos em torno da jovem:

– O deserto está infestado de escorpiões traiçoeiros esperando a sua presa cometer um simples erro. No fim das contas, tudo é uma simples questão de tempo. Mas sinto lhe dizer que, até lá, é bem provável que o seu rato não tenha mais a menor importância para nós.

O oficial parou diante da prisioneira.

– Se eu fosse você – continuou –, escolheria depositar a minha fé no grande sol capaz de calcinar as areias do Magreb, onde nem mesmo um rato... será capaz de esconder-se por muito tempo. E isto, Namira... – apontou o indicador para o cenário em torno, referindo-se à grande nau – isto é o sol, acredite... Vadia!

Ela desviou o olhar para o agente da SSA, que neste instante aproximou-se dos dois.

– Não sei o que você ou o seu amigo aqui esperam que eu diga, mas que tal se ambos limpassem a merda que deve estar incrustada nestes corredores? O cheiro aqui dentro é podre... – sibilou a jovem.

Rosenstock divertiu-se com o seu comentário raivoso. Gostava do seu jeito. Sua gana tornava-a ainda mais desejada.

– *Fräulein*, vivemos alguns bons momentos juntos... Uma pena nada disso ter sido... real.

Namira surpreendeu-se ao notar como as palavras de Rosenstock soaram verdadeiras.

– Nunca tivemos bons momentos, Klotz. Lembre-se de que eu nunca deixei de viver o medo, logo, nunca deixei de ser uma presa – sussurrou Namira, sentindo uma pontada de náusea.

– Um escorpião...sim, *Fräulein*. Um escorpião – sussurrou o oficial com um misto de pesar e admiração. Demonstrou estar desapontado quando se dirigiu ao oficial da SSA. Tinha esperanças de que as coisas com Namira pudessem ser diferentes.

– Acompanhe a prisioneira de volta a sua cabine e não poupe seus esforços, Eberhard. Tenho certeza de que, desta vez, ela será mais compreensiva.

O agente da SSA riu na direção de Namira, revelando dentes amarelados típicos de um fumante voraz. Na lateral do seu rosto, as três marcas deixadas pelas unhas da cortesã tornaram-se visíveis quando o sujeito abaixou o lenço de propósito e apontou para o ferimento num gesto ameaçador.

Escoltada pelo sujeito e pelo soldado brutamontes, Namira deixou o lugar com um sorriso triunfante no rosto.

Klotz von Rosenstock dirigiu-se ao oficial de comunicações que o aguardava, esperando as suas ordens:

– Prossigam na tentativa de obter algum contato com o Jahannam e peça que o major Steiner envie um esquadrão de *Fledermaus* para a região. Contate o capitão Klaus no Chade e peça-lhe que envie patrulhas K3 e K5 para a planície de Ueinate. Suponho que o mensageiro de Baysan pretenda cruzar o deserto com destino às bases inglesas no Sudão. O rato deve ser detido.

– Sim, *Herr General* – respondeu o oficial, batendo os calcanhares e deixando a ponte.

Rosenstock seguiu até a grande escotilha frontal e olhou a paisagem lá fora, observando através da imensa abertura que havia no hangar subterrâneo os enormes picos da cordilheira.

– Capitão... – ordenou o general, dirigindo-se ao seu comandante da tripulação. – Prepare a tripulação. Iniciaremos a fase cinco. Peça que os oficiais responsáveis pelo projeto a bordo reúnam-se em minha cabine. Não podemos arriscar a nossa missão... e o Majestät. E continuem tentando contatar o Jahannam.

O oficial acenou com a cabeça em concordância e começou a executar suas ordens.

Rosenstock cruzou os braços para trás e permaneceu ali, parado na ponte diante do suntuoso cenário. O gosto amargo do medo queimava suas entranhas.

– Maldito Jafar... Onde você se meteu? – sussurrou.

Por fim, deu meia-volta e deixou a ponte de comando com passadas largas e um olhar deveras sombrio. Detestava a sensação do medo. Detestava a maldita cortesã. Mas também a amava com todas as suas forças. Como deixou que isso acontecesse? *Verdammte Frau!*

Capítulo 38

Deserto da Líbia – Planície de Gadamés,
fronteira com a Argélia, dezesseis de junho de 1914

Didieur Lacombe apoiou um dos joelhos sobre a encosta de areia e observou por mais algum tempo o cenário desértico ao seu redor. Sentiu um desejo desesperador de fumar, mas não podia arriscar ser descoberto pelo inimigo, que a qualquer instante despontaria no horizonte, sobrevoando as grandes dunas Norte, vindo em sua direção. Uma pequena brasa de cigarro em meio à escuridão do deserto podia ser avistada a quilômetros de distância, transformando-se em um verdadeiro farol. Irrequieto, o capitão *spahi* abriu o cantil e tomou um rápido gole de água, depois enviou uma mensagem para um dos seus oficiais do 4º Regimento *Spahi* que o aguardava junto à depressão de Dar El Quatra, mantendo-o informado.

Cansado, Lacombe molhou um lenço com um pouco de água fresca e limpou os olhos devagar, pois suas pálpebras começavam a pesar depois de tanto tempo de vigília. Desde a partida de Young e do desaparecimento da Phanter II, não dormira mais do que uma ou duas horas por noite. Seu jaleco vermelho decorado com dragonas parecia mais folgado. Havia perdido peso. Algo normal quando se está diante de um conflito iminente. Ainda mais tratando-se de Didieur, cuja ansiedade e preocupação eram o seu maior tormento.

Didieur havia partido para o entreposto tático em Argel e assumido o comando do 4º Regimento após a partida da delegação alemã de Tânger, seguida de seu misterioso desaparecimento. Seus batedores *tirailleurs* já haviam varrido grande parte da região do Atlas em busca de alguma pista da nau alemã, sem obterem muito sucesso. Para piorar, o silêncio por parte de Young tornara tudo ainda mais angustiante para o oficial.

Quando Didieur estava prestes a tomar medidas mais severas, que poderiam implicar uma verdadeira declaração de guerra ao *Kaiser*, Ben deu sinal de vida. *Oui!* O maldito camelo rabugento estava vivo! Lacombe sentiu-se pronto para chutar de vez a bunda do general do *Kaiser* e colocá-lo diante do Conselho de Guerra Europeu. A forca para o miserável, ou quem sabe, uma bala na sua cabeça!

Lacombe suspirou. Ajustou as lentes noturnas do binóculo e varreu o horizonte em busca do cargueiro *Sanūsī* classe 5, que transportava um último carregamento de armas, munição pesada e alguns tonéis da maldita substância química para a base secreta no Atlas, conforme as informações precisas que Ben, com a ajuda de seus amigos berberes, havia arrancado dos prisioneiros *sawda'*.

– Desta vez, estamos um passo à sua frente, seu maldito chucrute azedo – sussurrou Lacombe, com um sorriso maldoso, referindo-se a Rosenstock.

Sabiam a hora e o lugar onde os *Sanūsī* cruzariam o deserto escoltados por uma fragata do *afrikanischen Regimentskorps*. Agora era uma questão de tempo para colocar o plano de Young em prática e rezar para que Alá iluminasse-o.

Os dois dirigíveis de guerra franceses, o Corsaire e o Napoleon, comandados por Lacombe, estavam prontos para entrar em ação. Transportavam quarenta e cinco soldados argelinos, dois pelotões cameleiros, um tanque blindado e vinte e dois famosos batedores *tirailleurs*, preparados para intervir a qualquer momento.

Porém, mesmo com Jafar Adib morto e seus *sawda'* derrotados, Didieur não deixava de sentir certo temor. O deserto era traiçoeiro, mesmo para alguém como o Olho de Gibraltar, e Rosenstock era um estrategista admirado não somente por homens como von Tirpitz, mas também pelos seus opositores. O sujeito havia conseguido desaparecer a bordo da Phanter II bem debaixo dos seus bigodes.

Duas enormes sombras despontaram no horizonte, acima das grandes e distantes dunas.

– Já não era sem tempo... – resmungou Lacombe, arrastando-se feito um lagarto até o topo da encosta. Apoiando os dois cotovelos no solo arenoso, examinou as naves distantes com a ajuda do binóculo. Ambas viajavam com as luzes externas completamente apagadas, mesclando-se à noite do deserto e singrando a escuridão feito dois fantasmas.

Lacombe deu um meio sorriso:

– Então foi assim que conseguiram surpreender o Reichsadler, miseráveis... – resmungou, lembrando-se da nau prussiana que havia sido destruída em pleno território argelino; o que, de acordo com as suspeitas de Namira, servira de pretexto para que Rosenstock pudesse mover seus homens em território francês.

Com uma expressão satisfeita, Lacombe apanhou seu comunicador criptográfico e sussurrou:

– Falcão 1 para ninho das cobras...

Uma voz metálica respondeu de imediato em meio ao ruido de estática:

– Ninho das cobras falando, Falcão 1.

– Contate Falcão 2 no ponto distante do deserto – ordenou Didieur, referindo-se a Young e sua tropa que aguardavam seu sinal. – Informe-o de que as águias avançam em sua direção a uma velocidade aproximada de doze nós. Águia 2 com baterias antiaéreas, Maxim e com capacidade de transporte para vinte ou vinte e cinco homens. Preparem-se para partir.

– Mensagem recebida, senhor – respondeu a voz do outro lado do rádio.

Lacombe desligou o comunicador e aproveitou para dar uma última olhada no inimigo antes de descer pela encosta.

– É hora de agir.

Com um sorriso animado, o oficial montou Sharara, um belíssimo garanhão árabe, negro como a noite e forte como os trovões que sacudiam as encostas do Saara. Galoparam a noite toda em direção à depressão de Dar El Quatra, onde Didieur era aguardado pelo 4° Regimento *Spahi*.

A batalha animava-o. Mais ainda a possibilidade de arrancar o falso e gélido sorriso da cara de Klotz von Rosenstock, mesmo imaginando que o homem deveria ter algumas cartas escondidas na manga. O que nem Lacombe e tampouco Benjamin Young podiam imaginar era o colossal Majestät. A mais pura tecnologia a serviço da destruição. O sinal de que, no futuro, a paz não passaria de um desejo utópico.

***

Ao comando de Lacombe, o 4º Regimento deixou Fezzan e voou em direção às colinas ao Norte, num percurso paralelo ao do inimigo. Contornou a região dos pântanos conhecida como sapais e fez uma curva acentuada de noventa graus a estibordo, descendo em direção a Mauritânia. Em pouco tempo, e voando a uma velocidade de quase 50 nós, assumiu uma posição estratégica cobrindo a retaguarda inimiga e acompanhando as naus a uma distância segura, com seu sistema de capacitador dissipando as ondas captadas pelo radar inimigo. Com as luzes internas e externas desligadas, as fragatas francesas seguiram o rastro dos homens de Rosenstock como dois predadores.

No passadiço do Corsaire, Lacombe roía as unhas de uma das mãos sem tirar os olhos dos dois pontos esverdeados que apareciam na tela do radar. Quando um terceiro ponto surgiu mais à frente, o oficial fez um sinal para que o comandante reduzisse a velocidade do torpedeiro francês, mantendo sua posição. Com a ajuda de um telescópio, Didieur assistiu apreensivo ao dirigível *sawda'* aproximar-se e interceptar o comboio alemão.

Os dois dirigíveis, *Sanūsī* e o Jahannam, permaneceram frente a frente feito dois titãs flutuando acima da grande planície de Ueinate, próximo à fronteira entre Líbia e Níger. A fragata *Korps* parada a alguns metros dos cargueiros permanecia em estado de alerta, porém sequer imaginava que era alvo do torpedeiro de Lacombe, que entraria em ação a qualquer momento.

Didieur cofiou os bigodes. Uma gota de suor escorreu pela lateral do seu rosto.

– Guerreiros *spahi*, assumam os seus postos! – ordenou através do radio-comunicador, sem tirar os olhos do telescópio. – Preparar torpedos 1 e 2!

– Torpedos preparados e alvo em posição, senhor – respondeu o operador, disparando uma série de comandos enquanto manuseava a infinidade de botões no painel de controle da nau.

"Muito bem... Agora é com você, camelo rabugento. Agora é com você", sussurrou Lacombe para si mesmo, nervoso. Ansiava pela batalha, mas, como líder e experiente soldado que era, sabia que nunca se estava pronto para ela.

Tentou sorrir.

"Agora é com você"

Capítulo 39

Planície de Ueinate – Fronteira entre Líbia e Niger

O comandante do cargueiro *Sanūsī* aproximou-se da escotilha no passadiço e observou atento a lanterna do tombadilho do Jahannam acender e apagar uma série de vezes, transmitindo uma mensagem codificada em nome de Jafar Adib. O comandante não esperava ser interceptado pelo príncipe dos *sawda'* em pessoa, muito embora não aparentasse surpresa. Afinal, as notícias de que Jafar havia deixado seu *kasbah* e partido para o deserto para liderar a verdadeira caçada ao espião inglês já havia se espalhado entre seus aliados. Logo, era certo que, mais cedo ou mais tarde, Jafar quisesse averiguar a sua preciosa carga e garantir o sucesso da missão. Além disso, para o comandante *Sanūsī*, a aproximação de Adib indicava que o rei *sawda'* e seus homens havia tido sucesso em sua caçada, restando-lhe apenas acompanhar o comboio de volta até o Atlas. Muito provavelmente – imaginou o oficial –, Jafar traria a bordo a cabeça do tal espião, desfilando com o seu troféu como sempre costuma fazer.

– Preparar para a aproximação! – anunciou o imediato. – O líder *sawda'* e sua escolta desejam vir a bordo, senhor.

O comandante *Sanūsī* esboçou um sorriso tenso. A verdade é que a presença de Jafar Adib incomodava-o pelo simples fato de que a sua relação com os *sawda'* era muito mais calcada no medo do que na admiração. Adib era considerado, até mesmo pelos da sua laia, alguém traiçoeiro, um assassino cujas alianças e inimizades costumavam ser definidas de acordo com o seu estado de humor. E como era sabido, desde que o líder *sawda'* envolvera-se com os tais alemães, o seu humor não andava dos melhores. Pagar tributos a Jafar e manter sua aliança era um mal necessário, uma forma de garantir aos contrabandistas do Norte da África que o seu mercado negro não sofreria retaliações por parte dos grandes líderes *tamacheque*, ou mesmo dos malditos *spahi*. Porém, lidar com Adib e suas hienas sanguinárias tinha o seu preço, viver sentado sobre um barril de pólvora.

– Muito bem... Permissão concedida. Diga aos nossos homens que cuidem dos preparativos para recebê-los junto ao convés principal – ordenou o comandante, com um aceno afirmativo de cabeça. – Envie ao imediato *sawda'* as nossas coordenadas de aproximação em dois-zero-três-cinco.

– Afirmativo, senhor. Dois-zero-três-cinco – repetiu o imediato.

Lentamente, o Jahannam começou a fazer uma manobra suave a bombordo, reduzindo sua velocidade para cinco nós, mantendo-se alinhado ao cargueiro classe 5. Em seguida, um passadiço movido a engrenagens começou a projetar-se do seu convés em direção ao convés principal da nau *Sanūsī*, mantendo então os dois dirigíveis conectados e estabilizados.

Do interior da sala do leme no cargueiro classe 5, o comandante *Sanūsī* assistiu orgulhoso à formação militar de sua guarda, integrada por alguns guerreiros armados com rifles Remington e espadas presas à cintura, prontos para recepcionar a comitiva *sawda'*.

Quando uma figura imponente surgiu do outro lado do passadiço sobre o convés do Jahannam, o oficial *Sanūsī* sentiu seu estômago queimar. Gotas de suor frio começaram a brotar da sua testa. "Jafar Adib", sussurrou para si mesmo, mexendo as mãos enquanto observava o homem altivo, todo envolto em trajes negros esvoaçantes e com um *tagelmust* que deixava apenas os olhos à mostra, cruzar o passadiço com passadas largas, seguido de perto por guardas *sawda'*.

– *Sayid* Adib a bordo! – anunciou uma voz pelo radiocomunicador na sala do leme.

O comandante *Sanūsī* respirou fundo e distribuiu algumas ordens aos membros da tripulação antes de preparar-se para recepcionar os visitantes.

Ao observar a comitiva *sawda'* aproximar-se da sala do leme, o líder *Sanūsī* curvou-se diante da figura imponente numa saudação:

– Bem-vindo, Jafar Adib. Que Alá ilumine seus passos e que os *Sanūsī* possam servi-lo nesta e em outra vida.

– Tenho a certeza de que sim, *Sharife* Haçane Zobair.

O comandante *Sanūsī* ergueu os olhos, surpreso. Não reconhecia aquela voz, que decerto não era a de Jafar. Atônito, começou a desembainhar a sua espada, porém era tarde demais.

Ben Young descobriu o rosto e fitou o comandante *Sanūsī* com uma expressão vitoriosa. O cano da sua Colt tocou de leve o centro da testa do comandante Zobair e no mesmo instante, a um sinal seu, toda a tripulação *Sanūsī* foi rendida, ameaçada por guerreiros *Hoggar* disfarçados de *sawda'*.

– Um movimento seu e toda a tripulação vai virar comida para as raposas do deserto – sussurrou Young, aproximando-se do comandante.

Umar adentrou a sala do leme, ofegante:

– Toda a tripulação foi rendida, *sayid* – anunciou, dirigindo-se ao amigo, passando a examinar os prisioneiros com um olhar rude.

– Excelente! – respondeu Young, satisfeito. Em seguida, tocou de leve o ombro do operador *Sanūsī* sentado diante do sistema de radiocomunicador e ordenou:

– Neutralize os sistemas de radar da fragata alemã e direcione os seus canais de radiocomunicação para esta frequência, zero-zero-dois-cinco-três.

O jovem *Sanūsī* trocou um olhar rápido com o seu superior, que acenou com a cabeça indicando para que obedecesse.

O operador de rádio começou a transmitir as ordens para o operador a bordo da fragata alemã.

– *Sanūsī* classe 5 para SMS Kaiserin, alterando para frequência zero-zero-dois-cinco-três – transmitiu o operador, manuseando seu equipamento com as mãos trêmulas.

– SMS Kaiserin na frequência zero-zero-dois-cinco-três – respondeu de imediato uma voz do outro lado do rádio.

Ben empurrou Zobair com a Colt até o radiocomunicador e inclinou-se até o operador, apoiando uma das mãos em seu ombro e soprando-lhe num tom muito calmo:

– Informe o capitão da Kaiserin que o comandante Zobair aguarda-o para transmitir novas ordens vindas do Atlas.

O jovem operador transmitiu a mensagem disfarçando a voz, para que do outro lado não percebessem a sua tensão.

– Capitão Hoffman na escuta – respondeu depois de algum tempo o oficial maior a bordo da SMS Kaiserin.

– Comandante Zobair falando em frequência secreta – acrescentou o comandante *Sanūsī*, olhando por cima do ombro para Ben. – Acabo de receber ordens...

– Prossiga! – respondeu o capitão da SMS Kaiserin, com uma voz rude e impaciente.

Ben pressionou mais a Colt contra as costas de Zobair, que continuou a transmitir as ordens que Young havia passado:

– Jafar Adib acaba de embarcar. Os *sawda'* finalizaram a busca atrás do espião inglês. O prisioneiro permanece a bordo do Jahannam e deverá ser transferido para SMS Kaiserin, conduzido para a base no Atlas, obedecendo às coordenadas vinte-N-doze-O. Continuaremos em nossa rota atual, desta vez escoltados pelo Jahannam.

Silêncio.

– Pedirei para que meu operador confirme...

Ben adiantou-se e cochichou no ouvido de Zobair, que prosseguiu apreensivo.

– Jafar Adib está a bordo, *Herr* kapitän. Se deseja insultá-lo desta forma, peço que venha até meu cargueiro e discuta com o líder *sawda'* em pessoa. Do contrário, siga as ordens e aguarde as coordenadas para aproximação junto ao Jahannam, onde o prisioneiro espera para ser transferido. A propósito... – Zobair fez uma breve pausa quando Ben inclinou-se novamente em sua direção e sussurrou-lhe algo, repetindo as suas palavras e procurando ocultar seu nervosismo. – Eu sugiro que jamais desrespeite um homem do deserto como Adib. Não conhecem o Magreb tão bem assim, e um descuido destes poderia custar a sua cabeça, *Herr* Hoffman.

Novo silêncio, até que finalmente a voz rouca do oficial soou do outro lado do rádio:

– Aguardando coordenadas para aproximação.

Zobair relaxou. Enquanto o operador de rádio transmitia as coordenadas à fragata alemã, o comandante voltou-se para Ben, encarando-o com um olhar desafiador:

– Acha mesmo que pode tomar o meu cargueiro sem que o SMS Kaiserin perceba a cilada e entre em ação? Não sei o que houve com Jafar Adib, mas esteja certo de que não conseguirá escapar dos *Korps*...

Ben sorriu com deboche, enquanto acendia um cigarro e dava um bom trago, sem desviar sua arma do sujeito à frente.

– Escapar dos *Korps*? Eu nunca disse isso, comandante. Venha... – disse, empurrando-o em direção à escotilha frontal. – Umar, empreste o binóculo para o nosso comandante. Olhe, Zobair...

O comandante *Sanūsī* apontou o binóculo na direção indicada por Ben.

– Está vendo as silhuetas pairando acima daquelas dunas ali? – perguntou Young, parecendo divertir-se. – Ali... A poucos metros da SMS Kaiserin... Pois bem, eu tenho certeza de que com estas lentes poderá distinguir o Corsaire e o Napoleon, dois dos maiores dirigíveis de guerra *spahi* prontos para transformar, ao meu comando, a sua escolta em um amontoado de ferragens derretidas.

O comandante Zobair balbuciou palavras sem sentido, mal conseguindo esconder o espanto ao reconhecer os dois dirigíveis de guerra que não passavam de sombras em meio à escuridão do deserto.

Ben tocou de leve o seu ombro com o cano da arma:

– Seus sistemas de emissão de ondas eletromagnéticas são capazes de confundir os radares inimigos por algum tempo, tornando-os invisíveis... Verdadeiros dirigíveis-fantasmas. É tempo suficiente até que os seus torpedos acertem o alvo. Imagino que tenha sido desta mesma maneira que Jafar Adib destruiu a nau prussiana, não foi?

Zobair reagiu à menção ao ataque da nau prussiana Reichsadler. Ao sentir o cano da arma fazendo pressão em sua espinha, dirigiu-se ao operador do radiocomunicador.

– Operador, certifique-se de que o SMS Kaiserin recebeu as coordenadas...

Uma gota de suor escorreu pela testa de Zobair, que observou lá fora a Kaiserin a trezentos metros da sua popa.

– Coordenadas recebidas, senhor.

Zobair esfregou as mãos, tenso, soltando o ar lentamente quando a SMS Kaiserin começou a mover-se em direção ao Jahannam.

– Excelente, comandante Zobair. Viverá para ver o fim desta história – soprou Ben, assistindo à manobra, satisfeito. – Umar, você assume o rádio e avise Didieur. A águia segue em direção ao escorpião.

Umar sorriu satisfeito e puxou o operador da cadeira com força, assumindo o seu posto e começando a transmitir.

***

A bordo do cargueiro *Sanūsī*, Young recebeu empolgado a notícia de que as tropas *Hoggar* haviam rendido, sem muita dificuldade, o pelotão de *Korps* que havia embarcado no Jahannam.

Sob o comando de Lacombe, os dois dirigíveis de guerra, Corsaire e Napoleon, avançaram com os motores à frente. Seus mastros tornaram-se visíveis em meio à escuridão quando surpreenderam a fragata alemã surgindo em sua popa e encerrando o seu flanco esquerdo. O convés da fragata alemã estremeceu quando os dirigíveis de guerra franceses lançaram seus ganchos da popa à proa, e após o sistema de comunicação da nau inimiga ser neutralizado, os guerreiros *Hoggar* disfarçados de *sawda'* começaram a invasão da Kaiserin. Apoiados por um regimento *spahi*, encurralaram o capitão Hoffman e seus *Korps* e começaram a transferi-los para cargueiro classe 5, onde permaneceriam presos nos galpões de carga juntamente com o resto da tripulação *Sanūsī*.

– Falcão um para Falcão dois! – a voz de Lacombe ecoou através do rádio na sala do leme do cargueiro classe 5.

– Falcão... sei lá como é isso... Umar falando! – respondeu o berbere, confuso, arrancando um riso de Ben parado ao seu lado.

– É com grande satisfação que eu informo que o nosso querido *Herr* Hoffman resolveu cooperar conosco, transmitindo para as fragatas de apoio vindas do Atlas as coordenadas indicando o nosso ponto de encontro. Ambas terão uma surpresinha quando chegarem no Domo de Richat. Tenho certeza de que Faruk ab Aynyam, Abdul al Alivy e nossos amigos ingleses cuidarão muito bem deles. Malditos chucrutes! Mil vezes malditos! – finalizou o capitão francês empolgado, explodindo em gargalhadas.

***

Didieur Lacombe correu pelo passadiço do cargueiro *Sanūsī* em direção à casa do leme. Seus gritos de vitória, ainda que temporária, atraíram os olhares surpresos da tripulação a bordo, que abria caminho assustada enquanto o oficial cruzava o corredor esbaforido, rindo alto e gesticulando as mãos eufórico.

– Maldito camelo rabugento! – gritou o capitão francês, quando avistou, depois de tanto tempo de agonia, seu amigo Ben Young parado ao lado do imediato na casa do leme. O francês tentou sorrir, mas seus lábios trêmulos de emoção não deixaram. Tomou Ben Young num abraço forte, como se quisesse quebrar uma ou duas de suas costelas. – Maldito camelo... – soluçou. – Graças a Alá você está vivo. Graças a Deus estamos juntos mais uma vez – disse, dando uns tapinhas no rosto do amigo.

– É um grande prazer revê-lo, Didieur! – riu Ben, satisfeito, divertindo-se com a reação exagerada do amigo.

Didieur esfregou os dedos nos olhos marejados e examinou o cenário em torno:

– Uma verdadeira loucura tudo isso, *mon ami*. Mas pelo visto você conseguiu. Enganou Jafar direitinho e conseguiu tomar esta banheira velha *Sanūsī*.

Ben sorriu quando Didieur apertou seus ombros, disfarçando a surpresa ao examiná-lo mais uma vez dos pés à cabeça. Com uma expressão de cansaço, a barba rala e empoeirada cobrindo o queixo quadrado e as vestes sujas da batalha, Young parecia mais um daqueles pobres coitados maltrapilhos que viviam nas ruas do subúrbio em Tânger – pensou Lacombe.

– Não conseguiria nada disso se não tivesse recebido uma boa ajuda – comentou Ben, dirigindo um olhar em direção a Umar, que assistia à cena parado junto ao operador *Sanūsī*, que havia sido mantido em seu posto no painel de controle de comunicação.

– *Oui*... – resmungou Didieur, dirigindo-se ao berbere e cumprimentando-o com um aceno de cabeça. – Vejo que soube cuidar deste presunçoso direitinho, *monsieur*...

– Umar – soprou Ben, sem graça.

– *Oui*... Umar Yasin, *oui*... Lembro-me bem do nosso encontro nos estaleiros da antiga *Clarke Shipping*. Ainda tenho o galo na cabeça que o seu amigo me deixou – disse o francês, tentando ser engraçado. Estendeu a mão a Umar, que se aproximou e retribuiu o cumprimento, sem conseguir esconder sua reação à menção a Mustafá feita pelo capitão francês.

– Desculpe... disse algo errado? Os olhos do francês encontraram-se com os de Ben, que se adiantou apoiando sua mão no ombro do berbere:

– Mustafá não está mais conosco. O pobre garoto... não resistiu – explicou Ben, trocando um olhar de cumplicidade com Umar.

Lacombe fez uma cara de pesar:

– *Mon dieu...* – murmurou.

Umar sorriu para Young de maneira discreta, agradecido pelo aventureiro ter preservado a memória de Mustafá ao invés de ter revelado sobre a sua traição.

Lacombe cofiou os bigodes, fingindo não notar a comunicação silenciosa que havia entre os dois. Desconcertado, cumprimentou Umar com um certo pesar e tratou de mudar de assunto. Cruzou os braços para trás e seguiu lentamente até o capitão *Sanūsī*, examinando-o dos pés à cabeça com altivez:

– E este deve ser o capitão desta espelunca fedorenta, não? – provocou o francês, observando a reação do prisioneiro.

Ben confirmou com um aceno de cabeça:

– Manter o capitão e alguns dos seus imediatos na ativa evitará que chamemos a atenção dos homens do *Kaiser*. Além do mais, Zobair concordou em cooperar conosco em troca de um julgamento justo junto aos chefes *tamacheque*.

Didieur bufou, parecendo convencido:

– Você promete coisas demais, Ben. Eu poderia dar um julgamento justo a este traste bem aqui... – O francês ameaçou desembainhar seu sabre, mas foi impedido por Young que, ao sorrir de maneira debochada, acabou salvando Zobair da fúria teatral do francês.

– Mais tarde cuidaremos dos *Sanūsī*, meu amigo. Agora venha... – concluiu, puxando-o em direção à mesa no centro da sala do leme. – Um bom gole de café servirá para acalmar estes seus nervos...

– Café? *Dieu merci...*

Animado, Didieur apressou-se em seguir o amigo até mesa de operações no centro da sala onde, além de alguns mapas e muitas anotações de navegação, havia uma jarra de café fresco, um cinzeiro de cobre forrado de baganas e algumas xícaras de metal. Ben encheu uma delas com o líquido quente e ofereceu a Didieur:

– Com os cumprimentos do nosso bom e velho capitão. Café trazido das Américas – explicou Ben, observando enquanto Didieur, surpreso, aproximava a xícara do nariz, sentindo o seu aroma antes de dar um bom gole, fazendo ruídos de satisfação e murmurando:

– *Excellent, mon bon Dieu!* Esses contrabandistas são impressionantes – comentou o francês, animado, repetindo o ritual e deixando o vapor quente umedecer seus bigodes.

Neste instante, o oficial especializado em comunicações a serviço do *bureau* inglês, cabo Sekani, adentrou a sala com um ar empolgado e dirigiu-se a Ben:

– *Sayid* Young, trago novidades. Acabei de receber uma mensagem por parte do *bureau*.

Lacombe lançou um olhar desconfiado para o sujeito, depois para Ben.

– O cruzador de batalha aéreo HMS Tiger, comandado pelo Major Coldwell, acaba de se juntar *às* tropas *Hoggar* e *Ajjer*. Um comboio aéreo formado pelos dirigíveis cruzadores Indomitable e o Furios *e três couraçados, o* Iron Duke, Agincourt e o *Valiant*, sob a liderança do vice-almirante Blake, fecham o seu flanco avançando pelo Norte.

– Excelente – reagiu Ben, cerrando os punhos e ouvindo atento.

– Além disso – prosseguiu Sekani –, o nosso sistema de análise confirmou os resultados em relação à substância.

Ben franziu a testa curioso, enquanto Lacombe, ao seu lado, tinha uma expressão confusa.

O cabo esclareceu:

– Aquilo que chamam de Sangue do Diabo *é na verdade conhecido por* CH3P(O)F... Um composto organofosforado bastante letal devido a sua extrema potência sobre o sistema nervoso. Seu efeito em contato com a pele causa uma queimadura de quarto grau com efeito imediato, capaz de transformar um ser vivo num monte de carne e ossos retorcidos em questão de minutos.

Didieur resmungou algo incompreensível, depois encarou o oficial com um olhar baralhado.

– Creio que ainda não fomos apresentados.

Ben voltou-se para o francês com um ar sem graça, apoiando uma das mãos no ombro do oficial egípcio enquanto o apresentava:

– Desculpe, Didieur... Este é cabo Sekani, oficial do *bureau* inglês e contato de Idris Misbah.

Lacombe fez um gesto de curiosidade, esticando o pescoço em direção ao oficial, e fitou-o com um olhar invulgar:

– Então, este é o homem que você deveria ter encontrado em Ghat?

Ben respondeu com um sinal afirmativo.

O capitão francês aproximou-se de Sekani e cumprimentou-o com um aperto de mão vigoroso. Em seguida, e com as apresentações feitas, voltou-se para Young, colérico:

– Quer dizer que os alemães querem mesmo nos fazer queimar no inferno. *Maudits salauds d'allemands!* E quanto à mulher... Madame Sombre, onde está a jovem que levou a substância até Coldwell?

Ben deu um gole no café antes de responder com uma expressão de alívio:

– Sombre está bem.

Didieur cofiou os bigodes e esbravejou como sempre costumava fazer quando não concordava com alguma coisa:

– Confesso que fiquei surpreso quando soube que você a havia envolvido em seu plano secreto, *mon ami*. Um grande risco para ambos.

Ben balançou a cabeça fingindo concordar com o amigo. "Correr riscos... com Sombre? Impossível. Não depois daquela noite, quando pôde ver sua alma ao mergulhar naqueles olhos de esfinge", pensou Young, respondendo em seguida com um sorriso admirado:

– A *etíope* era a peça perfeita nesta intrincada engrenagem. Sem ela, eu jamais teria conseguido enganar Rosenstock e Jafar Adib. Além do mais, Madame Sombre tem um grande poder de persuasão. A mulher conhece o deserto melhor do que todos nós. Se existe alguém capaz de enganar até mesmo uma raposa do deserto, sem dúvida alguma que esse alguém é Sombre.

Lacombe desviou o olhar rabugento, resmungando:

– *Merde!* Gostaria de ter a sua confiança, *mon ami.* – Apertou a xicara de café entre as mãos, aquecendo seus dedos frios, e prosseguiu. – Mas sempre fui um péssimo jogador nas cartas. Ao contrário de você, que a todo instante parece blefar com a própria sorte – afirmou, num tom de crítica.

Ben riu baixo, divertindo-se com o jeito do amigo.

– Nunca duvide de alguém que domina os demônios do deserto – brincou Young, provocando o francês.

Didieur gargalhou e gesticulou as mãos, descrente. Achava aquela história de demônios do deserto uma grande bobagem.

– *Jamais!* – falou alto, erguendo a xícara e fazendo um brinde. – Enfim... *à* Madame Sombre. Um farol em meio *à* escuridão do deserto. Que Deus a proteja.

Umar e Ben juntaram-se a ele.

– Que Alá a traga de volta e em paz para a sua Casa de Vênus – completou Young.

Depois de dar mais alguns goles de café, sentindo-se mais revigorado e aquecido, o capitão *spahi* voltou-se na direção do oficial do *bureau*, com uma expressão mais confiante:

– *Or...* Com a substância revelada e as nossas tropas formando uma frente única de combate, duvido que os súditos do *Kaiser* consigam manter-se longe da mira do Conselho de Guerra europeu por muito mais tempo.

Sekani concordou com o francês, trocando com ele algumas informações sobre a frota comandada por Coldwell.

Ben Young debruçou-se sobre a mesa, como se quisesse examinar todos aqueles mapas, muito embora Didieur o conhecesse bastante bem para ver em seus olhos o quanto o homem estava distante. "Então é agora que você vai tocar no assunto, *mon ami*" – pensou o francês, observando Young.

– Quanto à Namira... algum sinal? – perguntou o gibraltarino cabisbaixo, já ciente da resposta, mas querendo ouvi-la mesmo assim.

O francês aproximou-se com um ar desapontado e tocou de leve o ombro do amigo:

– *Malheureusement pas, mon ami.*

Sorrindo sem alegria e visivelmente abatido, Ben caminhou até parar diante da escotilha principal da sala do leme. Observou lá fora a solidão do imenso deserto enquanto buscava uma forma de enterrar o temor que sentia no fundo da alma.

– Pode ser que a Opala do Deserto tenha mesmo desembarcado em Constantinopla, conforme havia me dito, apresentando-se para o sultão e para seus ministros enquanto busca pistas sobre a operação encabeçada pelo chucrute Rosenstock e a possível aliança entre Wilhelm e os otomanos.

A voz de Lacombe soou vazia quando ele parou ao seu lado cofiando os bigodes e escapando do seu olhar. O francês prosseguiu:

– De lá... Talvez ela tenha retomado os seus compromissos... Humm... Enquanto a Phanter II teria seguido... *Merde*... – O capitão *spahi* começou a gesticular as mãos, nervoso, enrolando-se com as próprias palavras.

Ben deu um meio sorriso de agradecimento pela sua tentativa, ainda que inútil, de animá-lo. Mas era óbvio que nem mesmo Didieur acreditava naquilo.

– *Je suis désolé, mon ami* – sussurrou o francês, desconcertado, trocando um olhar rápido com o oficial do *bureau*, Sekani, como se esperasse dele algum apoio. – Mas a verdade é que, de acordo com os agentes ingleses infiltrados na Turquia, a nau alemã nem sequer chegou a cruzar os estreitos. Os malditos possuem um bom sistema antirradar para terem conseguido nos enganar... – Lacombe não concluiu a frase. Não havia a menor necessidade de mais justificativas.

Ben franziu os olhos como se quisesse ver algo para além da escuridão lá fora. Mordiscou o lábio inferior, introspectivo, e depois de algum tempo murmurou mais para si mesmo:

– Rosenstock nunca teve a intenção de seguir para Constantinopla, conforme Namira Dhue Baysan acreditava. O maldito já havia traçado o seu destino muito antes de deixarem Dar es Salaam.

Didieur pareceu hesitante:

– O que quer dizer, Ben?

Ben Young voltou-se para Lacombe com um sorriso perplexo:

– O general sabia com quem estava jogando desde o início, antes mesmo da sua chegada à zona neutra em Tânger... Mas que droga! – esbravejou, voltando-se para Umar com olhos que pareciam cintilar. Depois encarou o francês: – Rosenstock fingiu deixar-se enganar para atrair Namira para a sua própria armadilha e descobrir sobre o vazamento de informações em sua operação. Fadi... Depois Misbah, a substância roubada e mais do que isso... Descobrir o quanto os ingleses estavam de fato próximos de encontrar algo. Mantê-la ao seu lado teria como propósito extirpar as suas ações. Mas, para ele, o destino colocou duas pedras no seu caminho. – Young parou diante do amigo e encarou-o de frente. – Eu, na noite em que presenciei o assassinato de Idris Misbah, e você, Didieur, que possibilitou que as investigações de Namira não caíssem nas mãos dos homens do *Kaiser*.

Lacombe fez algumas caretas enquanto pensava naquilo tudo, intrigado. Acendeu um cigarro e, entre pequenas baforadas, deixou escapar seus pensamentos:

– *Merde*... Algo me diz que isso tudo não passa da ponta de um imenso iceberg... *Oui*... Os Bálcãs... Agadir... A destruição da nau prussiana... e agora isso... Conflitos que podem muito bem servir para acobertar os verdadeiros planos de Rosenstock... Uma guerra...

Ben encarou o amigo com uma expressão fechada. Umar e Sekani os observavam com expressões semelhantes. Uma guerra. Lacombe tinha razão. Ben podia sentir o seu cheiro no ar.

– E quanto às tais anotações encontradas por Namira? – perguntou o gibraltarino, seguindo de volta até a mesa no centro da sala.

Lacombe voltou-se para Sekani, perguntando igualmente curioso:

– Alguma descoberta interessante, oficial? Alguma coisa sobre decanato... Ove... Como é mesmo? – questionou o francês com uma careta engraçada.

– *Ovejaras* – respondeu o jovem oficial um tanto quanto frustrado. – Estamos trabalhando nisso, *sayid*. Quanto ao nome citado na mensagem, Herman Schultz, trata-se de um membro do sistema da inteligência prussiano. Nossos agentes estão em seu rastro para descobrirem sua conexão com a operação liderada por von Rosenstock. Sabemos que Schultz comandou o serviço de espionagem alemão durante a batalha de Kalimantsi entre búlgaros e sérvios, coletando informações e monitorando a relação entre sérvios e russos, depois da anexação da Bósnia pelos austríacos.

Didieur exaltou-se:

– É possível que o olhar dos malditos alemães sobre uma possível aliança entre russos e sérvios tenha algo a ver com a missão de Rosenstock... Ou seja, um suposto alvo para o *Kaiser* e seus generais despejarem a sua arma química? E quanto a este maldito *Sanūsī*, não pode nos dizer algo? – rugiu, parando diante de Zobair e fuzilando-o com os olhos.

Ben adiantou-se, convencido de que os *Sanūsī não passavam de um meio de transporte clandestino para Rosenstock e seus aliados sawda'*:

– Duvido que até mesmo Jafar Adib tivesse informações mais relevantes sobre as intenções de Wilhelm II e seu general – respondeu, esfregando as mãos uma na outra, procurando aquecer-se do frio noturno que fazia no deserto.

Lacombe deu de ombros. Sekani prosseguiu:

– Acreditamos que Schultz esteja à frente da operação de apoio conhecida como Majestät. Sobre a menção à Mão Negra... Bem, sabemos que se trata de uma organização nacionalista sérvia fundada por antigos membros de uma sociedade semissecreta pan-eslavista, cujo passado envolve uma série de assassinatos...

– Pan-eslavistas... Organização sérvia... Mas o que isso quer dizer? – esbravejou Didieur, trocando um olhar confuso com Ben. – Rosenstock está confabulando com oponentes dos próprios austríacos?

O cabo Sekani pareceu sem reação, perdido, tão confuso quanto o próprio capitão *spahi*.

– Quem sabe mais alguns aliados, Didieur... Assim como os *sawda'* de Jafar Adib – adiantou-se Ben. – Precisamos descobrir com que propósito.

Lacombe esmurrou a mesa com tanta força que derrubou a xícara metálica, espalhando o café sobre alguns mapas e provocando um ruído estridente. Assustado com a reação típica de Lacombe, Sekani aguardou até que se acalmasse para prosseguir:

– De qualquer forma, achamos que se trata de uma operação conjunta de contraespionagem liderada por Schultz, com o objetivo de garantir a segurança da carga secreta alemã desde a sua partida de Berlim até o seu destino em Malta. Alguns espiões junto à costa seriam de grande valia, auxiliando os submersíveis alemães ou dirigíveis através do Adriático e avançando pelo Mediterrâneo.

Didieur soprou a fumaça do cigarro. Caminhou ligeiro de um lado para outro e ergueu as sobrancelhas:

– *Oui*... Faz sentido. Não são franceses, mas devo admitir que o seu sistema de inteligência é bastante eficiente – acrescentou, encarando o oficial do *bureau* com um ar de deboche. – Espero que muito em breve o próprio Rosenstock possa nos contar o que significa isso tudo.

Ben concordou com o amigo, voltando-se para o capitão *Sanūsī* com um certo sorriso confiante no rosto, dizendo:

– Muito bem, capitão, é hora de partirmos. Não vamos querer que os alemães deem por nossa falta. Didieur, Umar e eu seguiremos ao lado de Zobair. Para todos os efeitos, Jafar Adib acompanhará a carga a bordo do cargueiro *Sanūsī*. Quanto a SMS Kaiserin...

– Meus homens assumirão o seu controle – interveio o francês. – Manteremos o seu percurso original com o Corsaire e o Napoleon voando em sua retaguarda em ponto-zero-dois.

– Excelente – respondeu Ben, ofegante. – O Jahannam, comandando pelos *Hoggar*, se juntará ao cargueiro *Sanūsī*. Quando chegarmos ao Domo de Richat, assumiremos uma nova formação até o Atlas. A nau *Sanūsī* está prestes a tornar-se o nosso presente para Rosenstock. Um presente de grego, devo dizer... – concluiu, com um risinho maroto. – Didieur, é hora de chutarmos as bundas destes chucrutes.

Capítulo 40

Cordilheira do Atlas, dezessete de junho de 1914

O oficial responsável pelo sistema de comunicação – um jovem que mal completara seus dezenove anos de idade, de cabelos ralos e loiros – correu eufórico pelos corredores do *kasbah sawda'*. Cruzou o pátio e seguiu direto para o túnel que levava ao hangar escavado no interior da montanha. Afoito, o soldado desviou dos contêineres pelo caminho, dos muitos trabalhadores e dos *korps* que transitavam por ali, até alcançar o complexo subterrâneo. De lá, podia observar por uma abertura a paisagem externa, insólita, com os enormes picos rochosos da cordilheira erguendo-se como se fossem lanças infernais desafiando o poder de Deus. Não teve dificuldades para localizar seu superior, o general Rosenstock, acompanhado de mais alguns sujeitos, que inspecionava o assustador dirigível de guerra Majestät a partir de uma plataforma de aço posicionada na popa na nave. Ofegante, o oficial tratou de tomar fôlego e prosseguiu. Correu na direção do piso superior, parando tempo suficiente apenas para identificar-se a um dos membros da guarda do general que se interpôs em seu caminho. Em seguida, galgou a escadaria às carreiras, saltando os degraus de dois em dois até finalmente chegar no topo.

Cercado por dois homens à paisana que vestiam caros ternos de lã, com calças de prega, e usavam os cabelos empastados penteados para trás e óculos de aro fino, Rosenstock observava a grande estrutura alada com uma expressão cansada. Os dois engenheiros que o acompanhavam tinham um forte sotaque alemão e discordavam um do outro em relação a algumas modificações que haviam sido feitas no convés principal da imensa nau de guerra. Engenheiros idiotas! Enviados para a operação apenas para representar os interesses comerciais de alguns investidores. Nada mais. Magnatas e políticos. Os verdadeiros barões da guerra. *"Verdammt schon wieder, dumme Idioten".*

Klotz von Rosenstock não escondeu o alívio ao ver o oficial do sistema de comunicação aproximar-se, interrompendo a discussão dos dois sujeitos:

— *Herr General*, trago-lhe informações sobre a operação no deserto — disse o soldado, saudando seu superior com uma continência.

Rosenstock voltou-se de modo abrupto para o oficial e encarou-o com uma expressão apreensiva.

— Saiam todos — ordenou, dispensando os engenheiros com um gesto firme e acenando para que o oficial se aproximasse. — Prossiga, soldado!

— Acabamos de receber uma mensagem enviada pela fragata de apoio SMS Kaiserin, *Herr General*. O cargueiro classe 5 segue em rota cinco-zero-zero-dois, acompanhado de perto pelo Jahannam, que assumiu a liderança do comboio.

Rosenstock teve um sobressalto ao ouvir a notícia:

— O Jahannam... Finalmente! Maldito Jafar, já não era sem tempo! — exclamou, tomando das mãos do jovem a mensagem datilografada e pondo-se a lê-la de forma voraz.

— Jafar Adib conseguiu interceptar o alvo na região de Tamanrasset, mais precisamente, no local junto às Areias de Fogo — prosseguiu o mensageiro. — Grupos berberes auxiliavam o inimigo. Houve resistência... e algumas perdas, incluindo um dos nossos caças, senhor.

Rosenstock interrompeu a leitura e fitou o oficial com uma expressão de desapontamento ao ouvir sobre a morte do piloto da *jagdgeschawder*.

— Porém a mensagem enviada pela SMS Kaiserin confirma o sucesso da missão, *Herr General* — concluiu o jovem alemão.

Klotz von Rosenstock guardou a mensagem em seu bolso e tratou de esconder qualquer traço de expressão em seu rosto.

— A substância e o tal rato do deserto... Parece que Jafar Adib conquistou a sua redenção. Isso me poupará de tomar certas medidas contra o berbere — pensou alto.

Em seguida, tornou a fitar seu oficial com um ar satisfeito, porém, exausto. Soltou o ar pelas narinas de forma lenta e, com os braços cruzados atrás das costas, começou a andar em torno do soldado:

— Onde está Adib? — questionou.

O soldado respondeu firme quando o general parou na sua frente e encarou-o com os olhos apertados:

— A bordo do cargueiro classe 5 *Sanūsī, Herr General*. O líder *sawda'* fez questão de averiguar a carga.

Rosenstock sorriu pensativo, surpreso com as ações do *sawda'*.

— Excelente. E quanto ao espião? — perguntou, com uma ponta de maldade na voz, notando o olhar inseguro do oficial, típico dos cadetes. Rosenstock observou-o com uma expressão amena. De alguma maneira, o jovem ali parado feito um poste fazia-o lembrar-se de quando ele mesmo não passava de um simples cadete na academia prussiana de guerra. Quando a vida resumia-se apenas às disputas internas, juvenis, para impressionar seus líderes. Uma outra época, sem dúvida, quando ainda valia a pena acreditar em certos sentimentos e quando não se estava de fato pronto para a guerra. Para a surpresa do oficial, Rosenstock aproximou-se e tirou do bolso dois cigarros, oferecendo um deles ao soldado e acionando um isqueiro com o brasão do império gravado no tampo de prata. Disse então num tom calmo:

— À vontade, soldado. Tome...

Um sorriso amarelo cortou o semblante do jovem oficial que, aliviado ao relaxar os músculos da panturrilha, levou o cigarro à boca com os dedos trêmulos, desconfiado, e deu um belo e demorado trago, parecendo mais aliviado depois disso.

Rosenstock repetiu a pergunta:

— O espião?

— O prisioneiro foi transferido para o SMS Kaiserin, sob os cuidados de nossos oficiais — respondeu o oficial.

O general moveu a cabeça num gesto afirmativo, satisfeito. Afinal de contas, apostar nos *sawda'* fora um risco que valera a pena correr. Talvez tivesse subestimado demais seu aliado berbere. Ou, quem sabe, superestimado demais o tal Olho de Gibraltar. Mas por mais que as notícias parecessem bastante animadoras, algo sempre o atormentava. Com o tempo, aprendera a desconfiar das boas notícias até que pudesse verificá-las por si próprio. E aquelas eram notícias boas demais. *"Scheisse!"*

— Mais duas fragatas de apoio acabaram de interceptar o comboio junto ao Domo de Richat — prosseguiu o mensageiro. — Seguem em nossa direção em zero-oito-dois-cinco, em velocidade de 70 nós.

Rosenstock levou o cigarro à boca e deu um trago curto, pensativo, soprando a fumaça para longe e esmagando a bagana com a sola da bota.

— Excelente, soldado. Devem chegar aqui amanhã pela manhã. Informe o capitão Hoffman na Kaiserin de que, ao desembarcarem, o prisioneiro deverá ser transferido para o Majestät. Jafar Adib deverá se apresentar a mim. Agora vá... Dispensado.

Aliviado, o jovem oficial respondeu com uma continência e com um olhar que era um misto de admiração e temor, girando os calcanhares e descendo a escadaria da plataforma da mesma maneira como subira.

Rosenstock permaneceu diante da sua máquina de guerra por mais algum tempo, sozinho, absorto. A ideia de dar as boas novas à prisioneira encheu-o de desejo. Por certo que se embriagaria de prazer ao ver o horror estampado em seu lindo semblante. A mais pura expressão do seu fracasso. Em seguida, ele a tomaria como das outras vezes, arrancando seus últimos gemidos antes de enviá-la para o inferno com o seu maldito rato do deserto. Uma pena, sem dúvida.

Klotz von Rosenstock nem bem havia terminado de descer da plataforma quando foi surpreendido pelo chefe do sistema de operações acompanhado por um troncudo segurança *korps*:

— *Herr General*, nosso sistema de caldeira, turbinas propulsoras e cilindros de combustível já está em operação. As ogivas com o composto já foram devidamente carregadas e nossos caças, todos eles, estão abastecidos nos hangares.

Rosenstock fez um sinal positivo com a cabeça e seguiu direto para o seu gabinete no interior do Majestät:

— Está dizendo que estamos prontos para partir? — questionou, fitando de soslaio o oficial em seu encalço.

O chefe do sistema pareceu titubear:

— Sim... Quer dizer... Assim que a última remessa chegar, poderemos terminar de alimentar nossos torpedos e...

Rosenstock parou e fuzilou-o com olhos que pareciam duas lâminas, arrancando o sorriso do seu rosto:

— Sim ou não? — sussurrou impaciente.

O oficial engoliu em seco e ignorou a risadinha maldosa do segurança *korps* ao seu lado.

— *Jawohl, Sir.* Estamos prontos — confirmou, soando pouco convincente.

— *Perfekt.* Teremos de acelerar o programa – anunciou Rosenstock, ignorando a incerteza estampada no rosto do sujeito.

— Precisamos fazer alguns ajustes nos canhões de proa, *Herr General*, mas posso garantir que o Majestät estará pronto para partir em três ou quatro dias...

Rosenstock aproximou-se do oficial e tocou o seu peito com o indicador, num gesto intimidador:

— Com os franceses vasculhando o deserto, talvez não tenhamos três ou quatro dias. Assim que a SMS Kaiserin abordar, partiremos com o Majestät para as ilhas desertas. *Kommandant...* – falou firme, dirigindo-se ao oficial *korps* — envie para as ilhas uma fragata de reconhecimento para conferir a segurança do posto de abastecimento. Detestaria ter que afastar a frota portuguesa da região.

— *Ja, Herr General* – respondeu o *korps*, batendo as palmas das mãos contra a lateral do corpo.

Rosenstock retomou a caminhada em direção à belonave, seguido pelos oficiais:

— Até que Berlim nos envie o sinal para que possamos nos posicionar junto à frota britânica no Mediterrâneo, precisamos manter o Majestät em segurança. Tenho a impressão de que o Marrocos está prestes a deixar de ser um bom lugar. Nossa missão aqui está concluída. Em onze dias, o mundo todo será surpreendido com o início do segundo ato da operação. Uma data especial que marcará o nascimento do Majestät para o mundo — disse orgulhoso, notando o olhar incrédulo do chefe de operações.

Rosenstock parou diante da escadaria do Majestät, limpou o suor da testa com um lenço branco que tirou do bolso e disse num tom de zombaria, dirigindo-se ao oficial com olhos espremidos:

— Um soldado sem fé está fadado a tombar no campo de batalha.

O oficial de operações desviou o olhar. Passou pela sua cabeça uma justificativa para as suas incertezas, mas preferiu calar-se.

Rosenstock sorriu de leve, depois afirmou, com uma expressão fechada:

— Temos pouco mais de uma semana para entrarmos em ação. Tempo suficiente para que a bandeira do Império seja alçada muito acima de todas as outras.

— *Natürlich, mein General* – respondeu o *korps*, tomado pelo discurso do seu superior.

— Estamos aqui fazendo história, soldados. E desta vez não cometeremos os erros do passado. Dispensados! — ordenou.

Os dois oficiais saudaram o general com uma continência e partiram apressados para os seus postos. Rosenstock observou-os enquanto abandonavam o hangar, pensando no quanto o seu chefe de operações fora ingênuo ao demonstrar insegurança. Um bom soldado jamais demonstra seus temores diante do seu líder. Ainda que o medo fosse seu companheiro inseparável, era preciso mantê-lo oculto. Uma vez no *front* de batalha, acreditar nas próprias mentiras era crucial. Em mentiras, na lâmina e na pólvora. Elas que o fariam puxar um gatilho. Mentiras, lâmina e pólvora. Talvez fosse melhor que, num futuro próximo, o sujeito fosse substituído, concluiu. Afinal, um homem sem fé não tinha nenhuma serventia.

Klotz von Rosenstock suspirou e subiu a escadaria do Majestät, desaparecendo em seu interior.

Uma semana... Uma semana para deixar o maldito deserto para trás.

***

O oficial da SSA, Eberhard, fitou Namira com escárnio. O sujeito parecia salivar de ódio enquanto caminhava de um lado para o outro no interior da luxuosa cabine do Majestät, sem tirar os olhos da prisioneira diante dele. Sentada em uma cadeira com as mãos atadas para trás, e já machucada pelos bofetões que azulavam sua pele, a jovem permanecia altiva. Por algum tempo o oficial observou-a em silêncio, estudando suas expressões e gestos, surpreso pela capacidade da jovem em lidar com a dor física sem deixar que o sorriso debochado se desmanchasse dos seus lábios.

Eberhard examinou os ponteiros do relógio que trazia preso a uma fina corrente dourada e sorriu surpreso. Havia perdido a noção do tempo. *Mein*

Gott! Acenou para o soldado que o assistia, ordenando que prosseguisse o interrogatório, e acomodou-se em uma poltrona de veludo azul, escancarando seu melhor sorriso enquanto desfrutava do espetáculo.

Para Namira, cada soco desferido pelo brutamontes alemão não era nada, se comparado à sensação de náusea que o oficial da SSA lhe causava toda vez que se aproximava sussurrando em seu ouvido palavras com um sotaque carregado. Gotículas fétidas de suor tocavam seu rosto e seu hálito pútrido impregnava as suas narinas. O cheiro da morte estava presente naquele rosto ovalado, cujas marcas das unhas que ela havia deixado anteriormente, inflamadas, contrastavam com a sua pele acinzentada e sem um fio sequer de barba ou cabelo.

Namira prendeu a respiração quando o soldado acertou seu rosto com um tapa violento, desmoronando sobre o tapete indiano que enfeitava o assoalho da cabine. A cadeira onde estava sentada e amarrada rangeu, começando a dar sinais de fraqueza. Toda a sua face parecia queimar e um gosto forte de sangue desceu pela sua garganta quando sussurrou um *"Du Schwein, du mieses Schwein!"*, dirigindo-se ao brutamontes que a ergueu sem dificuldade, colocando-a de volta sentada diante do seu algoz.

Petulante, Namira sorriu para o *idiot*, como gostava de tratar o agente da SSA que, tomado por uma súbita e falsa compaixão, aproximou-se da jovem umedecendo os seus lábios com o mesmo lenço nojento com que enxugava o suor da sua testa.

Namira sentiu a bile emergir, mas conteve o impulso de vomitar. Aceitou quando Eberhard ofereceu-lhe um pouco de água e sentiu-se aliviada quando um terceiro oficial, alto e magro, adentrou a cabine trazendo uma mensagem para o agente.

Eberhard leu a mensagem em silêncio. Depois sorriu, encarando Namira com um ar frustrado.

— *Fräulein*, minha doce Opala do Deserto... Acabo de ser informado de que, infelizmente, meus serviços não serão mais... necessários. Uma pena, afinal de contas, estávamos apenas começando a nos divertir, não é mesmo?

Namira virou o rosto, tentando desviar das malditas gotículas que escapavam pelos vãos dos dentes do oficial.

Eberhard tocou o queixo da jovem, encarando-a admirado diante da sua beleza. Puxou-a em sua direção e deslizou a língua em seu rosto, deixando ali um rastro nojento de saliva.

— Você não passa de um psicopata — rugiu Namira, tentando se livrar do sujeito.

Eberhard deu um risinho orgulhoso:

— E não somos todos um pouco, *Fräulein*?

O agente da SSA apanhou seu lenço e enxugou o rosto da jovem como se de alguma maneira quisesse purificá-la, livrá-la da sua própria podridão. Em seguida, recuou acendendo um cigarro e encaixando a piteira de marfim no canto da sua boca, dizendo num tom ameno:

— Engraçado como, de uma hora para outra, aquilo que nos parecia tão relevante se transforma em uma simples poeira que, levada pelo vento, deixa de existir... Como tudo neste maldito lugar.

Namira encarou o agente, confusa.

— Deveria escolher melhor seus espiões, *Fräulein*. Quem sabe teria tido mais sorte... Enfim. Primeiro foi o egípcio, agora, o tal ex-batedor...

Eberhard fez uma pausa, satisfeito, com um sorriso repuxando o canto do lábio superior. Sua fala havia atingido a dançarina em cheio.

— O que está dizendo, seu...?

Namira teve um sobressalto. Queria livrar-se das cordas que prendiam o seu pulso e cravar suas garras no pescoço do sujeito.

Eberhard gargalhou e afastou-se, cauteloso. Não queria mais marcas em seu rosto.

— Seus segredos não são mais importantes — disse o agente. — A substância que nos roubou... as informações que o seu espião deveria fazer chegar ao seu maldito *bureau*, enfim... Mais uma vez, parece ter apostado nas pessoas erradas. Uma verdadeira pena. Pelo menos, terá companhia na hora de morrer.

Namira começou a debater-se com fúria, tentando escapar das amarras. De repente, tudo começou a girar ao seu redor. Um abismo pareceu abrir--se a seus pés. O maldito sorriso de Eberhard causava-lhe náusea. Um frio súbito tomou conta do seu corpo, e, por algum tempo, lutou para conter o pânico. Sentia-se como se estivesse numa maldita roleta-russa, com uma arma prestes a estourar a sua cabeça. O que está dizendo, alemão nojento? Benjamin Young...?

— Você será o primeiro que eu vou matar, maldito escroto — rosnou Namira, arrancando uma gargalhada do agente da SSA.

— Um pouco de água lhe fará bem, *Fräulein* — riu o oficial, fazendo um sinal para que o soldado brutamontes desse de beber à prisioneira, que recusou grunhindo e tentando se livrar movendo-se de modo histérico.

— Guarde um pouco da sua energia para quando o seu espião chegar. Tenho certeza de que terão muito o que conversar. Um ex-batedor da Força Expedicionária Britânica... Interessante. Parece que Rosenstock conseguiu apanhar seu... ratinho — concluiu o agente, franzindo as sobrancelhas.

Namira só conseguia ouvir os ecos da fala de Eberhard "Tenho certeza de que terão muito o que conversar". Voltando a si, soltou um suspiro profundo. "Sim... é isso! Young está vivo! E quanto aos outros...?"

— Como eu disse, *Fräulein*, todos os seus espiões falharam. Assim como você... — completou Eberhard, lançando um olhar de falsa compaixão à prisioneira.

A Opala do Deserto tombou a cabeça, exaurida. Por onde quer que fosse, sempre haveria um rastro de sangue marcando a sua trajetória. Tentou disfarçar, mas seus olhos ficaram umedecidos. Era uma espiã. Jamais deixaria que uma gota de lágrima escorresse pelo seu rosto. Não diante daquele maldito *idiot* que a encarava com uma expressão doentia. Inflou os pulmões de ar. Respirar havia se tornado algo dolorido depois da surra que recebera, mas, aos poucos, foi assumindo o controle.

— Você vai morrer primeiro, *idiot!* — repetiu a ameaça, encarando o agente da SSA com os dentes cerrados.

Eberhard deu uma gargalhada debochada:

— Talvez. Mas espero poder me divertir um pouco mais ao seu lado antes que isso aconteça.

Namira tentou desviar o rosto, mas o sujeito era mais forte do que ela.

Eberhard inclinou-se em sua direção e forçou a língua para dentro da sua boca. Depois se afastou rindo, sedento daquele corpo e sentindo seu membro duro. Cobriu a cabeça desnuda com o chapéu de feltro, apanhou a bengala e fez uma reverência irônica.

— É bom que cumpra as suas ameaças, pois eu cumprirei as minhas — finalizou o agente alemão, olhando-a por sobre o ombro

— Vá para o inferno! – gritou Namira.

Eberhard tornou a gargalhar.

— Um triste destino é reservado a espiões. Mas creio que já sabe disso — resmungou o oficial, ordenando que seu soldado a livrasse das amarras antes de deixar a cabine com uma gargalhada aguda.

***

Namira bebeu com sofreguidão a água que restava na jarra de vidro sobre a pequena cômoda de carvalho, próxima à escotilha. Com o corpo dolorido, sentou-se sobre a cama que havia na cabine e começou a limpar com um lenço umedecido o sangue no canto da sua boca.

Por um instante, seus pensamentos a transportaram para o dia em que conhecera Benjamin Young, durante a suntuosa festa oferecida pelo governador Lyautey. Seu charme, o modo seguro como falava e como o destino parecia tê-lo colocado no seu caminho. Sentiu o gosto amargo da culpa ao pensar como fora tola em permitir que o elegante gibraltarino arriscasse a vida, quando poderia tê-lo tirado de Tânger, mantendo-o longe dos espiões de Rosenstock. Nunca deveria ter permitido... Umar não poderia ter permitido... Meu Deus... Umar, meu pobre e querido irmão *Djalebh*... O que foi que eu fiz?

Aos poucos, a Opala do Deserto foi recompondo-se, enxugando as lágrimas e o sangue em sua boca. A ideia de reencontrar Young, mesmo em condições adversas, trouxe-lhe algum ânimo. Ansiava por lhe dizer como o seu sacrifício não havia sido em vão. Graças a homens como ele, a Idris, ao entusiasmado capitão Didieur, a Umar e a tantos outros, ela conseguira cumprir a sua verdadeira missão. Não sabia como ele reagiria quando lhe contasse que o roubo da amostra do Sangue do Diabo não teve outro propósito senão o de afastar os olhos vivazes de Rosenstock para longe, deixando que a Opala do Deserto pudesse desempenhar o seu papel de forma brilhante.

E, mais uma vez, Namira havia brilhado. Havia conseguido. No instante em que botara os seus pés naquele maldito dirigível de guerra, Rosenstock havia assinado sua sentença de morte. Queria poder dizer a Young que sairiam dali com vida, mas infelizmente isso não fazia parte dos seus planos.

Começou a apalpar o interior da sua túnica na altura da cintura, até sentir o fino objeto escondido dentro de uma costura. Com cuidado, retirou o alfinete que havia no interior da vestimenta. Sua ponta estava coberta por uma espécie de fuligem vermelha. Um pouco de água e o veneno se tornaria ativo. O suficiente para mandar para o reino de Alá o brutamontes que a havia torturado e que agora montava guarda do lado de fora da sua cabine. Depositou o objeto sobre a pequena cômoda de carvalho e em seguida retirou do pescoço o seu precioso pingente. O escorpião com a meia-lua entre as presas. Seu símbolo da vida. Com a ajuda do alfinete, pressionou o minúsculo botão que havia na lateral do corpo do aracnídeo prateado, abrindo-o feito um relicário. No interior da peça, minúsculas engrenagens aguardavam até que Namira pressionasse a presa maior do escorpião, dando o comando para que entrassem em ação, liberando um reagente químico que, por sua vez, percorreria uma serpentina metálica e alcançaria um invólucro de cobre encaixado na parte interna e superior da peça, junto a uma das presas artificiais. Uma vez em contato com este reagente, o material que havia dentro do invólucro – uma massa com grande plasticidade – se transformaria em uma pasta explosiva capaz de mandar pelos ares tudo ao seu redor, isso se acionado próximo a algo capaz de potencializar o seu efeito. E Namira sabia o que e onde encontrar aquilo de que necessitava. O coração do Majestät. Forte o suficiente para tornar o seu pequeno brinquedo uma máquina mortífera.

Namira fechou os olhos e largou o corpo dolorido sobre a cama. Por um instante, teve a sensação de estar pisando sobre as areias quentes do Magreb. De repente, a escuridão e, com ela, uma estranha paz.

Está acabando.

Capítulo 41
Cordilheira do Atlas, dezoito de junho de 1914

Assim que o cargueiro *Sanūsī* despontou no horizonte, seguido de perto pelo Jahannam e pelas fragatas SMS Kaiserin, SMS Prinzregent e SMS König, que haviam se juntado ao comboio a partir do Domo de Richat, soldados *Fledermaus* alçaram voo, abandonando as muralhas do *kasbah sawda'* para ir ao encontro da frota de dirigíveis, passando a escoltá-los durante as manobras de aproximação.

No interior da sala do leme do cargueiro *Sanūsī*, Ben Young observou apreensivo todos aqueles guerreiros voadores carregando metralhadoras Maxim MG08 aproximarem-se e cercarem as embarcações. Lembravam abelhas mortíferas, prontas para cravarem seus ferrões em suas presas. Trocou um olhar rápido com Umar, enquanto tentava esconder o nervosismo com um meio sorriso erguido no canto direito do lábio superior. Em seguida, foi até o capitão da nau, *Sharife* Haçane Zobair, que se mantinha altivo parado ao lado do navegador diante do leme, e tocou as suas costas com o cano da sua Colt, apenas para desencorajá-lo de qualquer ideia estúpida que pudesse ter.

Zobair arqueou as sobrancelhas e lançou um olhar sobre o ombro em direção a Ben. Gotas de suor escorriam pelas suas têmporas, enquanto tentava esconder o intenso tremor das mãos mantendo os braços cruzados.

De repente, uma voz no alto falante do painel de controle atraiu a atenção do grupo:

— Ninho da águia para Cargueiro classe 5, câmbio.

Ben fitou o *spahi* que operava todo aquele equipamento radiofônico com um semblante rígido, observado de perto pelo apreensivo cabo Sekani. Muito bem, o jogo começou. Com um aceno de cabeça, sinalizou para que o oficial prosseguisse.

— Cargueiro classe 5 *Sanūsī* na escuta, ninho da águia. Aproximação em dois-dois-zero-três, reduzindo a velocidade para 26 nós, câmbio — respondeu o *spahi* disfarçado de *Sanūsī*.

Houve uma pausa antes que a voz do outro lado do rádio respondesse, em meio ao ruído estático:

— Solicitando código de identificação, câmbio.

Sentado ao lado do oficial *spahi*, Umar Yasin apenas movia os lábios sem emitir qualquer ruído, tão tenso que não conseguia nem mesmo se concentrar nas palavras do profeta.

Ben adiantou-se e tocou firme o ombro de Zobair:

— Veremos enfim o quanto vale a sua lealdade — sussurrou em seu ouvido, notando a respiração tensa do *Sanūsī*.

— Cargueiro classe 5 *Sanūsī* para ninho da águia, iniciando transmissão — respondeu o *spahi*.

Umar esfregou os olhos, nervoso:

— Se o maldito mentiu nos dando um código falso, vou arrancar sua língua aqui mesmo!

— Alfa – X – cinco – cinco – oito – seis – Malta – Majestät, câmbio — transmitiu o operador a bordo do cargueiro *Sanūsī*.

Num gesto intempestivo, Ben sentiu seu indicador pressionar o gatilho da sua arma.

Uma nova pausa. Parecia uma eternidade. Até que se ouviu:

— Ninho da águia para cargueiro classe 5, tem permissão para prosseguir assim que obtivermos código da SMS Kaiserin, câmbio.

Ben soltou o ar dos pulmões, com um sorriso de alívio.

Agora era a vez dos soldados de Lacombe a bordo da fragata alemã. A voz monocórdica do capitão Hoffman não demorou para ressoar através do rádio:

— SMS Kaiserin para ninho da águia. Capitão Hoffman falando, câmbio. Código doze-vinte-quatro, confirmando Alfa – X – cinco – cinco – oito – seis – Malta – Majestät, câmbio.

Young afrouxou a pressão da arma nas costas do capitão e deu um tapa amistoso em seu ombro, satisfeito.

A voz no rádio prosseguiu:

— Código de acesso confirmado, capitão. Permissão para prosseguirem em zero-zero-dois. Batedores *Fledermaus* escoltarão vocês até a base. Ninho da águia para cargueiro classe 5, câmbio e desligo.

— Entendido, ninho da águia. Prosseguindo em zero-zero-dois. Câmbio e desligo — encerrou o soldado *spahi*, bufando aliviado. Um instante depois, Umar agarrou-o histérico e beijou-o no rosto, irrompendo em gargalhadas.

— Se quiser, eu posso lhe dar um beijo também, *Sanūsī*... Afinal de contas, você mereceu — provocou Umar, dirigindo-se ao capitão Zobair, que fez questão de ignorá-lo.

— Muito bem... — adiantou-se Young, dirigindo-se ao amigo berbere, desta vez, com uma expressão mais leve. — Informe Didieur. Nosso bom amigo aqui não mentiu em relação ao código de aproximação — disse, num tom irônico, cutucando Zobair nas costas com o cano da Colt. — Transmita a nossa posição e diga-lhe que acabamos de cruzar a linha de fogo *korps*. Pousaremos em cinco minutos. Devem entrar em ação assim que receberem o nosso sinal.

— Com todo o prazer, *sayid* — respondeu Umar, animado, debruçando-se sobre o rádio e começando a transmitir o recado à frota aliada, que aguardava escondida junto à montanha mais alta da cordilheira, o Jbel Toubkal, com seus 4167 metros e localizado ao sudoeste do *kasbah*.

Ben observou no horizonte a imensa montanha com a construção encravada na encosta aproximando-se. Deixou que Zobair exercesse a sua função como capitão, observando-o enquanto o *Sanūsī* transmitia suas ordens ao navegador, reduzindo a velocidade da nau para 15 nós.

Fledermaus alinharam-se à frente do dirigível, formando um corredor que lembrava uma pista de pouso, por onde agora as naus aéreas deslizavam rumo ao *kasbah sawda'*.

Da sala do leme, já se podia avistar o grande pátio central e um imenso hangar no interior da fortaleza de Jafar Adib. Berberes acompanhados por soldados alemães permaneciam em suas posições, prontos para darem início à ancoragem das naus.

Com uma manobra suave a estibordo, o cargueiro *Sanūsī* sobrevoou as muralhas do *kasbah*, contornando suas torres de pedra, seguido de perto pelo Jahannam e pela SMS Kaiserin. Conforme aproximavam-se do hangar, mais se admiravam da portentosa edificação, com seus mais de cinquenta e oito metros de altura e largura e duzentos e setenta e quatro metros de comprimento. Lançaram seus cabos de ancoragem para que a equipe em terra desse início ao processo final de aterrissagem.

Com o nariz e a cauda das naus ancorados nas gruas, os dirigíveis deslizaram para o interior do hangar ao longo das linhas de carris, aproximando-se das torres de atracação, quando silenciaram seus motores, lembrando velhos titãs adormecidos e exaustos após cruzarem um verdadeiro oceano de areia.

As duas outras fragatas alemãs, a SMS Prinzregent e SMS König, vieram em seguida, ancorando logo atrás da SMS Kaiserin.

Ben mordeu o lábio inferior, inquieto. Guardou a Colt no coldre na cintura e tratou de vestir a túnica *sawda'*, cobrindo o seu rosto com o *tagelmust* negro. Em seguida, sinalizou para que o guerreiro *Hoggar* ao seu lado, agora com as vestes de Jafar Adib, levasse o capitão Zobair para junto do restante da tripulação *Sanūsī* presa em um dos depósitos do cargueiro. Quando encarou de volta a sua tripulação, havia algo diferente em seu olhar. Uma sombra. Alguém acostumado a lidar com a morte. O Olho de Gibraltar. O guerreiro que jamais deixaria Ben Young livre do seu próprio pesadelo.

Ben seguiu até Umar e tocou em seu ombro chamando a sua atenção:

— Lembre-se, Umar, aconteça o que acontecer, siga o plano à risca. Cuide do posto de comunicação. Não podemos deixar que os homens de Rosenstock estabeleçam contato com seus entrepostos e principalmente com a base alemã em Dar es Salaam até que eu descubra onde está Namira. Didieur aguardará o seu sinal. Assim que eu a trouxer para cá em segurança, você deverá partir deste maldito lugar.

Umar balançou a cabeça, concordando com o amigo, porém, desgostoso:

— *Sayid*... E se Namira...?

Ben não o deixou terminar, apoiando as mãos no ombro do amigo e mergulhando em seus olhos:

— Com ou sem Namira... Se eu não retornar em uma hora, sabe o que fazer. Inutilize o sistema de comunicação alemão e exploda este maldito hangar. Depois, trate de tirar esta sua bunda encardida deste lugar o mais rápido possível enquanto Didieur e nossos aliados cuidam do resto. Entendeu?

Umar não gostava da ideia de abandonar o amigo em meio à batalha, porém, e naquela altura, não havia como discutir com Young.

— Ah... E cuide do cabo Sekani. Eu prometi que o devolveríamos ao *bureau*. — Ben sorriu, tentando quebrar o clima, acenando para o egípcio parado mais atrás. — Que Alá guie os seus passos — finalizou.

Umar encarou-o com estranheza. A fala de Young soou como uma despedida. Sentiu um nó no estômago. Avançou na direção de Ben e tomou-o num abraço esmagador, sussurrando:

— Se não voltar em uma hora, eu vou mergulhar nas areias do inferno e o tirarei de lá, Olho de Gibraltar.

Ben tentou sorrir, desviando o olhar do amigo e indo se juntar aos guerreiros *spahi* e *Hoggar*, todos eles disfarçados de *Sanūsī* e *sawda'*. Seguiu através do passadiço e passou pela torre de ancoragem, onde um dos oficiais *spahi* aguardava-o na saída da nau, pronto para assumir o papel de imediato, encarando seus homens uma última vez antes de pisar em solo inimigo:

— Guerreiros, este é o dia em que nos tornaremos um só com o deserto. Mas lembrem-se de que viveremos para sempre em suas areias. *Allahu Akbar!* – proferiu Young

— *Allahu Akbar!* — sussurraram os berberes em resposta.

A imagem de Namira Dhue Baysan surgiu na mente de Young. Depois, feito uma miragem do deserto, esvaneceu-se, dando lugar ao rosto frio do oficial alemão carrancudo que os aguardava do lado de fora do cargueiro.

***

"Dois *korps*", contou Ben em silêncio. Todos armados, acompanhando aquele que deveria ser um subtenente alemão ou algo assim. Mais adiante, meia dúzia de berberes liderados por um *sawda'* de Adib vinham conduzindo três empilhadeiras, prontas para começarem o transporte da última remessa do composto químico da nau *Sanūsī* para o Majestät.

Ben prendeu a respiração quando o falso imediato *Sanūsī* adiantou-se, fazendo uma saudação ao desdenhoso oficial alemão. Discreto, ele tocou o cabo da Colt embaixo da túnica e desviou o olhar quando o subtenente *korps* aproximou-se:

— Imagino que o seu capitão tenha algo a declarar sobre este atraso — disse o oficial num tom ríspido.

— Certamente que sim, senhor. Neste momento, o capitão Zobair está na companhia de *sayid* Adib, acompanhando os preparativos para o desembarque da carga — o falso imediato sorriu, tentando ser simpático com o sujeito, evitando olhar nos olhos do oficial, num gesto de submissão.

— Jafar Adib... — resmungou o subtenente, enquanto examinava o cargueiro com uma expressão de descaso. — *Herr* Rosenstock deseja vê-lo.

O falso imediato balançou a cabeça:

— Certamente, senhor. Posso garantir que *sayid* Adib também está ansioso para encontrar seu general — comentou o *spahi* argelino disfarçado, unindo as palmas das mãos e levando-as à frente do peito como se estivesse orando. "Submisso como todo maldito homem do ocidente gosta", pensou bem, lançando um olhar discreto e cheio de desprezo em direção ao alemão.

— Assim que os meus homens começarem a desembarcar...

— *Okay... okay, Sanūsī* — interrompeu o subtenente, deixando evidente seu desinteresse. Começou a caminhar de um lado para o outro, dando pancadinhas leves na lateral da perna com um chicote de montaria que trazia com ele. — E quanto ao tal... *spion?* — perguntou o oficial, arqueando as sobrancelhas e escancarando um sorriso que revelava os dentes tortos e amarelados de nicotina.

Ben Young baixou a cabeça no momento em que o oficial percorreu com os olhos o grupo de falsos *sawda'*, como se buscasse a resposta para a sua pergunta em algum lugar entre aqueles homens imundos.

— A bordo da Kaiserin, senhor — respondeu o *spahi* argelino de bate-pronto, atraindo para si o olhar desapontado do oficial.

— *Okay... okay, Sanūsī.*

Mais um daqueles *"okay"* e Umar Yasin poderia cravar uma bala no meio da testa pálida do sujeito. Pelo menos, esta era a sua vontade quando trocou um olhar rápido com Young.

— *Herr* Rosenstock ordenou que o *spion* seja levado para o Majestät, junto com a carga — informou o subtenente. — Alguém da SSA vai recepcioná-lo até que o general possa vê-lo. Sabe como é... um pouquinho da hospitalidade alemã.

O *spahi* concordou.

— Sim, senhor. O prisioneiro será transportado pela guarda *sawda'*...

— *Okay...okay...* Meus dois *korps* os guiarão até o Majestät — disse, brincando com seu chicote de montaria de forma irritante, batendo-o inúmeras vezes contra a palma da mão.

O *spahi* balançou a cabeça em sinal afirmativo. O alemão sorriu satisfeito. Em seguida, voltou-se para os carregadores que aguardavam junto às empilhadeiras e ordenou que dessem início ao trabalho.

— Quanto a você — prosseguiu o oficial, voltando-se em direção ao falso imediato. — Se não se importar, gostaria que me levasse até Jafar Adib e o seu capitão — completou, erguendo o canto do lábio superior direito num sorriso debochado. Obviamente que não se tratava de um pedido, mas, sim, de uma ordem.

Por um átimo de segundo, o argelino disfarçado pareceu congelar. Em Young e Umar o efeito não foi diferente. Nenhum deles esperava por aquilo. Maldito alemão! A falta de ação por parte do imediato poderia denunciá-lo, botando tudo a perder.

Young chegou a tocar o cabo da sua arma, pronto para entrar em ação, quando foi surpreendido pelo *spahi* argelino que, aparentando uma calma digna dos melhores atores de toda a Paris, dirigiu-se ao oficial com um aceno de mão convidativo:

— Será um grande prazer, senhor. Tenho certeza de que capitão Zobair ficará honrado em recebê-lo a bordo.

O subtenente pareceu satisfeito quando o falso imediato abriu caminho entre a turba de falsos *sawda'*, deixando-o ir na frente em direção à entrada da nau.

— Por aqui, senhor. Que os ventos do Magreb o conduzam — disse o *spahi* ao passar por Ben, dirigindo-lhe um olhar de soslaio enquanto seguia o oficial.

O *tagelmust* negro escondeu o sorriso de Young. Como todo bom homem acostumado à cultura do deserto, compreendeu o recado do *spahi* ao recitar parte de um antigo ditado tuaregue que dizia: *"Que os ventos do Magreb o conduzam para junto do profeta até o dia em que a sua alma retornar para estas areias".* O caminho para o outro mundo. Este era o destino do *"okay"* assim que adentrasse a nau. Longe dos seus dois *korps*, não demoraria até sentir a lâmina *spahi* rasgar a sua garganta.

Minutos depois, o falso imediato surgiu no alto do passadiço da nau *Sanūsī*, desta vez, sozinho. Tinha no rosto uma expressão de leveza quando fez um sinal para que os seus carregadores começassem a transportar os muitos contêineres do interior do cargueiro para as empilhadeiras alemãs.

"Estava feito", sorriu Ben, aliviado. O maldito *"okay"* já havia partido desta para melhor. De fato, havia se juntado ao verdadeiro Jafar Adib.

Umar driblou alguns berberes e evitou os olhares gélidos dos soldados alemães quando se aproximou de Ben:

— Esta foi por pouco, *sayid* — sussurrou.

Ben respondeu com um aceno de cabeça discreto e um sorriso por debaixo do *tagelmust*, partindo em direção à SMS Kaiserin, seguido de perto pelos falsos guerreiros *sawda'* e pelos dois soldados de Rosenstock.

Ao aproximar-se da fragata alemã, Young notou o capitão Hoffman parado no convés, observando a movimentação no hangar com uma expressão fria. Não havia imaginado que o homem fosse daquele jeito, de estrutura franzina e uma vasta cabeleira loira penteada para trás, com a testa à mostra bronzeada pelo sol. Os músculos da face estavam enrijecidos e o homenzinho parecia esforçar-se para não demonstrar a tensão que sentia. Ao seu lado, os dois soldados franceses disfarçados com as túnicas berberes apontavam suas pistolas para as costas do oficial, mantendo o sujeito sob controle. Young acenou para um deles, que respondeu com um aceno de cabeça.

Parado diante da torre de ancoragem da SMS Kaiserin, o gibraltarino aproveitou para examinar o cenário com um olhar sagaz, enquanto aguardava o desembarque de um falso Olho de Gibraltar.

Uma intensa movimentação na área externa do hangar chamou a sua atenção. Soldados cruzavam o pátio central apressados, em direção ao amplo túnel que havia na parte Norte da fortaleza. "A base secreta de Rosenstock", pensou Young, fitando o lugar com os olhos estreitos. Oficiais gritavam ordens de maneira histérica aos poucos *sawda'* que ainda restavam por ali, que por sua vez as repassavam de forma violenta para os muitos escravos de Jafar, levando-os à exaustão enquanto transportavam pesados contêineres para o interior da montanha. Ben assistiu à cena indignado. Rangeu os dentes e resmungou algo inaudível. "Ainda não é o momento de intervir", disse para si mesmo, cravando as unhas na própria carne.

Young foi surpreendido quando um sargento prussiano aproximou-se, empurrando-o para o lado e xingando-o em sua língua natal, seguindo apressado em direção ao cargueiro *Sanūsī*. Ben acompanhou-o com olhos e ouvidos atentos e notou que o sujeito, ao aproximar-se de um grupo de soldados que inspecionavam os carregadores junto às empilhadeiras, começou a mover suas mãos gordas de maneira frenética, esbravejando e ordenando para que acelerassem o ritmo dos trabalhos. O sujeito estava sob forte pressão, bufando e limpando o suor acumulado nas dobras do pescoço pelancudo com um lenço amarelado.

Young arqueou a sobrancelha. "Todos parecem apressados demais... afoitos...", pensou o gibraltarino, sentindo então um aperto no estômago.

"É isso! Os alemães estão se preparando para deixar este local. Rosenstock deve ter pressentido o perigo batendo a sua porta."

Apreensivo, o Olho de Gibraltar trocou um olhar sutil com Umar, estabelecendo com ele uma comunicação silenciosa. Yasin, que terminava de coordenar o seu grupo de berberes e começava a preparar-se para sua verdadeira missão, subindo a bordo de uma das empilhadeiras prontas para levar o material secreto para a base subterrânea, franziu o cenho. Mesmo com o rosto coberto pelo *tagelmust*, podia enxergar a expressão de horror no rosto do amigo.

Young desviou o olhar do amigo, rompendo a comunicação, temeroso.

As areias escorriam pela ampulheta do tempo.

Era preciso correr se o Olho de Gibraltar quisesse encontrar Namira Dhue Baysan.

Quando a porta de aço do compartimento de carga da SMS Kaiserin abriu-se, três figuras surgiram, assumindo formas distintas e atraindo a atenção de Young e seus companheiros. Dois guerreiros *sawda'*, empunhando sabres com lâminas curvas, conduziam para fora da nau o prisioneiro. Alguém escolhido a dedo, pelo porte físico, para ser capaz de se passar pelo verdadeiro Olho de Gibraltar. O manto tuaregue usado por Young ajustara-se perfeitamente ao oficial de Lacombe, um exímio franco atirador de nome Le Blanc que se oferecera para a missão desde que pudesse cortar algumas gargantas *korps*.

Ben Young adiantou-se, saudando os falsos *sawda'*:

— Temos ordens para levar o prisioneiro ao Majestät. Estes dois *korps* nos guiarão até lá.

A dupla de berberes concordou, deixando com que os *korps* assumissem a dianteira.

Demorou alguns segundos até que os olhos de Ben se adaptassem à pouca luz no interior do túnel em direção à cacofonia de vozes que pululava, vinda da outra extremidade. E ao deparar-se com a imensa caverna onde Rosenstock havia construído o seu próprio hangar, Young resmungou algo inaudível.

Guindastes e empilhadeiras transportavam contêineres e cruzavam o imenso salão de pedra em meio ao caótico congestionamento humano formado por soldados, oficiais e centenas de trabalhadores. Todos corriam apressados subindo e descendo das muitas plataformas erguidas em uma espécie de estaleiro aéreo, de onde partiam trilhos em direção à imensa abertura feita em uma das paredes, de onde podia-se avistar, lá fora, os imensos picos do Atlas. E sobre os trilhos, repousando feito um monstro adormecido, a belonave de Klotz von Rosenstock. Algo dantesco. Uma verdadeira e mortal aberração, como Benjamin Young jamais vira.

Capítulo 42
Kasbah sawda' – Estaleiro subterrâneo

Ao aproximar-se do estaleiro subterrâneo, Umar Yasin desceu da empilhadeira e observou atônito o imenso dirigível repousando sobre os trilhos. Assim que sentiu a aproximação de uma sentinela, tratou de apanhar sua bolsa gasta pelo tempo, passando a alça pelo ombro, e pegar um pedaço de estopa que havia sobre a empilhadeira. Fingiu limpar as mãos sujas de graxa enquanto gritava ordens em árabe para um pequeno grupo de berberes disfarçados de *Sanūsī* que transportavam a preciosa carga para a nau de guerra.

Yasin aguardou até assegurar-se de que os *Regimentskorps* estavam entretidos com a movimentação em torno da admirável belonave, e acenou então para Sekani, que o observava de soslaio parado mais à frente. O cabo egípcio balançou a cabeça em resposta; em seguida, apanhou um caixote qualquer que havia sobre a empilhadeira e, com a ajuda de um dos *spahi*, tratou de seguir Umar em meio à polvorosa.

Com olhos vigilantes, Umar Yasin cruzou o hangar subterrâneo em direção à rampa de acesso que ligava o imenso estaleiro à superfície, onde um jovem soldado alemão vigiava a saída para o *kasbah*.

Com um gesto discreto e um olhar sagaz, fez sinal para que a dupla de carregadores que o seguiam fizesse uma pausa. Voltou-se para Sekani encenando uma pequena discussão antes de prosseguir em meio a resmungos. Caminhou até o *korps*, que se interpôs em seu caminho, e saudou-o com uma expressão plácida:

– *As-Sallamu-Alaikum*! – O jovem soldado voltou-se para os três berberes com um olhar insípido. Umar sorriu para o sujeito e buscou ser simpático e submisso ao mesmo tempo. Começou a tagarelar e apontar para o caixote que Sekani e o *spahi* carregavam, movendo as mãos de forma exasperada:

– *Equipamento... comunicação...*– disse Yasin, falando em alemão com uma pronúncia cruel, repetindo as palavras feito um disco riscado.

Com um olhar frio, o jovem *korps* examinou a caixa metálica. Em seguida, tornou a encarar Umar. Seus olhos recaíram sobre a bolsa que o berbere carregava ao lado do corpo. Ao notar sua expressão de curiosidade, antes mesmo que o *korps* lhe ordenasse algo, Umar abriu um largo sorriso e retirou da sua bolsa um pedaço de carne seca. O cheiro forte indicava que o berbere guardava-a ali havia um bom tempo. Yasin seguiu até o soldado e ofereceu-lhe um naco da suposta iguaria. Começou a falar sem parar, misturando seu fraco alemão com um dialeto usado pelos *Djalebh*, e divertiu-se ao ver como o soldado recuou, encarando-o com uma expressão de repulsa.

Satisfeito ao notar como o soldado parecia desistir de verificar algo no interior daquela bolsa feia e fedorenta, Yasin afastou-se. Sorrindo, fez sinal com a mão para que Sekani avançasse, assumindo a conversa conforme haviam combinado minutos antes.

– *Herr Soldat*, estamos transportando equipamentos para o posto de comunicação. Válvulas, transístores... Ordens do capitão Hoffman da *SMS Kaiserin* – explicou Sekani em um alemão quase perfeito.

O soldado resmungou algo para si mesmo e bufou aliviado depois de ouvir o nome do oficial da *Kaiserin*. Com um sorriso torto, acenou sem graça para alguns oficiais que passavam ao largo, fitando-o com olhares de reprovação. Adoraria livrar-se de uma vez daquele *idiot* tagarela. Mostrou a escadaria de aço que havia na lateral da rampa e explicou a Sekani como poderiam chegar ao posto através de uma passagem adjacente que ligava a base subterrânea à superfície. Em seguida, abriu caminho para que prosseguissem, rosnando um xingamento qualquer quando Umar despediu-se com um sorriso escancarado.

Enquanto galgavam os degraus em direção à passagem adjacente rumo ao posto de comunicação, Umar Yasin arriscou uma olhadela em direção ao Majestät. O gigante de guerra adormecido em seu estaleiro subterrâneo. E dentro dele, perdido em meio as suas entranhas feitas de aço, veneno, engrenagens e pólvora, Ben Young. Yasin puxou o ar com força e expirou como se quisesse afastar, vomitar, aquela maldita sensação que se apoderara dele.

***

A torre de controle aéreo localizada na ala oeste do forte de Jafar Adib, onde ficava o posto de comunicação, erguia-se acima da grande muralha que encerrava o *kasbah* incrustado na montanha. Lembrava um farol marítimo, com grandes escotilhas envidraçadas e espelhadas de onde se podia ver as imponentes montanhas da cordilheira do Atlas em um ângulo de 360°. Imensas artérias rochosas que cortavam todo Marrocos e perdiam-se rumo ao horizonte.

Ao aproximar-se do lugar, Umar examinou o cenário a sua volta de forma perspicaz.

Contou quatro soldados *korps* vigiando a muralha junto à torre de controle e mais dois *sawda'* prostrados sobre a muralha leste, onde ficavam as baterias antiaéreas. Batalhões de atiradores usando metralhadoras e espingardas Mauser 98 circulavam pelas encostas em torno do pátio central, seguidos por *Fledermaus* que, vez ou outra, surgiam em voos rasantes patrulhando o espaço aéreo. Além das baterias antiaéreas localizadas na ala Leste, metralhadoras de longo alcance armadas sobre tripés haviam sido montadas nas alas Oeste, Norte e Sul. Malditos sejam os alemães! Não haviam poupado esforços para transformar o *kasbah* de Jafar Adib em um forte intransponível.

Carregadores circulavam pelo pátio operando as empilhadeiras que transportavam para o estaleiro subterrâneo os últimos contêineres vindos de Berlim. Um pequeno pelotão de *korps* junto ao hangar escutava com atenção um oficial visivelmente agitado que distribuía ordens com gestos bruscos. Portavam metralhadoras MG08 e vigiavam a entrada para o estaleiro, observou Yasin, onde permaneciam ancorados os dirigíveis Jahannam, *SMS Kaiserin* e as duas fragatas, *Prinzregent e* SMS *König,* além do cargueiro *Sanūsī.* Todos eles escondendo um exército berbere e francês pronto para entrar em ação assim que ele, Umar Yasin, desse o comando. E tão logo Ben retornasse com Namira. E se não retornasse? Por Alá! Umar rangeu os dentes, procurando afastar o pensamento pessimista.

Ao aproximar-se de um dos guardas junto à torre, Umar voltou-se para os berberes. Fingindo um tom colérico, teatral, ordenou que apertassem o passo e apontou para a torre à frente. Em seguida, levou uma das mãos à testa, protegendo os olhos do sol, e acenou para o soldado, que felizmente o ignorou com desprezo.

Yasin sentiu a ferida em seu ombro latejar quando agarrou com uma das mãos o corrimão de ferro e subiu os degraus da torre até alcançar Sekani e o *spahi* disfarçado. Com os músculos da face enrijecidos, assumiu a frente do grupo. Tocou o cabo da pistola que trazia escondida e seguiu direto para o posto de comunicação.

No interior da torre, dois jovens oficiais permaneciam sentados diante de um painel de controle. Equipamentos meteorológicos, radares, sistemas de rádio, tráfego aéreo, além de uma máquina usada para criptografar mensagens, alocada em um dos cantos da sala octogonal, formavam o complexo painel. Concentrados, transmitiam através dos rádios as informações que chegavam de Berlin e de *Dar es Salaam* para as patrulhas junto às rotas comerciais nas fronteiras da África Oriental e do sudoeste Alemão. Eram assistidos de perto por um superior. Um tenente bastante jovem com cabelos descoloridos, brancos, penteados para trás, combinando com a sua palidez assustadora.

O oficial superior foi pego de surpresa quando Umar adentrou a sala. Gesticulando as mãos de modo frenético, o berbere ordenou aos falsos carregadores que deixassem o caixote metálico ao lado de uma das mesas que havia no centro do posto de comunicação.

– O que estão fazendo aqui e o que é isto? – questionou o oficial, apontando para a caixa metálica.

Umar encarou o sujeito e notou a veia que havia saltado no centro da sua testa. Começou a fazer sinais com as mãos, fingindo não o compreender, e deixou que Sekani assumisse a conversa.

– Válvulas e transístores que acabaram de chegar com o resto da mercadoria vinda de Berlim, *Herr Leutnant.*

O oficial superior encarou Sekani, admirado. Além de falar a sua língua natal, o berbere reconhecia a patente em seu uniforme. Tornou a encarar Umar. Depois, voltou-se mais uma vez para o caixote no chão, franzindo o cenho ao dizer:

– Não me recordo de receber nenhuma notificação sobre isto. Pelo que eu sei, não fizemos qualquer pedido de requisição para peças... – desta vez, dirigiu-se a um dos operadores que o encarava atraído pelo falatório. Tornou a fitar Sekani, estendendo a mão direita em sua direção num gesto de imposição. – Deixe-me ver a ordem.

Sekani gelou, sem reação diante do oficial parado a sua frente com aquela mão magra estendida, aguardando os documentos que geralmente acompanhavam as remessas.

– Rápido, berrrrberrrre – pressionou o oficial.

Umar balbuciou algo em *djalebh* buscando ganhar tempo. Notou quando o tenente começou a deslizar a mão em direção ao coldre onde guardava uma Luger.

– Um momento, *Herr* – disse Sekani, agachando e fingindo procurar os tais papéis junto ao pequeno contêiner.

De repente, e antes mesmo que o tenente tivesse tempo para agir, Umar e o *spahi* sacaram suas armas, surpreendendo os inimigos.

– Aqui está a sua notificação – rosnou Umar, com um sorriso ferino, aproximando-se e encostando a arma na têmpora do oficial. – E se quiser viver, é melhor ordenar para que os seus homens permaneçam calmos.

Acuado, o tenente fitou Umar de soslaio. Sentia o toque metálico do cano da pistola pressionando a sua têmpora. Ergueu as mãos lentamente e dirigiu-se aos dois operadores sem desviar seus olhos de Umar Yasin, ordenando-lhes que obedecessem às ordens dos intrusos.

– Muito bem, *Herr*, estamos começando a nos entender – soprou Umar. – Sekani, Fasil... sabem o que fazer – disse, abrindo espaço para o *spahi*, que avançou em direção aos dois assustados operadores.

Assim que terminaram de amarrar e amordaçar os alemães com a ajuda de alguns cordames, Umar retirou explosivos da sua bolsa suja e fedorenta. Com a ajuda de Sekani, começou a instalá-los sob os consoles onde ficavam os equipamentos de comunicação. O *spahi* que os acompanhava assumiu seu posto como operador. Alterou as frequências, neutralizou os canais usados pelos alemães e abriu um único canal de transmissão com o *Corsaire*, escondido junto ao Jbel Toubkal ao sudoeste do *kasbah*.

– Estamos prontos para começar a transmissão, *sayid* – informou o *spahi* Fasil dirigindo-se a Umar, que aguardava apreensivo ao seu lado, fazendo

um sinal com a cabeça para que prosseguisse. – Ninho da Águia zero-três-
-ponto-cinco. Câmbio.

Por um instante, a sala foi tomada por um silêncio perturbador, até que:

– Corsaire para Ninho da Águia... Câmbio... Confirmando zero-três-
-ponto-cinco – respondeu a voz do outro lado do rádio.

Sem perceber, Umar tocou o ombro do *spahi* com uma das mãos fazendo
certa pressão, chegando mesmo a sorrir aliviado.

– Posição um, ativada. Ninho da Águia silencioso, câmbio – informou
o *spahi*, referindo-se ao *kasbah sawda'* agora sem comunicação com bases
externas alemãs.

O som de estática soou mais uma vez pelo alto falante antes que o capitão francês se pronunciasse, arrancando um riso de Umar:

– Já não era sem tempo, *mon ami* Umar Yasin. Estamos prontos para chutar as bundas destes malditos chucrutes, câmbio – disse o francês, animado.

Umar adiantou-se e tomou o microfone de Fasil, respondendo eufórico:

– Escutá-lo me enche de esperança, *sayid* Lacombe, câmbio.

– O prazer é todo meu, Umar Yasin. E quanto ao rato? – perguntou Didieur, referindo-se a Ben.

Umar balançou a cabeça, incomodado:

– Nosso rato está na toca da cobra, *sayid* Lacombe.

Houve uma pausa antes de Didieur responder:

– Muito bem. Corsaire a postos em cinco-cinco-sete-dois, Sudeste, câmbio. Assim que tiver notícias de Ben, trate de erguer a sua bunda fedorenta
daí, *mon ami* Umar. Meus homens infiltrados darão conta destes malditos *korps*
até chegarmos aí com uma lembrancinha para o general Rosenstock, câmbio.

– Capitão... – Didieur notou a alteração no tom de voz de Umar. – Há
algo, a toca da cobra, quer dizer, o Majestät... Há algo que você precisa saber
sobre ele. É um monstro... maior do que tudo o que já vi... Eu tenho receio
de que *sayid* Young... Bem... que *sayid* Young jamais...

– Não é hora para sermos pessimistas, *mon ami*. Young o trouxe até aqui,
não é mesmo?

Houve uma pausa. Umar pôde escutar a respiração forte de Lacombe do
outro lado do rádio, que retomou sua fala, desta vez num tom firme:

– O Olho de Gibraltar encontrará um meio de cumprir a sua parte. Quanto ao tal Majestät, estamos prontos para ele, câmbio.

Umar balançou a cabeça como se estivesse diante de Lacombe. Depois sorriu ao pensar como o próprio Lacombe parecia duvidar de suas palavras.

– Tem razão, capitão, câmbio – concordou Umar.

– Ótimo. Mantenham suas posições e aguardem o sinal de Ben. Imagino que saiba o que fazer, Umar... – Didieur não precisou terminar a frase. Ben já havia repetido uma série de vezes o que Yasin deveria fazer caso ele não retornasse.

– Afirmativo, capitão. Câmbio – respondeu Umar, pesaroso.

– *Excellent, mon ami* . Quanto a você, *mon bon* Fasil, mantenha o canal aberto com a nossa frota – ordenou Lacombe, dirigindo-se ao seu *spahi*. – E cuidem-se para que nenhum chucrute os incomode. Pelo menos até que possamos mandá-los para o inferno, que é o lugar de onde nunca deveriam ter saído. Câmbio e desligo.

Umar riu baixinho da piada. Entregou o microfone a Fasil, deixando-o fazer o seu trabalho. O *spahi* transmitiu as coordenadas para a frota liderada por Didieur Lacombe e aproximou-se de uma das escotilhas, observando lá embaixo a imensa passagem para o estaleiro subterrâneo.

"Muito bem, *sayid* Young, por Alá, não me decepcione." Sentiu um aperto no peito. Com os olhos fechados, soprou algo para si mesmo. Palavras sagradas. Depois voltou-se na direção de Sekani. O jovem cabo vigiava os prisioneiros segurando a Smith & Wesson modelo dez com as duas mãos, extremamente tenso. Sua inexperiência em campo era visível. Aquela poderia ser a sua última missão. Sentiu pena quando seus olhos se cruzaram e Sekani esboçou um sorriso em direção a ele, que respondeu com uma expressão paternal, tentando de alguma forma amenizar o medo que ambos sentiam. "Somos todos ratos e escorpiões perdidos no interior desta maldita toca. Mas uma coisa é certa, meu jovem. Em breve tudo isso terá acabado. De uma forma ou de outra".

Umar Yasin tornou a sorrir para o egípcio, buscando passar confiança a ele. Porém, estava cansado demais para mentir.

Capítulo 43
Estaleiro subterrâneo – Majestät

Ben Young não conteve a surpresa ao adentrar a colossal fortaleza voadora, o Majestät. Em seu interior, uma turba de oficiais e soldados subia e descia pelas escadarias que interligavam os muitos níveis da embarcação.

Conduzidos pelos dois *korps*, Ben e seus aliados seguiram por um corredor extenso e cruzaram um amplo depósito de carga. Mecânicos inspecionavam uma frota formada por carros blindados do deserto e tanques LK1. Young lançou um olhar discreto em direção aos sujeitos e, escoltado pelos soldados, tomou o elevador para o nível superior acima do convés principal.

Pressionados pelos *korps*, Ben e os berberes cruzaram apressados um passadiço claustrofóbico que lembrava os corredores pouco iluminados dos U-Boot, até se depararem com um grupo de pilotos da *jagdgeschawder*. Os aviadores, que aguardavam o elevador para o convés de voo, pareciam entretidos em meio a uma animada conversa, notou Young. Um dos pilotos, um homem esguio e com bela aparência, que trajava um sobretudo de couro e um quepe meio de lado, encarou os berberes com uma expressão curiosa. Young pôde ler seu nome gravado na lapela da jaqueta – "*Richthofen*". Por um instante, os seus olhos se encontraram com os de Richthofen, que encarou o falso berbere com um sorriso desdenhoso. Ben retribuiu com um sorriso oculto pelo seu *tagelmust*, pensando em como havia enviado um deles para o inferno.

Após deixarem os aviadores para trás, Ben e seus aliados seguiram os dois *korps* em direção à escada circular que havia no final do passadiço. Passaram por um complexo de cabines que lembravam as frestas nas paredes das grutas de *bahr alkharab* e seguiram em direção a um soldado que montava guarda diante de uma delas. O homem tinha proporções avantajadas e um queixo proeminente.

Ao aproximarem-se, o gigante de bronze cumprimentou os *korps* com um aceno e um olhar frio, trocando com eles meia dúzia de palavras. Com um riso debochado, examinou o falso prisioneiro e os demais berberes que o acompanhavam. Com sua mão gigantesca, abriu a porta e deixou que o grupo adentrasse o cômodo.

O interior da cabine era bastante simples, destinado aos oficiais de baixa patente. Em um dos cantos da sala, havia uma pequena mesa com duas gavetas e um tampo estreito de carvalho, onde ficava um cinzeiro repleto de bitucas de cigarro. Amontoados próximos ao cinzeiro, um jarro com água, uma luminária e alguns cadernos para anotações.

Na parede oposta à mesa, um armário simples de aço e uma cama individual. Abaixo da escotilha que ficava na parede adjacente, havia um retrato do *Kaiser* que, daquele ângulo, parecia fitar Young. Contudo, o sujeito sentado na cadeira junto à escrivaninha não aparentava ser um destes oficiais. Vestindo um paletó escuro de lã feito sob medida e um sobretudo de um couro tão negro quanto a noite, o homem emanava um ar de elegância e mistério. A pele do rosto, rosada, destoava da tez dos homens acostumados ao sol. Riscos em sua face, inflamados, denunciavam que o sujeito havia se metido recentemente em alguma encrenca. Na lapela do seu jaleco, um broche dourado chamou a atenção de Ben com as iniciais "SSA".

Eberhard sorriu ao ver a pequena comitiva. Sem pressa, descruzou as pernas e levantou-se da cadeira, acendendo e aspirando uma longa baforada, exalando uma névoa de fumaça antes de fitar o prisioneiro a sua frente:

– Então você é o famoso rato do deserto que tanto incomoda Rosenstock. – A afirmação soou em tom de questionamento.

O agente da SSA pediu para que um dos *korps* retirasse o *tagelmust* do sujeito, revelando o seu rosto, e passou a examiná-lo com um sorriso repulsivo.

Le Blanc, o atirador francês que havia assumido o lugar de Young, não moveu um músculo sequer da face quando Eberhard deslizou seus dedos de maneira suave tocando a sua pele.

– Entendo o porquê desta fixação de Rosenstock... Hum... Sem dúvida, trata-se de um belo adversário. Uma pena não termos muito tempo. O general deve estar a caminho, ansioso por revê-lo, *Herr* Young.

Ben prendeu o ar. O oficial da SSA nunca o tinha visto. Diferente de

Rosenstock, que não havia se esquecido da sua fisionomia. Com a chegada do general, o seu disfarce estaria acabado. Precisava agir. Young chegou a tocar o cabo da sua arma quando foi surpreendido pela gritaria crescente vinda do lado de fora da cabine. Com um movimento rápido, afastou-se da entrada quando o imenso soldado abriu a porta de supetão, trazendo com ele uma figura que se debatia e lutava, tentando se livrar das suas poderosas mãos.

Ben reprimiu o espanto que certamente estava estampado em seu rosto ao reconhecer a voz em protesto de Namira Dhue Baysan.

A Opala do Deserto debatia-se de forma feroz, cravando suas unhas nos braços duros feito rocha do seu algoz e cuspindo-lhe xingamentos, até ser lançada no interior do cômodo feito um bólido.

Ben conteve o impulso de tomar Namira em seus braços quando o agente da SSA passou à frente da indefesa dançarina caída aos seus pés:

– Ora, ora, *Fräulein*, conforme eu lhe havia prometido, aqui está o seu... espião. – Eberhard suspirou e esfregou as mãos apontando com o olhar para o falso prisioneiro. Sorriu quando o imenso soldado ergueu Namira com uma facilidade assustadora e prosseguiu com uma voz calma. – Creio que agora poderemos nos divertir um pouco mais.

Young rangeu os dentes ao assistir à cena. Ver Namira naquele estado comoveu-o. Indefesa, com manchas azuladas na pele, resultantes dos muitos golpes brutais que havia recebido durante o seu interrogatório. Queria poder tocá-la. Dizer que estava ali, perto dela. Ao mesmo tempo, trocou um olhar com seus camaradas, preparando-se para entrar em ação.

Com um gesto brusco, Namira livrou-se das mãos firmes do seu carcereiro e avançou até o prisioneiro. Sorriu aliviada ao encarar o homem. Alguém que decerto não era o rato do deserto. Em seguida, tomou o rosto do estranho em suas mãos e soprou agradecida:

– Que Alá o ilumine!

Dito isso, Namira Dhue Baysan voltou-se para Eberhard com um riso provocante.

O agente da SSA encarou-a com um olhar inquisidor. As ranhuras em seu rosto pulsavam.

Young mordeu o lábio inferior e deu o sinal aos seus guardas, que sacaram as pistolas escondidas sob as túnicas negras *sawda'* e avançaram em direção à dupla de *korps*.

Atônitos, os homens de Rosenstock não tiveram outra reação a não ser largar as metralhadoras no chão e levar as mãos à cabeça, suplicando por suas vidas. Diferente do gigante alemão que, ao ser atingido pela adaga curva do franco atirador Le Blanc, desmoronou no chão sem vida, com os olhos esbugalhados fitando o vazio.

Eberhard ameaçou sacar a Luger do coldre em sua cintura, mas foi impedido quando Benjamin Young, o *Olho de Gibraltar*, tocou sua testa pálida e franzida com o cano da Colt:

– Aqui está a sua diversão, maldito... – sibilou Young, arrancando seu *tagelmust* e revelando o seu rosto ao demônio, que o encarou incrédulo. Young armou o cão da arma e começou a pressionar o gatilho.

– Não! – O grito de Namira tomou Ben de espanto. A *Opala do Deserto* deu um salto e interpôs-se entre ele e o inimigo. Encarando de perto o agente da SSA, com uma sombra que havia tomado seu rosto, emitiu um riso de desprezo:

– Eu disse que você seria o primeiro a morrer. E você morreu alguns segundos atrás, Eberhard.

Dito isso, Namira ergueu a mão e mostrou ao agente da SSA o alfinete embebido em veneno. Eberhard esgueirou-se feito um animal acuado e tentou gritar, mas agora sem voz. Encarou Namira com um olhar indignado. A veia roxa pulsando atrás da pele clara em sua garganta tornou-se visível, e o agente começou a sentir um calor insuportável, acompanhado de um tremor nas mãos fora de controle. Com o veneno espalhando-se rápido em sua corrente sanguínea, o homem tombou com lágrimas de sangue que escorreram pela sua face.

Namira Dhue Baysan não demonstrou emoção alguma ao fitar seu algoz morto, voltando a si quando Ben apanhou suas mãos e puxou-a para junto dele.

Namira não conteve as lágrimas ao deparar-se com o rato do deserto. Entregou-se sem resistência ao homem que nunca deveria ter cruzado o seu caminho. Quando os seus lábios tocaram-se, tudo pareceu desaparecer. Rosenstock, o *Majestät*, o veneno e a maldita guerra por vir. Nada mais importava a não ser o beijo, o toque, o calor que brotava do corpo do rato do deserto aquecendo o seu.

– Continua a ser um bom homem... – sussurrou Namira. – Ou apenas um rato do deserto, *monsieur* Young? – brincou, tocando com a ponta dos dedos a pele quente e bronzeada do rosto de Ben.

– Um bom homem não teria chegado até aqui, senhorita Baysan – riu Young.

– Hum... Continua confiante, *mon chèr souris du désert. C'est bien...* Vamos precisar da sua confiança para deter Rosenstock.

Ben assentiu. Em seguida, e sem perder muito tempo, apresentou os seus companheiros a Namira e contou um pouco sobre os últimos acontecimentos. Falou sobre sua travessia e como Umar, seu irmão *Djalebh*, Didieur e seus aliados esperavam ansiosos para invadir o *kasbah sawda'*.

– Não sei como conseguiu, mas cumpriu a sua promessa. – Namira aproximou-se e beijou o rosto de Young, agradecida. Apaixonada. – Obrigada por manter Umar Yasin vivo. Ele representa muito para mim – soluçou. Em seguida, perguntou com uma expressão preocupada:

– E quanto à substância? – Uma ponta de agonia tornou a invadir os olhos de Namira.

– A *Gibraltar Guide & Commercial Routes* não costuma deixar seus serviços pela metade – zombou Ben, querendo quebrar o clima tenso. – Foi entregue como havíamos combinado. E graças a alguém muito especial. Madame Sombre.

A dançarina franziu a testa ao encará-lo com surpresa.

– Mas isto é uma outra história – ponderou Ben, apreensivo. – Precisamos partir deste inferno. Assim que Umar nos tirar desta maldita banheira voadora, eu...

Namira interrompeu Young, fitando-o com uma expressão determinada:

– Espere, é preciso destruir o Majestät. Do contrário, Coldwell, Didieur e toda a frota britânica estará condenada. Nenhuma nau é páreo para este colosso, *monsieur* Young. Se não for destruído, muitos inocentes vão perecer antes do que imaginamos. Isto aqui é apenas o começo – afirmou, com um olhar perturbador.

Ben encontrou o olhar de Namira:

– O que quer dizer?

A dançarina engoliu em seco. Seu olhar havia perdido o brilho. Esfregou as mãos úmidas e, depois de uma pausa, prosseguiu:

– Rosenstock planeja um ataque sincronizado para surpreender a esquadra britânica próxima a Gibraltar. Com seus aliados otomanos avançando através dos estreitos, a frota ficará presa em uma armadilha, tornando-se um alvo fácil para os canhões e torpedos do *Majestät*. Todos eles carregados com o gás de indução nervosa mortal. Ao mesmo tempo, biplanos da *jagdgeschawder 1*, liderados por um tal... Richthofen, farão um ataque surpresa às bases inglesas e francesas na Europa. Lançarão pequenas ogivas com veneno suficiente para causar uma devastação em um raio de dez quilômetros ou mais.

Mordiscando o lábio inferior e com os punhos cerrados tão fortemente que as unhas cravavam na palma da mão, Ben andava de um lado para o outro, inquieto, sem desviar os olhos da jovem:

– Otomanos... Sociedades pan-eslavistas... – murmurou, pensativo.

Namira aproximou-se e apoiou uma das mãos em seu braço:

– O que quer dizer?

– As informações que encaminhou a Didieur, além de citarem as antigas coordenadas do *Reichsadler,* comprovando o envolvimento de Rosenstock com a destruição da nau prussiana, revelam o nome de um oficial chamado Schultz e o seu possível envolvimento com uma sociedade pan-eslavista conhecida pelo nome de Mão Negra – explicou Young.

Namira estreitou os olhos, pensativa.

– Mão Negra... – sussurrou para si mesma, achando aquele nome familiar. – Uma organização nacionalista ou algo parecido.

Ben concordou balançando a cabeça:

– Didieur mencionou algo como... – tentava desenterrar o estranho nome da memória – *Ovejaras*. Algo a ver com signos... Câncer, primeiro decanato e uma suposta visita...

Namira teve um estalo ao ouvir aquilo. Pela primeira vez desde que a havia reencontrado, Ben notou um certo brilho voltando aos olhos da dançarina.

– Espere um momento... – pediu ela, fitando Young com um sorriso perspicaz. – Decanatos indicam quais planetas regem cada signo do zodíaco, além de revelar detalhes pessoais em nossas cartas astrais. Indicam também um período.

Ben foi tomado por um sobressalto ao ouvir a explicação:

– Uma visita em um período específico. É isso! – sorriu, encontrando os olhos da jovem perambulando na sua frente e confirmando com um aceno.

– *Oui, monsieur* Young. E de acordo com os estudos do zodíaco, o primeiro decanato do signo de câncer tem início no final do sexto mês. – Namira fez uma pausa e encarou Young com uma expressão tensa.

– Mas isso é daqui a alguns dias... – soprou Young.

– Rosenstock mencionou algo capaz de surpreender os seus inimigos antes mesmo do Majestät disparar o seu primeiro torpedo. Mas... um momento... – A Opala parou novamente, depois voltou a encarar Young com espanto. – *Mon Dieu*... Só pode estar brincando...

Ben arqueou as sobrancelhas observando a Opala do Deserto circular aflita, envolta em pensamentos.

– Malditos espiões... OVEJARAS... S.A.R.A.J.E.V.O. – Sorriu um sorriso carregado de tensão, soletrando cada letra enquanto organizava a palavra em sua mente. – Claro... *Ovejaras*...

Ben levou a mão ao queixo e alisou a barba por fazer, confuso.

– Trata-se de uma forma arcaica, porém eficaz de codificação. Invertendo a ordem das letras... – Namira parou diante de Ben e sorriu. – SARAJEVO. *Ovejaras* de trás para a frente...

– Malditos espiões... – Benjamin Young baixou a cabeça, achando-se um idiota por não ter percebido antes.

– Uma visita... Um lugar... Pelo jeito, Rosenstock aguarda a chegada de algo ou alguém a Sarajevo para entrar em ação — supôs a Opala do Deserto.

– E o tal Schultz se encaixa como um peão em meio a um estranho jogo de xadrez – completou Ben, começando a ficar agitado. – O *Kaiser* está disposto a mexer em um vespeiro envolvendo austríacos, sérvios e, principalmente, seu parente, o Czar. Com essas informações, além da amostra da arma química que conseguimos, Coldwell poderá...

Namira interrompeu-o, balançando a cabeça num gesto negativo e fazendo um biquinho com os lábios:

– Não há tempo para isso – disse a dançarina com uma expressão abatida.

Ben franziu a testa, deixando que a mulher prosseguisse.

– Há muito que o *Kaiser* se vê obrigado a agir de forma que a Alemanha ganhe o reconhecimento e uma posição forte perante os seus rivais. A situação é contornada pela diplomacia, muito embora uma guerra entre a Alemanha e seus adversários sempre tenha parecido algo... inevitável. Com o apoio dos seus generais e de um grupo poderoso de industriais que ajudaram na construção desta nau... – disse apontando o olhar para o seu entorno –, Wilhelm e seus senhores da guerra vêm se antecipando em um jogo perigoso. Arquitetando e colocando suas tropas em uma posição privilegiada, prontas para entrarem em ação ao primeiro sinal de um conflito iminente. Um conflito que parecem dispostos a iniciar como se riscassem um palito de fósforo, ainda que ocultos por uma cortina negra.

Ben fitou Namira, inquieto.

– É sabido que espiões prussianos têm interferido nas comunicações de rádio entre a França e a Rússia há um bom tempo, além de estabelecerem um contato mais acirrado entre Berlim e Malta – continuou a dizer a dançarina.

– Uma guerra premeditada – completou Ben Young.

– O Armagedom, *monsieur* Young. E pelo que acabamos de ver, o inferno está prestes a começar com Rosenstock à frente do seu exército – concordou a dançarina, com o desespero estampado em seu rosto.

Ben Young olhou para longe, engolindo o gosto de bile que subiu até os seus lábios.

– É preciso destruir o *Majestät* – afirmou Namira com convicção. – E eu sei como fazê-lo – emendou, mostrando o pingente pendurado em seu pescoço. O escorpião com a meia-lua entre suas presas.

Young observou o objeto com uma expressão confusa.

– Além das caldeiras a vapor, esta fortaleza alada é alimentada por óleo diesel – explicou Namira, notando a interrogação estampada no rosto do rato do deserto. – Há imensos tonéis armazenados junto à sala das máquinas. Se conseguirmos chegar até lá, eu posso mandar tudo isto para os ares antes mesmo que Rosenstock cruze as cordilheiras do Atlas. – A Opala do Deserto abriu o pingente e mostrou a Young o conteúdo em seu interior. Um explosivo diminuto. – É o suficiente para fazer um belo estrago quando acionado junto a um dos tonéis. A um simples clique... – completou, tocando com o indicador em uma das garras do escorpião. – E *voilà*... – e fez um som de explosão com a boca.

Ben suspirou:

– Vejo que está preparada – zombou, abismado.

Namira notou a estranheza na voz de Young.

– Esta sempre foi a minha verdadeira missão, *monsieur* Young. Descobrir o significado da operação de Rosenstock e, na medida do possível, destruí-lo.

Ben mergulhou nos olhos de Namira, perplexo.

– Destruir sua operação ou assassinar o general? – questionou, em tom de crítica.

Namira pareceu surpresa com a pergunta.

– Isto faz alguma diferença, *mon chér*?

Ben desviou o olhar para o corpo do agente da SSA caído no canto da sala:

– Posso entender isto. Uma questão de sobrevivência. Mas, ainda assim, isto não a torna uma assassina.

Namira riu baixo, zombeteira:

– E planejar a morte de Rosenstock? Sim?

Ben fez silêncio.

– Considere eliminar Rosenstock como um ato de sobrevivência. Não apenas a minha, mas a de muitos inocentes que sequer imaginam o que está por vir. – A Opala do Deserto aproximou-se ainda mais de Ben. – Muito me admira alguém como você ficar pesaroso com isso. Talvez preferisse o teatro. – Sorriu de maneira provocativa. – A exuberante Opala do Deserto, espiã, cortesã, porém com as mãos limpas. Uma pena, *mon chér* Young, mas sinto lhe dizer que nossas mãos estão encharcadas de puro sangue. As de Rosenstock, as minhas... e as suas.

Ben pareceu surpreso diante da frieza da jovem:

– Assassinos vivem sob a sombra da morte, Namira.

A Opala do Deserto aproximou-se, repousou suas mãos no peito de Young e soprou em seu ouvido:

– Então é bom que a morte nos dê tempo, não é mesmo? Do contrário, seria um grande desperdício.

Ben sentiu um arrepio percorrer o seu corpo quando os lábios molhados de Namira tocaram o seu rosto. Por um momento, sentiu que seus pés desprendiam-se do solo, como se estivessem caminhando sobre a areia, mas rapidamente voltou a si.

Nesse mesmo instante, Le Blanc, o franco atirador francês que vigiava o corredor, abriu a porta da cabine e atraiu a atenção de Young. Com um olhar exasperado e gesticulando as mãos como se tivesse visto o diabo em pessoa, falou ofegante:

– *Le Commandant*, soldados se aproximam.

Young balançou a cabeça.

– Rosenstock chegará muito em breve. Posso imaginar como o general deve estar ansioso para assistir à execução do rato do deserto – disse Young, guardando a Colt no coldre em sua cintura.

Em seguida, dirigiu-se aos aliados berberes com a voz firme:

– Assim que deixarmos a cabine, vocês quatro devem retornar ao cargueiro *Sanūsī*. Eu e Le Blanc seguiremos com Namira à sala das máquinas.

Dizendo isso, Ben dirigiu-se a Namira apontando o indicador para o pingente em seu pescoço:

– Colocamos o escorpião em um dos tonéis de diesel e deixamos este lugar o quanto antes.

– E quanto aos dois soldados? – perguntou um dos guerreiros *Hoggar*, aproximando-se dos *korps* que estavam amarrados e amordaçados, sentados no chão frio num dos cantos da cabine. Com um sorriso maldoso e a adaga em uma das mãos, o berbere parecia divertir-se ao ver o pavor nos olhos dos sujeitos.

– Deixe-os. Rosenstock cuidará deles – ordenou Young, para frustração do berbere. Em seguida, apanhou a Luger junto ao corpo sem vida do agente da SSA, tombado ao lado dos *korps*, e entregou-a à Namira. – Tome, vai precisar disto.

A Opala do Deserto armou o cão da Luger de forma hábil, bastante familiarizada com a pistola. Young cobriu o rosto com o *tagelmust* e fez sinal para o grupo, saindo sem nem olhar se os outros seguiam-no.

***

– Alto lá! – A voz grotesca ecoou pelo corredor frio e movimentado do Majestät, atraindo a atenção de Young. – O que vocês fazem aqui? – gritou o oficial, aproximando-se de Young com uma expressão de insatisfação. Seus olhos, de um azul profundo, saltavam das órbitas ao examinar o grupo com assombro. – E quanto à espiã? Ela deveria ser levada para junto do outro prisioneiro na cabine c-21, no andar superior – esbravejou o oficial, apontando para a escadaria na entrada do complexo.

– Temos ordens para levá-la à sala dos oficiais, senhor – mentiu Young, sem desviar os olhos do homem a sua frente, procurando ser convincente.

– Não fui avisado sobre isso – respondeu o oficial, aproximando-se e fitando Namira com um sorriso desagradável. – Mostre-me a autorização para transportá-la à cabine dos oficiais. Guarda! – gritou em seguida, atraindo a atenção de um dos três *korps* que vigiavam o passadiço.

Ben cerrou os punhos. A situação estava se tornando insustentável.

– Soldado, verifique as ordens para levar a prisioneira para a sala dos oficiais. Confirme com o general Rosenstock sobre a mudança – ordenou o oficial ao *korps*. – Quanto a você... – prosseguiu o alemão, voltando-se novamente para Young e arreganhando os dentes. – Mostre-me a autorização.

– Um momento... – gaguejou o Olho de Gibraltar, tentando pensar em algo, chegando mesmo a tatear o cabo da arma sob a sua túnica.

De repente, o francês disfarçado de *sawda'* adiantou-se, pegando Young de surpresa. Le Blanc remexia o interior do seu manto fingindo procurar algo em um dos seus bolsos internos, resmungando algo inaudível.

"Mas o quê...?" Os olhos de Young passaram de Le Blanc para Namira, que o fitou de soslaio igualmente surpresa.

– Um momento, *Herr Kommandant* – começou a dizer Le Blanc em um alemão bastante convincente.

Apreensivo, Ben puxou Namira para perto sem perceber a pressão que fazia, deixando as marcas dos seus dedos em seu braço.

– Ah... Aqui está, *Herr* – continuou Le Blanc.

Com um gesto rápido, o francês sacou uma faca que trazia escondida na cintura e enterrou-a na barriga do oficial, soprando em seu ouvido:

– Aqui está a sua permissão para ir para o inferno.

Imediatamente, os guerreiros *Hoggar* apontaram os seus rifles e abriram fogo contra os soldados, obrigando-os a protegerem-se atrás das vigas de aço que havia nas entradas de cada complexo.

– Maldito Le Blanc. O que você...? – Young sacou a Colt e juntou-se ao grupo em meio ao fogo cruzado, aproximando-se do francês com uma expressão desesperada.

Le Blanc sorriu:

– Deixe-me cortar algumas gargantas alemãs. É só o que eu peço, Olho de Gibraltar. Leve-a daqui – falou, referindo-se a Namira Dhue Baysan. – Podemos ganhar um bom tempo até vocês saírem deste ninho de cobras. Eu e meus amigos vamos cuidar disso.

Ben esbravejou. O som dos disparos soou feito uma explosão em seu ouvido.

– Vamos sair daqui – insistiu Young, protegendo-se das balas que passavam rente zunindo em seus ouvidos.

– Sabe que isso não será possível, *commandant* – respondeu o soldado francês, com uma serenidade espantosa para quem acabara de assinar a sua própria sentença. – Diga ao capitão Lacombe que eu... – parou um instante, emotivo.

Ben tocou o seu ombro com uma das mãos. Não sabia o que dizer.

– Foi uma honra, Olho de Gibraltar – disse Le Blanc, despedindo-se de Ben antes de juntar-se aos bravos *Hoggar*.

Ben empurrou Namira para fora do alcance das balas, contornou uma viga de aço e foi em direção ao corredor adjacente.

Em pouco tempo, todo o complexo foi tomado por uma nuvem de fumaça e pelo cheiro de pólvora. O som estridente das metralhadoras atraiu

ainda mais soldados, que buscaram ganhar terreno indo em direção ao pequeno e bravo grupo de berberes. Em pouco tempo, tombariam mortos com
o Majestät transformado em uma grande tumba.

Ben Young e Namira Dhue Baysan correram desesperados e desapareceram no interior da nau. Percorreram os muitos corredores que formavam
um labirinto feito de ferro, aço e veneno. E quanto mais se aprofundavam
nas entranhas do *Majestät*, mais Young tinha a sensação de que seu lugar no
inferno estava garantido. O dele e o de Klotz von Rosenstock.

Capítulo 44

Majestät, dezoito de junho de 1914

Assim que reconheceu o general Klotz von Rosenstock vindo em sua direção pelo passadiço esfumaçado e cheirando à pólvora queimada, o jovem *Leutnant* deu um grito de atenção. Imediatamente, todos os soldados do grupo assumiram a posição de sentido, enfileirados e com as mãos espalmadas juntas às coxas.

Ao aproximar-se, o grande general, acompanhado por uma tropa de elite, respondeu à saudação de seu subordinado com um aceno rápido, mas sem dirigir-lhe o olhar. Com os lábios comprimidos e as sobrancelhas franzidas, Rosenstock aproximou-se e observou de perto os corpos dos berberes cravejados de balas, em meio a uma grande poça de sangue. Uma veia saltou em seu pescoço e os nós dos dedos que seguravam a Luger ficaram esbranquiçados.

– *Herr General...* – gaguejou o *Leutnant*.

Rosenstock voltou-se para o oficial com uma feição rígida, como se toda a sua estrutura fosse feita de pedra.

– *Herr General...* – prosseguiu o *Leutnant*. Um grupo de berberes disfarçados de *sawda'* invadiu o *Majestät e...*

Impaciente e sem tempo para ouvir desculpas, Rosenstock ergueu a mão num gesto brusco e interrompeu o suboficial:

– Onde está o prisioneiro? – rugiu, desviando o olhar dos corpos ensanguentados e encarando o *Leutnant*.

– O agente Eberhard e seu auxiliar foram mortos – prosseguiu o oficial, bastante apreensivo.

Rosenstock aproximou-se do jovem e repetiu a pergunta em tom ameaçador:

– Não me respondeu, *Leutnant*. Onde está o prisioneiro que acabou de ser trazido a bordo? E onde está Namira Dhue Baysan? – esbravejou, aumentando o volume da voz.

O *Leutnant* recuou alguns passos, temeroso. Esfregou as mãos, procurando disfarçar o medo:

– Os prisioneiros... Desapareceram, *Herr General*. Não temos sinal deles.

– Desapareceram? – bufou Rosenstock, irônico. – Você quer dizer... fugiram!

Desconcertado, o jovem *Leutnant* baixou os olhos.

Klotz von Rosenstock respirou fundo. Tentava acalmar-se, sem muito sucesso. A expressão no rosto do *Leutnant* quase o fez sentir pena pela forma rude como havia se dirigido a ele. Descontar a sua raiva no oficial pelo inesperado desastre era de fato injusto. O homem tinha lá seu mérito. Era um bom *korps*, sem dúvida. Afinal, sob o seu comando, seu grupamento havia abatido aqueles invasores. Não todos eles, lamentavelmente. *Verdammte Scheiße!*

– Fez um bom trabalho, *Leutnant* – comentou Rosenstock, surpreendendo o oficial. Em seguida, o general voltou-se para os cadáveres e agachou-se diante de um deles, examinando suas feições mais de perto.

– O infeliz não parece ser um destes berberes – arriscou o *Leutnant*, aproximando-se do seu superior e encarando o morto com uma expressão de escárnio.

Rosenstock suspirou.

– Europeu. Soldado europeu, sem dúvida.

O oficial *korps* balançou a cabeça. Rosenstock parecia hipnotizado diante daqueles olhos sem vida:

– Um aliado. Maldito Benjamin Young... — resmungou. Deixou de lado o cadáver do soldado ocidental e passou a examinar os outros quatro guerreiros, desta vez certo de que eram mesmo berberes. Com o cano da Luger, afastou a túnica de um deles, deixando à mostra seu tórax arrebentado. Repetiu o gesto com os outros três corpos, parecendo pouco surpreso.

– Nenhum deles possui a flor negra tatuada no peito. A marca *sawda'* – um sorriso cortou os lábios de Rosenstock, que soprou admirado: – A invasão destes malditos berberes indica que... – Fez uma pausa antes de concluir. – Jafar Adib falhou na sua missão de perseguir o rato.

O general levantou-se. O *Leutnant* fitou-o com uma interrogação:

– Mas *Herr Kommandant...* O líder *sawda'* está a bordo do cargueiro berbere em nosso hangar.

Rosenstock respondeu num tom ameno:

– Está enganado, *Leutnant.* O rato do deserto planejou tudo isso. Nunca houve um prisioneiro. *Verdammter!* – resmungou o general, pego em uma reflexão silenciosa. – Na certa, ele veio libertar a vagabunda. Quem diria! — concluiu, mantendo os lábios cerrados num meio sorriso e entrelaçando os dedos pelos cabelos ralos penteados para trás.

Rosenstock examinou os cadáveres e depois voltou os olhos para o *Leutnant:*

– Temos a bordo um ex-batedor da Força Expedicionária Britânica chamado Benjamin Young, também conhecido pelo codinome *Olho de Gibraltar.* E se Benjamin Young chegou até aqui, isso significa que agora os britânicos já devem conhecer o nosso segredo, e que Jafar Adib... Bem, Jafar deve estar morto.

O oficial a sua frente fitou-o incrédulo.

– Caímos em uma armadilha – sussurrou o general agitado, passando a andar em círculos sem desviar o olhar dos berberes mortos.

De súbito, e tomado pela cólera, Klotz von Rosenstock rugiu algo inaudível. Apontou a Luger para o soldado europeu morto e descarregou sua arma até transformar seu rosto em uma massa de sangue e ossos.

Ofegante, Klotz abaixou a arma e observou em silêncio a forma desfigurada. Um certo prazer pareceu dominá-lo. Fechou os olhos e sentiu o doce gosto da perversão em sua boca.

O *Leutnant* sentiu a bile subir pela garganta e segurou o vômito.

Rosenstock guardou a Luger no coldre em sua cintura. Em seguida, retirou do bolso do jaleco um lenço branco e limpou as densas gotas de sangue que haviam espirrado em seu rosto.

– Tranquem todas as saídas! – ordenou o general. – Ninguém escapa do *Majestät.* Ordene para que um grupamento dirija-se ao hangar onde estão ancoradas nossas fragatas! – O general gritava e agitava os braços com se tivesse enlouquecido.

– Sim, *Herr General* – respondeu o *Leutnant* ainda assustado com a reação do seu superior. – Podemos informar ao capitão Hoffman na Kaiserin sobre...

– Esqueça Hoffman! – rugiu Rosenstock, encarando o oficial com os músculos da mandíbula enrijecidos. – Se o rato conseguiu se infiltrar no *Majestät*, então é quase certo que Hoffman teve o mesmo destino de Adib. Nossas fragatas não são mais confiáveis. É provável que tenham se transformado em um ninho de cobras e ratos como estes aqui – apontou para os corpos crivados de balas.

Rosenstock desviou do *Leutnant* e dirigiu-se ao comunicador que havia na parede central do passadiço. Pressionou um botão vermelho no centro da caixa metálica e, com um tom grosseiro, dirigiu-se ao capitão na ponte de comando:

– General Rosenstock para capitão Axel. – Fez uma pausa até uma voz soar pelo rádio em resposta:

– Capitão Axel na escuta, *Herr General*.

Rosenstock aproximou-se ainda mais do comunicador, aumentando o tom de voz como se quisesse ter certeza de que o oficial não teria dúvidas ao escutar suas ordens. Então gritou, enroscando os erres guturais:

– Preparar para partir. Tire o Majestät deste lugar. AGORA! – finalizou com um grito rouco.

A voz de Axel Kuhn, capitão de fragata e comandante do Majestät, soou hesitante:

– *Herr General*, não estamos conseguindo nos comunicar com a torre de controle.

O general franziu o rosto. Um risco surgiu entre as sobrancelhas e seus olhos estreitaram-se, irritados com a fumaça e o odor de pólvora queimada que ainda tomava o passadiço. De repente, seu rosto pareceu iluminado:

"Sem comunicação. O prenúncio de um ataque iminente".

– Capitão, esqueça a torre de controle – ordenou Rosenstock ofegante. – Este maldito lugar foi invadido. Temos intrusos a bordo, repito, temos malditos intrusos a bordo. Vamos abandonar o Atlas. Evacuação imediata, repito... evacuação imediata.

– Sim, *Herr General* – respondeu a voz aflita do outro lado do rádio.

O alarme interno do Majestät foi acionado. E com ele, uma voz grossa e metálica ecoou pelos alto-falantes espalhados pelos corredores da nau, ordenando que toda a tripulação assumisse os seus postos.

Rosenstock apressou-se em direção ao *Leutnant* que o aguardava aflito:

– Ordene que o grupamento liderado pelo Major Egon cerque todo o perímetro em torno do hangar externo do *kasbah* e bloqueie a passagem para este estaleiro – gritou o oficial, tentando se fazer ouvir em meio à cacofonia de vozes acrescida pelo som agudo do alarme interno.

O jovem *Leutnant* respondeu com um aceno afirmativo.

Assim que os corpos foram removidos do lugar, soldados e oficiais tomaram a passagem correndo, obedecendo às ordens anunciadas pelo alto-falante.

Rosenstock prosseguiu:

– Nosso sistema de comunicação no *kasbah* foi bloqueado. Assim que levantarmos voo, os engenheiros a bordo tentarão restaurar o sinal colocando o Majestät em contato com as nossas tropas em Dar es Salaam. Destruam o *kasbah* de Jafar Adib. Não quero deixar nenhuma pista para trás. Os inimigos do império possuem informações demais sobre nossa operação – fez uma pequena pausa. – Mas não suficientes – completou para si mesmo.

– Sim, *Herr General* – respondeu o *Leutnant*, encarando o oficial. Parecia hesitar ao questionar seu superior. – E quanto aos *Regimentskorps* em terra?

O general aproximou-se ainda mais e fuzilou o oficial com o olhar:

– Já esteve em uma batalha, soldado?

O *Leutnant* pareceu ofendido com a pergunta. Surpreso, estufou o peito querendo demonstrar certa altivez e respondeu firme:

– Sim, *Herr General*.

Rosenstock deu um meio sorriso.

– Ótimo. Então sabe do que um *korps* é capaz. Conseguirão deixar esta maldita rocha – mentiu. – Agora vá, *Leutnant*. Dê a ordem para que os líderes dos grupamentos a bordo preparem-se para entrar em ação. Os ventos estão soprando uma tormenta em nossa direção.

– Sim, *Herr General*.

O *Leutnant* bateu os calcanhares, fazendo uma saudação ao seu superior, e partiu apressado.

Klotz von Rosenstock deu uma última olhada para o piso do passadiço manchado com o sangue berbere. Em seguida, abriu caminho com ligeireza entre os soldados da sua guarda pessoal e deixou o local, batendo os tacões das botas no chão como se seguisse uma marcha que só ele podia ouvir. Tinha uma caçada pela frente.

***

Quando as hélices do Majestät foram acionadas pelos motores a vapor e diesel, as paredes internas da nau vibraram de forma suave e um ronco seco ecoou por toda a base subterrânea. Na área externa do estaleiro, mesmo em meio ao caos completo que antecipa qualquer batalha, muitos *korps* e oficiais pararam para assistir orgulhosos à partida da nau. Soldados que jamais percorreriam os seus corredores. Soldados do Corpo de Regimento Africano, prontos para morrer pelo Kaiser e pelo Império. Prontos para morrer por Klotz von Rosenstock.

Com os cabos de ancoragem recolhidos e os êmbolos das caldeiras movimentando-se a todo vapor, o coração elétrico produzido por pilhas e acumuladores do Majestät pulsou forte. O gigantesco dirigível de guerra começou a deslizar pelos trilhos em direção aos picos marroquinos. Pouco a pouco, seu imenso balão oblongo projetou-se para fora do local que havia sido sua casa por tanto tempo. Assim que ganhou altura, sua sombra tomou conta do *kasbah sawda'*, como se de repente a luz da vida se apagasse, tragada por sua forma assustadora. Assim, o Majestät deslizou pelo céu sobre a imensa cordilheira como um titã prestes a derramar toda a sua fúria sobre as cabeças dos seus inimigos.

***

Ben Young sentiu uma gota de suor escorrer pelo rosto. Trocou um olhar apreensivo com Namira ao sentir a vibração no assoalho frio causada pelos êmbolos das caldeiras e os motores a diesel que trabalhavam com força máxima, impulsionando o Majestät.

Escondidos atrás de uma pilha de caixotes coberta por uma lona grossa na entrada do depósito de carga, Young fez sinal para que Namira se mantivesse em silêncio. Apreensivo, espiou por entre as frestas das caixas quando os patrulheiros *korps* passaram rente ao local onde estavam e seguiram em direção ao passadiço superior. Aliviado, soltou o ar dos pulmões.

Em seguida, examinou o soldado montando guarda no local. Era sujeito gordote, com uma expressão tensa, que ouvia as ordens que o capitão da nau transmitia pelo alto-falante. Silencioso, Young desembainhou sua faca e seguiu em direção ao alemão, esgueirando-se feito um lagarto por entre os carros blindados estacionados ao lado dos tanques LK1. Ao aproximar-se, saltou feito um leopardo e surpreendeu o soldado, tapando sua boca com as mãos e arrastando-o para a sombra entre os blindados do deserto.

– Calma, soldado... – sussurrou Ben Young, agachado e apoiando a faca na garganta do soldado. – Fique tranquilo e prometo que sairá desta com vida.

Os olhos do *korps* pareciam saltar das suas órbitas quando encarou Ben, fazendo um sinal com a cabeça em obediência.

– Ótimo – prosseguiu Young. – A sala de comunicações, onde fica?

Cauteloso, Ben aliviou a pressão com a faca para que o sujeito pudesse responder:

– Terceiro corredor à direita... Sala da engenharia e comunicações... Bloco 03-A – gaguejou o soldado.

Ben espiou ao redor, verificando o lugar. O som do alarme ensurdecedor ecoava pelos corredores, deixando-o ainda mais nervoso.

Do outro lado do pátio, Namira espiava por trás das caixas de ferramentas com uma expressão que lembrava a de um animal acuado. Ao notar Ben acenando em sua direção, tratou de correr o mais rápido que pôde em sua direção.

Young trocou um olhar rápido com a espiã, que se aproximou fitando o soldado com uma expressão ferina.

– Quantos guardas até chegarmos lá? – perguntou Ben, voltando-se para o soldado e notando a marca vermelha que sua lâmina havia deixado no pescoço do sujeito.

– Eu... eh... um ou dois – arriscou o soldado.

Ben trocou um olhar receoso com Namira. Em seguida, encarou o alemão ainda mais de perto e aliviou a pressão da lâmina no pescoço do sujeito. Com Namira apontando a Luger para o soldado, Young largou-o e levantou-se, esgueirando-se pela lateral de um dos veículos e verificando mais uma vez o cenário ao redor.

Mesmo com o alarme soando e a voz rouca ditando ordens pelo alto-falante, Ben pôde escutar o som das passadas firmes da tripulação e dos grupamentos correndo pelos corredores da nau.

Voltou-se para Namira, desta vez com uma expressão firme:

– Um grupamento aproxima-se. Não podemos ficar aqui por muito mais tempo. Precisamos deixar este maldito dirigível.

Um risco surgiu entre as sobrancelhas de Namira ao ouvir as palavras de Ben.

Young voltou-se para o soldado e ergueu-o pelo colarinho do seu jaleco:

– Você vai nos acompanhar até a sala de engenharia.

O soldado confirmou balançando a cabeça.

– Ótimo – resmungou Young, coçando a cabeça pensativo. Em seguida, perguntou ao jovem soldado:

– Existe algum berbere a bordo?

O *korps* pareceu surpreso com a pergunta.

– Já... – respondeu. – Alguns serviçais e carregadores...

Young ficou satisfeito. Vasculhando o entorno, encontrou uma pequena caixa de madeira junto ao pneu do blindado com duas ou três peças que lhe pareceram amortecedores e algumas chaves de fenda sujas de graxa. Apanhou a caixa e, em seguida, mediu o soldado com os olhos, sussurrando entre dentes:

– Muito bom. Isso vai servir... Rápido, tire o seu jaleco e passe para cá – ordenou Young. Despiu então sua túnica negra *sawda'* e entregou-a junto com a caixa de ferramentas a Namira:

– Vista isto. Um carregador berbere terá mais chances de circular por aí do que uma espiã.

Namira tentou sorrir. Vestiu o traje sem titubear, cobrindo o corpo machucado e cheio de marcas azuladas espalhadas pela pele.

Ben vestiu o jaleco do exército alemão, um pouco folgado nos ombros, mas nada que comprometesse seu disfarce. Guardou a faca e sacou a Colt, aproximando-se do soldado e sussurrando:

– Muito bem, você vai na frente. Eu estarei com o cano da minha arma bem atrás de você. Entendeu? Se tentar algo, nenhum de nós sairá com vida deste inferno. Para todos os efeitos, estamos levando algumas peças para o equipamento de recepção.

O *korps* balançou a cabeça mais uma vez.

Namira Dhue Baysan cobriu o rosto com o *tagelmust* e segurou firme a caixa de madeira em suas mãos. Um calafrio percorreu o seu corpo quando partiram seguindo em direção ao passadiço.

***

Obedecendo às ordens de Young, o soldado a sua frente dobrou as mangas do uniforme e sujou as mãos com um pouco da graxa impregnada nas ferramentas dentro da caixa que a espiã carregava. Assim, poderia se passar por um dos muitos mecânicos a bordo do Majestät.

Atrás dele, Ben caminhava a passos largos e de cabeça baixa. Evitava os olhares dos soldados que corriam pelo passadiço, alvoroçados.

Namira, disfarçada de berbere, esforçava-se para acompanhá-los. Sentiu um grande alívio quando deixaram para trás um dos vigias do complexo que, felizmente, não deu muita atenção para o excêntrico trio.

A jovem segurou firme as abas de madeira da caixa e correu ao lado de Young, indo em direção ao final do corredor central, onde homens fardados subiam e desciam pelas escadas circulares, assumindo os seus postos. Não conseguia parar de pensar que, com a partida precoce do Majestät, ambos estavam presos em uma armadilha. A nova situação alterara seus planos. Destruir o Majestät e, com ele, Rosenstock, sempre fora o seu objetivo. Mas agora tinha um desafio ainda maior. Não permitiria que Young morresse. Namira não deixaria que o dirigível se tornasse o mausoléu de Ben, mesmo que para isso tivesse que pagar um preço alto.

Ao aproximarem-se do final do passadiço, Namira despertou dos devaneios que a torturavam quando o *korps* que os conduzia pareceu dizer algo a Ben e apontou para uma sala no final do corredor. O complexo estreito e com luzes vermelhas que piscavam do teto lembrava o ambiente interno de um U-Boot em ação.

A sala de engenharia e comunicação no meio do complexo era vigiada por um soldado robusto, que ao ver o grupo aproximar-se, assumiu a posição de alerta. Com a mão erguida, dirigiu-se ao alemão que conduzia Young e Namira num tom ríspido, exigindo que se identificassem. Os dois alemães trocaram algumas palavras entre si, com o *korps* fingindo ser um mecânico, apontando para a caixa nas mãos de Namira e falando sem parar.

Ben ergueu o olhar apenas para certificar-se de que algo parecia estranho. O soldado guardando a entrada para a sala resmungou algo para o outro *korps* e adiantou-se, indo até Namira com uma expressão fechada. Desconfiado, começou a examinar o conteúdo dentro da caixa quando foi pego de surpresa pelo cano da Colt de Young tocando a sua têmpora.

– Desculpe, mas não temos tempo para isso – sussurrou Ben com um sorriso malicioso, encarando o inimigo que parecia ter o dobro do seu tamanho.

Assustado, o guarda entregou a Young sua metralhadora e levantou as mãos num gesto de rendição. Abriu a porta e acompanhou-os até a sala de engenharia.

Era um local um tanto quanto acanhado e iluminado por uma luz clara vinda do teto. Dois ventiladores, um em cada canto da sala, ajudavam a tornar a atmosfera menos abafada. Telefones magnéticos, aparelhos de código Morse, decodificadores, radiotelegrafia e modernos radiocomunicadores permaneciam sobre uma mesa central. Diante dos equipamentos, o solitário operador, um jovem oficial com óculos de aros finos e cabelos empastados penteados para o lado, voltou-se assustado na direção dos intrusos. Tentou levar a mão ao coldre que havia em sua cintura, mas desistiu da ideia ao ver Ben Young empunhando a Colt e a metralhadora MG08:

– Eu não faria isso, garoto. E não se preocupe, não vamos demorar muito – afirmou Ben, com ironia.

Com uma coronhada, Ben botou o *korps* maior para dormir.

Namira Dhue Baysan largou a caixa de ferramentas e sacou a Luger, impedindo que o soldado que os havia conduzido até ali pudesse reagir.

Young examinou a sala e notou um pequeno armário na parede lateral, onde eram mantidas algumas válvulas e peças sobressalentes. Um emaranhado de fios dentro de uma caixa em uma das prateleiras chamou a sua atenção:

– Isto vai servir – murmurou Ben, apanhando a caixa com fios e cabos e entregando-a à Namira. – Amarre nosso guia. – Em seguida, olhou para o operador, notando o medo em seus olhos:

– Vai me ajudar a entrar em contato com alguém usando esta frequência... – Young aproximou-se ainda mais do jovem e começou a soletrar: S C R - 5 1.

O engenheiro balançou a cabeça e obedeceu sem titubear. Um som de estática invadiu a sala, mas, para o alívio de Ben, a voz de Umar surgiu cristalina pelo rádio:

– Que Alá o abençoe, meu bom amigo! Já não era sem tempo!

Ben assumiu o rádio enquanto Namira incumbia-se de amarrar o engenheiro, mantendo-o junto dos outros dois soldados.

Falando no microfone condensador de cápsula larga, Young respondeu, com entusiasmo:

– Como é bom ouvir a sua voz, Umar. Não temos muito tempo. Estamos a bordo do Majestät. Eu e Namira – acrescentou, lançando um olhar enternecido em direção à jovem, que se aproximou pousando a mão em seu ombro.

– *Sayid*, vimos quando o dirigível levantou voo. Eu nunca vi algo assim... Eu... Eu... – gaguejou nervoso o berbere, falando pelo radiocomunicador da torre do *kasbah*. – Precisam sair daí...

Ben deu um sorriso tenso, apertando a lateral da cadeira com as mãos.

– A coisa não vai ser tão simples assim. Mas não se preocupe, nós daremos um jeito. – Ben sorriu para Namira, tentando se convencer das próprias palavras. – Namira tem um plano para destruir esta máquina de guerra. Assim que o botarmos em prática, arrumaremos um jeito de sair daqui – respondeu sem demonstrar sua hesitação, tomando o microfone com firmeza e chamando a atenção do amigo. – Agora escute, Umar. Envie o sinal de alerta a Didieur e volte para o cargueiro. Informe nossos homens a bordo dos dirigíveis no *kasbah* e preparem-se para entrar em ação.

Um ruído de estática interrompeu a comunicação por alguns segundos. Quando Umar voltou a falar, seu tom de voz pareceu a Ben mais sério do que de costume:

– Daqui de cima eu vejo alguns *korps* se dirigindo para o hangar. Pelo jeito, nossa situação não é tão diferente assim, *sayid* – lamentou Umar. – Não vão demorar muito para chegar até a torre de controle – informou o berbere.

Ben franziu a testa, notando o olhar tenso de Namira em sua direção.

– Muito bem – sussurrou. – Nossos aliados a bordo do Jahannam e das demais fragatas devem agir. Quanto a vocês... – Young não chegou a completar a frase quando Umar interrompeu-o com um riso tenso:

– Não se preocupe, *sayid*. Eu e o jovem Sekani daremos um jeito de chegar ao cargueiro.

Ben conhecia Umar há pouco tempo, porém, o suficiente para saber quando o berbere estava mentindo, querendo aparentar mais coragem do que de fato tinha.

– Tenho certeza de que sim – respondeu Young, angustiado. – Agora transmita a nossa frequência para que Didieur, a bordo do *Corsaire,* possa seguir as nossas coordenadas.

De repente, Namira inclinou-se e tomou o microfone das mãos de Ben, dizendo afoita:

– Umar, o Majestät carrega uma frota de biplanos em seu hangar superior. Rosenstock planeja abastecê-los com pequenas ogivas carregadas com o Sangue do Diabo, transformando-os em verdadeiros bombardeiros. É preciso destruí-los caso... nós falhemos – concluiu a cortesã, dirigindo um olhar cheio de incertezas para Young.

Ben ofereceu a Namira um aceno de cabeça. Um gesto de amor e humildade.

O silêncio no rádio deixou Ben inquieto.

– Irmã... – Young suspirou aliviado ao tornar a ouvir Umar. Notou em seu tom de voz algo semelhante àquilo que percebeu quando estavam em perigo durante a travessia pelo deserto. – Não se preocupe. Nós conseguiremos parar esta coisa. Por Idris... e por Mustafá. Rosenstock pagará. Quanto a você, o Olho de Gibraltar vai tirá-la daí. Alá guia os seus passos, acredite.

Ben Young balançou a cabeça. Queria poder acreditar nas palavras do amigo.

Namira Dhue Baysan disfarçou e engoliu o choro.

– Nós nos veremos em breve – continuou a dizer o berbere. – Agora é melhor começar a agir. Um punhado de alemães está se aproximando da torre.

A Opala do Deserto forçou um sorriso, mas estava certa de que Umar reconhecera sua voz carregada de medo ao despedir-se:

– Nós nos veremos novamente, irmão. Nesta ou em outra vida.

Umar riu alto, mas não uma risada comum. O riso leve de quem está pronto para aceitar a própria morte.

– Nesta ou em outra vida, irmã.

Dito isso, encerrou a comunicação.

Ben levantou-se e encarou Namira com um olhar de compaixão.

– Hora de mandar Rosenstock para o inferno. Como disse Umar, vou tirá-la deste lugar. Depois, terminaremos o que começamos quando nos conhecemos durante a recepção oferecida pelo governador Lyautey.

Namira franziu a testa e fitou Ben com uma interrogação no olhar:

– Uma dança – disse Ben, com um sorriso amoroso.

Namira sorriu de volta para Young. Seus olhos umedecidos fitaram-no cheios de admiração e amor. Queria poder dizer que acreditava em sua promessa. Porém, as palavras não saíam da sua boca.

"Nesta ou em outra vida, *monsieur* Olho de Gibraltar."

Capítulo 45

Torre de controle – Kasbah sawda'

Umar Yasin caminhou até uma das janelas envidraçadas e observou apreensivo: um pequeno grupamento de *korps* aproximava-se da escadaria que dava acesso à torre onde estavam. Ao mesmo tempo, um novo grupamento de *korps* marchava em direção ao hangar do *kasbah*.

"Alqarf!" murmurou. Se os líderes das tropas berberes e *spahi* escondidos a bordo dos dirigíveis ancorados no *kasbah* não forem avisados a tempo, jamais sairão daquela maldita montanha com vida. Serão pegos de surpresa pelo ataque iminente dos soldados de elite de Rosenstock antes de poderem pensar em agir conforme planejaram. E com a partida da fortaleza aérea alemã, os planos de Benjamin Young pareciam comprometidos, com ele e Namira presos a bordo do dirigível de guerra.

Gotas de suor brotaram em sua testa. Por um segundo, Umar achou que o seu coração saltaria pela boca. Ansioso, circulou pela sala sem tirar os olhos do *spahi* que operava os aparelhos de comunicação, levando uma das mãos à boca e começando a roer suas unhas sujas de areia e terra. "Nada ainda", pensou. Esperar nunca fora o seu forte. Afinal, o *spahi* já havia enviado a mensagem de Young para seus aliados há um bom tempo. "Nada ainda", repetiu o berbere, começando a interpretar aquele ruído de estática como o som da própria morte. Voltou a caminhar em torno da sala empunhando a pistola e encarou Sekani com uma expressão tensa.

De repente, o som de passadas vindas do lado de fora tornou-se audível. Os soldados alemães estavam próximos. Subiam a escadaria em meio a gritos abafados do seu líder histérico. Não havia mais tempo. Precisavam sair dali. "É agora, ou nunca", pensou Umar.

Desesperado, o berbere saltou feito um gato do deserto e pressionou a porta da torre com o corpo. Em seguida, enfiou a mão em sua velha bolsa e retirou dali um isqueiro e duas bananas de dinamite.

– Façam o que for preciso, mas arrumem um modo de sair daqui e destruir este maldito lugar. Eu cuido do resto – ordenou Umar, encarando Sekani, depois o *spahi*.

– *Sayid* Yasin, o que pensa que vai fazer? – Sekani chegou a esboçar alguma reação, porém Umar voltou-se abrupto em sua direção com a arma em riste:

– Cabo, não tente. Muita gente morreu para que nós chegássemos até aqui. Cumpra a sua missão e deixe que eu cumpra a minha.

O velho berbere começou a acender os pavios das dinamites. Estava decidido a ir ao encontro dos malditos, quando ouviu um grito eufórico:

– *Sayid*, espere! – era o *spahi*, erguendo-se da cadeira com um salto e jogando o fone de ouvido sobre o console cheio de equipamentos. – O sinal de confirmação... Nossos aliados receberam nossa mensagem e avançam em nossa direção. Conseguimos! – Mostrou um pedaço de papel cheio de pontos e traços. Era a resposta tão aguardada que acabara de chegar pelo aparelho de telecomunicação sem fio.

Umar parou, surpreso. "Que Alá os abençoe", pensou, soltando o ar, aliviado. Voltou-se para Sekani:

– Vamos deixar este maldito lugar... Nós três. A propósito... Ainda que tentasse impedir este velho teimoso de fazer o que tinha de ser feito, eu jamais atiraria em você.

Sekani balançou a cabeça e sorriu.

Umar terminou de acender os pavios das dinamites e aguardou até ver as silhuetas dos soldados despontarem na entrada do complexo. Em vez de ir ao encontro dos malditos, arremessou-as com toda a sua força em direção aos *korps*.

O som da explosão pareceu abalar a estrutura da torre, espalhando pedaços de corpos em todas as direções.

Umar verificou o que restava da entrada para a torre e voltou com uma expressão satisfeita.

"Isso vai nos dar mais alguns minutos" – murmurou, tirando a poeira da barba.

– *Sayid*... – o *spahi* interpelou-o. – As tropas francesas junto ao Jbel Toubkal, comandadas pelo capitão Lacombe, seguem em nossa direção. Estão prontas para interceptar o dirigível alemão – continuou, com a fala entre-cortada. – Nossos soldados no hangar estão preparados para responder ao fogo inimigo. Os *afrikanischen Regimentskorps* terão uma boa surpresa ao se aproximarem das fragatas ancoradas.

Umar deu um tapa leve no ombro do soldado. Sua expressão havia mu-dado, passando do desespero para um completo estado de euforia. Correu até a janela que dava para um parapeito, estudou o entorno e voltou-se em direção à dupla de berberes.

– Acho que este é um bom lugar – afirmou, apontando para o telhado do depósito de armas que havia na área externa, colado à torre de controle e próximo à escadaria agora destruída. – Dois ou três metros no máximo – completou, empolgado.

O som de novas explosões soou a Umar como uma música alegre, anun-ciando que guerreiros *Hoggar* e *spahi* haviam começado a invasão ao *kasbah sawda'*. Estavam prontos para mandar para o inferno os malditos soldados do *Kaiser* e os remanescentes do grupo de Jafar que ainda operavam na base.

– Com sorte, chegaremos até o cargueiro *Sanūsī* conforme havíamos planejado. Levantamos voo e nos juntamos à armada francesa e inglesa. Precisamos arrumar um jeito de tirar *sayid* Young e Namira do interior daquela coisa...

De repente, um estampido seco interrompeu-o. Um disparo.

Sekani e um dos operadores alemães que havia sido preso lutavam em-bolados no chão da sala. O soldado havia conseguido afrouxar sua amarra e investido contra o cabo egípcio, surpreendendo-o e apunhalando-o com uma faca que guardava escondida no interior da bota.

O *spahi* ao lado de Umar deu um salto felino na direção do sujeito e arrancou-o de cima de Sekani que estava bastante ferido. Arrancou a faca do homem e acertou seu o nariz com a testa, arremessando-o para trás. Em seguida, acertou o *korps* com um soco de direita no estômago, seguido por um chute firme nos testículos. Os outros dois prisioneiros assistiam empolgados, mas desistiram de tentar escapar quando Umar botou fim ao duelo com um disparo certeiro, acabando com a vida do operador alemão que havia se libertado.

– Tome conta deles – ordenou Umar aflito, referindo-se aos prisioneiros, enquanto buscava acudir o pobre Sekani. Com cuidado, tomou o egípcio em seus braços. O sangue escuro jorrava da região do fígado onde o punhal havia perfurado.

– *Sayid*... Um... Umar... – gaguejou Sekani.

– Fique quieto, cabo. Não se esforce muito. Temos um belo caminho até o cargueiro – mentiu Umar, sentindo o corpo do pobre Sekani tremer em seus braços, começando a convulsionar.

– Diga ao Olho de Gi... Gibraltar que esta foi a primeira batalha... e que Alá nos ilumine. Valeu a pena, *alsy*...

Não conseguiu terminar sua fala. Sekani morreu nos braços de Umar.

– *Sayid* Yasin! – o grito do *spahi* trouxe Umar de volta. – Não temos tempo... Precisamos ir...

Umar fechou os olhos do egípcio morto. Depois, sussurrou algo em seu ouvido. Uma reza final. Olhou os outros dois prisioneiros com ódio. Em seguida, caminhou até a janela onde o *spahi* aguardava-o pronto para deixar o lugar com a ajuda de um cordame e um ou dois longos cabos que arrancara das entranhas do console de equipamentos.

– E quanto a estes dois *korps*? – perguntou o *spahi*, apontando para os prisioneiros.

Umar parou e olhou por sobre o ombro os dois soldados amarrados que os observavam com uma expressão de pavor.

– Estou cansado de pedir para que Alá perdoe os meus pecados, *spahi*. Desta vez, acredito que os demônios do deserto saberão o que fazer com eles.

Sorrateiros, Umar e o *spahi* desceram pelo paredão e pousaram sobre o telhado. Feito raposas do deserto, esgueiraram-se até a muralha e surpreenderam o soldado de vigia, lançando-o em direção ao precipício rochoso na parte externa do *kasbah*. Em seguida, desceram da muralha, contornaram os destroços do que havia sido a escadaria da torre e correram em direção ao pátio central.

O som de explosões, disparos e rajadas de metralhadoras havia tomado conta do *kasbah* de Jafar Adib. Berberes urravam furiosos enquanto descarregavam seus rifles e golpes de *takoba* contra seus inimigos *korps*, armados com metralhadoras e armaduras que os faziam voar como anjos do inferno.

– Uma batalha nos aguarda, *spahi*.

Umar sorriu. Acionou o botão no centro do pequeno detonador escondido em sua bolsa e assistiu perplexo ao momento em que toda a torre de controle deixou de existir. Uma imensa nuvem negra levantou-se e cobriu todo o lugar.

Ouviu à distância o grito de guerra *Hoggar*. O som das lâminas cortando cabeças e os gritos desesperados em meio aos disparos e rajadas de fogo. Já havia presenciado algo parecido nas Areias de Fogo. Agora, era a Cordilheira do Atlas que havia se transformado em um palco sangrento coberto pela sombra assustadora da morte.

Sem perder tempo, a dupla de berberes juntou-se à luta. Abriram caminho entre os inimigos, protegendo-se dos disparos, e desferiram muitos golpes com suas adagas e espadas. Alcançaram o interior do hangar e embarcaram de volta no cargueiro *Sanūsī*.

Umar Yasin aproximou-se da ponte de comando e assistiu do passadiço principal a uma forte explosão soterrar o túnel que conectava o *kasbah sawda'* ao estaleiro subterrâneo.

O cargueiro *Sanūsī* ganhou altura e sobrevoou o pátio central em direção à cordilheira, seguido de perto pela fragata Kaiserin que havia sido tomada pelas tropas *spahi*. Do topo do convés *Sanūsī*, Umar observou lá embaixo os soldados alemães que corriam pelas encostas da montanha. Tentavam escapar dos seus perseguidores berberes, que não costumavam poupar seus inimigos. Yasin notou quando um grupamento de soldados vestindo estranhas armaduras voadoras decolou da muralha oeste, batendo em retirada. Driblando os picos rochosos, o grupamento seguiu a mesma rota que a fortaleza voadora alemã. Em pouco tempo, se juntariam ao seu líder a bordo do dirigível – imaginou Umar Yasin, esfregando o ombro e sentindo sua ferida latejar.

De repente, foi tomado de espanto ao sentir um estrondo aterrador. Voltou-se em direção ao *kasbah* de Jafar Adib a tempo de vê-lo ruir de vez, atingido por um torpedo aéreo. Era o fim dos *sawda'*, que durante anos espalharam o terror, assombrando mercadores e nômades por todo o Magreb. Umar sorriu ao ver o imenso dirigível de guerra francês emergir de trás de uma montanha e pairar bem acima do que restou da antiga fortaleza. Era o *Napoleon*, que dava início ao resgate dos sobreviventes berberes que haviam restado ao fim do conflito.

Umar Yasin assistiu perplexo à nau aérea francesa terminar a missão de resgate. Com a bandeira tremulando acima da superestrutura, o dirigível ganhou distância e disparou um segundo torpedo. O topo da montanha transformou-se em uma bola incandescente e uma nuvem assustadora em forma de cogumelo ergueu-se acima dos picos mais altos do Atlas.

O velho berbere soltou o ar dos pulmões com força, sentindo a musculatura do diafragma relaxar. O antigo *kasbah* havia se tornado uma verdadeira tumba para muitos homens, para o *Jahannam*, o temível dirigível *sawda'*, e para o pobre Sekani. Mais uma vítima da loucura dos homens.

Umar acenou quando o *Napoleon* passou a menos de meia milha do cargueiro *Sanūsī*, que assumiu a dianteira em direção à frota aliada, localizada a algumas milhas dali, seguindo o rastro do dirigível alemão.

O velho Umar aceitou quando um membro da tripulação aproximou-se e ofereceu-lhe uma manta de lã. Agradecido, cobriu seus ombros doloridos e permaneceu sob o convés por mais algum tempo antes de voltar para o interior da ponte. Seus pensamentos perderam-se naquelas paisagens tão próximas e tão diferentes do imenso mar de areia a leste.

Quando a luz leitosa do dia tocou o seu rosto, Yasin suspirou de prazer. O calor serviu para confortá-lo depois de tantas perdas. De tanto sangue espalhado. Estava exausto. Mas estava longe de conseguir relaxar.

Mesmo com o sol não tardando a se pôr e com um céu que muito em breve ganharia nuances de um azul-escuro até enegrecer de vez, o dia estava longe de acabar. O cheiro de sangue ainda impregnava o ar a sua volta. Umar podia senti-lo em suas entranhas. Podia sentir no seu coração. Esfregou suas mãos regeladas, fechou os olhos e rezou.

***

O capitão do Majestät circulava inquieto na ponte de comando, distribuindo ordens para o seu imediato, quando Klotz von Rosenstock adentrou o recinto, seguido de perto por soldados Korps.

Com uma expressão tensa, a testa enrugada e a pele quase sem cor, o oficial saudou seu superior com uma continência. Em seguida, anunciou a presença do chefe aos demais membros da tripulação e caminhou rápido em sua direção. As palavras atropelavam-se em sua boca:

– *Herr General*, nossos radares acabaram de captar a presença de dirigíveis inimigos em nossa popa. Distância de cinco-um-três-oito.

Rosenstock puxou o ar com força e deixou que o comandante prosseguisse.

– Todos os nossos motores estão em velocidade moderada, girando para vinte e quatro nós.

O Majestät tinha os picos do Atlas em sua alheta, sacudindo sua proa enquanto ganhava velocidade, serpenteando pelo ar.

Com as sobrancelhas espremidas, Rosenstock encarou o oficial com severidade:

– Estes dirigíveis... Alguma identificação, capitão?

O oficial pigarreou antes de responder:

– Interceptamos algumas trocas de mensagem entre franceses e ingleses.

Rosenstock bufou com irritação.

– Também fomos informados por um grupamento de *Fledermaus* que a base no Atlas foi destruída pelo inimigo – relatou o capitão, cofiando várias vezes seus proeminentes bigodes.

O general do *Kaiser* não pareceu alarmar-se diante da informação, respondendo com uma expressão de desdém:

– Pelo menos concluíram o nosso trabalho. Apagaram qualquer pista sobre a nossa operação que tenha ficado para trás, junto com as carcaças dos *sawda'*.

Rosenstock levou a mão ao rosto, pensativo, e prosseguiu num tom mais sério:

– Informe o capitão Richthofen e ordene que os seus pilotos estejam prontos para decolar assim que avistarmos nossos inimigos.

Desta vez, foi o capitão quem franziu o cenho, dirigindo um olhar confuso para o seu superior:

– *Herr General*, podemos lançar armadilhas para confundi-los – sugeriu o oficial, referindo-se aos pequenos projéteis utilizados para despistar possíveis torpedos aéreos. – Com sorte, poderiam interferir em seus radares de busca, dando ao Majestät alguma vantagem.

Rosenstock encarou seu oficial com um olhar de desaprovação:

– Negativo, capitão! Que outra oportunidade nós teremos de testar nosso poderio de fogo?

Rosenstock sorriu e limpou o excesso de saliva acumulada no canto dos lábios, notando a surpresa no rosto do oficial parado à sua frente.

– Aumente a velocidade em cinco-ponto-três e gire em trinta nós a estibordo – ordenou, convicto.

– Mas... General? – começou a dizer o capitão, sendo silenciado pelo olhar de Rosenstock, que lembrava o de uma ave de rapina.

– Contornaremos as cadeias de Djebel Saghro e daremos a volta em torno do inimigo. Vamos assumir a retaguarda e pegá-los de surpresa.

O capitão levou a mão à testa e limpou as gotículas de suor num gesto tenso:

– *Herr General*, enviamos nossas coordenadas para a central em Dar es Salaam. Poderão enviar reforços até que alcancemos as ilhas...

– Não há tempo, capitão! – atalhou o general, dando sinais de impaciência.

– Mas não sabemos ao certo quantos dirigíveis estão em nossa retaguarda – argumentou o capitão, bastante apreensivo.

Von Rosenstock adiantou-se e encarou-o de perto, com um sorriso pérfido que ergueu o canto do seu lábio esquerdo.

– Uma pena o senhor não ser um *korps*, capitão – sussurrou o general, num tom sarcástico. – Se assim o fosse, tenho certeza de que pensaria de outra forma.

Rugas verticais formaram-se na testa do capitão. Seus olhos pequenos pareciam querer escapar do olhar intimidador de Rosenstock. Passou a respirar de modo ofegante pela boca.

Rosenstock aproximou-se ainda mais e tocou o peito do capitão com o indicador:

– Quanto aos nossos perseguidores, eu espero que sejam em número suficiente para que juntos, eu e você, testemos o poderio insuperável do *Majestät*.

– Sim... Eh... *Herr General* – gaguejou o capitão da nau, balançando a cabeça e lançando um olhar para o seu imediato:

– Aumentar velocidade para trinta nós. Girar a estibordo em cinco-cinco-dois-zero de distância. Tripulação, preparar para o combate.

– Velocidade em trinta nós. Girar a estibordo em cinco-cinco-dois-zero de distância – repetiu o imediato, repassando as ordens aos navegadores.

Rosenstock encarou o oficial com altivez e balançou a cabeça:

– Muito bem, capitão. O *Kaiser* reconhecerá a sua bravura, acredite. Avise-me assim que estivermos em posição.

– Sim, senhor, General – respondeu o conformado capitão, assumindo o seu posto.

– Quanto a vocês – disse Rosenstock, voltando-se para o grupamento que o acompanhava. – Continuem as buscas. Eu quero cada canto do Majestät inspecionado. Em algum momento, nossos ratos deverão sair da toca. E lembrem-se: o homem é meu. Vocês têm permissão para eliminar a meretriz.

– Sim, *Herr General* – respondeu o líder do grupo, batendo continência e partindo a toda para dar prosseguimento às buscas por Young e Namira.

"Senhor Young, agora falta muito pouco...", pensou Rosenstock, cerrando os punhos e fitando o espaço através da imensa escotilha frontal. Retirou-se em silêncio, lançando-se em uma caçada própria.

Capítulo 46

Cadeias de Al jah Djuari

Didieur Lacombe cofiou os bigodes e começou a tamborilar os dedos sobre o painel de controle no passadiço principal. Ao seu lado, o comandante do Corsaire, que agora liderava a frota francesa, acompanhava a manobra do dirigível alemão através da luneta central. Numa manobra rápida, a nau inimiga mergulhou a estibordo em direção às cadeias de Al jah Djuari e desapareceu do seu campo de visão.

De onde estava, Lacombe podia ver a silhueta do imponente Napoleon à bombordo, seguido de perto pelo cargueiro *Sanūsī* e pela fragata Kaiserin.

– Senhor, dirigível à frente em manobra a estibordo em dois-dois-zero – informou o imediato que trazia relatórios ao capitão a cada minuto.

O oficial moveu a luneta em direção aos picos rochosos mais à frente, pensando rápido:

– Reduzir a velocidade para quatro-ponto-dois a estibordo – ordenou o comandante, voltando-se para Didieur com um ar confiante. – Mantenha o curso rumo a Al jah Djuari. Não podemos arriscar a nossa frota. Vamos nos aproximar deles assim que cruzarmos os estreitos maiores de Djuari.

– Senhor... – interrompeu mais uma vez o imediato, dirigindo-se ao comandante e atraindo o olhar sombrio de Lacombe. – Nosso sistema de detecção informa a existência de inimigo a duas horas a estibordo, sentido oeste, em velocidade cinco-ponto-nove.

Lacombe franziu o cenho e trocou um olhar apreensivo com o comandante.

– Malditos suicidas. Se nós não dermos cabo deles, vão se esboroar nos paredões de pedra da cordilheira – comentou o oficial do Corsaire.

– Estão retornando para o oeste? – De repente, Didieur agarrou o braço do comandante, afoito. – *É uma armadilha!* — rangeu os dentes.

O comandante voltou-se para o oficial com um olhar desconfiado.

– É isso. Estão voando em círculo. Rosenstock está contornando os grandes paredões para se posicionar em nossa retaguarda – afirmou Lacombe, convencido. – Dando voltas em círculo...

O comandante fitou o capitão Didieur com uma expressão duvidosa.

– Não há tempo para cálculos, comandante. Mantenha o alvo em nossos sistemas e ordene que a frota faça uma curva a bombordo. Rosenstock segue através dos picos de Al jah Djuari, mas nós temos o caminho livre. Podemos contornar o médio-Atlas mais rápido e nos posicionarmos em sentido oeste. Quando os alemães despontarem no horizonte, darão de cara com o Corsaire.

O comandante balançou a cabeça, confuso.

– O maldito está usando táticas de guerrilha no deserto – explicou Didieur, empolgado, fechando os dedos em torno do sabre pendurado em sua cintura. – Velocidade. É tudo uma questão de velocidade. No deserto, costumamos dar voltas em círculo contornando as encostas de areia tentando surpreender o inimigo fechando a sua retaguarda.

O comandante do Corsaire coçou a cabeça por debaixo do quepe. As bolsas ao redor dos seus olhos pareciam trêmulas quando encarou seu imediato:

– Ordene a frota, velocidade cinco-ponto...

– Cinco-ponto-doze a bombordo... – interrompeu Lacombe, muito ansioso, notando o olhar do comandante em sua direção. – *Désolè, commandant.*

– Velocidade cinco-ponto-doze a bombordo para o oeste. Napoleon e cargueiro devem se alinhar em dois-ponto-seis. Mantenha o alvo em nossos sistemas de detecção – ordenou por fim o comandante, voltando-se para Didieur e sussurrando: – Espero que estejamos certos, capitão. Do contrário, poderemos perdê-los – advertiu.

Lacombe sorriu confiante e voltou a coçar os bigodes. Aprumou-se diante da escotilha frontal e observou enquanto as cadeias rochosas moviam-se para a sua direita. "*Oui.* Os alemães terão uma boa surpresa. É bom que arranje um modo de sair daí depressa, Ben".

***

O imenso dirigível alemão Majestät contornou as cadeias rochosas de Al jah Djuari e ganhou velocidade, ultrapassando a frota que o perseguia em treze nós. Na ponte de comando, os oficiais e membros da tripulação sentiram o aumento da vibração quando o portentoso dirigível de guerra aumentou a velocidade e alinhou seu nariz com as cadeias do Atlas, fazendo uma curva a bombordo.

O capitão alemão observou da escotilha frontal o cenário diante dos seus olhos, aguardando até que os sistemas de detecção da imensa nau captassem os primeiros sons da frota inimiga à frente. Debruçado sobre a ponte e com as mãos firmes no corrimão metálico, o oficial esperava em meio ao silêncio perturbador para dar o comando para que os primeiros torpedos fossem disparados pelo Majestät.

O Majestät deu uma guinada violenta. Com a velocidade reduzida ao fim da manobra, apontou sua proa para os pontos distantes que pareciam descer a face de uma enorme encosta vindos em sua direção.

Atônito, o capitão arregalou os olhos. De súbito, esmurrou o corrimão, rangendo os dentes. Mal teve tempo de gritar uma ordem qualquer quando o alarme interno disparou na cabine.

– Capitão, torpedo em nossa direção em dez-ponto-cinco – anunciou um dos tripulantes.

A manobra ordenada pelo general *afrikanischen Regimentskorps* havia falhado. De alguma maneira, seus inimigos haviam suspeitado sobre a intenção alemã de contornar as cadeias rochosas e surpreendê-los, atacando-os pela retaguarda. Usando da mesma tática, a frota inimiga acabara de surpreender o Majestät, dando a volta e vindo em sua direção, atacando a sua proa.

– Leme à direita! – gritou o capitão, furioso.

– Todos os motores a frente. Velocidade-padrão – repetiu o imediato para a tripulação bastante agitada.

O capitão agarrou-se ao corrimão assim que o imenso dirigível começou a manobra. Seus pés derraparam no assoalho. Mais uma vez, gritou, fazendo-se ouvir acima do som agudo do alarme.

– Disparar armas, contratorpedeiros. Disparar um! Disparar dois!

– Casa das máquinas responde, capitão. Todos os motores à frente em velocidade-padrão – gritou um dos oficiais que operava o sistema interno de comunicação, dirigindo-se ao capitão.

O Majestät balançou com a alteração do rumo.

– Alvo um-ponto-dois se aproximando...

De repente, o som de uma explosão tomou conta da cabine.

O capitão agarrou o comunicador que havia no painel de controle e gritou com uma expressão confusa. Seu rosto estava pálido, sem pigmento:

– Engenharia, informe os danos.

– Nosso flanco esquerdo foi atingido, capitão. Os contratorpedeiros falharam. Mas a integridade do nosso casco não foi comprometida. Alguns engenheiros já estão no local. O fogo na ala dos terminais de carga já foi controlado. Nenhuma perda. Repito. Nenhuma perda.

– Dirigíveis inimigos à frente, capitão – anunciou o imediato, atraindo o olhar do seu superior.

– Leme total à esquerda. Estabilizar. Disparar torpedo um! Disparar dois! Disparar três! – ordenou.

– Torpedos em alvo. Distância de três mil. Um-nove-zero-um.

O capitão aproximou-se do leme e levou os binóculos à altura dos olhos. Teve a impressão de que o inimigo estava a pouco mais de um quilômetro à frente.

– Um-oito-zero-um! Um-sete-zero-um!

O capitão engoliu em seco. Gostas de suor escorriam da testa. Reconheceu a fragata Kaiserin em meio aos dois dirigíveis franceses e um cargueiro aéreo.

– Malditos sejam! – rugiu o capitão. Gotas grossas de suor empapavam o seu rosto.

De repente, onde antes havia a fragata com a bandeira do império alemão tremulando em seu mastro, surgiu uma bola de fogo iluminando tudo ao seu redor, como relâmpagos em meio a uma tempestade. A Kaiserin, agora tomada por inimigos, não era mais uma ameaça. Os torpedos do Majestät haviam acertado sua proa em cheio, deixando apenas um rastro de fumaça e um cheiro de óleo queimado no ar.

Houve uma comemoração modesta entre alguns membros da tripulação.

O capitão do Majestät manteve seus olhos fixos no alvo à frente. De repente, foi tomado de surpresa por Klotz von Rosenstock, que parecia haver delegado sua caçada aos fugitivos ao seu grupamento de *korps*, retornando às pressas à ponte de comando.

Informado da situação, pareceu surpreso ao ver a perspicácia inimiga.

– Voltas em círculos. Eu devia saber que haveria soldados do deserto entre eles. *Spahi. Verdammt französisch!*– esbravejou Rosenstock, ignorando o olhar do seu oficial e assumindo o controle. – Firme no rumo, capitão! Dois-meia-seis.

– Muito bem, general – respondeu o oficial, limpando o suor da testa.

– Nossos sonares captam sons confusos, senhor – informou o imediato, dirigindo-se ao capitão, que por sua vez, esperou que Rosenstock prosseguisse.

– *Perfekt* – respondeu o general, com frieza. – Espere o momento certo – acrescentou. – Depois de alguns segundos de apreensão, Rosenstock ordenou com voz firme: – Agora, capitão!

– Fogo um! – ordenou por sua vez o capitão, voltando-se para seu imediato. – Fogo dois!

Klotz von Rosenstock estreitou seus olhos e observou enquanto a frota inimiga fazia uma manobra para a direita.

Os torpedos lançados pelo Majestät deixaram um risco de fumaça no céu.

Rosenstock apanhou o binóculo das mãos do capitão e acompanhou a manobra.

O dirigível maior, com o nome Corsaire gravado em seu lado direito, disparou armadilhas e atraiu os dois torpedos inimigos, que se chocaram e explodiram no ar antes de atingirem seu flanco.

– Aproximação em dois-zero-sete. Preparem os canhões de proa e ordene que os *Fledermaus* estejam a postos.

– Sim, *Herr General* – respondeu o capitão.

– Senhor... – a voz trêmula do imediato atraiu a atenção do general. – Nosso sistema de detecção acaba de captar novos alvos aproximando-se em cinco-ponto-dois-norte e cinco-ponto-dois-oeste, bem atrás de nós...

Rosenstock correu até o painel e examinou o relatório enviado pelo sistema de detecção. Nove dirigíveis aproximavam-se vindos do Norte e mais quatro pela retaguarda do Majestät.

Klotz von Rosenstock cerrou os punhos. Seu olhar parecia tenso diante do painel. Diferente de quando retornou e encarou o capitão escondendo sua tensão. Era um *korps*. E como bom soldado, jamais demonstraria qualquer receio. O Majestät teria a sua prova. Mas venceria. Tinha de vencer.

"O rato do deserto foi mais esperto do que eu havia suposto", pensou Rosenstock.

– Atenção, tripulação, temos uma esquadra em nosso encalço – informou o general do *Kaiser*. – É chegada a hora de mostrarmos a força do Majestät. Todos os homens devem assumir seus postos de combate. Informe o capitão Richthofen e ordene que prepare sua esquadra da *jagdgeschawder* para o combate. Quero nossos Fokker e biplanos no ar. Nossos inimigos terão uma surpresa quando virem do que o Majestät é capaz.

***

No passadiço principal do Corsaire, Didieur Lacombe deu um grito de espanto quando um torpedo aéreo atingiu a Kaiserin, destruindo a sua proa e destroçando a casa das máquinas. As três naus, o Corsaire, o Napoleon e cargueiro *Sanūsī*, sentiram a vibração resultante da estrondosa explosão. Lacombe pressionou o corpo magro numa coluna do passadiço, tentando se equilibrar. Horrorizado com o que via, observou o fogo consumir toda a nau em menos de cinco minutos. Os gritos dos soldados *spahi* a bordo da fragata podiam ser ouvidos mesmo à distância. Didieur não conteve as lágrimas e rezou pelos seus homens, que corriam desesperados pelo convés da Kaiserin e atiravam-se no abismo em desespero.

– Atenção baterias, inimigos aproximando-se em dois-ponto-sete a estibordo – anunciou o comandante do Corsaire.

Lacombe apanhou a luneta que trazia junto de si e observou.

– Soldados voadores. *Fleder*... hum... sei lá o quê! – gritou irritado, sacando sua arma. – Preparem nossos canhões.

– Não, *mon commandant* – advertiu Lacombe, voltando-se para o oficial. – Quero um grupamento de artilharia sobre o convés, imediatamente. Nossas Chauchats serão mais eficientes contra estes *oiseaux de l'enfer* – explicou.

– *Oui, mon capitain* – concordou o oficial, repassando suas ordens.

Didieur Lacombe posicionou-se sobre o convés junto com seu grupamento armado com as Chauchats. Com a pistola em uma mão e o sabre erguido em outra, aguardou até que os *korps* com suas armaduras voadoras estivessem ao alcance de suas armas. Ordenou que abrissem fogo.

No convés do cargueiro *Sanūsī*, Umar juntou-se aos berberes e aos *spahis* que lutavam contra as investidas do inimigo que se aproximava, fazendo voos rasantes e cuspindo fogo das MG08.

Em meio ao combate aéreo, e por ordem de Lacombe, o Corsaire, seguido de perto pelo Napoleon, retomou o seu curso. Colocou suas máquinas para trabalhar em força total e avançou ao encontro do Majestät, fazendo uma curva a bombordo.

Se conseguissem se aproximar de um dos flancos da nau alemã, poderiam livrar-se por algum tempo das cargas de torpedos lançados pelo portentoso dirigível de guerra. Além disso, se conseguissem uma abordagem, teriam uma chance maior de tirar Young e Namira com vida do interior da monstruosa nau. Ainda assim, teriam que driblar as casamatas a bombordo e a estibordo que abrigavam o sistema de artilharia de metralhadoras. Isso sem contar com os quatro canhões de cinco polegadas no convés superior do Majestät, que entrariam em ação assim que o Corsaire adentrasse em seu raio de ação.

Lacombe bufou transtornado, cuspindo xingamentos e atirando incessantemente contra seus agressores voadores. O oficial francês procurava uma alternativa enquanto descarregava sua arma. Derrubou um *Fledermaus* que passou perto o bastante para arrancar o quepe da sua cabeça. Em seguida, com o sabre em riste, investiu contra um segundo *korps*, que pousou sobre o convés empunhando um lança-chamas. Com um salto felino, cravou o sabre em sua jugular, aproveitando a abertura que havia entre o peitoril da armadura e a máscara que fazia parte da indumentária conectada ao capacete alemão. Tomado pelo ódio, girou a lâmina no pescoço do *korps* e arrancou sua cabeça, atirando-a de volta na direção do portentoso dirigível de guerra de Rosenstock.

– *Maudits allemands!*

***

Parado próximo do navegador do Majestät, Klotz von Rosenstock acompanhava o desenrolar da batalha entre os seus *Fledermaus* quando foi pego de surpresa pelo imediato do Majestät:

– *Herr General*, nosso sistema de detecção acaba de interceptar as mensagens entre as naus em nossa retaguarda. Trata-se do cruzador de batalha HMS Tiger seguido por mais dois cruzadores e alguns couraçados ingleses.

Rosenstock franziu o cenho. "A esquadra inglesa", pensou, soltando o ar pelas narinas lentamente.

– Em três-ponto-cinco, dois cargueiros berberes, acompanhados pelas nossas fragatas SMS Prinzregent e SMS König aproximam-se em velocidade de quatro-ponto-dois, senhor – completou o imediato, surpreso com a reação impassível do líder maior.

"Berberes e ingleses, é claro. Fez um bom trabalho, Olho de Gibraltar", resmungou irritado o líder maior.

– Senhor! – Desta vez, foi um tenente que se aproximou, atraindo a atenção do general do *Kaiser*. – A esquadra *jagdgeschawder* está pronta para decolar.

– Excelente! Informe o capitão Richtofen e ordene que cubram a nossa retaguarda.

– Sim, senhor, *Herr General*!

– Capitão! – prosseguiu Rosenstock, dirigindo-se ao oficial do Majestät ao seu lado. – Força total a estibordo. Mantenha o rumo em velocidade de cinco-quatro-dois.

O oficial pareceu titubear ao ouvir o general.

– Vamos dar a volta e nos aproximarmos da esquadra inglesa. Assim que completarmos a manobra, disparem torpedos um e dois, obrigando-os a recuarem para bombordo e estibordo. Abriremos um corredor por onde passaremos, disparando nossas baterias e empurrando-os em direção às cadeias rochosas. Em seguida, avance em seis-ponto-oito para o oeste. Ganharemos terreno assim que atingirmos a costa marroquina depois de destruir nossos perseguidores. Em breve, estaremos em nossa base nas ilhas desertas.

– Mas, se... senhor... – gaguejou o oficial. – Atingir uma esquadra inteira com um ataque surpresa, como havíamos planejado, é bem diferente do que enfrentá-la cara a cara. Mesmo para o Majestät...

Rosenstock calou o oficial com um olhar intimidador:

– Somos mais rápidos e mais poderosos. Nosso elemento surpresa foi comprometido, capitão. Precisamos esconder o Majestät...

– A esta altura, *Herr General*, o mundo já deve saber sobre nós.

– O mundo desconhece aquilo que os seus olhos não podem ver, capitão – respondeu um sarcástico Rosenstock, cofiando o queixo alongado. – Em todo o caso, o *Reichstag* negará a existência do Majestät por pouco tempo. Apenas até que Berlim nos avise sobre o sucesso de Schultz e seus agentes em Sarajevo. Feito isso, prosseguiremos com o plano, revelando ao mundo o poder do império. Agora, capitão, mande estes malditos para o inferno e nos tire daqui.

O oficial junto a Rosenstock engoliu em seco:

– Temo que a frota inglesa estacionada no estreito de Gibraltar tenha sido avisada sobre a nossa presença. Devem ter enviado reforços, *Herr General* – advertiu o capitão, sem olhar Rosenstock nos olhos.

– Mais um bom motivo para agirmos rápido. Quando chegarem aqui, não vão encontrar nada além de destroços. Para todos os efeitos, o Majestät nunca existiu.

O capitão baixou os olhos, apreensivo.

– Sim, *Herr General*.

– Preparem ogivas um e dois e esperem até que a frota inglesa esteja perto o bastante. Sentirão o gosto do nosso veneno. Quer momento melhor para testá-lo? De um jeito ou de outro, morrerão, conforme havíamos planejado – completou Rosenstock, com um brilho sinistro no olhar.

O capitão obedeceu e apanhou o comunicador, começando a transmitir as ordens ao resto da tripulação.

***

A bordo do HMS Tiger, o major Coldwell ficou atônito ao ver através dos binóculos o Majestät fazendo uma manobra a estibordo e vindo em sua direção feito um predador. Nunca vira algo tão grandioso. Sentia-se espantado com o poderio que o dirigível carregava.

Ao seu comando, armas contratorpedeiros foram lançadas na tentativa de atrair os torpedos lançados pelo Majestät contra a sua esquadra.

– Informe ao capitão do Indomitable sobre a manobra dos alemães e peça para que mantenham o curso a bombordo em dois-ponto-zero – ordenou Coldwell ao oficial.

– Major, almirante Blake a bordo do Agincourt acaba de informar aproximação de caças alemães em quatro-ponto-um, doze horas.

– Positivo, tenente! – respondeu Coldwell com o cenho franzido, procurando os objetos no céu. – Iniciando manobra de ataque. Mantenha à frente e informe nossas coordenadas para que o Furious e o Indomitable mantenham sus posições fechando nosso flanco esquerdo. Os couraçados devem cobrir o flanco direito. Ordene para que a esquadra *Hoggar* e *Ajjer* iniciem ataque em doze-ponto-dois a estibordo. Informe nossa posição ao esquadrão da Royal Flying Corps, com nossos inimigos aproximando-se em quatro-ponto-um, doze horas.

– Positivo, major.

Coldwell ergueu os binóculos sem tirar os olhos dos objetos que pareciam pequenas moscas voando em torno do Majestät. Sua ordem foi rápida:

– Preparar baterias antiaéreas. Vamos começar a fazer barulho. Ordene aos caças que avancem em dois-cinco-três, altitude zero-ponto-dois.

Coldwell rangeu os dentes ao ver os biplanos aproximarem-se da sua frota.

O ronco seco das metralhadoras alemãs Maxim a bordo dos caças ecoaram pelos cânions do Atlas, dando início ao ataque contra a esquadra britânica.

O Majestät avançava em velocidade de quatro-ponto-cinco com toda a sua imponência. Dois dos seus torpedos atingiram o flanco direito do couraçado Valiant, obrigando-o a afastar-se e quebrar a formação. O couraçado fez uma curva a estibordo, deixando para trás um rastro negro de fumaça, e assumiu uma nova posição na retaguarda enquanto sua tripulação dava conta dos danos materiais.

– Disparar torpedos três e quatro – ordenou Coldwell, esfregando as mãos úmidas de suor. – Isso dará algum tempo até que o *Valiant* se recomponha.

Informe ao almirante Blake que tentaremos manobra de apoio com o Iron Duke – informou Coldwell, referindo-se ao terceiro couraçado da esquadra.

– Torpedo em quatro-cinco-um; quatro-quatro-um; quatro-três-um; quatro-dois-um; quatro-um-um; quatro-zero-zero.

Coldwell tornou a erguer seu binóculo. Não evitou um grito de glória ao ver uma bola de fogo formar-se no flanco direito abaixo do imenso casco próximo à proa. Finalmente haviam acertado o Majestät.

Houve um momento de urros e vivas, que foram logo silenciados pelo ruído dos biplanos alemães. Em meio a manobras dignas dos melhores ases da aviação, os aviões aproximaram-se dando rasantes em torno dos dirigíveis e cuspindo fogo das suas metralhadoras.

Os dirigíveis *Hoggar* e *Ajjers* juntaram-se à batalha, lançando seus torpedos de maneira coordenada. Porém, o poder de fogo berbere servia apenas para retardar o avanço do colosso alemão, chegando a destruir um dos seus muitos mastros. Ainda assim, o Majestät foi obrigado a fazer um desvio diagonal e reduziu a velocidade para trinta nós, permitindo que a frota francesa se aproximasse, fechando a sua retaguarda.

Coldwell assistia atento à batalha quando um oficial aproximou-se, trazendo-lhe uma mensagem decodificada.

– Senhor, acabamos de receber do Corsaire – informou o oficial.

Coldwell apanhou a mensagem e leu as poucas palavras enviadas pelo comandante e capitão Didieur Lacombe:

"Temos dois dos nossos a bordo da nau alemã. Abordagem necessária. Destruição completa deve ser evitada até segunda ordem."

Coldwell suspirou. Pediu para que o oficial respondesse à mensagem com um afirmativo, muito embora achasse que Lacombe estava sendo otimista demais ao pensar em uma abordagem ou algo parecido.

O oficial inglês não conseguia imaginar uma aproximação sem que metade da sua frota sucumbisse aos canhões alemães de nove polegadas que cuspiam fogo das torres diagonais, obrigando as naus berberes a recuarem. Ou mesmo dos canhões de cinco polegadas no convés superior e das metralhadoras que lembravam espinhos projetando-se para fora das casamatas. Se quisessem impedir que o inimigo escapasse do cerco em direção à costa, seria necessário que despejassem todo o seu poderio, mesmo que isso custasse as vidas de Namira e Benjamin Young. Grandes heróis, sem dúvida. "Mas a guerra é feita de heróis, vivos e mortos. Uma pena", pensou.

Um ronco agudo atraiu a atenção de Coldwell, que ergueu o binóculo bem a tempo de escapar das rajadas de metralhadora disparadas por um biplano alemão.

O alarme no interior do HMS Tiger disparou.

De repente, uma nova rajada ecoou, seguida por um som inconfundível de inúmeras máquinas voadoras que se aproximavam.

Coldwell correu até o tombadilho. Surpreso, assistiu ao biplano alemão fazer uma curva acentuada a estibordo e afastar-se do seu cruzador, deixando um risco de fumaça e um cheiro de óleo que se espalhou pelo ar. Em seu encalço, vários caças Avor 504 e Royal Aircarft Factory B.E.8.

Coldwell gritou de satisfação. A cavalaria havia chegado. Seus olhos cintilaram quando viu os aviões da Royal Flying Force aproximando-se, acompanhados por dirigíveis delta. Pensou na mensagem enviada por Lacombe. Não poderia responder pelas vidas de sua preciosa Namira e seu amigo, Benjamin Young. Mas, naquele instante, foi tomado pela certeza de que poderiam parar Rosenstock.

Capítulo 47

Majestät – Cordilheira do Atlas

Ben e Namira aproveitaram a intensa movimentação dos soldados que corriam pelos corredores do Majestät, para mesclarem-se à turba e avançarem em direção a sala das máquinas. Com toda aquela confusão, era pouco provável que os soldados notassem o sujeito desalinhado usando o uniforme alemão correndo pelos corredores e seguido de perto por um *sawda'* qualquer.

Young apoiou uma das mãos na parede, tentando se equilibrar, quando toda estrutura do Majestät vibrou com o ataque da frota inimiga.

No interior do imenso artefato de guerra, os soldados eram lançados de um lado para o outro, com o som do alarme e das luzes vermelhas piscando nos corredores de forma incessante, tornando tudo ainda mais caótico.

– A esta altura, os soldados na sala de engenharia já foram encontrados pelos homens de Rosenstock – comentou Young, compenetrado, sem desviar seus olhos da turba à frente. Tentava equilibrar-se segurando pelo braço a jovem dançarina disfarçada de berbere. – Não vão demorar para nos rastrearem. Precisamos sair daqui o quanto antes, ou seremos destruídos com o Majestät – completou, retomando apressado a caminhada.

Namira sorriu de leve por debaixo do *tagelmust* que cobria a sua face:

– Adoro o seu otimismo, *mon cher rat du désert*. Mas se está querendo se referir aos nossos amigos lá fora, eu não teria tanta certeza disto.

O comentário de Namira em relação à frota aliada em pleno combate pareceu mexer com Young de forma negativa.

– Chegamos até aqui, não é mesmo? – provocou Young, desviando de um grupo de *korps* que seguia em direção às casamatas de guerra localizadas nos flancos da imensa nau.

– Nem mesmo a frota britânica poderá parar este monstro. Se quisermos destruir o Majestät, então teremos de fazê-lo de dentro para fora – sussurrou Namira, ignorando o sarcasmo de Young e assumindo a liderança, guiando-o em direção à escadaria que havia no final do corredor.

Cautelosos, os fugitivos correram em direção à ponte de ferro que passava sobre um dos imensos depósitos da nau. O lugar havia sido tomado por uma cortina densa e escura de fumaça que se espalhava com rapidez por todo o complexo, impregnando o depósito com o cheiro de pólvora e ferro derretido.

Young protegeu os olhos e conduziu Namira pela passagem. Arriscou uma espiadela ao alcançar a outra extremidade da ponte. Lá embaixo, técnicos, soldadores e engenheiros trabalhavam para conter os danos do torpedo inimigo que havia atingido um dos flancos do Majestät, deixando um rasgo um pouco grande em seu casco junto a proa.

De repente, ouviram um novo estrondo seguido por algo que parecia rajadas de metralhadoras.

– Caças! – disse Young. Aproximou-se então de Namira à sua frente:

– Se eu fosse Rosenstock, eu não menosprezaria nossos amigos lá fora – provocou-a mais um vez, divertindo-se diante da expressão de desdém da jovem, que a seus olhos deixavam-na ainda mais atraente.

A dupla percorreu a ala norte em direção à popa da nau. Young, disfarçado de *korps* e carregando a MG08, fingia dar ordens a Namira, que ia à frente com os olhos apontados para baixo, evitando o olhar dos membros da tripulação que cruzavam pelo caminho.

De repente, um grito fez Ben congelar:

– Vocês dois, parem!

Namira Dhue Baysan sentiu os dedos de Ben fechando-se em torno do seu braço. Um grupo de *korps* aproximava-se com suas armas em riste. Haviam sido descobertos.

Sem titubear, Ben tratou de correr o mais rápido que pôde, segurando Namira pela mão, abrindo caminho em meio à tripulação. Os dois entraram um corredor claustrofóbico, por onde seguiriam em direção à praça de vaporizadores.

Dentro do corredor, depois de alguns metros da entrada, a exuberante espiã e dançarina largou a mão do companheiro. Apanhou a MG08 e fez sinal para que Young prosseguisse, escondendo-se atrás das colunas de aço que contornavam os batentes na entrada do passadiço. Confuso, Ben fez uma pausa, resistindo à ideia de Namira, mas retomou a fuga, não encontrando alternativa senão confiar na jovem.

Young bateu em retirada sem desaparecer do raio de visão dos seus perseguidores. O grupamento *korps* avançou em seu encalço cuspindo fogo das metralhadoras e Lugers.

Namira segurou a respiração e esperou até que o último homem do grupamento *korps* passasse pela entrada do corredor para deixar o seu esconderijo atrás das colunas de aço. Posicionada na retaguarda inimiga, acionou o gatilho da MG08. Com Ben posicionado na outra extremidade, manteve todo o grupamento encurralado em meio ao fogo cruzado.

Young aproveitou enquanto os *korps* lutavam para escapar das balas disparadas por Namira e saltou feito um tigre na direção do grupamento, empunhando sua faca. De forma selvagem, eliminou os soldados que ainda restavam, sentindo o respingar do sangue inimigo no seu rosto.

Ao final de uma verdadeira carnificina, Ben fez um sinal para que Namira se apressasse. Rápidos como duas raposas do deserto, os dois embrenharam-se em direção aos camarins de navegação. Desceram em direção da coberta de rancho, passaram pela cozinha e saltaram do passadiço, buscando abrigo junto aos geradores elétricos na ala das caldeiras. Aguardaram até que uma patrulha estivesse distante o suficiente para seguirem à sala das máquinas.

***

O oficial que vigiava a entrada da sala das máquinas fez um ruído seco de dor quando foi atingido por um punhal que voou em sua direção. Antes mesmo que pudesse tentar dar o alarme, uma sombra emergiu detrás dos geradores, tapando a sua boca e arrastando-o para a escuridão.

Ben fez sinal para Namira fazer silêncio, deixou o corpo do soldado de lado e esgueirou-se em direção à sala das máquinas, dando uma espiada em seu interior antes de prosseguir.

Quatro membros da tripulação trabalhavam junto às caldeiras, assessorados pelo oficial de engenharia. Young examinou o oficial que, no passado, havia sido um boxeador que trazia no rosto, mais em seu nariz largo e torto, as marcas das incontáveis lutas de que havia participado.

O corpulento oficial de engenharia encarou com uma expressão desconfiada o soldado desalinhado que acabara de entrar na sala e veio em sua direção sem diminuir o ritmo. O oficial arreganhou os dentes ao notar a arma em sua mão, dando-se conta de que era tarde demais para qualquer reação.

– Eu não tentaria nada se fosse você – disse Young para o sujeito, que pareceu compreender as suas palavras. – Minha amiga aqui não tem a mesma paciência que eu. – Sorriu, referindo-se à Namira Dhue Baysan, que apontava a MG08 para os outros quatro tripulantes.

Young encarou o engenheiro, que também sorriu e ergueu os punhos num gesto de desafio. O Olho de Gibraltar riu de volta. Não tinha a menor intenção de lutar contra o brutamontes. Aproveitou quando o sujeito avançou em sua direção e atirou no pé direito dele, evitando assim o contra-ataque e nocauteando-o com uma coronhada. Em seguida, percorreu o cenário ao redor com os olhos, passando pelas enormes caldeiras e tonéis até se deparar com uma porta de ferro que trazia os dizeres "Sala de manutenção". Young correu até o local e examinou o seu interior. Voltou-se para os outros tripulantes e, com uma expressão de satisfação, ordenou:

– Vocês quatro, carreguem o brutamontes para a oficina. Ficarão protegidos aí dentro até darmos o fora deste maldito lugar.

Namira reforçou a ordem fazendo um gesto convincente com a MG08.

– Muito bem, agora é com você, Madame Baysan – disse Young após trancar os cinco alemães no interior da oficina, passando a vigiar a entrada da sala das máquinas e mantendo a Colt na altura do rosto, pronto para agir caso fosse necessário.

Sem perder tempo, Namira aproximou-se das máquinas e observou os canos por onde o vapor era transportado das caldeiras para as turbinas de alta pressão e, em seguida, para as turbinas de baixa pressão, passando por uma caixa redutora dupla que diminuía as rotações por minuto, para que os eixos das hélices pudessem operar em segurança.

Enormes êmbolos moviam-se de maneira alternada. Ameaçadores, lembravam martelos gigantescos erguidos por um deus poderoso.

O brilho das pilhas e acumuladores que davam vida ao motor elétrico do Majestät atraiu o olhar de Namira Dhue Baysan. A espiã aproximou-se dos imensos silos de combustível conectados à máquina de ignição por grossas mangueiras, por onde o líquido inflamado alimentava o motor a diesel da nau. Um calor insuportável, que brotava do interior das estruturas, pareceu corroer a sua pele. Namira recuou, cautelosa. Pressionada pelo olhar apreensivo de Young, a jovem agachou e examinou a base dos tonéis. Os reservatórios permaneciam sobre uma plataforma ovalada e estavam seguros por grossas correias de aço. Roldanas permitiam que cada uma das estruturas pudesse mover-se, tornando possível o deslocamento dos tonéis durante o reabastecimento.

A dançarina retirou o pingente do seu pescoço e começou a desmontar o objeto, o escorpião com a meia lua entre as presas. Com cuidado, extraiu do seu relicário a pequena caixa com minúsculas engrenagens que giravam em torno da serpentina metálica. Fez alguns ajustes junto ao invólucro que guardava a massa plástica, a mesma que seria transformada em um explosivo assim que pressionasse uma das presas do seu escorpião. Sentiu as mãos trêmulas enquanto trabalhava deitada no chão, introduzindo a caixa com o explosivo entre as roldanas.

– Namira! – advertiu Ben, apreensivo, enquanto examinava o corredor, atento ao som das explosões vindas de fora.

– Um minuto – sussurrou Namira, sentindo o suor descer pelo rosto quando pressionou o pequeno objeto, assegurando-se de que estava bem encaixado à fuselagem de aço. Satisfeita, levantou-se de maneira abrupta e apanhou a MG08, apressando-se em direção à Young.

– Muito bem, *mon cher rat du désert*, eu duvido que alguém consiga encontrar a tempo o pequeno presente que deixei para Rosenstock – disse a dançarina tensa, enquanto limpava a fuligem dos cabelos, visivelmente esgotada. – Eu já estou presa neste lugar há muito. É hora de darmos o fora daqui.

Ben Young balançou a cabeça.

– Se chegarmos a salvo ao convés de onde estes Fokker decolam, conseguiremos uma carona para deixar esta maldita barcaça.

– Imagino que saiba pilotar? – riu Namira, fitando Young com certa sedução no olhar.

– Decolar... um pouco. Pousar, não. – Ben Young trazia no rosto aquele sorriso seguro. Namira gostava disso.

– Já é algo – comentou a jovem, parecendo a Young ainda mais linda quando pequenas covinhas surgiram no seu rosto.

– Só precisamos chegar ao convés de voo vivos – prosseguiu Young, dando uma espiada no corredor.

– Eu sei como fazer isso.

Ben encarou Namira com uma expressão de súplica.

– É bom que saiba.

Namira apontou para o duto de ventilação da sala.

– O compartimento de ar – explicou a dançarina espiã, mostrando a escotilha por onde o ar entrava e ajudava a manter o calor estável no interior das caldeiras. – Podemos seguir em direção às turbinas propulsoras do Majestät. Existem escadas externas que são usadas pela equipe de manutenção das máquinas. Podemos alcançar a proa e, de lá, o convés superior.

Ben franziu o cenho, curioso.

– Como sabe sobre isso tudo?

Namira mordiscou o lábio inferior e sorriu:

– Meu querido Olho de Gibraltar, como eu disse ainda há pouco, estou presa neste lugar há um bom tempo. Não pensou que eu ficaria nesta masmorra aérea apenas me lamentando, pensou? Isso sem contar as noites ao lado de Klotz von Rosenstock.

Ben franziu o rosto e sorriu surpreso:

– Passear pela área externa de um dirigível em plena batalha não é uma ideia tão simples assim. Mas é isso ou sermos apanhados pelos *korps* que estão em nosso rastro.

Namira Dhue Baysan balançou a cabeça e encarou Young com um sorriso convencido. Com a ponta dos dedos, tocou o pingente em seu pescoço – as presas do escorpião – e respondeu com um ar sedutor:

– Ou isso, ou ficar aqui para ser queimado no inferno.

Ben fez uma careta sorridente. Usando a MG08 de Namira, Young destruiu as arestas metálicas do compartimento de ar com várias coronhadas.

– Rápido. Temos um bom caminho pela frente – falou Ben, erguendo a jovem pela cintura até a abertura. – Este maldito dia está longe de terminar – murmurou, segurando firme nas bordas e erguendo seu corpo auxiliado por Namira. Por último, desamassou as arestas e recolocou-as no lugar de origem.

– Os *korps* não vão demorar para descobrir por onde saímos – disse Ben, referindo-se às arestas amassadas. – É bom que esteja certa, ou este maldito túnel vai nos levar direto para o inferno.

– Não sei se notou, *mon souris*, mas faz tempo que estamos nele – riu Namira debochada, começando a rastejar pelo túnel com Ben em seu encalço.

Capítulo 48

Região do Médio-Atlas, dezoito de junho de 1914

Klotz von Rosenstock rangeu os dentes. Sua boca transformou-se numa linha apertada e os músculos da mandíbula contraíram-se, enquanto seus olhos assistiam incrédulos ao desenrolar da batalha aérea. O general não perdia de vista o triplano rubro pilotado pelo líder da esquadra, Manfred von Richthofen, que, em meio a manobras assombrosas, levava os inimigos da Royal Flying Force ao completo desespero. Era o próprio demônio pilotando a aeronave vermelha com a cruz negra e abrindo fogo com as suas *spandaus*.

Dois caças Avro 504 aproximaram-se do triplano alemão e atiraram em sua direção. Rosenstock acompanhou com entusiasmo seu piloto fazer uma manobra e colocar-se abaixo deles, desaparecendo do seu campo de visão. Rápido como um gato pronto para abocanhar um rato, o triplano avançou e encurralou suas presas, disparando e rompendo a fuselagem das naves, que rodopiaram no céu deixando um rastro escuro de fumaça.

Enquanto isso, da cabine de pilotagem do triplano, Richthofen acenou para um dos seus tenentes a bordo de um segundo caça, orientando-o que não se distraísse com o rastro de fumaça e retornasse à formação de ataque. Assim que avistou um grupo de biplanos Aircraft B.E.8 aproximar-se, o líder da *jagdgeschawder* puxou o manche e atirou seu Fokker contra o inimigo feito um bólido. Ignorou seus disparos com a Lewis e revidou com suas *spandaus*, acertando em cheio o piloto, que perdeu o controle e mergulhou em direção ao couraçado Iron Duke.

O couraçado inglês iniciou uma manobra de fuga a bombordo, mas não pôde escapar do bólido vindo em sua direção feito um cometa de fogo, que destruiu sua superestrutura.

Do passadiço central do Majestät, Rosenstock vibrou quando o fogo no couraçado inglês alastrou-se em direção ao enorme balão oblongo, consumindo-o em questão de segundos. Seus olhos cintilaram quando viu parte da tripulação do Iron Duke lançar-se ao abismo tentando escapar da morte.

O general sorriu aliviado quando o couraçado, já transformado num borrão incandescente, chocou-se contra o paredão rochoso do Atlas.

Em seu triplano rubro, Manfred von Richtofen tornou a investir contra os inimigos. Liderando um grupo de cinco caças, atacou o couraçado Valiant, comandado pelo vice-almirante Blake. Voando alto, fez sinal para que seus pilotos seguissem-no em uma formação em "V", abrindo fogo em direção aos artilheiros que manuseavam as metralhadoras sob o convés do couraçado inglês.

No passadiço central do Valiant, o almirante Blake gritou ordens para que as baterias antiaéreas localizadas na proa da nau abrissem fogo em zero-ponto-dois. Contudo, acertar um triplano com canhões era o mesmo que tentar matar uma mosca com as mãos.

A esquadra alemã já estava bastante perto do Valiant quando uma sombra surgiu vinda pela popa do couraçado e voando acima da sua superestrutura. Era um Zeppelin-Staaken, que revelou a sua posição e surpreendeu a tripulação do couraçado, enquanto seu líder, Manfred, roubava toda a cena mantendo os ingleses a bordo ocupados.

Richthofen sorriu satisfeito quando o caça que carregava algumas ogivas com o Sangue do Diabo largou a carga, que atingiu em cheio o convés central do Valiant. Decidido, o piloto alemão acenou para o seu tenente e fez sinal para que o seguisse, desviando das baterias antiaéreas e mergulhando em dois-ponto-zero, para voar abaixo do casco da nau inimiga. Segundos depois, o triplano rubro ressurgiu a estibordo, emergindo feito uma fênix e abrindo fogo contra uma tripulação tomada pelo efeito do gás mortal.

No Majestät, Klotz von Rosenstock ergueu o binóculo. Extasiado, acompanhou os soldados ingleses que corriam pelo convés do Valiant aos gritos, sentindo o ácido mortal corroer sua pele e o gás cegar seus olhos. "Bendito Sangue do Diabo!", Rosenstock deu um sorriso conspiratório ao pensar que aquilo não passava de uma simples demonstração. Sentiu-se orgulhoso. Em breve, muitos outros sentiriam o mesmo que aqueles soldados. Pobres almas.

Ainda com o binóculo diante dos olhos, Rosenstock acompanhou a manobra ousada do triplano rubro. "Impressionante", pensou, enquanto assistia ao Richtofen retomar sua formação de ataque abrindo fogo contra dois caças ingleses que tentavam acompanhar suas manobras mirabolantes. Este era o espírito dos grandes guerreiros. Grandes homens. Um grande império.

"Eu o saúdo, Barão Vermelho", sussurrou o general, mais para si mesmo, assim que o triplano passou rente ao Majestät perseguindo novas presas, feito uma ave de rapina.

O couraçado Valiant fez uma curva a bombordo e abandonou completamente sua formação junto à esquadra britânica quando foi atingido em cheio por dois torpedos classe 08 vindos do portentoso Majestät. Com as suas hélices propulsoras destruídas e parte do seu convés de popa tomado pelo fogo e pelo gás mortal, o Valiant logo encontraria a sua tumba em meio aos picos do Atlas.

Mais uma nau inglesa abatida.

Klotz von Rosenstock fitou de soslaio seu capitão com um sorriso desdenhoso:

— Somos mais rápidos e poderosos, capitão — retrucou em tom de desafio.

O capitão da nau alemã reagiu com um sorriso nervoso:

— Temos ainda três cruzadores ingleses seguidos por um couraçado se aproximando em dois-ponto-cinco-norte — argumentou o oficial. — Nossos *Fledermaus* estão cuidando dos franceses em nossa retaguarda, acompanhados pelas antigas fragatas do império, seguidas ainda por um velho cargueiro. Dois dirigíveis berberes estão tentando se aproximar do nosso flanco esquerdo. Com a esquadra aérea inglesa e estes malditos dirigíveis deltas investindo contra os nossos caças, duvido que possamos manter os berberes distantes por muito mais tempo.

Rosenstock não reagiu ao comentário. O capitão prosseguiu, desta vez, em um tom de súplica:

— *Herr General*, acabei de ser informado sobre a frota inglesa no Mediterrâneo. Alguns navios estão se deslocando para a costa oeste marroquina. A esta altura, transportar o Majestät para uma das nossas ilhas não é aconselhável. Além do mais, nossa esquadra aérea em Dar es Salaam jamais chegaria a tempo.

Rosenstock fitou-o com um olhar pouco surpreso. Já havia previsto algo assim.

— Somos mais fortes e mais poderosos — insistiu Rosenstock, esfregando as mãos. Desta vez, sentiu a garganta seca.

— *Herr General*, eu...

— Mantenha nosso curso firme — interrompeu Rosenstock. — Assim que abrirmos caminho afastando os couraçados, avançaremos com força total. Podemos alcançar o litoral antes da frota vinda pelo estreito.

— Não podemos vencer uma guerra apenas com o Majestät, *Herr General*. — O capitão dirigiu um olhar suplicante para Rosenstock. Gotas de suor brotaram da sua testa e escorreram pela lateral do seu rosto.

— Mantenha o curso — repetiu Rosenstock, rangendo os dentes. — Fogo total. Deixe que se aproximem e lance o gás.

O capitão encarou seu superior titubeando:

— Mas, senhor, se usarmos toda a carga a bordo do Majestät, não teremos o bastante para...

— Isso não importa mais — interrompeu o general, fixando os olhos na batalha lá fora com uma expressão firme e fria. — Ainda assim, nossa operação terá êxito. Sua missão agora é conduzir o Majestät a salvo até nossa base nas ilhas desertas. Deixe que eu cuido do resto.

O capitão balançou a cabeça, desgostoso.

— Sim, *Herr General*. Toda força à frente! — gritou para o seu imediato.

De repente, toda a estrutura do Majestät pareceu vibrar aos pés de Rosenstock, que agarrou o corrimão do passadiço tentando se equilibrar.

O capitão do Majestät gritava ordens e auxiliava o piloto, que lutava para manter o imponente dirigível em seu rumo. Objetos, mapas e as inúmeras anotações que ficavam sobre a mesa da ponte de controle esparramaram-se pelo chão. Oficiais eram lançados de um lado para o outro em meio ao forte sacolejo.

O som do alarme misturou-se ao estrondo das seguidas explosões causadas por um torpedo lançado pelo Corsaire de Lacombe. A nau francesa voltou à frente do seu comboio depois de arrasar todo um esquadrão de *Fledermaus*, assumindo uma nova posição junto aos demais dirigíveis que travavam a luta contra o Majestät.

— Capitão...

O capitão do Majestät voltou-se para o oficial cambaleante que tentava aproximar-se.

— Informe! — disse afoito o capitão, limpando com um lenço o sangue que escorria do corte em sua testa.

— Nosso compartimento central foi atingido. Perdemos uma das máquinas de propulsor.

O capitão trocou um olhar preocupado com Rosenstock. Os malditos haviam atingido o Majestät em uma de suas artérias.

— Mesmo que a esquadra inimiga destrua o Majestät, cumpriremos nosso propósito. A operação deve seguir de vento em popa. Enquanto a frota estiver ocupada com o meu portentoso dirigível, não atentará para um outro tonel de pólvora prestes a explodir a algumas léguas daqui. Verifique os danos e mantenha o curso, capitão — ordenou Rosenstock, afastando com as mãos a poeira do jaleco e ignorando o olhar perplexo de seu oficial maior.

— Ninguém responde na sala das máquinas. Já enviamos uma equipe para averiguar — prosseguiu o atônito oficial.

O general do *Kaiser* sacou a sua Luger e fez sinal para que seus guardas seguissem-no.

— Mantenha o curso, capitão — tornou a dizer Rosenstock antes de deixar a ponte. — Mesmo sofrendo graves avarias, o Majestät pode arrasar a frota e escapar para as ilhas desertas. Destruir a esquadra no Mediterrâneo está fora de questão. Mas ainda temos o Sangue do Diabo. O gás. E com ou sem meu dirigível, a Alemanha está prestes a fincar a sua bandeira no mastro mais alto. Vamos vencer, capitão. Cada movimento meu até aqui foi em prol disso. Garantir que o *Reich* prevaleça. Ninguém poderá nos impedir. Não mais.

Mesmo sem concordar, o capitão do Majestät deu a ordem ao seu imediato sem tirar os olhos de Rosenstock, que seguiu apressado até desaparecer pelos corredores da nau.

"O maldito vai nos matar", pensou.

Capítulo 49

Médio-Atlas – Cordilheiras marroquinas

Quando Klotz von Rosenstock entrou na sala das máquinas acompanhado pelo seu grupamento, fez-se um silêncio aterrador. O comandante alemão líder do grupamento de rastreadores correu em sua direção afoito, com um olhar apreensivo. O general respondeu ao seu cumprimento com um aceno de cabeça e examinou o cenário ao redor, com muitos soldados vasculhando o lugar.

Sentado em uma cadeira estreita, o engenheiro-chefe contorcia-se de dor e rangia os dentes enquanto dava o seu depoimento a um oficial. Descrevia como haviam sido pegos de surpresa e mantidos enjaulados no interior da oficina por um homem usando uniforme *korps*, acompanhado de uma mulher que fingia ser uma berbere. Mesmo com o pé ainda sangrando, o profissional ergueu-se com esforço e colocou-se em posição de sentido ao ver o general aproximar-se.

— Comandante, reporte-se — ordenou Rosenstock, ignorando o chefe da sessão e dirigindo-se ao oficial, enquanto acenava para que o resto do pessoal prosseguisse com as buscas.

— Os fugitivos conseguiram dominar os tripulantes da sala das máquinas e escapuliram pelo compartimento de ar, *Herr General*.

O engenheiro ferido encolheu os ombros envergonhado quando Rosenstock fitou-o desgostoso.

O general do *Kaiser* seguiu até a abertura de ar e assistiu enquanto uma equipe de rastreadores examinava as arestas retorcidas. Depois, voltou-se para o líder da equipe *korps* dirigindo-lhe um olhar inquisidor:

— E quanto às máquinas? — perguntou o general

O comandante lançou um olhar rápido em direção ao engenheiro ferido e tornou a encarar seu superior com uma falsa firmeza. Podia ver a insatisfação nos olhos do general Rosenstock, que o culpava por tê-lo colocado no comando dos seus rastreadores, sem nenhum sinal dos fugitivos. Como um maldito ex-batedor e uma cadela espiã podiam enganar por tanto tempo os seus soldados?

— De acordo com o nosso engenheiro-chefe, não há qualquer anomalia — respondeu o comandante, engolindo em seco. — Nossas caldeiras e sistemas de abastecimento estão ativos e em perfeito estado, *Herr General* — informou o oficial.

Rosenstock franziu o cenho.

— Namira Dhue Baysan e seu agente estiveram aqui. E tenho certeza de que não estavam apenas buscando uma saída — disse, apontando para a abertura na parede. — Então, não perca tempo e vasculhe cada centímetro da sala. Rápido.

O comandante abaixou os olhos e balançou a cabeça em obediência.

— Os fugitivos não têm como deixar o *Majestät*, *Herr General* — respondeu o comandante em voz baixa, pouco convincente. — Já dei o comando para que meus homens cerrem cada uma das saídas internas de ar. Os malditos devem seguir pelo duto central em direção ao piso inferior de desembarque, onde aguardarão até que...

Rosenstock enrugou a testa e fez um gesto com a mão ossuda para que se calasse. Seus olhos estreitaram-se quando tornou a examinar a abertura na parede.

— Os dutos de ar levam às turbinas propulsoras na área externa do Majestät, certo? — perguntou o líder.

— Sim, *Herr General* — assentiu nervoso o comandante, esfregando as mãos escondidas atrás das costas.

Rosenstock apontou os olhos para o alto, como se pudesse enxergar através de toda a fuselagem da sua nau.

— Não. Você está olhando para a direção errada, comandante — sussurrou Rosenstock. Um sorriso discreto ergueu o canto superior do seu lábio esquerdo: — Não pretendem descer à ala de desembarque. Só há um meio de deixarem o Majestät e eu sei onde encontrá-los.

***

— Isso aqui não é muito diferente das grutas de *bahr alkharab* — murmurou Young, como se não quisesse ser ouvido por Namira, que vinha logo atrás. No compartimento de ar, Ben ouviu os ruídos da batalha vindos do lado de fora da nau. Explosões e rajadas de metralhadoras fundiam-se ao ronco das poderosas turbinas de propulsão do Majestät e das imensas hélices externas com eixos móveis.

Ben e Namira arrastaram-se por mais dez ou doze metros até se depararem com a grade no final do duto de ar. Young estreitou os olhos quando a luz externa atingiu o seu rosto e suspirou aliviado ao sentir o vento fresco tocar a sua pele. Faria qualquer coisa para sair daquele ninho de cobras. Percorrer as entranhas do Majestät roubara quase toda sua energia. Mas ainda lhe restava alguma. O bastante para tirar Namira dali.

Cauteloso, Ben aproximou-se da grade e espiou através das frestas. Os imensos picos do Atlas pareceram-lhe estar perto o suficiente para arrancar as hélices do Majestät. Triplanos e caças que logo reconheceu pertencerem a Royal Flying Force riscavam o céu em meio ao combate aéreo. Lembravam mosquitos, se comparados ao portentoso dirigível alemão. Achou ter visto alguns pontos mais distantes. Contudo, do ângulo em que estava, não poderia saber muita coisa da frota aliada a não ser pelos barulhos dos canhões e alguns clarões provenientes das estrondosas explosões.

Um grito rouco chamou a atenção do gibraltarino.

Um *korps* manipulando uma MG08 sobre a passarela externa de manutenção disparava em direção aos caças inimigos que tentavam aproximar-se da nau alemã. Young fez sinal para Namira e, com um chute potente com os dois pés, arrancou as grades do túnel com um estrondo seco. Surpreso, o *korps* voltou-se para Young, pronto para disparar, quando foi atingido por um tiro certeiro do gibraltarino, perdendo-se por entre os suntuosos picos rochosos.

— Rápido! — gritou Ben, acenando para Namira.

A Opala do Deserto agarrou a escada presa à fuselagem externa do Majestät e começou a subir em direção à proa da nau com Young logo atrás.

O vento parecia querer arrastá-los em direção aos imensos picos, obrigando-os a agarrarem-se aos degraus e subirem com cautela. Ben sinalizou para que Namira se apressasse quando ouviu o ronco de um triplano aproximar-se. Com a Colt em riste, preparou-se para atacar, ciente de que eram alvos fáceis para as *spandaus* inimigas. Esperou até que o avião estivesse perto o bastante e disparou uma saraivada de balas em sua direção.

Manfred von Richtofen desviou das balas e observou por um segundo os fugitivos escalando o flanco da nau em direção à proa. Poderia abatê-los, porém à custa de comprometer a fuselagem do Majestät. Deixou a *spandau* de lado e sacou sua Luger.

Ben encarou o piloto quando o triplano vermelho passou rente à nau. Teve a impressão de ver um sorriso no rosto do seu algoz.

O audaz aviador, cuja echarpe branca esvoaçava, lembrando um enorme tentáculo, acenou em sua direção com um cumprimento comum entre dois rivais que se admiram. Preparou-se para disparar. Nesse instante, dois aviões Avro 504 surgiram na retaguarda de Richtofen e cuspiram fogo com as Vickers, obrigando o ás alemão a mergulhar a estibordo e abandonar o seu alvo.

Young soltou um grito aliviado. Firmou as mãos no corrimão e continuou a escalada em direção ao convés.

Na proa, Namira Dhue Baysan aguardava-o escondida atrás do que havia sobrado de uma casamata antiaérea destruída por uma bomba inimiga. Próximo de onde estava, um grupamento de artilheiros manuseava os canhões de cinco polegadas. Disparavam contra as naus francesas que se aproximavam a estibordo. Ao ver Young, a jovem acenou em sua direção, tomando cuidado para não ser vista.

Ben Young encolheu a cabeça quando uma rajada de balas disparadas pelos aliados ricocheteou perto de onde estava escondido. Com o corpo inclinado para a frente, tratou de correr até a dançarina e escondeu-se atrás das ferragens.

Neste instante, o Olho de Gibraltar vislumbrou no horizonte algo que o encheu de ânimo e esperança. Era o Corsaire de Didier Lacombe. A nau francesa vinha seguida pelo Napoleon e pelo cargueiro *Sanūsī* com Umar Yasin a bordo. Suas armas cuspiam fogo, descarregando toda a sua ira sobre o Majestät.

Young sorriu ao imaginar o bravo e fiel amigo sobre a ponte do Corsaire gritando ordens aos *spahis* e desferindo golpes contra os *Fledermaus* que investiam em sua direção. Tão perto e tão distante, pensou. De repente, um estrondo ensurdecedor trouxe-o de volta dos seus devaneios.

Lascas de metal e ferro distorcido voaram passando acima das suas cabeças. Young agarrou Namira e formou um casulo em torno da jovem, protegendo-a com o corpo.

O torpedo disparado pelo Napoleon destruiu um dos canhões sobre o convés.

Soldados alemães corriam de um lado para o outro. Feridos e desesperados, os *korps* gritavam ordens e descarregavam suas MG08 contra os caças ingleses que agora investiam aproximando-se do Majestät em voos rasantes.

Atordoado, Benjamin Young chacoalhou a cabeça como se assim pudesse livrar-se do zumbido infernal em seus ouvidos. Encarou Namira com uma expressão de pânico, mas ficou aliviado ao constatar que a jovem passava bem, apenas com um corte superficial no braço esquerdo.

O gibraltarino aproveitou quando uma nuvem de fumaça escura engoliu parte da proa do Majestät e saiu em disparada, seguido pela espiã. Saltaram os escombros pelo caminho, desviaram dos focos de incêndio e alcançaram a área externa do dirigível, começando a escalada rumo ao hangar superior na popa da nau.

O cenário em torno do Majestät era aterrador. A batalha aérea havia transformado as cordilheiras marroquinas em um armagedom. Young cobriu seu rosto com o *tagelmust* e sinalizou para que Namira fizesse o mesmo, protegendo-se das lufadas de vento que lembravam minúsculos dardos afiados. Em seguida, puxou a jovem para perto e a ajudou a equilibrar-se, seguindo pela estreita plataforma até a longa escada em forma de "Z".

No hangar do Majestät, triplanos da *jagdgeschawder* permaneciam alinhados aguardando o momento para decolar. No interior das cabines, pilotos gritavam ordens de forma rude para a equipe de mecânicos que corriam esbaforidos abastecendo os caças durante a batalha. De vez em quando, um ou outro homem tombava atingido pelas Vickers dos caças ingleses que conseguiam aproximar-se do monstro de guerra alemão.

Soldados alemães que operavam uma pequena empilhadeira transportando torpedos para o Zeppelin-Staaken, estacionado mais a frente, chamaram a atenção de Young:

— Olhe — apontou Ben, mostrando os alemães vestindo máscaras de gás enquanto transferiam a carga para o interior da nave.

Namira reconheceu o pictograma de perigo estampado em cada um dos torpedos.

— O Sangue do Diabo — soprou a espiã. — O maldito está usando o gás...

Ben bufou. Seus olhos dispararam examinando o cenário ao redor. Em seguida, fez um sinal silencioso para Namira.

Rápidos como duas raposas, esconderam-se em meio aos tonéis de combustível que ficavam junto às bombas de abastecimento.

O ribombar dos motores e das hélices dos aviões prenunciava uma hecatombe.

Namira se encolheu assustada quando os quatro canhões de retrocarga do Majestät abriram fogo contra um dirigível inimigo, que se aproximava a uma velocidade de trinta e cinco milhas a bombordo. Não pôde evitar um grito abafado quando avistou no céu dois rastros de fumaça indo em direção à nau. "Torpedos", identificou. O cruzador com o *Indomitable* gravado no flanco da proa tentou uma manobra radical para se esquivar, porém era tarde demais. Namira Dhue Baysan virou o rosto e tapou a própria boca quando a nau inglesa foi atingida em cheio pelos torpedos alemães, começando a perder altura.

O horror foi completo quando um segundo bombardeiro Zeppelin-Staaken escoltado por três triplanos aproximou-se do cruzador e lançou suas bombas de gás, completando assim o ataque.

Corpos contorcidos com a pele derretida pela ação do Sangue do Diabo apareciam junto às labaredas que se alastraram, provenientes da casa das máquinas que havia sido atingida. Em seguida, uma enorme explosão iluminou os picos rochosos do Atlas.

Ben não pôde acreditar no que acabara de ver. A carnificina. A destruição do Indomitable. A ação do gás.

O gibraltarino sentiu o chão ao seu redor vibrar com a explosão. Olhou em direção às naus francesas, temeroso.

"Didieur, Umar". Pela primeira vez, Young testemunhou a fúria proveniente do Majestät. Seus olhos voltaram-se para os destroços do que havia sobrado do cruzador inglês chocando-se contra as montanhas.

— Vamos. Precisamos sair daqui — sussurrou Ben, tocando os ombros de Namira com gentileza e sentindo seu corpo trêmulo.

Benjamin Young e Namira esgueiraram-se em direção à esquadra de triplanos. Ainda usando o jaleco *korps* como disfarce, o gibraltarino avançou em direção a um dos triplanos cujo piloto terminava de fazer uma breve inspeção em sua máquina antes de decolar. O barulho da guerra contribuiu para que Young surpreendesse-o com uma coronhada certeira. Em seguida, arrastou o oficial para trás de uns tambores vazios junto àquilo que um dia fora uma bomba de combustível, destruída pelos caças ingleses.

— Rápido, entre na cabine de pilotagem — sussurrou Young enquanto olhava apreensivo ao redor.

— Não sei se reparou, mas só há espaço para um de nós — zombou Namira com uma expressão tensa.

— Tenho certeza de que isso não será um problema — respondeu Ben, começando a ajudar a dançarina a subir em direção à cabine.

— E eu tenho a certeza de que este será o menor dos seus problemas. É um prazer reencontrar você, senhor Benjamin Young. Ou devo chamá-lo de Olho de Gibraltar?

Young voltou-se em direção à voz.

Um sorriso irônico ergueu o canto superior do lábio direito de Klotz von Rosenstock, armado com a Luger e acompanhado por dois *korps*.

Namira cuspiu no chão diante de Rosenstock num ato de ódio e nojo.

Klotz sorriu. Voltou-se para Young e armou o cão da arma.

A caçada havia terminado.

Capítulo 50
Majestät – Convés superior

Namira Dhue Baysan deu um salto felino em direção a Klotz von Rosenstock no instante do disparo, surpreendendo o general e empurrando Young para o lado. O baque lançou-a para trás quando o projétil destinado ao Olho de Gibraltar atingiu seu corpo um pouco abaixo do umbigo.

Desesperado e ignorando seu agressor, Ben correu até a jovem para socorrê-la. O projétil havia perfurado a lateral direita do corpo da dançarina, saindo do outro lado. Young pressionou a ferida com o seu *tagelmust*. Nesse instante, Namira chamou sua atenção com um meio sorriso conspiratório, apontando os olhos para a MG08 em suas mãos.

Ben franziu a testa e pressionou os músculos do maxilar. Ao ouvir os passos do general vindo em sua direção, desembainhou sua faca e saltou de forma abrupta, girando no ar. Seu grito de ódio pôde ser ouvido mesmo em meio ao caos. A lâmina cortou o ar em um ângulo de cento e oitenta graus, atingindo Rosenstock em cheio.

O general do *Kaiser* tombou para trás. Havia sangue na lateral do seu rosto, descendo pela testa até a ponta do queixo. Rosenstock urrou de dor.

Namira entrou em ação. Abriu fogo contra os *korps* que acompanhavam o seu líder, mandando-os para o inferno cravejados de balas.

Ben Young aproximou-se de Rosenstock com a lâmina em riste e encarou-o de perto. Teve a impressão de ver um sorriso desafiador no rosto ferido do general. Um sorriso que, para seu espanto, transformou-se rapidamente numa gargalhada.

Ben Young ergueu a faca. Estava pronto para desferir o golpe fatal quando sentiu um baque enorme, como se uma mão gigantesca e invisível atingisse-o em cheio, arremessando-o para longe. Um estrondo ecoou feito a ira de Alá. Era como se o chão desaparecesse sob seus pés.

Um biplano inglês havia sido atingido por caças alemães e transformara-se em um bólido desgovernado girando no ar, atingindo em cheio as bombas de combustível localizadas no hangar do Majestät. Em segundos, tudo ali foi tomado pelo calor abrasador. O fogo alastrou-se num átimo de segundo, derretendo algumas estruturas e dando cabo de boa parte dos triplanos que se encontravam na pista preparando-se para decolar.

Uma nova explosão vinda da popa fez o esqueleto do poderoso dirigível alemão sacudir.

O Majestät fez uma curva acentuada a estibordo e inclinou o nariz de proa para baixo, começando a perder altitude. Deixando um denso rastro de fumaça para trás, a nave lutava para retomar a sua posição.

Nos dirigíveis berberes *Ajjer* e *Hoggar*, os tripulantes vibraram com o ataque sincronizado que haviam desferido contra o inimigo. Do convés principal de uma delas, Faruk ab Aynyam, líder *Hoggar*, deu o seu grito de guerra.

O Majestät estava sangrando.

***

O capitão do Majestät levantou-se de supetão, tentando se recompor após a queda que sofrera com o ataque inimigo. Sem pensar duas vezes, cruzou a ponte principal do dirigível alemão com passadas largas e juntou-se ao seu imediato e subcomandante, que o ajudavam a manter o controle da nau.

Para o capitão, cada segundo tentando controlar o leme, agarrando-o com força com as mãos sujas e doloridas, havia se transformado em horas. O suor no seu rosto misturou-se à fuligem e ao sangue que escorria da testa, empastando ainda mais sua barba espessa. Uma dor aguda indicava o rompimento da porção distal do bíceps braquial.

Quando finalmente o Majestät reagiu, inclinando o nariz da proa para o alto e escapando do mergulho fatal, o capitão bufou exausto, dirigindo-se para o seu imediato:

— Soldado, reporte-se.

— Uma de nossas turbinas propulsoras foi destruída, capitão. O Majestät continua perdendo altitude, com dois dirigíveis inimigos aproximando-se. Contato em rumo um-cinco-zero de nós. Os inimigos estão em nossa popa.

— *Verflucht!* Verifique nosso motor de ignição por compressão e diminua a velocidade para cinco-ponto-dois nós. Leme dois-zero-um a bombordo — ordenou ao navegador. — Preparem torpedos de popa um e dois.

— Capitão... — disse um dos operadores diante dos instrumentos de observação. — Recebemos mais uma mensagem do nosso sistema de inteligência. Dois cruzadores e um destróier britânico estão assumindo formação de ataque junto à costa marroquina.

O capitão do Majestät engoliu em seco. A frota aliada preparava-se para um novo ataque. Com os braços cruzados atrás das costas, o oficial passou a caminhar de um lado para o outro diante da enorme escotilha, em meio a resmungos.

— Seremos um alvo fácil assim que deixarmos as montanhas para trás, capitão — comentou o imediato, encarando seu superior com um semblante rígido.

— Isso se nós conseguirmos abandonar as montanhas — respondeu com ironia o oficial, fitando os dirigíveis inimigos em seu encalço.

— Senhor, uma esquadra aérea francesa decolou de Fez... — anunciou outro operador, que acabara de receber a mensagem em Morse.

— Droga! — gritou o capitão, esmurrando o console à frente numa reação colérica. Voltou-se para o seu imediato com os olhos vermelhos esbugalhados e perguntou: — Onde está o general Rosenstock?

O imediato balançou a cabeça.

— Nosso controle está tentando localizar o general. Os circuitos internos foram danificados. Estamos sem comunicação.

— Tudo aqui está sendo danificado, se é que me entende, imediato — rugiu o capitão, intolerante.

— Devemos manter o curso, senhor?

O capitão observou os dirigíveis inimigos à frente, pensativo:

— Mantenha a velocidade. Deixe que os nossos inimigos se aproximem pela popa e disparem torpedos de um a três. Destruam os malditos. Vamos dar a volta no inimigo em cinco-ponto-dois nós — ordenou o capitão Axel Kuhn.

O subcomandante do Majestät voltou-se de modo abrupto em direção ao seu superior com um olhar conturbado, questionando o comandante num tom desafiador:

— Impossível, *Herr* capitão. O general ordenou que...

— Esqueça as ordens de Rosenstock — esbravejou o capitão, lançando labaredas pelos olhos ao encarar o subcomandante. — O maldito vai nos matar. Eu sou o capitão e comandante maior do Majestät e assumo o total comando da nau.

Imediato e subcomandante trocaram olhares furtivos entre si.

— Sim, *Herr* capitão — obedeceu o oficial, começando a transmitir as ordens.

— Capitão, dirigíveis aproximando-se em rumo um-três-um nós — anunciou o operador.

O capitão do Majestät correu até uma das escotilhas laterais e saiu para o convés. Ergueu os binóculos em busca do inimigo e farejou. Pôde sentir o cheiro da pólvora no ar enquanto vasculhava o entorno. Estavam se aproximando da província de Al Haouz. O lago de Ifni, com sua água cor de esmeralda, estendia-se feito um enorme tapete em sua direção, rodeado pelos cumes do Jbel Toubkal e o Ouanoukrim.

Assim que avistou os dois dirigíveis berberes emergirem de trás do Domo de Ifni, o capitão e comandante Axel Kuhn deu um grito:

— Esquerda diligentemente para o rumo zero-dois-cinco. Os malditos berberes estão se preparando para uma nova investida. Deixem que se aproximem em um-zero-um. Depois, aumentem a velocidade para cincoponto-quatro nós.

Os dirigíveis *Hoggar* e *Ajjer* posicionaram-se a não mais do que dois quilômetros de distância do Majestät. Subitamente, a nau alemã deu uma guinada e fez uma curva acentuada a bombordo, indo em direção ao imenso espelho d'água que se estendia em meio às cadeias do Atlas.

Na ponte do dirigível *Ajjer*, Abdul al Alivy arregalou os olhos e rosnou:

— O maldito está dando a volta em torno de nós. Aumentar velocidade...

Abdul não chegou a terminar a frase. Um triplano rubro surgiu feito um fantasma. Aproximou-se pelo flanco esquerdo do seu dirigível e abriu fogo com a sua *spandau*, rasgando o líder *Ajjer* ao meio.

Richthofen deu a volta em torno dos dirigíveis berberes e tornou a atacar. Disparou uma nova saraivada de balas que atingiu os guerreiros que corriam pelo convés e mergulhou a estibordo, afastando-se da linha de fogo inimiga. Uma manobra fantástica, cujo objetivo não havia sido outro senão distrair o inimigo enquanto o Majestät preparava-se para dar a sua resposta aos guerreiros do deserto.

— Agora! — gritou o capitão do Majestät. — Disparar torpedo um. Disparar torpedos dois e três. Velocidade a toda em cinco-ponto-oito.

O som dos torpedos cruzando o céu lembrava o de lâminas finas cortando o ar. Um novo clarão iluminou as águas abaixo do Majestät.

O dirigível *Ajjer*, atingido em cheio por dois torpedos alemães, inclinou o nariz em direção ao grande domo. Sem controle, o imenso balão oblongo chocou-se contra a montanha e explodiu, deixando à mostra sua carcaça, que lembrava costelas de um animal abatido.

O Majestät completou a volta e disparou seus canhões contra o dirigível *Hoggar*, obrigando-o a recuar para estibordo.

Com uma das hélices avariada, o dirigível *Hoggar* de Faruk ab Aynym afastou-se, deixando que o Majestät avançasse em direção ao Ifni, seguido de perto pelo restante da frota inglesa e francesa. Leões perseguindo um mamute.

Os destroços incandescentes do *Ajjer* voavam por todos os lados, lembrando estrelas cadentes iluminando o grande domo. Abdul al Alivy e toda a sua tripulação de guerreiros do deserto estavam mortos.

Faruk ab Aynym parou sobre o convés e assistiu atônito ao Majestät passando a estibordo com toda a sua imponência, notando as chamas que brotavam do convés do dirigível alemão.

Impressionado, o líder *Hoggar* observou a nau de guerra flutuar sobre o imenso lago Ifni. "Isso não é obra do homem, nem de Alá. Não pode ser. Os demônios estão sorrindo."

O berbere arregalou os olhos e viu quando as esquadras francesa e inglesa surgiram junto ao cume do Ouanoukrim e avançaram a toda em direção ao monstro alemão.

Faruk queria falar, gritar todo o seu ódio. Mas as palavras não saíram da sua boca.

✳✳✳

A bordo do HMS Tiger, o major Coldwell não pareceu surpreso ao ler a mensagem enviada pelo Corsaire, que confirmava a destruição do dirigível berbere *Ajjer*. Apreensivo, deu ordens para que o Tiger assumisse a posição central do comboio. O Indomitable e o Furios fechariam os seus flancos com o couraçado Agincourt, unindo-se à frota francesa liderada por Didieur Lacombe.

As duas fragatas alemãs comandadas pelos berberes, a SMS Prinzregent e SMS König, avançaram lado a lado, protegendo a retaguarda do Corsaire. Ao mesmo tempo, o cargueiro *Sanūsī*, com Umar Yasin a bordo, rumou para estibordo em direção às cadeias rochosas, passando a escoltar o dirigível *Hoggar* avariado.

Coldwell bufou irritado ao ler a mensagem em que Lacombe reafirmava sua preocupação quanto à presença de Young e Namira ainda a bordo do Majestät. Agora eram quatro as naus aliadas destruídas pelo imponente dirigível de guerra alemão. A ideia de que deveriam esperar até que Namira e o gibraltarino dessem sinal de vida para atacarem com todo o poderio de fogo não lhe era nada convincente. O Majestät já havia demonstrado a sua capacidade bélica, porém, suas avarias também eram consideráveis. Com a destruição do seu convés, em pouco tempo os triplanos alemães seriam obrigados a bater em retirada sem terem um local para reabastecer seus tanques, supôs o major.

— O momento de atacar é agora — sussurrou Coldwell, observando um jovem tripulante com um extintor lutando contra as chamas que irrompiam do convés, após nova investida dos caças liderados por aquele maldito triplano rubro.

O major ergueu seu binóculo e olhou ao redor, avaliando a situação. O Majestät avançava sobre as águas do Ifni em cinco-ponto-dois nós à frente. Chamas vindas do seu hangar no alto da nave deixavam um rastro de fumaça e um cheiro de óleo que impregnava os conveses dos dirigíveis aliados.

"O momento é agora", pensou o major inglês. A visibilidade lhe pareceu boa o bastante. O comboio aliado avançava em boa formação, embora o cargueiro *Hoggar* tivesse hasteado a bandeira sinalizando "fora de combate".

— Informe o capitão Lacombe a bordo do Corsaire. Aproximação em dois-zero-cinco...

De repente, ouve-se um grito.

— Foguetes à proa!

Coldwell ajustou o binóculo e viu surgir um rastro de fumaça. Era o Majestät que, numa manobra surpreendente, virou a estibordo e disparou seus torpedos. O major correu até o convés. O Indomitable estava perto da encrenca.

— Manobra de defesa em dois-dois-cinco-oito. Acionar contratorpedeiros — ordenou Coldwell, correndo pela ponte e assumindo o seu posto de combate. — Os malditos estão se posicionando para nos atacar de frente.

— Senhor — gritou um dos oficiais cuja patente estava coberta pela fuligem. — Torpedos em dois-cinco-um a estibordo.

Coldwell arregalou os olhos.

— Torpedos em um-zero-dois; um-zero-um.

A explosão quebrou as janelas da cabine de comando do SMS Tiger. Um dos torpedos alemães atingiu o flanco esquerdo do Indomitable, que perdeu altitude, abandonando a formação original para assumir a retaguarda do comboio.

A bordo do Corsaire, Lacombe assistiu estarrecido à destruição de mais uma nau aliada. Tinha recebido a mensagem de Coldwell. "Não podemos perder a oportunidade. Vamos abrir fogo agora". Lacombe quase que podia ouvir a voz desesperada de Coldwell ditando a mensagem. O líder inglês estava certo. Pensou em Ben e Namira e, pesaroso e com os olhos umedecidos, finalmente deu o comando, observando estarrecido o gigantesco dirigível à frente.

***

Corsaire e Napoleon abriram fogo ao mesmo tempo, seguidos pelo SMS Tiger de Coldwell e pelo Agincourt, que dispararam torpedos em direção à proa da nau alemã.

No convés do cargueiro *Sanūsī*, Umar Yasin tampou os ouvidos quando o ruído das explosões fez o Atlas tremer com os torpedos que rugiam e cortavam o ar vindos de todas as direções.

A batalha entre os caças da Royal Flying Force e os triplanos alemães ganhou ares ainda mais dramáticos.

Um Zeppelin-Staaken, pronto para despejar ogivas contendo o Sangue do Diabo, foi finalmente atingido pelas baterias antiaéreas do cruzador Furios. Feito uma bola incandescente, o bombardeiro explodiu ao colidir contra as montanhas.

Rajadas das metralhadoras e mísseis de curto alcance deixavam seus rastros luminosos no céu do Atlas e pilotos ingleses lançavam-se no ar após terem seus aviões igualmente abatidos. Em vez de salvar suas vidas, eram alvejados pelo inimigo antes mesmo que os seus paraquedas pudessem abrir.

Uma sinfonia macabra orquestrada pelos gritos desesperados mesclou-se aos ruídos da guerra que parecia não ter fim. O monstruoso Majestät inclinou-se violentamente para baixo e fez uma curva a bombordo, posicionando suas baterias localizadas em seu flanco esquerdo diante do Napoleon.

Lacombe gritou e protegeu os olhos quando um clarão iluminou o céu agora salpicado de estrelas. O francês tombou para trás com o fragor da explosão. Ao recompor-se, deu um grito eufórico ao deparar-se com o Napoleon incrivelmente intacto. Para sua surpresa, era o Majestät que havia sido atingido por um torpedo lançado pelo Agincourt.

Com um rombo imenso desfigurando o casco, o portentoso dirigível alemão fez uma curva a bombordo e posicionou-se a menos de um quilômetro da frota inimiga, pronto para contra-atacar.

Didieur Lacombe ergueu o binóculo e observou o leviatã de perto. Mesmo ferido, era um monstro assustador, imponente. O Majestät era uma visão maligna pairando acima das águas calmas e escuras rodeadas pelos cumes do Jbel Toubkal, do Ouanoukrim e do Domo de Ifni.

A batalha chegava ao seu clímax com os demônios do Magreb aguardando ansiosos pelo seu desfecho.

Capítulo 51
Domo de Ifni

Namira Dhue Baysan abriu os olhos, confusa. Pressionou o lenço de Young contra o ferimento aberto na barriga, tentando estancar o sangue que jorrava. Com esforço sobrenatural, começou a levantar-se. O calor corrosivo das chamas alastrando-se pelo convés do Majestät era insuportável e o ferimento latejava, começando a roubar as suas forças.

Soldados alemães corriam pelo convés em meio às explosões e às bombas de combustível que haviam se transformado em verdadeiros gêiseres de fogo.

Ao ouvir passos aproximando-se, a Opala do Deserto apanhou a MG08 e arrastou-se para trás dos escombros daquilo que um dia havia sido um biplano. Seus olhos arregalaram-se ao deparar-se com o corpo de um oficial alemão caído próximo à fuselagem. Esgueirou-se para debaixo do sujeito morto e aguardou até que o grupamento de soldados estivesse longe para deixar o esconderijo aliviada.

Com as batidas do coração aceleradas, verificou o pente de balas da metralhadora e teve uma expressão de desânimo. Começou a revistar o que restara do cadáver carbonizado e sorriu satisfeita ao encontrar sua Luger com algumas balas e a faca com o símbolo dos *afrikanischen Regimentskorps* em sua cintura.

De súbito, Namira contorceu-se. Sentia náuseas. Arqueou o corpo e vomitou. Sua cabeça girava feito um peão e sua garganta estava tão seca quanto as areias do deserto.

Exausta, a jovem tocou com os dedos o pingente em seu pescoço. O escorpião *djalebh*. O mecanismo que iria acionar o explosivo e colocar um ponto final naquele horror. "Preciso encontrar Young, *maudits*.

A jovem tunisiana agachou-se junto à fuselagem e caminhou em direção à cauda do biplano. Sorrateira, ergueu a cabeça e observou com uma expressão de escárnio os muitos corpos espalhados pelo convés. Seus olhos espremidos varreram todo o perímetro em busca de Young. Precisava agir, mas não sem antes ter a certeza de que estaria a salvo.

"Merde!"

De repente, todo o seu corpo foi tomado por uma onda de eletricidade:

— Rosenstock... — balbuciou a jovem, surpresa. Com olhos esbugalhados, avistou o general do *Kaiser* caído a menos de quinhentos metros, desmaiado entre as ferragens e as muitas carcaças metálicas.

Namira pressionou o cabo da Luger com os dedos machucados. Mais do que destruir o Majestät, queria matar o homem que lhe causara tanta dor. Tantas perdas. Precisava garantir que, acima de tudo, o monstro à sombra do portentoso dirigível alemão fosse destruído.

A jovem cortesã começou a caminhar em direção ao corpo do general, escorando-se nos escombros. A Luger em sua mão parecia pesar uma tonelada, enquanto o corpo insistia em desobedecer ao seu comando. Precisava chegar até o maldito.

— EU PRECISO MATAR VOCÊ! — gritou desesperada, sentindo as forças deixarem seu corpo.

Com o indicador trêmulo, o corpo dando sinais de exaustão e os olhos lacrimejantes, Namira Dhue Baysan apertou o gatilho. Contudo, errou o alvo.

— Maldito seja! — rangeu os dentes, lutando contra si mesma enquanto se esgueirava em direção ao general inconsciente numa nova tentativa.

De repente, ouviu alguém chamá-la pelo nome.

Namira sorriu aliviada e surpresa. Ben Young segurou-a antes que perdesse de vez as suas forças, tombando no solo embebido com óleo e sangue de muitos soldados.

— Achei que não o veria mais — sussurrou a dançarina, com uma expressão de dor.

Ben examinou o ferimento em seu abdome.

— O general... eu tenho de matá-lo...

Young voltou-se na direção de Rosenstock. Por um instante, viu-se inclinado a obedecê-la. Porém, seu instinto falou mais alto:

— Não há tempo. Precisamos sair deste lugar agora. E a menos que eu esteja enganado, Rosenstock não irá muito longe. Mas nós, sim.

Namira tentou sorrir ao ver aquela expressão por demais confiante de volta ao rosto de Young.

— Creio que sair daqui voando está fora de cogitação, *monsieur Young* — comentou irônica.

Ben riu baixo e passou o braço com cuidado pela cintura da jovem, afastando-se das chamas e indo em direção à plataforma externa do convés.

— Descobri um meio de sairmos daqui — disse Ben, debruçando-se sobre a plataforma. — Olhe. — apontou adiante.

Namira balançou a cabeça, confusa.

Ben mostrou-lhe os cabos de ancoragem na proa da nau:

— Podemos contornar o convés pela plataforma externa em direção aos cabos de ancoragem. Com a ajuda deles, assim que o dirigível estiver baixo o bastante, saltaremos...

Namira interrompeu-o com um gesto de irritação:

— Um momento, eu não estou entendendo nada. Saltaremos...? Você deve ter enlouquecido de vez.

Um sorriso charmoso ergueu o canto direito dos lábios de Ben quando o ex-batedor apontou o indicador e mostrou as águas escuras cercadas por montanhas bem abaixo deles.

— Olhe — disse empolgado. — Estamos sobrevoando o lago Ifni. O Majestät está perdendo altura com rapidez. Assim que estivermos baixo o bastante, usamos os cabos para deixar o convés. Você aciona o explosivo e nos atiramos juntos nas águas.

Namira debruçou sobre a plataforma e olhou para baixo com um sorriso incrédulo.

— Ficar dependurada no Majestät em meio a uma batalha aérea e saltar no vazio não é a melhor das ideias. Você deve estar louco.

Ben pressionou os seus ombros com as mãos e encarou-a, tentando ser o mais otimista possível.

— O lago tem uma boa profundidade. Com sorte, amortecerá a nossa queda.

— Com sorte? — ironizou Namira, mordendo os lábios e sentindo uma nova pontada em seu abdome.

Ben tomou-a pelos braços, falando com firmeza:

— Ou é isso, ou morreremos a bordo desta geringonça. De um jeito ou de outro, o Majestät será destruído. E eu não quero estar a bordo quando isso acontecer.

Namira mergulhou nos olhos de Young, surpresa.

— Está falando sério, não é? Você é mais louco do que eu supunha — disse em voz baixa. Olhou para os dirigíveis aliados no horizonte que tentavam aproximar-se da nau alemã e sussurrou junto a Ben. — Eles não conseguirão destruir o Majestät, *mon cher*. Acredite. Só há uma coisa a ser feita.

Ben Young encarou-a de perto, fixando seus olhos nos dela.

— Então não devemos perder mais tempo — sussurrou.

Namira balançou a cabeça. Voltou-se para o oficial em meio às ferragens retorcidas e titubeou:

— Mas... e Rosenstock?

Desta vez foi Young quem a interrompeu, aflito para dar o fora dali o quanto antes:

— Rosenstock não viverá por muito tempo. Você e eu estamos vivos, e eu pretendo continuar assim.

Young começou a caminhar pela plataforma externa do Majestät, levando com ele Namira Dhue Baysan.

***

Klotz von Rosenstock contorceu o corpo quando dois *korps* começaram a removê-lo de debaixo das ferragens. Levou a mão ao rosto onde a lâmina do maldito intruso do Mahdia atingira-o e reconheceu a gravidade do ferimento. Tentou puxar o ar com força, mas as pontadas provenientes das costelas que havia fraturado impediram-no de fazê-lo. Aturdido, foi amparado pelos *korps* que o ajudaram a levantar-se.

— General...

Rosenstock voltou-se de modo abrupto para o subtenente que o assistia.

— Temos ordens para tirá-lo do Majestät, *Herr General* — gritou o subtenente, aproximando-se ainda mais do general, para que este pudesse escutá-lo em meio aos sons da guerra.

Com um gesto brusco, Rosenstock livrou-se das mãos dos *korps* e encarou o oficial.

O subtenente engoliu em seco e desviou o olhar da carne retorcida que formava um vazio onde outrora houvera um olho na face esquerda do general.

Ignorando a dor, o general do *Kaiser* adiantou-se, furioso:

— Onde estão os prisioneiros? Eu quero a cabeça do rato do deserto — ordenou, olhando seu entorno, perplexo. — Droga! O maldito gibraltarino estava bem ali, na minha frente, pronto para ser abatido. Depois seria a vez da cadela! — De repente, a escuridão.

Rosenstock percebeu quando o subtenente desviou o olhar, disfarçando seu assombro.

— *Herr General*, tenho ordens para levá-lo ao compartimento de desembarque, onde um triplano o escoltará de volta a Dar es Salaam — insistiu o oficial.

Num gesto colérico, Rosenstock aproximou-se dele e apanhou-o pelo colarinho do jaleco:

— O que está dizendo, soldado? Só pode estar louco. Eu, abandonar o Majestät? Ordens de quem? Von Tirpitz... Moltke? — questionou, referindo-se ao almirante e ao chefe de Estado-Maior. Sabia a resposta.

Uma nova explosão sacudiu a estrutura do dirigível alemão.

Rosenstock cambaleou e segurou nas ferragens retorcidas para não cair, firmando seus pés. De repente, um ruído seco. A estrutura do Majestät rangeu feito um animal ferido, como se quisesse dizer algo ao seu criador.

O general olhou a sua volta, atônito. Vários triplanos alemães enfrentavam os aviões da Royal Force enquanto o seu portentoso Majestät investia contra a frota inimiga de forma feroz, feito uma presa acuada cercada por predadores.

— Malditos sejam! Mil vezes malditos! — urrou o general, com o olho esbugalhado fitando as chamas que consumiam todo o hangar.

Dos quatro canhões de cinco polegadas localizados no convés do Majestät, três haviam sido destruídos pelos torpedos inimigos. Pedaços de corpos mesclavam-se aos destroços atingidos pelas metralhadoras dos biplanos ingleses, enquanto uma chuva de morteiros começava a romper a estrutura da nau alemã. E mesmo com os canhões de retrocarga localizados na torre a noroeste falando alto, Klotz von Rosenstock não precisou de muito para constatar a dramaticidade da situação. Uma imensa ferida aberta em sua nau.

— Podemos escapar deste cerco. Somos mais fortes e rápidos do que esta corja — insistiu o general, mentindo para si mesmo.

Ferido e exausto, Rosenstock começou a cambalear em círculos, perdido, odiando-se pelo erro que jamais deveria ter cometido. Tocou de leve o corte profundo em seu rosto e pensou em Young, o Olho de Gibraltar.

— *Herr General* ...

A voz ansiosa do subtenente trouxe-o de volta à realidade.

— O capitão Richtofen escoltará pessoalmente o seu avião de volta à base.

Rosenstock encarou-o de soslaio com o olho sadio.

— Há sinais dos prisioneiros? — perguntou, enquanto cobria o ferimento no rosto com um lenço branco que acabara de retirar do bolso.

— Eles não sairão do Majestät com vida, *Herr General* — afirmou o subtenente empertigado.

Rosenstock fitou-o com uma expressão duvidosa:

— Pelo jeito, ninguém sairá.

Uma nova onda de calor, seguida por um estrondo ensurdecedor, tomou conta do convés. O Majestät reagia com firmeza às investidas inimigas, lançando seus projéteis em direção à flotilha aérea a estibordo.

Rosenstock observou a batalha no horizonte. Mesmo ferido, o Majestät lutava com bravura.

O general deixou escapar um suspiro baixo, absorto em sua própria melancolia.

— Muito bem. Que assim seja — sussurrou Rosenstock, falando com seus botões. — No fim das contas, não passamos de pequenas peças em um jogo sádico.

— *Herr General*, precisamos ir — interveio o subtenente, começando a demonstrar sua insegurança.

Rosenstock deu um sorriso triste.

— O Majestät é apenas o início. Muitos outros cairão, eu prometo. Sentirão o gosto do Sangue do Diabo. A bandeira da Alemanha tremulará acima de todas as outras.

Klotz von Rosenstock fechou o olho. A imagem de Namira Dhue Baysan surgiu diante dele. Um destino selado com sangue. O prazer. A dor. Enterrá-la no fundo da alma não seria fácil. Mas não seria a primeira e nem a última vez que teria de fazê-lo.

Rosenstock deixou o convés. Deixou para trás Namira Dhue Baysan e seu sonho chamado Majestät. Com ele, um pedaço da sua alma.

***

Acomodado na cabine de dois lugares do caça de reconhecimento alemão, Klotz von Rosenstock lançou um último olhar para o interior do seu portentoso Majestät antes da fuga inesperada.

Autorizado, o piloto da *jagdgeschawder* decolou na noite fria, iluminada pelos morteiros e rastros do fogo cruzado, voando baixo sobre as águas do Ifni para não ser visto pela frota inimiga.

Rosenstock devolveu a saudação ao bravo às Manfred von Richtofen quando o Barão Vermelho aproximou-se de seu avião e acenou em sua direção.

Com os canhões de estibordo do Majestät cuspindo fogo e atraindo a atenção dos inimigos à frente, os dois caças alçaram voo e seguiram em direção oposta à batalha, rumo ao Jbel Toubkal. Contornaram o enorme pico e afastaram-se ainda mais do alcance do fogo inimigo.

Rosenstock lançou um último olhar ao seu glorioso dirigível.

"Teria sido um grande espetáculo ver o Majestät despontar nos estreitos e surpreender toda a esquadra britânica", pensou o general.

Rosenstock apanhou o cantil que havia na cabine e limpou a garganta do gosto de sangue e frustração. Em seguida, fez uma última saudação em direção ao seu portentoso dirigível de guerra.

Assim como o Majestät, seu tempo ali havia acabado.

Capítulo 52

Lago Ifni – Província de Al Haouz,
dezoito de junho de 1914

— Você desce primeiro! — gritou Namira Dhue Baysan. A ferida na parte lateral de seu corpo latejava, formando uma crosta ao seu redor. A espiã acenou para Young com a Luger em punho. — Com este ferimento, não conseguirei me agarrar a estes cabos por muito tempo.

Ben voltou o olhar para a dançarina. Notou como a cor rubra começava a desaparecer dos seus lábios proeminentes. Seus olhos negros contrastavam ainda mais com a palidez de seu rosto.

Young escondeu o temor com um sorriso fingido e tentou demonstrar naturalidade, enquanto começava a desvencilhar os cabos de ancoragem e lançá-los no vazio:

— Não se preocupe, querida. — O ronco dos aviões na batalha aérea tornou-se insuportável. — Não vamos precisar nos segurar por muito tempo. De qualquer modo, eu estarei bem abaixo de você.

Namira deu um risinho irônico:

— *Oui.* Não imagina como isso é consolador.

— Tem alguma experiência em escalada? — perguntou Young, enquanto se apressava com os cabos.

— Um pouco tarde para perguntar, não é, *mon cher rat du désert?* — respondeu Namira, tentando quebrar a tensão.

— Não se preocupe. Não vou desgrudar dos seus calcanhares.

Uma nova onda de calor tomou conta do imenso vale rochoso.

Ben Young olhou assustado, a tempo de ver o biplano da Royal Flying Force, um AVRO 504, ser atingido pelas MG08 localizadas nas casamatas a bombordo e estibordo do Majestät.

O caça rodopiou, deixando um rastro de fumaça, e espatifou-se nas águas do Ifni.

Young gritou em direção à Namira, fazendo sinal para que se aproximasse ainda mais. A jovem obedeceu-o relutante, segurando firme em um cordame, temendo ser arrastada pela força do vento.

Ben passou um dos cabos de ancoragem por entre as suas pernas e puxou a ponta do cordame com força, contornando a sua coxa. Seus dedos fecharam-se em torno da talinga enquanto observava o abismo. As águas do Ifni estendiam-se feito um enorme tapete bem abaixo deles, com as chamas que tomavam conta do convés do Majestät vindo em sua direção.

O gibraltarino deu um impulso para trás e largou-se no ar, começando a descida.

De repente, uma salva de tiros obrigou Namira a recuar, buscando um abrigo.

A Opala do Deserto saltou sobre a plataforma e abriu fogo contra o *Fledermaus* que voava em sua direção.

Suspenso pelo cabo de ancoragem do dirigível alemão, Ben deu um grito desesperado quando perdeu Namira de vista.

O *Fledermaus* esquivou-se das balas de Namira com uma curva a bombordo e contornou a proa do portentoso dirigível de guerra alemão. A Opala do Deserto rangeu os dentes e aguardou por uma nova investida. O *Fledermaus* emergiu a bombordo e Namira abriu fogo, acertando precisamente o motor compacto em forma de projétil nas costas do soldado.

Ben Young balançou o corpo para o lado, chocando-se contra o casco do dirigível alemão. O *korps* passou rente a ele, rodopiando sem controle, com o projétil em suas costas soltando faíscas e já começando a pegar fogo.

— Namira! Namira! — gritou Ben, sentindo os braços arderem quando o vento sacudiu-o feito um pêndulo abaixo da proa do Majestät.

Ficou aliviado quando a Opala do Deserto despontou novamente sobre a plataforma.

— Os cabos... — apontou Ben, agitando os braços. — Passe-os por entre as pernas e mantenha-os alinhados ao corpo. Impulsione os joelhos contra o casco e desça bem devagar.

Namira Dhue Baysan moveu o corpo, hesitante. De repente, desviou os olhos de Young e fitou o horizonte com um olhar pesado.

Dois novos *Fledermaus* voavam em direção a eles. Aves de rapina mortais.

A jovem cortesã ignorou os berros desesperados de Young, resmungou algo e certificou-se de que ainda lhe restavam algumas balas na Luger.

***

Do convés do Corsaire, Didieur Lacombe deu um grito de espanto quando um *spahi* chamou a sua atenção, apontando para algo que balançava ao vento bem abaixo da proa do Majestät.

— Maldito camelo rabugento! — sussurrou o oficial francês, completamente atônito ao reconhecer Ben dependurado por um dos cabos de ancoragem da nau inimiga. — Rápido, envie uma mensagem ao *HMS Tiger* informando sobre Ben e Namira. *Ils sont vivants, Dieu merci.*

Dito isso, Lacombe saiu em disparada em direção à ponte de comando.

— Aumentar velocidade para dez nós. Informe o *Napoleon*. Aproximação a bombordo. Eu já posso imaginar como Ben e Namira vão sair desta arapuca.

— Senhor...

Um *spahi* aproximou-se trazendo uma mensagem.

— O *HMS Tiger* vai tentar uma aproximação pelo flanco direito.

Lacombe balançou a cabeça:

— *Oui.* Nós nos juntaremos a ele assim que Ben e Namira deixarem a embarcação. Informe Umar Yasin a bordo do cargueiro *Sanūsī*. Diga-lhe que fique de prontidão. Assim que obrigarmos o Majestät a recuar para Oeste, Yasin deve diminuir sua altitude e ir em direção ao Ifni. Uma boa pescaria o aguarda.

Lacombe tornou a erguer o binóculo, mas desta vez a visão não lhe pareceu tão agradável. Do ângulo em que estava, não conseguia enxergar Namira. Contudo, tinha uma bela visão da dupla de *Fledermaus* que voavam em direção ao amigo gibraltarino.

— Informe o *HMS Tiger*. Precisamos enviar um caça para afugentar umas moscas chucrute que estão se aproximando do Majestät. Posição onze horas Leste.

O *spahi* começou a transmitir as ordens de Lacombe, que, irrequieto, correu pelo passadiço principal em direção à proa do *Corsaire,* observando aflito o corpo de Ben dependurado do lado de fora do Majestät. Um alvo fácil para os malditos chucrutes voadores.

Um dos *korps* voadores, pronto para atacar o gibraltarino, rodopiou para o lado e abandonou o seu curso, mergulhando a estibordo do Majestät. Algo o havia atingido.

Lacombe ergueu os binóculos e percorreu com o olhar toda a plataforma externa do dirigível alemão, soltando um grito de espanto ao reconhecer Namira Dhue Baysan parada sobre a proa do Majestät, empunhando uma pistola.

— *Très bien, ma fille.* Agora saia daí — sussurrou Lacombe para si mesmo, assistindo à cena angustiado.

De súbito, um caça B.E.8 inglês surgiu pelo flanco esquerdo do Majestät e posicionou-se na retaguarda do *Fledermaus*, já bastante próximo de Ben. As rajadas da metralhadora da aeronave obrigaram o alemão a recuar. Com uma manobra audaciosa, o *korps* girou no ar e mergulhou, escapando da linha de fogo inimiga. O piloto inglês moveu seu manche e fez uma curva para trás, perseguindo o soldado voador. Assim que o avistou, ajustou sua metralhadora e tornou a disparar, desta vez acertando o alvo.

— Um belo pontapé no traseiro! — berrou Lacombe, eufórico. — Mas onde está o outro maldito chucrute voador? Algum sinal? — perguntou o oficial francês, vasculhando o céu à procura do inimigo.

O segundo em comando do *Corsaire*, que acompanhava os acontecimentos junto a Didieur, fez um gesto negativo.

— *Merde!* — resmungou irritado, voltando-se em direção à Namira. — Agora é a sua vez de sair daí — sussurrou.

Namira Dhue Baysan havia se inclinado em direção ao cabo de ancoragem que sustentava Ben. Além da Luger, a Opala do Deserto trazia uma adaga na outra mão.

Didieur franziu o cenho ao ver a jovem esgueirando-se ainda mais em direção a Young, desta vez com a lâmina em riste.

— *Mas que diabos...?*

***

— O que você está tentando fazer? — gritou Ben Young confuso ao ver Namira agachar-se junto aos encordoamentos para friccionar a lâmina contra o cabo de ancoragem a que estava agarrado.

Namira não respondeu. Continuou manuseando a faca sem olhar para o companheiro.

Aturdido, Ben Young reuniu forças e começou a subir em direção à jovem.

— Não faça isso, *monsieur* Benjamin Young! — reagiu a cortesã, levantando-se de forma abrupta e apontando a Luger para Ben. Seu olhar, antes sedutor e doce, ganhou uma sombra ameaçadora.

Ben ignorou a dor que sentia nos braços e cravou suas unhas no cabo de ancoragem, fitando a jovem surpreso.

— Namira, ouça... — disse Young confuso, engolindo em seco quando a jovem engatilhou a arma. — Você está em estado de choque. Desça até aqui bem devagar. Não tenha medo. Assim que eu der o sinal, saltamos juntos e você explode esta coisa de uma vez. Confie em mim.

Namira soluçou e afastou as lágrimas dos olhos, mirando firme em Young:

— Você não pode esperar mais, *mon cher rat du désert* — respondeu a jovem com um sorriso pesaroso. — Já fez muito até aqui, Ben Young. Morrer neste inferno não é o seu destino.

— E nem precisa ser o seu — argumentou Ben.

Namira balançou a cabeça, querendo escapar do olhar de Ben:

— Salte agora, *monsieur* Young, e tenha uma boa vida.

Ben rangeu os dentes, agarrando firme no cabo que o sustentava, sem desviar a atenção da jovem:

— Começamos isto juntos e vamos terminar juntos. Vai ter que fazer melhor do que isso se quiser me matar.

— Matar você? Não seja estúpido, Olho de Gibraltar. Você foi um acontecimento inesperado. Um feliz acontecimento. Mas não é o seu destino morrer aqui — balbuciou Namira, encarando o gibraltarino com um olhar desesperançado.

— Mas que droga! — explodiu Young, numa reação colérica. — Afinal de contas, que diabos está acontecendo aqui? — protestou, dirigindo a Namira um olhar confuso.

Namira não reagiu com surpresa à fúria de Young. Balbuciou algo em voz baixa como se estivesse buscando as palavras certas para dizer e fitou de volta o gibraltarino com uma expressão abatida:

— Os explosivos na sala das máquinas. O meu detonador só poderá acioná-los se eu estiver dentro de um determinado raio de ação.

— Não! — protestou Young, tomado pelo desespero. — Acione estes malditos explosivos assim que saltarmos.

Namira deixou escapar um sorriso melancólico. Os músculos da face pareciam ter pedido o tônus. Queria segui-lo, mas jamais deixaria de lado o seu maior objetivo. Destruir Rosenstock e, com ele, a sua criação. Conhecer Ben Young nunca fizera parte dos seus planos. Maldito seja o destino!

— A explosão dos tonéis de diesel e das caldeiras dará origem a uma destruição em cadeia. Em poucos segundos, o Majestät será consumido pelo fogo — Namira fez uma pausa e levou uma das mãos ao ventre, franzindo o cenho de dor, antes de prosseguir. — Além disso, o meu ferimento...

Ben não a deixou terminar a frase:

— Deixe-me subir de volta e tirá-la daqui em segurança.

Namira balançou a cabeça com uma tristeza que nublava as suas feições. Sentindo-se fraca e cheia de dor, apoiou uma das mãos no corrimão da plataforma, lutando para manter-se em pé. Fitou Ben com um sorriso irônico:

— Segurança é uma palavra que não cabe neste cenário, *mon cher Ben*. A explosão será imediata e devastadora. Seremos consumidos pelo fogo antes mesmo que possamos tocar as águas do Ifni. Eu não posso arriscar que morra.

Ben deu uma risada desesperada:

— Não acha que é um pouco tarde para isso?

De repente, um novo estrondo sacudiu o Majestät, fazendo Ben Young balançar feito um pêndulo. Um torpedo francês acabara de passar a poucos metros, raspando o flanco esquerdo da nau alemã.

O Majestät moveu o casco para a esquerda e disparou em resposta, errando por pouco o seu alvo.

Ben olhou em torno e reconheceu ao longe o Corsaire de Didieur. O dirigível, com a bandeira da França tremulando no mastro, bem acima do seu imenso balão oblongo, liderava a sua esquadra avançando pelo lado oeste. Biplanos ingleses voavam junto às outras naus, lutando para manter os aviões inimigos longe de seus enormes balões de sustentação.

— Olhe, é Didieur quem se aproxima! — gritou Ben, chamando a atenção da jovem, na tentativa de acalmá-la. — Na certa, já deve ter nos visto. Assim que saltarmos, eles nos...

— Ouça, *mon brave rat du désert* — interrompeu Namira, ofegante. — Minha missão sempre foi eliminar Rosenstock tão logo eu descobrisse sobre a sua operação secreta. O Majestät. E assim que este maldito dirigível decolou da base *sawda'*, eu soube que jamais sairia daqui com vida.

Ben balançou a cabeça e encarou a jovem com um olhar incrédulo:

— O que está dizendo? — balbuciou.

Os olhos de Namira encheram-se de lágrimas

— Este é o meu destino. Deter Rosenstock. Destruir a sua maldita criação. Deixe-me cumpri-lo! — vociferou, começando a perder o controle.

Ben estendeu uma das mãos em sua direção, procurando acalmá-la. Desesperado, tentou afastar a ideia absurda da cabeça da jovem:

— Ouça, a frota poderá se encarregar disso, Namira. Já fez o bastante. Olhe a sua volta. Os alemães não conseguirão resistir por muito mais tempo! — gritou Young, tentando ser ouvido em meio à sangrenta batalha aérea que acontecia em torno do imponente dirigível do *Kaiser*.

Namira deu um sorriso amargo. Seus olhos passaram de Young para as muitas aeronaves que rodopiavam em meio à perseguição desenfreada e para os dirigíveis que buscavam aproximar-se do Majestät.

— Está enganado, Benjamin Young — suspirou, exausta. — Mesmo ferido, o Majestät é capaz de surpreender a todos, acredite. Eu preciso destruí-lo. E com ele, Klotz von Rosenstock.

Ben Young chacoalhou seu corpo no ar, furioso:

— Mas a que preço, Namira Dhue Baysan?

Tomada por um sentimento sombrio, a exuberante Opala do Deserto suspirou e fitou Ben com os olhos cheios de lágrimas:

— Um preço bastante alto. O preço de muitas vidas, *mon cher rat du désert,* mas não a sua.

A Opala do Deserto fez uma pausa. Depois, mergulhou nos olhos de Benjamin Young, entregando-lhe um último sorriso:

— Queria tê-lo conhecido muito antes de tudo isso. Antes mesmo da Opala do Deserto e desta vida miserável.

Ben sentiu uma pontada no peito.

— Não precisa acabar assim — gritou Young, desalentado.

Namira limpou os olhos lacrimosos.

— *Monsieur* Benjamin, o Majestät é apenas o começo — suspirou, taciturna.

A Opala do Deserto apontou os olhos para os imensos cumes do Atlas. Naquele instante, a noite lhe pareceu linda, com muitos pontos luminosos que se perdiam na imensidão do céu. Pensou no seu amado deserto. Seu céu salpicado de estrelas com a lua iluminando suas dunas.

— Não há lugar mais lindo do que o mar de areia — soprou, voltando-se para o Olho de Gibraltar. Uma lágrima escorreu pelo seu rosto.

Ben tentou reagir ao ver o fim estampado nos olhos negros da mulher que amara desde o primeiro instante. Gritou o seu nome como se quisesse deixá-lo impresso nas rochas, nas águas, nas cadeias e picos mais altos e no deserto mais distante.

Namira apontou a Luger e disparou.

Benjamin Young sentiu a pressão quando o projétil, descarregado com extrema precisão, passou raspando seu ombro já ferido durante a batalha no deserto. Seus batimentos cardíacos dispararam quando o seu corpo foi arremessado para trás. De repente, seus dedos das mãos perderam a força e os braços ficaram leves, com o Majestät transformando-se em um borrão distante perdido em meio às chamas e ao som das explosões.

Young mergulhou no vazio.

Sentiu quando o corpo tocou a água. A batida seca e a dor das costelas partindo-se, enquanto o mundo girava diante dos seus olhos. Em seguida, o silêncio. Seu corpo foi tragado pelas águas frias do Ifni, que o acolheu como se tivesse retornado ao útero materno.

O borrão negro no céu logo desapareceu feito uma miragem. E com ele, Namira Dhue Baysan.

Ben Young fechou os olhos e adormeceu tragado pelas águas cor de esmeralda.

***

Namira Dhue Baysan puxou o ar com força e sentiu os pulmões arderem. Seus olhos cheios de lágrimas acompanharam Young sendo engolido pelas águas escuras, cercadas pelos Jbel Toubkal, pelo Ouanoukrim e pelo Domo de Ifni.

De súbito, um ruído grave, como se ferragens despencassem em sua direção, a trouxe de volta ao inferno.

Namira soltou o ar e olhou sobre o ombro o *Fledermaus* que acabara de pousar bem atrás dela, empunhando uma MG08.

— *Stopp!* — ordenou o soldado.

Namira não esboçou qualquer reação. Permaneceu de costas para o sujeito, observando de esguelha o estranho soldado metido naquela armadura com um motor compacto acoplado na parte de trás.

A dançarina e espiã cruzou os braços na altura dos seios, mantendo em sua mão direita a Luger ainda exalando o cheiro de pólvora queimada, longe das vistas do inimigo. Com o indicador esquerdo, tocou uma das presas do escorpião em seu pingente, pressionando-o de leve. O escorpião *djalebh*. Em seguida, a jovem dançarina dirigiu-se ao soldado, questionando-o em sua língua natal num tom calmo:

— Sabe, soldado, em minha aldeia há um ditado que diz: "O tempo é para nós como o vento que carrega as areias do deserto". De uma forma ou de outra, um dia todos nós seremos arrastados por ele. A questão é — fez uma breve pausa antes de prosseguir — para onde o vento carregará seus pequenos grãos de areia?

O soldado titubeou e recuou apreensivo.

— Está mesmo pronto para descobrir? — questionou a Opala do Deserto, fitando o algoz com um sorriso provocador.

Com um ou dois projéteis ainda sobrando no interior da câmara da pistola, Namira Dhue Baysan pressionou o gatilho da Luger e limitou-se a sorrir.

Capítulo 53

Centro Médico Militar — Tânger, vinte de junho de 1914

Benjamin Young abriu os olhos. Confuso e com a cabeça latejando, tentou mover-se, mas uma pontada na altura do peito impediu-o de levantar-se da cama. Bandagens apertavam as costelas fraturadas e um curativo tampava a ferida no ombro onde havia sido tocado pela lâmina de Jafar Adib e pelo tiro disparado pela Opala do Deserto.

Aos poucos, imagens começaram a brotar na mente de Ben Young. O Majestät transformando-se em uma mancha escura distante, levando com ele Namira Dhue Baysan. A dor, o desespero e, enfim, o silêncio.

Ben desviou o rosto, protegendo os olhos dos raios de sol que entravam pela fresta na janela entreaberta na parede lateral. Notou os vultos sentados no canto da sala, conversando em voz baixa.

Ao ver o amigo despertar, Didieur Lacombe deu um salto em sua direção, falando alto demais para um ambiente que exigia o mínimo de barulho.

— Que Alá o abençoe, maldito camelo rabugento! Por um momento, achei que o perderíamos de vez.

Ben balançou a cabeça e franziu o cenho de dor ao tentar mexer-se.

— Embora seus ferimentos apresentem pouca gravidade, de acordo com o boletim médico, a pancada ao mergulhar nas águas do Ifni foi grande o bastante para lhe causar uma bela concussão. *Oh, mon dieu!* — riu alto, exultante. — Eu nem acredito que estamos juntos.

Ben tossiu uma tosse seca, querendo se livrar do gosto ruim de pólvora e óleo queimado que ainda impregnava sua garganta. Quis dizer algo, mas o amigo francês não deixava, gesticulando as mãos, cofiando os bigodes e tocando-o com cuidado enquanto circundava o seu leito falando sem parar um minuto sequer.

Umar Yasin também se aproximou. Seus olhos encheram-se de lágrimas ao tocar o ombro do gibraltarino. O velho companheiro do deserto começou a resmungar uma reza ou algo parecido. Ben retribuiu o sorriso e apertou com força a mão do berbere, seu irmão das areias, fitando-o em silêncio, desejoso de que o amigo pudesse despertá-lo daquele sonho ruim. Um sonho que havia levado Namira.

Umar apanhou o copo que havia na cômoda ao lado da cama e encheu-o com água fresca, oferecendo-a a Ben, que sorveu num gole só.

— Onde diabos eu estou? — perguntou Young, com a voz fraca, sentando-se na cama com a ajuda de Didieur.

— Calma... — sussurrou Lacombe, menos eufórico. — Você esteve dormindo por dois dias. Estamos de volta a Tânger, a salvo.

Ben levou a mão direita à cabeça, sentindo-se ainda zonzo.

— Dois dias? — murmurou, entrelaçando os dedos da mão nos cabelos amarrotados. — Dois dias desde o Atlas? E quanto ao dirigível alemão? Eu... — balbuciou, confuso, fazendo uma pausa ao notar a estranheza no olhar do francês.

Umar trocou um olhar apreensivo com Didieur, dirigindo-se a Young num tom de voz inseguro.

— *Sayid*... — começou a dizer Umar com as palavras que resistiam em sair da sua boca — Eu... hum...

— Sem rodeios, Umar — resmungou Ben, impaciente.

— Sim... Claro... É que...

— O Majestät foi destruído, *grâce au bon Dieu* — interveio Didieur lépido. — Ainda não sabemos bem quem o acertou, nós ou os ingleses. Contudo, algo o atingiu, causando uma explosão em cadeia. Pouco depois de você mergulhar nas águas frias do Ifni, o maldito explodiu de dentro para fora — finalizou o capitão francês, tomando cuidado para não parecer animado demais.

— Namira... — soprou Ben, com uma expressão embotada, consciente do que aquilo significava.

Lacombe limpou o suor da testa com um lenço branco e desviou o olhar de Ben, tentando não aparentar a sua tristeza.

— Não encontramos nenhum sinal de madame Dhue Baysan.

Young não pareceu surpreso.

Lacombe franziu a testa e ouviu atento enquanto Young descrevia os acontecimentos. O plano de Namira Dhue Baysan. O explosivo na sala das máquinas. O detonador escondido na forma de um escorpião em seu pingente e a sua missão junto ao *bureau* inglês, que acabara tornando-se uma cruzada pessoal.

— Imagino que Namira não tenha entrado em detalhes nem mesmo com você — comentou Ben, dirigindo-se a Umar Yasin.

Umar sacudiu a cabeça, surpreso.

— Após conseguir juntar informações e provas contra Rosenstock, Namira deveria deixar Tânger. Com a ajuda de agentes do *bureau*, assim que desembarcasse na Tunísia, a Opala do Deserto se separaria da delegação alemã e partiria em uma falsa excursão, desaparecendo das vistas do general alemão — bufou Umar, inconformado.

Ben arriscou um meio sorriso triste.

— Parece que Namira não foi tão fiel assim às ideias do *bureau*, meu bom Umar.

Didieur fitou Young com um olhar intrigado.

— O que quer dizer?

Ben dirigiu-se ao amigo com um ar desapontado:

— Namira nunca pretendeu deixar Rosenstock para trás. Ela me pareceu bastante decidida a dar cabo da vida do sujeito. Descobrir sobre o veneno e o Majestät não era a sua única intenção. Mas assim que decolamos do *kasbah sawda'* a bordo da nau, o destino nos colocou em uma verdadeira jaula.

— Mas ela poderia ter saltado, assim como você — disse irritado Didieur, ouvindo atento toda a história e soltando um palavrão quando Ben explicou-lhe sobre o alcance do detonador no pingente de Namira.

— Está dizendo que Namira Dhue Baysan...? — bufou Lacombe, cofiando os bigodes com força, interrompendo sua fala, descorçoado.

— No final, ela entendeu que, se quisesse levar a sua missão a cabo, jamais poderia deixar o Majestät. — disse Ben, pesaroso.

— Ora, diabos! Nós daríamos cabo dele — afirmou Didieur, fazendo um gesto com as mãos, inconformado com o trágico destino que a jovem escolhera.

— Não de acordo com ela, Didieur — respondeu Ben, abatido.

Young sorveu mais um pouco de água e soltou o ar dos pulmões com bastante calma, começando a sentir-se um pouco menos zonzo. Quando tornou a encarar o capitão francês, havia uma interrogação nos seus olhos. E mesmo já supondo qual seria a resposta à sua pergunta, não se conteve:

— Sabe se ela...?

Didieur Lacombe mordeu os lábios num gesto tenso e respondeu sentindo-se mal ao eliminar um último resquício de esperança que ainda havia nos olhos tristes do gibraltarino:

— Infelizmente não. Se a coisa toda aconteceu como acabou de descrever, então eu sinto em lhe dizer que Namira... Bom... Eu... — gaguejou, voltando-se para Umar como se estivesse pedindo ajuda.

— Namira está morta. Ela nunca deixou o Majestät — afirmou Ben.

Um silêncio perturbador tomou conta da enfermaria, quebrado apenas pelo som dos muitos médicos acompanhados por enfermeiros e soldados moribundos que transitavam pelos corredores do hospital militar.

— Ainda não acabou, Didieur — disse Ben, quebrando aquele pavoroso silêncio. — Namira acreditava que o Sangue do Diabo e o Majestät eram apenas a ponta de um *iceberg* bem maior.

Didieur franziu a testa e encarou o amigo, balançando a cabeça, pensativo.

— É preciso levar o *Kaiser* ao Conselho de Guerra Europeu — continuou Ben, com uma expressão firme.

Lacombe soluçou algo inaudível e voltou a caminhar de um lado para o outro na sala. Apanhou um cigarro e ofereceu outro a Ben, que pareceu aliviado depois de dar um bom trago.

— Não vai ser fácil — afirmou o capitão francês, introspectivo, soprando a fumaça para longe e franzindo o cenho. — Com a destruição do Majestät, nos restaram poucas evidências capazes de gerar uma investigação oficial que leve o *Kaiser* ao banco dos réus. O sistema de inteligência alemão foi bastante rápido ao informar o *Quai d'Orsay* sobre um suposto ataque. Alegaram que duas das suas fragatas e um cargueiro vindo de Dar es Salaam foram abatidos na região do Atlas, muito provavelmente pelo mesmo grupo rebelde que teria destruído o dirigível prussiano Reichsadler.

Os músculos do maxilar de Ben retesaram-se.

Lacombe prosseguiu:

— Mesmo as informações que Namira obteve não são suficientes para que possamos levantar tal acusação. É como se a batalha do Atlas nunca tivesse acontecido. É claro que o *bureau* inglês está negociando com cautela para que o *Foreign Office* possa agir sem ser acusado de espionagem.

— O Sangue do Diabo — afirmou Ben.

Lacombe balançou a cabeça.

— É preciso mais do que isso para comprometermos o *Kaiser*. Na indústria química existem vários compostos com um nível de perigo semelhante. Contudo, é necessário mais do que a amostra que Namira conseguiu para provar que a Alemanha o estava utilizando para o desenvolvimento de uma arma química. O Majestät seria a prova disso. Neste ponto, os alemães se saíram bastante bem.

Ben inclinou o corpo para a frente e levantou-se com a ajuda de Umar. Precisava esticar as pernas enquanto assimilava toda a informação.

— E quanto ao governador? — perguntou, referindo-se a Lyautey.

Didieur não pareceu muito animado ao responder:

— O governador Lyautey está tentando contatar o administrador Bernhard Adler para saber algo sobre o caso. Mas o secretário-chefe do chanceler imperial, aquele metido fedorento do von Rademacher, não parece muito disposto a dar informações sobre o paradeiro de Adler. Dizem que, após retornar a Berlim, o administrador teria viajado na companhia de uma donzela de um dos muitos cabarés da cidade, a bordo de um cruzeiro particular.

Ben resmungou, levou o cigarro à boca e soprou a fumaça para longe.

— De qualquer modo, o Major Coldwell está trabalhando para reunir todas as informações obtidas até aqui. Assim que possível, o *Foreigner Office* e o *Quai d'Orsay* enviarão ao alto Conselho...

— Assim que possível poderá ser tarde demais, Didieur — interveio Ben, mostrando uma irritação inaudita. — Namira estava certa. Os alemães preparam-se para uma guerra. Tenho a impressão de que embora o Majestät tenha sido destruído, seus generais levarão a cabo tal ideia. Lembre-se... — fez uma pausa, aproximando-se do amigo e fitando-o de perto — Sarajevo. É preciso descobrir o que há por trás das mensagens que Namira conseguiu roubar. O Majestät deveria estar de prontidão assim que algo acontecesse...

— Calma, Ben — pediu Lacombe, apoiando suas mãos nos ombros do amigo e ajudando-o a equilibrar-se. — Você ainda não está em condições. Meus homens estão investigando.

— Imagino que sim — concordou Ben, apagando o cigarro no cinzeiro que havia sobre a mesa de cabeceira.

Com a ajuda de Umar, Ben Young caminhou até a janela e observou a paisagem do lado de fora. Homens, mulheres e crianças perambulavam pelas ruas de Tânger em meio à tradicional cacofonia de vozes dos mercadores ambulantes imersos na paisagem bucólica. Por um instante, foi como se Young tivesse voltado no tempo – ao dia em que chegara na cidade antes do assassinato de Idris Misbah. Antes de conhecer Namira Dhue Baysan.

Pensativo, o gibraltarino fixou um olhar melancólico em seu amigo francês:

— Namira explicou algo sobre as inscrições na mensagem alemã. A respeito de um certo período, ou melhor dizendo, algo a ver com decanatos.

— *Oui* — concordou Didieur, fitando o amigo, intrigado. — Também estamos averiguando sobre isso e...

Ben interrompeu-o com um gesto de mão:

— De acordo com Namira, o primeiro decanato do signo de câncer tem início no final do sexto mês — explicou Young. — Rosenstock teria comentado sobre algo que surpreenderia os seus inimigos. E o maldito não parecia estar se referindo ao seu dirigível de guerra.

Lacombe franziu as sobrancelhas:

— Decanatos, zodíacos, ahhhhhhhhhh — bufou irritado. — Ainda estamos seguindo o rastro do oficial mencionado pelos alemães, Schultz. Herman Schultz. Um coronel do sistema de contraespionagem, membro honorável da *Kaiserliche Marine*. Quanto às iniciais que aparecem na mensagem, D.F.F, ainda não temos uma pista. Pode se tratar de um oficial alemão de alta patente ou algo parecido. Mais um agente de Rosenstock.

— É possível que o *Kaiser* esteja se preparando para mexer em um vespeiro, da mesma forma que fez com o Marrocos. Desta vez, Sarajevo — pensou Ben em voz alta. — Aproveitando do descontentamento entre sérvios e austríacos para declarar guerra, surpreendendo os seus supostos inimigos antes mesmo de poderem declarar apoio... — Young não completou a frase.

Lacombe franziu a testa. Uma veia azulada saltou em seu pescoço.

— Sarajevo, terroristas sérvios e uma possível aliança com os turcos. Maldito seja este quebra-cabeças do inferno.

Ben Young deu um sorriso conspiratório e apontou para o calendário pendurado ao lado do relógio na parede, bem na entrada da enfermaria:

— Seus homens têm uma semana para encontrar as respostas, Didieur.

— Malditos chucrutes — soprou Lacombe, contraindo a mandíbula. — Os ingleses também estão averiguando. De acordo com o Major Coldwell, seus agentes na Turquia interceptaram novas mensagens entre Berlim e Dar es Salaam. Acredito que em pouco tempo teremos novidades. A propósito... — Didieur fez uma pausa, trocando um olhar estranho com Umar Yasin.

Ben percebeu como o amigo gesticulava as mãos com ansiedade, parecendo constrangido ao encará-lo.

— Eu... eh... bom... — gaguejou Didieur, dando um último trago no cigarro e soprando a fumaça para longe. — Acontece que... — pigarreou nervoso. — Fomos informados de que Klotz von Rosenstock escapou com vida do Majestät. O maldito está de volta à base em Salaam.

Ben deu um sobressalto, sentindo a cabeça latejar de dor.

— O quê? — questionou indignado.

— O oficial foi retirado do Majestät antes de sua destruição e levado de volta para Dar es Salaam, a bordo de um avião escoltado pelo seu melhor piloto.

Ben Young apoiou uma das mãos no parapeito da janela. Sentiu as mãos de Umar tocarem os seus ombros num gesto de consolo. Seus olhos encheram-se de lágrimas ao lembrar das palavras finais de Namira. Sua determinação em cumprir uma promessa que havia feito para ela mesma. Eliminar o monstro. Por fim, seu sacrifício.

Ben esmurrou o batente da janela com os punhos.

— Ben...

Young não reagiu ao chamado de Didieur. Uma sombra apoderou-se do seu espírito e nada mais pareceu fazer sentido. Com a cabeça baixa, o Olho de Gibraltar mergulhou no silêncio, deixando as lágrimas correrem pelo seu rosto.

Capítulo 54
Hotel El Khaleb, vinte e um de junho de 1914

Ben Young deu um último gole em seu uísque e acendeu um cigarro. Um garçom aproximou-se de sua mesa trazendo em uma bandeja três xícaras de porcelana e um bule de prata com o melhor café marroquino. Young agradeceu ao sujeito simpático e sorveu a bebida, voltando-se para os amigos Didieur e Umar, que o acompanhavam em sua última noite em Tânger.

O Olho de Gibraltar partiria pela manhã rumo ao Egito, onde era aguardado por um mercador que contava com a *Gibraltar Guide & Commercial Routes* para conduzi-lo em segurança até Zanzibar. Pelo menos fora essa a desculpa que Ben encontrara para que Didieur desistisse de tentar persuadi-lo a ficar na cidade por mais tempo.

— Nada melhor que o deserto para curar certas feridas — brincou Young, sendo sincero e tentando não parecer melancólico demais.

— O governador teria um imenso prazer em tê-lo conosco. Para um capitão *spahi* como eu, comandar também a *gendarmerie* não é nada fácil. Sabe como é... Alguém com a sua experiência seria de grande valia para me ajudar com tudo isso. E Lyautey aprova...

Ben divertiu-se com as caras e bocas que Didieur fazia enquanto falava, tentando manipulá-lo.

— Vejo que já arranjou tudo, não é mesmo? Ninguém melhor do que um francês intrometido para cuidar das nossas vidas — riu Young, dirigindo-se a Umar num tom de deboche.

Didieur ignorou o comentário e soltou um palavrão sonoro antes de prosseguir:

— Além do mais, Coldwell demonstrou um grande interesse em você. O *bureau* inglês... — O oficial francês interrompeu a fala ao notar a estranheza no semblante do amigo ao mencionar o *bureau*. — Desculpe-me, *mon ami*. Eu não quis dificultar ainda mais o seu sofrimento. Imagino o que deve estar sentindo com a morte de Namira Dhue Baysan.

Ben fitou o amigo com uma expressão abatida e um sorriso morno.

Lacombe começou a gesticular as mãos freneticamente, como se assim pudesse espantar a tristeza daquele olhar:

— Mas nós três sabemos que nada do que eu disser aqui vai fazê-lo mudar de ideia. Afinal, é praticamente impossível dobrar um camelo rabugento feito você — brincou Didieur, deveras exaltado, trazendo de volta o sorriso ao rosto dos dois.

— Sentirei a sua falta, *mon ami* — disse Young. — E a sua também, Umar Yasin — completou, voltando-se para o berbere. — O homem que salvou a minha vida mais de uma vez.

Umar levou uma das mãos aos olhos:

— Pare com isso ou vou acabar concordando com o capitão Lacombe — resmungou Umar emotivo, sorvendo a bebida quente de uma vez antes de prosseguir. — Jamais me esquecerei da nossa jornada juntos, Olho de Gibraltar, meu irmão das areias.

— Nem eu, Umar. Jamais me esquecerei da honra que foi lutar ao seu lado — respondeu Ben, retirando um envelope do bolso do seu casaco e entregando-o ao berbere. — Tome, isto aqui é para você. Uma ordem de pagamento.

Umar reagiu com indignação, mas Young conteve-o:

— É um presente. Tenho certeza de que Namira concordaria. Didieur poderá ajudá-lo com isso. Tem o bastante para você deixar de vez esta vida de espião e abrir um bom comércio em um destes *souks* na região. Viva feliz, encontre uma boa mulher, crie filhos e engorde — riu Young, vendo a emoção brotar no semblante do amigo.

— Eu bem que seria de boa ajuda na sua *Gibraltar Guide & Commercial Routes* — soprou Umar, enxugando os olhos.

— Sem dúvida, Umar. Mas creio tê-lo arrastado pelo deserto por tempo demais. Contudo, se um dia eu precisar de um excelente guia, sei quem procurar — sorriu Young.

Didieur acenou para o garçom, dirigindo-lhe uma piscadela. O sujeito aproximou-se, conforme o capitão havia combinado, trazendo com ele um grande embrulho nas mãos. Lacombe agradeceu mais uma vez, apanhou o pacote e entregou-o a Ben.

— Minha velha Winchester — disse Young, surpreso ao rever sua arma. Didieur apoiou os cotovelos sobre a mesa e disse orgulhoso:

— Umar havia comentado como fora danificada durante a batalha nas Areias de Fogo. Com a ajuda de um artesão perito, pudemos recuperá-la para você.

Ben empunhou o rifle que ainda trazia na coronha uma pequena marca como resultado do golpe que havia desferido contra Jafar Adib.

— Uma boa lembrança — sussurrou, tocando de leve a coronha da arma e guardando-a em seu estojo de couro.

Didieur ignorou o café e pediu mais uma rodada de bebida. Desta vez, conhaque, para acompanhar os charutos. Uma cortesia do governador.

— Pelo menos, poderia me deixar acompanhá-lo até a fronteira — insistiu Didieur.

Ben dirigiu ao amigo um leve sorriso. Balançou a cabeça:

— Não se preocupe. Antes de partir, pretendo visitar uma amiga.

Lacombe franziu a testa.

— Madame Sombre — disse Umar, em tom de pergunta.

Ben confirmou com um aceno.

— Parte da missão de Namira Dhue Baysan só foi possível graças à ajuda desta intrigante mulher.

— Assim como nós, *sayid*, Sombre é uma guerreira do deserto — sorriu Umar, referindo-se à *etíope* com grande admiração.

— Eu sei, Umar — concordou Young. — Alguém especial, sem dúvida.

***

Ben Young acompanhou seus amigos até o Peugeot estacionado na entrada do *El Khaleb*, onde um motorista vestindo uniforme *spahi* aguardava-os.

— Muito bem — começou a dizer Young, escondendo a melancolia por trás do falso sorriso. — Acho que nos separamos aqui.

Lacombe voltou-se para o gibraltarino com uma expressão tristonha:

— Eu já estou com saudades, *mon ami* — disse o capitão, tentando sorrir e dando um tapinha de leve no ombro de Young. — Sabe onde me encontrar, não é mesmo?

Ben respondeu com um aceno de cabeça e um sorriso apático.

— E não se esqueça de enviar notícias suas — prosseguiu Lacombe, apoiando as duas mãos nos ombros do amigo. — Quero saber de cada passo seu por este maldito deserto, ouviu bem?

Lacombe puxou o amigo e abraçou-o com toda a sua força. Dramático, não se importou muito quando as lágrimas brotaram em seus olhos.

— Obrigado, Ben. Eu não teria conseguido sem você — sussurrou o oficial, largando o amigo. Apanhou um lenço branco e assoou com força o nariz, fazendo um som burlesco.

Young riu baixo. Admirava a capacidade que Didieur tinha de tornar momentos como aquele em algo engraçado.

— O mundo precisa de homens como você, seu velho chorão — disse Young sorrindo, despedindo-se do amigo com um aperto de mão.

Lacombe balançou a cabeça emotivo e afastou-se em direção ao carro que os aguardava.

Em seguida, o gibraltarino voltou-se para Umar, estabelecendo com ele uma comunicação silenciosa. Nada do que dissessem poderia aliviar a dor ou descreveria o sentimento de irmandade que sentiam um pelo outro, após terem vivido juntos aquela longa aventura.

Umar aproximou-se e estendeu a mão direita, tocando de leve o peito de Ben.

— Irmão das areias, ela estará sempre aqui com você — disse taciturno, referindo-se à Opala do Deserto. — E eu, seu irmão *Djalebh*, estarei ao seu lado, Olho de Gibraltar.

Ben dirigiu-lhe um último sorriso. Não aquele sorriso costumeiro, seguro demais, mas um sorriso sem alegria, ao mesmo tempo agradecido por Alá ter colocado o berbere em seu caminho.

— Vamos nos encontrar novamente — finalizou Umar, seguindo Lacombe e entrando no interior do veículo.

— Um dia, meu bom Umar Yasin. Um dia — sussurrou Young.

Benjamin Young permaneceu diante do hotel até o Peugeot que levava Didieur e Umar desaparecer pelas ruas de Tânger. Ainda assim, recusou-se a entrar. Sentou-se na soleira da calçada e acendeu um cigarro, admirando as silhuetas das muitas mesquitas que enfeitavam o horizonte, apontando para as estrelas que cintilavam no céu. Lembravam o contorno de deusas em meio a um balé, espalhando no ar o aroma das rosas que brotavam naquela época do ano.

A noite estava linda, com uma brisa que tocava o seu rosto de forma suave e morna.

"A Opala do Deserto teria gostado disto", pensou Young. Do frescor da noite, do silêncio e das rosas de Tânger.

Capítulo 55

A Casa de Vênus, vinte e um de junho de 1914

Madame Sombre retirou da bolsinha aveludada os pequenos ossos de coruja, chacoalhou-os nas mãos e jogou-os sobre a mesa. Sentado diante dela, Ben Young observou em silêncio, desta vez, com uma expressão despreocupada.

— Não me parece receoso sobre o que os demônios do deserto podem me revelar — afirmou a *etíope* com um sorriso maroto, sem desviar os olhos dos pequenos ossos espalhados sobre a mesa.

Ben deu um sorriso despretensioso:

— Talvez porque eu não tenha mais nada a perder.

A belíssima *etíope* deu um sorriso discreto, fitando Young com um olhar rápido.

— Engana-se, Olho de Gibraltar. Sim... Sim... Todos nós ainda temos muito a perder.

Ben arqueou as sobrancelhas e suspirou:

— Se os demônios estão dizendo — sorriu irônico, notando a indiferença no olhar da misteriosa mulher.

— Engano seu, meu bravo rato do deserto. Desta vez, sou eu mesma quem diz — respondeu Sombre, entretida, movendo os pequenos ossos e emitindo um som baixo com a boca. — Os demônios estão falando a respeito da tempestade que está se formando sobre o deserto e o Velho Mundo.

Ben apoiou os cotovelos sobre a mesa e observou, curioso.

— Vejo que parou de fingir que não crê, Olho de Gibraltar. Melhor assim, pois quando a tempestade chegar, todos nós perderemos algo — soprou Madame Sombre num tom sóbrio.

Ben Young franziu a testa ao sentir os olhos negros da misteriosa feiticeira atingirem-no em cheio:

— Fez a sua escolha, Olho de Gibraltar. A grande águia. Os demônios do deserto o saúdam por isso.

Young fitou a *etíope* com indignação no olhar, vociferando:

— Não creio ter escolhido coisa alguma. Disse que eu poderia protegê-la... — começou a dizer Young, inconformado, referindo-se a Namira.

Sombre balançou a cabeça rindo baixo, tornando a mover todos aqueles ossos e percebendo como aquilo parecia deixar Young desconfortável:

— E você o fez ao enfrentar a grande águia ao seu lado — respondeu a *etíope* num tom calmo e firme. — Sem a sua proteção, o escorpião jamais teria conseguido cumprir o seu papel.

— Destruir o Majestät — completou Young, mergulhando nos olhos da *etíope* como se quisesse ver o demônio em seu interior, o ser que a havia possuído.

— Destruir o Majestät... — respondeu Sombre, movendo a cabeça em sua direção.

Ben estreitou os olhos:

— Preferia que fosse diferente — suspirou. — Queria tê-la salvado.

Sombre ergueu a cabeça na direção de Young, sorrindo de forma enigmática:

— Sim, sim. Neste caso, estariam juntos buscando a paz que tanto anseia, enquanto a grande águia alçaria voo, ceifando a vida de milhares. Vidas que, graças a vocês, serão poupadas quando a tempestade chegar. Sim, sim, ainda vai compreender, Olho de Gibraltar.

Young permaneceu em silêncio. Confuso, vasculhou com os olhos aqueles ossos espalhados sobre a mesa em busca de uma resposta que não veio.

Madame Sombre deixou os ossos de lado e acomodou-se em sua poltrona. A leitura havia chegado ao fim. Com os ombros relaxados, sorriu para Young, dizendo:

— Foi um longo caminho, não é mesmo, meu querido nômade?

Aliviado com a mudança no tom da conversa, Ben comprimiu os lábios num sorriso admirado, respondendo:

— Eu não teria conseguido sem a sua ajuda, Sombre.

Sombre estreitou os olhos e fitou Young com uma expressão intrigada, enquanto acendia um cigarro, soprando a fumaça para longe sem tirar os olhos do gibraltarino.

— Tenho a impressão de que este foi só o começo, mas isso não importa. Afinal, você não acredita em profecias, não é mesmo? — provocou a linda *etíope*, sentada diante do gibraltarino. O belíssimo manto rubro e as miçangas e pedras em torno do pescoço longilíneo deixavam-na ainda mais exuberante. Uma verdadeira rainha. A mais bela de toda a África.

— Mais uma vez os demônios? — brincou Young, com um sorriso provocador.

Madame Sombre fez um beicinho, pensativa, depois respondeu fitando Ben com um olhar profundo, sedutor e enigmático:

— Eu, Olho de Gibraltar. Não preciso dos demônios para saber que as nossas linhas da vida tornarão a se cruzar. Tornamo-nos uma única alma, homem do deserto. — Sombre fez uma breve pausa e prosseguiu. — Desta vez, foram os deuses das savanas que acabaram de soprar bem aqui, no meu ouvido.

Ben Young riu baixo, acompanhado pela linda anfitriã.

Ao examinar o relógio, Young levou um susto ao ver como as horas haviam passado rápido desde que chegara no início da manhã para despedir-se da insólita mulher.

— O deserto me aguarda — disse Ben, preparando-se para partir.

Madame Sombre tomou-o pelo braço e acompanhou-o até a porta de entrada da suntuosa *A Casa de Vênus*.

— É estranho... — prosseguiu Young, olhando em torno antes de deixar o recinto. — Ao mesmo tempo em que desejo partir de Tânger e deixar tudo isto para trás, algo parece me segurar...

Sombre adiantou-se e tocou os seus lábios com o dedo indicador.

— Sei o que está pensando, Olho de Gibraltar. Sim, sim. Eu posso ver através dos seus olhos. Acredita que deve algo ao escorpião. Uma vida por outra. Sim, sim. O general. Mas o destino do soldado já foi traçado — sorriu.

Ben fitou-a sério. A *etíope* lia através dos seus olhos.

Madame Sombre prosseguiu, desta vez num tom sinistro:

— Ainda assim, a besta se libertará. E não há nada mais que possamos fazer para impedi-la. Está escrito no grande mar de areia. O sangue virá mais uma vez.

Ben Young esforçou-se para esconder a apreensão por trás de um falso sorriso, sentindo-se um idiota ao tentar enganá-la.

— Não esconda o medo, Olho de Gibraltar — disse a *etíope*, aproximando-se e soprando em seu ouvido. — O deserto não o protegerá de você mesmo para sempre, querido nômade. Não tenha receio de perder. O medo é uma ilusão, meu doce Olho de Gibraltar.

Young pensou em Namira. Na dor da perda e no vazio.

— Esta é a sua verdadeira guerra, homem do deserto. Vença-a e fique pronto, porque outras tantas virão. Sim, sim. Outras tantas virão.

Os dois beijaram-se com afeto.

***

Madame Sombre subiu aos seus aposentos e dirigiu-se à varanda, de onde tinha uma bela vista da cidade. Absorta, observou Benjamin Young caminhando em direção ao deserto. Vê-lo partir causou um misto de sentimentos. De súbito, o vulto que parecia esconder-se atrás dos véus de seda colorida que adornavam as grossas cortinas do quarto atraiu a sua atenção, fazendo-a despertar dos seus devaneios. Sombre não estava só. Sem qualquer surpresa, a *etíope* esboçou um meio sorriso quando a sombra moveu-se, assumindo uma forma definida, parando ao seu lado e tocando o seu ombro de forma gentil.

Madame Sombre segurou a mão ainda fraca da jovem e disse, sem perder de vista Ben Young:

— Ainda não sei o porquê de esconder-se do Olho de Gibraltar. Isso aliviaria a sua dor.

Namira Dhue Baysan deu alguns passos vacilantes e parou ao lado de Sombre.

Abatida e recuperando-se dos ferimentos, a dançarina e espiã observou Young, que já ia longe.

Deixou que uma lágrima escorresse pelo seu rosto e apertou forte a mão de Sombre, buscando na *etíope* toda a força de que precisava. Queria poder dizer a Ben que tinha sobrevivido. Contar ao rato do deserto como Alá, ou quem sabe os demônios de Sombre, colocaram em seu caminho um último inimigo assim que Young mergulhou no Ifni, um daqueles soldados voadores, e como conseguira matá-lo e usar o motor compacto acoplado na parte de trás do seu traje para escapar do Majestät segundos antes de acionar os explosivos. Mais do que tudo, desejava dizer que o amava, mesmo ciente de como seu sentimento acabaria selando o destino de Ben Young.

— Mantê-lo longe do meu caminho é o melhor a fazer, Sombre. Preciso que Ben esteja longe quando a verdadeira tormenta chegar. A salvo. Vivo — soprou Namira, sem tirar os olhos de Young. — Tenho a impressão de que em breve não haverá lugar para o amor e nem para a dançarina. A Opala do Deserto morreu no Majestät. Resta apenas uma espiã.

Madame Sombre franziu o cenho, absorta.

— Sim, sim. É o que veremos — soprou a *etíope*, duvidando das palavras de Namira em relação ao gibraltarino, que já desaparecia no horizonte.

Capítulo 56

Quartel-general britânico de Abu Hamed –
Sudão, vinte e sete de junho de 1914

O operador chefe de comunicação deu um salto da cadeira e saiu correndo pelos corredores do quartel-general rumo ao escritório do Major Coldwell. Com o semblante tenso e os olhos esbugalhados, o operador adentrou a antessala de supetão. O assistente do major, um jovem magricela com os cabelos penteados para o lado, lutando contra as teclas da velha máquina de escrever para redigir um memorando, olhou-o surpreso.

O chefe de comunicação avançou em sua direção e mostrou o bilhete na mão direita, apoiando a outra mão na escrivaninha, dizendo de forma autoritária:

— Mensagem urgente para o major.

O assistente balançou a cabeça, ajeitou os óculos no nariz e seguiu em direção à sala de Coldwell, retornando segundos depois.

— O major vai recebê-lo, senhor.

O operador de comunicação avançou a passos largos em direção à sala, cumprimentando seu superior com uma continência.

— À vontade, oficial — ordenou Coldwell com uma expressão de desânimo, cercado por pilhas e pilhas de pastas e documentos espalhados sobre a sua mesa.

Desde a batalha no Atlas que o major não fazia outra coisa senão preparar relatórios e mais relatórios para o *Foreigner Office*, descrevendo o acontecido. Mas desde que o chanceler alemão von Bethmann começara a pressionar o Ministério da Guerra com suas mentiras, alegando que as naus do *Kaiser* haviam sido destruídas durante um falso ataque berbere no Atlas, a tarefa de Coldwell tornara-se mais complicada. Para piorar, os aliados necessitavam de mais provas além das mensagens que Namira obtivera e da mostra do componente CH3P(0)F, o Sangue do Diabo, se quisessem provar ao mundo que o Majestät existira de fato como parte de uma operação. Um projeto cujo propósito não era outro senão preparar a Alemanha para um conflito iminente.

— Senhor, acabamos de receber uma mensagem de um de nossos agentes informando a respeito de algumas movimentações políticas em andamento dentro do cenário europeu. Creio que deva olhar isto, senhor — anunciou o operadorchefe, entregando a mensagem ao seu superior.

O major apanhou o papel e começou a ler a lista de nomes descritos na mensagem. Todos eles ligados ao alto escalão administrativo e militar de seus países e em meio a ações diplomáticas.

— Há algo bem aqui, senhor — interveio o operador, apontando para uma inscrição grifada em vermelho. — Código dois, major. Algo sobre Sarajevo.

Harold Coldwell arqueou as sobrancelhas ao ler:

"Comissão oficial Arquiduque Francisco Ferdinando, Sarajevo"

— De acordo com as informações da agência francesa de notícias Havas, o Arquiduque Francisco Ferdinando, acompanhado pela sua esposa Sophie, partiu para Sarajevo. Uma visita diplomática para inspecionar as forças armadas do Império na Bósnia e Herzegovina — informou o operador-chefe, notando o olhar tenso do major em sua direção.

Coldwell levantou-se de repente, saindo de trás da montanha de documentos, e começou a caminhar pela sala com passos nervosos.

— Nossos agentes também interceptaram uma conversa em que o chefe do Estado-Maior da Monarquia Dual, Conrad, menciona algo sobre antecipar e desencadear um conflito.

— Miserável! — bufou Coldwell, com um rubor subindo pelo seu rosto.

O operador-chefe continuou:

— De acordo com as informações obtidas, a comitiva imperial embarcou na quarta-feira no encouraçado *Viribus Unitis das Forças Unidas*, desembarcando em Ilidža. O Arquiduque está agora ao sul de Sarajevo, acompanhando manobras do exército, senhor.

— Manobras do exército? Os austríacos estão mexendo em um vespeiro — pensou alto o oficial maior.

Afoito, Coldwell abriu uma das gavetas de sua escrivaninha e retirou de dentro uma pasta na qual guardava os documentos referentes à operação

Majestät. Começou a revirá-los e apanhou a transcrição que a inteligência francesa havia decodificado, lendo-a mais uma vez:

— Mão Negra, Schultz. O oficial alemão. Visita D.F.F confirmada. Nossos agentes estão certos — afirmou, com um olhar convencido, retomando a caminhada. Andava de um lado para o outro sem tirar os olhos do documento. — Não resta dúvida que a mensagem refere-se à comitiva imperial. As datas também coincidem com as descritas na mensagem obtida por Namira — disse pensativo, parando diante do oficial de comunicação e encarando-o com uma expressão dura. A seguir, ordenou:

— Rápido, informe nosso sistema de inteligência. Precisamos descobrir a relação entre a visita da Monarquia Dual com a operação de Rosenstock.

— Acredita que há alguma conexão direta entre o Arquiduque e a operação? — perguntou o operador-chefe, hesitante.

— Embora exista uma aliança entre a Áustria-Hungria e a Alemanha, não creio que o Arquiduque Ferdinando esteja envolvido. Pelo menos gostaria de crer que não. Mas quem sabe um membro de sua comitiva?

Coldwell parou diante da janela do escritório e olhou para fora com um olhar perdido. Deixou escapar palavras para si mesmo:

— Alguém ligado a este oficial... Herman Schultz... e a Rosenstock. Um infiltrado... Droga! — esbravejou.

O major voltou-se para seu oficial, fitando-o com uma expressão firme:

— Consiga todos os nomes dos membros da comitiva imperial. Entre em contato com os nossos agentes em Malta. Informe o tenente Blake e peça-lhe que envie dois dos nossos melhores homens para Sarajevo.

— Sim, senhor, major — respondeu o chefe de comunicação.

— Posso estar errado, mas creio que nos resta muito pouco tempo para decifrarmos este quebra-cabeças dos infernos — resmungou Coldwell, dispensando o oficial e começando a tomar providências. Apanhou o telefone, dirigindo-se ao seu assistente: — Charles, ligue-me agora mesmo com Didieur Lacombe.

Harold Coldwell acendeu um cigarro, encaixando-o entre os dedos da mão trêmula, soprando a fumaça para longe. Irrequieto, voltou a andar de um lado para o outro.

Capítulo 57

Base alemã em Dar es Salaam —
África Oriental alemã, vinte e nove de junho de 1914

A notícia sobre o assassinato do Arquiduque Francisco Ferdinando durante sua visita a Sarajevo acabara de ser confirmada por um segundo-tenente, que entrara esbaforido na sede do clube dos oficiais.

O assassino, um estudante chamado Gavrilo Princip, nacionalista sérvio, havia disparado à queima-roupa, matando Ferdinando e sua esposa, Sophie. Ainda de acordo com as notícias, Gavrilo fora preso por alguns espectadores enquanto a polícia continuava à caça de seus colegas conspiradores.

— Segundo nosso centro de inteligência, os jovens conspiradores tinham ligação com entidades como a Mão Negra — informou o segundo-tenente.

Sem demonstrar qualquer sinal de emoção, Klotz von Rosenstock soltou o ar dos pulmões de forma lenta e fitou de soslaio Otto von Becker, chefe do sistema de inteligência alemã, questionando-o em voz baixa:

— E quanto a Schultz?

O chefe da inteligência deu um sorriso torto e respondeu bastante seguro:

— Schultz não costuma deixar pontas soltas, *Herr General*. Posso lhe garantir que nem mesmo o coronel Dragutin seria capaz de provar sua ligação com o seu grupo — concluiu von Becker, referindo-se ao fundador da Mão Negra, Dragutin Dimitrijević.

O general do *Kaiser* deu um trago em seu charuto e soltou uma baforada, encarando von Becker com o olho saudável espremido, dizendo irritado:

— Dragutin é um idiota idealista. Idealistas como ele acabam cegos diante do inimigo.

— Não tema, general — insistiu von Becker, inclinando-se na direção de Rosenstock e procurando acalmá-lo. — Meus homens confirmaram que Schultz deixou o país em segurança.

O general alemão balançou a cabeça. Não fazia questão de esconder sua hesitação. Não gostava do excesso de confiança apresentado por von Becker.

Algo que poderia converter-se em uma grande fraqueza. Uma armadilha quando se está em meio a uma batalha.

— E quanto ao Imperador, alguma informação? — interveio o Major Löhnoff, que acompanhava o grupo. O major dirigiu-se ao segundo-tenente com seus olhos afundados e rodeados por enormes papadas.

— Não ficaria admirado se Franz Joseph, devido a sua idade, tivesse um ataque ao receber a notícia — respondeu um outro oficial que os acompanhava, em tom de gracejo.

— Se a Monarquia Dual queria um pretexto para atacar os sérvios, agora tem — acrescentou um coronel de idade bastante avançada, sentado ao lado de Lönhoff, com um olhar tenso. — Contudo, e principalmente depois do que houve no Atlas, não posso deixar de expressar certo temor. Resta-nos saber se Wilhelm estará mesmo pronto para agir de acordo com as nossas expectativas.

— Disto eu não tenho dúvidas, *Herr* von Müller — interveio o Major Löhnoff. — O ocorrido no Atlas foi mesmo algo inesperado. Um golpe forte que deixou marcas profundas, mas nada que possa alterar o rumo da operação tão brilhantemente arquitetada e dirigida por von Rosenstock. Quanto ao *Kaiser*, creia, von Tirpitz e Moltke farão com que esteja pronto. Com os sérvios por trás do assassinato, Franz Joseph deverá declarar guerra à Sérvia contando com o nosso apoio.

Von Müller deu um sorriso incerto.

Ao notar sua oscilação, Rosenstock inclinou-se em direção à mesa de centro e apanhou a garrafa de Loius Royer, enchendo o copo do coronel e dizendo-lhe com impassibilidade:

— O Major Löhnoff está correto, meu amigo. Nem mesmo a destruição do Majestät mudará o rumo dos acontecimentos. — As palavras do general tiveram o efeito desejado, com von Müller relaxando os músculos da face enrugada.

Rosenstock prosseguiu, desta vez dirigindo-se aos demais a sua volta:

— Acredito que muito em breve nós teremos notícias dos nossos vizinhos russos, que certamente agirão a favor dos sérvios. Precisamos nos aprontar, senhores. Eis aí a guerra que o nosso povo tanto aguardou para que Wilhelm pudesse mostrar ao mundo o nosso valor.

O discurso de Rosenstock despertou um clima de euforia entre os oficiais, que se juntaram num brinde à Alemanha.

— E se o Império Austro-Húngaro não agir com dignidade e força, teremos que buscar outros aliados — acrescentou empolgado o Major Löhnoff, arrancando algumas gargalhadas.

— Mas e se a Monarquia Dual repetir o que fez na crise dos Bálcãs? Se assumir uma postura resoluta, obrigando a Sérvia e Montenegro a deixarem Scutari? E se os russos preferirem não se intrometer, como da outra vez?

O comentário feito por um tenente-coronel que observava o grupo com menos empolgação, sentado junto à janela do salão que dava para o pátio central, atraiu a atenção dos demais.

Rosenstock voltou-se na direção do tenente-coronel, que sorriu para ele de maneira provocativa.

— Neste caso... — prosseguiu o oficial, sendo interrompido pelo velho coronel, que se levantou da poltrona de maneira abrupta e passou a gesticular as mãos de modo frenético.

— Aquilo foi um blefe — bradou von Müller, fuzilando o tenente-coronel com os olhos. — A situação é outra. Estamos falando aqui do assassinato do Arquiduque, cujo propósito não foi outro senão a GUERRA!

— A guerra! — repetiram os mais exaltados em apoio ao coronel.

— Senhores, não foi isso que eu quis dizer. Eu... apenas... — gaguejou o tenente-coronel.

De repente, os ânimos do grupo entraram em polvorosa. Rosenstock adiantou-se, tentando acalmar os oficiais:

— Senhores! Eu compreendo o medo do nosso querido *Oberstleutnant* — falou o general, dirigindo ao oficial em questão um olhar irônico. — Não se trata de "se" o Império Austro-Húngaro vai ou não declarar guerra contra os malditos sérvios, mas "quando" vai declarar. E desta vez, os russos não recuarão. Von Müller tem razão. O conflito é inevitável, conforme havíamos imaginado. O Imperador Franz Joseph reagirá com a guerra e poderá contar com o nosso pleno apoio.

— À guerra! — gritaram os oficiais, retomando o clima eufórico.

— Está certo disso, general? — retrucou o tenente-coronel, dirigindo-se ao general com um falso sorriso.

— Apenas um palpite — respondeu Rosenstock, sem dar muita atenção ao oficial.

— Mas se a verdade vier à tona, quantos aliados acha que restarão para a Alemanha? — questionou o tenente-coronel, fitando o general com uma expressão doentia.

Rosenstock encarou-o com um olhar sombrio e caminhou em sua direção a passos lentos, fitando-o bem de perto com o seu único olho. Sentiu uma pontada de excitação quando viu o sorriso falso começar a deixar do rosto do oficial.

O tenente-coronel desviou o olhar em direção ao chão. Seus olhos fugiam do olhar intenso de Rosenstock, que o perfurava feito uma lâmina afiada.

O general do *Kaiser* levou o charuto à boca, deu um trago demorado e soltou uma baforada que envolveu o sujeito numa névoa de fumaça. Em seguida, inclinou-se em direção ao seu ouvido e soprou:

— A verdade é inventada por homens como eu, *Herr Leutnant*.

***

Rosenstock sentiu um grande alívio quando deixou para trás o salão dos oficiais. Não via a hora de despedir-se daqueles beberrões para entregar-se aos seus próprios pensamentos.

Ao cruzar o pátio central em direção ao prédio administrativo, notou uma lua grande e alaranjada surgir de trás de uma nuvem, acompanhada por pontos que cintilavam no céu. O general parou um instante e observou absorto a paisagem. Pensou em Namira Dhue Baysan. Queria poder libertar-se da imagem da jovem que tanto assombrava-o. Da sua fúria durante o último encontro a bordo do Majestät e de suas doces mentiras durante as noites em que havia desfrutado da sua companhia. Maldita espiã.

Ao aproximar-se do complexo principal, Rosenstock respondeu à saudação do jovem soldado que vigiava a entrada do prédio e seguiu sem pressa para o seu gabinete, localizado na ala norte.

No interior do escritório, uma brisa inofensiva passava pelas frestas das portas entreabertas da varanda e balançava as cortinas, espalhando no ambiente o frescor da chuva fraca que começava a cair naquele instante.

Rosenstock retirou seu jaleco e desabotoou o colarinho da camisa, aliviado. Chegou a tocar o interruptor de luz com o indicador, mas parou de repente. Preferia a luz do luar, perfeita para entregar-se aos seus devaneios em paz.

Sentindo-se exausto, Klotz von Rosenstock seguiu até sua escrivaninha e sentou-se na cadeira com encosto aveludado, apoiando os cotovelos sobre a mesa e esfregando as sobrancelhas com as mãos. Em seguida, abriu uma das gavetas e retirou do seu interior o cantil que guardava ao lado do velho coldre de couro com a Luger. Serviu-se de uma boa dose de uísque e olhou para a varanda, permanecendo absorto a fitar o horizonte. O vazio da sua própria alma.

De repente, um objeto gélido tocou sua nuca. O aço gelado do cano de uma arma.

— Acredito que agora era para você estar a bordo do Majestät, aguardando a declaração de guerra dos austríacos, para atacar de surpresa a esquadra britânica próxima a Gibraltar. Uma pena as coisas não terem saído como planejou, não é mesmo?

Rosenstock começou a voltar-se em direção à voz, mas foi impedido por um gesto firme de Ben Young, que pressionou ainda mais o cano da Colt contra o seu crânio.

O grande general girou a cabeça para fitar o intruso por cima do ombro.

"Não pode ser. Maldito intruso do Mahdia. Mas como?", pensou, ao reconhecer o oponente.

— Estou impressionado, *Herr* Young... Ou devo chamá-lo apenas de Olho de Gibraltar? Não faço a menor ideia de como conseguiu ludibriar a segurança da base e chegar até aqui. Mas acredite, não vai sair vivo deste lugar.

Desta vez foi Ben quem sorriu de modo irônico, fitando Rosenstock. Uma penumbra cobria a sua face:

— Não se esqueça, *Herr General*, de que sou um rato do deserto acostumado a entrar e sair de buracos como este.

Ben aliviou a pressão da arma na nuca de Rosenstock, permitindo que o general se voltasse para encará-lo de frente.

— Ora, ora, até que o tapa-olho o deixou mais charmoso — provocou Young, perplexo ao ver a imensa cicatriz que havia deixado no rosto do general.

O sinal, resultado do embate que haviam tido a bordo do Majestät, tinha um aspecto grotesco e avermelhado. A cicatriz lembrava um amontoado de carne retorcida pegando toda a fronte do general e terminando um pouco abaixo do canto esquerdo do lábio inferior.

Rosenstock encarou Young com um sorriso sinistro:

— Imagino a sua surpresa ao receber a notícia, não é mesmo? O grande general Klotz von Rosenstock... Vivo!

— Depois de abandonar sua própria gente — respondeu Young, com ironia.

Rosenstock balançou a cabeça, desapontado:

— Uma decisão tomada a contragosto, acredite. Contudo, a vida é cheia de sacrifícios. O Majestät... Namira...

— Não toque no nome dela! — esbravejou Young, avançando na direção do general com a Colt em riste e encarando-o com os olhos embebidos no mais puro ódio.

Rosenstock tomou um gole do uísque e olhou para o ex-batedor com uma expressão de deboche:

— Imagino que tenha vindo terminar aquilo que a cadela não pôde concluir. Uma promessa?

Ben armou o cão da arma e respondeu com um sorriso nervoso:

— Redenção — disse, fitando o inimigo mais de perto. — Deveria tê-lo matado muito antes disso.

O sorriso torto de Rosenstock esticou a cicatriz, deformando ainda mais o seu rosto. De um modo teatral, o general ergueu as mãos num gesto de rendição, respondendo zombeteiro:

— Como vê, *Herr* Young, estou em desvantagem.

— Vantagens iguais são para homens. Soldados que, mesmo em campo contrário, lutam por sua verdade. Você é escória, von Rosenstock — respondeu Young, firme.

O general apoiou as costas no encosto da cadeira e observou Young por alguns instantes antes de responder:

— Vejo que, desta vez, Namira Dhue Baysan soube dar um bom lance movendo o seu melhor peão — sussurrou fitando Young, admirado. — De fato, a Opala do Deserto era poderosa na arte de manipular os homens. Uma verdadeira artista, dentro e fora da cama, diga-se de passagem.

Young segurou a raiva. Não queria entrar no jogo do general. Precisava manter o controle se quisesse fazer o que tinha que fazer e sair dali com vida.

Rosenstock deixou o copo com uísque de lado e acendeu um cigarro depois de oferecer um deles a Ben, que ignorou o falso ato de cordialidade.

— Uma pena não estar mais entre nós — prosseguiu Rosenstock, referindo-se a Dhue Baysan, soprando a fumaça do cigarro para longe. — Mas, afinal de contas, o mundo está cheio delas. Prostitutas espiãs.

Ben engoliu em seco, pressionando ainda mais o cabo da velha Colt.

— Uma espiã que foi capaz de derrotar o grande cão de caça do *Kaiser* — afirmou Young com uma expressão fechada.

Rosenstock riu baixo, sem desviar a atenção do ex-batedor em pé apontando a arma para ele.

— Acreditar que a destruição do Majestät colocou um ponto final em minha operação é um grande equívoco, meu jovem. Namira já devia desconfiar disso. Pobre mulher... — sussurrou, estreitando os lábios com um olhar hipócrita. — Penso que as notícias chegam rápido até mesmo para um andarilho feito você, *Herr* Young. Neste caso, deve supor que o que Namira Dhue Baysan e seus *partisans* destruíram foi apenas uma engrenagem em uma máquina imensamente superior e pronta para entrar em ação.

Ben esgueirou-se em direção a Rosenstock e fixou o olhar em seu único olho saudável:

— O assassinato em Sarajevo. A peça que faltava para completar este enigma. Você e seus *partisans* planejaram a morte do próprio aliado — disse Young em tom de pergunta, fitando o oficial alemão com uma expressão de ojeriza. — A Mão Negra. O tal Schultz...

Rosenstock mostrou-se indiferente:

— Um lance arriscado, sem dúvida, quando devemos sacrificar uma peça relevante para que o jogo progrida. Esta é a regra da guerra e você sabe tão bem quanto eu, Olho de Gibraltar, como tudo isso funciona. A escolha pelo Arquiduque deveu-se a sua posição neste imenso tabuleiro. Agentes da inteligência descobriram a intenção do príncipe de visitar Sarajevo, o que acabou transformando-o em uma grande peça. Alguém que estaria no lugar certo e na hora certa para que pudéssemos colocar em prática a nossa última jogada. A jogada derradeira que dará início a uma gloriosa ópera — finalizou o general, fitando Young com desdém e assobiando um trecho da ópera "O Anel do Nibelungo", uma das suas preferidas.

Rosenstock não conteve um sorriso de satisfação ao saborear todo o ódio que Young exalava pelos olhos.

Ben aproximou-se ainda mais da cadeira aveludada do general:

— Política, alianças baseadas em interesses em comum, corrupção. É assim que as coisas funcionam para homens como você, Rosenstock.

O general do *Kaiser* pareceu surpreso:

— Ora, ora, você já esteve deste lado. Não me diga que já se esqueceu de como tudo funciona? Ou vocês, ingleses, julgam-se tão superiores a ponto de negarem suas próprias atrocidades?

Ben balançou a cabeça. Sua boca transformou-se numa linha dura:

— Sei como tudo isso funciona. E você está certo quanto às nossas atrocidades. Mas há muito eu escolhi deixar de ser mais uma peça para homens como você.

Rosenstock socou o tampo da mesa com uma das mãos, reagindo com uma risada irônica:

— Pode ir longe, mas nunca escapará de quem você é. Um mero soldado incapaz de apertar este maldito gatilho. Um blefe.

Ben Young franziu o cenho. A mão que segurava a Colt começou a tremer.

Rosenstock sorriu quando notou que a expressão confiante do inimigo começou a desaparecer, prosseguindo:

— Você está certo ao dizer como eu adoraria, neste instante, estar a bordo do meu Majestät pronto para fazer nossos inimigos sentirem o gosto daquilo que vocês chamam de Sangue do Diabo. Mas fique certo de que há muito mais de onde saiu o veneno. A guerra é algo inevitável. A pergunta agora é outra. Você terá coragem de puxar o gatilho ou não?

Ben puxou o ar com força, levando-o aos pulmões, e encarou o general com um olhar raivoso.

Rosenstock mantinha seu sorriso sórdido estampado no rosto. Esmagou a bagana em um cinzeiro de porcelana que havia sobre a sua escrivaninha e encarou Benjamin Young, balançando a cabeça e dizendo num tom de voz baixo:

— Não tem coragem de atirar em um homem à queima-roupa, *Herr* Young. Não é como eu. Talvez você seja bom demais para isso — finalizou, rangendo os dentes.

Ben Young recuou um passo e fitou Rosenstock com o músculo do maxilar enrijecido:

— Esta guerra não será minha. Mas prometi a Namira que a deixaria livre.

Rosenstock franziu o cenho e dirigiu a Young um olhar nervoso. O gibraltarino continuava imóvel:

— Não sou como você. Jamais serei. Mas o Olho de Gibraltar é — finalizou o ex-batedor com uma expressão triste no olhar.

Rosenstock escancarou a boca numa reação inédita de desespero ao ver diante dos seus olhos seu próprio fim.

O Olho de Gibraltar apertou o gatilho e Klotz von Rosenstock tombou para trás, morto.

***

Ben Young cobriu o rosto com o *tagelmust* e tratou de misturar-se à multidão local quando o alarme na base alemã começou a tocar.

A notícia do inesperado assassinato de Klotz von Rosenstock espalhou-se rapidamente, causando um enorme alvoroço até mesmo no *Reichstag* em Berlim.

Soldados corriam exasperados, assumindo seus postos de combate e cerrando todas as saídas da base, dando início a uma operação de guerra.

Oficiais comandando patrulhas vasculhavam cada canto do quartel. Enviavam informações e recebiam ordens diretas de seus superiores, igualmente perdidos em meio ao caos que havia se apossado da imensa base alemã.

Sem deixar rastro, Young embrenhou-se por trilhas alternativas e seguiu para o deserto antes mesmo que os patrulheiros alemães começassem a revirar o vilarejo em busca do assassino de Rosenstock.

Após algumas horas de cavalgada em direção ao deserto de Danakil, sentindo-se protegido pelas grandes dunas, Ben Young fez uma pausa.

Do alto de uma encosta, Young observou o imenso deserto estendendo-se para muito além da linha do horizonte e permaneceu absorto por um bom tempo. Soturno, apanhou um punhado de terra, deixando-a escorrer por entre os dedos da mão feito a areia de uma ampulheta. O tempo, o senhor das areias, que mais uma vez estava pronto para guiá-lo para um lugar bem longe, curando as suas feridas e mantendo as lembranças como parte da sua maldição. A lembrança da morte de Rosenstock, que acabara desenterrando uma parte sua que há muito tentara esquecer, e a Opala do Deserto, que havia levado com ela um pedaço da sua alma.

Ben Young sentiu um vazio como nunca havia sentido antes. Seus olhos percorreram mais uma vez o horizonte em direção ao Marrocos e, para além dele, ao Velho Continente. Uma nuvem densa, escura, como se tivesse sido feita com pinceladas de nanquim, começara a formar-se naquela direção.

A tempestade não tardaria a chegar.

FIM

Nota do Autor – Olho de Gibraltar

Dar vida a esta história foi uma longa e alegre jornada cheia de desafios que resultaram na realização de um sonho ao conseguir transformar tudo isto em um romance real. Um processo árduo que acabou me conduzindo à graduação, formando-me Bacharel em História.

A História de Ben Young, conhecido como o Olho de Gibraltar, se passa em pleno período colonial no Norte da África nos meses que precederam a Primeira Grande Guerra. Estudar este período, as tramas e consequências das decisões políticas dos grandes líderes que acabaram culminando no maior conflito da nossa história, foi uma tarefa grandiosa que envolveu profissionais que se dedicam a pesquisa, a busca por documentos bibliográficos e iconográficos e muita paciência e dedicação para conseguir mergulhar nesta verdadeira máquina do tempo para compreender e retratar o contexto da época. Porém, gostaria de lembrar que a minha intenção nunca foi a de escrever um romance histórico preciso dos eventos que marcaram a humanidade, mas sim, contar uma história fictícia de aventura, romance e espionagem que pudesse passar ao leitor o espírito, o clima e os sentimentos deste período tão conturbado.

Temas como as crises balcânicas e os conflitos ocorridos no Norte da África entre França e Alemanha envolvendo o Marrocos, são abordados nesta narrativa ficcional recheada de espiões e perseguições pelo deserto. Eventos que são considerados por muitos profissionais como o estopim para aquela que seria a maior de todas as guerras da história, a Primeira Grande Guerra, finalizada em 11 de novembro de 1918. Uma Guerra que deixou um rastro de sangue com 1,4 milhões de mortos, oito milhões de prisioneiros e um número incerto de pessoas afetadas psicologicamente. Contudo, gostaria de lembrar que a conspiração descrita no romance envolvendo oficiais alemães no assassinato ocorrido em Sarajevo é ficcional, bem como a sua ligação com grupos rebeldes berberes.

Os personagens centrais da narrativa como Ben Young, Umar Yasin, Namira Dhue Baysan, o jovem Mustafá, Idris Misbah, Jafar Adib e Klotz von Rosenstock são personagens fictícios, muito embora contracenem com figuras reais, como por exemplo, Hupert Lyautey, militar francês que ganhou destaque nas guerras coloniais e se tornou o primeiro residente geral do Protetorado Francês no Marrocos de 1912 a 1925. Raymond Poincaré, Wilhelm II, o almirante von Tirpitz e o chefe do estado-Maior, o general Helmuth Moltke, também são mencionados ou aparecem durante a narrativa.

As etnias berberes Hoggar ou Ahaggar e Ajjer que aparecem na narrativa também são reais. Ambas faziam parte da cultura berbere ao lado de outras inúmeras tribos que formavam os povos do deserto durante o período colonial. Povos que tinham em sua cultura o nomadismo, a criação de animais e o controle dos seus territórios, cobrando um valor considerável para que mercadores pudessem cruzar suas rotas em segurança livre dos muitos saqueadores que haviam por todo o Magreb. Já a etnia dos Djalebh à qual pertence os personagens Namira Dhue Baysan e Umar Yasin foi criada por mim, bem como seus costumes e tradições como por exemplo, o símbolo da vida. Os mercenários mencionados no livro como Mahjad também fictícios.

Graças a tecnologia e as ferramentas do Google, eu pude viajar pelas ruas de Tânger, mapear o Magreb de hoje, medir as distâncias entre um ponto e outro e compará-las com alguns documentos iconográficos e principalmente com os incríveis mapas históricos da coleção de David Rumsey. É impressionante o acervo que eles possuem. Agradeço em especial algumas pessoas que conheceram o Marrocos e pacientemente me ajudaram na reconstrução de uma Tânger do início do século passado tão cheia de mistérios e encantos.

As rotas comerciais descritas no livro são reais. As grutas de *bahr alkharab*, *Madhia* e a região descrita no livro como *Areia de Fogo*, são fictícias. São lugares que eu criei para trazer mais dramaticidade a história. As cidades e vilarejos por onde Ben Young e Umar Yasin passam durante a jornada pelo deserto são verdadeiras. Procurei respeitar ao máximo a geografia e o clima desértico com o intuito de conduzir e levar o leitor a uma verdadeira imersão repleta de sensações e sentimentos.

Embora a sede do protetorado francês no Marrocos fosse em Rabaz, eu escolhi a cidade de Tânger como pano de fundo pelo fato de que, além da sua importante posição estratégica junto ao estreito de Gibraltar, na época, a cidade marroquina era considerada como uma zona neutra, servindo perfeitamente de palco para o encontro fictício que ocorre entre as delegações alemã e francesa.

Os dirigíveis ocupam um papel importante na narrativa. De fato, Em oito de setembro de 1915, Londres foi bombardeada por um grande Zepelim. No livro, eu procurei descrevê-los como naus imponentes e ameaçadoras, cuja tecnologia transcende o seu tempo. Uma homenagem explicita aos romances de Júlio Verne. Estes verdadeiros colossos aéreos formam uma poderosa frota, comparada as grandes frotas navais da época.

A presença dos Fledermaus, soldados alemães que dispões de um equipamento formado por um motor compacto acoplado em seu traje e que lhes permite alçar voo, também é uma invenção minha. Uma homenagem ao herói dos quadrinhos dos anos 80, "Rocketeer", criado por Dave Stevens.

O termo *Soldat des afrikanischen Regimentskorps* foi um nome que eu invetei para o grupamento comandado pelo general Klotz von Rosnestock. Baseei-me nos famosos Afrika Korps, que foram liderados pelo famoso general alemão Rommel durante a Segunda Grande Guerra no Norte da Africa. Durante a narrativa, também faço uma homenagem aos aliados que lutaram na Segunda Guerra no Norte da Africa combatendo os Korps: o famoso Esquadrão de Longo Alcançe do Deserto, também chamados de ratos do deserto e escopiões do deserto. Durante a narrativa, além de Olho de Gibraltar, alguns personagens se referem à Ben Young como rato do deserto.

Namira Dhue Baysan foi claramente inspirada em Mata Hari, a exuberante dançarina e mais célebre das agentes duplas da história. Sua fama nos salões de Paris no início da Grande Guerra a transformou na mais cobiçada das mulheres, tornando-se cortesã de luxo e atuando como espiã para os franceses e alemães. Além dela, outras figuras reais ajudaram a construir a personagem, como por exemplo as espiãs Noor Inayat Khan, conhecida como a Princesa Espiã, Josephine Baker, a Vênus Negra e Mathilde Carré.

Embora, em minha história, eu culpe a Alemanha pelo início do grande conflito que viria em seguida, acho prudente pensarmos que no palco sangrento da época, não havia de fato inocentes.. Compreender o contexto em que tais decisões e acontecimentos ocorreram é algo imprescindivel. Porém, é fato que muitas das decisões tomada por Whilhelmm II, o Kaiser, serviram como mola propulsora para um acontecimento que tinha tudo para ser evitado.

Nota Histórica

A unificação da Alemanha, orquestrada pelo chanceler de Ferro Otto von Bismarck, possibilitou com que o país ocupasse uma importante posição entre as Grandes Potências. Contudo, seu ingresso tardio no que tange a expansão imperialista pode ser visto como a primeira centelha que impulsionou a Alemanha a entrar no grande conflito de 1914. Centelha esta que, na minha opinião, se refletiu diretamente em Whilhelm II, cujo ego carregava a dor decorrente da percepção de uma inferioridade. Inferioridade demonstrada pela disputa pelo reconhecimento por parte da sua avó matriarcal. Disputa que se tornou o alimento para um ódio e repúdio dos seus primos ingleses e que acabou se confundindo e se fundindo a sua política incoerente que, ora tentava uma aproximação com a Inglaterra através de jogadas ardilosas, ora, buscava enfraquecer as suas relações com seus aliados França e Rússia, ironicamente tornando-as ainda mais fortes. Se com Bismarck, após a sua unificação a Alemanha teve um período regido por uma paz diplomática capaz de manter seus inimigos, França e Rússia, isolados, com Whilhelm II tal diplomacia é substituída pelo anseio do poder, reflexo também dos anseios de homens poderosos ao seu redor. Fortalece-se um nacionalismo a favor da guerra como resultado das humilhações sentidas em relação a expansão colonial e as crises no Marrocos, que somada a Guerra Franco-Prussiana, o conflito balcânico, e o assassinato em Saravejo, serviram de pilar empurrando o mundo em direção ao grande conflito mundial. Um nacionalismo que acabou se voltando contra o próprio Kaiser, exigindo deste a reação digna de um líder que no fundo, não o era. Com o assassinato em Saravejo, vemos a Alemanha vendo-se obrigada a honrar com a sua antiga aliança com a Áustria-Hungria, posicionando-se finalmente em meio a este imenso tabuleiro sangrento.

www.avec.editora.com.br

Este livro foi composto em fontes Ten Oldstyle e Gimlet, e impresso em papel pólen 80g/m².